文学与当代史丛书

丛书主编
洪子诚

"新诗集"与中国新诗的发生

（增订本）

姜涛 著

北京大学出版社
PEKING UNIVERSITY PRESS

图书在版编目(CIP)数据

"新诗集"与中国新诗的发生 / 姜涛著. — 增订本. — 北京:北京大学出版社,2019.7

(文学与当代史丛书)

ISBN 978-7-301-30255-2

Ⅰ.①新… Ⅱ.①姜… Ⅲ.①新诗–诗歌研究–中国 Ⅳ.① I207.25

中国版本图书馆 CIP 数据核字(2019)第 026781 号

书　　名	"新诗集"与中国新诗的发生(增订本) "XINSHIJI" YU ZHONGGUO XINSHI DE FASHENG (ZENGDINGBEN)
著作责任者	姜　涛　著
责任编辑	饶莎莎　黄敏劼
标准书号	ISBN 978-7-301-30255-2
出版发行	北京大学出版社
地　　址	北京市海淀区成府路 205 号　100871
网　　址	http://www.pup.cn　新浪微博:@ 北京大学出版社 @ 阅读培文
电子邮箱	编辑部 pkupw@pup.cn　总编室 zpup@pup.cn
电　　话	邮购部 010-62752015　发行部 010-62750672　编辑部 010-62750883
印刷者	天津联城印刷有限公司
经销者	新华书店
	660 毫米 ×960 毫米　16 开本　25.25 印张　350 千字 2019 年 7 月第 1 版　2024年 4 月第 2 次印刷
定　　价	78.00 元

未经许可,不得以任何方式复制或抄袭本书之部分或全部内容。
版权所有,侵权必究
举报电话:010-62752024　电子邮箱:fd@pup.cn
图书如有印装质量问题,请与出版部联系,电话:010-62756370

目 录

增订本前记…………………………………………………1
初版序………………………………………（温儒敏）3

导　言　研究方法、对象的提出…………………………1

[上　编]

第一章　"新诗集"与新诗"传播空间"的生成……………19
　　第一节　从书信到成集：新诗传播空间的形成………21
　　第二节　支撑诗坛的"新诗集"…………………………31
　　第三节　公共传播与现代的诗歌想象…………………36

第二章　读者、时尚与"代际经验"………………………48
　　第一节　新诗读者的构成………………………………50
　　第二节　作为阅读时尚的"新诗集"……………………54
　　第三节　"代际经验"中的《女神》………………………60

第三章　"新诗集"出版与新诗坛的分化…………………69
　　第一节　"新诗集"与"新书局"…………………………69
　　第二节　由诗集出版看新诗坛的分化…………………82

第四章 "新诗集"与新诗的阅读研究······99
　第一节　读者分类与新诗的"读法"问题······99
　第二节　对三本诗集的讨论：从"读法"的角度······104

[下 编]

第五章 "新诗集"对"新诗"的呈现（一）······131
　第一节　胡适新诗构想的三个层面······132
　第二节　《尝试集》对"新诗"的塑造······142

第六章 "新诗集"对"新诗"的呈现（二）······159
　第一节　胡适眼中的"新诗集"
　　　　——以《草儿》《冬夜》《蕙的风》为中心······159
　第二节　"诗话语"的凸显：《冬夜》《草儿》序言的考察······166
　第三节　选本中的新诗想象：对"分类"的扬弃······173
　第四节　《女神》成书与"新诗"的重塑······179

第七章 论争中的"新诗集"：新诗合法性的辩难······190
　第一节　《评〈尝试集〉》："学衡派"的反动······193
　第二节　《蕙的风》的论争：对一桩旧案的重审······203
　第三节　《湖畔》与"经验范围"的争议······209
　第四节　对"新诗集"的整体批判······217
　第五节　"新诗"与"诗"：合法性辩难的展开······229

第八章 "新诗集"与新诗历史起点的驳议······240
　第一节　作为新诗合法性起点的《女神》······242
　第二节　新诗史上的《尝试集》和《女神》······264

结　语······278

[附 录]

新诗的发生及活力的展开
　　——新诗第一个十年概貌……………………………………283
早期新诗的政治与美学：以"《星期评论》之群"为讨论个案………312
《天狗》：狂躁又科学的"身体"想象……………………………341
20世纪30年代的大学课堂与新诗的历史讲述……………………356

主要参考文献………………………………………………………376

增订本前记

《"新诗集"与中国新诗的发生》初版于 2005 年,是在我的博士论文《"新诗集"与新诗的发生研究》的基础上扩充而成的。这篇论文讨论的虽是"新诗的发生"这个老问题,但选择以"新诗集"为切入点,引入文学社会学的方法,梳理了在"新诗集"出版、传播、评价过程中新诗形象的塑造以及合法性争议。当年,关注出版、传媒、读者,以及文学生产机制的作用,在文学研究界早已蔚然成风,但对新诗研究的影响,还不甚明显。这项研究似乎带来了一些新的视野,在学界得到了一定的好评。当然,其中存在的问题,也陆续被同行、读者和友人指出。

比如,新诗作为"另一个审美空间"的生成,是这本书讨论的重点,但大部分篇幅都留给了这一空间的"外部"勾勒和诗学观念的检讨,对于早期新诗的文本形态,几乎没有处理,这造成了某种没有"新诗"的"新诗史"的感觉。再有,新诗的发生一般被理解为"从旧诗的镣铐中解放"的过程。对于这样的线性叙述,本书也尝试有所修正,强调新与旧、诗与非诗、现代性冲动与纯文学观念的多重对话,共同塑造了早期新诗内在的"张力结构"。这一论述包含了对早期新诗美学取向的辩护,认为胡适等人打破诗文界限的散文化构想,更多体现了新诗的可能性立场。这里,或许存在了相当的预设性,给出整体问题构架的同时,也多少造成了论述的拘谨、封闭,不仅有可能简化了早期新诗的复杂性,也忽略了其与"五四"新文化运动的整体联动。换言之,以"新诗集"为线索,本书力图回到历史的现场,但如何将这个"现场"嵌入更为宏阔错综的历史情境之中——对现代性有新的理解——这是当年未及展开的部分。

上述缺憾只能留待以后的研究来弥补。为了让读者能更完整地了解早期新诗的历史,这次修订除了文字方面的删削、疏通,特别加入了四篇文章作为附录,希望能大致呈现早期新诗的概貌、其美学活力中的文化政治意涵,以及新诗史叙述线索的生成。最后,要感谢北大培文还记得多年前的这本小书,将其列入再版的计划,也让我有了一次重新自我检视的机会。

初版序

温儒敏

姜涛的这本书重新审视了"新诗的发生"这个课题。本来这也不是什么新题目，有关这方面的讨论已经不少。翻开许多现代文学史，或者新诗史著述，看到最多的还是对新诗发生发展轨迹的勾勒，诸如草创、奠基、拓展、衍变、高潮、深化等等阶段的划分，就成为描述新诗演进过程的一种常见的"叙事策略"。尽管在这种进化描述中也会注意到不同诗歌流派之间的互相扬弃、递进、交错与组合，但研究者一般都还是相信诗歌的演化总会依照一定的规律，曲折、顽强地向着某个理想的审美目标趋近。这种线性叙事对于文学史知识的积累传授可能比较实用而奏效，但在获得历史叙述清晰感的同时，也往往忽略了文学史上共时情况的复杂性与多样性。对于像诗歌创作这样格外依仗个性、灵感等偶然因素的文学现象来说，线性描述和规律抽取的方式就会牺牲更多"文学的丰富性"。

姜涛的这本书也是谈"新诗的发生"，但多了一些对线性勾勒"盲点"的警惕。本书绕开那种从观念到观念，从文本到文本的套路，除了对新诗的历史与审美的研究，又特别引入所谓"文学经验研究"的讨论，譬如新诗的结集、出版、传播、阅读的环节，及其在新诗"合法性"建立中的作用。本书重点考察了新诗"结集"对于现代诗歌如何形成气候、如何站稳脚跟的实际作用，其中有关新的诗歌阅读行为的培养形成,以及缠绕其间的历史复杂性,论者都有许多新的发现。这些讨论的意图是尽可能回到新诗发生原初的现场,从共时的层面展现错杂、丰富的历史样貌。

该书不是完整的新诗发生史,作者的目光集中在"'新诗集'与新诗的发生",就是要以对新诗如何结集、出版、传播、阅读等等现象的考察,来讨论新诗发生的复杂机制,包括其背后容易被人忽略的许多文学社会学因素。当我们从书中读到新诗自我建构和扩张背后的许多复杂的"事件",了解新诗的成立除了自身观念、内容和形式的变革,还有赖于在传播、阅读及社会评价中不断塑造自己。新诗的发生不只是新诗的创作,也还有新诗对阅读空间的开辟、读者的"训练",以及"新诗经典"的打造。这样,我们就会对以往所获得的有关新诗发生"常识性"历史想象提出质询。能够引发这样的质询,正是这本书成功的地方。这种质询不但丰富了对现代文学产生历史过程复杂性的认识,也可能会启发我们反思以往习以为常的研究范式,开启文学史写作的多种可能和新的思路。对于一位初出茅庐的青年学者来说,能够达到这种创新的"境界"实在不容易,也实在可喜。

现在有关现当代文学的研究著作已出版很多,但大部分都是套路雷同。有的书只要翻开目录看看,就知道其切入的眼光与提出问题的框架到底是否在创新。我的经验是,那种观点排列齐整讲究,线索描述流畅清晰的文章,可能是中规中矩的"好文章",却不见得是真正有创意有见地的论作。文学史研究适当保持一点"模糊性",多关注"常识"可能掩盖的特殊性,多一些反思与质询,也许更能接近真实。

这本书所讨论的"新诗的发生",也引起我的一些联想。我想起三年前,在南京参加关于"现代文学传统研究"的学术会议时,曾经提出这样一个貌似普通的问题,竟引起热烈的讨论。我提的问题是:设想一位从事现当代文学的学者,自己是喜欢新诗的,但是如果他有一个五六岁的儿子,要培养孩子读一点诗,不用说,也会是李白、杜甫、王维等等的古诗,而不大可能让孩子去念新诗。这是为什么?会上大家谈到许多原因，包括艺术形式、审美习惯、对于经典的崇拜等等，但较少注意最常见的文学社会学的原因，譬如"阅读行为"的养成、传播方式，以及新诗和旧体诗的"功能"差异问题等。新文学所造就的普遍的审美心理、阅读行为和接受模式，显然都是不同于古代文学的。新诗虽然也有追求格律和音乐性的，但远不如古典诗词和音乐的联系那样密切。旧体诗的欣赏有赖吟唱，不加诵读，那韵味就出不来，这就决定了旧体诗的接受心理与阅读模式。而新诗则似乎主要是"看"的诗，依赖吟唱和朗诵是越来越少了。这种以"看"为主的阅读行为模式，反过来也会制约和影响到新诗的艺术发展。如果这种看法成立，那么就不难解释为什么现代文学学者也习惯于让孩子"诵读"古诗，而不是"看"新诗了。也许孩子到了高中和大学，又会有一段特别迷恋新诗的时期。这其中也有文学社会学的因素。对诸如此类现象如果不满足于做一般的推论，而是运用文学社会学与文艺心理学的方法，对新诗的得失以及作为"传统"在当代的延伸进行细致的调查和深入探讨，我想也是挺有意思的。

　　姜涛原来是清华工科的学生，因为喜欢写诗，转入清华和北大的中文系先后读硕士与博士学位。他有较高的文学才华，又有创作实践，对"新诗生产"的复杂性也有切身的了解，这些都有助于他深入探讨这样一个涉及文学生产与传播的课题，并取得成功。他的这篇博士论文答辩时获得评议专家的高度评价。作为导师，我在与姜涛讨论这个课题时也学到不少东西。我真心希望姜涛能够再接再厉，写出更多能体现新一代学人锐气和识见的学术论作；同时我也非常乐于向读者推荐这篇全国优秀博士论文。

2004 年 2 月 24 日于京西蓝旗营寓所

导　言　研究方法、对象的提出

一

在现代文学研究中，新诗研究一直是个相对独立的领域。新时期以来，出于对单一政治标准的反拨，在探究历史本来面目的呼声下，对新诗史上众多备受争议的流派的挖掘、整理和重新评价，应该说是新诗研究兴起的起点。一批学人突破禁忌，通过细致的资料搜集、作品分析，首先使被尘封的新诗历史重新浮现出来。当"平反"式的讨论渐趋沉寂，对新诗的审美追求以及新诗史内在线索的关注，便上升为研究的主要动力。在资料挖掘的基础上，新诗的流派构成、潮流演进、内部传承、外部影响、代表性诗人、理论批评、历史脉络等问题，都得到了细致的探讨。尤其是有关"现代主义诗潮"的探讨，更是新诗研究中着力最多，成果最丰硕，显露的时代特征最鲜明的部分。某种意义上说，以流派研究为框架，以语言、形式、观念问题为核心，以中西融合的现代追求为理想的讨论模式，已成为新诗研究的一个主导性的"范式"，潜在地支配了大多数研究的展开，其最终指向的，是完成对新诗历史的完整构想：它被描述为一幅由多种流派的彼此交错构成、具有内在的独立展开线索的动态图景。[①]

[①] 孙玉石在20世纪80年代初撰写的《新诗流派发展的历史启示》（《诗探索》1981年第3期）较具代表性，该文将新诗划分为12种流派，并强调其中的四个诗派横贯和影响了各个历史时期的诗坛，它们的相互替代、演变显示了对因袭势力不断否定的流派发展的内在规律。对内在规律的说明，不仅使一幅宏大的诗歌史图景在流派的关系中呼之欲出，也打破了那种由诗派的阶级出身和政治立场来解释流派产生、消亡的外部机械唯物论尺度。将具体的流派分析和宏观的诗歌史视角结合一处，构成了流派研究可能的前景。

"范式"的存在，使得新诗研究具有很强的历史连续性。20年来，新诗研究在现代文学的学科格局中自成体系，形成一套自足的方法、问题和框架。然而，在取得丰硕成果，获得自足性的同时，还应注意的是，"范式"的稳定，或许同时带来了某种封闭性。一个突出的表征是，虽然相关的研究在不断推进，课题也在不断细化或深化，但在知识积累的意义之外，内在的超越和突破却很难获得。近年来，有关新诗的论文数量仍在增加，但视角的单一、方法的陈旧，以及观点雷同、材料重复所造成的"拥挤"，已成为一个不容忽视的问题。当其他领域的文学研究不断拓展边界、重置研究的内在动力，曾一度令人激动的新诗研究，却在某种程度上不断向边缘位移，在"特殊""独立"的位置上，似乎愈来愈缺少与当下思想、文化对话的活力。在这种情境下，发现新的研究角度、扩张研究的领域，当然是必然的出路。近年来，新诗研究中一些新思路的引入，已体现出了超越既有"范式"的努力，如对新诗流派与杂志传媒，以及城市文化的关系考察，从语言形式角度入手的文本细读，新诗经典化过程的考察，以及在主流的"现代主义"诗潮研究之外提出的"现代性"框架等，都从不同的方面拓展了研究的视野。但除此以外，对上述"范式"本身的检讨，也是应纳入考虑的工作。

其实，从历史实践的角度看，任何范式、框架都不是可以脱离具体"使用"的自明性存在，其发生、展开总是受特殊的历史条件、语境的制约或鼓励的。在20世纪80年代，伴随着对庸俗社会学批评的摆脱，在某种抗辩的热情中，现代文学学科的性质、品质也发生相应的转化，无论是历史的还原，还是对审美以及文学史规律的强调，都意在与原有政治格局的论辩中，建立起学科的自主性；而对纯粹"文学性"以及"文学现代化"的向往，也与当年整体性的历史逻辑相关。上述所谓新诗研究的"范式"，正是处在这一背景中的，其活力和有效性也是依托于当时的历史要求。无论是对诗歌语言风格、诗人创作个性的关注，还是对现实主义、浪漫主义之外现代主义诗潮的"偏爱"，都呼应着当时的整体性文化逻辑，可以看作是一种广泛的思想、文化自我建构的一部分，强有力地"还原"了被遮蔽的新诗历史，崭新的问题空间也由此形成。

然而，当"范式"的合法性被充分认可并广泛接受，最初新锐的发现往往也会脱离原初的政治、社会及精神氛围，被普及为一种"常识"。由此而来的可能结果是，原本清新、尖锐的问题意识，会在学术的生产、消费与再生产的链条中悄然流失，所谓的"范式"也难免失却了背后的现实针对性，逐渐沉积、固化为某种学术生产的"流程"。新诗研究"封闭性"与研究"范式"的沉积、固化无疑有紧密的关联。因而，要重新唤起新诗研究的活力，能否在稳定的"范式"中引入反思的因素，将既定的前提、结论"历史化"，或许就是关键所在。

当然，"反思"是一项很复杂的工作，需要在新诗研究与当代文化变迁的重重纠葛中展开，"反思"不意味着"推倒重设"。某种整体性的"替代"方案——在目前的情况下，不仅极其困难，而且也是无意义的。从现实的角度看，更为有效的反思，还应体现在具体的研究中。换言之，通过一些具体的诗歌史问题的检讨，通过研究中思考角度的调整，对既有范式的"抵制"或"改写"才可能会更为鲜活地呈现。这一点正是本书的研究所试图实现的，具体而言，这项工作将从以下两个方面展开。

二

首先，自20世纪80年代以来，在纯文学话语不断高涨的情况下，关注文学审美品质的内部研究，成为文学研究中被再三呼唤的思路。值得注意的是，某种内在矛盾也暗中产生。一方面，现代文学的展开，本身就是现代思想、文化、政治复杂建构的一部分。有的学者就曾这样说："纯粹的美学兴趣当遇到了如中国现代文学这样的对象，难免会感到了失望。这不是那种经得住一再的艺术探险的文学。"① 另一方面，通过文学的研究来探索人的现代化、文化启蒙、知识分子身份和使命等命题，本来就是一代学人研究的起点和抱负所在。因而，在现代文学的宏观研究以及小说这样的"中心文体"研究中，虽然基于叙事学理论的形式分析一度十分时兴，某种由内而外、内外交错的研究方式，还是更为引人瞩目。譬如，在赵园老师著名的知识分子研究中，"知识分子形象"似乎首先不是一个叙述层面上的形象学问题，而是作为一个"精神结构"、一种"意识现象"来把握的，从中得到可辨认的 20 世纪精神史、文化史的走向。由此一来，关于文学本体的内部研究，在 20 世纪 80 年代的很多情况下，似乎更多停留在呼吁的层面，并没有被认真地落实。

然而，对于新诗研究而言，这种内外冲突带来的"盲视"（或是"洞见"），似乎并不存在。在具体史料搜集和历史还原的基础上，无论是诗学观念的辨析、具体作品的文本分析，还是传统与现代、西方影响与本土特征关系的把握，"内部"的审美研究一直是新诗探讨的主要着眼点。不仅如此，"内部研究"也向研究者提出了特殊的要求：不仅传统的印象式的审美感悟力被看成是新诗研究者必需的素质，对复杂精微的形式、观念的敏锐辨析力，更是被普遍呼吁的能力。这与新诗本身的艺术成就和形式复杂性相关，但某种文类之间的差异性认识，也暗含在其中。从"文学性"的角度看，在诗歌、小说、散文、戏剧等文类之中，因为表意方式的独特和"纯粹"，诗歌似乎体现了文学性的尖端。因而，较之其他文类，"新诗"更集中地体现了现代文学的审美诉求以及在语言形式上的现代探索，它的文体独立性也更加鲜明。如果与同一时期小说研究不断向外拓展，容纳思想史、文化史因素的倾向相比，向某种诗歌"本体"的收缩，似乎是支配新诗研究的主要趋势。

---

① 赵园：《有关〈艰难的选择〉的再思考》，《文学评论》1987 年第 5 期。

应当说，这一思路的确吻合了新诗的文体特征和历史实际，研究的合法性不容置疑，新诗的独特价值，也恰恰表现在这一方面。况且，基于历史还原的内部研究，尤其是摆脱印象式的鉴赏，针对新诗文本形态的深入考察，目前还有相当大的空间。但可以追问的是，特殊化、纯粹性的趋向，与其说是具体的文体规约，毋宁说是一种普遍的阅读期待，一种受惠于"浪漫主义—现代主义"传统的制度性想象，与之相关的公共与私人、社会与心理、政治与诗歌、社会与个人、现实主义与现代主义之间的结构性对立，则是现代文化的前提性结构。由此一来，与小说、戏剧等文体相比，诗歌似乎不适合于外部的社会学分析，因为其更多处理的是主观的或情感方面的经验，如彼埃尔·V.齐马在谈及"抒情作品的社会学"时所描述的：

> 许多理论家过去（和现在）认为抒情诗倾向于"主观性"和"情感"方面，几乎不适于进行社会学分析：在大多数情况下，它既不表现社会也不表现历史事件。它最常用的题材不是政治家、工会运动、罪犯或秘密组织，而是情人、大自然和孤独。①

如果一味地依从这样的制度性想象，是否会带来某种削减，暗中阻碍了思考、研究的自由扩张，这是值得思考的问题。

新诗，作为新文学整体方案的一部分，其社会性和历史性同样不能忽略，它的生成与展开，也同样处于20世纪中国复杂的历史、文化进程中，在具体的"现场"中，新诗的传播接受、文化定位，读者样态，以及文学史塑造等等外部环节，与其历史形象和内在性质都有着深刻的关联。单一的"内部研究"似乎无法将这些关联完全说明。其实，对所谓文学研究"内部"与"外部"之区分的反省，已经介入

---

① 彼埃尔·V.齐马：《社会学批评概论》，第74页，吴岳添译，桂林：广西师范大学出版社，1993年。

到现当代文学史写作的思辨中,而对文学生产、体制等外部环节的考察,也正成为文学史研究的一个重点。如果将"新诗"放回这种整体的视野中,那么超越内外之别,打破"制度化"的单一格局,无疑是值得尝试的方向。

其次,与内部研究的单一格局相关的,还有研究对象上的某种不均衡状态。20世纪80年代以来,随着研究前提的重设,那些能够体现所谓新诗的"艺术价值",又曾一度被历史遮蔽的流派,诸如新月派、象征派、现代派、九叶派等,受到了越来越多的关注,其中的"现代主义"诗潮的研究更是重中之重,几乎占据了目前新诗的主体。[①] 不均衡的状态,也表现在研究的时段上,譬如,相对于流派迭起的三四十年代,新诗发生的20年代初,就似乎因只具有发生、过渡的意义,而处于相对被冷淡的状态,较少被当下的主流研究涉及。当然,上文已言及,对"政治标准第一"的反拨,和对文学现代化的向往,是这种研究趋向背后的动力。有意味的是,在主次、轻重的秩序划分背后,某种划分的依据、尺度也被凸显出来。这一尺度,一般被表述为"诗"的标准。表面上看,这是一个宽泛的说法,表达的是一般读者对"诗"的特殊期待,比如诗境的含蓄、语言的优美、鲜明的抒情意味等,但应该注意的是,所谓"诗"的标准,并非一个本质性概念,它的确立既是一般审美期待的结果,也与现代"纯文学"观念的塑造、规训相关。如果这一"历史化"的标准被非历史地使用,并落实为具体的研究、评价尺度,新诗历史展现的多种可能性,便有可能被忽略到中心的线索之外。

更值得关注的是,在"诗"标准的颁布中,某种"目的论"叙事也随之被暗示,即:新诗的发展是依据一定内在规律,向着某种审美理

[①] 针对新诗"现代主义"研究的膨胀,有学者已指出:"打破了一种不平衡观之后又出来了另一种不平衡观。这里涉及新诗艺术本体与新诗承担的社会责任间出现的不平衡性的价值判断的分歧,也涉及对于一些创作方法的理论探讨的取向。"(孙玉石:《十五年来新诗研究的回顾与瞻望》,《中国现代文学研究丛刊》1995年第1期)

想趋近的过程。在这一"目的论"叙事的支配下,从工具意义的革新到纯粹诗美的营造,从形式问题的探讨到内在体验的发生,从与传统的断裂到与传统的融合,从写实到浪漫再到现代,一种历时性的线性发展眼光,始终伴随着新诗研究的展开。可以说,对某种内在演进、辩证发展的逻辑的强调,已成为新诗史描述的一个主要趋向。① 然而,需要追问的正是,逻辑的展开能否等同于历史的本然,新诗的发展是否有内在的辩证规律,新诗史上共时的交错、偶然和矛盾,能否在历时的线性叙述中被有效呈现。正如韦勒克所称,在处理文学史上的"演变"观念时,"必须抛弃轻易得出的解决方案,并且正视现实中的全部具体浓密性与多样性"②。在这个意义上,检讨新诗的相关历史叙事的起源,开掘在历时线索构造过程中,对复杂表象的擦抹,也就成了另一个反思的指向。

　　本书的研究思路,正是在上述两方面背景上提出的:首先,在方法上尝试绕开从观念到观念、从文本到文本的既有模式,在新诗的内部研究"范式"中,引入一些对外部环节的讨论,譬如发表、出版、读者阅读、诗集编撰和文学史的建构等,在一般的历史研究、审美研究中加入"经验研究"和文学社会学的因素,即"研究的客体不仅包括文本本身,而且包括文学体系中文学活动的角色,即文本的生产、销售、接受和处理"③。其次,尽量回到原初的现场,通过从共时的角

---

① 譬如,在近期出版(此处参照的是本书的初版时间 2005 年——编者注)的一本新诗史专著中,新诗流派发展的主要线索,概括为草创、奠基、拓展、普及与深化四个阶段和以郭沫若、戴望舒、艾青为代表的三次整合过程。在这一历史图景背后,作者反复强调的是各个诗潮流派间的动态组合、交错、递进和互补,而 30 年的新诗历史内在规律也被清理了出来:它"循环着由合—分—合的规律,即肯定—否定—肯定的辩证发展过程"。(龙泉明:《中国新诗流变论》,第 2—3 页,北京:人民文学出版社,1999 年。)
② 雷内·韦勒克:《文学史上的演变概念》,《批评的概念》,第 49 页,张今言译,杭州:中国美术学院出版社,1999 年。
③ "文学经验主义研究"的解说,见斯蒂文·托托西:《文学研究的合法化》,第 32—33 页,马瑞奇译,北京:北京大学出版社,1997 年。

度展现错杂、纷乱的历史表象,从而对一般的有关新诗的线性历史想象提出自己的质询。在研究时段的选取上,本书将讨论的焦点投向新诗发生的初期。虽然从文本成就上看,这一时期新诗的美学成就不及后来,但"新诗"的社会传播、接受模式,以及有关其合法性的历史想象,都在此一时奠基成形,其中包含的研究的可能性,也要比一般理解的远为丰富。

三

上述言及的,只是方法上、时段上的一些设想,而标题"'新诗集'与中国新诗的发生",就是本书"锁定"的话题。顾名思义,这项研究包含两个层面:一是研究的对象("新诗集"),一是处理的主要问题框架(新诗的发生)。从"新诗集"的角度,讨论"新诗的发生"背后的社会条件和理论内涵,就是本书想要试图解决的主要问题。

有关初期白话诗(或早期新诗)的历史评价,一直是个聚讼纷纭的话题。最早有胡先骕、章太炎、李思纯、梅光迪、吴宓等人,对白话新诗的历史合法性进行质疑;继而,又有成仿吾、梁实秋、闻一多、穆木天,从新的视角出发,抨击初期新诗违背了"诗"的原则,这种攻击之声一直延续到当代,郑敏先生在著名的"世纪末回顾"中,更是将胡适等人推上审判台。[①] 当然,在新诗史上,为初期新诗正名和辩护的声音也一直存在,朱自清、苏雪林、茅盾等人的言论就是其中的代表,20世纪80年代以后更是出现了一系列的"重评"之作,但其价值也更多地被定位在历史的开端和工具的过渡上,20年代的诸种批评,已沉积成文学史的基本判断,即:早期"新诗"虽然完成了语言工具、诗体形式的变革,但也造成了诗意的匮乏及诗美的放逐,后来的新月派、象征派、现代派等诗歌流派的出现,才使新诗走上了艺

---

① 郑敏:《世纪末的回顾:汉诗语言变革与中国新诗创作》,《文学评论》1993年第3期。

术的正轨。从上述判断中不难看出,"新诗的发生"主要被处理成新/旧的交替这一"线性"过程,无论是否定还是辩护,都在这一框架内展开。然而要检讨的是,作为"原点"的丰富意义,新诗发生内部交织的微妙张力,是否有可能在"流畅"的叙述中被悄然抹平。

近年来,也有研究者试图突破上述框架。致力于新诗的"现代性"研究的臧棣就提出:新诗对现代性的追求本身,已自足地构成了一种新的传统,即从根本上说,新诗的现代性不是一个继承还是反叛传统的问题,而是要在传统之外提供一个越来越开阔的审美空间。① 这种提法的启发之处在于,一种虚拟的却绝对化的连续性在他那里被拒斥,臧棣将论述的重点移至新诗自身的现代性追求上,从而巧妙地绕过了仅在传统与现代关系(或继承或反叛)中思考新诗前途的模式。这一提法同时也暗示了另一种考察角度,在历时性(或连续性)的断裂框架之外,是不是可以从一种"共时"性角度,展示"另一个审美空间"的内部构成。

当所谓的"内部构成"进入讨论的视野,一个关键性问题也凸显出来,即:"另一个审美空间"不单显现在美学、形式层面,同时也包含了更多社会、历史因素,也显现在某种社会建制的层面。正如伊格尔顿在谈到文学形式与生产的关系时所指出的:"一个社会采用什么样的艺术生产方式——是成千本印刷,还是在风雅圈子里流传手稿——对于'生产者'与'消费者'之间的社会关系是一个非常重要的决定性因素,也决定了作品文学形式本身。"② 从这个角度看,新诗现代性的生成,其"空间"的自足与独立,作为一项复杂的历史建构,是呈现于文学的现代生产、传播、接受方式的整体变迁中。在美学的变革之外,它还涉及诗歌在整个社会文化结构中的位置转移,以及社

---

① 臧棣:《现代性与新诗的评价》,现代汉诗百年演变课题组编:《现代汉诗:反思与求索》,北京:作家出版社,1998年。

② 特里·伊格尔顿:《马克思主义与文学批评》,第73页,文宝译,北京:人民文学出版社,1980年。

会传播、读者群塑造、阅读方式建立等诸多环节。这意味着新诗现代性这一话题中,可能还包含了更多的展开空间。①

因而,本书并不着意从新/旧交替的历时角度审视"新诗的发生",而是尝试如上文所言,从共时的层面,展现出新诗开创时期的复杂表象。同时,也不仅将"新诗的发生"只当作一场形式革命,而是在具体的观念、事实之外,从"体制"的角度入手②,更多采用文学社会学的方法,考察新诗发生背后的社会性因素,恢复某种历史本来的稠密与深度。当然,作为一项社会、美学及文化的整体建构,"新诗的发生"涉及许多方面的问题。完整的历史还原,个人的研究能力既不能胜任,也不是本书的目的所在。本书最终所要完成的,或许是在返回历史现场的同时,探讨新诗发生的奠基性机制,用柄谷行人的说法,是质询那种"一旦成形出现,其起源便被掩盖起来了"的"认识性装置"。③

简言之,这项研究的思路大致如下:在一般的文学史叙述中,新诗的"发生",是一批新诗人理论上的倡导和写作上的实验的结果,从胡适开始,对此就有不厌其详的讲述。后来的文学史描述也多沿用这种套路,主要从诗歌观念和写作的内部寻找"新诗"发生的历史轨迹。但还应看到,新诗的发生与成立,同时还是一个历史扩张与自我建构的过程,除了观念、形式上的变革之外,它还要在传播、阅读及社会评价中,建立一个独立的、具有内在自足性的"另一个空间"。1922

---

① 这一点,汪晖早已指出:"如果我们不只是把文学的现代性问题仅仅视为文学叙事的技巧,而且把这种现代性问题视为整个现代社会和文化变迁的一个组成部分,那么中国文学的现代性问题就是一个极具潜力的研究课题。"(汪晖:《我们如何成为"现代的"?》,《中国现代文学研究丛刊》1996 年第 1 期)
② 彼德·比格尔在研究西方先锋派理论时曾建议:"艺术作品不再被看作单个的实体,而要在常常决定了作品功能的体制性框架和状况之中来考察。"(彼德·比格尔:《先锋派理论》,第 76 页,高建平译,北京:商务印书馆,2002 年。)
③ 柄谷行人:《日本现代文学的起源》,第 12 页,赵京华译,北京:生活·读书·新知三联书店,2003 年。

年出版的《新诗年选(一九一九年)》编者曾称:"胡适登高一呼,四远响应,新诗在文学上的正统以立。"① 在这一经典性的论断中,新诗发生的整体进程被强有力地勾勒出来。

首先是观念上的鼓吹,"登高一呼"无疑是新诗发生的历史起点。然而,从文学的生产、接受和历史评价的角度看,新诗的成立至少还与以下两个方面密切相关:首先,它是与社会层面的普及和扩张联系在一起的,"四远响应"不仅表明新诗吸引了更多的参与者,更重要的是,新诗要在旧诗之外形成一种新的传播、阅读和评价机制,而发表出版、读者群的形成、新诗坛的形成与分化,以及与新诗相应的阅读方式的建立等等,都是这其中重要的构成因素。惟其如此,新诗的奠基性"装置",才得以完整确立。

其次,在新与旧的交替间,在特殊的历史冲动与现代知识规划的摩擦间,在新锐的文体实验与普遍的诗美期待的对话间,所谓新诗"正统"的成立,也是一个文学史形象的自我追寻过程,即在相关的历史呈现、批评及文学史建构中,如何完成"新诗"的想象、如何为自身建立起历史合法性的过程。从"登高一呼"到"四远响应",再到"正统以立","新诗的发生"由是才成为一个完整的故事。

需要补充的是,在"四远响应"与"正统以立"的交织过程中,新诗"发生空间"的某种"场域"性质也得以显露。法国社会学家布迪厄的"场域"(或"场")概念,在这里可以构成某种理论的参照。在布迪厄看来,在高度分化的社会空间里,总体的社会空间是由大量具有相对自主性的社会小空间构成,而这些小的社会空间就构成不同的"场域"。因而,一个"场域"可以被定义为"在各种位置之间存在的客观关系的一个网络(network),或一个构型(configuration)"②。每一

---

① 《一九一九年诗坛纪略》,北社编:《新诗年选(一九一九年)》,上海:亚东图书馆,1922年。
② 皮埃尔·布迪厄、华康德:《实践与反思:反思社会学导引》,第133—134页,李猛、李康译,北京:中央编译出版社,1998年。

个社会"场域",都是具有自身逻辑和必然性的客观关系的空间,这些特有的逻辑和必然性也不可化约成支配其他"场域"运作的那些逻辑和必然性,例如"艺术场域正是通过拒绝或否定物质利益的法则而构成自身场域的"。在"场域"之中,每个参与者都在进行着某种争夺,以期改善自己的位置,"强加一种对于他们自身的产物最为有利的等级优化原则。而行动者的策略又取决于他们在场域中的位置,即特定资本的分配"。[①] 对于"新诗"而言,作为一种历史创生物,通过传统/现代、新/旧的二元对立,排斥其他的诗歌实践,从而开创"另一个审美空间",这一现代性建构本身就包含着新诗"场域"自足性的诉求,在与既有诗歌惯习与诗坛格局的碰撞中,在自身的生长和纷争中,新诗在客观上也形成了一种"关系空间"。"正统以立",亦即某种"新诗"自身的"特有逻辑和必然性"的生成,借此新诗"另一个空间"的自足性与合法性边界才得以呈现。作为一种分析视角,"场域"的概念已被部分引入中国现代文学的讨论[②],本书也试图有限度地借用这一视角,在描述新诗"另一个空间"建立过程的同时,也探讨其运作、发生的特有逻辑,换言之,探讨其"正统以立"的内在含义。

应当说,上述几方面牵扯到的问题十分复杂(杂志上的发表,诗集的出版,读者的阅读,新旧诗坛的纠葛,相关评论的意义生产,乃至最后进入教科书,在文学史上完成自我定位等),"新诗集"只是本书选择的一个具体切入角度,对此还有必要作一点解说。

四

在新诗发生的完整"故事"中,"新诗集"的出版虽然只是情节之一,但从某种角度说,却是一个关键的环节,关涉到诸多方面的建

---

① 皮埃尔·布迪厄、华康德:《实践与反思:反思社会学导引》,第139页。
② 贺麦晓:《二十年代中国的"文学场"》,《学人》第13期。

构。作为新诗的发明人，胡适在《尝试集》自序中，就曾对印行诗集的理由有过如下的说明：

> 我的第一个理由是因为这一年以来白话散文虽然传播得很快很远，但是大多数人对于白话诗仍旧很怀疑；还有许多人不但怀疑，简直持反对的态度。因此，我觉得这个时候有一两种白话韵文的集子出来，也许可以引起一般人的注意，也许可以供赞成和反对的人作一种参考的材料。第二，我实地试验白话诗已经三年了，我很想把这三年试验的结果供献给国内的文人，作为我的试验报告。我很盼望有人把我试验的结果，仔细研究一番，加上平心静气的批评，使我也可以知道这种试验究竟有没有成绩，用试验的方法，究竟有没有错误。第三，无论试验的成绩如何，我觉得我的《尝试集》至少有一件事可以供献给大家的。这一件可供献的事就是这本诗所代表的"实验的精神"。①

这一段话虽是夫子自道、个人表白，但"新诗集"最重要的两方面功能，也被明确地传达出来，即：作为新诗作品的集结（"一种参考资料"），"新诗集"的出版在传播上提供一种有效的、集中阅读的可能，从而在读者和写作之间，拓展出交流、评价的空间；与之相关的是，诗集的阅读、接受过程，也就是新诗合法性的检验和规划过程。某种意义上，正是在对"试验报告"的批评中，有关"新诗"不同历史构想之间的争议才被激发出来。对"新诗集"历史功能的自觉体认，不是胡适的一家专利，某种意义上，也是被早期"新诗集"的编者、作者普遍分享的。《尝试集》之前，新诗史上最早的作品集结——1920年1月由上海新诗社出品的《新诗集》的编者，也给出了印行诗集的几点理由：

---

① 胡适：《〈尝试集〉自序》，《尝试集》，第39—40页，上海：亚东图书馆，1920年。

一、汇集几年来的试验成绩,以打消人们的怀疑;二、为学习新诗的人提供有价值的范本;三、可使读者全面了解新诗,免除翻阅书报的困难;四、分类印好,为比较、批评提供便利。① 这一描述,似乎比胡适的"自道"更全面、更直白地说出了"新诗集"的历史功能。

据《中国现代文学总书目》统计,单从1920年至1922年,"新诗集"就有18部出版。② 在早期新文学出版的整体格局中,这一数字是相当可观的。与其他文类相比(小说、散文等),"新诗"不仅在理论倡导上,在出版、传播上也扮演了"开路先锋"的角色,其中《尝试集》《女神》《蕙的风》等诗集的畅销,更是文学史、文化史上的独特现象。这意味着,在"新诗集"的扩张作用中,一个由社会传播和读者阅读构成的新诗发生空间已经浮现。

短短两三年间,如此众多的"新诗集"出现在读者眼前,"新诗"的历史形象也得到大致呈现,一位读者就曾以形象化的方式,记录了他对"新诗集"的阅读感受:

> 读《女神》时,颇感到莽男子的粗鲁,读《草儿》时,大有野人之风味,读《冬夜》时,如走了荆棘里一样,读《蕙的风》时,如看了电影的爱情片,读《繁星》时,觉得闺阁的气味太重,终不是大方之家。③

通过阅读"新诗集",普通读者才能更集中地了解新诗的概貌。换言之,是"新诗集"集中地、突出地呈现了"新诗"。如果考虑到胡适等新诗人对诗集序言、编次等环节的刻意经营,以及通过书评、自叙等方式完成的巧意加工,那么不难体味,"新诗集"对"新诗"的呈现,

---

① 《吾们为什么要印新诗集》,《新诗集》,上海:新诗社,1920年。
② 具体目录参见本书第一章后的附录。
③ 颂平:《新诗之将来》,《京报·文学周刊》14号(1923年11月17日)。

也是一个自我叙述的结果,不同的编撰、定位策略,其实就参与其中。

胡适曾言:"一个文学运动的历史的估价,必须包括它的出产品的估价。单有理论的接受,一般影响的普遍,都不能证实那个文学运动的成功。"① 作为主要的出产品,"新诗集"在社会传播、形象呈现这两方面功能外,更是引发了新诗的历史评价,有关新诗合法性的最初争议,也往往围绕"新诗集"展开。无论是旧派文人、新式学者的反对,还是另一代新诗人站在新的历史起点上的发难,"新诗集"往往是火力指向的标靶:胡怀琛对《尝试集》的修改,胡先骕的《评〈尝试集〉》,闻一多、梁实秋的《〈冬夜〉〈草儿〉评论》,成仿吾的《诗之防御战》等,都是其中代表。"将当代诗坛中已出集的诸作家都加以精审的批评"②,似乎已成为早期新诗论争的主要"战略"。这一战略并不局限于"诗集"评价的本身,它还关联着"新诗"的合法性辩难、"新诗"发明权的争夺、新诗坛的"场域"划分等多方面问题,如胡先骕所称:"评胡君之诗,即可评胡君论诗之学说,与现实一般新诗之短长,古今中外名家论诗之学说,以及真正改良中国诗之方法。"③ 由此可见,在"新诗集"接受和评价背后,发生的是一整套"新诗"合法性建构的奠基性机制,这一点甚至投影到后来的文学史写作上,不同诗集的升沉起伏与历史定位也像坐标一样,标记出了新诗发展的线索和图像。

通过上面的简要勾勒,"新诗集"的历史功能被部分揭示出来,它像一条无形的线索勾连起"新诗发生"的诸多方面,本书的研究思路也由此显露,即:通过对早期"新诗集"的出版、传播、编撰、自我定位、接受和历史评价等诸多环节的考察,来探讨"新诗的发生与成立"这一命题的社会文化内涵。大致上说,具体的写作可分为以

---

① 胡适:《中国新文学大系·建设理论集》导言,赵家璧主编,胡适编:《中国新文学大系·建设理论集》,第1页,上海:良友图书出版印刷公司,1935年。
② 闻一多:《〈冬夜〉评论》,《闻一多全集》第2卷,第62页,孙党伯、袁謇正主编,武汉:湖北人民出版社,1993年。
③ 胡先骕:《评〈尝试集〉》,《学衡》第1期(1922年1月)。

下几个部分：

首先，从文学社会学的视角，对"新诗集"的出版、流布和阅读状态，做出一个基本的历史描述。在此基础上，讨论在新的传播空间中，新诗的功能、形象与读者的关系，新诗"场域"的构成，以及相应的阅读程式的塑造等环节。

其次，具体考察在"新诗集"中，新诗的历史形象是如何呈现的，这种"呈现"体现了怎样的自我建构逻辑，怎样规划了人们对新诗的认识，诗集的序言、编撰及自我筛选等问题将成为主要的切入点。

再次，从"新诗集"的接受和批评入手，详细考察早期诗学论争中"新诗集"的位置，由此透视不同的新诗构想间的对话，以及新诗历史合法性的确立。最后，延伸讨论的视野，关照"新诗集"在文学史上的投影，从"新诗集"的历史评价和历史定位入手，梳理早期新诗历史线索的形成，以及由此形成的有关新诗发生的历史想象。

需要说明的是，在研究时段上，本书框定在1919年至1922、1923年之间，这一时段是新诗"最兴旺的日子"，按照朱自清在1927年的说法，当时所能见到的诗集，"十之七八是这时期内出版的"[①]。新诗的发生及"正统"的确立，也基本上完成于这一时段。另外，在讨论过程中，具体"新诗集"的选择是有所侧重的，不可能面面俱到，那些在新诗史上影响较大、与新诗历史形象关联十分密切的出品（如《尝试集》《女神》《草儿》《冬夜》《蕙的风》《新诗年选》等），将是讨论的重点。

最后要交代的一点是，作为一种方法上的尝试，本书力图将外部的文学社会学讨论，与内部的诗歌形态、观念辨析结合在一起。一个不容忽视的问题也随之产生，即两种方法的差异难免会带来叙述中的断裂、冲突，为了避免不必要的误解，所以本书划分为上、下两编，以便在明确的区分中，更方便读者的阅读。

---

① 朱自清：《新诗》，《朱自清全集》第4卷，第208页，朱乔森编，南京：江苏教育出版社，1996年。

上 编

第一章 "新诗集"与新诗"传播空间"的生成

在一般的文学史叙述中,"新诗的成立"是一批新诗人主动倡导的结果,作为新诗的发明人,胡适对此更有不厌其详的讲述,在这个"故事"中,有主角(胡适自己),有配角(美国的梅光迪、任叔永以及北大的陈独秀、钱玄同等),有与反对派的激烈论战,有个人的"实地实验",更有一批新诗人的响应。① 后来的文学史描述也多沿用这种套路,主要从诗人、批评家的言论和实践中,寻找"新诗"发生的历史轨迹。这种描述方式意味着,"新诗"的发生,只是一场美学的革命,是基于个人实验的纯粹形式变化,而"发生"背后更多的社会性条件,则有可能被忽略,新诗发生的复杂性,由此也被暗中简化了。其实,在诗学论争和写作实验之外,新诗的历史合法性——"文学上的正统"的确立,与一个自足的新诗传播、阅读和讨论空间的诞生,有着紧密的关联。正如本书导言中所谈及的,这些外部关联并非是次要的,它们构成了新诗现代性,即"另一个审美空间"成立的前提,甚至还影响、决定着新诗的内部形态,如有学者在讨论文学史研究方法时所指出的:"确切地说,社会政治、经济、社会机构等等因素,不是'外在'于文学生产,而是文学生产的内在构成因素,并制

---

① 有关新诗的发生史的经典描述,可参见胡适的《尝试集》自序、《逼上梁山》等文。

约着文学的内部结构和'成规'的层面。"① 因此，从传播的层面讨论"新诗的发生"，就成为本项研究的起点。

　　从文学社会学的视角看，文本的制作与传播方式，往往制约着文学的生产，以及作者与读者的关系等，有关现代出版、传媒对现代文学的发动作用，前人也多有论及。罗贝尔·埃斯卡皮就称，现代的出版使"文学不再是一些文人墨客专有的特权。地位发生了变化的资产阶级，要求一种符合他的规范的文学：当读者大众的数目大大增加时，一场革命即在他们的欣赏趣味中发生：现实主义的或感伤的长篇小说，浪漫主义前期的和浪漫主义的诗歌从此成为发行面广、发行量大的作品"②。对于中国近现代文学研究而言，这样的论述角度也并不鲜见，阿英在解释晚清小说的繁荣时，举出的事实方面的原因，第一条："当然是由于印刷事业的发达，没有前此那样刻书的困难，由于新闻事业的发达，在应用上需要多量产生。"③ 这一思路，在后来的文学史研究中多有生发，现代传播以及稿费制度确立带来的作家身份变化、文学商业化，以及作者与读者关系的改变等问题，都得到了深入讨论，具体的成果这里不再一一列举。然而，一个值得注意的现象是，有关传播与文学关系的研究，一般都集中在小说领域，这倒为诗歌方面的讨论，留下了有意味的空间。

---

① 洪子诚：《问题与方法——中国当代文学史研究讲稿》，第192页，北京：生活·读书·新知三联书店，2002年。
② 罗贝尔·埃斯卡皮：《文学社会学》，第41页，于沛选编，杭州：浙江人民出版社，1987年。
③ 阿英：《晚清小说史》，第1页，北京：作家出版社，1955年。

第一节　从书信到成集：新诗传播空间的形成

在新诗出现之前，传统诗歌乃至传统文学的传播，拥有一套相对自足的体系，文人间的酬唱应和，民间的口头流传，以及诗文的传抄、刻印和编撰，都是重要的传播方式，从"物质文化"的角度切入的文学史探讨，也成为一条可资开掘的思路。晚清以降，现代报刊的出现，以及出版业的兴盛，也塑造着新的诗歌形态。《申报》创刊号上，编者就称："如有骚人韵士愿以短什，长篇惠教者，如天下各地区'竹枝词'及长歌纪事之类，概不取值。"① 因为有诗文取仕的漫长传统，诗文写作在中国有广阔的社会基础，《申报》免费发表文艺作品不仅为自己赢得了市场，"广而告之"的征稿也为传统诗文的传播辟开了新的领域。传统文人诗词大多逢场作戏，散场后如过往云烟，大多不能刊行，"自从《申报》上刊出征稿启事后，这些所谓文人雅士的诗歌，才有机会得以刊于报端"②。在晚清民初出现的各类报纸杂志上，新闻、论说之外也常见文人诗词，"提倡风雅，发挥文墨"成为报章之上一道重要的风景。

商业报刊上的发表，带来诗文传播的扩张，而传播媒介的有无，还影响、决定着诗歌潮流的形成。譬如，晚清的"诗界革命"在所谓的"新诗"时期"挦扯新名词以表异"的探索，只集中在夏、谭、梁"吾党二、三子"间，当梁启超在主编的《清议报》《新民丛报》上，辟出"诗界潮音集"专栏，吸引众多作者，"诗界革命"的口号才有了落实。"南社"诗人之所以热闹一时，也与其成员掌握了大量传媒不无

---

① 《本馆条例》，《申报》创刊号 1872 年 4 月 30 日。
② 徐载平、徐瑞芳：《清末四十年申报史料》，第 63 页，北京：新华出版社，1988 年。

关联。①《南社丛刊》的不断刊刻,起到的传播作用也不容低估。这一点对于当时统领诗坛的"同光体"诗人,似乎同样有效。作为近代宋诗运动的代表,"同光体"的出现,其最重要的阐释人陈衍可谓功不可没。但应当指出的是,正是由于陈衍所撰《石遗室诗话》自1912年开始连续发表于梁启超主编的《庸言》杂志上,引领风气,标榜友朋,"同光体"一名才产生了广泛的影响。②《诗话》之外,陈衍后来还编选《近代诗钞》出版,理论与实例,正如鸟之两翼,"又以印刷和交通的进步,流播愈广,故其沾溉也愈深"③。从形式上看,旧体诗文仍然未脱传统窠臼,但在内部的社会运行机制上,变化已然发生。

一

无论是报纸发表,还是诗集刊刻,旧体诗文的既有传播空间,构成了新诗发生的基本背景。曾在商务印书馆编辑《学生杂志》的沈雁冰,就回忆当年学生投稿中占绝大多数的,是文言的游记、诗词,而诗词的内容,"颇多感伤牢骚,老气横秋"④。罗家伦在对1919年杂志界作分类考察时,也单挑出"最时髦"的"课艺派"进行重点批判,说上面"无病呻吟的诗"最令人讨厌。⑤激烈的言辞,当然出自新文学的

---

① 包天笑曾回忆:"当时,南社中人散布于上海各报者甚多,如《民立报》之宋教仁、范鸿仙,《民权报》之戴季陶、汪子实,《神州日报》之黄宾虹、王无生,《天铎报》之李怀霜、汪亚云,《大共和报》之汪旭初,《民声日报》之黄季刚,《时报》之包天笑等等,也都是南社中人。"(包天笑:《辛亥革命前后的上海新闻界》,中国人民政协全国委员会文史资料研究委员会编:《辛亥革命回忆录》第4册,第89页,北京:中华书局,1963年。)
② 钱仲联就称:"由于《石遗室诗话》在民国以后的广泛传布,'同光体'也就约定俗成地作为近代宋诗运动的代称。"(钱仲联:《论同光体》,《梦苕盦论集》,第418页,北京:中华书局,1993年。)
③ 劳无施:《论〈石遗室诗话〉》,原载《京沪周刊》1947年1卷34期;引自牛仰山编:《中国近代文学论文集概论诗文卷》,第575页,北京:中国社会科学出版社,1988年。
④ 茅盾:《商务印书馆编译所生活》,《我走过的道路》(上),第123页,北京:人民文学出版社,1981年。
⑤ 罗家伦:《今日中国之杂志界》,《新潮》2卷1号(1919年10月)。

立场，但也从侧面说明，旧体诗文在报刊中的势力。直至后来，"新诗的正统以立"的20世纪20年代，有人还针对"旧诗生命已消灭"的说法提出异议，说当时最畅销的报纸杂志上，如《申报》《时报》《新申报》《新闻报》《中华新报》《新声》《小说新报》等，皆登载旧诗，以证明"做文言诗的人，并不少见"①。在后来的文学史上，"新诗"占据了主流，但它在多大程度上取代了旧诗的阅读空间，仍是个值得探讨的课题。有意味的是，"新诗"最初的"公开"，也正是以对旧诗发表空间的抢夺为发端的。

1915年《青年杂志》3号上，发表了南社诗人谢无量的长律《寄会稽山人八十四韵》，编者推为"希世之音"。胡适读到后致信陈独秀，不仅力辟南社诗人，还对"发表"行为本身提出异议，言："足下论文学已知古典主义之当废。而独啧啧称誉此古典主义之诗，窃谓足下难免自相矛盾之诮矣。"②胡适的潜台词似乎是：新杂志与旧文学不应相容。这一质疑让陈独秀有点猝不及防。虽然做出辩解，但此后"偶录一二诗"的《新青年》上便再无旧诗的踪迹，并在2卷6号上刊出了胡适的八首白话诗，新诗正式登台③。

在《新青年》刊载白话诗词之前，胡适的"诗国革命"虽然只发生在若干友人的讨论中，范围同样不出"吾党二、三子"，传播的方式也不过书信的往来，酬唱、应和中的诗艺切磋，乃至打油诗中的相互戏噱，都不过是传统文人积习的延续，并没有获得外部的阅读和影响。作为对照，胡适的论敌任鸿隽、杨杏佛、梅光迪、胡先骕等人，当时却都曾在《南社丛刊》上发表诗词，而胡适的"诗国革命"虽然叫得很

---

① 薛弘猷：《一条疯狗》，《文学旬刊》第21期（1921年12月1日）。
② 胡适：《通信》，《新青年》2卷2号（1916年10月）。
③ 朱自清不知是由于疏忽，还是出于对"新诗"的特殊理解，在《中国新文学大系·诗集》导言中说："新诗第一次出现在《新青年》四卷一号上。"起点虽然有误，但至少也说明，新诗的发生要从《新青年》上的发表算起。（朱自清：《中国新文学大系·诗集》导言，赵家璧主编，朱自清编：《中国新文学大系·诗集》，第1页，上海：良友图书出版印刷公司，1935年。）

响，但可以说只发生在日记、书信中，虽然部分探索之作也曾在《留美学生季报》上刊载，但社会影响有限，私人的实验仍是其基本性质。《新青年》的刊载，无疑打破了以"书信"为主的阅读，为"私人讨论"提供了一条社会化的途径，使个人的诗歌构想得以进入公共的阅读，并吸引一批北大教授参与到实验中来。从 4 卷 2 号开始，到 1919 年的 6 卷 5 号，《新青年》上共发表创作 66 首，译诗 24 首，诗论 3 篇，作者 15 人，如胡适所言："白话诗的实验室里的实验家渐渐多起来了。"① 与此相伴随的是，刚刚出现的"新诗"也引来了最初的读者的关注，在社会上获得了一定的反馈②，所谓"白话诗的实验室"向社会的公共参与敞开了大门。

二

当然，这种最初的发表、阅读空间，仍具有强烈的"同人"性质，新诗的作者大体稳定，圈子不大，主要作者无非胡适、刘半农、沈尹默、周作人等三四人，同人之间以白话诗相互唱和，多次写作"同题诗"的现象③，更是说明了一种写作和阅读上呈现出的封闭性。作为一项激进的实验，"新诗"还是北京一批新潮教授、学生们的专利。

新诗传播空间的大幅度扩张，应是伴随"五四"前后新出版物的激增而实现的④，随着各类新式杂志的大量涌现，"新诗"在报章之上也

---

① 胡适：《〈尝试集〉自序》，《尝试集》，第 42 页，上海：亚东图书馆，1920 年。
② "白话诗"在《新青年》上发表之后，一些读者就在来信中表达了自己的观感，譬如：当时"以评戏见称于时"的北京大学法科学生张厚载，就致信胡适，"谓沈、刘两君及我之《宰羊》《人力车夫》《鸽子》《老鸦》《车毯》等作皆为'西洋式的长短句'"，又言《尝试集》"轻于尝试"，胡适也有相应的回复。（载《新青年》4 卷 6 号 [1918 年 6 月]）
③ 《新青年》4 卷 1 号（1918 年 1 月）上，就有胡适和沈尹默的两首同题诗《鸽子》和《人力车夫》；4 卷 3 号（1918 年 3 月）上，则有沈尹默、胡适、陈独秀、刘半农四人的同题诗《除夕》。
④ 胡适在《五十年来中国之文学》中称，有人估计 1919 年一年中出现白话报 400 余种。（见胡适：《胡适文存二集》卷二，第 206 页，上海：亚东图书馆，1924 年。）

演变成一种风气,如胡适所说:"报纸上所载的,自北京到广州,自上海到成都,多有新诗出现。"① 某种意义上,在新文化运动的整体中,"新诗"首当其冲,成为标志性符码,在新式报刊之上占有显著位置。流风所及,即使是一些旧派文人也紧跟新潮,连《礼拜六》杂志就登载过"新体诗",以迎合时潮。后来,一位批评者就讽刺说,当时"无论什么报章杂志,至少也得印上两首新诗,表示这是新文化"②。《新青年》外,《新潮》《少年中国》《每周评论》《星期评论》等成为新的发表机关,进一步培养出更多的读者和作者。

本章开头已述及,现代报刊、出版的兴盛,已潜在地改变了文学运行的机制,作品传播、接受方式的转化,在暗中重新塑造着作家、文本和读者的关系。公共化的呈现不仅起到文化普及的功效,也打破了固有的文学发生模式,加速了"文本"与"阅读"间的反馈。在摹习经典、口传心授与私人交往之外,一个读者可以与当下的文学写作发生及时的关联。胡适就回忆,早年阅读《时报》上的《平等阁诗话》一栏,让他受益匪浅,引发了他的文学兴趣,"我关于现代中国诗的知识差不多都是先从这部诗话里引起的"③。因而"报刊"不仅是发表的空间,也同时是文学教化、趣味塑造的空间,尤其是新文学,更是与现代传媒、出版紧密伴生的一项实验,报纸杂志甚至替代了传统经典,成为新文学者获得文学教化的主要源泉。何其芳在回顾自己的诗歌道路时,也曾谈到这一点:"解放以前,许多初学写作的人主要是从当时的少数流行的文学刊物、文学书籍得到一点修养。"④ 更有意味的是,在公共的传播中,作者与读者之间的界限,往往随时会被打破。对于早期新诗而言,这一点似乎尤为紧要。很多新潮的文学青年,都是通

---

① 胡适:《谈新诗》,《星期评论》"双十"纪念专号(1919年10月10日)。
② 张友鸾:《新诗坛上一颗炸弹》,《京报·文学周刊》2号(1923年6月16日)。
③ 胡适:《十七年的回顾》,《胡适学术文集·新文学运动》,第91页,姜义华主编,沈寂编,北京:中华书局,1993年。
④ 何其芳:《我的写诗的经过》,易明美编:《何其芳研究专集》,第189页,成都:四川文艺出版社,1986年。

过报刊阅读，进而积极仿效，最后走进了新诗的"实验室"。1919年的郭沫若，就是因为在《学灯》上读到了康白情的新诗，而投身于新诗写作的。他后来的一段话颇值得玩味："假如那时订阅的是《申报》《时报》之类，或许我的创作欲的发动还要迟些。"①"发表"对新诗的"发动"作用，由此可见一斑。

有关当时发表新诗的报刊以及新诗人的具体数字，由于材料有限，颇难统计，但是从20世纪20年代出现的一些新诗的选本中——1920年出版的《新诗集》《分类白话诗选》、1922年出版的《新诗年选（一九一九年）》，也可大致看出基本的状况。②这些选本，大都选取当时报刊上的"新诗"作品，编辑而成，因此对新诗"传播空间"的构成，有一定的呈现作用：

1920年1月出版的《新诗集》，共收入诗作103首，作者56人，所选报纸杂志24种，选诗最多的为《新青年》（25首），《新潮》（17首），《时事新报》（12首），《星期评论》（10首），《新生活》（8首），《平民教育》（5首）。《分类白话诗选》（又名："新诗五百首"）比前集出版晚七个月，而且正处于新诗写作的高峰期，选录诗作自然更多。阿英曾言："此集为初期新诗之完备的选集，各主要杂志，主要报纸上的著作，网罗靡遗。"③该集选诗232首（并非500首），超出上集一倍有余，诗人68家，与上集大致持平。上面两集，分类归纳，力求全备。与之相比，1922年由康白情等新诗人策划的《新诗年选

---

① 郭沫若：《创造十年》，《学生时代》，第56页，北京：人民文学出版社，1979年；郭沫若：《我的作诗的经过》，王训昭编：《郭沫若研究资料》上册，第281页，北京：中国社会科学出版社，1986年。
② 据《现代文学总目》的记录，1922年以前出现过的新诗选本一共有四种：1920年1月上海新诗社出版的《新诗集》（第一编），1920年8月上海崇文书局出版的《分类白话诗选》，1922年6月上海新华书局出版的《新诗三百首》，以及1922年8月上海亚东图书馆出版的《新诗年选（一九一九年）》，其中第三种现在很难查到。（贾植芳、俞元桂主编：《现代文学总书目》，福州：福建教育出版社，1993年。）
③ 赵家璧主编，阿英编：《中国新文学大系·史料》，第296页（索引），上海：良友图书出版印刷公司，1935年。

(一九一九年)》则注重在"选"上,体现选家的眼光和思路,似乎比单纯的抄录更为重要。此集共选诗 90 篇,诗人 40 家,报刊 13 种,与上两集不同的是,所选诗作不只出自报刊,胡适、郭沫若、康白情三人的作品直接录自他们的新诗集,而报刊上选诗最多的是《新青年》(25 首)、《新潮》(13 首)、《觉悟》(6 首)、《学灯》(6 首)、《少年中国》(4 首)。

上述三种选本,虽然编选的时间、角度和标准都会有所差别,但所呈现的诗坛面貌,却大致相近:一个以《新青年》《新潮》为中心,以上海的《星期评论》《觉悟》《少年中国》《学灯》等报刊为侧翼,向四外发散的"新诗"传播空间,已经形成。当然,在这一"空间"的获得是有具体过程的,除新文化的整体影响外,新诗人的积极投稿,以及报刊编者的有意扶持,都对"空间"的争取有所贡献,郭沫若与《学灯》的关系,就是一个可资讨论的个案。

三

有关郭沫若投稿《时事新报·学灯》被编辑宗白华发现的故事,已是人所共知的文坛佳话,最近还有学者从"读者影响"的角度,分析了宗白华对郭沫若写作的激励作用,结论颇具启发性。[①]但是,有一点值得注意,一般叙述所依据的当事人回忆,如稍加对照,就会发现其中存在着歧义:在宗白华的追溯中,是他在接受《学灯》之后慧眼独具,在前任编辑郭虞裳积压的稿件中发现了郭沫若的诗作,从而将这个"抒情天才"挖掘出来[②];郭沫若的记述则是:"宗接事后,他有一个时期似乎不高兴新诗,后来通信,才将存积的诗一起发了。"[③]两人

[①] 刘纳:《创造社与泰东图书局》,第 9—26 页,南宁:广西教育出版社,1999 年。
[②] 陈明远记:《宗白华谈田汉》,《新文学史料》1983 年第 4 期。
[③] 郭沫若:《我的作诗的经过》,王训昭编:《郭沫若研究资料》上册,第 281—282 页,北京:中国社会科学出版社,1986 年。

的回忆间,存在明显的出入。

郭沫若投稿《学灯》是在1919年9月,当时宗白华虽已参与《学灯》的编辑工作,但主要还是起辅助作用,正式接手是在11月中旬。在9月,宗白华的前任郭虞裳,仍是《学灯》的主要编辑,也是他最初发表了郭沫若的诗作。察《学灯》的"新文艺"栏,此年9月,共发表新诗15首,其中郭诗2首;10月共发诗23首,而郭诗的数量已达9首,俨然已成为"新文艺"栏的主力,这说明在郭虞裳的任期内,郭诗不仅一炮打响,后续的发表也较为顺利①。

然而,到11月宗白华接手后,"新文艺"栏中的新诗一下子锐减到四首和三首,而且在11月10日,宗还登出一则启事,言"新文艺"及"青年俱乐部"栏,"本收读者书感抒情之作",取消稿酬,"改赠本报"酬答作者。②在民国初年的报章之上,虽然也登载小说、杂录、诗词等文艺类作品,但一般的情况是,"除小说之外,别无稿酬,写稿的人,亦动于兴趣,并不索稿酬的"③。在文学商品化的趋向中,不同的文类所扮演的角色还是不同的,"书感抒情之作"似乎仍是商品之外的兴趣寄托,《学灯》取消此类作品稿酬,本来也是正常现象。但是,稿酬从"有"到"无"的变化,还是说明"栏目"本身的地位升沉,宗白华对新诗的"不高兴"也可见一斑。当时的《学灯》主要以"学术"为主,一般以分量较重的论文作头条,文艺只占边缘位置,更多是顺应当时的杂志风尚,属于陪衬的性质,如朱自清所说,在当时报刊上,大约总有新诗"以资点缀,大有饭店里的'应时小吃'之概"④。用宗白华自己的话来说:"本栏是学术界的出版品,本栏的能力,只能

---

① 郭沫若的回忆也证实了这一点:"那时的《学灯》的编辑是郭绍虞"(应为郭虞裳),郭的诗作"寄去的大多登载了出来"。(《我的作诗的经过》,王训昭编:《郭沫若研究资料》上册,第281页。)
② 《本栏启示》,《时事新报·学灯》1919年11月10日。
③ 包天笑:《钏影楼回忆录》,第394页,香港:大华出版社,1971年。
④ 朱自清:《新诗》,《朱自清全集》第4卷,第208—209页,朱乔森编,南京:江苏教育出版社,1996年。

从学术上研究各种艺术、道德、伦理，学术的价值和内容，发挥而介绍之。不能直接的去做艺术或道德的运动。"① 出于这种考虑，削减诗歌的数量，取消一些栏目的稿酬，突出栏目的重点和主次，也是自然的事。

在这种背景下，郭沫若的记述似乎更为可靠。他与宗白华的交往，其实是从学术方面的讨论开始的。在宗白华接手后，郭沫若还是有诗作发表，但他与宗白华见诸报端的首次联系，是 1919 年 12 月 22 日宗的一则启事："你的新诗将在元旦增刊中登载。评论文请寄来一读为盼。"② 在报上登载简短的启事，向投稿者报告稿件情况，是《学灯》上的惯例，几乎每期都有，并没有什么特殊之处，郭此时不过是众多作者中的一员，而且让宗白华真正感兴趣的恐怕是那一篇以哲学问题为中心的"评论文"③。当时中日之间的邮政来往还是很便利的，从上海到日本的邮期只几天时间。五天后，郭沫若读到了这则启事，似乎十分欣喜，当即撰写了一封长信，表述了自己对有关墨子问题的看法。④ 正是这封信促发了二人之间热烈的通信以及整部《三叶集》的诞生。后来，郭沫若自己也说：哲学是白华与我接近的原因。⑤ 以学术讨论为起点，暗示出宗白华的接受期待（下文会专门论述），同时也说明郭沫若的"新诗"受到青睐，还是有一番周折的。

与宗白华的通信后，郭沫若在 1920 年年初进入了"爆发期"，诗

---

① 《学灯》栏宣言，《时事新报·学灯》1920 年 1 月 1 日。
② 《时事新报·学灯》1919 年 12 月 22 日。
③ 此"评论文"针对的是《学灯》上发表的抱一的《墨子的人生学说》（《时事新报·学灯》1919 年 11 月 22 日），宗白华曾作《中国的学问家——沟通—调和》（《时事新报·学灯》1919 年 11 月 27 日）进行回应。郭沫若此前肯定曾致信宗白华，谈及自己也要对抱一的文章发表评论。
④ 此信发于 1920 年 1 月 3 日《时事新报·学灯》上。郭沫若在《学灯》上大量发诗，与宗白华的热烈通信也于同期开始。
⑤ "白华是研究哲学的人，他似乎也有嗜好泛神论的倾向。这或许就是使他和我接近的原因。"（郭沫若：《创造十年》，《学生时代》，第 59 页，北京：人民文学出版社，1979 年。）

作源源不断地登载于《学灯》。在 1 月 4 日到 10 日、2 月 1 日到 7 日两段时间内，的确实现了宗白华的期待："我很希望《学灯》栏中每天发表你一篇新诗。"① 更有意味的是，《学灯》的栏目也发生了些变化。在宗白华接手前，原来的"新文艺"栏是发表诗歌、小说、翻译等文艺作品的园地。但 1919 年 12 月 20 日，却出现了一个新栏目——"新诗"栏，登载的正是郭沫若著名的《夜步十里松原》，从此很长时间内，诗歌专发在"新诗"栏，其他作品仍留在"新文艺"，成了《学灯》上文艺作品的基本格局。在 1920 年 1、2 月间，除了郭沫若激情澎湃的诗行，"新诗"栏中一度见不到其他作者，"尤其是《凤凰涅槃》把《学灯》的篇幅整整占了两天，要算是辟出了一个新记［纪］录"②。这就给人留下一种印象："新诗"栏是专为郭沫若所设，而且一度几乎成了他的"专卖店"。在一个原本以学术为中心的副刊上，如此规模的发表新诗，在"新诗坛"上几乎可以说是一个事件，似乎只有后来《晨报》上连续数月连载的冰心的《繁星》③可以相比。

作为著名的四大副刊之一，《时事新报·学灯》在当时的知识界和青年学生间的声誉很高④，与其他规模较大的出版机构一样，拥有遍及全国的发行网⑤，以如此密集的方式在《学灯》上发诗，影响力可想

---

① 宗白华、田汉、郭沫若：《三叶集》，第 4 页，上海：亚东图书馆，1923 年。
② 郭沫若：《我的作诗的经过》，王训昭主编：《郭沫若研究资料》上册，第 282 页，北京：中国社会科学出版社，1986 年。
③ 《繁星》于 1922 年 1 月 1 日至 26 日在《晨报·副刊》上连载，还刊于同月 18、19、20、22、23 日《时事新报·学灯》上。
④ 最初，上海和内地的教育界所喜欢阅读的日报，莫过于上海的《时报》，但新文化运动后，由于《时报》不肯顺应潮流，《时事新报·学灯》应时而起，"延宗白华为主编，撰述者都是一时之选，于是学界极表欢迎"。（张静庐：《中国的新闻纸》，第 33 页，上海：光华书局，1928 年。）
⑤ 1919 年 9 月《时事新报·学灯》上登出《本馆添请承办分馆启事》："启者奉天吉林黑龙江山西陕西甘肃新疆湖北湖南江西福建广东广西各省城以及九江汉口芜湖镇江各大埠"；另外，茅盾曾说文学研究会"名气"大的原因之一，就是登载《文学旬刊》的《时事新报》的发行网大。（茅盾：《一九二二年的文学论战》，《我走过的道路》上册，第 203 页，北京：人民文学出版社，1981 年。）

而知。同样重要的是，在郭沫若的曲折努力与宗白华的大力扶植下，"新诗"在《学灯》的版面上从附属、边缘的状态，上升为一个专门的栏目，一块重要的空间由此被"占领"。

报刊对"新诗"的特殊礼遇，当然不只一例，除了设立专栏外，一些新诗发表的专刊也不断出现：《少年中国》1卷8、9两期（分别出版于1920年2、3月），就连续推出"诗学研究专号"，不仅发表新诗人的诗作，还登载长篇大论，集结了早期新诗的一批重要诗论；1922年专门发表新诗创作与理论的《诗》杂志的诞生，则集合一批年轻的"文研会"诗人，实现了"新诗提倡已经五六年了，论理至少应该有一个会，或有一种杂志，专门研究这个问题"①的愿望；后来，《晨报·诗镌》的推出，更是为新一代诗人的诗歌实验，提供了有效的阵地。

第二节 支撑诗坛的"新诗集"

在报刊上，新诗占有了一定规模的版面，但这只是其"传播空间"生成的一个环节而已。如果说报刊发表代表了新诗的"可能性"被广泛接受，那么其成立的"合法性"在传播层面便要由新诗的成集来完成了。

自古以来，诗文的编撰、成集，一方面有积累、保存和流传的功能，另一方面也暗中完成了价值的估定和经典的塑造，"孔子删诗"是这一传统最古老的象征。对于初创的新诗来说，这种自我拣选、自我经典化的努力从一开始便存在，所谓"略其芜秽，集其清英"（萧统《文选·序》），而这一点与"新诗坛"的稳固也息息相关。新诗史上最

---

① 周作人：《新诗》，《晨报·副刊》1921年6月9日。

早的出版品《新诗集》序中称:"我们还记得从前学做老诗的时候,什么《千家诗》《唐诗三百首》——都要念熟,总能试作。"① 后来的《新诗年选·弁言》也提到:"自从孔子删诗,为诗选之祖。"从《诗经》到《唐诗三百首》,将新诗选本置于这样的历史线索中,无非在暗示,新诗"选本"也会像古老的经典一样,奠定后来人们对"新诗"的想象。到了 20 世纪 20 年代初,当初创的新诗坛略显沉寂时,朱自清又借为《冬夜》作序,"希望有些坚韧的东西"来支持诗坛,而"出集子正是很好的办法"。言下之意,"诗集"是"诗坛"最有效的支撑。朱自清还提供了一幅最初的"诗坛"图像:"去年只有《尝试集》和《女神》,未免太孤零了,今年《草儿》《冬夜》先后出版,极是可喜。"② 在这里,诗集不仅支撑了"坛",而且也像坐标一样,标出了其轮廓。

"诗集"如此重要,新诗人自然会用心于此。胡适的《尝试集》早早编定,1918 年就催促钱玄同为其写序③,康白情的《草儿》虽然出版于 1922 年,工作则在两年前开始④。根据蒲梢编《初期新文艺出版物编目》,从 1919 年到 1923 年间,共出版各类诗集 18 部,包括个人诗集、同人合集与诗歌选集。其中《尝试集》《女神》《草儿》《冬夜》等,都是新诗史上的奠基之作。这个数字,现在看来并不惊人,但同一时期的小说创作出品短篇长篇加在一起只有 13 种。相比之下,不难看出,"新诗"不仅是新文学的急先锋,在初期新文学创作的出版中也是中坚力量,在某种意义上,新诗集不仅撑起了诗坛,整个新文坛似乎也因此而显出生气。⑤

---

① 《吾们为什么要印新诗集》,《新诗集》,上海:新诗社,1920 年。
② 朱自清:《〈冬夜〉序》,《朱自清全集》第 4 卷,第 45 页,朱乔森编,南京:江苏教育出版社,1996 年。
③ 1918 年胡适致信钱玄同,奉寄《新婚诗》,并索要《尝试集》序。见中国社会科学院近代史研究所中华民国史组编:《胡适来往书信选》上册,第 10 页,北京:中华书局,1979 年。
④ 1920 年在写给少年中国学会友人的信中,康白情说:"我正把我底诗汇成集子,出版一部《草儿》。"(《康白情致少中学会诸兄》,《少年中国》3 卷 2 期 [1921 年 9 月])
⑤ 文学研究会编:《星海》(《文学》百期纪念),上海:商务印书馆,1924 年。

从传播的角度看，"新诗集"的功能是不可替代的。首先，报刊上新诗的园地虽然很多，但基本上都是散布于其他文类、作品之中，专门发表新诗的杂志《诗》到1922年才出现。对于读者阅读而言，显然十分零散，不便于整体把握。再者，报刊发行的覆盖面也有一定局限，虽有人曾言："文学书籍的销路，在中国至多不过一万，而报纸行销至四五万，却是很平常的。"① 但这主要是指《申报》等大报，对于"五四"之后风起云涌的新式报刊来说，发行量要小得多。《少年世界》杂志曾对当时的新杂志作过一番调查，列出的40种杂志，平均每期销数都在一千到四千之间，最多是六千份左右，最少只有两百份。② 即便是当时著名的四大副刊，销数也不见得多么可观。③ 销数的稀少，与新杂志发行渠道的不畅有关，还要考虑到地域偏僻、交通不便等因素。相对于交通便利、新思想激荡的沿海地区，内陆地区接触新报刊的机会较少。1920年1月出版的成都《星期日》上载有成都联中学生的一封通信，称学校"图书室中，关于新思潮的杂志报章一本也没有"④。

有意味的是，第一本新诗集《新诗集》的编选，就与传播便利的考虑相关。编者在序言中称：读者因为"有经济上，交通上，时间上种种关系，往往不能多看新出版物；那新诗自然接触得很少了"。另外，"书报很多，翻阅起来很不便利"⑤。诗集将散见的作品汇集成册，

---

① 化鲁：《中国的报纸文学》（一），《文学旬刊》第44期（1922年7月21日）。
② 《出版界》，《少年世界》1卷4期（1920年4月）。
③ 依照姚申福的说法："《晨报》只销9000份左右，《京报》销数不到《晨报》的三分之一。《民国日报》是有名的穷报，销数自然不会多。《时事新报》的销数可能高些，但也不可能超过《时报》。"（姚申福：《五四时期〈时报〉的副刊改革》，《新闻研究资料》总59辑，北京：中国社会科学出版社，1992年。）
④ 张秀熟：《五四运动在四川的回忆》，中国社会科学院近代史所编：《五四运动回忆录》（下），第878页，北京：中国社会科学出版社，1979年；另外，李霁野在阜阳第三师范读书，"那时阜阳是一个很闭塞的县城，只有一个商务印书馆代售店，只卖商务的教科书和文具，新文化的书报一样也没有"。（李霁野：《我的生活历程》，《新文学史料》1984年第4期）
⑤ 《吾们为什么要印新诗集》，《新诗集》，上海：新诗社，1920年。

价格又相对便宜，在传播上自然有不可替代的优势。当时的读者，通过"诗集"，也更容易了解新诗的实绩，获得学习的范本。1920年在中学读书的冯至，在报纸上读到《尝试集》出版的消息后，便迫不及待地写信向亚东图书馆邮购。① 苏金伞则回忆："当时新出的诗集，如胡适的《尝试集》，郭沫若的《女神》，康白情的《草儿》，汪静之的《蕙的风》，谢冰心的《春水》"② 等等都买来读。"新诗集"阅读的兴旺，直接反映到"新诗集"的发行量上：《尝试集》出版三年已出四版，印数1 000册；据汪原放统计，到1953年亚东结业时，共出47 000册，数量惊人。③《女神》出版两年内也出四版，至1935年达12版之多，与《尝试集》不相上下。《蕙的风》也"风行一时，到前三年止销了二万余部"④。在当时，一本文学书籍的销量超过一万，就属于最畅销之列，其他几本早期"新诗集"，虽不似这三本风光，但销数都很可观。在新诗的历史上，受到读者如此的青睐，应当说是十分少有的现象。

"新诗集"的热读，不仅扩张了新诗的社会影响，而且也提供了历史存留的可能，奠定了后人对"新诗"的基本认识，这一点可由新诗选本的编辑中见出：上文已经述及，20年代初出现的几本新诗选集，大都是杂采报章上的诗作，抄录编辑而成，但1922年的《新诗年选（一九一九年）》在筛选报章作品的同时，已开始参考《尝试集》《女神》《草儿》这三本刚刚出版的新诗集。到1935年，朱自清编选《中国新文学大系·诗集》时，原来设想规模很大，在诗集之外，还要查阅当年重要的报刊，但遍读刊物，至少需要一年时间，耗费的精力难以想象。后来他只好接受周作人的建议⑤，只以"新诗集"（合集

---

① 冯至：《读〈中国新诗〉三辑》，《诗刊》1992年第9期。
② 苏金伞：《创作生活回顾》，《新文学史料》1985年第3期。
③ 汪原放：《回忆亚东图书馆》，第53、82页，上海：学林出版社，1983年。
④ 此说法出自汪静之：《中学毕业前后》，上海：开明书店，1935年。
⑤ 朱自清1935年7月22日日记，记录他向周作人征询大系散文一集的编辑方法："谓彼先生主观确定十七八位作家，再从中选取作品，这却很有道理。看来我的计划也要加以改变。"（朱自清：《朱自清全集》第9卷，第372页，朱乔森编，南京：江苏教育出版社，1993年。）

与别集)为主要资料,参考报刊只有以"新诗"发表为主的《诗》月刊和《晨报·诗镌》两种,而且"有了《新诗年选》和《分类白话诗选》,《新青年》《新潮》和《少年中国》里没有集子的作者,如沈尹默先生等,便不致遗漏了"①。可见,正是因为有了"新诗集",散见于报章之上的大量作品,才能从瞬时的消费性阅读中保留下来,成为后人了解新诗历史最有效的途径。

从私人的书信讨论到发表、成集,一个独立的新诗"传播空间"逐渐浮现出来,新诗的成立也有了基本的社会性基础。当然,建构这一"空间"的方式并不单一,譬如,学校教育的传播作用就不容低估。在新诗初兴之际,一些思想激进的教员,就将刚刚问世的新诗作品选入自编的国文课本。像叶圣陶在甪直担任高小国文教员期间,就在自编的国文教材中选用了胡适的《一颗星儿》、周作人的《小河》、沈尹默的《三弦》等新诗名作②;在正式出版的教材中,新诗也很快占有了一定的位置。据王中忱的调查,商务版《新学制国语教科书》(1923—1924年出版,初级中学用)1—6册所收白话作品中,新诗的数量就极为可观,如胡适的《赫贞江写景诗两首》《威权》,刘延陵的《水手》、傅斯年的《深秋永定门城上挽歌》、郑振铎的《我是少年》等。③除此之外,学校里的"国文课堂"也是一个重要场所。废名就回忆,他在武昌第一师范念书时,一位北大毕业的国文教师在第一堂课上,就在黑板上抄下"两个黄蝴蝶,双双飞上天……","意若曰,'你们看,这是什么话!现在居然有大学教员做这样的诗,提倡新文学!'他接着又向黑板上写着'胡适'两个字"。④虽然,老师表达的是

---

① 朱自清:《选诗杂记》,《朱自清全集》第4卷,第383页,朱乔森编,南京:江苏教育出版社,1996年。
② 商金林:《叶圣陶传论》,第206页,合肥:安徽教育出版社,1995年。
③ 王中忱:《五四新文化运动时期的商务印书馆》(附表),《中国现代文学研究丛刊》1999年第3期。
④ 废名:《尝试集》,《论新诗及其他》,第2—3页,沈阳:辽宁教育出版社,1998年。

厌恶的心情，废名却因此接触到了新诗，并渐渐被其吸引。与之相对照的是吴相湘的回忆，他进入湖南长沙读初中时，国文课本中不仅有胡适之《人力车夫》等语体诗文，而且"新诗"还被列入考试题目，结果，这一题难倒了大家。①无论是故意反对，还是有意推广，课本、教师和课堂，都在有形与无形中，扩张了新诗的势力。随着新文学进入国文教育，得到普及性的传播，新诗的历史合法性也得到了某种确认：当初激进的实验，也可以成为后来的经典，一种新的"正统"，溶入一般国民的文化教养之中。

第三节　公共传播与现代的诗歌想象

"发表"与"成集"，建构出新诗的"传播空间"，但这绝非一个单纯的载体问题，它还代表了新诗"实验室"内的先锋探索，有可能扩张开来，被提升为整体性的方向，某种文学的现代形态也由此得到了塑形。简单来说，"发表"不只传播了"新诗"，而且还可能发明了"新诗"，使它的社会及美学价值得到新的构造。

一

诚如上文所言，旧体诗文拥有一套自足的传播体系，发表与成集也是其中的有效途径，但无论是个人情趣的记录、游戏笔墨，还是

---

① 据吴相湘回忆，国文考试时"重组诗文"一项中，有胡适的诗句："你老的好心肠，饱不了我的饿肚皮"，"绝大多数同学和相湘都被这题难倒了"。老师告诫同学们："以后必须多注意背诵白话诗文。"（《胡适之先生身教言教的启示》，李又宁编：《回忆胡适之先生文集》[二]，第13页，纽约：天外出版社，1997年。）

友人间的酬唱应对、祝寿赠序，诗歌写作与社会生活间有着复杂的联系，私人的交际是其功能的重要方面。然而，随着现代文学观念的兴起，"美术之文"与"应用之文"的区分，正是以排斥文学的交际功能为起点的。在"纯文学"的眼光下，文人间的应和之作及其他酬世之文，"此种文学废物，必在自然淘汰之列"①。就"新诗"而言，其"新"也不仅仅表现在语言、体式上，其功能的现代转换，也同样蕴涵在"新"的传播方式中。依照罗贝尔·埃斯卡皮的描述，"发表"（法文的publier）一词与其词源上的鼻祖拉丁文"publicare"的语义常数，是供众人支配的意思。"发表作品，也就是通过将作品交给他人以达到完善作品的目的。为了使一部作品真正成为独立自主的现象，成为创造物，就必须使它同自己的创造者脱离，在众人中独自走自己的路。"②从某个角度看，所谓"使一部作品真正成为独立自主的现象"，"发表"带来的作品独立性，与现代的"纯文学"想象距离并不遥远。

当然，"纯文学"观念的产生，与现代媒体、出版之间的关系十分复杂。一方面，"发表"带来文学公共化的可能，作为一种朝向公共"发表"的写作，文学应当脱离日常功用，在个体情感中处理普遍性、社会性的议题；但另一方面，公共"发表"又开启了文学商品化、消费化的路径。在依赖现代发表、出版市场的同时，又拒绝文学在市场上成为新的消费品，也构成了新文学基本的历史张力。像上文提及，晚清以降，传统诗文与现代报刊结合，开辟了新的公共传播空间，但在某种意义上，酬唱交际的传统并未因此改变，诚如有人指摘的："无量数斗方名士，咸以姓名得缀报尾为荣，累牍连篇，阅者生厌，盖诗社之变相也。"③这自然不合于现代真纯的文艺理解，即便是对白话诗存疑的梁启超，也认为"往后的新诗家，只要把个人叹老嗟

---

① 刘半农：《我之文学改良观》，《新青年》3卷3号（1917年5月1日）。
② 罗贝尔·埃斯卡皮：《文学社会学》，第36—37页，于沛选编，杭州：浙江人民出版社，1987年。
③ 雷瑨：《申报过去之现状》，中国人民大学新闻系新闻事业史教研室编印：《中国近代报刊史参考资料》，第180页，1980年。

卑，和无聊的应酬交际之作一概删汰，专从天然之美和社会实相两方面着力，……自然会有一种新境界出现"①。此种现代的诗歌想象，除了表现为观念的申说之外，"发表"与"成集"的公共化呈现，其实也暗中参与，完成了诗歌形象的塑造功能。胡适《尝试集》成集中发生的"自我删选"，就值得在这里讨论。

胡适的诗歌生涯开始于少年时代，自称到美国时，已作诗两百多首。② 在美时，也与任叔永、杨杏佛等友人唱和不断。查胡适的《藏晖室劄记》，自1911年1月至《去国集》中最后一首《沁园春·誓诗》写作的1916年4月，《藏晖室劄记》所载胡适诗作共四十余首。从内容和功能上看，它们大致可分为抒发个人感怀、描摹自然及社会风物、朋友家人之间的寄赠酬唱三类，其中以最后一类的数量最多，大致有二十几首。本来，胡适到美后计划心无旁骛，专攻本业，屡有"禁诗"的决心③，开始一两年作诗不过几首，但自从任叔永、杨铨来到绮色佳后，才在二人的不断索和下开始"复为冯妇"④。尤其是在1914年至1915年间，胡适诗歌产量很高，其中很大一部分都是朋友间的唱和，其他如送别、留念、悼亡等，社会的交际是他写诗的主因。在《尝试集》成集中，上述诗作中，只有18首被收入《去国集》，经过一番筛选是肯定的；在这18首中，寄赠酬唱之类的比重更是大幅度减少，只有六首，其他写景、抒怀、说理占据大部；即使是这六首"应酬"之诗，也都以传达明确的个人志向为主。可以看出，压缩"酬唱之作"的意识，渗透在了《去国集》编选中，这一点也延续到《尝试集》第一编中。

---

① 梁启超：《〈晚清两大家诗钞〉题辞》，《饮冰室合集·文集》第15册，第79页，上海：中华书局，1936年。
② 胡适：《〈尝试集〉自序》，《尝试集》，第19—20页，上海：亚东图书馆，1920年。
③ 1911年2月1日胡适日记中记："余初意此后不复作诗，而入岁以来，复为冯妇，思之可笑。"（胡适：《藏晖室劄记》1卷，第2页，上海：亚东图书馆，1939年。）
④ 1914年1月23日，胡适在日记里写下："余谓叔永君每成四诗，当以一诗奉和。后叔永果以四诗来，余遂不容食言。"（胡适：《藏晖室劄记》3卷23，第156页。）

《尝试集》第一编，编选的是胡适自1916年7月到归国前的诗作，此一时期是胡适创作的高峰期，不到一年时间，日记上所载诗作近五十首，超过了以前五年的总和。然而，以往的文学史描述常忽略的是，在此一时期，胡适写作了大量白话打油诗或游戏诗，共有18首左右，占创作总数的三分之一还多，但《尝试集》一首未录，《新青年》及《留美学生季报》上更无发表，这个现象或许别有深意。写"打油诗"彼此打趣，这种文字游戏的勾当本来就是文人的旧习。在晚清，骂世文、打油诗、游戏诗等文体的发达，也是个重要的文学史现象。① 关键在于，"打油诗"与胡适的白话诗尝试有着非常紧密的关联。胡适的第一首白话诗，大概要算1916年7月22日写下的《答梅觐庄——白话诗》，这首惹下一场大祸的游戏之作，嬉笑顽皮，展示了白话的劲健活力，它本身就"一半是朋友游戏，一半是有意试做白话诗"②。"朋友游戏"与"有意试做"，在这里合成了一件事。在此之前，胡适还收到杨杏佛、赵元任的两首以《科学》催稿为题的白话打油诗，并赞叹："此诗胜《南社》所刻之名士诗多多矣。"③ "打油诗"，或许可以说是白话"实地实验"的起点，在最初一段时间内产量颇丰，除杨、赵二人外，还吸引了胡明复、陈衡哲乃至白话的反对者任叔永。这让胡适十分惊喜，其中胡明复的诗风，比胡适还要激进："（胡）明复有一天忽然寄来了两首打油诗，不但是白话的，竟是土白的。"④ 大概是因为打油诗写得过多，任鸿隽竟这样评价胡适未来的《尝试集》："一集打油诗百首，'先生'合受'榨机'名。"⑤ 有意味的是，被称为"一集打油诗百首"的《尝试集》，无论是抒发个人感受，表露文学观点，还

---

① 刘纳：《嬗变——辛亥革命时期至五四时期的中国文学》，第148页，北京：中国社会科学出版社，1998年。
② 胡适：《〈尝试集〉自序》，《尝试集》，第31页，上海：亚东图书馆，1920年。
③ 胡适：《藏晖室劄记》13卷23，第944页，上海：亚东图书馆，1939年。
④ 胡适：《追想胡明复》，《胡适文存三集》卷九，第1229页，上海：亚东图书馆，1930年。
⑤ 《藏晖室劄记》15卷14，第1063页。

是营造含蓄诗境，处理历史事件，却基本上摈除了"打油气"，"打油诗"一首未选。

对"打油诗"，胡适自己的态度是暧昧的，个人喜好是一方面，但它毕竟属于私人间的游戏，不足以承当赋予"新诗"之上的现代公共化期待①，发表与成集中的自动删除，与《去国集》对"酬唱"之诗的压缩，同是一种逻辑所致。虽然"打油诗"未入《尝试集》，但《答梅觐庄——白话诗》一诗，还是随着他的《〈尝试集〉自序》等文的流布，而广为人知，尖锐的批评也随之而来："读者可承认左边这几行是诗？大概没有首肯的罢！……太一味胡闹了！作的还不如自由谈上的滑稽文哩！"②将"打油诗"比作滑稽文，其在新文学系统中的"非法"身份，不言自明。这种"拣选"的机制，甚至在《尝试集》后来的删定中，也有显现。在《尝试集》四版删诗时，鲁迅就建议删去《周岁》一诗，因为"这也是《寿诗》之类"③。

排斥诗歌的日常交际、游戏功能，体现了苛刻的文学现代立场，及其对新的诗歌形态的规范作用。但在传统写作惯习仍有强大惯性的时期，"新诗"中的交际、游戏之作，仍十分常见，这不仅发生在北京《新青年》同仁间，酬唱的圈子甚至扩展到外地，上海《星期评论》群体的沈玄庐、朱执信、戴季陶等，也以新诗为媒介，与胡适、陈独秀等唱和不断，如朱执信的《毁灭》一诗，就是"读胡适之先生的诗"，引发联想，"戏成此诗"。④针对这样的惯习，相关的批评也屡见不鲜。20年代初，当郑振铎在报上读到，一位"惯做应酬的"新诗人的诗序中，有"戏作此诗，博某人底一笑"的字样，就大发议论，批

---

① 胡适1919年6月10日在致沈尹默信中，曾说"转湾子的感事诗与我们平常做的'打油诗'"，"这两种诗共同有一种弱点，只有个中人能懂得，局外人便不能懂得。"(耿云志、欧阳哲生编：《胡适书信集》上册，第75页，北京：北京大学出版社，1996年。)
② 张友鸾：《新诗坛上的一颗炸弹》，《京报·文学周刊》2号(1923年6月16日)。
③ 1921年1月15日鲁迅致胡适信，转引自陈平原：《经典是怎样形成的——周氏兄弟等为胡适删诗考》(二)，《鲁迅研究月刊》2001年第5期。
④ 《星期评论》第18号(1919年10月5日)。

评这种游戏的态度。① 康白情的《草儿》之中，赠别寄怀之诗，占据了全集的一大部分，这也为批评者留下了攻击的口实。闻一多在其著名的《〈冬夜〉评论》中，就指斥道："近来新诗里寄怀赠别一类的作品太多。这确是旧文学遗传下来恶习"，而"《草儿》里最多"。② 新体式与旧功能，似乎还存在缠绕之处，这表明了在发生期，"新诗"历史形象的复杂之处。另外，可以探讨的是，上述游戏、应酬之作，或许有违文学的自律性想象，但对现代文体规范的逾越，恰恰是早期新诗开放性活力的来源。本书第四章，将会就胡适的白话"打油诗"写作，作进一步的讨论。

二

发表、成集过程中，对游戏、交际之作的排斥，表明了现代文学观念在"传播层面"的体现，与此相关的是，新诗／旧诗之间的区分，也变得耐人寻味了。在新文学史上，很多新文学家也从事旧诗写作，这是一个被多次讨论的现象。在新诗发生期，针对新诗人偶作旧诗一事，还引发过一些争论。1922 年，吴文祺因不满康白情《草儿》中附录旧诗，在杭州《新浙江报》上发文，指责一班新诗人"一面既大做白话诗，一面仍旧大做五七言诗"。这引起另一位新旧兼备的诗人——刘大白的反驳，二人在报上展开了一场笔战。③ 双方具体观点这里不再引述，从总体上看，争论的焦点集中在旧诗存在的合理性与新诗的历史处境上，这也成为一笔"旧账"，直至今日还不断被翻检。然而，在不同观念的碰撞、交锋中，有一个问题却很少被触及，即：

---

① 郑振铎：《中国文人对于文学的根本误认》，《文学旬刊》第 10 期（1921 年 8 月 10 日）。
② 闻一多：《〈冬夜〉评论》，《闻一多全集》第 2 卷，第 87 页，孙党伯、袁謇正主编，武汉：湖北人民出版社，1993 年。
③ 吴文祺：《我为新文学奋斗的经过》，郑振铎、傅东华编：《我与文学》，第 250—254 页，上海：生活书店，1934 年。

在由发表、成集构成的公共化"空间"中,"新诗"与"旧诗"的功能、性质是有所差别的。

毋庸赘言,"旧诗"在某些新文学家的创作中,占有极为重要的位置,有人的旧诗成就还相当突出,以至超出了其新文学的造诣。① 但无论是个人情怀的记录,还是朋友间的文字往来,"旧诗"多半具有某种"私人"性质,与"新诗"的公共性指向十分不同,差异有时直接体现于"发表"有无上。虽然"旧诗"也可见诸报端,甚至结集成册②,但公共化的传播不一定是全部。以郁达夫为例,他早年和晚年的旧诗,也曾在国内和日本的报刊上发表,但更多的是散布在其日记、书信中,让后来的编辑者颇费周折,因为"诗,对郁达夫来说,主要是'自遣'"③。汪静之的一段自述,更明确地表达了上述区分:"我当时把写白话新诗当作创作,是正经工作,偶然写一首绝句或小令词,只当作游戏……写新诗要留稿保存,写旧体诗词不留稿,不准备保存,更不发表。"④ 作为"创作"的新诗朝向"公共发表",而旧诗写作服务于个人情趣的传达,这种区分结构可能是被广泛分享的。

如果进一步探讨,上述区分也暗示出"诗歌"功能、性质的潜在变化。对诗歌的重视,在中国有漫长的传统。但应注意的是,在传统社会结构中,"诗"并不是现代意义上的只具有审美价值的文学作品,"兴于诗,立于礼,成于乐",诗歌作为社会整体教化的一个部分,它还是社会交际的工具,以及文化陶冶、熏陶的手段。在传统知识分子的文化教养中,旧诗写作作为一种必须习得的技能,具有广泛的社会

---

① 譬如,郁达夫的旧诗写作历来为人称道,郭沫若就认为"他的旧诗词比他的新小说更好"。(郭沫若:《〈郁达夫诗词抄〉序》,郁达夫:《郁达夫诗词抄》,周艾文、于听编,杭州:浙江人民出版社,1981年。)
② 当然,这只是一种大致的倾向性描述,许多新文学家的旧诗写作还是与"发表""成集"有关的,康白情的旧诗集《河上集》后来就从《草儿》中分出,单独出版。
③ 周艾文、于听:《〈郁达夫诗词抄〉编后记》,郁达夫:《郁达夫诗词抄》,第284页。
④ 汪静之:《〈六美缘——诗因缘与爱因缘〉自序》,《六美缘——诗因缘与爱因缘》,第11页,北京:十月文艺出版社,1996年。

基础，对写作成规的摹习与领会，是必需的入门途径。这与将文学作为一种特殊创造性活动的现代理解，是有一定距离的。何其芳回忆儿时在私塾学作旧诗，"把诗当作功课来做，题目都是老师出的，叫做赋得什么，这和创作是完全不相干的（即使是十分幼稚的创作）"①。这段话出自新文学家的立场，包含了对"赋得"的贬抑，而"创作"则是一个与之相区分的概念，"新旧"之别落在了写作发生机制的差异中。类似的区分，也出现在郭沫若的自述里，他也自述早年作过"赋得体"的试帖诗，一些"旧诗的滥调"也尝试过，但"诗的觉醒期"还是要从22岁时读到朗费洛的英文诗《箭与歌》时算起，"那诗使我感觉着异常的清新，我就好像第一次才和'诗'见了面一样"。②

所谓"创作"，是新文学发生期一个相当核心的概念，20世纪20年代初的《小说月报》，就曾围绕"创作"问题，展开过热闹的讨论。③简单说来，"创作"是指要从传统的成规、积习中挣脱出来，表达一种独特的、真实的、富于想象力的内在经验。请看"五四"时期，新文学家是如何谈论"创作"的。按照愈之的说法："文学的价值，全在于创作；一切专事模拟没有独创精神的东西，都不好算做文学的作品。因为一切艺术，都是以创作的效能（Creative faculty）为基础的。"④叶圣陶在他的系列《文艺谈》中，也专门强调：

> 我们从事创作，须牢记着这"创作"二字——单单连缀无数单字，运用许多现成的语句，凑合成篇，固然不可谓

---

① 何其芳：《写诗的经过》，易明美编：《何其芳研究专集》，第178页，成都：四川文艺出版社，1986年。

② 郭沫若：《我的作诗的经过》，王训昭编：《郭沫若研究资料》上册，第277—278页，北京：中国社会科学出版社，1986年。

③ 贾植芳编：《文学研究会资料》（上册）（郑州：河南人民出版社，1985年）以"关于创作问题的讨论"汇编了这方面的论文。

④ 愈之：《新文学与创作》，《小说月报》12卷2号（1921年2月10日）。

"创";即人家已经说了的话,我用文字把它再现出来,也不可谓"创"。必须是人家不曾有过而为我所独具的想象情思,我以真诚的态度用最适切的文字语句表现出来,这个独特的想象情思经这么一番功夫,就凝定起来,可以永久存留,文艺界里就多了一件新品。这才不愧为"创"呢。①

叶圣陶的解说,多少有点自我发明的性质,但他表达的的确是一种有关文学的现代理解。正如伊格尔顿所描述的,关于"文学"这个词的现代看法是在 19 世纪才真正流行,其范畴缩小到所谓的"创造性的"或者"想象性的"作品,"创造性想象"被赋予一种特殊的位置②,而这种理解的发生,恰恰受到了现代传播的深刻影响。雷蒙德·威廉斯从更整体性的视角,探讨了中层阶级读者群增长、商业出版对文学传播的改变,与 19 世纪艺术观念之间的关联。他认为:"在市场与专业生产的观念逐渐受到重视的同一时期,一个关于艺术的思想体系也形成了,其最重要的成分是:一、强调艺术活动的特殊性质——以艺术活动为达到'想象真理'的手段;二、强调艺术家是一种特殊的人。"③ 随着现代文学观念的移植和转化,在"五四"新文学的理论阐发中,我们不难听到这种声音的回响,"创作"的观念也逐渐普及,成为文学青年的必备常识④,也渗入到具体的批评当中,演化为某种评判、区分的标准。1921 年 4 月,沈雁冰著名的《春季创作坛漫评》一文,开篇就抛出批评的所谓"评例",一共有四条:一是,写小说的人把小说当作

---

① 叶圣陶:《文艺谈》25 则,《叶圣陶集》第 9 卷,第 51 页,叶至善等编,南京:江苏教育出版社,1990 年。
② 特里·伊格尔顿:《当代西方文学理论》,第 38 页,王逢振译,北京:中国社会科学出版社,1988 年。
③ 雷蒙德·威廉斯:《文化与社会》,第 65 页,吴松江、张文定译,北京:北京大学出版社,1991 年。
④ 在章克标炮制的"文坛登龙术"中,"创作"就被当成一种基本的常识来介绍:"说创作,一定是创造精神的表现,一定全是创见的,决不能是东抄西袭拢来的东西。"(章克标:《创作与翻译》,《风凉话和登龙术》,第 116 页,许道明、冯金牛选编,上海:汉语大词典出版社,1995 年。)

私人的礼物，一己的留声机，如"定婚日记之类"，作者不承认这样的人有"创作"的资格。二是西洋通俗杂志上小说的换写，也不认为有"创作"的资格。三是表现的手段太低，或是思想不深入，属于"未成熟的创作"。四是"本身比较好的"。在当年前三个月发表的短篇小说87篇，剧本8篇，长篇小说2篇中，沈认为"合于第四条的只有二十篇；不够放在第四条的一列而尚不失为合于第三条之规定的，也只有二十四篇"。① 在他的分类取舍中，不具有"创作"资格的，主要有两种类型：一是不能摆脱私人生活的束缚，二是对于他人的模仿。从反面推论，可知沈雁冰的眼里，对一己之私的超越以及对独创性的追求，构成了所谓的"创作"的内涵。

当"创作"的观念被引入诗歌的理解，新/旧之别又有了另一种表现：私人的"自遣"或教养的习得，并不以传统规范的打破为重点，从某种意义上讲，一整套既定的、成熟的形式策略，更容易满足功能上的需要。当然，虽然新文学家站在"创作"的立场上，抨击旧诗写作的"模仿性"，但作为"五四"激进的文化策略的一部分，这种抨击具有很大的拟想性，新诗中的"模仿"之作也大量存在，旧诗内部的创新活力也不容轻视。与"创作"相对立的，其实不是简单的"模仿"，而是怎样看待写作"成规性"的问题。以"骸骨迷恋者"自居的郁达夫，有一段话就颇值回味，他说："目下在流行着的新诗，果然很好，但是像我这样懒惰无聊，又常想发牢骚的无能力者，性情最适宜的，还是旧诗，你弄到了五个字，或者七个字，就可以把牢骚发尽，多么简便啊。"② 他的话从一个侧面表明，"新诗"与"旧诗"在经验范畴上的差异，相对于新诗对新的美学"可能性"的追求，某种"类型化"的个人情绪，更适于用旧诗表达，它不以独特的"创造"为

---

① 郎损：《春季创作坛漫评》，《小说月报》12卷4号（1921年4月10日）。
② 郁达夫：《骸骨迷恋者的独语》（摘录），王自立、陈子善编：《郁达夫研究资料》（上），第236页，天津：天津人民出版社，1982年。

旨归，五七言的诗体形式，能更有效地处理"牢骚"的文人经验。郁达夫旧诗写作的这一特征，已有研究者进行了专门讨论，认为他旧诗写作存在一种"世界的自我化"倾向，即：他处理的世界是一个被旧体诗思维方式、审美习惯所支配的世界，拒绝了外部时空的进入。①与之相比，在发表、成集带来的"公共阅读"中，"自遣"之外，某种与传统、与他人相区分的冲动，已成为"新诗"内在的动力，"创作"的本质要求"诗歌"写作要从日常功能、笔墨游戏和表述成规中脱离出来，成为想象力和情感的独特运作。田汉还曾从词源学的角度，将"诗歌"一词解释为"创造"，而诗人的形象，则非"创造者"莫属。②

　　重要的不是新诗真的属于"独创"，而旧诗一味"模仿"，变化主要发生在观念以及想象的层面。当诗歌写作被命名为"创作"，在对自我与世界特殊关系的挖掘中，某种对"新异""陌生"经验的追求，便不可避免地参与到它的历史命运中，新诗史上持续出现的实验性因素，除现代文学潮流的影响外，也似乎与作为"新诗"启动的、特殊的"创作"观念有关。这种动力的产生，无疑是呈现于现代"纯文学"观念兴起的背景中的，但传媒、出版所带来的文学运行机制的变化，也有所贡献。当"诗歌"脱离了私人的交际、自遣，公共的阅读成为它的最终旨归，一种现代的诗歌想象也凸显出来：新诗与旧诗的差别，不仅是文言/白话、格律体/自由体间的对立，作为"创作"，它的"新"表现在功能和内在的驱动上，在公共化的呈现中，它应该从文人自遣、日常交际和教养习得中挣脱出来，成为自律的、严肃的而且是"独特"的"创作"。某种意义上，这一观念已演变成现代诗歌的一种内在体制。

　　当然，这是从总体倾向上立论，在文学运行机制发生变化的时

---

① 洪俊荧：《郁达夫文类选择及其文学理想》，《中国现代文学研究丛刊》2000年第1期。
② 在长文《诗人与劳动问题》中，田汉写道："'诗歌'这个名词，英语叫做Poetry，法语叫做Poeme，都源于拉丁文的Poema，是'创造'to make（to compose）的意思。"（《少年中国》1卷8期［1920年2月］）

代，旧诗写作同样不缺乏创新的动力，但从"功能"的角度分析，许多观念、美学上的争议，便可获得另一种解释的可能。"新旧"之间的差异，不能简单理解为"历时"的替代与冲突，在"自遣"与"创作"之间，在作为文化教养、传统积淀的经典摹习与作为纯文学的可能性探索之间，二者之间的分别，或许显现为不同的文化位置、功能的"共时"并存与对话。

附录：1920—1922年"新诗集"的编目[①]

《新诗集》（第一编），上海：新诗社出版，1920年1月。
胡适：《尝试集》（附：《去国集》），上海：亚东图书馆，1920年3月。
叶伯和：《诗歌集》，1920年5月。
许德邻编：《分类白话诗选》，上海：崇文书局，1920年8月。
胡怀琛：《大江集》，上海：国家图书馆，1921年3月。
郭沫若：《女神》，上海：泰东图书局，1921年8月。
俞平伯：《冬夜》，上海：亚东图书馆，1922年3月。
康白情：《草儿》，上海：亚东图书馆，1922年3月。
《湖畔》，湖畔诗社，1922年4月。
新诗编辑社编：《新诗三百首》，上海：新华书局，1922年6月。
《雪朝》，文学研究会丛书，上海：商务印书馆，1922年6月。
李宝梁：《红蔷薇》，上海：新文社，1922年7月。
汪静之：《蕙的风》，上海：亚东图书馆，1922年8月。
徐玉诺：《将来之花园》，文学研究会丛书，上海：商务印书馆，1922年8月。
北社编：《新诗年选（一九一九年）》，上海：亚东图书馆，1922年8月。
朱采真：《真结》，浙江书局，1922年10月。
朱乐人：《雨珠》，回音社丛书，上海：回音社，1922年11月。
赵景深编译：《乐园》，天津：新教育书社，1922年。

[①] 据贾植芳、俞元桂主编：《现代文学总书目》，福州：福建教育出版社，1993年。

第二章　读者、时尚与"代际经验"

由发表、出版建构出"传播空间",扩张了新诗的社会影响,同时暗中形塑了新诗的文化形态。在这一"空间"的生成中,还有一个因素不可或缺,那就是新诗的读者。众所周知,对于任何一种文类而言,其兴起、发展,都与一个读者群的确立密切相关。黑格尔曾言:小说是市民阶级的史诗。伊恩·瓦特就18世纪读者大众与小说兴起的关系的讨论,也是经典的研究个案。① 对于中国古典诗歌而言,上一章已经论及,诗歌写作、阅读与日常生活、社会交际、文化教育有着密切的关系,其社会基础十分广泛。据相关材料的估计,19世纪末20世纪初,在江苏省每百名女子中,拥有阅读能力的估计在10—30人不等,"其中会作诗的可能有1—2人"②。如果百名妇女中就有一二人写诗,那么加上能为诗者比例更高的男子,仅江苏一省"诗人"之众多,乃至诗歌读者之广大,也就可想而知了。诗歌人口的繁盛,只是一个方面,诗人与读者间可以共享的文化传统和美学趣味,则更为内在地支撑了古典诗歌的扩张与延续。后来的新诗人吴兴华就指出了这一点:

---

① 伊恩·瓦特:《小说的兴起》,高原、董红钧译,北京:生活·读书·新知三联书店,1992年。
② 徐雪筠等译编:《海关十年报告之二》(1892—1901),《上海近代社会经济发展概况(1882—1931)——〈海关十年报告〉译编》,第96页,上海:上海社会科学出版社,1985年。

> （古典诗歌）拥有着数目极广，而程度极齐的读者，他们对于诗的态度各有不同，而对于怎样解释一首诗的看法大致总是一样的。他们知道什么典故可以入诗，什么典故不可以。他们对于形式上的困难和利弊都是了如指掌的。总而言之，旧诗的读者与作者间的关系是极其密切的。他们互相了解，写诗的人不用时时想着别人懂不懂的问题。读诗的人，在另一方面，很容易设想自己是写诗的，而从诗中得到最大量的快感。①

与古典诗歌相比，诗人与读者之间的这种融洽关系，在新诗的发生过程中却瓦解了。作为一种历史创生物，新诗本身就是一种实验的产品，对"陈言套语"的反动，也打破了阅读与写作之间的成规性认同。这意味着，新诗最初是一种缺乏阅读的写作，除了小圈子内的同人交流②，它的"读者群"还尚待生成。由此，在新诗的发生期，当公共性的发表、出版打开了"实验室"的大门，如何召唤出一个新的"读者群"，也成了一个非常重要乃至关乎新诗能否成立的问题。

---

① 吴兴华：《现在的新诗》，原载夏济安编：《诗论》，台北：文学杂志社，1959年；转引自奚密：《诗的新向度：从传统到现代的转化》，唐晓渡译，收入贺照田主编：《学术思想评论》第10辑《在历史的缠绕中解读知识与思想》，第415页，长春：吉林人民出版社，2003年。
② 如本书第一章所述，新诗的发生，是从朋友、同人间的讨论开始的，而最初的实验空间与阅读空间，往往是重合的。比如，在美国与胡适争论的梅光迪、任叔永等友人，以及支持胡适的钱玄同、陈独秀，替他改诗的周氏兄弟，构成了新诗最初的"读者圈"。这一"读者圈"不只存在于胡适等北大师生间，对于其他新诗人，情况也很类似：在日本留学的郭沫若，当时虽然身处异域，但通过投稿《学灯》结识宗白华、田汉，三人的通信中很大一部分，都是围绕郭沫若的诗歌展开。除此之外，郭的作品还在张资平、郑伯奇等人中传看。因此，这几位创造社的"元老们"，也构成了另一个"读者圈"。

第一节　新诗读者的构成

从"文学社会学"的角度看,在文学生活的背后,往往隐含了社会性的分化,不同的文学取向、流派,可能对应不同的社会群体。对于新文学而言,这一点尤其重要,因为新文学乃至新文化的发生及"正统"确立,都离不开一个特定社会群体的支持、参与、追捧。这个群体即为在"五四"前后登上历史舞台,并发挥愈来愈显著作用的青年学生。

在中国传统的社会结构中,"士"为四民之首,广大蹭蹬科场的士子童生,构成了一个特殊的社会阶层。据统计,19世纪后半叶中国共有正途士绅约91万人①,而童生的数量更为庞大。康有为曾言:"吾国凡为县千五百,大县童生数千,小县亦复数百,但每县通以七百计之,几近百万人矣。"由于录取比例相当有限,"多故有总角应试,耄耋犹未青其衿者,或十年就试,已乃易业,假三十年之通,则为三百万人矣"。②晚清以降,科举制度及旧学制的废除、瓦解,强烈冲击了传统的"四民"社会结构,新式学堂的兴起,又吸纳了原有的士绅,使得士子童生的群体,逐渐向新式学生转变。"五四"之前,学生群体的人数就一直处在激增状态:民国元年,全国学生总数为2 933 387人,民国二、三、四年的递增数量分别为70、40、20万人③,至20世纪20年代初,全国学生总数增至500多万④。据周策纵的估计,"五四"运动开始时,大致约有1000万受过某种形式的新式教育的人。"与全国人口比较起来,新知识分子的比例是很小的,大概

---

① 桑兵:《晚清学堂学生与社会变迁》,第147页,上海:学林出版社,1995年。
② 康有为:《请废八股试帖楷法试士改用策论折》(1898年),舒新城编:《中国近代教育史资料》上册,第38页,北京:人民教育出版社,1981年。
③ 黄炎培:《读中华民国最近教育统计》(1919年),同上书,第363—364页。
④ 《教育统计资料(九份)》(1922年11月),同上书,第371—373页。

占 3%",但对中国社会产生了巨大影响。①

新式学生群体的出现,不仅改变了中国社会的固有结构②,也构成了新文化运动发生的社会前提,《青年杂志》的发刊词《敬告青年》,就表明了这一明确的读者意识,有论者曾对新文化运动的展开方式做出如下分析:"以著名学者为领袖,以全国学生为中心,其传播之主要媒介则为出版物。"③在这样一个由中心向"四远"扩散的结构中,如果说陈独秀、胡适、周氏兄弟等新知识分子扮演了领袖角色,那新文化、新文学的主要追随者、读者,当然非新式教育培养出的"全国学生"莫属。直至 40 年代,沈从文在对新文学的读者进行分类时,仍认为人数最多的,是 15—24 岁之间的中学生与大学生。④对于新文学的急先锋——"新诗"来说,这一点表现得也许更为突出,如茅盾所言:"初有写作欲的中学生十之九是喜欢写诗的。"⑤他们既是新诗的读者,也是主要的追随者,许多读者通过投稿新潮报刊,也会很快变成"作者",一代新诗人正蕴藏在其中。当时,在中学读书的汪静之,就是通过新书报的阅读,对新诗产生了兴趣,并将自己尝试的诗作,寄给新诗的"老祖宗"胡适。这封来信让胡适大为振奋,他回信说,白话诗文原来只有三两大学教授和大学生响应,"现在第一次发现一位中学生也写白话诗,他很高兴"⑥。与汪静之同校的曹聚仁,回忆当年在《民国日报·觉悟》的编辑室里,曾看见成千份的诗稿,一位诗人,十

---

① 周策纵:《"五四"时期各派社会势力简析》,《五四运动史》(附录一),第 518 页,周子平译,南京:江苏人民出版社,1996 年。
② 对这一问题的研究,参见桑兵:《晚清学堂学生与社会变迁》,上海:学林出版社,1995 年。
③ 李泽彰:《三十五年来中国之出版业》,张静庐辑注:《中国现代出版史料》丁编(下卷),第 387 页,北京:中华书局,1959 年。
④ 沈从文:《小说作者和读者》,原载《战国策》第 10 期(1940 年 8 月 15 日);收入《沈从文全集》第 12 卷,第 76—77 页,太原:北岳文艺出版社,2002 年。
⑤ 茅盾:《论初期白话诗》,《文学》8 卷 1 号(1937 年 1 月 1 日)。
⑥ 汪静之:《我和胡适之先生的师生情谊》,李又宁编:《回忆胡适之先生文集》(一),第 284 页,纽约:天外出版社,1997 年。

天之内写了三百多首白话诗，可见写作与投稿之兴盛。①

虽然有此盛况，但应当指出的是，新的"读者群"的扩张，还是有一定边界的，数量不可高估。另外，由新式教育培养出的知识青年，不一定就喜读新文学，实际的阅读状态可能更为错杂。通俗小说和流行杂志，在青年学生中仍有很大的市场。20世纪20年代初，著名的《学生杂志》曾进行过对当时学生生活的调查，据陈广沅《交通大学上海学校学生生活》一文记录，读通俗小说是当时学生的首要娱乐，"差不多一种《礼拜六》在校内就有二百余本"②。虽然这只是一校的情况，但应该有一定的代表性。即便在新文化的整体阅读中，读者也是有所侧重的，新文学的创作，或许并不占主流。蔡元培论及新文学的传播时，曾指出"最热闹的是小说"，但他列出的小说类型中，"第一是旧小说的表彰，如《水浒》《红楼梦》《儒林外史》等，都有人加以新式标点，或考定版本异同"，"第二是外国小说的翻译"，最后才是小说的创作。③"创作"不仅不如"翻译"，翻译比不上"标点的旧小说"，小说如此，白话新诗的状况更不容乐观。在许多校园里，来自北京的新潮"白话诗"并不一定得到认同。南京高等师范学校的学生，更是出版一册《诗学研究专号》，倡导旧诗的写作，抨击新诗的弊病，引发过一场新、旧文学青年间的大讨论。④

接受状态的差异，与新文化传播的不均衡有关。一般说来，在旧派人物把持的校园，学生的文学取向就趋于保守，而在新知传播便利、思想活跃的地方，学生也往往会得风气之先。杭州浙江一师学生对新文学的参与，就是一个典型的个案。"五四"前后，浙江一师成为东南新文化的一座重镇，学生中涌现出"湖畔"诗人等一大批新

---

① 曹聚仁：《尝试集》，《文坛五十年》，第146页，上海：东方出版中心，1997年。
② 《学生杂志》9卷7号"学生生活研究号"（1922年7月5日）。
③ 蔡元培：《三十五年来中国之新文化》，庄俞编：《近三十五年之中国教育》，第21页，上海：商务印书馆，1931年。
④ 参见《文学旬刊》1921年12月间的论战。

文学作家。这或许与杭州的地理位置不无关联，杭州"地当沪杭铁路的终点，上海、北京出版的书刊容易先看到，接触新人物的机会也较多"①。交通便利，使得新思潮能够迅速波及。更重要的是，刘大白、朱自清、俞平伯、刘延陵等新文化人物先后到这里任教，带动了学生的新文学热情。其中，"新诗"更是备受关注，成为学生们追逐的风尚，如曹聚仁所说：随着一批新诗人来校任教，"国文教室中的空气大变，湖上诗人的时代便到来了"②。同是在杭州的宗文中学，也很有名气，但校风迥异，学校中除了教科书中的古诗词，能看到的只不过是林纾译的小说和鸳鸯蝴蝶派的作品。在该校读书的戴望舒、杜衡、张天翼、施蛰存等人，就组成"兰社"，一同在"鸳蝴"刊物上发表小说，文学起点与"汪静之们"大为不同。

或许可以说，"新诗"的读者群或许并不庞大，只属于一小批思想活跃、追新逐异的"意识青年"③。即便是在新文学阵营的内部，对"新诗"毫无兴趣的读者，也大有人在。王任叔后来在检讨新诗的发展时，就曾批评当时新文学"还只能盘旋在几个文学者和文学青年之间。仿佛一本新书出来，读者的数目，大致早可决定的"④。表面看，新诗不够大众化，与广大读者的脱节，似乎成了它与生俱来的一个缺陷，新诗与读者之间的紧张，"读不懂"的争议，也成为萦绕在新诗史上挥之不去的问题。然而，人数的多寡并不是最紧要的，换一个角度看，读者的稳定、忠诚，才是一个新的文学"场域"能够自足的关键。这里举个例子，周氏兄弟编译的两册《域外小说集》，在1909年印行半年后第一册只卖出21本，第二册卖出20本。这一"惨败"常被后人

---

① 傅彬然：《回忆浙江新潮社》，张允侯等编：《五四时期的社团》第3卷，第147页，北京：生活·读书·新知三联书店，1979年。
② 曹聚仁：《新诗》，《文坛五十年》，第147页，上海：东方出版中心，1997年。
③ "意识青年"的提法出自陶晶孙，在《创造社还有几个人》一文中，他为张资平的小说"最能入一般青年"而辩护，认为其他创造社作家"仅在获取意识青年，这是一个错误"。(饶鸿竞等编：《创造社资料》，第784页，福州：福建人民出版社，1985年。)
④ 屈轶(王任叔)：《新诗的踪迹与其出路》，《文学》8卷1号(1937年1月)。

引述,以说明启蒙事业的艰难,鲁迅回忆此事时,却有这样的表述:"足见那二十位读者,是有出必看,没有中止的,我们至今很感谢。"①人数虽少,但"有出必看",这至少表明了读者的忠诚。

扩展来看,"读者群"的有限,其实颇为吻合"新诗"最初的先锋形象。按照先锋的逻辑,与公众阅读取向的疏远,正是反叛性文学得以成立的前提,在激进艺术不断涌现的20世纪,这几乎是一个"全球化"的现象。刘易斯·科塞在分析1912年左右在美国出现的各类同仁"小杂志"时,就指出:"这些杂志的同仁把自己视为向着既定的文学、艺术或政治传统开战的先锋。因此他们必须把自己的诉求对象局限于阅读反常规读物的一批较为有限的读者。"②事实上,对于先锋性的群体而言,阅读的"边缘"状态不仅可以坦然接受,而且还是一种需要维护的状态,正是以"边缘"为条件,现代文艺才发展出一系列原则,"献给无限的少数人",也成为现代诗歌经典的"自我神话"之一。在这个意义上,几个诗人与小众读者间的"盘旋",或许是一种封闭的状态,而封闭的"盘旋"恰恰又是新诗"空间"独立自足的表现。作为一种困境,这种状态似乎无法摆脱,常常为人指摘,但作为一种制度化的结构,它却很少得到真正的反思。

第二节 作为阅读时尚的"新诗集"

在批评新文化运动时,章士钊曾嘲讽当时的青年"于尝试集中求诗歌律令"③。话说得尖刻,倒也从反面道出了新诗以及"新诗集"的号

---

① 鲁迅:《〈域外小说集〉新版序》,《鲁迅全集》第10卷,第161页,北京:人民文学出版社,1981年。
② 刘易斯·科塞:《理念人——一项社会学的考察》,第130页,郭芳等译,北京:中央编译出版社,2001年。
③ 章士钊:《评新文学运动》,赵家璧主编,郑振铎编:《中国新文学大系·文学论争集》,第197页,上海:良友图书出版印刷公司,1935年。

召力。在一批激进的"意识青年"中,"新诗集"不仅被热烈接受,在一定程度上,还可能被当作是纲领性的读物。像曹聚仁所说的:"我们所向往的,乃是胡适之用八不主义和他的《尝试集》体的新诗。"① 早期新诗为何能有这样的吸引力?什么是新诗"读者群"生成的内在驱动?这都是可以探讨的问题。

首先,"白话"入诗,自然会带来一种自然、清新的活力,让喜欢新异的年轻读者耳目一新。许多当年的读者,多年后仍记得新诗的活力。谢冰莹回忆说:"像胡适的《尝试集》和俞平伯的《冬夜》等都是我喜欢看的书。其中胡适的《除夕诗》和《我们的双生日》,完全用通俗的国语写成,不但易懂,而且非常有趣。"② 丁玲也有类似的经验,她在1919年与新文学接触,其中"一些比较浅显的作品、诗、顺口溜才容易为我喜欢",她举的例子就是胡适的"两个黄蝴蝶"。③ 这种清新、易懂的特点,让白话新诗便于流传,也适合新式学校学生的知识结构、文学素养。相比之下,旧体诗歌,由于其特殊的形式规范,无论是阅读和写作,都需要一定的训练、摹习,这正是传统教育的一个重要内容。④ 但在新式教育中,这种训练无疑是渐渐被缩减的。依照舒新城的说法,新式的教育系统发端于1902年张百熙奏定的《钦定学堂章程》,第二年由张之洞、张百熙、荣庆三人拟订的《奏定学堂章程》对于教育行政、学校制度以及课程、教学方法等更有详细的规定。⑤ 在这两部章程有关小学教育的规定中,不仅"读经"一科占有

---

① 曹聚仁:《五四运动来了》,《我与我的世界》上册,第125页,太原:北岳文艺出版社,2001年。
② 谢冰莹:《胡适》,欧阳哲生选编:《追忆胡适》,第366页,北京:社会科学文献出版社,2000年。
③ 丁玲:《鲁迅先生与我》,《新文学史料》1981年第3期。
④ 龙启瑞的《家塾课程》(1847年)描述了童子一天的课程安排,白天读书、讲字,将晚属对,"灯下念唐贤五律诗(取于试帖相近)、或《古诗源》;上生诗时,为之逐句讲解……间日出试题,试作五言绝句一首(以次增至四韵六韵)"。(舒新城编:《中国近代教育史资料》上册,第85—86页,北京:人民教育出版社,1981年。)
⑤ 舒新城:《中华民国教育小史》,舒新城编:《近代中国教育史稿选存》,第35—36页,上海:中华书局,1936年。

很大的比重，对古典诗词的教授也做出了特殊规定。① 到了民国元年，由陆费逵、蒋维乔拟订的《教育部普通教育暂行办法通令》可以说是民国教育史的"开场白"，在这份《通令》中，"小学读经科一律废止"②（袁世凯复辟后，一度恢复），"国文"教育脱颖而出。而在1912年教育部订定的"小学校教则及课程表"中，在以"使儿童学习普通语言文字，养成发表思想之能力，兼以启发其智德"为宗旨的"国文"科中，"诗词歌赋"一类也不见了踪影。③ 当然，这一变化发生于从文言文教学到白话文教学的整体进程中④，其结果无疑深刻地改变了新式学生的知识结构。与昔日的士子童生相比，接受普通日用教育的学生，往往不易参透旧诗的奥妙，对于白话新诗，则不存在这一障碍。这一点，新诗的反对者看得倒是更清楚，曹慕管的一段话，就说明了新式学校出身的青年的知识背景，如何决定了他们的文学阅读取向：

> 凡学校出身，自初多攻散文，少读诗句，学作对联，更系外行。人情于其所不惯者，兴味自为之锐减。韵文少读，律诗少做，偶尔觑面，遂觉难识，亦事之常。因而"艳诗艳词"，意象纵极深厚，比兴纵极允当，而凡为学校出身者，未能洞悉个中之深味。谨愿者藏拙，倔强者鸣鼓，趋时之士相

---

① 《钦定小学堂章程》规定，高等小学第三年"读古文词"一课，内容为"诗词歌赋"；《奏定初等小学堂章程》虽无"读古文词"一课，但也有"中小学堂读古诗歌法"（与中学堂互见）一项，并作详细说明，譬如："初等小学堂读古诗歌，须择古歌谣及古人五言绝句之理正词婉，能感发人者"；"高等小学堂中学堂读古诗歌五七言均可，高等小学拓本法仍宜短篇，中学堂篇幅长短不拘"等。（舒新城编：《中国近代教育史资料》中册，第404页、420页，北京：人民教育出版社，1981年。）

② 《教育部普通教育暂行办法通令》，舒新城编：《近代中国教育史料》第二册，第38页，上海：中华书局，1928年。

③ 《教育部订定小学校教则及课程表》，舒新城编：《中国近代教育史资料》中册，第451—458页，北京：人民教育出版社，1981年。

④ 郑国民：《从文言文教学到白话文教学——我国近现代语文教育的变革历程》，北京：北京师范大学出版社，2000年。

与盲从而附和之，天下则纷纷矣。此白话诗之所由来也。①

无论怎样，相对于旧诗的艰深繁复，直白、简易的白话新诗更易阅读和模仿，流风所及，自然易于接受。

其次，新诗的发生与"五四"时期个性主义思潮本来就有深刻的勾连，在表达新的观念和经验上，自由、粗放的"新诗"，当然更符合时代的心理需求。譬如，引起一场道德讨论的《蕙的风》所吸引出的骚扰，由年轻人看来，是较之陈独秀政治上的论文还大。②《女神》夸张的自我表现，对"五四"一代读者的冲击，更是文学史、文化史上反复谈论的话题。这说明，"新诗"所表达的崭新的情感、观念，也为其影响力增添了不小的助益。但在上述两个方面之外，讨论新诗的读者问题，某种社会文化心理的视角也可以纳入讨论的范围。

理查德·约翰生曾将文学读者区分为"文本中的读者"和"社会上的读者"，前者对应于传统的以文学形式、文学文本为中心的研究方式，后者则意味着要从一种文化研究的思路出发，关注文学阅读中的历史及社会性因素："从'文本中的读者'滑到'社会上的读者'就等于从最抽象的时刻（对形式的分析）滑到最具体的客体（实际读者，因为他们是社会地、历史地和文化地构成的）。"③将"读者"置于具体的社会、历史、文化结构中，能带来一种透视性的视野，揭示阅读背后的社会动机和文化逻辑。1923年，为扩展新文学的读者群，沈雁冰呼吁要多创办新文学的刊物，因为"一般青年乃至一般社会并无成见，和什么多接触就倾向了什么"④。这或许是事实，但一般青年是否真的"并无成见"，还是具有一定的接受倾向或"偏见"，倒是可以

---

① 曹慕管：《论文学新旧之异》，《学衡》第32期（1924年8月）。
② 沈从文：《论汪静之的〈蕙的风〉》，《文艺月刊》1930年1卷4号。
③ 理查德·约翰生：《究竟什么是文化研究》，罗钢、刘象愚编：《文化研究读本》，第39页，北京：中国社会科学出版社，2000年。
④ 雁冰：《自动文艺刊物的需要》，《文学旬刊》第72期（1923年5月2日）。

讨论的问题。事实上，在一种以"新"为价值尺度的社会语境中，"新诗"作为一种阅读上的"时尚"，某种意义上，也可以成为社会认同的一种方式。

依照文学社会学的观点，参与"文学活动"的行为，往往伴随了某种社会身份追寻的冲动，阅读何种读物，也可能暗示了何种象征性的社会归属。在布迪厄那里，这种划分被表述为文化上的"区隔"："消费者的社会等级对应于社会所认可的艺术等级，也对应于各种艺术内部的文类、学派、时期的等级。它所预设的便是各种趣味（tastes）发挥着'阶级'（class）的诸种标志的功能。"①本书第一章已对早期新诗的"热销"现象进行了相关的描述。当新诗从"实验室"里二三子的发明，转变为市场上销行的热点，其内在价值也发生悄然转化，某种"区隔"性功能隐约地表现出来，不仅是新式学生，就连旧派人物也尝试写新诗、读新诗，"时髦"之中包含了要成为"新文化人"的渴望。一位发言者就讽刺说：许多人对新诗没有十分研究，"胡凑几句，就冒昧的刊在报上，以为可以借此得个新学家的头衔，功名富贵，不难坐得"②。"追新"不仅是旧派人物的心理，连许多新文化的参与者，在其写作、阅读取向中也不乏此类动机。

胡适在《五十年来中国之文学》中评价晚清白话文运动时，曾有一个著名的说法，即这一运动最大缺点是把社会分作两部分：一边是应该用白话的"他们"，一边是应该作古诗古文的"我们"。这段描述大体不差，但多少也简化了历史的复杂之处。李孝悌就指出，在清末白话有逐渐向"中等社会"乃至"上等社会"移动的现象，不少思想开明的学生、老师也是白话报刊的读者，因为这些报刊与"开明""进

---

① 皮埃尔·布迪厄：《〈区隔：趣味判断的社会批判〉引言》，朱国华译，范静哗校，陶东风、金元浦、高丙中主编：《文化研究》第4辑，第9页，北京：中央编译出版社，2003年。
② 余裴山：《给胡怀琛信》，胡怀琛编：《诗学讨论集》，第71页，上海：新文化书社，1934年。

步"的作风有关。① 所谓"开明""进步"的作风,说明"白话"有一种符号性价值,能带来微妙的自我感受。到了"五四"时期,这种符号性价值,更为进一步地演变为普遍的风尚。新潮社成员顾颉刚就坦白地说,在当时"凡能写此白话文章的,人家都觉得很了不起,我参加新潮社的主要目的,就是为了写文章"②。由此可见,获得某种文学能力——写白话文或读新诗、写新诗,是被允许进入某一精英文化圈的资本。在一个以"新"为价值尺度的社会语境中,这种心理的影响力十分普遍。下面一个例子,更戏剧性地折射出这种文化逻辑。

1922年,退位的宣统皇帝曾打电话给新文化领袖胡适,约他见面,胡适应邀前往,演成一次历史性的会面。后来,胡适还写了一篇文章,生动地记叙了这次会面。在文中,有一个细节很有意味,那就是在见面时,宣统还在炕几上摆上康白情的《草儿》和亚东版的《西游记》,并问起康白情、俞平伯及《诗》杂志的情况,似乎有意要迎合这位新文学的领袖。③ 宣统是否真的喜欢新诗,他人不得而知,但对自己阅读取向的有意暴露,无非是要表明自己"趋新"的身份。

胡适后来曾说,文学家的养成"决不能说是看了几本《蕙的风》《草儿》《胡适文存》之类的书籍就算可以了"④。从这句话中,也不难揣测出,"新诗集"作为新文学的范本,在当时已被看成是获得新的"文学能力"的入门手册。对于很多青年来说,只要熟读这样几本当代经典,就有可能操笔实践,加入新诗人(新文学家)的行列。在20世纪20年代的文艺小说中,不难读到这样的场面,写写新诗,谈谈恋爱,是时髦青年基本的生活点缀。彭家煌在小说《皮克的情书》中,

---

① 李孝悌:《胡适与白话文运动的再评价——从清末的白话文谈起》,《清末的下层社会启蒙运动:1901—1911》,第284—285页(附录一),石家庄:河北教育出版社,2001年。
② 顾颉刚:《回忆新潮社》,张允侯等编:《五四时期的社团》第2卷,第124页,北京:生活·读书·新知三联书店,1979年。
③ 胡适:《宣统与胡适》,《努力周报》第12期(1922年7月23日)。
④ 胡适:《新文学运动之意义》,《晨报·副刊》1925年10月10日。

就借主人公之口说:"这也是汗牛充栋的青年文艺中顶烂调的;撇诗论争,这也是青年们最流行的把戏。"①

第三节 "代际经验"中的《女神》

将参与文学活动看成是为了获得某种"文学能力",提高参与者的声誉。(汪静之就称:"当时青年人是否阅读《新青年》《新潮》,看一个青年进步还是落后。"②)这种说法有可能简化文学生活的多样性。从更周详的角度看,作为一种"文化参与"的方式,文学阅读与多种动机联系在一起,其中的"交际的功能",即:在阅读中形成一种与"他人协作"的集体性共同经验,也是一个十分重要的面向。③本尼迪克特·安德森就将18世纪兴起的小说和报刊,与现代"民族主义"的出现联系起来,认为在小说和报刊的阅读中,不同地域的人们会形成一种"想象的共同体"④。哈贝马斯在《公共领域的结构转型》中,也探讨了在资产阶级公共交往网络形成过程中,文学阅读起到的重要作用:18世纪书信体小说的风行,一方面让读者参与了虚构的私人空间;另一方面,当这种"私人空间"被广泛阅读,"组成公众的私人就所读内容一同展开讨论,把它带进共同推动向前的启蒙过程当中"⑤。

---

① 彭家煌:《皮克的情书》,严家炎编:《彭家煌小说选》,第132页,北京:人民文学出版社,1987年。
② 汪静之:《爱情诗集〈蕙的风〉的由来》,王训昭编选:《湖畔诗社评论资料选》,第292页,上海:华东师范大学出版社,1986年。
③ 对此问题的讨论,可见佛克马、蚁布思:《机构和阅读能力的社会分层》,《文学研究与文化参与》,第173—187页,俞国强译,北京:北京大学出版社,1996年。
④ 班纳迪克·安德森:《想象的共同体——民族主义的起源与散布》,吴叡人译,台北:时报文化出版企业股份有限公司,1999年。
⑤ 哈贝马斯:《公共领域的结构转型》,第52—55页,曹卫东等译,上海:学林出版社,1999年。

这些经典研究都表明，文学阅读在某种集体的经验生成中，能起到重要的建构作用。

上文已谈到，新式学堂的兴起，改变了传统的社会结构，在由士子童生向现代学生转变的过程中，新型的群体经验也随之生成。比如，在科举时代，只有少数人能够入学修习，多数人只是在私塾读书，或闭门自修，只有在科考时才汇聚应试。但在新式的学堂体制下，学生一开始就要离家外出，乃至漂洋过海，这为各式各样社会群体提供了聚合的可能。在较大的城市里，聚集的学生往往多达万人，与他人交往的密切，也改变了一代青年知识与经验的接受、整合方式："在分散状态下，士人之间的相互砥砺影响缺乏经常性、连续性和稳定性，加上单一向上的心理定势，对现存社会依附有余，震动不足。而学堂使学生聚居一处，空间距离缩短，相互联系密切，彼此激励制约，养成团结之心和群体意识，围绕小群体轴心的自转形成大群体意识的自觉。"① 其实，在群体的聚集之外，对于新一代知识青年来说，打破传统的地域、血缘的联系，在一种新的基础上建立经验联系，更是一种主动的构想，傅斯年的一段话，可以说是这种构想的最佳阐发："我们是由于觉悟而结合的……我以为最纯粹、最精密、最能长久的感情，是在知识上建设的感情，比着宗族或戚属的感情纯粹得多。"② 在这一构想当中，"知识"起着重要的粘合作用，而一种逾越空间距离的知识交流，自然离不开书报、杂志的现代流通。

谈到古典中国的"沟通网"时，金耀基认为，由于交通的阻塞，"全国人民是'一盘散沙'而没有'社会凝聚力'，各个'小社会'，有其特殊的价值系统，全国实际上尚停留在'区社'的状态，更根本未形成全国性的社会"。只是到了近现代以来，由于教育的普及，报纸、

---

① 章开沅、罗福惠主编：《比较中的审视：中国早期现代化研究》，第549页，杭州：浙江人民出版社，1993年。
② 傅斯年：《新潮社之回顾了前瞻》，《新潮》2卷1号（1919年10月）。

无线电、电视之渐次出现,才形成了一个"庞大的沟通网"。① 这种说法有一点笼统,对中国传统社会的描述过于静态,可能忽略了历史的变化②,但的确道出了传统中国与现代中国在社会沟通、联系方面的差异。晚清以降,现代出版、媒体的兴起,使得书籍、报刊的传播,打破了地域的限制,一种"非区域"化的功能得以实现。在这一过程中,各式各样的团体、组织、学会,可以经由"阅读"的媒介来形成。包天笑就谈到,梁启超主编的《时务报》出版时,他就与身边的友人争相传阅。后来为了阅读日文书籍,还与在日本留学的友人联络,并在苏州与"八位志同道合的朋友"组织励学会,开设一家"东来书店",专门销售日本书刊。③ 由于共同的"阅读"而走到一起,组织成新的团体,这样的经验应具有相当的普遍性。

到了"五四"时代,新式书报的流通、阅读更是一个重要的文化现象。虽然由于邮政业务的落后,稳定统一的发行系统虽然难以建立,但各报馆、书局均在各地设立代售处,形成独立的发行网,一些报刊为了扩大销量,还对读者群中的主体——"学生"提供相应的优惠。④ 虽然各地学校的图书设施状况不容高估,但从晚清开始,利用各地兴建改造的图书馆藏书楼,有选择地自购书报然后相互交换,或由学生集资购买书报等等补救之策,也被广泛采用。⑤ 在一般的发行渠道之外,一些中介性机构,如由个人、团体组建的书报社,对新书

---

① 金耀基:《从传统到现代》,第108页,台北:时报文化出版企业股份有限公司,1990年。
② 我国台湾学者王鸿泰对金耀基的观点提出了异议,认为鸦片战争之前的中国并非"停滞不动",见王鸿泰:《社会的想象与想象的社会——明清的信息传播与"公众社会"》,陈平原、王德威、商伟编:《晚明与晚清:历史传承与文化创新》,武汉:湖北教育出版社,2002年。
③ 包天笑:《钏影楼回忆录》,第157—163页,香港:大华出版社,1971年。
④ 如《时事新报》大刷新广告中就称:"凡学生订阅半年以上者,照码七折以示优待,惟须加盖学校图章。"(《少年中国》1卷1期[1920年1月])
⑤ 对此问题的讨论,参见桑兵:《晚清学堂学生与社会变迁》,第286页,上海:学林出版社,1995年。

报的传播也有很大的助益[①];而在新文化中心与广大内地间游走的教员、学生,也以个人的方式,加入了这一传播的网络[②]。

在诸多方式的作用下,在新文化得以扩张的同时,一代"新青年"的交往也多围绕"阅读"展开。如一位当事者所言:"报刊,书籍,已经翻阅得破破碎碎了,还是邮寄来,邮寄去。有了新出的好书,如果不寄给朋友看,好像是对不起朋友似的。友谊往往建筑在书籍的借阅、赠送和学术的讨论上。"[③]当时,不少著名的青年社团、组织,也都奠基于阅读带来的特殊"友谊"。譬如,浙江一师是"五四"新文化的策源地之一,也培养出一批新诗人,刘大白、朱自清、俞平伯、刘延陵等几位教师的影响自不待言,书报阅读也起到不容低估的促发作用:"在杭州青年学生中最早传播新思想新文化书刊的,是省立第一师范学校部分学生所组织的书报贩卖部";而"五四"时期,引领风潮的杂志《浙江新潮》的诞生,也与这个文化"传播站"有着密切的关系。[④]该校的学生夏衍回忆,"五四"后诸种新杂志不仅在青年学生中起到了巨大的启蒙作用,"还逐渐地把分散的进步力量组织起来,形成了一支目标明确的反帝反封建的革命队伍"。杭州一些青年正是"通过阅读《新青年》和给这个杂志写通讯的关系,开始联合起来,打算

---

① 在许多地方,购买新书籍相对困难,李霁野回忆说:"只能集起款来,照广告上所能见到的书名去邮购。"但需要汇费和寄费,而且不知内容的好坏,于是写信给恽代英。恽代英办有一家书报合作社,可以按书店的折扣售书,而且不需寄费。(李霁野:《五四时期一点回忆》,中国社会科学院近代史所编:《五四运动回忆录》,第821页,北京:中国社会科学出版社,1979年。)
② 曾在浙江六师读书的许杰,回忆"五四"后读到了北京的学生报纸:"是天台的一位老师带回家乡的,这位老师曾在北京师大亲自参加'五四'运动。"(许杰:《坎坷道路上的足迹》[二],《新文学史料》1983年第2期)魏建功也有类似经验:"在那些旧绅士办'新学'的年月里,比我们早一辈的那时候的青年,他们做我们的老师,在课后把自己看的进步刊物给我们阅读。"(魏建功:《我在五四前后所受的思想教育》,《五四运动回忆录》,第980页。)
③ 钦文:《五四时期的学生生活》,同上书,第984—985页。
④ 倪维熊:《〈浙江新潮〉的回忆》,同上书,第737页。

出一份刊物（《浙江新潮》）"。① 通过书报的流通、阅读，不仅在某一地区会形成特定的青年群体，不同地区之间、不同群体之间的联系也能建立。北京高师附中的"少年学会"就与河南二中的"青年学会"有密切往来，"刊物"就是主要的联系方式。"青年学会"的刊物《青年》第3期（1920年2月）上登载有《少年》（少年学会的刊物）的介绍，其广告词颇值玩味："读《青年》者，不可不再读《少年》；已读《少年》者，又不可不读《青年》。"② 言下之意，在两本杂志之间，仿佛有一根纽带，将读者联系起来，使超越地域、血缘之上的新型人际关系成为可能。

在上述背景中，"新诗"阅读在标志一种"新"身份的同时，其实也暗中参与了新型人际关系的建构，塑造着一代人在经验上的共同联系。当然，新的"经验共同体"的建立，不仅体现在社团的集结、刊物的交换等方面，更为内在的经验，来自一种阅读带来的共通的时间感、一种共同的在场感。本尼迪克特·安德森在讨论"民族"这一想象共同体的起源时，引用了本雅明的话来描述现代的时间观念。这是一种"同质的，空洞的时间"，而18世纪兴起于欧洲的小说与报纸，则为重现"世俗的、水平的、横断时间的"民族想象提供了技术手段，因为它们的基本结构呈现为：

> 一个社会学的有机体依循时历规定之节奏，穿越同质而空洞的时间的想法，恰恰是民族这一理念的准确类比，因为民族也是被设想成一个在历史之中稳定地向下（或向上）运动的坚实的共同体。一个美国人终其一生至多不过能碰上或认识他两亿四千多万美国同胞里面的一小撮人罢了。他也

---

① 夏衍：《懒寻旧梦录》（增补本），第30页，北京：生活·读书·新知三联书店，2000年。
② 夏康农：《回忆少年学会》，张允侯等编：《五四时期的社团》第3卷，第75页，北京：生活·读书·新知三联书店，1979年。

不知道在任何特定的时点上这些同胞究竟在干什么。然而对于他们稳定的、匿名的、同时进行的活动,他却抱有完全的信心。①

安德森讨论的是一个相当宏大的命题,对于"五四"前后的新书报阅读而言,其基本的历史功能也类似。通过阅读相同(或相近)的书报,一个知识青年很容易获得这样稳定的时间进程感:在"我"之外,不同地域,不同的环境中,还有其他"匿名的"读者,共同参与了"新"的历史构造。"我"与"你""他(她)"并不相识,但都属于"新青年"的群体,对这一个"想象"的共同体,"我"抱有完全的信心。

本来,当"新"的身份成为一种社会风尚,其本身就暗含了一种群体认同的意识,如齐美尔所言,时尚的前提是一个特定的"圈子",时尚的魅力也在于"显示出这个圈子的共同归属性"②。艾芜的一段回忆,就生动地记录这样的感受:在小学时代,他的国文教员十分严厉,在学生眼里并不亲切。有一次,学生们却看见他也在看《新青年》,"不知怎的,这一发现,使我们学生对他的感情,格外亲近了好些,仿佛有什么东西,把师生间的距离缩短了"。另一位教师打扮时髦,在休息时,"居然摸出新诗专号的《直觉》来看。我是第一次看见他,但在人丛中,他却变为我最亲近的人"。③ 在这里,是"新诗",拉近了本来彼此陌生的师生间的距离,使他们在共同的阅读中,找到了一种彼此的认同感。在早期的新诗出版物中,最能激发这种共同体意识的,当然要算郭沫若的《女神》。

---

① 班纳迪克·安德森:《想象的共同体——民族主义的起源与散布》,第29—30页,吴叡人译,台北:时报文化出版企业股份有限公司,1999年。
② 齐美尔:《时尚心理学——社会学研究》,《社会是如何可能的——齐美尔社会学文选》,第156页,林荣远编译,桂林:广西师范大学出版社,2002年。
③ 艾芜:《五四的浪花》,中国社会科学院近代史所编:《五四运动回忆录》,第964—965页,北京:中国社会科学出版社,1979年。

在"五四"时期,《女神》的影响十分深远,许多后来的新诗人,都是因为读了《女神》才走近了新诗,其影响力甚至扩充到一般的文学青年之外。诗人陈南士曾在市场上看见一个小贩也在捧读《女神》,这让他欣喜万分,当时就写下一首诗,记录自己的欣喜:

> 你能够听取诗声,
> 你便是女神所要寻索的人!
> 你若为了一切愁烦,劳苦,
> 要从伊求得安慰;
> 我相信伊真能给你的。
>
> 诗声散布市上;
> 诗声散布田里;
> 诗声超度了个人的灵魂。
> 这便是诗人的欢喜。①

"五四"时期,有许多新诗人和新诗作品,名噪一时,但时过境迁,就被人遗忘。但《女神》的影响力却一直持续不断,曾有调查显示,在二三十年代,中学生心目中最佩服的中国作家,就是郭沫若。② 这种"威望"的获得,后人多有阐释,什么与"青年心理"的契合、时代精神的体现、自我的张扬等等,不一而足。值得注意的是,也有研究将目光集中于《女神》阅读的时代氛围上,从"阅读场"的角度分析了《女神》的接受状态即:《女神》的阅读不能只从精神、思想的层面进

---

① 陈南士:《诗人的欢喜》,《诗》1卷1号(1922年1月)。
② 美蒂在日本访问郭沫若时说,自己在北平教书时给中学生做测试,他们"都是回答中国文学家当中最佩服的是沫若,而文艺新闻和读书月刊调查读者的结果,也是和上面的一样。"(美蒂:《郭沫若印象记》,黄人影编:《文坛印象记》,上海:乐华书局,1932年。)

行,它更多的是发生在某种社会心理的宣泄中。① 这一切入角度,其实也暗示了《女神》阅读背后,某种共同的情感取向的存在,在此基础上,读者通过阅读《女神》获得了一种被普遍分享的"代际经验"。

《女神》出版后多次再版,成为一本畅销不衰的经典,查其1921年到1935年之间的再版周期,一个有趣的现象是,有两个再版的高峰期:一为1921年到1923年,另一个为1927年到1929年。特定的个人及时代原因之外,这两个时段恰恰是历史发生巨变、社会思潮激荡的时期,《女神》阅读与某种总体的"历史经验"生成之间,似乎存在了某种同步的关系。沈从文在30年代曾说:"郭沫若。这是一个熟人,仿佛差不多所有年青中学生大学生皆不缺少认识的机会。"② "熟人"的说法,除了表明诗人的知名度外,也强调了读者与郭沫若间的某种特殊亲近关系。一位读者后来回忆,当时对郭沫若的作品,"随时都有'自家人'似的感觉。这种感觉,也许是和我同一年纪爱好文学的青年都一样能有的罢"③。阅读郭沫若,不仅让读者接近了诗人,更重要的是,读者之间的经验关联感也建立起来,"自家人"的感觉道出了一代人之间的身份连带感。到了40年代,还有人说当时30岁以上的人,他们都能像念自己的作品一样,信口念出一首两首郭沫若的诗。④ 在这里,郭沫若的新诗已不仅仅是其自身,随着读者的参与,溶进了一种集体的历史记忆。

诚如安德森的研究所表明的,对于一个"想象共同体"的形成来说,"阅读"具有一种建构的功能。《女神》与所谓"代际经验"的关系,也不只是反映性的(《女神》表达了青年的心理需要),同时还包

---

① 温儒敏:《关于郭沫若的两极阅读现象》,温儒敏、赵祖谟编:《中国现当代文学专题研究》,北京:北京大学出版社,2002年。
② 沈从文:《论郭沫若》,黄人影编:《郭沫若论》,第5页,上海:光华书局,1931年。
③ 铭彝:《凑热闹的话》,曾健戎编:《郭沫若在重庆》,第63页,西宁:青海人民出版社,1982年。
④ 绿川英子:《一个暴风雨时代的诗人——为郭沫若先生创作活动二十五周年》,《新华日报》1941年11月16日。

含了一种"召唤"的性质,即《女神》为其读者提供了一种新自我、新生活的想象。诗人柯仲平早年就是《女神》崇拜者中的一员,在《女神》的鼓舞下,他不仅开始新诗的写作,而且离开家乡,外出寻找新的生活方向。① 在他那里,《女神》不单是一本诗集,更是一份崭新的生活构想和自我构想的指南。在现代社会中,"文学阅读"显然有助于一种内在自我的生成,而这种"自我"往往与对既定生活环境、社会秩序的不满或否定相关。② 依照大卫·理斯曼的理论,印刷媒介联结了个人与新社会之间的关系,塑造了读者的"内在导向",鼓励孩子们脱离家庭和同侪群体的束缚,从传统标准中挣脱出来,也提供了自我解放的榜样。③ 如果考虑到这种自我想象发生于一代新青年追寻新的时代身份的过程中,那么就不难理解《女神》阅读的时代性特征,一本新诗集牵动了"五四代际经验"的生成。

---

① 冯至:《仲平同志早期的歌唱》,《立斜阳集》,第82页,北京:工人出版社,1989年。
② 正如罗贝尔·埃斯卡皮所言:"文学阅读行为既有利于和社会融为一体,又无法适应社会生活。它临时割断了读者个人与周围世界的联系,但又使读者与作品中的宇宙建立起新的关系。所以,阅读的动机不外乎是读者对社会环境的不满足,或是两者之间的不平衡……总一句话,阅读文学作品是摆脱荒谬的人类生存条件的一种办法。"(罗贝尔·埃斯卡皮:《文学社会学》,第91页,于沛选编,杭州:浙江人民出版社,1987年。)
③ 大卫·理斯曼:《内在导向阶段印刷媒介的社会化功能》,《孤独的人群》,第87—95页,王崑、朱虹译,南京:南京大学出版社,2002年。

第三章 "新诗集"出版与新诗坛的分化

刊物发表、诗集出版及读者群的寻求,在这几方面因素的作用下,新诗发生的"另一审美空间"浮现了出来。无论是发表阵地的抢夺、特殊写作观念的凸显,还是新的读者群的召唤,都意味着"新诗"从既有的文学、传播秩序里脱颖而出,形成了一个独立的"场域"。当然,作为一个更大的社会文化空间中的"子空间",这个"场域"绝非是封闭的,它存在于"自主"与"非自主"的辩证张力中,不断吸纳更多的参与者和外部资源。本章将以"新诗集"的出版为问题切入点,结合"五四"之后新书局的考察,探讨早期新诗"场域"的内外关系。

第一节 "新诗集"与"新书局"

有关印刷资本、出版事业对新文化运动的推动,早已在学界得到充分讨论,商务印书馆、中华书局等出版界"龙头"的作用,往往也是相关研究的重点。然而,新文化与出版界的关系并不总是融洽的,自新文化兴起之初,对既有出版业的批评其实不绝于耳。从美国留学归来的胡适,就在《归国杂感》中感叹:"总而言之,上海的出版界——中国的出版界——这七年来简直没有两三部以上可看的书。"①出语尖刻,摆出一副整体否定的姿态。宗白华在《评上海的两大书局》一文中,将目标锁定在商务印书馆与中华书局——这两家出版界的龙头身上,指责商务"十余年来不见出几部有价值的书",而中华则无评论价值。②个人的言论外,《新青年》《新潮》这两份新文化杂志,还掀起过对商务旗下杂志的猛烈围攻。③虽然,商务、中华等大型书局后来也转换姿态,积极跟进,力图接轨方兴未艾的新文化,但在某些新文化运动人士看来:"其实他们抱定金钱主义",商业利益仍是第一位的考虑。直至1923年,还有人发表文章,认为出版界"混乱"的原因,是"出版界的放弃职责,惟利是图,实为致此恶象底最大的动力",而"本篇所论,还只是对几家较为革新的书店而言",矛头所指仍以革新后的商务、中华为中心。④

因而,在旧有的出版业之外,构想一种以新文化人士为主体的新的出版方式,吸引了一部分人的注意。《时事新报·学灯》刊载过有关"新文化书店"的讨论。对出版新文化书籍的大书店,讨论者纷纷表示不满,认为"最好这种书店,即由各种学术团体集合资本开设",也提出了相关的具体方法、程序。⑤后来,北新书局、创造社出版部、光华书局等新型书店的出现,在某种意义上,正是这种呼声的产物。

应当指出的是,新书店的"新",不只表现在出版者身份的变化上(由商人老板变为新文化人士),更重要的是,它要在出版的商业逻辑之外,别有一种新的文化抱负,张静庐就曾对"出版商"与"书

---

① 胡适:《归国杂感》,《新青年》4卷1号(1918年1月)。
② 宗白华:《评上海的两大书局》,《时事新报·学灯》1919年11月8日。
③ 先是陈独秀发文抨击《东方杂志》反对西方文明,提倡东方文明,掀起东西方文化之争(《质问〈东方杂志〉记者——〈东方杂志〉与复辟问题》,《新青年》5卷3号[1918年9月]),既而是罗家伦在《今日中国之杂志界》把商务旗下诸多杂志批得体无完肤。(《新潮》1卷4号[1919年4月])
④ 霆声:《出版界的混乱与澄清》,《洪水》1卷3期、5期(1925年10月16日、11月16日)。
⑤ 参见1920年3月间的《时事新报·学灯》。

商"进行过区分:"以出版为手段而达到赚钱的目的,和以出版为手段,而图实现其信念与目标获得相当报酬者。"① 这意味着,即使同样出版新文化书籍,书店还是有新、旧之分,具体的出版策略和营业模式也会有所不同。② 当然,商业与文化,并不是可简单二元分离,后来北新书局、创造社出版部内部纠纷不断,便说明新文化也不可能孤悬于商业的逻辑之外。

事实上,在这一构想实现之前,新文化人士已在着手进行出版活动,不然不会有众多新潮书刊的问世,但如果没有经济上的考虑,并不构成严格意义的出版机关。③ 新文化的传播,最初主要依赖与出版商的合作:群益书社发行《新青年》;亚东图书馆代理北大出版部,销售、代办或印行各类新杂志,后来又标点旧小说;而泰东图书局则出版创造社丛书,这三家书局著称一时,被看作是新书局的代表。④ "新

---

① 张静庐:《在出版界二十年》,第 4 页,上海:上海杂志公司,1938 年。
② 譬如北新书局发行"新潮丛书"时,鲁迅建议的书要精美,售价要低廉,对作者要优待。出版的书一律采用版税结算,版税一般按定价抽 20%,鲁迅的著译为 25%,其时商务、中华一般为 12%,最高 15%,北新的出版策略明显倾向于作者。(李小峰:《鲁迅先生与北新书局》,《出版史料》1987 年第 2 期)
③ 《新潮》发行量很大,但经济状况并不良好,出版经费也是北大垫发的:"本社人员向来不经手银钱的出入,所以印刷需款若干,售书得价若干,照例是不问的。现在因为欠款太多。局方面不肯如期交货,我们才起而打听经济的现状。"后来罗志希自己经营,结果不很理想,他们自己说青年初次涉世,缺陷之一就是"缺乏管理银钱的本领"。(罗家伦:《新潮社的最近》,《北京大学日刊》1922 年 12 月 27 日)另外,"第一期一经出版,就很受社会的欢迎,转眼再版;所以我们当时若托一家书店包办发行,赔赚不管,考《新青年》托'群益'的办法,一定可成,不过我们终不愿和这可爱的北京大学脱离关系。"(傅斯年:《新潮之回顾与前瞻》,《新潮》2 卷 1 号附录 [1919 年 10 月])北京高等师范学校生办的《平民教育》,其经济来源"主要的是由学校每月给于津贴四十元,此外就靠发卖杂志的收入。但遇款不接济时,尚可由社员分摊担负;再不足时,并得向本校职教员募损。"(姚以齐:《本社四年来的回顾》,原载《平民教育》68、69 期合刊 [1923 年 10 月 30 日];引自张允侯等编:《五四时期的社团》第 3 卷,第 40 页,北京:生活·读书·新知三联书店,1979 年。)
④ 宗白华曾评价当时的书局:"现在上海的书局中最有觉悟,真心来帮助新文化运动的要算亚东和群益。中华,商务听说也有些觉悟了,究竟是否彻底的觉悟,还不能晓得。"(宗白华:《复沈泽民信》,《时事新报·学灯》1920 年 1 月 19 日)另外,由毛泽东等人创办的长沙文化书社,当时与八家正式出版社有交易协议,其中头两家就是泰东和亚东。(王火:《关于长沙文化书社的资料》,张静庐辑注:《中国出版史料》补编,第 410 页,北京:中华书局,1957 年。)

诗集"的出版，无疑也正是发生在这一过程中。具体说来，早期"新诗集"的出版者虽有多家，但细分起来，影响较大的几部诗集的出版还是很集中的，基本上被亚东图书馆、泰东图书局和商务印书馆三家包揽，其他书局或只偶一为之，或根本是由诗人自印。其中，商务版诗集属于文学研究会丛书系列，在出版品中份额不大，且大出版社的价值主要体现在其他方面，所以本节主要以亚东和泰东为讨论对象，在这两家规模较小、以新文化出版为主干的新书局那里，"新诗集"的文化逻辑体现得最为鲜明。

一 《尝试集》序列与亚东图书馆

在早期新文艺的出版领域，"新诗集"似乎是亚东图书馆的专利，并且形成了系列。据蒲梢的《初期新文艺出版物编目》，在1919—1923年间，共有18种新诗集出版，其中重要的基本由亚东图书馆、商务印书馆和泰东图书局包揽：商务三种，分别为《雪朝》《将来之花园》《繁星》；亚东七种，分别为《尝试集》《草儿》《冬夜》《蕙的风》《渡河》《流云》《新诗年选（一九一九年）》；泰东两种，为《女神》《红烛》。[①] 此编目并不完整，但从中可大致看出"新诗集"的出版状况。其中。亚东占据了大部分的份额（后来还持续出版《西还》《踪迹》《我们的七月》《胡思永遗诗》等），而且所出诗集都相当重要，囊括了早期新诗的扛鼎之作。

苏雪林曾说："'五四'运动以后我们对新诗抱着异常的好奇心与期待的愿望，所以有许多草率的作品，竟获得读者热烈的欢迎。"[②] 亚东成为新诗的专卖店，书局的老板应该说很有眼光。《尝试集》的畅销暂且不论，其他诗集的销量也都不俗：《草儿》《冬夜》《蕙的风》《新

---

① 参见文学研究会编：《星海》（《文学》百期纪念），上海：商务印书馆，1924年。
② 苏雪林：《论朱湘的诗》，《苏雪林文集》第3卷，第143页，沈晖编，合肥：安徽文艺出版社，1996年。

诗年选（一九一九年）》初版3000册，《冬夜》据倪墨炎估计，至少有三版①，《草儿》修正三版改名为"草儿在前集"后还有四版，《蕙的风》则印行六版，行销两万余册。张静庐曾称早期上海新书业，可以销行的书一版印二三千本，普通的只有五百本或一千本。②比照上面的销量，可见"新诗集"在市场上还是相当热卖的。

市场的鼓励，毕竟只是一个推测，新诗"专卖"更多还是与亚东特殊的人事背景有关。陈独秀、胡适等人与亚东关系密切，亚东也由于有了新文化领袖的支持而兴旺发展，这方面的情况汪原放在《回忆亚东图书馆》中有详尽论述。尤其是胡适，从提供书源，到选题指导，再到作序考证，可以说是亚东的幕后高参，他自己重要的著作，大部分由亚东出版，由他作序的旧小说标点本更是风行一时，让亚东收益颇丰。③值得注意的是，《尝试集》之后，亚东出版的一系列诗集，像《草儿》《冬夜》《蕙的风》，都与胡适有着某种直接或间接的关联，在某种意义上，"新诗集"能够在亚东不断推出，胡适的作用不能低估。

上述两方面之外，新诗"专卖"还体现了亚东独特的经营理念。上文已述及，与商务不断遭受批评不同，亚东、泰东是以新书店的形象出现在上海出版界的。然而，新、旧书店的区分除了表现在"形象"上，更重要的是，其出版实力和经营范围的差别。据王云五统计，民国二十三年（1934年）至二十五年（1936年）三年间，商务、中华、世界三家占全国出版物的比重平均为65%，其中商务一家平均为48%，几乎独占了一半。④这是从出版体量着眼的统计，而陆费逵则

---

① 倪墨炎：《俞平伯早期的诗作》，孙玉蓉编：《俞平伯研究资料》，第252页，天津：天津人民出版社，1986年。
② 张静庐：《在出版界二十年》，第127—128页，上海：上海杂志公司，1938年。
③ 到1922年年底，亚东出版的胡适作品《短篇小说》《胡适文存》《尝试集》以及他作序的《水浒》《儒林外史》等，都印行三版、四版，印数为一万以上，其后的销量还要多出许多。（汪原放：《回忆亚东图书馆》，第81—82页，上海：学林出版社，1983年。）
④ 王云五：《十年来的中国出版事业》，张静庐辑注：《中国现代出版史料》乙编，第335页，北京：中华书局，1955年。

从出版资本上作过描述,他称:"上海书业公会会员共四十余家",资本九百余万元,其中大书店资本雄厚,商务、中华、世界、大东分别为五百万、两百万、七十万、三十万,此外都是一二十万元以下的。非书业同业公会会员的还有五家,资本均在十万元以下,其中就包括"新书店"。① 所谓"新书店",就应包括亚东、泰东这样的小书店,在汪原放的统计,亚东的年收入最高时不过七万多元,无疑是被排斥在资本雄厚的大书店"俱乐部"之外的。有趣的是,当亚东、泰东、北新、现代等书店组织"新书业联合会"时,商务、中华也被有意排斥在外。② "小资本"与"新书局",出版实力与文化形象之间的这种关联,其实表明了现代出版市场分层划分的形成。

在大书店雄厚的出版实力面前,尤其当它们也转向新文化出版时,小书店的压力可想而知,在发行上采取必要的措施自然有效。徐白民回忆1923年在上海办书店时,代售各书店的图书,以民智、亚东、新文化书店的书为多,而商务中华几家大书店十分苛刻,代售可以,但不能退还。③ 在销售策略上,小书店与大书店差异明显,不过,更重要的应是选题策划。还是据蒲梢《初期新文艺出版物编目》,1919—1923年间同是创作类,短篇小说商务出六种,泰东出两种;长篇小说商务两种,泰东一种,亚东则没有出品;翻译类,小说商务出品23种,泰东八种,亚东只有一种;戏剧类,商务35种,泰东两种;诗歌商务两种,泰东一种。上述数字显示,除诗歌之外,在新文学的其他领域,商务都遥遥领先,泰东似乎紧跟其后(虽然数目上差距很大),而亚东似乎并不着意四面出击。在其他门类,如文学史、文学概论、古典文学研究等,情况同样如此,只有标点旧书一项,亚

---

① 陆费逵:《六十年来中国之出版业印刷业》,张静庐辑注:《中国出版史料》补编,第278—279页,北京:中华书局,1957年。
② 沈松泉:《关于光华书局的回忆》,《出版史料》1991年第2期。
③ 徐白民:《上海书店回忆录》,张静庐辑注:《中国现代出版史料》甲编,第62页,北京:中华书局,1954年。

东出版六种，一枝独秀，而泰东又是追随者，出品了一种。

商务这样的大书局在新文化领域，主要以出版大型丛书为主，涉足创作，虽只由文学研究会丛书带动，但还是占了很大的份额。在此压力下，亚东是十分注重出版重点的选取的，无论是诗集还是旧小说标点本，在效果上，都找到了市场的空隙，形成系列，创造出自己的品牌，正像埃斯卡皮所言及的："专门化是中等规模的书店借以对自己的商业活动加以限制和制定方向的办法之一。"① 1923 年，亚东曾与商务共争《努力》的出版权，此事让胡适很头疼，在日记里写道："亚东此时在出版界已渐渐到了第三位，只因所做事业不与商务中华冲突，故他们不和他争。"② 与商务冲突不是一件好事，出于自保，亚东后来还是妥协了。不与大书店争夺，致力于独立品牌的经营，成了亚东的成功之道，比如在出版广告上，就注意分类，将胡适著作合为一个广告，标点小说为一个广告，名人文存为一个广告，而新诗集更是排在一起隆重推出。③ 有了这些品牌，再加上稳健的出版风格，在激烈的竞争中，亚东得以生存发展。譬如，亚东标点本看好后，其他出版商很快模仿，"先是群学书社，进而启智书局，新文化书社大量出版，数量达二三百种"。有趣的是，新文化版的销路极佳，挤垮了石印小说，但不能致亚东于死地，因为新文化版石印小说的读者是一个阶层：小市民和富裕户，而"亚东出版有讲究的分段、标点、校勘、校对和考证，对于爱好文学者有吸引力"。④ 上述出版策略的选取，当然是书局经营之道的体现，但从回报率的角度看，"新诗集"却不是赚钱的选项，其在出版、阅读中的特殊位置，可以进行另一番的玩味。

---

① 罗贝尔·埃斯卡皮：《文学社会学》，第 57 页，于沛选编，杭州：浙江人民出版社，1987 年。
② 1923 年 10 月 16 日胡适日记，胡适：《胡适的日记》（手稿本）第 4 册，台北：远流出版事业股份有限公司，1990 年。
③ 汪原放：《回忆亚东图书馆》，第 81 页，上海：学林出版社，1983 年。
④ 汪家熔：《旧时出版社成功诸因素——史料实录》，《商务印书馆史及其他——汪家熔出版史研究文集》，第 357—358 页，北京：中国书籍出版社，1998 年。

亚东版的新诗集虽然好销，在赢利上，其实远远赶不上亚东出品的大部头的标点本旧小说和名人文存。诗集定价只有几角，而《水浒》《红楼梦》等每套要几元钱，价格相差悬殊，而亚东最赚钱的书应是高语罕的《白话书信》，前后印过十万册以上。可以想见的是，诗集提升了品格，但不是亚东经济上的支撑，更多体现了新书店的自我定位，"经济考虑"之外的另一重出版逻辑在这里显露出来。按照布迪厄的说法，这是一个"颠倒的经济世界"的逻辑：先锋的文化出版正是以对"商业性利益"的疏远为起点的，这恰恰是其"自主性"的一种表现。[①]

谈到这一点，一个有趣的现象是，晚清以降，在文学商品化的浪潮中，不同文类的命运有所不同，似乎只有小说能成为一种可以谋生的职业。陈平原曾指出："清末民初出现了不少职业小说家，但不曾产生一个职业诗人或者职业散文家。"[②] 诗歌、散文不能"职业化"，报刊不付稿酬是根本原因，包天笑就说："当时报纸，除小说以外，别无稿酬，写稿的人，亦动于兴趣，并不索稿酬的。"[③] 在他参与编辑的《时报》上，"余兴"一栏吸引了许多包括诗歌在内的"杂著"投稿，为了鼓舞投稿的兴趣，虽不付酬，但改赠书局的书券。[④] 后来，新诗泛滥成潮，新诗作品在报章上多有刊载，但稿酬也不大可能是新诗人投稿的动力。当郭沫若的诗作在《学灯》上大量发表，报馆"汇墨洋若干来"，郭沫若还在给宗白华的信中，有拒收的表态。[⑤] 在新文学诸种出品中，新"小说"仍是最能带来市场回报的文体，诗歌似乎天然地

---

① 皮埃尔·布迪厄：《艺术的法则——文学场的生成和结构》，第98—102页，刘晖译，北京：中央编译出版社，2001年。
② 陈平原：《二十世纪中国小说史》，第90页，北京：北京大学出版社，1989年。
③ 包天笑：《钏影楼回忆录》，第349页，香港：大华出版社，1971年。
④ 同上书，第350页。
⑤ 郭沫若在信中这样写道："我寄上的东西，没一件可有当受报酬的价值的。我的本心也原莫有想受报酬的意志。白华兄！你若受我时，你若不鄙我这恶晶罪髓时，我望你替我把成议取消，免使我多觉惭愧罢！"（宗白华、田汉、郭沫若：《三叶集》，第57页，上海：亚东图书馆，1923年。）

远离着"经济"。以"新诗"为符号的新文化出版,主要获取的不是看得见的经济利润,而是某种看不见的"象征资本",这对"亚东"这一类书局自身形象的塑造,无疑至关重要。

当然,亚东还算不上是"先锋"出版社,经济利益仍是其最主要的着眼点。随着书店地位的稳固和阅读市场的变化,新诗集后来在亚东似乎不再受到重视。1923年《渡河》的出版是由陶行知联系的,因稿费问题发生过一些争执,汪孟邹在日记里写道:"此后此种间接交涉,须要再三谨慎为要。"[①]言语之中,已有不耐烦之意。1929年出的何植三的《农家的草紫》,因销路不好,被店里人讥为"真是'草纸'啊"[②]。

二 《女神》与泰东图书局

虽然同样以"新书店"自居,泰东图书局的情况与亚东还是有很大的不同。泰东图书局的股东,原来多与政学系有关。民国三年(1914年)创办时,出版计划注重政治。后来"讨袁"胜利后,股东都到北京做官去了,书局由经理赵南公一手包办,出了好几种"礼拜六派"小说,还靠杨尘因的《新华春梦记》赚了一笔钱。到了新文化运动初兴之时,赵南公看到"鸳蝴"小说不再走红,准备改造泰东,向新文化靠拢。[③]如果说亚东从一开始就借上了新文化的东风,那么泰东或许属于"投机"的类型。

然而,"新文化"的投机事业并不好做,泰东的一系列尝试都不很成功,"新"总新不到点子上。刘纳在《创造社与泰东图书局》中对此有过专章描述,原因有多方面,一是缺乏新文化精英的鼎助。没有陈

---

① 汪原放:《回忆亚东图书馆》,第86页,上海:学林出版社,1983年。
② 同上书,第141页。
③ 引述自张静庐:《在出版界二十年》,第91—92页,上海:上海杂志公司,1938年。

独秀、胡适这样的强大后盾，自然没有高质量的新文化稿源，发行的《新人》杂志就因稿荒，常由主编王无为一人唱独角戏，策划的几套丛书也似乎难以为继。① 至于泰东的编辑人员，也乏善可陈，《新人》主编王无为是上海滩上的"寄生"文人："挂几块招牌，做什么新闻记者，教员，小说家，又是什么书局的编辑，及自命是文化运动者。"②《新的小说》主编王靖，译过托尔斯泰的小说，能力平平，在《创造十年》里，郭沫若对其有辛辣的讽刺。当时的编辑张静庐也只是个初出茅庐的小青年，心中还有自己的打算。泰东麾下的"新人社"，其实是一个编辑社，编辑"新人丛书"，成员遍及各地，十分驳杂，"有不少只不过是拿谈新文化运动当作职业，自己并不信仰，更不用说身体力行了"③。这种人员构成，自然影响到书局出品的质量，应时的白话文刊物《新的小说》，最初销量尚可，"但到后来西洋镜拆穿了，遭受了一般读者的唾弃"④。

这就是《女神》出版前泰东的情况，形象不佳，经营不善，可以说是一个烂摊子。面对困境，老板赵南公也尝试进行书局的改革。1921年新年伊始，泰东租了上海马霍路的房子作为编辑所，赵南公等人商议起了新的发展计划。首先设定新的出版路线，"首重文学、哲学及经济，渐推及法政及各种科学"，其次是编辑人员的调整和新人的聘用。对现有的编辑人员，赵南公原本不满，曾言："深为无为忧，因其聪明甚好，而学无根柢，前途殊危险。静庐不及无为，而忌人

---

① 1921年4月16日，赵南公在日记里记下了编辑精简方案，其中丛书一项的情况为："《新人丛书》无善稿，宁暂停；《新知丛书》已出几种，余以该社自组出版所，自难望其继续；《黎明丛书》已成交，而合同未立；《学术研究会丛书》本由该会自印，无关系。"（陈福康：《创造社元老与泰东图书局——关于赵南公1921年日记的研究报告》，《中华文学史料》1991年第1辑）

② 王无为：《王无为赴湘留别书》，《新人》1卷6期（1920年9月）。

③ 《新人社·编者说明》，张允侯等编：《五四时期的社团》第3卷，第208页，北京：生活·读书·新知三联书店，1979年。

④ 郭沫若：《创造十年》，《学生时代》，第85页，北京：人民文学出版社，1979年。

同,尤危险。"①郭沫若、成仿吾的归国,就由此而实现。在举目茫然时,苦于人才难觅的赵南公,把在文坛上已崭露头角的郭沫若当成了书局的救星。②1921年4月,赵南公开始与郭沫若商议书局的总体规划,5月拟订《创造》的出版,并出资让郭回日本组稿;到了7月,更是决定将编审大权交给郭沫若,并多次在日记里表达了这种决心,甚至写道:"即沫若暂返福冈,一切审定权仍归彼,月薪照旧,此间一人不留,否则宁同归于尽"③,一度欲将泰东的支配权交给郭沫若。

《女神》的出版,就与泰东的改革相关。书局要革新,一开始,却不改跟风的老路。起初赵南公提出的方案,是出中小学教科书,但又没有充足资本,想走取巧路线,遭到郭沫若反对。④后来,他又眼红亚东的标点本热卖,郭沫若便搪塞改编了一部《西厢》。赵南公一心想书局振兴,郭沫若琢磨的是出版自己的纯文艺刊物,在决策未定的5月,郭沫若编定的《女神》和改译的《茵梦湖》,可以说是一份不错的见面礼,真正为泰东打开了"新书店"的局面。5月,《学灯》上登出《女神》序诗。《女神》出版的第二天,《文学旬刊》上又出现郑伯奇的长篇书评。此后的《创造季刊》和创造社丛书,也成了泰东的招牌,起初虽并不畅销,但随着创造社影响力的激增,还是为泰东带来了长线的回报。张静庐对泰东的经营有如下描述:

> 说到营业,当民国九、十年间,虽然有创造社的刊物:创造季刊,创造周报,和类似创造社丛书的:沉沦,冲积期

---

① 赵南公1921年1月9日日记,陈福康:《创造社元老与泰东图书局——关于赵南公1921年日记的研究报告》,《中华文学史料》1991年第1辑。
② 郑伯奇曾说:"假使没有沫若在新文坛的成功,赵南公是否肯找他呢?"(《二十年代的一面——郭沫若先生与前期创造社》,饶鸿競等编:《创造社资料》,第753页,福州:福建人民出版社,1985年。)
③ 赵南公1921年7月28日日记,陈福康:《创造社元老与泰东图书局——关于赵南公1921年日记的研究报告》。
④ 赵南公1921年4月18日日记,同上文。

化石，玄武湖之秋，蔦萝行等新书出版，但是，在那时候，书的销行却并不畅旺；直到民国十二、三年，洪水半月刊出版前后，这初期的小说书，和创造周报合订本等等，都忽然特别的好销起来，在这时期中泰东似乎才获得了意外的收获，报答他过去艰辛的劳绩。①

在讨论亚东的经营思路时，上文提到经济上"低回报"，包含了一个"颠倒的经济世界"的逻辑，在泰东这里，"长线的回报"是同一逻辑的体现。在20世纪，许多先锋性的出版社都以"非赢利"为始，随着先锋作品的经典化，又以最终的"赢利"为终，"供给与需求之间的这种时间差距，又成为有限产品的场的一个结构性趋势"。②象征性的文化逻辑，最终会返回商业的逻辑，落实为日后的回报。在《创造十年》中，郭沫若发泄过对泰东的不满，认为自己受到了资本家的盘剥。实际上，是老板赵南公经营上的混乱，导致书局经济状况恶化，才致使郭沫若等人生活无靠③；离开了创造社的支持，泰东图书局后来自然也每况愈下。④

无论亚东还是泰东，虽然形象有异，但"新诗集"的出版，都发生在"新书局"自我形象的追寻过程中。在亚东，"新诗集"是象征性的品牌；在泰东，《女神》开启了新书局的生路。在不断分化的出版市场上，二者都找到了自己的位置。作为参照，新诗在力主教科书和

---

① 张静庐：《在出版界二十年》，第100页，上海：上海杂志公司，1938年。
② 皮埃尔·布迪厄：《艺术的法则——文学场的生成和结构》，第99页，刘晖译，北京：中央编译出版社，2001年。
③ 周毓英在《记后期创造社》中说："老板赵南公糊涂，经理人换了好几个都是揩油圣手……同时外埠的烂帐亦放得可惊，很少收得回来。"经营不善，自然谈不上优厚的报酬，但"创造社靠不到泰东图书局的生活，却也不受泰东图书局的拘束，甚至反过来还可以批评书店方面的人"。(饶鸿竞等编：《创造社资料》，第792页，福州：福建人民出版社，1985年。)
④ 沈松泉在《泰东图书局经理赵南公》中称：赵南公热心从事社会活动，但经营不善，"创造社和泰东断绝关系后，泰东在新书出版业中不再为文艺界所重视"。(《出版史料》1989年第2期)

大型丛书的商务印书馆那里，受到的待遇明显不同。作为占有市场主要份额的大书店，商务虽然看重新文化的实力，但走的是一条稳健的路线，既不求新，也不趋俗。一般说来，对于新作家的处女作很少出版，虽然推出过文学研究会丛书，但后来"不注意此条路线了"①。在这样的路线中，新诗自然不受重视，刘大白的《旧梦》在商务的遭遇可以为证："从付印到出版，经过了二十个月之久；比人类住在胎中的月数，加了一倍。这在忙著'教育商务'的书馆中一定要等到赶印教科书之暇，才给你这些和'教育商务'无关的东西付印，差不多是天经地义，咱们当然不敢有异义。"②"新诗"所代表的新文化品牌，对商务这样的大书局并不重要，而亚东、泰东则必须以"新"为自己生存的出路。

"新书局"通过"新诗集"，在新文学的出版市场上站稳了脚跟，提升了品格，其基本文化形象也由此确立。到了40年代，还有人将亚东与泰东，两位经理赵南公和汪孟邹并提，认为是当年上海四马路上仅有的纯正书商。③反过来说，"新诗集"也因有了新书局的鼎助，而获得广泛的社会传播。比如，在早期新诗集中，《蕙的风》与《湖畔》是十分重要的两部，"她们"同是湖畔社的出品，但这对"姊妹"诗集却因一本被书局接受，一本自费出版，出版后的命运迥异。《蕙的风》1922年8月出版，销量惊人，一版再版。没有书局的发行网络，《湖畔》的发行，则让应修人等大伤脑筋，在信中向友人表露："我几乎到处没熟人。代售处自然愈多愈好。亚东说，外埠寄书法，很难收得钱来。"④1922年4月至5月间，应修人与潘漠华等人频繁书

---

① 张静庐：《在出版界二十年》，第149页，上海：上海杂志公司，1938年。
② 刘大白：《〈邮吻〉付印日记》，萧斌如编：《刘大白研究资料》，第133页，天津：天津人民出版社，1986年。
③ 萧聪：《汪孟舟——出版界人物印象之一》，《大公报》1947年8月10日；汪原放的《回忆亚东图书馆》转引了此文及汪孟邹的回复，第204—208页，上海：学林出版社，1983年。
④ 1922年4月20日应修人致潘漠华信，应修人：《修人集》，第211页，楼适夷编，杭州：浙江人民出版社，1982年。

信往来，主要话题之一就是讨论代售事宜。情急之下，他们不得不找熟人帮忙，远在北京的周作人，就是他们求助的一个对象。① 发行之外，自我推销也很重要，应修人忙着四处找关系在报纸上发广告，周作人、朱自清对《湖畔》的评论，都是求得的助销广告。② 虽经多方努力，《湖畔》的销行仍然不利，潘漠华就抱怨："《湖畔》销路底迟滞，真出乎我们初意之外。杭州至今一共卖去二十本，写信来买的一本也没有"，这让他对诗本身的质量产生了怀疑。③ 其实，比起名气和诗质，书局的发行网络要更为重要，个人推销必然困难重重。

第二节　由诗集出版看新诗坛的分化

在新诗的"发生空间"拓展中，"新诗集"与"新书局"间的关系，显现了文化逻辑与商业逻辑的交织："新书局"通过出版"新诗集"，不仅获得了经济上的回报，更积累了"象征的资本"，提升了自己的新文化形象；"新诗集"的印行、流布，也离不开新书局的支持。在二者的互动中，另一个可以关注的问题是，新诗的发生空间的内在分化和"竞争"关系也在形成，涉及新诗"场域"的边界、纯粹性、规则转换等一系列问题。事实上，对于一个生成中的自主性"场域"来说，外部边际与内部差异的动态格局，正是其活力的显现，因为"每一个场

---

① 周作人在《介绍小诗集〈湖畔〉》中谈及："他们寄了一百本，叫我替他们找个寄售的地方——我现在便托了北大出版部和新知书社寄售。"（《晨报·副刊》1922年5月18日）
② 应修人得知潘漠华的哥哥有朋友在《时事新报》，便设法联系在报上发广告。（应修人1922年5月1日致雪峰、潘训信，应修人：《修人集》，第213页，楼适夷编，杭州：浙江人民出版社，1982年。）周作人的《介绍小诗集〈湖畔〉》本身就是一份广告，朱自清发表在《文学旬刊》上的《读〈湖畔〉诗集》，也是在应修人的催促下，由潘漠华投寄的推介文；另外他们还计划约请刘延陵写文章。（1922年5月14日应修人致雪峰、漠华信，应修人：《修人集》，第216、218页。）
③ 漠华致修人信，潘漠华：《漠华集》，第166页，应人编，杭州：浙江文艺出版社，1984年。

域都构成一个潜在开放的游戏空间,其疆界是一些动态的界限,它们本身就是场域内斗争的关键"①。

一

讨论这一问题之前,有必要对发表、成集所建构起的新诗空间的性质做一点补充。如上文所述,这首先是一个崭新的不断扩张的空间,吸纳了更多的读者和新诗人。同时,它还是一个排斥性的、不断产生区分机制的空间,只有在与其他诗歌样式的区分中,才能建立自己的合法性边界。新诗/旧诗间的纷争,这里无须重复,对旧诗的排斥、批判,是新诗建立自身特殊性、自足性的第一步。有意味的是,在新诗发生空间的内部,某种"竞争"性,从一开始就存在。譬如,胡适被称为是新诗的"老祖宗",从他的白话诗尝试中延伸出的新诗写作,构成了所谓的"正统",他的新诗观念也成为新诗人们的"金科玉律"。但这一"正统"能否覆盖更多的新诗人,就是一个容易引发争议的问题。郭沫若就认为,自己在日本开始新诗写作,在起点上与胡适的白话诗并不关联,后来他还曾提及自己写新诗的实践,比胡适还早。② 更为年轻的诗人邵洵美,也认为自己写"新诗"完全是个人的发明:"从没有受谁的启示,即连胡适之的《尝试集》也还是过后才见到的。当时是因为在教会学校里读到许多外国诗,便用通俗语言来试译,……到后来一位同学借给了我一份《学灯》,才知道这类工作正有许多前辈在努力。"③ 这些个人表述,不一定都能当真,但至少也说明,

---

① 皮埃尔·布迪厄、华康德:《实践与反思:反思社会学导引》,第142页,李猛、李康译,北京:中央编译出版社,1998年。
② 郭沫若在《五十年简谱》中称自己在1916年开始写新诗,《残月》《黄金梳》及《死的诱惑》为此时之作。(郭沫若:《五十年简谱》,张静庐辑注:《中国现代出版史料》丙编,第322页,北京:中华书局,1956年。)
③ 邵洵美:《诗二十五首》,第2页(自序),上海:时代图书公司,1936年。

新诗发生的路径并不单一,"起点"之中已包含了纷争。

尽管声称个人的新诗写作并非受胡适的白话诗影响,但郭沫若、邵洵美毕竟都是标准的新诗人,还有一些以"新"为名的诗歌尝试,却难以获得新诗的"名分",始终被排斥在"正统"以外。像著名的白屋诗人吴芳吉,曾任《新群》杂志"诗栏"的编辑,他创作力惊人,"每月以十页之诗贡献于社会者"①,积极尝试另外一种"新诗":在保持既有诗歌体式的前提下,溶进新材料和新经验。他的尝试也取得相应成就,其诗作颇为时人称道,但"新诗坛"却不能接受。他在日记中就记录过康白情的劝告,说他的写作"都不合于真正白话文学,叫我必要改良,否则甚为《新群》杂志抱歉"②。后来吴芳吉的名字也收入《中国新文学大系·史料》卷中,阿英为他撰写的小传是这样的:"先为杂志《新群》干部,旋参加《学衡》。所作新诗,实系旧韵文之变体。著反新文学论文甚多。"③虽然努力求"新",但有效还是无效,正统还是"非法","新"还是一个需要甄别、拣选的立场。同样的命运也落在了上海文人胡怀琛身上。

胡怀琛(1886—1938),又名胡寄尘,安徽泾县人,民国初年和其兄胡朴安一起加入"南社",在当时的沪上文坛,是一个相当活跃的人物,奔波于各大书局、报馆、学院间,著述诗歌、学术、小说,笔耕不断。对于自己的诗歌造诣,他相当自负,曾说"自从十二岁做诗以来,到现在二十多年了,这二十几年里,几乎没一年不在诗里讨生活"④。虽然他实际的诗歌成就,或许与自我期许并不相符。⑤作为南

---

① 吴芳吉:《昨年之〈新群〉纪事》,《吴芳吉集》,第1320页,贺远明编,成都:巴蜀书社,1994年。
② 同上书,第1332页。
③ 阿英:《吴芳吉小传》,赵家璧主编,阿英编:《中国新文学大系·史料》,第213页,上海:良友图书出版印刷公司,1935年。
④ 《胡怀琛给王崇植的信》,胡怀琛编:《〈尝试集〉批评与讨论》下编,第26页,上海:泰东图书局,1922年。
⑤ 茅盾称:"胡怀琛是做旧体诗词的,在当时的旧体诗词中,他的作品只能算是第二、三流。"(茅盾:《我走过的道路》上册,第158页,北京:人民文学出版社,1981年。)

社诗人，胡怀琛的位置，似乎自然处在新诗阵营之外，胡适在《〈尝试集〉再版自序》中，不点名地将胡怀琛称为"守旧的批评家"，这多少有点冤枉他。事实上，在新文学兴起之际，这位"守旧的批评家"，非但不是以"反对派"的姿态露面，相反，他还十分积极地响应，曾在报上发表文章，大声疾呼："诸君！现在旧文学总算已破败了"①，俨然一副新文学鼓动家的模样。除了姿态上的响应，他也亲身实践，茅盾主编的《小说新潮》栏上，就发表过胡的一首"新体诗"《燕子》。②《尝试集》出版后，他则自告奋勇站出来，要为胡适改诗，引出一场著名的笔墨官司（本书下一章会有专门的讨论）。可以注意的是，他的攻击不是指向"新诗"（这一点与后来的"学衡派"不同），而是指向了胡适本人。他的发难文章《读〈尝试集〉》开头就称："我所讨论的，是诗的好不好问题，并不是文言和白话的问题，也不是新体和旧体的问题。"③新与旧，对他而言似乎已不是问题，换言之，他也是以"新派"的姿态来发言。为标明正确的"诗的前途"，胡怀琛还整理自己1919年至1920年间所作的"新诗"，成一册《大江集》，题名为"模范的新派诗"。这本名不见经传的《大江集》于1921年3月由国家图书馆出版，从时间上说是继《尝试集》之后，出版的第二本个人白话诗集，在文学史上似乎还应有一定的价值。由此看来，在新与旧之间，胡怀琛的身份有些含混、暧昧了，他的一位友人就吹捧他"是旧文学的专家，也是新文学的巨子"④。一位读者也曾致信给《文学旬刊》编者郑振铎，表示对胡怀琛这位"新派"人物的怀疑："我很对于他有些莫名其妙，你们知道他就是胡寄尘吗？《礼拜六》中也常有他的大著吗？但是这种蝙蝠的行为，我总有些莫名其妙啊！"⑤

---

① 胡怀琛：《新文学建设的根本计画》，《时事新报·学灯》1919年5月6日。
② 茅盾：《我走过的道路》上册，第157页，北京：人民文学出版社，1981年。
③ 胡怀琛：《读胡适之〈尝试集〉》，《神州日报》1920年4月30日。
④ 东阜仲子：《〈大江集〉序》，胡怀琛：《大江集》，第3页，上海：国家图书馆，1921年。
⑤ 《许澄远致郑振铎信》，《文学旬刊》第14期（1921年10月9日）。

上文已提及,在新文化浪潮的席卷下,许多旧派文人也追赶时尚,写一写"新诗"以示新潮。从这个角度看,胡怀琛的"趋新"姿态之中,不乏"趋时"的意味。但热衷自我表现的胡怀琛,不仅要"趋新",还要有意争锋,抢夺"新"的发明权。这种意识,在他对《尝试集》的批评中就已表露,他说《尝试集》"如存在自己家里,不拿出初版再版的印刷传布,我当然不要管这闲事;他现在拿出来印刷传布,而且诱惑他人上当,我为着诗的前途,不得不改"①。言下之意,最让他不满的是胡适对"新诗"的个人尝试,后来成了普遍的方向。他对《尝试集》的批评,以及在《大江集》中对所谓"模范的新派诗"的发明,都意在与胡适的"新体诗"分庭抗礼,另辟一条"前途",打破胡适对"新诗"一名的垄断。至于"新派诗"究竟为何物,胡怀琛自己从"命名""宗旨""宗派""体例""辞采""戒律"等几方面进行过解说,大多空洞浮泛,只有"以五七言为正体"一句最为着实。简言之,"新派诗"从体式上说,就是变相的"旧体白话诗"。②怪不得胡怀琛在批评《尝试集》时,对尚未采用伸缩自由的散文句式的"第一编"仍表示认可。在胡怀琛及其拥护者看来,这样的"新派诗",出入新旧之间,又超越了新旧,"既没有旧诗空疏和繁缛的毛病,又不像新诗率直浅露"③。作为模范,它应该成为中国诗歌的正途,以区别于胡适无韵无体、自由但浅露的"新诗"。

然而,新诗的"发生空间"一方面不断地外向扩张,另一方面,又充满了内向的竞争性,除了通过对旧诗的批判、攻击来区隔出自身的形象外,其内部又存在着"命名权"的争夺和"边界"的维护。从反思社会学的角度看,"文学(等)竞争的中心焦点是文学合法性的垄断,也就是说,尤其是权威话语权利的垄断"④。在一系列的竞争中,

---

① 《胡怀琛致张静庐信》,胡怀琛编:《诗学讨论集》,第99页,上海:新文化书社,1934年。
② 胡怀琛:《新派诗说》,胡怀琛:《大江集》,第45页(附录),上海:国家图书馆,1921年。
③ 东阜仲子:《〈大江集〉序》,同上书,第4页。
④ 皮埃尔·布迪厄:《艺术的法则——文学场的生成和结构》,第271页,刘晖译,北京:中央编译出版社,2001年。

有关"命名权"的争夺,又是焦点中的焦点,由此才能区分等级、鉴别真伪,树立诗坛的"正统"。①在这个意义上,胡怀琛有意要挑战"新诗"的正统,而他"不新不旧"的发明,在正统的新诗坛中也得不到认同。在他挑起的《尝试集》论争中,胡适除了有一封书信寄给张东荪外,就一直保持傲慢的沉默。这似乎是新文学家一致的态度,钱玄同也在书信中,劝胡适不要理睬胡怀琛的攻击,因为"这个人知识太浅……他的话实在'不值得一驳'"②。"沉默"形成一种无言的压力,最后,还是胡怀琛自己忍不住了,致信胡适,恳请他出面说一句话,结束这场越辩越支离的讨论。③胡适无奈只得出面回复,但仍是一副不屑与之讨论的态度,略带讽刺地说:

> 照先生这话看来,先生既不是主张新诗,既是主张"另一种诗",怪不得先生完全不懂我的"新诗",先生做先生的"合修词物理佛理的精华共组织成"的"另一种诗",这是最妙的"最后的解决"。④

所谓"最后的解决",在胡适看来,其实就是将胡怀琛的"另一种诗"排除在新诗坛之外。后来,当有读者致信《文学旬刊》编者郑振铎,希望《旬刊》组织一些文字,批评一下胡怀琛的"标准白话诗"。郑振铎在复信中,认为"犯不着费许多工夫去批评",同样显出一副不屑的样子。⑤另一位新诗人应修人,在读到一位无名作者李宝梁的诗集

---

① 布迪厄曾言:"定义(或分类)的斗争的焦点就是(体裁或学科之间的,或同一体裁内部的生产模式之间的)界线,及由此而来的等级。确定界线、维护界线、控制进入,就是维护场中的既定秩序。"(皮埃尔·布迪厄:《艺术的法则——文学场的生成和结构》,第273页。)
② 耿云志主编:《胡适遗稿及秘藏书信选》第40卷,第280页,合肥:黄山书社,1994年。
③ 此信发表于1920年9月1日《时事新报·学灯》上,后收入胡怀琛编:《〈尝试集〉批评与讨论》。
④ 《胡适答胡怀琛信》,胡怀琛编:《〈尝试集〉批评与讨论》下编,第46页,上海:泰东图书局,1922年。
⑤ 《文学旬刊》第19期(1921年11月2日)。

《红蔷薇》时,还轻蔑地称其也属《大江集》一类①,似乎它已成为"伪新诗"的代名词。《大江集》与胡怀琛的名字后来在新文学史上很少被提及(即使作为反对派似乎也不够格),这与其艺术上的粗糙和影响力的狭小有关,但新诗坛的主动排斥也是重要的原因。②

二

从场域的角度看,在新诗发生空间中,一个新诗人要占据一个正统位置,如何"入场"就是一个首要问题,而发表、出版似乎是"入场"必不可少的条件,尤其是"诗集"的出版,是最为有效的方式。在新诗发生的初期,由于出版品的稀少,出版一本诗集便可使诗人暴得大名,并在文学史上占有一席之地。有人嘲讽说:"目下几位有集子的'诗人',既富于传世的勇气,又好取两个轻巧的字面,题为集名。"③其具体的影射,可以大致揣测(《冬夜》《草儿》等,都是以两个字为名)。诗集的有无、出版时间的早晚,直接影响了个人诗坛地位的升沉,苏雪林就曾为朱湘抱怨,他的《草莽集》没有得到应有的评价,就是因为出版得太晚了。④

上文已提到,作为新诗的"专卖店",亚东图书馆几乎包揽了早期重要新诗集的出版,胡适在其中起到了相当重要的影响作用。具体而言,《草儿》《冬夜》《蕙的风》《胡思永遗诗》等诗集的作者都是胡适的学生、晚辈或同乡,《渡河》作者陆志韦也是胡适的北大同人,其

---

① 应修人:《修人集》,第264页,楼适夷编,杭州:浙江人民出版社,1982年。
② 同属此类的,还有胡适中国公学旧学谢楚桢,他曾编著一本《白话诗研究集》,在《晨报》上大作广告,引得胡适十分不满。(1921年5月19日胡适日记,中国社会科学院近代史研究所中华民国史研究室编:《胡适的日记》上册,第56页,北京:中华书局,1985年。)
③ 《齐志仁致沈雁冰信》,《小说月报》13卷7号(1922年7月10日)。
④ 苏雪林:《论朱湘的诗》,《苏雪林文集》第3卷,第143页,沈晖编,合肥:安徽文艺出版社,1996年。

稿本出版前就由胡适看过①，其中的人事关联不言自明，这些诗集的出版，很可能与他的推荐有关。在亚东诗集序列里，胡适费心最多的应该是汪静之的《蕙的风》，汪静之与胡适的关系也非同寻常②。作为一个中学生，汪静之最初能够在《新潮》《新青年》上发诗，俨然成为诗坛上一颗令人艳羡的新星，特殊的人脉关系起到了不小的作用。③《蕙的风》当初是汪静之直接投寄亚东，但并不顺利④，他转而寄给胡适，请他作序，并"又请你随即将诗集转寄介绍给汪原放先生"⑤。得不到回音时，他还写信催促，在1922年4月9日给胡适的信中抱怨："我们居于小学生地位的人要想出版一本诗集这点小事情竟遭了这许多波折，我实在不耐烦了。"⑥可以说，《蕙的风》能够被亚东接受，多亏了胡适的介入，胡适似乎成了汪静之的荫庇人。1935年春，汪静之将自己在暨南大学讲义的一部分，整理成《作家的条件》一书，仍请胡适题了封面，再寄书稿给商务的王云五。结果，不仅顺利出版，还得到了很高的稿费。⑦

相比之下，《蕙的风》的姊妹集《湖畔》，不仅出版后销行阻滞，出版之前也命运多舛。最初，《湖畔》计划是由应修人带回上海，"准

---

① 胡适1923年9月12日日记写道：亚东寄《渡河》来，"我初读他的稿本，匆匆读过，不很留意"，今细读此册，尽多好诗。(《胡适的日记》[手稿本]第4册，台北：远流出版事业股份有限公司，1990年。)
② 胡、汪二人既是安徽绩溪的乡亲近邻，汪未婚妻的小姑曹佩声(也是汪静之少时的恋人)还是胡适的女友。在曹佩声的引荐下，汪静之开始与胡适频繁交往。
③ 参见黄艾仁：《同路同乡未了情——胡适对汪静之的关怀及其他》，《胡适与著名作家》，合肥：安徽大学出版社，1998年。
④ 1922年1月12日，汪静之写信给胡适说："拙诗集起先也是直接寄给原放先生的；现在因为种种困难，竟破例请你介绍，实有不得已的苦衷！"(耿云志主编：《胡适遗稿及秘藏书信》第27卷，第632页，合肥：黄山书社，1994年。)
⑤ 1922年1月20日汪静之致胡适信，同上书，第632页。
⑥ 1922年1月20日汪静之致胡适信，同上书，第639页。
⑦ 汪静之：《我和胡适之先生的师生情谊》，李又宁编：《回忆胡适之先生文集》(一)，第288页，纽约：天外出版社，1997年。

备找一个书店出版"①。应修人最先找到的书店就是亚东图书馆，但遭到拒绝，理由是"因为诗集一般销路不大，无利可图"②。"无利可图"，大概只是《湖畔》遭拒的一个原因。虽然，湖畔诗人与他们的老师朱自清、叶圣陶等人关系密切，应修人在20年代初诗坛上的活动能力也相当可观，但还是缺少胡适这样能影响书局的大人物出面，最后只能由应修人自费出版。后来，后期创造社的小伙计痛斥出版界的黑暗时，举出的一条罪状就是"看情面收稿"："你的著作，只要经过名流博士介绍吹捧，哪怕是糟粕臭屎，定令帮你出版。"③言语之中，明显是在影射胡适与亚东的关系。

胡适对后起之秀的提携是很著名的，不仅推荐出版，还积极推介、评论。如为《蕙的风》《胡思永的遗诗》作序，梅光迪就讽刺："每一新书出版，必为之序，以尽其领袖后进之美。"④《冬夜》《草儿》出版后，他又写了重要的书评，在《谈新诗》《尝试集》自序等文中，也不忘一一点评新锐的诗人们。然而，稍加留意就会发现，点到的基本上都是他的朋友和北大的师生，"自家的戏台"里没有一个"外人"。唐德刚曾说胡适改良派有一项弱点，"便是那千余年科举制所遗留下来的，中国知识分子看重籍贯的'畛域观念'，和传统士子们对个人出身和学术师承的'门户之见'"。⑤海外学者贺麦晓曾从"场域"的角度，分析了汪静之与胡适之间的关系，认为中国传统的师生、同乡关系，是中国"文学场"形成的特殊方式。⑥这一结论成立与否，还有待

---

① 冯雪峰：《〈应修人潘漠华选集〉序》，王训昭编选：《湖畔诗社评论资料选》，第185页，上海：华东师范大学出版社，1986年。
② 汪静之：《修人致漠华、雪峰、静之书简注释》，应修人：《修人集》，第240页，楼适夷编，杭州：浙江人民出版社，1982年。
③ 霆声：《出版界的混乱与澄清》，1923年《洪水》1卷3期、5期（1925年10月16日、11月16日）。
④ 梅光迪：《评提倡新文化运动者》，《学衡》第1期（1922年1月）。
⑤ 唐德刚：《回忆胡适之先生与口述历史》，欧阳哲生选编：《追忆胡适》，第267页，北京：社会科学文献出版社，2000年。
⑥ 贺麦晓：《二十年代中国"文学场"》，《学人》第13期。

讨论，但确定无疑的是，胡适是将"亚东诗集"当成了"自家戏台"，并有意无意地将"自家戏台"放大成正统的"新诗坛"。

这一正统的新诗坛，还可以从 20 年代初出版的三本诗歌选集（《新诗集》《分类白话诗选》《新诗年选[一九一九年]》）中见出。如果考察一下这三本集子中诗人及发表刊物的入选情况，就能看出一个基本相似的分布：以胡适、周作人、沈尹默、康白情、傅斯年等北大师生为主的"北方诗人群"占据着诗坛的中心。① 当时就有人对此提出批评，说《新诗年选（一九一九年）》"所选的都是几位常在报章里看见的名字，因为他要应酬到所有出名的诗人，于是对于不出名的人底好诗，就不能容纳"②。遭到责难的"选人"方式，恰恰也说明了上述选本对"诗坛"构成的反映。

三

新文学的发生，建立在现代出版、媒体的基础之上，新的"文坛"格局和出版机构之间，也有着微妙的同构关系。后来，高长虹就曾这样说："我现在问你：'文坛建立在何处？'思想界在三界的那一层？则你必瞠目不能对答。因为这本来都是些错误的说法。即如你说文坛，实则说的只是这本诗集呀，那本小说呀，又一本杂感呀之类，你说说思想界，其实也只说的几本书，或几种定期刊物，此外便什么

---

① 《新诗集》入选 56 位诗人，入选诗作最多的是胡适(9 首)、周作人(7 首)、康白情、刘半农、玄庐(三人都是 6 首)；其他顾诚吾、辛白、王志瑞、沈尹默、郭沫若、俞平伯、王统照、戴季陶、傅斯年等均为二三首。《分类白话诗选》选诗人 68 家，与上集大致持平。入选诗作最多的是胡适(35 首)、康白情(17 首)、玄庐(15 首)、沈尹默(14 首)、刘半农(12 首)、郭沫若、田汉(9 首)、俞平伯、罗家伦、傅斯年、戴季陶等为四五首。《新诗年选(一九一九年)》选诗人 40 家，入选最多的是胡适(16 首)、周作人(8 首)、傅斯年、刘半农、沈尹默、郭沫若(5 首)、康白情、罗家伦、俞平伯(4 首)、玄庐(3 首)。
② 猛济：《〈湖海诗传〉式底〈新诗年选〉》，《民国日报·觉悟》1922 年 9 月 18 日。

没有。"① 在高长虹的眼里,出版界就等于新文坛。如果以他的眼光打量新诗坛,可以看出,以亚东图书馆和亚东诗集为中心,一个正统的新诗坛隐约呈现,出版《女神》的泰东图书局的位置也颇有意味。

上文已经分析,虽然同为"新"的书店,亚东、泰东的形象还是有所不同的。如果说"亚东"依靠的主要是北方的新文化精英,"泰东"周围聚拢的则是上海及周边地区的城市文人,这种人员构成势必影响到了其出版品的倾向。王无为主编的《新人》杂志,曾辟出专号进行新文化运动调查,但主要目的是借此攻击陈独秀和北京大学,雄心勃勃,好像也有意争夺新文化领导权,指责北京最高学府出现不久,"就发生了包办文化运动,垄断学术等事实"②。爱与胡适为难的胡怀琛,其《〈尝试集〉批评与讨论》一书,也是由张静庐安排,在泰东出版。当吴芳吉在《新群》杂志上发表"以旧文明的种子,入新时代的园地"的另一种新诗,招致"反对之声四起"时,泰东新人社的王无为等人,还为他深抱不平。③ 给人的印象是,泰东在迎合新文化潮流的同时,其聚拢的文人中多有意要在"新文化"中争风,并且与出版《尝试集》的亚东隐隐形成对峙。④ 在后来的回忆中,郭沫若多次表达过对泰东的不满,但《女神》能够在"泰东"出版,还是与某种相似的"场域"位置相关。

《女神》出版之前,郭沫若已通过《学灯》上的新诗发表,确立了自己在诗坛上的地位。但这种"成功"并不一定意味着他已进入"新

---

① 高长虹:《1925,北京出版界形势指掌图》,董大中:《鲁迅与高长虹》,第392页,石家庄:河北人民出版社,1999年。
② 王无为:《最高学府——万恶政府》("新人之声"之一),《新人》1卷5期(1920年8月)。
③ 吴芳吉:《吴芳吉集》,第543页,贺远明编,成都:巴蜀书社,1994年。
④ 1921年,亚东标点本小说出版后,有人撰文攻击,攻击者之一就有胡怀琛的兄弟胡怀瑾。汪原放在写给胡适的信中称:"胡怀瑾,我起先只晓得他和泰东接近,却不晓得他便是勇于批评人的胡怀琛的兄弟。他骂我的那书信,我好好的把他保存起来了;因为里面有些话着实可以作参考的资料。"(耿云志主编:《胡适遗稿及秘藏书信》第27卷,第508页,合肥:黄山书社,1994年。)从这段话中,不难体味出"和泰东接近"与攻击亚东,在态度上的牵连。

诗坛"的中心，以下几方面的情况值得考虑。首先，在讨论新文化的展开过程时，一个被较少论及的问题是，初兴的新文化阵营的内部也包含着论辩，其中《时事新报》作为研究系的刊物，从政治背景上看，恰与北方的"新文化"精英们较为疏远。《时事新报》和《新青年》间还发生过若干次冲突。譬如，宗白华曾在《少年中国》1卷3期上发文批评"时髦杂志"，引起陈独秀的不满，批评与反批评在南北之间随即展开；傅斯年也曾与《时事新报》主笔张东荪在《新潮》1卷3号上围绕"建设"与"破坏"问题进行过论战，傅斯年当时就指出《时事新报》的意思不过是："只有我们主张革新是独立的，是正宗的，别人都是野狐禅。"① 在这种论争背景中，在《时事新报》上发表文字，本身就有点敏感②，而郭沫若在《学灯》上大量发表作品，给他人留下的印象如何，或可想象。

其次，郭沫若基本上只在《学灯》上发诗，其他重要的"新诗园地"中却见不到他的名字。即使是在宗白华、田汉、郑伯奇都有所参与的《少年中国》上，郭沫若发表的文字也只是一两次的通信转载、文后札记③，没有正式作品发表。相比之下，当时比较活跃的新诗人一般都在多家刊物上发诗，南北两方也多有交流。像上海的《星期评论》与北方的新诗人群体就来往密切，《星期评论》及《晨报》上，南北两地的诗人名字都会出现；而《新潮》《少年中国》的诗栏，几乎是被康白情、俞平伯、田汉三人包揽。与他们相比，郭沫若"出镜率"明显不够。

再有，从交游上看，郭沫若与正统的新诗坛也有一定的距离。从1919年至1921年回到上海，郭沫若逐渐打开了自己的交游圈子，但

---

① 傅斯年：《答时事新报记者》，《新潮》1卷3号（1919年3月1日）。
② 郑伯奇在谈到这一点时，就表示过自己的看法："《时事新报》是研究系的机关刊物。五四时代的青年对于这样有关政治的问题一般还是比较严肃认真的。"（郑伯奇：《忆创造社》，饶鸿竞等编：《创造社资料》，第842页，福州：福建人民出版社，1985年。）
③ 郭沫若：《〈歌德诗中所表现的思想〉附白》，《少年中国》1卷9期（1920年3月）。

除了与宗白华、田汉的通信，及在日本与创造社元老们积极往来外，他与国内的文学界并没有太多接触。郭沫若自己曾说，包括创造社元老们在内，大家"对于《新青年》时代的文学革命运动都不曾直接参加，和那时代的一批启蒙家如陈、胡、刘、钱、周，都没有师生或朋友的关系……"① 还有一个现象值得注意，那就是郭沫若与"少年中国学会"的部分成员关系十分密切，宗白华还曾向学会成员建议："若果遇有英杰纯洁之少年，有品有学，迥出流俗者……则可积极为之介绍。"② 但作为少中骨干的他和田汉，为何没有推荐"精神往来、契然无间"的朋友郭沫若加入这个精英群体呢？况且郭与少中成员曾琦、王光祈、魏时珍、周太玄等还是成都分设中学的同学。据陈明远的记录，晚年的宗白华曾谈起此事，说 1920 年郭曾有意入会，但遭到了一些会员的反对（大约正是他那般中学同窗），理由是郭早年有过多种不良行为。③ 当然，他人的记述不能当作确实的史料，但郭沫若始终被这一青年团体排斥在外，却是个事实。倒是不满于新文坛的吴芳吉、陈建雷等人④，与他有着非同一般的交往。⑤

上述几方面情况，或许不能完全说明郭沫若的文坛位置，但至少

---

① 郭沫若：《文学革命之回顾》，王训昭编：《郭沫若研究资料》上册，第 260 页，北京：中国社会科学出版社，1986 年。
② 宗白华：《致少年中国学会函》，《少年中国》1 卷 2 期（1919 年 8 月）。
③ 见陈明远：《郭沫若的忏悔情结》，《忘年交——我与郭沫若、田汉的交往》，第 108 页，上海：学林出版社，1999 年。
④ 吴芳吉对曾经批评过他的康白情十分不满，多次指摘，如在讥弹北大学生，记取一二时新话头，"便可自命为文化运动之健将"时，就称"康白情辈之所谓学问，即自此产生者也"。（吴芳吉：《吴芳吉集》，第 1329 页，贺远明编，成都：巴蜀书社，1994 年。）陈建雷是泰东"新人社"的成员，也与吴芳吉相识，他加入"泰东"的"新人社"的理由就与对文坛的不满有关："我赞美《新人》的地方，是肯骂新派"，并"立志想专做攻击假新人的文章"。（《陈建雷致王无为》，《新人》1 卷 3 期 [1920 年 6 月]）
⑤ 吴芳吉与郭沫若、陈建雷有通信来往。吴庚申 6 月 14 日日记中记录郭沫若日本福冈来书，"评吾《龙山曲》《明月楼》诸诗为有力之作，而《吴淞访古》一律最雄浑可爱"。（吴芳吉：《吴芳吉集》，第 1355 页。）另有 1920 年 7、8 月郭沫若致陈建雷信，见郭沫若：《郭沫若书信集》上册，黄淳浩编，北京：中国社会科学出版社，1992 年。

暗示，远在日本的郭沫若，其文学活动与"正统新诗坛"是相对有些游离的。作为新诗人，他的声名已远播四方，但"异军突起"却是其基本的形象。从这个角度看，《女神》由同样位于某种"边缘"的泰东图书局出版，并引起巨大反响，显然打破了以胡适及亚东为中心的新诗出版格局，在亚东诗集序列之外别立一家，重设了"正统诗坛"的坐标系。①《女神》出版后，对新诗集十分关注的胡适也读到了，他在日记中写道："他的新诗颇有才气，但思想不大清楚，工力也不好。"②寥寥数语，表明了他最初的傲慢与不满。虽然他曾说也要如对待《草儿》《冬夜》那样，为《女神》写一篇评论，但一直并未见下文③，"自家戏台"内外有别，也可能是原因之一。与胡适态度的暧昧相比，刘半农的态度更为清晰地表明了《女神》的位置，他曾在信中劝胡适多作新诗，担心其"第一把交椅"被他人占去，"白话诗由此不再进步，听着《凤凰涅槃》的郭沫若辈闹得稀糟百烂"④。在刘半农眼里，对胡适"第一把交椅"地位构成威胁的，正是郭沫若。

果然，随着《女神》的热读，郭沫若的诗坛地位不断上升，很快就从开始时的一个普通诗人，跻身于最重要的诗人行列，形单影只地与北大诗人们平起平坐。⑤更为重要的是，在读者眼里，《女神》与其

---

① 如布迪厄所说："在一个既定时刻，在时常上推出一个新生产者、一种新产品和一个新品味系统，意味着把一整套处于合法状态且分成等级的生产者、产品和趣味系统打发到过去。"（皮埃尔·布迪厄：《艺术的法则——文学场的生成和结构》，第196页，刘晖译，北京：中央编译出版社，2001年。）
② 1921年8月9日胡适日记，中国社会科学院近代史研究所中华民国史研究室编：《胡适的日记》上册，第180页，北京：中华书局，1985年。
③ 胡适1923年10月13日日记中记录和创造社诸人吃饭，席间"我说起我从前要评《女神》，曾取《女神》读了五日。沫若大喜，竟抱住我，和我接吻"。（胡适：《胡适的日记》[手稿本]第4册，台北：远流出版事业股份有限公司，1990年。）
④ 1921年9月15日刘半农致胡适信，中国社会科学院近代史研究所中华民国史组编：《胡适来往书信选》上册，第132页，北京：中华书局，1979年。
⑤ 在1920年1月出版的《新诗集》中，郭沫若诗歌入选两首，在众多诗人中并不突出，在1922年的《新诗年选（一九一九年）》中，其诗作的数目仅排在胡适、周作人之后，与傅斯年、刘半农、沈尹默、康白情、罗家伦、俞平伯等北大诗人大致相同。

他早期新诗集——尤其是亚东系列——的反差也渐渐形成，遥遥构成了新诗坛的另一极。

四

泰东的《女神》与《尝试集》及亚东诗集序列的对峙，象征着新诗"发生空间"的内在分化，这也影响到了其他诗集的出版。对于郭沫若而言，在"正统新诗坛"上，他虽以"异军"的形象突起，但《女神》的出版，毕竟在胡适的"自家戏台"之外，确立了一个新的位置。那些与他同时起步，又同样处于"正统"边缘的新诗人相比，郭沫若无疑是十分幸运的。对胡适一派早期白话诗颇多微词、而对《女神》无比佩服的闻一多，其第一本诗集《红烛》的出版，就值得在这里讨论。

本书第一章曾论及发表与成集对"新诗"现代内涵的发明，而发表与成集二者之间，也有着特殊的关联。对于一个新诗人来说，只有靠"发表"赢得诗坛声誉，他的"诗集"才有望出版，这是进入"新诗坛"的一般性"入场"步骤。《女神》之所以能够出版，就与郭沫若在《学灯》上的成功发表有着直接的关系。由此看来，"发表"似乎是"成集"之前的一个必要条件。譬如，20年代初，文学青年王任叔曾写下一册新诗集《恶魔》，投给《文学旬刊》的编者郑振铎，请求出版。该愿望没有达成，郑振铎只是选择其中部分诗作，在《文学旬刊》上发表。① 这种困境，闻一多也遭遇过，在决定出版《红烛》时，"没有发表"也是他面临的难题。

其实，闻一多的新诗写作，与郭沫若几乎同时开始，其最早的

---

① 王任叔将《恶魔》寄给西谛，在信中说："先生看了些诗如谓艺术林中可占一位的，那就不妨为我出一专集。如谓艺术手段还差，内中或有好的，那么不妨择好发表。"（《文学旬刊》第39期[1922年6月1日]）西谛答书说："此集我必尽力为谋出版。现在且先在《旬刊》上陆续选登出来。"（《文学旬刊》第40期[1922年6月11日]）

诗作可能是1919年11月14日的《月夜》《月亮和人》等。对其十分器重的教师赵瑞侯还劝他罢手，认为"生本风骚中后起之秀，似不必趋赴潮流"①。但与郭沫若不同的是，闻一多的新诗除在校刊《清华周刊》上不断发表外，没有露面于其他报刊。换言之，作为成集必要条件的"有效发表"是缺乏的，这使得他在《红烛》出版前，还未被"新诗坛"认识。这一点在筹划诗集时，已经成了他的一块心病，在与家人信中，闻一多就顾虑重重地说："什么杂志报章上从未见过我的名字，忽然出这一本诗，不见得有许多人注意。"为了在诗坛上"打出一条道来"，计划中的评论集《新诗论丛》，成为他出版自己诗集的一个前奏："把我的主张给人家知道了，然后拿诗出来，要更好多了。"②没有"发表"的铺垫，只有靠评论来确立自己的"诗坛"位置，闻一多的方式是相当特殊的。他与梁实秋合著的《〈冬夜〉〈草儿〉评论》，就是这一策略的产物，对亚东出品的新诗集进行了细致深入的批判。评论集的出版，从总体上看，似乎是个失败：一方面，由于是自费出版，无书局的支持，发行自然不利，新诗坛上除了郭沫若的热情回应外，只是招徕了一些讥讽。③但闻、梁的名字，还是由此逐渐为人所知，《红烛》经多方联络，最终也自费在泰东印行。无名的"新诗人"，往往会遭遇到轻视，诗集印制质量之低劣，让初出茅庐的闻一多大为感叹："排印错误之多，自有新诗以来莫如此甚。如此印书，不如不印。初出头之作家宜不在书贾眼里。人间乃势利如此，夫复何言！"④

　　为了出版一册诗集，在新诗坛上"打出一条道来"，闻一多的努

---

① 闻黎明、侯菊坤编：《闻一多年谱全编》，第89—90、95页，武汉：湖北人民出版社，1994年。
② 闻一多：《致闻家驷》，《闻一多全集·书信》，第33页，孙党伯、袁謇正主编，武汉：湖北人民出版社，1993年。
③ 闻一多在致家人信中说："《〈冬夜〉〈草儿〉评论》除了结识了郭沫若及创造社一般人才外，可说是个失败。"（同上书，第157页。）"但北京胡适之主持的《努力周刊》同上海《时事新报》附张《文学旬刊》上都有反对的言论。"（同上书，第131页。）
④ 闻一多致家人信，同上书，第194页。

力表明，在新诗坛上获取一个"场域"位置的艰难。然而，更值得关注的是，《红烛》与《女神》间的某种联系，也从中隐约显现。在《〈冬夜〉〈草儿〉评论》中，闻一多对亚东出品的诗集大肆攻击，不留情面，但又一次次将《女神》奉为新诗的典范，态度的反差已暴露了"新诗坛"的裂隙。《红烛》最终交由泰东，与《女神》同在一家书局出版，这一并非"偶然"的巧合，或许恰好说明新诗"发生空间"的重新分化与新书局的微妙关系。

第四章 "新诗集"与新诗的阅读研究

随着传播的扩张、读者群的形成以及新诗坛的分化,一个自主的新诗"发生空间"的构成,在前面两章得到了部分讨论。而在这个空间里,"新诗"是如何被阅读的,也是一个需要讨论的命题。在谈论"文学改革"的程序时,胡适曾说:现在首要的任务,是要"养成一种信仰新文学的国民心理",这似乎是新文学的关键之关键。[①] 所谓"信仰心理",是一个相对抽象的说法,它的养成,最终还要落实在读者的具体阅读中,诗歌、小说、戏剧,概莫能外。本书第二章,已从"文学社会学"的角度,讨论了新诗读者的构成及文化心理,对新诗具体阅读状态的考察,则是本章讨论的重点。

第一节 读者分类与新诗的"读法"问题

在新诗讨论的初期,最早关注读者问题的,应该是新潮社诗人俞平伯,他曾以分类的方式细致地勾勒出新诗读者(包括反对派与赞同派)的诸多面貌。其中,反对派分三类:受古典文学熏染的遗老、遗

---

① 胡适:《答盛兆熊书》,《新青年》4卷5号(1919年5月)。

少；中外合璧的古董家（始终信仰古典主义、浪漫主义为文学的正宗），不满一般新诗人者；赞成派又分两类：盲目地赞成（时髦的投机），有意识地赞成。① 这一分类方式，相当细致地揭示新诗接受的复杂性，主要着眼于对待"新诗"的不同态度，事实上，如果从构成的角度看，对于新诗的读者，还可进行另外一种分类。

如前文所述，新诗的发生，是从朋友、同人间的讨论、实验开始的，而实验空间与阅读空间，往往是重合的，比如，在美国与胡适争论的梅光迪、任叔永等友人，以及支持胡适的钱玄同、陈独秀，替他改诗的周氏兄弟，作为后辈的俞平伯、康白情等，都可算得上胡适最重要的读者。无论是赞成还是反对，他们一般都拥有相对自主的观念和趣味，身份也多以能够公开发表意见的文人、批评家为主，或本人也是新诗人，宽泛地说，可以算得上是一类"经验读者"。胡适自己就说，最初提倡新诗时，"读者圈不大，但是读者们思想明白而颇富智慧"②。作为"经验读者"，他们的阅读不仅是单向的接受，也能主动介入实验的进程，其阅读感受有可能见诸报章，形成对创作的有效反馈。譬如，鲁迅就曾致信新潮社，谈及他对《新潮》上诗作的观感："《新潮》里的诗写景叙事的多，抒情的少，所以有点单调。"此信发表在《新潮》1卷5号上，信后还有傅斯年的附言，表示接受批评。

这一"读者圈"不只存在于胡适等北大师生间，对于其他新诗人，情况也很类似。在日本留学的郭沫若，当时虽然身处异域，但通过投稿《学灯》结识宗白华、田汉，三人的通信结集成《三叶集》出版，其中很大一部分篇幅，都是围绕着对郭沫若诗歌的解读、评价而展开。宗白华、田汉也可以看作是标准的"经验读者"。除此之外，他的作品还在张资平、郑伯奇等人中传看，创造社的元老们由是形成了另一个"读者圈"。那时他们还尝试过一种"回览式"的同人杂志，即将某

---

① 俞平伯：《社会上对于新诗的各种心理观》，《新潮》2卷1号（1919年10月）。
② 胡适：《胡适口述自传》，第161—162页，唐德刚译注，上海：华东师范大学出版社，1993年。

人的作品订成小册子，在友人中传阅，每人都在后面的空白上写一些读后的评语和感想。①然而，需要注意的是，相对于小圈子内的"经验读者"，对于"文学"并无太多观念和经验，受风尚驱使、处于"无名"状态的"一般读者"，却可能构成了新诗接受的真正主体。

当然，"经验读者"与"一般读者"之间无法做清晰的划分，许多"文学青年"也可投稿报章，发表自己的见解，成为"经验读者"中的一员，批评家的言论也能在一定程度上，反映一般读者的观感。上述区分，与其说对应着具体的读者群落，毋宁说对应着两种不同的关注重点，相对于"思想明白而颇富智慧"的阅读，一般受固有审美惯习支配的接受，可能同样值得讨论。

毋庸赘言，新诗发生于"四面八方反对之声"中，即便是在持欢迎态度的读者那里，打破既有诗歌规范的白话诗，同样也是一种令人困惑的存在。曹聚仁就说过："当年，新文学运动圈中人，赞成语体诗而对新诗没兴趣的很多。"②早期新诗具体的接受状况，更是说明了这一点，胡适的《尝试集》引起的争议暂且不论，郭沫若的《女神》最初也遭遇过读者的拒斥。在后人的印象中，《女神》出版后，立刻风行一时，因激昂扬厉的诗风颇能投合"五四"时代的"阅读心理"，但事实上，一些读者的反应，却不尽然如此。聂绀弩的回忆就生动记录了他初读《女神》时的困惑：

> 一位老书记官拿着一本"怪书"给他看，嘴里说着："不通不通，这算诗么？""我呢，看着听着，渐渐走进一种高度的迷惑的情境……这是诗么？这诗好么？我一点也不晓得，如果一定要我发表意见，也很简单：岂有此理。"③

---

① 参见郑伯奇：《二十年代的一面——郭沫若先生与前期创造社》《忆创造社》，饶鸿競编：《创造社资料》，第752页、844页，福州：福建人民出版社，1985年。
② 曹聚仁：《补说汪诗人》，《我与我的世界》上册，第260页，太原：北岳文艺出版社，2001年。
③ 聂绀弩：《〈女神〉的邂逅》，《文艺生活》1卷3期（1941年10月）。

或许是《女神》夸饰的想象和泛神论背景,让老少两位读者感觉困惑,但"这是诗么"一类疑问,也暗示了既有诗歌观念的反弹:"我"不能将《女神》有效纳入到"诗"的阅读期待中。俞平伯曾说过,读者反对新诗,是因不明"文学是什么?文学的作用是什么?诗是怎样一种文学?"而这三个问题"本是有文学常识的人都该能解答的"。① 有意味的是,这三个问题,恰好勾勒出新诗阅读的一个常识性的框架。换言之,懂与不懂,接受与不接受,要取决于新的"诗"观念的有无。更进一步说,"诗"的观念调整,也联动了诗的"读法"。

从接受的角度看,决定文学如其所是的"文学性",不仅仅是文本的自身属性,它的存在还有赖于与读者达成的一种阅读协议。乔纳森·卡勒就认为,具有某种意义和结构的作品,之所以能够被读者当作文学来阅读,就在于读者拥有一种"文学能力",而这种"能力"是落实在某种无意识的、基于"约定俗成"的"阅读程式"之上的。② 对于一种新兴的文学体式而言,既有的"阅读程式"往往失效,能否在读者中建立一种新的"阅读程式",是其成立的关键所在。在晚清新小说的浪潮中,一位署名无名氏的论者,就在《读新小说法》一文中敏锐地指出这一点:

> 窃以为诸书或可无读法,小说不可无读法;小说或可无读法,新小说不可无读法。既已谓之新矣,不可不换新眼以阅之,不可不换新口以诵之,不可不换新脑筋以绣之,新灵魂以游之。③

---

① 俞平伯:《社会上对于新诗的各种心理观》,《新潮》2卷1号(1919年10月)。
② 见乔纳森·卡勒:《结构主义诗学》第六章"文学能力",盛宁译,北京:中国社会科学出版社,1991年。
③ 原载1907年《新世界小说月报》第6、7期;引自王运熙主编,邬国平、黄霖编:《中国文论选·近代卷》(下),第144页,南京:江苏文艺出版社,1996年。

"新小说不可无读法",这一论断言简意赅,却切中了问题要害。最近,也有学者从这一角度,探讨了新文学中"写实小说"与"阅读"之间的关系。① 同样,"新诗"的"正统"确立,也不单是写作和理论的问题,它还是一个阅读的问题,即能否在一般读者那里,形成一种有效的"读法"(或曰"阅读程式")。

具体说来,虽然无论"新诗"还是"旧诗",都含有普遍的文学共同性,同样可以引发读者的文学感受。② 但是相对于旧诗,新诗仍然是对另一种审美可能的追求,在形式特征上迥然不同。然而,在新诗的发生期,一个基本困境就是:很多读者仍是以旧诗的"阅读程式"来接受新诗的,词句的精美、诗意的含蓄、音律的和谐,都是这一"程式"包含的因素。譬如,在诸多因素中,"音节"的有无,就是一个关键问题,如胡适所言:"现在攻击新诗的人,多说新诗没有音节。"③ 报章之上一些读者的反应,更是说明了这一点。一位名为郑重民的读者,曾致信西谛,说稍有旧式文学根底的青年,都不十分反对新诗,"但他们有个共通的不满意于新诗的地方,就是旧诗可以上口吟诵而新诗不能"④。阅读的"失效"与"不满",就与"阅读程式"的错位相关。另一位读者,在写给胡适的信中,更为准确地谈出了这种感受:"到底是我没有读新诗的习惯呢?还是新体诗不是诗,另是一种好玩的东西呢?抑或两样都是呢?这些疑问,还是梗在我心头。"⑤ 是

---

① 见戴燕:《文学史的权力》第五章"'写实主义'下的文学阅读",北京:北京大学出版社,2002年。
② 当时反对独尊"新诗"一家的学衡派,就是站在普遍性的文学立场,反对新旧之说。吴宓曾称:"诗者,以切挚高妙之笔或笔法,具音律之文或文字,表示胜任之思想情感者也",是世界古今的通例。(吴宓:《诗学总论》,《学衡》9期[1922年9月])吴芳吉也说:"文学惟有是与不是,而无所谓新与不新。"(吴芳吉:《再论吾人眼中之新旧文学观》,原载《湘君》2号;引自吴芳吉:《吴芳吉集》,第451页,贺远明编,成都:巴蜀书社,1994年。)
③ 胡适:《谈新诗》,《星期评论》"双十"纪念专号(1919年10月10日)。
④ 见《文学旬刊》第24期(1921年1月1日)。
⑤ 友人致胡适信,见1923年10月7日胡适日记,胡适:《胡适的日记》(手稿本)第4册,台北:远流出版事业股份有限公司,1990年。

不是"诗"的观念,与读诗的习惯,在这里是互为表里的。

　　因此,在既有的诗歌阅读程式之外,建立一种相应的阅读习惯,就成为新诗成立的又一个关键,有人曾言:"中国新文学创造者的第一职务,是在改变读者的 taste。"① 从这个角度看,"经验读者"与"一般读者"的影响关系,也就显露出来了,即少数新诗人和经验读者间的先锋性探讨,必须从"同人圈子"向外扩散、影响,甚至塑造一般读者的阅读程式。新诗的广泛接受,也就显现为一个"教化"和普及的过程。这一过程包括许多环节:利用文学观念的建构、正确"文学常识"的普及、新诗作品的广泛阅读、书报上的批评阐释、诗集的序言,以及国文课堂上的教学实践,都有所贡献。作为一个"超级经验读者",胡适的作用就不容小觑,喜爱"戏台里叫好"的他,不仅忙于为自己的《尝试集》定位②,还热衷于为他人作序(《蕙的风》序)或评介(《草儿》《冬夜》书评)。如此热心,目的无非是要为读者指点阅读新诗的门径。

第二节　对三本诗集的讨论:从"读法"的角度

　　在"新诗的成立"的问题中,"读法"虽然是一个关键环节,但它又是一个相对含混的概念,包括多种因素,如要界定其具体的内涵,需要进行另外专门的研究,尤其是在新旧交替、相互缠绕的复杂历史阶段,要想清晰地区分和描述,恐怕会捉襟见肘、相当困难。因此,

---

① 傅东华对"冰"的《我对于介绍西洋文学的意见》一文的补充意见,见 1920 年 1 月 23 日《时事新报·学灯》。
② 譬如,在《尝试集》再版自序中,针对守旧的批评家"一面夸奖《尝试集》第一编的诗,一面嘲笑第二编的诗",胡适亲自指出真正的"白话新诗",以免读者"误读"了自己的努力。

与其抽象地清理"读法"的变迁,不如将其作为一个概括性的策略提法,在具体的阅读实践中,探讨新诗"阅读"的历史状态,而下面三本新诗集,恰好为这种讨论提供了有效的个案。

一 为胡适改诗:胡怀琛的"读法"

作为第一本新诗集,《尝试集》在未出版以前,就已经引起很多争议,但零星的批评大都是针对个别的诗作而发,较少全面的把握,最先对《尝试集》进行整体批判的,当属上章论及的上海文人胡怀琛。① 胡适的《尝试集》出版于1920年3月,当年4月30日的上海《神州日报》上,就发表胡怀琛的《读〈尝试集〉》一文,对集中的诗作大加指摘,并自告奋勇为胡适改诗。胡适自然要出面回应,而刘大白、朱执信、朱侨、刘伯棠等人也纷纷撰文参与讨论,一场沸沸扬扬的笔墨官司由此引发。此事尘埃未定,胡怀琛又在《时事新报·学灯》上抛出《〈尝试集〉正谬》,继续攻击胡适诗中的种种"谬误",招来更多的批评,将讨论引入新的阶段。这场讨论从1920年4月起,一直持续到1921年1月,历时半年有余,参加讨论的有十数人之多(按照胡怀琛的弟子王庚的说法,胡适派七人,胡怀琛派三人)②,发表文章的报刊有《神州日报》《时事新报》《星期评论》等三四种,转载的也有五六种,在20年代初的上海文坛上,可以说热闹一时。论争结束之后,胡怀琛收集相关文章书信,编成《〈尝试集〉批评与讨论》一书,交由泰东图书局印行,一些后续的讨论,则编成另一册《诗学讨

---

① 为《尝试集》改诗,似乎是胡怀琛文人生涯中的一件大事。郑逸梅在为他作传时,对此大书了一笔:胡适以新诗闻名于世,"而君尝持其缺点,为之改削,而扬之报端,于是君之诗名,益大著于时"。(原载1923年1月31日《小说日报》,引自芮和师编:《鸳鸯蝴蝶派文学资料》,第352页,福州:福建人民出版社,1984年。)

② 王庚:《〈尝试集〉批评与讨论的结果到底怎样》,胡怀琛编:《诗学讨论集》,第76页,上海:新文化书社,1934年。

论集》出版。如此用心整理,胡怀琛的目的无非是要让这场争论传诸后世,留下应有的历史痕迹。

有意味的是,这一场讨论,似乎没有引起后人的太多关注①,即便在当时,也被新文学的精英们有意冷落,周作人就说:"近来有人因为一部诗集,大打笔墨官司……我都未十分留心,所以没有什么议论。"② 胡适本人虽然在《尝试集》再版自序中,对这场论争做出过总答辩,找机会还要讽刺一下胡怀琛的写作③,但从未正面点出其姓名。后来,鲁迅在作一首"反动歌"以嘲讽胡怀琛的新诗《儿歌》不通时,也不忘挖苦他为胡适"改诗"一事:"胡先生夙擅改削,当不以鄙言为河汉也。"④ 备受冷落的命运,当然与求新却不得法、欲要争风又受排斥的尴尬角色相关,而他对《尝试集》的批评,更是十分杂乱,大多是针对具体作品的细枝末节,与后来胡先骕高屋建瓴的批判迥然相异。尤其是讨论第二阶段抛出的《〈尝试集〉正谬》一文,抓住诗中具体的措辞、用字准确与否,吹毛求疵,以致有论者奉劝他,要进行批评,先要考虑上下文的关系和作者的本意,"似乎不便即贸贸然对于上面私意的某字某词抽出来作零碎的拼击"⑤。由此看来,"改诗"事件只是新诗史上的一个插曲,在诗学的层面没有深入讨论的必要。但是,如果仔细考察论争双方论点的来往交插,会发现在琐碎支离的见解中,还是暴露出新诗发生的某种基本困境,即新诗的"读法"问题。

---

① 譬如赵家璧主编的《中国新文学大系》,为"学衡"等新诗的反对派留够了篇幅,胡怀琛这位上海"诗学大家"的名字却从未出现。后来的文学史家即便提到这场争论,也多一笔带过,直至最近,才有人专门撰文谈论这桩旧事,见黄德生:《给胡适改诗的笔墨官司》,《读书》2001年第2期。
② 子严:《批评的问题》,《晨报·副刊》1921年5月14日。
③ 胡适在《〈梦与诗〉自跋》中嘲讽的"今日蚕一眠,明日蚕二眠"一诗,就是胡怀琛的手笔。(胡适:《尝试集》[增订四版],第93页,上海:亚东图书馆,1922年。)
④ 鲁迅:《儿歌的"反动"》,《鲁迅全集》第1卷,第390—391页,北京:人民文学出版社,1981年。
⑤ 吴天放:《评胡怀琛的〈尝试集正谬〉》,胡怀琛编:《〈尝试集〉批评与讨论》下编,第38页,上海:泰东图书局,1922年。

（一）

　　表面上看，胡怀琛的《读胡适之〈尝试集〉》一文并没有什么明确的诗学观点，他只是列出集中七首诗作，从具体的修辞角度，一一评点，斤斤计较于词句准确、诗行的齐整与否，并越俎代庖地改诗，丝毫不顾及"长短无定"的追求。但值得注意的是，莫名其妙的修改中，还是贯穿了某种基本的尺度，即：诗"读"得是否顺口。譬如，他将《蝴蝶》中"也无心上天"一句，改为"无心再上天"，理由是"读起来方觉得音节和谐"；对《小诗》一首，几乎重写。胡适的原诗是这样的："也想不相思/可免相思苦/几次细思量/情愿相思苦。"胡怀琛则改为："也要不相思/可免相思恼/几度细思量/还是相思好。"理由是"读起来很不顺口，所以要改"。与原诗相比，胡怀琛的修改版或许读来更顺口①，但仔细体味，原诗所传达的那种痛苦中无奈的感受，在修改版中已经消失了。换言之，在胡怀琛的"读法"中，"音节"的好坏似乎是唯一的标准，而诗歌具体的"意义"却不是他关注的重心。

　　胡适的回应文章，其他一概不论，仅仅针对有关这首《小诗》的修改，展开辩驳。有意味的是，虽然他在一开始就否认对方"改诗"的合法性，认为胡怀琛没有搞清诗歌的原义。但他的自我辩护，从某种角度看，却顺应了胡怀琛以"音节"为中心的读法，亲自指出自己这首《小诗》中，"'想相思'三个字是双声，'几次细思'四个字是叠韵"，第二句的第二个字"免"与第四句的第二个字"愿"是句中押韵。②表面是反驳，但在根本上，其实已承认了胡怀琛"读法"的合理性，即"音节"的好坏，确是新诗评价的尺度，自己的新诗"音节"之妙处，正在"双声叠韵""句中押韵"等声音的组合上。胡怀琛抓住了

---

① 在讨论中，一位名为朱侨的论者就认为胡怀琛的修改合理，在致胡适的信中称："你这个'次'字，委实觉得太硬，也不顺口，他改了一个'度'字，好极好极。"《朱侨致胡适之函》，胡怀琛编：《〈尝试集〉批评与讨论》上编，第54页，上海：泰东图书局，1922年。）

② 《胡适致张东荪信》，同上书，第14页。

这一机会,再次撰文,指斥胡适诗中"音节"处理的失当,一场围绕"双声叠韵"和"押韵方法"的大讨论由此展开了。尤其是参加讨论的刘大白,与胡怀琛进行了多次长篇笔战,双方都在古典文献和诗歌中搜寻了大量范例,作为自己立论的佐证。讨论中确实涉及了一些具体问题,但由于拘泥于细节问题的争辩,多数文章都琐碎牵强,不值得引述。后来连胡怀琛自己也觉得"大半是枝节的枝节、愈说愈远、无聊极了",在报上文终止"零零碎碎"的讨论。① 相对于具体的观点,如此多的人投入到讨论,为一首小诗中韵押在哪里,字与音如何搭配,咂摸斟酌,这个现象本身倒颇值探讨。无论是胡怀琛,还是其他讨论的参与者,主张尽管各异,但一个共同的态度是,都将"读得顺不顺口"的问题当成《尝试集》乃至新诗成立的关键,这恰恰表明了,新诗发生时,某种普遍的"阅读程式"存在的样态。

上文已经提及,在既有的诗歌阅读程式中,"音节"的有无是最关键的问题。在观念上围绕诗的有韵无韵,有过多次争论②,而观念的背后起支撑作用的,还有作为惯习的诗歌诵读方式。对于传统诗歌而言,吟唱或诵读是重要的接受方式③,这一"读法"似乎也延续到"新诗"的接受中。鲁迅小说《端午节》,所描写的一个教师捧着《尝试

---

① 《胡怀琛致李石岑》,胡怀琛编:《〈尝试集〉批评与讨论》上编,第73页。
② 章太炎在《答曹聚仁论白话诗》中以"诗之有韵,古无所变"为文体的区分标准,即如《百家姓》等,也被列入"诗之流"。在这种标准下,章太炎的说法有其自足性:"仆非故欲摧折之,只以诗本旧名,当用旧式。若改作新式,自可别造新名,如日本有和歌俳句二体。"这段话从所谓的"旧"立场,抓住了问题的关键,虽同样以"诗"为名,旧诗与新诗其实分属两个文类范畴了。(章太炎:《答曹聚仁论白话诗》,《华国月刊》1卷4期)曹聚仁也称:"太炎先生主张'新诗不是诗',是先确立了'有韵为诗'的前提,理论上并无错误",他举《尝试集》等作品,称新诗有韵,态度的含混,但又提出"诗有别妙,不关韵也"。(《民国日报·觉悟》1922年6月13日)
③ 包天笑在开笔作文之前,曾旁听先生为两位大世兄讲唐诗:"先生教他们读诗时,我觉得音调很好听,于是咿咿唔唔也哼起来了。先生也教我买了一部《唐诗三百首》来教我读,先读了五律:'夫子何为者?栖栖一代中。……'高兴得了不得,从睡梦中也高吟此诗,好似唱歌一般。"(包天笑:《钏影楼回忆录》,第63页,香港:大华出版社,1971年。)

集》摇头晃脑、咿呀诵读的滑稽场面,就是阅读惯习的生动写照。①一位名叫敷德的读者,在给《文学旬刊》编者的信中,也说诗不须有韵,但以为"'诗'必须能吟诵,这是'诗'与'散文'的区别"。②由此看来,"吟诵"的读法,在读者那里是颇有势力的"阅读程式"。从某一个角度说,正是这种"读法"的延续,才导致对所谓"诗"形式规定的捍卫:"可歌"与否或韵之有无,成为自由体新诗最初面临的最大"合法性"疑问。对于新诗的历史命运,鲁迅曾做出过"交倒霉运"的著名判断,其立论的依据,也源于这种接受的困境:新诗"没有节调,没有韵,它唱不来;唱不来,就记不住,记不住,就不能在人们的脑子里将旧诗挤出,占了它的地位"③。胡怀琛对《尝试集》的批评看似随意,但背后隐含的正是"诗与歌实一物也"的基本尺度。在《诗与诗人》一文中,胡怀琛就依据《尚书》中"诗言志,歌永言"的提法,认定"诗是可以唱的东西",并立下标准,无论新诗、旧诗,"但有一件要紧的事,便是要能唱,不能唱不算诗"。④

依据上述以"音节"为中心的吟诵读法,新诗中的注重韵律、声调的一类还是受到欢迎。胡怀琛等人虽挑剔《尝试集》音节不好,但据胡适自称,其中除《看花》一首外,都是押韵的。⑤因而,不管胡怀琛认同与否,还是有读者据此对《尝试集》表示了一定程度的接受:"其实胡适先生提倡白话,还不废词调,不废韵,虽然误会了些,却还未误会到底。"⑥而胡怀琛、刘大白、沈玄庐等融旧体诗音节入新诗的诗人,更为某些读者欢迎。《晨报》1922年10月16日发表式芬(周作人)的《新诗的评价》一文,其中有言:"从南边来的朋友说,

---

① 鲁迅:《端午节》,《鲁迅全集》第1卷,第540页,北京:人民文学出版社,1981年。
② 《文学旬刊》第25期(1921年1月8日)。
③ 鲁迅:《致窦隐夫》,《鲁迅全集》第12卷,556页,北京:人民文学出版社,1981年。
④ 胡怀琛:《诗与诗人》,《大江集》附录,第4、19页,《大江集》,上海:国家图书馆,1921年。
⑤ 胡适:《答胡怀琛的信》,《时事新报·学灯》1920年9月12日。
⑥ 许文声:《论文》,《时事新报·学灯》1921年7月11日。

那里的中学生（中了他们的复辟派的国文教员的余毒）很欢迎胡寄尘刘大白沈弦庐的（新）诗，以为与古诗相近所以有趣。"又言复辟派的老师们，"恰巧在这国学家门墙之下的门人又多是欢迎《大江集》一派的诗……他们要是说懂诗，也只懂旧诗——念着仄仄平平，领略一点耳头的愉乐罢了"①。"耳头的愉乐"，从一个侧面说明了既有"阅读程式"的一个特征。

（二）

围绕《尝试集》的讨论，之所以纠缠于"双声叠韵"，关注"耳头的愉乐"的普遍"阅读程式"，是一个重要的原因。但在讨论中，还是有发言突破了这一程式，这就是朱执信的《诗的音节》一文。在文中，朱执信不仅驳斥了胡怀琛，还对胡适的回复提出异议。在他看来，胡适对"音节"的谈论存在含混之处，"似乎诗的音节，就是双声叠韵"，这样只能徒生"误解"。"误解"在于，如果新诗也津津乐道于这种"音节"的谐美，那么新诗与旧诗在根本上的差异将被抹去。朱执信敏锐地捕捉到了这一差异，"音节是不能独立的"这一说法的提出，表明了另一种有关"诗"的认识，即：意义开始替代音节，成为新诗表现力的中心，"有的时候，是应该注重在这一个字义的效能，就把音的效能，来放在第二或者竟牺牲掉了"。②

朱执信的论断，在早期新诗讨论中，具有相当重要的价值，得到不少的响应。在《尝试集》再版序中，胡适就言："我极力赞成朱执信先生说的'诗的音节是不能独立的'。"③许德临的《分类白话诗选》与《中国新文学大系·建设理论卷》还全文收录，作为一份白话诗的纲领

---

① 1920年1月27日《民国日报·觉悟》登载朱凤蔚《我对于新体诗的意见》一文，主张"新体诗"不应念作白话诗，京沪各栏新体诗"只排一个'诗'字，最为得体"。在诗的标准上，他搬出"能唱为第一，词意浅而质味醇为第二"。巧合的是，他最佩服的诗人恰恰是沈玄庐。
② 朱执信：《诗的音节》，胡怀琛编：《〈尝试集〉批评与讨论》上编，第35页，上海：泰东图书局，1922年。
③ 胡适：《〈尝试集〉再版序》，《胡适文存》卷一，第290页，上海：亚东图书馆，1921年。

性文献，可见此文的影响力不容忽视。之所以受到如此的重视，原因在于，它传达出对"新诗"基本特征的某种洞见。由文言到白话，由古典诗体向现代自由诗体的转化，虽然在某种理解中，是基于文体连续性的一种韵文体系内部的变化①，但"合于自然的追求"，带来的却是表述体系本身的整体打破：逻辑化的语言开始瓦解封闭的意象展现，与声韵的优美相比，"意义"的逻辑关联和转换，成了新诗更为重要的表现力。这种变化的轨迹，恰好呈现于胡怀琛认可的《尝试集》"第一编"与他不认可的"第二编"间：从保持五七言句法的"洗刷过的旧诗"，到以"自然的音节"为基础的"诗体的大解放"，变化的结果是诗歌表意可能性的极大扩张。用胡适的话来说，就是有了"诗体的解放"，"丰富的材料，精密的观察，高深的理想，复杂的感情，方才能跑到诗里去"。②这段话的潜台词，也无非是现代复杂"意义"的传达，取代"声音"的程式化安排，应当是新诗成立的根据。这种观点，后来不断得到理论的展开，朱自清1925年3月作的《文学的美——读Puffer〈美之心理学〉》一文，就从文字的特殊性出发，论述文学"只是'意义'的艺术，'人的经验'的艺术"③。后来，叶公超在《音节与意义》一文中，对此有更明确的解说："文字是一种有形有声有义的东西，三者之中主要的是意义……诗便是这种富有意义的文字所组织的。"④这一说法，其实不过是朱执信论断的重复。

---

① 新诗的发生，是以拒绝传统的姿态出现，但新诗的自我建构的方案中，传统的诗歌观念、体式仍是其调动的资源之一，一个主要的表征，就是胡适等人对"诗体"的探索，很大程度上依赖的，是传统韵文系统内部的调整。无论是胡适对词调的偏爱，还是刘半农提出的"破坏旧韵重造新韵""增多诗体"的主张，都是在"韵文"的前提下，期待新诗(长短无定之韵文)的前途。即便是反对填词、力主白话诗为韵文正宗的钱玄同，也未脱这种思路。他对白话诗有过一个定义："此'白话'，是广义的，凡近乎言语之自然者皆是。此'诗'，亦是广义的，凡韵文皆是。"(《通信》，《新青年》4卷1号[1918年1月25日])"诗"的定义，在这里放宽为韵文。
② 胡适：《谈新诗》，《星期评论》"双十"纪念专号(1919年10月10日)。
③ 朱自清：《朱自清全集》第4卷，第161页，朱乔森编，南京：江苏教育出版社，1996年。
④ 参见1936年4月17日、5月15日的《大公报·文艺》。

(三)

针对胡怀琛"诗与歌实一物"的说法,郭沫若当时就发表文章,指出其立论的失误在于,没有分清随着"言语进化为文字","诗"与"歌"分离的历史;并从近代心理学的角度提出,无论是"平上去入,高下抑扬",还是"双声叠韵、句中押韵",都是外在的韵律,而诗之精神在于内在的韵律,即:"情绪底自然消涨"。① 稍加留意就可发现,郭沫若的文字不仅批驳了胡怀琛,而且也暗中指向了"改诗"事件中胡适的发言,进一步澄清了"双声叠韵、句中押韵"之争的无效性。但在理论上的辨析之外,还应指出的是,对"意义"的强调,不只是一个趣味的问题,这与"诗歌"存在、传播的不断"书面化"趋向也密不可分。随着现代印刷文化的兴起,私人性的阅读越来越多地冲击着传统的"吟诵"方式,书籍报刊的传播,使"新诗"更多的是发生在孤独个体的阅读中。当诗歌变成纸面上的文字,对"视觉"的依赖甚至超过了"声音"的需求。以倡导朗诵诗闻名的诗人高兰就指出,自从诗逐渐脱离了语言而成为文字的艺术:"有时欣赏一首诗,在某种情形下,几乎和欣赏一幅画是没有什么特殊区别的。所以郭沫若先生说'近代文艺,是大规模的油画',诚然是慨乎言之。"② 对于新诗而言,虽然"话该怎样说,诗就怎样写"是它理论上的理想,但事实上,"白话"与"文言"的区分,主要也是"书面语"的变化。胡适的"有什么话,说什么话;话怎么说,就怎么说",到了赵元任笔下,却成了"有什么话,写什么话;话怎么说,就怎么写"。在赵元任看来,胡适的白话文只是明白清楚的书面文字,并不是真正的"语体"。白话文实际上是"不可说的"。③ 这意味着,以"话"为旨归的新诗无

---

① 《郭沫若给李石岑的信》,胡怀琛编:《诗学讨论集》,第2—6页,上海:新文化书社,1934年。
② 高兰:《诗的朗诵与朗诵的诗》,《时与潮文艺》4卷6期(1945年2月)。
③ 对此问题的讨论见周质平:《胡适与赵元任》,《胡适论丛》,台北:三民书局股份有限公司,1992年。

法脱离"书面化""文字化"的命运。当"眼睛"代替"耳头",成为主要的接受方式,一个自由的、丰富的冥想空间、意义空间也由此打开了。有西方学者在研究从"诵读"到"默读"的阅读方式变迁时,便指出:

> 借助默读,读者终于能够与书本及文字建立一种不受拘束的关系。文字不再需要占用发出声音的时间。它们可以存在于内心的空间,汹涌而出或欲言又止,完整解读或有所保留,而读者可以用其思想从容地检视它们,从中汲取新观念……①

当然,这不等于说"音节"和"声律"在新诗中已丧失存在的理由(作为一种重要的诗艺手段,声音的配置仍是新诗探索的一个重要的方面),但新诗中的声音应诉诸的,是一种"内在的节奏"或"说话的节奏"。这种区别,在20世纪20年代被叶公超一语道破:"新诗是为说的、读的,旧诗乃是为吟的、哼的。"由此,"新诗的节奏是从各种说话的语调里产生的,旧诗的节奏是根据一种乐谱式的文字的排比做成的"。② 诗人卞之琳后来在谈论新诗格律化的时候,也基本重申了这一看法,认为中国诗歌本来只有为了"哼唱"(或称"吟")的传统,可是"五四"以后,一种基于说话节奏的"念"的传统也应运而生。③ 这意味着,寻求"耳头的愉悦"的"吟诵"读法,已无法有效容纳新诗带来的变化,重构"诗"的观念(针对新诗不是诗的说法),就成为新诗建构自身合法性的一个环节。与观念重构相伴随的,是一种新的"读法"的建立。针对郑重民指摘新诗不能吟诵的说法,郑振

---

① 阿尔维托·曼古埃尔:《阅读史》,第61页,吴昌杰译,北京:商务印书馆,2002年。
② 叶公超:《论新诗》,《文学杂志》创刊号(1937年5月)。
③ 卞之琳:《对于新诗发展问题的几点看法》,《卞之琳文集》中卷,第433页,江弱水、青乔编,合肥:安徽教育出版社,2002年。

铎就回文说"现在抱这种思想——新诗不能吟诵——的人太多了。不可不把他们的疑惑打破",新诗的不好,"决不是有韵无韵的关系"。①由此可见,"读法"的建立和观念的普及,是同一的过程。20世纪20年代初郑振铎等人对"散文诗"概念的大力解说,就是要在知识上为"新诗"提供新的依据。有趣的是,出有一册《渡河》、专心致力于诗歌"音节"发明锻造的陆志韦,就只承认自己的诗作是"白话诗",而"不是新诗"。②

从上述角度看,胡适对胡怀琛的答辩,也迎合了"音节"中心的阅读程式,表明了新诗发生期的暧昧性。一方面,它是旧诗规范之外的一种发明,从语言方式到阅读方式,都改变了传统诗歌的表意模式;但另一方面,新诗的构想仍受制于"韵文"的读法。矛盾也由此发生,因为在既有"阅读程式"的前提下,新诗的特异之处无法得到澄清。对此,论争中胡适的反对者们倒看得很清楚——胡怀琛就指出:双声叠韵,作为一种文字技巧,是为增加"优美"。胡适诗中,却不必利用,"他却特别说出来,这是双声、这是叠韵,所以我不赞成"。他甚至比胡适更理解新诗的现代品质,说"双声叠韵"这类花招是文字游戏,"我想新体诗里决不许如此"③。刘伯棠在给胡适的信中说:"我不反对白话诗,我只对于你这种押韵的法子,有些怀疑,我以为不押韵,就不押韵罢了,那也是一种自然的天籁,何必把他这样押法。"④这些看法与朱执信的质疑,已经十分接近。

---

① 郑振铎:《论散文诗》,《文学旬刊》第24期(1921年1月1日)。
② 在《渡河》自序中,陆志韦称:"我信我的白话诗不是毫无价值。其中有用旧诗的手段所说不出来的话,又有现代做新诗而迎合一时心理的人所不屑说不敢说的话。"(陈绍伟编:《中国新诗集序跋选》,第113页,长沙:湖南文艺出版社,1986年。)
③ 《胡怀琛致李石岑》,胡怀琛编:《〈尝试集〉批评与讨论》上编,第23—24页,上海:泰东图书局,1922年。
④ 《刘伯棠致胡适之函》,同上书,第59页。

二 "选本"中的新诗评价：读者的眼光

据《现代文学总书目》的记录，1922 年以前出现过的新诗选本一共有四种：1920 年 1 月上海新诗社出版的《新诗集》(第一编)，1920 年 8 月上海崇文书局出版的《分类白话诗选》，1922 年 6 月上海新华书局出版的《新诗三百首》，以及 1922 年 8 月上海亚东图书馆出版的《新诗年选（一九一九年）》。在某种意义上，最初的几本诗选均产生于"中心诗坛"之外，杂凑式的抄录体现不出"选"的意义。但"选诗"一事，并非没有引起当时活跃的新诗人的关注。1921 年，朱自清和叶圣陶谈起新诗之盛，也"觉得该有人出来淘汰一下，印一本诗选，作一般年轻创作家的榜样"。在他们心目中，理想的选家是周作人，对于已经出现的两种选本，他们当时也并不知晓。[①] 在朱、叶那里，这个构想后来不了了之，但却由另外几位新诗人——康白情及他的追随者应修人等[②]——实现了，成果就是 1922 年由"北社"编辑的《新诗年选（一九一九年）》。

《新诗年选（一九一九年）》（以下简称《年选》）最突出的特征，是"选诗"（而非"编"）中渗透的评价。《年选》的编辑工作，大概是在 1922 年春启动。1922 年 5 月 2 日，应修人在写给潘漠华、冯雪峰的信中说："白情信上说的《新诗年选》，第一期稿已将到上海，一切当予静之说，请勿外扬。"[③] 知情人似乎只有湖畔诗人和他们的老师朱自清。[④] 这样保密，当然与康白情的诗人身份有关，诗人选诗难免会留

---

① 朱自清：《选诗杂记》，《朱自清全集》第 4 卷，第 379 页，朱乔森编，南京：江苏教育出版社，1996 年。
② 1920 年 8 月 28 日，应修人曾慕名拜访当时在上海的康白情，未遇，写下《归途》一诗，其中有这样的诗句："两番未遇也何妨呢？——/ 他所做的总是我所望的。"可见他对康白情的信任和仰慕。（应修人：《修人集》，第 20 页，楼适夷编，杭州：浙江人民出版社，1982 年。）另外，在 1922 年 5 月 15 日致周作人信中，应修人也说到"白情哥哥改了我些诗"。（同上书，第 225 页。）
③ 同上书，第 214 页。
④ 应修人在 5 月 11—13 日的信中说："年选第一期已到，是 1919 年的，所选不多，大半后续短评，"并请漠华说给朱先生。（同上书，第 215 页。）

下"戏台里叫好"的口实,但选者态度的审慎,也可见一斑。阿英说:"中国新诗之有年选,迄今日为止,也可谓始于此,终于此。北社编辑此书,颇是慎重,逐人均有按语。"① 对前两种新诗选本颇为轻视的朱自清,对此集也十分看中,认为它"像样多了":"每篇注明出处,并时有评语按语。"② 不难看出,《年选》诗后的评语、按语,引起了阿英、朱自清二人共同的关注,这似乎是《年选》的价值所在。评语、按语,执行的功能是有所不同的:按语署名为编者,主要是交代诗歌的编选、删改情况,起到一般性的说明作用;而评语则有具体的署名,四位评者分别为愚庵、溟泠、粟如和飞鸿,作用在于具体诗人、诗作的评价和解读。前者,可以说是编者身份的体现,后者则传达了编者"北社"成员的另一种身份认定。

据《新诗年选(一九一九年)》后附录的《北社的旨趣》一文,"北社"发起于1920年,主要由喜欢鉴赏文艺的同志组成,成员包括教育家、学生、公司职员、记者等,其宗旨是一个读书的社团,并将读书的结果发表出来:"北社重在读书;而读书是为己的,不是为人的。有时候也把读书的结果,总括的发表点出来。"③ 换言之,四位评者同时又是四位"经验读者",他们的目的是要将自己的"阅读"发表出来,《年选》的功能,恰好体现在"经验读者"对一般读者"读法"的影响和塑造上。编者与读者身份的重叠,"选"与"读"的结合,应是《年选》的特色所在。选家的眼光,主要体现在作品的选择上,按语的功能只是辅助性的,相比之下,体现读者旨趣的评语,则传递出新诗阅读的某些内在歧义。

《年选》中的评语一共有36条,四位评者的份额分别为:愚庵

---

① 赵家璧主编,阿英编:《中国新文学大系·史料》,第301页(索引),上海:良友图书出版印刷公司,1935年。
② 朱自清:《选诗杂记》,《朱自清全集》第4卷,第379页,朱乔森编,南京:江苏教育出版社,1996年。
③ 《北社的旨趣》,北社编:《新诗年选(一九一九年)》(附录),上海:亚东图书馆,1922年。

19条、溟泠10条、粟如3条、飞鸿4条。据胡适的说法，愚庵就是康白情①，从评语数量上看，他占据绝对的主导作用，其他三人大概是参与编选的湖畔社诗人。如果仔细分析，四位评者（读者）的声音在《年选》中交替起伏，在相同中又有差异，构成一种微妙的"混响"效果。

具体说来，36条评语大致指向以下几个方面：第一类是随意写下的阅读感受，或是印象式的风格把握，或是对诗的主题、背景作简要评述，在评价上没有鲜明的倾向性，目的都在为读者提供"阅读"的门径。如飞鸿评李大钊的《山中落雨》："此诗音节意境，融成一片，读者可于言外得其佳处。"② 如进行简单统计，这一类评语大约有14条。另一类侧重于"新诗"特殊品质的解说，推重具体、清新等新的美学可能。如溟泠评傅斯年的《老头子和小孩子》："这首诗的好处在给我们一种实感，使我们仿佛身临其境"，认为其创造力"更有前无古人之概"（第187页）。评价虽然有点夸张，但为的是向读者强调新诗的"新异"所在，这一类评语有六七条左右。

上面两类评语，大都针对作品本身，点到为止，没有更多的展开。与之相比，第三类评语更令人关注，这一类评语试图在与古典诗歌或外来资源的比较中，寻求"新诗"的价值定位。古典诗词的美学成就，在这些评语中构成了新诗评价的主要参照系。予同的《破坏天然的人》让粟如联想起李清照的词调（第20页），溟泠认为傅斯年的《咱们一伙儿》与屈原的《九歌》异曲同工（第190页）。愚庵（康白情）在这方面也着墨甚多，他的19条评语中，除少数几条对诗歌主旨发表感想外，大部分都依照上述思路展开：评玄庐的《想》一诗，他说："读明白《周南》的《苤苢》，就认得这首诗的好处了"（第29

---

① 胡适：《评新诗集〈草儿〉》，《读书杂志》第1期（1922年9月3日）。
② 北社编：《新诗年选（一九一九年）》，第64页，上海：亚东图书馆，1922年。以下引文页码均出自此书，不再另注。

页);称赞周作人《画家》"具体的描写"时,也作大幅度跳跃:"勿论唐人的好诗,宋人的好词,元人的好曲,日本人的好和歌俳句,西洋人的好自由行子,都尚这种具体的描写"(第86页)。这种"读法"的目的十分明确,无非是要为"新诗"的接受找到历史的参照,将新诗的追求放大成为普遍的价值。这是从美学效果上着眼的,另一种比较则试图发掘新诗中传统的延续,像称沈尹默"大有和歌风,在中国似得力于唐人绝句"(第55页),"俞平伯的诗旖旎缠绵,大概得力于词"(第109页),"康白情的诗温柔敦厚,大概得力于《诗经》"(第154页)。这些说法被后来的文学史家屡屡引用,当成新诗中传统价值的明证。然而,与其将这些说法结论化,不如将其作为一种特别的话语策略,关注其特定的功能。在传统的脉络中谈论新诗,在传递美学上的判定外,目的更在于以传统为参照,帮助读者辨识新诗的价值。换言之,它指向的是新诗的阅读。

  本书前文已论及,既有阅读程式的延续,造成了新诗接受的某种困境,但《年选》评语所体现出的,则是另一种逻辑,即借用"传统"的权威,为新诗提供阅读上的参照,对新诗合法性的追求也包含在其中,从某种意义上说,这也是一个新的"读法"。无论"断裂"的鼓吹,还是"延续"的强调,在新诗史上,一直是争论不休的话题,但换个角度看,这两种话语,都是新诗在自身合法性和独立性寻求过程中,产生的不同的技术方案。[①] 这样一来,某种历史宿命也随之发生,即:无论是"断裂"还是"延续",新诗的形象,必须是在传统文类规范的参照中,才能得到辨认。上一节提到的胡适对音节的解说,也就体现了这一逻辑,由此带来的矛盾,也折射于《年选》提供的"读法"中。

  作为一个经验读者,公共的阅读趣味自然是愚庵的标准,在自评时就说"其在艺术上传统的成分最多,所以最容易成风气"。然而,作

[①] 这种逻辑是有普遍性的,20世纪文学史上的诸多运动(种种"主义"),均是为了从整体上表现过去与未来的对抗关系而设置的技术纲领。(斯班特:《现代主义是一个整体观》,袁可嘉主编:《现代主义文学研究》,第157页,北京:中国社会科学出版社,1989年。)

为一个热衷"新诗"实验的诗人,他又不得不对公共习见以外的"尝试"抱有充分的同情和期待。在评价自己"浅淡不及"的胡适时,他说胡适的诗以说理胜,然而说理"不是诗的本色,因为诗元是尚情的。但中国诗人能说理的也忒少了"(第 130 页)。"本色"的期待与写作的追求,在句中造成了前后的断裂。说到自己"深刻不及"的周作人,暧昧的语调也暗藏其中:"他的诗意,是非传统的;而其笔墨的谨严,却正不亚于杜甫韩愈。"(第 80 页)一为普通读者的代表,一为观念激进的新诗人,两种角色交织一处,身份的歧义形成表达上的悖谬、盘曲,但评者自身的态度还是勉强地表达了出来。在承认"大抵传统的东西比非传统的容易成风气"的同时,愚庵也强调"各发展其特性,无取趋时"的重要性,因为"若干年后,非传统的东西得胜也未可知"(第 90 页)。比起另外三位评者,《年选》中愚庵的声音尤其暧昧、复杂,丰富的张力就来自"读者"与"作者"这两种身份,以及普遍"阅读"与新锐的实验之间。

这种矛盾状态,在许多新诗人身上都有显现。新诗作为历史的创生物,是对另一种美学可能的追寻,但既有的诗歌"期待"往往仍是阅读的前提,某种"标准"的错位悄然形成。胡梦华对胡适等人整理旧文学的态度提出过这样的异议:"用白话的标准去估量诗词歌曲的价值,以为白话化的程度越高,这作品的价值越大,那就失去了评量艺术的正当的态度了。"[①] 用"白话的标准"去估量古典文学,自然有不正当之嫌,同样,用旧诗的标准去衡量新诗,也忽视了二者表意体系的差异,某种意义上,这种"错位"一直贯穿在新诗的历史评价中。

然而,正是在阅读、评价标准的缠绕中,新诗的成立受到了两种冲动的约束:一是对既有的诗歌想象的冲击,在文类规范外追寻表意的可能;一是某种与传统诗艺竞技的抱负,即要在白话中同样实现古典诗歌的美学成就,这就造成了"新诗"合法性的基本歧义。歧义

[①] 胡梦华:《整理旧文学与新文学运动》,《学灯》5 卷 2 册 10 号。

不仅抽象地存在于构想层面，它还会具体化为诗歌作者与读者的期待之间的矛盾：当诗人尝试新的可能性，读者更欢迎熟悉的品质。在一般的论述中，某种妥协（或言融合）似乎是值得鼓励的倾向，有关传统与现代、新与旧融合汇通的诉求，也是新诗史上最具势力的一种话语。但写作自身的扩张与阅读期待的矛盾，又在内部反复发生。这也就是《年选》之中评诗者的处境。

  作为一个参照，另外一些阅读实践却体现出不同的逻辑，俞平伯对朱自清《毁灭》一诗的阅读，就是一个代表。在《读〈毁灭〉》一文中，他提出了这样一种评价标准："我们所要求，所企望的是现代的作家们能在前人已成之业以外，更跨出一步"，"以这个论点去返观新诗坛，恐不免多少有些惭愧罢，我们所有的，所习见的无非是些古诗的遗脱译诗的变态"，当不起"新诗"这个名称。这种论述，显然已将"新诗"成立的合法性，放在了"新"的审美空间的开拓上。有意味的是，此文也不断将这首长诗《毁灭》与《离骚》《七发》等古诗比较，目的却不在建立其间连续性的同一，而是说明不同和差异，认为"这诗的风格意境音调是能在中国古代传统的一切诗词曲以外，另标一帜的"[①]。在俞平伯的"读法"里，"新诗"是不能由既有的诗歌规范来评判的，相反，他所关注的恰恰是"另标一帜"的可能性。朱湘在评价郭沫若时，将这种逻辑更推进了一步，说郭沫若的诗歌贡献"不仅限于新诗，就是旧诗与西诗里面也向来没有见过这种东西的"[②]。这一判断能否成立，暂且不论，但它却揭示了新诗史上另一种话语：无论新诗与传统诗歌或西方诗歌的资源有多少千丝万缕的影响、渗透关系，其根本的历史合法性，还是要靠自己来提供。

[①] 俞平伯:《读〈毁灭〉》,《小说月报》14卷8号(1923年8月)。
[②] 朱湘:《郭君沫若的诗》,《中书集》,第193页,北京：中国文联出版公司(据生活书店1934年初版排印),1993年。

三 从《三叶集》到《女神》

从胡怀琛的改诗，到《年选》中评价的含混，上面两个个案，显示了新诗"阅读"程式的建立与传统的复杂纠葛关系。在这种纠葛之中，新的"读法"也在不断生成、塑造之中，围绕《女神》展开的阅读，就显示了新诗"读法"的另一种面向。

上文已提及，畅销不衰的《女神》，最初在某些读者那里，接受起来并不如后来想见的顺畅，这不仅是个别读者的反应，《女神》最早的评论者也注意到了。郑伯奇就谈道："郭沫若君的诗，据上海的朋友们讲，一般人不大十分了解。"① 谢康也说："沫若的诗，颇有些人不大了解。"他自己1919年年初读郭诗时，就感到"如此雄放，热烈，使我惊异，钦服，但是不大懂得"，并认为要读懂郭沫若，至少要受过中等教育，因而"了解者是不及其他诗人的普遍的"。这表明，要读懂《女神》，某种通过教育得来的"文学能力"是必不可少的。有意味的是，两位评论者都看似无意地提到了另一本书，这就是《三叶集》。谢康就认为读者对于郭诗不大了解，大概是未曾读过《三叶集》的缘故，并直接挑明了两本书在阅读层面的关联："《三叶集》是《女神》的Introduction啊！"②

在新文学的发轫期，《三叶集》与《女神》一样，都是最初的创作实绩，在当时就产生了广泛的影响。③ 它与《女神》在出版时间上相隔一年有余，表面上看是彼此分离、各自独立的两本书，但《三叶

---

① 郑伯奇：《批评郭沫若的处女诗集〈女神〉》，连载于《时事新报·学灯》1921年8月21、22、23日。
② 谢康：《读了〈女神〉以后》，《创造季刊》1卷2期（1924年2月）。
③ 《三叶集》1920年6月由亚东图书馆出版，当时"引起了青年们的兴趣和社会的关注，书销售得很快，几次重印"，还被田汉称为"中国的《少年维特的烦恼》"。（宗白华：《秋日谈往》，《宗白华全集》第1卷，第316页，林同华编，合肥：安徽教育出版社，1994年。）另外，据汪原放统计，至"亚东"结业时，《三叶集》前后共销出22 950本。（汪原放：《回忆亚东图书馆》，第53页，上海：学林出版社，1983年。）

集》可以看成是宗白华、田汉这两位"经验读者"对《女神》的先期阅读。"五四"前后,在一代知识青年新的"经验共同体"生成过程中,书信起到的作用不容低估。①这也带动了某种阅读风尚的形成,新刊物上一般也都设有通讯栏。宗白华就回忆,在《少年中国》诸栏目中,"据闻读者尤受看会务消息及会员间的通信,这也可以窥见当时一般青年读者兴趣所在"②。配合着这种风气,《三叶集》的"热读"自然不足为奇,而对于《女神》来说,"阅读"是先于"写作"结集问世的,这无形中为其他读者提供了某种铺垫。李初梨回忆当年他在东京田汉小屋里与友人"争着读以后在《三叶集》上所发表的那些信",还有郭沫若的诗歌名篇。③可以想象,当20世纪20年代一位读者捧起《女神》时,他(她)的阅读视野里可能首先会浮现出另一本书——《三叶集》。

与同一时期动辄冠以"长序"的其他新诗集相比,《女神》的"无序"似乎是个例外,但从上述角度看,作为"Introduction"(介绍)的《三叶集》,似乎可以看作是它的一份提前出版的长序。20年代初的文学青年冯至,已开始接触新诗,但不满足于当时的样本,处于迷惑之中。在阅读《女神》之前,他读到了这份"长序":

> 正在这时期,我读到了郭沫若、田汉、宗白华三人的通信集《三叶集》……当时对我却起了诗的启蒙作用。我从这三个朋友热情充沛的长信里首先知道了什么是诗……"

---

① 郑伯奇描述过当时的这种风气:"素不相识的青年,只要是属于一个团体或者有人介绍,便可以互相通信往来,成为亲密的朋友。"(《忆创造社》,饶鸿竞等编:《创造社资料》,第840页,福州:福建人民出版社,1985年。)
② 宗白华:《少年中国学会回忆点滴》,《宗白华全集》第3卷,第580页,林同华编,合肥:安徽教育出版社,1994年。
③ 李初梨:《我对于郭沫若先生的认识》,《解放日报》1941年11月18日。

阅读《三叶集》时，冯至住在故乡的小城，没有一个朋友，"这个小册子便成为我的伴侣"，"直到第二年《女神》出版了，我的面前展开了一个辽阔而丰富的新的世界"。① 从《三叶集》到《女神》，对冯至来说，是一个"阅读程式"塑造的过程，更是一个"诗"的启蒙过程，是一个"什么是诗"的问题获得解答的过程。当对新文学所知不多的聂绀弩，面对《女神》大呼"这是诗么""岂有此理"时，阅读了《三叶集》的冯至则知道了"什么是诗"，这种比照本身就意味深长。换言之，《三叶集》或许为《女神》起到了阅读导引的作用。

讨论其导引作用之前，有必要先对《三叶集》做简要的分析。表面上看，三人通信你来我往，十分默契，但田汉、宗白华二人对郭沫若诗歌的阅读反应是有所不同的，形成了微妙的"双声"现象：对于倾心于哲学研究的宗白华来说，他最感兴趣的，是郭沫若诗中"清妙幽远的感觉"，自然玄思是他主要的"阅读焦点"，对"泛神论"因素的著名解说，就由此发生。② 郭沫若对此十分认同，但他真正关心的是"人格公开"的表白，这其实偏离了宗白华的阅读焦点，形成某种对话的错位。③ 相形之下，在《三叶集》中，郭沫若与田汉更是一拍即合，首先吸引田汉的，正是郭沫若有关自己"人格"的讲述："我最爱的是真挚的人。我深信'一诚可以救万恶'这句话。"（第30页）郭似乎找到了一个可以倾诉的对象："我现在深悔我同白华写信的时候，我不曾明明快快地把我自身的污秽处，表白了个干净。"（第35

---

① 冯至：《我读〈女神〉的时候》，《诗刊》1959年第4期。
② 宗白华、田汉、郭沫若：《三叶集》，第3—4页，上海：亚东图书馆，1923年。以下引文页码均出自此书，不再另注。
③ 对于宗白华提出的"诗人人格"的说法，郭沫若的反应十分强烈："可是，白华兄！我到底是个什么样的'人'，你恐怕还未十分知道呢。"接着，便讲述起自己"比 Goldsmith 还堕落，比 Heine 还懊恼，比 Baudelair 还颓废"的真实人格（第8—9页）。这种"引申"其实已偏离了宗的重点，形成了对话的"错位"。因为后者关注的并非是真实生活中的诗人，而首先是一种观念领域中的人格造型。果然，宗白华对郭的坦率，似乎也不很积极："你的旧诗，你的身世，都令我凄然，更不忍再谈他了。"（第24页）后来，当郭四川的同窗魏时珍将郭过去的劣迹向宗和盘托出后，他也只是在信中敷衍了一下而已（第28页）。

页）由此，郭、田的通信便以"人格公开""忏悔的人格"为契机展开了，田汉的介入改变了《三叶集》的重心，使它从诗歌观念的讨论移至诗人的自我。当"忏悔的人格"成为讨论的重点，它也同时成为诗歌阅读的前提。① 如果说宗白华欣赏的是郭的"抒情天才"，那么田汉却说："与其说你有诗才，无宁说你有诗魂，因为你的诗首首都是你的血，你的泪，你的自叙传，你的忏悔录啊。"（第79页）

"泛神论"的哲理讨论与"人格公开"为自我坦白，形成了《三叶集》中微妙的"双声"现象，隐隐包含着"情感"与"理智"的对立，并对后来的阅读都发生了或隐或显的影响。将《三叶集》说成是《女神》的"Introduction"的谢康，就说到自己读过了《三叶集》，才知道"泛神论"是重点，沫若的诗"全是以哲理打骨子的"，由此解开了初读时的困惑。② 显然，这里回响的是宗白华的声音。"泛神论"的哲理解说，也成为《女神》阅读的一个重要切入点，宗白华的声音回响在后来的文学史中。

然而，宗、田二人的"声音"在《三叶集》中并不是对等的：在186页中，郭沫若的书信占84页，田汉的书信占68页，而宗白华只占了14页。显然，宗白华的文字所占比重很少，其声音是相对微弱的，《三叶集》中主要的篇幅都留给了郭田之间的"人格公开"。相对于哲理的解释，"人格公开"似乎更具影响力。闻一多就说："我平生服膺《女神》于五体投地，这种观念，实受郭君人格之影响最大，而其一生行事就《三叶集》中可考见。"③ 郭沫若自己也向友人推荐《三叶集》，

---

① 田汉将自己的诗作《梅雨》与自己的家事联系起来（第59页），郭沫若也顺着如此的思路，把《独游太宰府》一诗解读为灵魂困境的写照（第72页）。在读到郭的《抱儿浴博多湾》与《鹭》后，田汉说尤喜爱前首，"因为既知道了你的 career 就知道你的诗，都是你的生之断片啊！"（第79页）

② 谢康：《读了〈女神〉以后》，《创造季刊》1卷2期（1924年2月28日）。

③ 闻一多：《致顾一樵》，《闻一多全集·书信》，第41页，孙党伯、袁謇正主编，武汉：湖北人民出版社，1993年。

在致陈建雷的信中说："不知道曾经蒙你鉴识过么？我的信稿大概是赤赤裸裸的我，读了可以看出的大概。"① 不难看出，基于一种内在感性的"人格公开"，由是成为《女神》的阅读参照，这其实是一种有效的"读法"（"阅读程式"）。郑伯奇就认为，郭诗不大受人了解，"这原因大概就由于不晓得沫若君的境遇和个性所致"。他自己对郭沫若狂暴的诗歌形式，一开始不太能接受，在阅读田、郭间的书信，"知道我所爱读的那位诗人的身世"后，才改变了态度，因为"不久我很怀疑我对于诗形的那种成见"。② 谢康更是向读者建议："作者是一个 passional，我希望读者须用 passion 去读才可以。要是求知识的根据，理性（狭小的）的满足，读这书的只有堕于不可解之渊而大叫失望罢了。"

将"境遇个性"或"身世"作为有效阅读的前提，这一方式无太多特别之处，甚至还是传统"知人论诗"之批评模式的延伸，但重要的是，从《三叶集》到《女神》，某种"阅读导引"被建立了起来。在《女神》天马行空的体式面前茫然不解的读者，找到了一种途径和这本诗集间建立联系，即：诗歌阅读首先要从内在的主体性话语开始。这种"阅读"上的导引，与新诗观念的建立和普及有密切的关联。

如果说胡适等新诗倡导者们，主要是从一种特殊的历史意识出发（新／旧、文言／白话），去论述"新诗"的合法性，那么，在后起一代对现代学术的专业分工有了更清晰的自觉的新诗人那里③，利用现代西方文艺理论，为"新诗"建立知识基础的诉求（而非新与旧的历史冲突）上升为中心④。梁实秋曾将"型类的混杂"，当作"五四"新文学浪

---

① 见《新的小说》2 卷 1 期（1920 年 9 月）。
② 郑伯奇：《批评郭沫若的处女诗集〈女神〉》，《时事新报·学灯》1921 年 8 月 21、22、23 日。
③ 罗家伦就呼吁：最要紧的"就是要找一班能够造诣的人，抛弃一切事都不问，专门研究基本的文学、哲学、科学"。（《一年来我们学生运动底成功失败和将来取取的方针》，《新潮》2 卷 4 号 [1920 年 5 月]）
④ 康白情的《新诗底我见》、宗白华的《新诗略谈》、俞平伯的《诗的自由与普遍》，发表在《学灯》上的郭沫若与宗白华的论诗通信、叶圣陶的《诗的源泉》、王统照的《对于诗坛批评者的我见》、郑振铎的《论散文诗》《何谓诗》等是其中代表。

漫主义特征的一个表现，比如"用散文的方式写诗""用诗的方式写小说"等。① 但其实，"型类的混杂"，不过是"型类重建"的一个环节而已。对"诗"而言，当外在的格律形式不再成为合理的规定，其本质以及边界，必须重新获得诠释。在相关的诗论中，诗的文类规定不是仅仅停留在字句、音律、章节之美的强调上，从发生学角度进行的有关诗歌的"主体性"论述大幅度扩张，"情感"与"想象"代替形式上的规约，成为诗的根据，譬如，曹聚仁在反驳章太炎"有韵为诗"的提法时，就重设了诗文关系："情意作用发达的是'诗'，理智作用发达的是'文'。"② 颇有意味的是，当新的"诗"观念建构集中于发生学层面，作为诗歌的发生源泉的"诗人人格"，往往会被当作最终归结点。俞平伯声称："至于怎样才能解放做诗底动机？这关于人格底修养，是另外一个问题。"③ 康白情的《新诗底我见》称："要预备新诗的工具，根本上就要创造新诗人——就是要作新诗人底修养。"可以说对一种具有丰富内在感性的"诗人人格"的向往，构成了新诗讨论的一个前提，以至有人抱怨：近来国人的讨论，"都偏重于诗的作用价值及诗人的修养……却于诗的形式，大概存而不论"。④

"主情"的转向与"诗人人格"的讨论，二者互为表里，水乳交融，共同交织在新的"诗"观念建构中。但是，观念的普及必须与读者的阅读方式结合起来，由《三叶集》及相关评论为《女神》阅读所做的导引，所起到的正是"诗"观念的常识化功能，即：它的成立，不只是理论层面的问题，而必须在"经验读者"对"一般读者"的影响中，转化成某种普遍的"阅读程式"。

上述三个个案，显示了一种相应的"读法"的有无对新诗成立的

---

① 梁实秋：《现代中国文学之浪漫的趋势》，《梁实秋批评文集》，第 41 页，徐静波编，珠海：珠海出版社，1998 年。
② 曹聚仁：《新诗管见》（二），《民国日报·觉悟》1922 年 6 月 18 日。
③ 俞平伯：《作诗的一点经验》，《新青年》8 卷 4 号（1920 年 12 月）。
④ 李思纯：《诗体革新之形式及我的意见》，《少年中国》2 卷 6 期（1920 年 12 月）。

重要性，而新诗的不断展开，也就伴随着"读法"的不断重构，其基本的历史困境也发生于上述"读法"的转换中。应当指出的是，所谓有效"读法"的建立，不是一蹴而就的，相反，它一直伴随着新诗的展开，也延伸到后来的诗学探讨中。譬如，20 世纪 30 年代围绕现代诗歌"晦涩"问题的讨论，就更为深入地切入了这个问题，而朱自清等人尝试的"解诗"实践，其实也是在为更为新锐的探索提供新的阅读导引。"读"和"写"的错位与衔接这一过程的反复发生，从某种意义上说，表明新诗的活力恰恰来自于与普遍阅读规范持续的挑战性对话。

下 编

第五章 "新诗集"对"新诗"的呈现（一）

"新诗集"的出版、流布和阅读，从传播的角度看，使一个自足的新诗"空间"得以形成，其中不仅有阅读的扩张、读者的参与，更有新诗坛的"场域"分化、新/旧"读法"的交替。"新诗的发生"，作为"对另一种审美空间"的追求，因而有了另一重社会学的内涵。这是本书上编（前四章）主要讨论的内容，从本章开始，本书的讨论视角会发生一些变化，要从前面的文学社会学层面的讨论，落回到诗学观念、形态的内部辨析。这或许会造成阅读上的某种断裂之感，但"新诗集"仍是讨论的焦点。

上文已经述及，在新诗的发生过程中，除了空间的建构作用，"新诗集"更为重要的功能，还表现在"新诗"内涵、形象的呈现上。"诗集"不仅仅是单纯的作品集结，它还渗透了对"新诗"历史合法性的不同想象。"新诗集"的编撰、成集和自我定位过程，也就是一个"新诗"形象的塑造和追寻的过程。换言之，在某种意义上，是"新诗集"呈现了"新诗"，并且规划着"新诗"的内涵。对这一问题的讨论，无疑要从"新诗的老祖宗"胡适的开山之作——《尝试集》开始。在进入论题之前，有必要先检讨一下胡适的新诗构想，只有在相应的参照中，《尝试集》对"新诗"的塑造，才能得到辨识。

第一节　胡适新诗构想的三个层面

有关白话诗或白话文学的个人发明史,胡适自己有过不厌其详的讲述,在这个故事中,他似乎有意要将发明的起点与文字问题相连:"新文学的问题算是新诗的问题,也就是诗的文字问题。"① 为了使这一"发端"更加生动可感,他还在《逼上梁山》等文中,故意从一份有关文字问题的"传单"说起,制造了一个"文字"问题引起"文学"改革的修辞效果。② 然而,在1916年2月、3月间,胡适的思想起了一个"根本的新觉悟",认清"历史上的'文学革命'全是文学工具的革命"之前,"文字"与"文学"两方面的思考还未明确联系起来,他早年激进的实验态度和"作诗如作文"的方案,应该是他新诗构想的起点。③

一

胡适对文学革新的热情很早就已显露④,到美留学后,受到西方文学潜移默化的影响,在诗歌问题上更是持激进的"实验"态度。查1911年至1915年"诗国革命"提出前的《藏晖室劄记》,有关"诗歌"的实验多有记录,譬如诗体上对"三句转韵体"的尝试⑤,在诗中引入

---

① 胡适:《新文学·新诗·新文字》(1956年6月在纽约白马文艺社的讲话),《胡适学术文集·新文学运动》,第280页,姜义华主编,沈寂编,北京:中华书局,1993年。
② "传单"事件如此重要,但胡适的《藏晖室劄记》里却没有相应的记载。
③ 在1915年9月21日《戏和叔永》一诗中,胡适提出了"诗国革命何自始? 要须作诗如作文"的方案,"从这个方案上,惹出了后来做白话诗的尝试"。(胡适:《逼上梁山》,陈金淦编:《胡适研究资料》,第231页,北京:十月文艺出版社,1989年。)
④ 胡适曾自言:从民国前六、七年到民国前二年,"这个时代已有不满意于当时旧文学的趋向了"。(胡适:《〈尝试集〉自序》,《尝试集》,第20页,上海:亚东图书馆,1920年。)
⑤ 在1914年1月29日的《久雪后大风寒甚作歌》中,胡适称此诗:"在吾国诗中,自谓为创见矣。"(胡适:《藏晖室劄记》3卷40,第174页,上海:亚东图书馆,1939年。)

"说理""写实"因素①,以及以"文之文字"入诗的努力等②,都体现了这种精神。诚然,这些做法有的由于所见不多,根本称不上创新③,大部分方案也不出晚清诗界革命"以旧风格含新意境","挦扯新名词以自表异"的轨范。但如果考虑到其发生的特殊西方背景,对"实验"的理解,便应与弥漫于20世纪初的先锋精神联系在一起。有关胡适与西方现代派文学的关系,如美国的"意象派"诗歌,历来都是一个讨论不休的话题。④无论是"拾一般欧美诗人之唾余"的"影响说",还是"此派所主张与我所主张多相似之处"的"平行说"⑤,一个不能忽略的事实是,某种追求新异的先锋精神,是贯穿在"实地实验"的态度中的。对"新的美学"原则的渴求,是20世纪艺术潮流的一个中心特

---

① 在诗中"说理",是胡适早年尝试的实验之一,如1914年7月7日所做《自杀篇》后,自言:"吾国诗每不重言外之意,故说理之作极少。……全篇为说理之作,虽不能佳,然途径俱在。"(胡适:《藏晖室劄记》5卷1,第288页,上海:亚东图书馆,1939年。)用诗歌"写实",是另一项实验,如1913年12月26日戏作《耶稣诞节歌》后自言:"此种诗但写风俗,不着一字之褒贬。"(《藏晖室劄记》3卷18,第153页。)又如1915年7月游纽约港,询问友人是否可以诗纪之,"亦皆谓可以入诗",遂做英文诗《夜过纽约港》。(《藏晖室劄记》10卷13,第701页。)
② 如1915年4月26日《老树行》末二句采用逻辑性散文句法,胡适自夸:"决非今日诗人所敢道也。"(《藏晖室劄记》9卷38,第620页。)再如,1915年9月17日所作《送梅觐庄往哈佛大学》,胡适自己解释:"此诗凡用十一外国字:一为抽象名,十为本名。人或以为病。其实此种诗不过是文学史上一种实地试验。"(《藏晖室劄记》11卷32,第785—786页。)
③ 胡适自己十分得意的"三句转韵体"就不是新发明,他的友人张子高曾指出:"山谷之诗亦有三句一转韵。"(《藏晖室劄记》4卷27,第244页。)
④ 有关胡适与美国"印象派"诗歌的关系,最初是由梅光迪、胡先骕等反对者提出,朱自清、梁实秋等人也曾论及。后来,有关该问题的讨论一直持续,周策纵、夏志清、周质平、王润华、相浦杲、沈卫威等人都有论述。目前,被一般接受的观点是,胡适的主张与印象派的关系是"平行"的参照而非具体的"影响"。但换一个角度看,胡适的尝试与当时"新潮流"的大背景不能说无关。虽然,胡适自己曾否认受印象派的影响,但依照王润华的解释,这种否认有主客两方面原因:一方面,当时印象派等新潮流还未被肯定,是被排除在学院之外的异端;另一方面,既然梅光迪斥责胡适剽窃新潮流,因而胡适自然不能以此撑腰,他更多地是要在传统中寻找自己的理论依据。(王润华《从"新潮"的内涵看中国新诗革命的起源——中国新文学史中一个被遗漏的脚注》,《中西文学关系研究》,台北:东大图书公司,1978年。)
⑤ 上述两种说法分别见胡先骕:《评〈尝试集〉》(《学衡》第1、2期[1922年1、2月])与胡适:《〈尝试集〉自序》。

征,如大诗人帕斯所说:"关键不在于传统准则——包括浪漫派、象征派和印象派的变种和分支——被新奇的文明与文化准则所取代,而在于对'另一种'美的寻求",这是一种打破文学连续性的质变。① 在美留学的胡适,不仅对新的事物十分渴望,也间接感染了美国艺术界的先锋氛围。1916 年 7 月,胡适与梅光迪、任鸿隽等友人激辩白话诗的可能性,梅光迪在信中就提醒他:"今之欧美,狂澜横流,所谓'新潮流'。'新潮流'者,耳已闻之熟矣。有心人须立定脚跟,勿为所摇。诚望足下勿剽窃此种不值钱之新潮流以哄国人也。"这些"不值钱之新潮流",梅光迪也列举如下:

文学:Futurism, Imagism, Free Verse.
美术:Symbolism, Cubism, Impressionism.
宗教:Bahaism, Christian Science, Shakerism, Free Thought, Church of Social Revolution, Billy Sunday.
(文学:未来主义,意象主义,自由诗。
美术:象征派,立体派,印象派。
宗教:波斯泛神教,基督教科学,震教派,自由思想派,社会革命教会,星期天铁罐派。)

在回复中,胡适反驳说:"即如来书所称诸'新潮流',其中大有人在,大有物在,非门外汉所能肆口诋毁者也",并指出"新潮流"并非"通行"于世,因为很多人和梅光迪一样,将其看作"人间最不祥之物",这种保守态度最让人忧虑。②

对于当时欧美的"新潮流",胡适或许并没太深的了解,只是一

---

① 奥·帕斯:《诗歌与现代性:决裂与汇合》,《批评的激情》,赵振江译,第 32 页,昆明:云南人民出版社,1995 年。
② 胡适:《留学日记》14 卷 4,《胡适全集》第 28 卷,第 421—423 页,合肥:安徽教育出版社,2003 年。

个旁观者，受到了先锋的实验精神的鼓舞。①另外，他的"尝试"态度的背后，作为方法论支撑的实验主义，也有必要在此提出。杜威的"实验主义"，胡适终生服膺，并自称"我的决心试验白话诗，一半是朋友们一年多讨论的结果，一半也是我受的实验主义的哲学的影响。……我的白话诗的实地试验，不过是我的实验主义的一种应用"②。在胡适自己的阐释中，这种方法要求"不单是从普遍的定理里面演出个体的断案，也不单从个体的事物里面抽出一个普遍的通则"，而要以"使人有真切的经验来作假设的来源"。他的阐释究竟是否准确，姑且不论。重要的是，胡适的新诗构想恰恰潜在地呼应着这一立场：他也不是从某种文学、诗学的教条出发，而是将思考的起点放在写作的现实问题上（如"文胜之弊"）。相比之下，梅光迪、胡先骕等人对胡适的反对，则往往依据某种制度化的文学"定理"，如自称以文学为"一种学问"的梅光迪，就称"鄙意'诗之文字'问题，久经古人论定，铁案如山（Alden's Introduction to Poetry[《阿顿的诗歌导读》]，pp.128—154），至今实无讨论之余地"③。

二

如果说"实验"涉及的是一种开放的态度，那么1915年提出的"作诗如作文"的主张，可以说是胡适早年"实验"抱负的一种总结。从诗学的角度看，"作诗如作文"的说法即使了无新意，还是意味着对

---

① 胡适对女友韦莲司的先锋绘画虽不能了解，对其实验性却十分赞赏，曾在日记里写下："吾友韦莲司女士所画，自辟一径，……其所造或未必多有永久之价值者，然此'实验'之精神大足令人起舞也。"（1917年5月4日记，胡适：《藏晖室劄记》16卷17，第1136—1137页，上海：亚东图书馆，1939年。）
② 胡适：《逼上梁山——文学革命的开始》，《胡适全集》第18卷，第126页，合肥：安徽教育出版社，2003年。
③ 见1916年3月14日梅光迪致胡适信，梅光迪：《梅光迪文录》，第161页，罗岗、陈春艳编，沈阳：辽宁教育出版社，2001年。

诗歌语言特殊性的某种废黜。无论是使用非诗意的日常辞藻（"文之文字"），还是用古文句法溶解律诗的形式结构，都表明这样一种写作冲动要打破诗歌语言与散文语言间的界限，在既有的审美积习之外，开放诗歌表意的空间与活力，包容历史邅变中崭新的事物和经验。如胡适自己所言："我的第一条件便是'言之有物'。……故不问所用的文字是诗的文字还是文的文字。"①从晚清诗界革命以来，这种历史冲动一直支配着对一种崭新诗歌的构想，胡适的"新诗"实验，最初也呈现于这一背景中。当与"物"的特殊关联成为诗歌实验的主旨，这就意味着要在传统的诗美空间之外，寻找新的想象力素材，即如胡适所说，很多人"只认风花雪月、娥眉、朱颜、银汉、玉容等字是'诗之文字'……但仔细分析起来，一点意思也没有"②。1916年4月，他在《沁园春》一词中的誓言："更不伤春，更不悲秋，以此誓诗"③，就表达了对以自然为中心的传统审美空间的疏远。在"文学改良八事"中，"务去烂调套语"一事，目的也在"惟在人人以其耳目所亲见亲闻所亲身阅历之事物，一一自己铸词以形容描写之"。④

应当看到，"作诗如作文"背后对外部经验的包容性追求，不只是胡适的个人旨趣，同时也是某种普遍性的文学冲动。晚清诗界革命中，"新名物"与"古风格"的矛盾，就体现了这种冲动对古典诗歌体系的冲击。在后来的新潮社诗人那里，对传统诗意空间的反动，以及对现实社会经验的关注，也是论诗的主旨。罗家伦就言："又如新诗，以中国目前的社会，苟真有比较眼光的诗人，没有一种材料不可供给他做成沉痛哀惋，写实抒情的长诗的。"对于写景诗的泛滥，他分析原因在于"中国诗人是最好'啸傲风月''兴而比也'的"。⑤傅斯

---

① 胡适：《〈尝试集〉自序》，第25页，《尝试集》，上海：亚东图书馆，1920年。
② 同上。
③ 胡适：《藏晖室劄记》12卷46，第891页，上海：亚东图书馆，1939年。
④ 胡适：《文学改良刍议》，《新青年》2卷5号（1917年1月）。
⑤ 罗家伦：《近代中国文学思想的变迁》，《新潮》2卷5号（1920年9月）。

年甚至提出"人与山遇,不足成文章;佳好文章终须得自街市中生活中"的说法,以表示对以自然为中心的审美空间的疏远。① 即便是对新诗持反对态度的"学衡派"诗人,也以峻急的"历史意识"为立论发端。吴宓称:"中国五千年之局,及今一变。近二三十年来,几于形形色色,日新月异,刹那万象,泡影蜃楼。诗人生性多感,其所受刺激为何如。"② 吴芳吉也批评传统审美空间的失效:"一诗之中,凡清风明月,长江大海,春云秋树,红豆绿蕉,愁思绮梦,雁爪鱼鳞,无不齐备。曰言情可也,曰述怀可也,曰纪事可也,曰即景可也,穷其底细,则索然无味。"③ 这样的表述与胡适对"陈言套语"的批评其实十分接近,"熔铸新材料以入旧格律"的追求,显然不出晚清以来诗界革命的思路。④ 在批评者看来,这正是《学衡》诗学的落伍之处⑤,但这又何尝没有表明在基本历史冲动上,《学衡》诗学与新诗的某种一致性。

三

有意味的是,先锋的实验态度与"作诗如作文"的方案,恰恰是新诗发生的导火索。对前者,梅光迪等人十分反感,斥责其剽窃"新潮流";后者,更是遭到力主"诗文两途"的梅光迪的激烈反对,胡

---

① 傅斯年:《中国文艺界之病根》,《新潮》1卷2号(1919年2月)。傅斯年在文中援引布莱克的诗"Great things are done when men and mountains meet, Nothing is done by jostling in the street"("奇迹生于人与山遇,市井之中一无所成"),并转换了结论:"此为当时英国风气言之。如在中国惟有反其所说。"
② 吴宓:《余生随笔》之九,《吴宓诗及其诗话》,第190页,吕效祖编,西安:陕西人民出版社,1992年。
③ 吴芳吉:《读雨僧诗稿答书》,《吴芳吉集》,第372页,贺远明编,成都:巴蜀书社,1994年。
④ 吴宓曾坦言,他的诗说:"实本于黄公度先生,甚愿郑重声明者也。"(吴宓:《空轩诗话》之十八,《吴宓诗及其诗话》,第241页。)
⑤ 陈子展就认为吴宓的主张,"比较二十年以前黄遵宪梁启超诸人倡导的新派诗和诗界革命说,进步了不许多"。(陈子展:《中国最近三十年之文学》,《中国近代文学之变迁·最近三十年中国文学史》,第298页,上海:上海古籍出版社,2000年。)

适与任、梅之间的争论也由此开始。在两面夹击中,胡适认定了自己的实验方向:"单纯的目标只有一个,就是用白话来作一切文学的工具。"① 应当说,从"作诗如作文"到"白话作诗",在内部是有推论性关联的,这一点梅光迪看得很清楚:"足下初以为作诗如作文,继以作文可用白话,作诗亦可用白话,足下之 Syllogism 即'亚里士多德'亦不能难。"② 从逻辑上讲,"白话作诗"是以"作诗如作文"为大前提的,而且二者互为推进,只有语言层面的"白话化"和诗歌文法层面的"散文化"的结合,才能使现代的白话自由诗体真正浮出地表。③ 然而仔细分析,诗/文、文言/白话,这两种冲突在本质上还是有距离的。"诗与文的冲突"不仅是诗体形式上的问题,它还关涉到上文所说到的对一种特殊诗歌经验方式的追求,即从传统风花雪月的诗美空间转向对"现实经验"的包容,以散文化的分析、逻辑性因素瓦解"意象展示"的审美呈现,以表达复杂曲折的现代经验。在这个意义上,"白话是否可以作诗"无法涵盖"作诗如作文"的全部内涵。突破口找到了,焦点清晰了,但早年对"诗"的多重实验和构想,也被相对窄化了。胡适自己也指出:"白话作诗不过是我所主张'新文学'的一部分。"④

一方面,将"白话"设定为实验的方向;另一方面,又承认它只是主张的一部分。胡适对"新诗"构想的复杂性,在这里表露出来了。同一时期的"文学八事"(1916 年 8 月在写给朱经农的信中提出)更加凸显了内在的歧义。相对于"白话作诗","文学八事"是一个有些含混,甚至是陈旧的主张,但它仍然代表了胡适对某种文学表意能力

---

① 胡适:《中国新文学大系·建设理论集》导言,赵家璧主编,胡适编:《中国新文学大系·建设理论集》,第 18 页,上海:良友图书出版印刷公司,1935 年。
② 1916 年 8 月 8 日梅光迪致胡适信,梅光迪:《梅光迪文录》,第 170 页,罗岗、陈春艳编,沈阳:辽宁教育出版社,2001 年。
③ 康林:《〈尝试集〉的艺术史价值》一文,细致分析了"诗与散文""文言与白话"这两种冲突如何共同造就了"新诗"的发生。(《文学评论》1990 年第 4 期)
④ 胡适:《藏晖室劄记》14 卷 14,第 1002 页,上海:亚东图书馆,1939 年。

的整体向往,不仅有语言、形式的变革,还包括文学经验范围的扩张、独创精神的强调等,它与美国"印象派"诗人主张的"暗合",更表明了其包含的实验性和先锋性。在某种意义上,"八事"似乎是前期"作诗如作文"主张的延续,并被纲领化、具体化了。

  由此说来,作为个人实验的"白话作诗"与作为整体构想的"文学八事",两种向度互有包含,并存于1916年胡适的思考中。早期诗/文间的冲突,引发了此时文言/白话的对立,但这两种冲突似乎还是缠绕在一起的。然而,随着讨论的空间转移到国内,美国友人的激烈反对被北大诸公的鼎力支持替代,胡适的新诗构想从含混、缠绕的状态进一步变得明确。陈独秀从文学史角度对"白话文学正宗"的强调①,钱玄同"宁失之俗,毋失之文"的忠告②,以及读者讨论中对"形式"问题的"侧重"③,以形式上的"白话"为中心的讨论氛围,无形中使胡适的"白话"主张接受了"悍化":"所以我回国后,决心把一切枝叶的主张全抛开,只认定这一中心的文学工具革命论是我们作战的'四十二生的大炮'。"④更重要的是,国内发生的"国语问题"的

---

① 譬如,在胡适的《文学改良刍议》一文发表时,陈独秀就在文后还做了一条有趣的编者附识:"余恒谓中国近代文学史,施、曹价值,远在归、姚之上,闻者咸大骇怪。今得胡君之论,窃喜所见不孤。白话文学,将为中国文学之正宗。余亦笃信而渴望之。"(《新青年》2卷5号[1917年1月])本来,胡适为了使文章更少争议性,谨慎地调整了"八事"的顺序,"白话文学"的说法只是在篇末出现。关注文学进化的陈独秀,一下子抓住了"八事"中真正具有冲击性力量的所在,有意无意地将最后"白话文学正宗"说突出在读者的视野里,他的回应文章《文学革命论》也主要从文学史的角度展开,加之态度的决绝,胡适的"八事"在某种程度上被化约为"白话文学正宗"说,并拉伸成进化论意义上的文学史必然。

② 1917年10月31日钱玄同致胡适信,耿云志主编:《胡适遗稿及秘藏书信选》第40卷,第252页,合肥:黄山书社,1994年。

③ 谈论"八事"的书信刚刚发表,常乃惪就写信给陈独秀,对其中"不用典""不讲对仗""不避俗字俗语"等项表示疑义,《文学改良刍议》发表后,陈丹崖、李濂堂等人就来信为"骈体""用典"辩护。无论是赞成,还是反对,"八事"中语言形式的问题最有争议性,似乎是当时读者关注的焦点。上述几文分别见《新青年》2卷4号(1916年12月)、2卷6号(1917年2月)、3卷2号(1917年4月)。

④ 胡适:《中国新文学大系·建设理论集》导言,赵家璧主编,胡适编:《中国新文学大系·建设理论集》,第22页,上海:良友图书出版印刷公司,1935年。

讨论，也对胡适论文主旨的变动产生了关键影响①，《建设的文学革命论》一文就是重要的成果。当文学革命与国语运动合流一处，"白话文学"的主张便上升为旨在建构现代民族国家语言的白话文运动，其历史价值得到了空前的提升，并最终获得了国家的制度保证。在这篇"将来一定很有势力"②的大文中，过去破坏的"八事"被压缩成"有什么话，说什么话；话怎么说，就怎么写"等建设的"四条"③。虽然"八事"被巧加整合，一条不落地塞进新颁布的"四条"里，但不难看出，对"物"的强调已被对"话"（白话）的鼓吹替代。

四

通过上述分析，胡适新诗构想的三个层面呈露出来："实验"的态度，表达的是一种先锋可能性立场；"作诗如作文"的方案，涉及的是诗歌与变动历史经验的关联；白话的提倡，则主要表现为语言、形式的变革。应该说，这是新诗发生处于多重历史压力下的表征。有趣的是，"三个层面"的划分也曾出现在钱基博那里。他说，胡适"所以自号于天下者有三：曰八不主义也。曰历史的文学进化观念也。曰文学的试验精神也"④。这一说法与上述划分，不乏暗合之处。重要的是，随着三个层面的渐次过渡，胡适由诗歌问题展开的文学构想愈来愈向语言、形式方面倾斜，并最终演化成具有宏大历史建构功能的"国语文学"论。这首先是一个扩张的过程，让文学与文化、语言接轨，获得历史的意义；同时，这也是一个收缩的过程，当"枝节的主张全抛开"，最初的整体改革不断被化约、窄化，形成明晰的策略，对诗歌

---

① 对此问题的研究见王风：《文学革命与国语运动之关系》，《中国现代文学研究丛刊》2001年第3期。
② 1918年3月17日胡适致母亲信，耿云志、欧阳哲生编：《胡适书信集》上册，第140页，北京：北京大学出版社，1996年。
③ 胡适：《建设的文学革命论》，《新青年》4卷4号（1918年4月）。
④ 钱基博：《中国现代文学史》，第441页，上海：世界书局，1933年。

表意能力的实验性构想,便无形中受到了一定的挤压。①新诗发生的历史压力,似乎由是也从实验/规范、诗/文、文/白的多重交织,变成以文言/白话的冲突为中心了,胡适的"工具革命"论者的形象也随之确立。

诚然,无论是"作文如作诗",还是"实验"的态度,在文学史上都不是什么新见,但需要考虑的是,它们是在一个文化、观念、词汇都处于急遽变化的时代产生的,并与一种特殊的历史意识相关,在某种意义上,也体现了一种典型的现代性冲动:要在既有的审美规范之外以新异的形式探索,把捉到变动中的现代经验。有关新诗"对现代性的追求"②,是一个内涵颇为宽广的议题,不是这里讨论的重点,但简单说,依照波德莱尔的命名,审美领域的现代性表现为"一种发展变化的价值","可以称为现代性的那种东西"是一种从变化、短暂、偶然的"现时"中"提取它可能包含着的在历史中富于诗意的东西"。③这一经典命名,点出了19世纪、20世纪以来诸多文艺思潮的发生机制,马尔科姆·布雷德伯里与詹姆斯·麦克法兰也称,"现代"一词虽然在不同的领域或层次指涉不同的内涵,但它保持着确切意义,"它与当代特有的情感相联系:历史主义的情感,也就是感到我们生活在全然新奇的时代,当代历史是我们重要的源泉……现代性是人类思想的一种新的意识,新的状态"④。因而,文学中的"现代性"或可从一种

---

① 在《新青年》上"白话诗"形成了势力,但忙于"国语文学"建设的胡适对"诗"却无暇发言了。当俞平伯的《白话诗的三大条件》发表时,胡适在编后记中说"我当初本想做一篇《白话诗的研究》",但"几个月以来,我那篇文章还没有影子"。《新青年》6卷3号[1918年10月])
② 臧棣:《现代性与新诗的评价》,现代汉诗百年演变课题组编:《现代汉诗:反思与求索》,北京:作家出版社,1998年。
③ 波德莱尔:《现代生活的画家》,《波德莱尔美学论文选》,第484—485页,郭宏安译,北京:人民文学出版社,1987年。
④ 马尔科姆·布雷德伯里、詹姆斯·麦克法兰:《现代主义的名称和性质》,马尔科姆·布雷德伯里、詹姆斯·麦克法兰编:《现代主义》,第7页,胡家峦等译,上海:上海外语教育出版社,1992年。

动力的角度去把握，它被两种冲动所支配，一是关注"现时的历史"，一是为"未来的面貌"所吸引。[①]诚然，上述描述是针对西方现代文学潮流而言的，但对于在现代进程中强烈感受到经验、观念剧变的中国诗人来说，对"现时的历史"的关注，以及对未来可能性的向往，同样交织在新的诗歌方式的构想中，诗体、语言的变化，也正是在此前提下产生的。在梁启超等人那里，"新名物"（现代历史经验）与古典诗歌体式间存在着矛盾，在某种文学史进化的眼光中，这就是胡适之前诸多诗歌改良失败的原因所在，语言的"白话化"与诗体的散文化可以说解决了上述矛盾，也为现代性的表意冲动找到了一个出口。但诗体、语言上的变革并不能替代上述历史冲动，二者既相互推动，又有所差异，构成了胡适新诗构想的内在张力。

第二节 《尝试集》对"新诗"的塑造

在理论上，胡适享有了"新诗"的发明权，他的《尝试集》也是新诗最初的创作实绩，理论上的阐述与作品的展现共同完成了"新诗"的形象塑造。在这样的形象塑造中，胡适新诗构想中的内在张力，留下了怎样的痕迹，诗集的编撰又对这种"张力"发生了怎样的扭转，同样是一个值得考察的课题。

按照一般的理解，文学的"形象"主要来自作品的文本本身，但作品的呈现形态，其实也一定程度上参与了"形象"的塑造。譬如，诗人冰心的新诗写作，就肇始于一篇小文章发表时偶然的排列形态。

[①] 对这一问题的讨论，见伊夫·瓦岱:《文学与现代性》，田庆生译，北京：北京大学出版社，2001年。

1921年2月，在文坛上已崭露头角的冰心，将一篇短小的散文《可爱的》投寄给《晨报·副刊》，在"杂感栏"发表时，编辑却有意以"分行的诗的形式排印了"，并在按语中，表明打通"杂感栏"与"诗栏"界限的意图。① 由此，冰心的诗人生涯才得以开始，而"诗栏"与"文栏"的跨越，以及散文的分行排印，也恰好说明"诗/文"对话中特殊的新诗形象。由此可见，发表、成集等媒介因素，执行的不只是载体的功能，它们也可能是作品重要的构成因素，完成着另一种文学想象。从这个角度关照，"新诗集"的标题、编次、序言，以及作品的筛选，也对新诗的形象呈现有所贡献，这正是本节要讨论的重点。

一 序言与编次："诗体解放"的定位

作为一本新诗创作集，从构成上看，《尝试集》是十分特殊的，真正体现"新诗"实力的只有一小部分，如胡先骕所描述的：

> 今试一观此大名鼎鼎之文学革命家之著作。以一百七十二之小册。自序他序目录已占去四十四页。旧式之诗词、复占去五十页。所余之七八十页之尝试集中。似诗非诗似词非词之新体诗复须除去四十四首。至胡君自序中所承认为真正之白话新诗者。仅有十四篇。而其中"老洛伯""关不住了""希望"三诗尚为翻译之作。②

指出诗集选目上的杂凑之感，似乎是为了揭示新诗初期理论倡导与实际写作间的不均衡。换一个角度，胡先骕其实误解了《尝试集》的真实意图，它不仅是作品的展现，更为重要的是，由序言、旧体诗词、

---

① 冰心：《我是怎样写〈繁星〉和〈春水〉的》，冰心：《冰心选集》第6卷，第70页，李保初、李嘉言选编，石家庄：河北教育出版社，1992年。
② 胡先骕：《评〈尝试集〉》，《学衡》第1期(1922年1月)。

"似诗非诗似词非词之新体诗""真正之白话新诗"的并置方式,它所要提供的是一个"新诗"发生的全程展示,如胡适自言:"这本书含有点历史的兴趣。"①

首先,钱玄同的序言以及胡适的自序,两篇长文占据了 44 页,起到的"阅读导引"作用肯定不容忽视。书前有序,本身没有什么稀奇,但对于初生的"新诗"来说,序言却担负着概念解说、合法性辩护和历史描述等使命。最早出版的几部个人新诗集,如《尝试集》《冬夜》《草儿》《蕙的风》前均有自序、友人序或师长序,多的竟达三篇之多。真如梅光迪讥讽的那样:"今则标榜之风加盛,出一新书,必序辞累篇,而文字中又好称'我的朋友'某君云云。"②序的有无,表面上似无深意,但事实上功能和影响却是多方面的,也引发了相关的争议。俞平伯就因为在自序中鼓吹自己的诗观,而招致责难,他感叹:"诗集有序,意欲以祛除误解,却不料误解由此繁兴。"③《冬夜》前冠以两序,"如象之巨座,蛇之赘足"④,俞后来认为诗集"不宜有序"。《草儿》的遭遇要好些。1921 年春,康白情为待出的诗集准备了一篇长序,但到了秋天,"半年来思想激变,深不以付印为然,觉自序不太好了"⑤,于是删掉原序,保留了俞平伯一年前的序文,并改写一篇"低调"的短序。身为中学生的汪静之,其诗集前却有胡适、朱自清、刘延陵三位名家的序言,很难不令人生出"攀附权威"的印象,一位读者当时以"仗着新偶像赚钱的著作家"为题,撰文讥讽。⑥

自我塑造也罢,阐发观点也罢,提携新秀也罢,上述序文还是有某种一致性的,即都在阐明或辩护"新诗"的历史合法性,完成其最

---

① 胡适:《〈尝试集〉再版自序》,《胡适文存》卷一,第 283 页,上海:亚东图书馆,1921 年。
② 梅光迪:《评今人提倡学术之方法》,《学衡》第 2 期(1922 年 2 月)。
③ 俞平伯:《致汪君原放书》,《俞平伯全集》第 1 卷,第 16 页,石家庄:花山文艺出版社,1997 年。
④ 俞平伯:《〈西还〉书后》,同上书,第 295 页。
⑤ 康白情:《〈草儿〉自序》,《康白情新诗全编》,第 207 页,诸孝正、陈卓团编,广州:花城出版社,1990 年。
⑥ 《时事新报·学灯》1922 年 10 月 5 日。

初的自我想象。值得注意的是，这些序言虽然为诗集服务，但往往都可以脱离诗集作单独的论文看待，像《尝试集》的两篇序文在诗集出版前，就已经在《新青年》上发表，流布于世。

  胡适请钱玄同作序，大概是1917年10月的事情①，此序于1918年1月10日完成，历时三月，似乎颇费了一番苦心。在此之前，钱玄同在其"二十世纪十七年七月二日"长书中，曾对胡适的白话诗做出了著名评论，认为胡适的白话诗"未脱文言窠臼"。此言对一度"以为文言中有许多字尽可输入白话诗中"的胡适震动颇大，以至"在北京所做的白话诗，都不用文言了"②。"白话诗"的最终实现，钱玄同可以说功不可没，由他来做序也顺理成章。钱的序言一开头，就高屋建瓴地把《尝试集》定位于"白话文学"运动的整体背景中，对于文学改良的"八事"也只谈"不避俗语俗字"一项，看似漫不经意，在效果上却为《尝试集》框定了基本的价值取向，即：它主要体现的是语言工具的变革。有意味的是，下面的文章将"诗集"抛在了一边，转而大谈文言分离与白话文学的历史，将《新青年》上的文学史建构讨论移植为《尝试集》的发生背景。这种谈论方式，显然与钱玄同对语言问题的特别关注有关，对他以及后期的胡适而言，"文学"已经是解决语言问题的切入点了。③虽然在序言后面，具体诗作也得到了评论，但钱玄同的解说也不是针对胡适的特殊诗艺，而是抄录与胡适间的"诗体"讨论，主要是为了勾勒新诗由"未脱尽文言窠臼"到"用'长短无定'，极自然的句调"的轨迹。在这样的呈现，《尝试集》所体现的"新

---

① 钱玄同曾说："一九一七年十月，适之拿这本《尝试集》第一集给我看。"（钱玄同：《〈尝试集〉序》，第1页，胡适：《尝试集》，上海：亚东图书馆，1920年。）
② 胡适致钱玄同信，《新青年》4卷1号(1918年1月)。
③ 在"二十世纪十七年七月二日"信中，钱玄同坦言自己论文的主旨："玄同年来深慨于吾国文言之不合一。"后来钱、胡的通信也多以文字问题展开，胡适就说过："中国文字问题，我本不配开口，但我仔细想来，总觉得这件事不是简单的事。"（耿云志、欧阳哲生编：《胡适书信集》上册，第162页，北京：北京大学出版社，1996年。）

诗"形象自然落在了"文言合一"的历史必然上。①

对钱玄同序言的特色，胡适自己看得很清，说它"把应该用白话做文章的道理，说得狠痛快透切"，他自己的序言则重在描述"我个人主张文学革命的小史"。从早年的诗歌趣味，到在美国与友人的讨论，再到"诗体大解放"，新诗从旧诗中一步步的脱茧历程，第一次被勾勒出来。②如果将序言与不久后写成的《谈新诗》相比，会发现自序里更多的是强调"诗体大解放"的前因后果，而没有涉及新诗带来的美学可能。钱序与自序，两文分工明确，又配合完美，一为白话文的历史展开，一为个人的故事讲述，组合一个完整的"新诗"发生的历史叙述。

序言给出了铺垫，诗集的编次又从构成上验证了序言中的"解放"历程：一编，二编，以及作为附录的《去国集》，恰好对应胡适的新诗发明史，一条以"纯用白话"为最终目的的个人进化线索，清晰可见。《去国集》是旧诗的化石，"一编"与"二编"为白话诗尝试的两个阶段，这样的编次方式，也成为《尝试集》一个最重要的标志。亚东的出版广告也选录自序中的一段话做宣传："书分两集：到北京以前的诗为第一集，以后的诗为第二集。在美国做的文言诗词删剩若干首，合为去国集，印在后面作一个附录。"③两篇序言在《新青年》上的发表，早早地造出了气氛，随着《尝试集》的畅销，"这两篇序言都有了一两万份流传在外"④，"新诗"的形象渐渐遍及人心，其中"编次"方式所呈现的"进化"线索也广为接受。李思纯在谈到胡适"尝试的Programme"时就说："他原想以文言创新体，进一步而以白话来做旧式的歌行及词曲，再进一步打破旧形式作自由句。"⑤胡适的自我讲述，已变成了公共化的常识。

---

① 钱玄同：《〈尝试集〉序》，胡适：《尝试集》，上海：亚东图书馆，1920年。
② 胡适：《〈尝试集〉自序》，同上书。
③ 《少年中国》1卷10期（1920年4月）。
④ 胡适：《〈尝试集〉增订四版序》，《胡适文存二集》卷四，第292页，上海：亚东图书馆，1924年。
⑤ 李思纯：《诗体革新之形式及我的意见》，《少年中国》2卷6期（1920年12月）。

一方面，有了文言合一的历史目的论作支撑，另一方面，新诗的构想也聚焦到语言工具的变革这一点。胡适新诗构想中，那些并非不重要的"枝叶的主张"自然被剪除在外，《尝试集》中对传统审美惯习造成冲击的散文化风格[①]，在这样的"呈现"中，也就没有任何位置了。

当然，"命名"的工作并非是一蹴而就的，《尝试集》对"新诗"的呈现本身就处于流动之中。"戏台里叫好"虽是胡适的老毛病，却有一定的理由："我自己觉得唱工做工都不佳的地方，他们偏要大声喝彩，我自己觉得真正'卖力气'的地方，却只有三四个真正会听戏的人叫一两声好。"《尝试集》再版自序，或许就是这样一声叫好，目的是为观众指明新诗"唱做俱佳"在何处。《尝试集》出版后，非议和争论也随之而来，在再版自序中，胡适说："守旧的批评家一面夸奖《尝试集》第一编的诗，一面嘲笑第二编的诗；说《中秋》，《江山》，《寒江》，……等诗是诗，第二编最后的一些诗不是诗。"[②] 胡适的这段话，是有具体所指的，针对的是上海"诗学大家"胡怀琛的《尝试集》批评，为了纠正种种误解、偏见，胡适不得不在这篇再版自序中，结合作品细致地指出自己诗歌的进化轨迹以及音节上的尝试："老着面孔，自己指出那几首是旧诗的变相，那几首是词曲的变相，那几首是纯粹的白话诗"，并挑出其中的 14 首，只承认它们是"真正的白话新诗"。如果说初版序言完成的是"新诗"的命名工作，那么再版序言就是从诗体的角度进行的"正名"活动，纠正那些"叫错好"的理解，再一次强化"新诗"与旧诗、词曲的区别所在。

《尝试集》刚刚再版，胡适就忙着下一个关键的环节，请一批友人帮助他"删诗"，结果就是作为经典性定本的《尝试集》增订四版。[③]

[①] 比如，《尝试集》中有《月夜》一诗，任鸿隽1917年6月24日就曾致信胡适，说自己也有一诗与其同意，"唯吾月诗中无王充，仲长统……等耳"。（中国社会科学院近代史研究所中华民国史组编：《胡适来往书信选》上册，第13页，北京：中华书局，1979年。）

[②] 胡适：《〈尝试集〉再版序》，《胡适文存》卷一，第285页，上海：亚东图书馆，1921年。

[③] 对这一问题的深入讨论，参见陈平原：《经典是怎样形成的——周氏兄弟等为胡适删诗考》，《鲁迅研究月刊》2001年第4、5期。

从最初的"命名",到为自己叫好的"正名",再到删诗中的"经典化"努力,《尝试集》的自我定位大致完成,诚如陈平原所言:《尝试集》经典地位的获得,主要不是依据诗歌本身的成就,而是从文言与白话、新与旧对话的产物,其中胡适自己的积极阐释起到了重要的作用。可以补充的是,对《尝试集》的定位,也同时是对新诗的主动构想,在文白对峙中,"新诗"的合法性主要显现在了"白话"上,形式、工具的革命,成了它的唯一内涵。但可以追问的是,上文提到的"新诗"发生背后特殊的历史冲动,已退入了后台,从某种角度说,胡适新诗构想中三个方面的内在张力,在这里也似乎由此,被暗中消除了。

《尝试集》的问世,正"当那新旧文学争论最激烈的时候",胡适的愿望也是"社会对于我,也很大度的承认我的诗是一种开风气的尝试",因而他似乎此时还无暇展开对"新诗"的完整构想①,其中包含的"张力"在不断地命名中被无形地消解了,窄化为"白话"一条。在这种窄化过程中,别人指斥他"能作白话而不能作诗"②,似乎也就理所当然了。具有反讽意味的是,《尝试集》对新诗发生史的刻意呈现,后来恰恰成为其遭受诟病的理由,批评者往往根据他自己的指认,讥笑《尝试集》中没有几首真正的新诗,只是一种不成功的"尝试"。③

二 成集中的"自我净化"

《尝试集》的序言、编次,不仅为整部诗集确立了一个基本的形象,对"新诗"的呈现也发生其中。但是,诗集的另外一些构成因素,

---

① 胡适:《〈尝试集〉增订四版序》,《胡适文存二集》卷四,第298页,上海:亚东图书馆,1924年。
② 胡先骕:《评〈尝试集〉》,《学衡》第1期(1922年1月)。
③ 譬如,草川未雨就称:"我们把《尝试集》打开,在这一共四编里,第一编和第四编的《去国集》都是旧诗词。第二第三编也不完全是新诗,并且里面还搀杂着几首译诗",并认定它只有"提倡时的价值,没有作品上的价值"。(草川未雨:《中国新诗坛的昨日今日和明日》,第51—52页,上海:上海书店出版社[据北京海音书局1929年版影印],1985年。)

也加入了"呈现"的过程，成集中作品的筛选也是重要的一环。①本书第一章曾从现代诗歌观念的发生角度，对此问题进行探讨，分析了在"纯文学"的原则下，《尝试集》对应酬交际之作，以及作为白话诗试验起点的"打油诗"的排斥。然而，"排斥"的产生，不仅出于现代纯文学观念，某种对新诗历史形象的构想，也是考虑的一重尺度，这同样表现在《去国集》与《尝试集》第一编的编选中。

　　站在所谓"活文学"的立场，胡适判定文言作品为"死文学"，这种区分对他自己的诗作同样适用。《去国集》自序称："今余此集，亦可谓之六年以来所作'死文学'之一种耳。"将其作为附录列于《尝试》二集后，意图也无非是衬托"白话作诗"的活力。但是，如果考察一下《去国集》中的诗作，会发现它不只是一片承载旧诗亡魂的化石，某种变化的活力还是展现在其中。根据本书第一章的统计，自1911年1月至1916年4月，胡适作诗四十余首。从诗体上看，它们可分为古体诗、律诗、长篇歌行、词、翻译诗和英文诗等。但《去国集》中，其他诗体都有所收录，唯有律诗一概不取，这当然与胡适对律诗的反感相关②，但"律诗"不入《去国集》的策略，也表明了胡适看中诗体自由的"解放"的立场。相比之下，其他诗体更受胡适青睐，因为它们都在一定程度上符合了胡适关于"诗体进化"的想象："词

---

① 在《尝试集》版本的流变中，增订四版时发生的"删诗"事件，对"新诗"的塑造都起到关键作用。但如果考虑到《尝试集》收录的只是胡适早期诗作中的一部分，"删诗"其实也发生在初版的编定中。初版《尝试集》（包括《去国集》）共收录了胡适新体、旧体诗作68首，《去国集》、"第一编""第二编"分别对应三个阶段：1916年7月以前；1916年7月到1917年9月；1917年9月到1919年。其中，"第二编"收诗25首，作为长短无定的诗体解放的成果，回北京后所作白话诗基本全录，因而"筛选"的问题并不明显，而对于像化石一样保留了新诗从文言格律体到白话自由体的发生、脱茧轨迹的《去国集》与"第一编"，某种自我"删选"的目光还是贯穿其中。

② 胡适从少年时代起就不喜律诗，偏爱古体歌行。（胡适：《四十自述》，第136页，上海：亚东图书馆，1933年。）在美时写作律诗，也无非是用于朋友间的应酬，譬如1914年5月25日，在和任叔永的律诗三首后，在日记中记下："久不作律诗，以为从此可绝笔不作近体诗矣，今为叔永故，遂复为冯妇。"（胡适：《藏晖室劄记》4卷20，第238页，上海：亚东图书馆，1939年。）

乃诗之进化",能达曲折之意。胡适于 1915 年 6 月后,便对词十分关注,所作五首有四首选录,可见其重要;《哀希腊》一诗的翻译,选用骚体,"恣肆自如","自视较胜马、苏两家译本"①;古体歌行叙事说理,在表达时代生活和个人经验上,灵活自如,《去国集》中最引人注目的就是此类诗章,占一半以上数目,而且胡适对长度还有一定的追求,在《送梅觐庄往哈佛大学》诗后沾沾自喜地说:"此诗凡六十句,盖四百二十字。生平作诗,此为最长矣",还将此诗的长度与其他"长诗"进行比较。有意味的是,他所提到的"长诗"都收入《去国集》中。②诗篇的长短,表面无关紧要,但较之短诗,古体歌行的长度保证了一种伸缩自如处理复杂经验的可能性。由是可见,作为"死文学"代表的《去国集》非但不死,反而构成了"新诗"呼之欲出的前奏,通过诗体上的排斥性选择,有效地参与进了序言、编次确定的整体想象中。

如果说《去国集》中对"律诗"的排斥,从正面呼应了"诗体大解放"的叙事,那么《尝试集》第一编中对"打油气"的摈除,也是另一种塑形的方式。本书第一章提到,写"打油诗"彼此打趣,此类文字游戏与"新诗"的现代形象不符,但新诗发生时期某些特别的美学活力,也未尝没有包含在其中。

具体而言,他人参与"打油",或是为了好玩,或是出于挖苦,但对胡适来说,却大有深意,曾言:"此等诗亦文学史上一种实地实验也,游戏云乎哉?"③"游戏"与"实验",在他那里似乎是合二为一的,除了白话的试练,"打油诗"还暗中勾连了胡适特定的写作趣味。出于"作诗如作文"的立场,在重视说理、写实的同时,胡适对讽刺性因素也很看重,后来在谈及郑珍、金和等诗人时,就对他们"嘲讽

---

① 胡适:《藏晖室劄记》3 卷 42,第 192 页。
② 《藏晖室劄记》11 卷 32,第 786 页。
③ 《藏晖室劄记》13 卷 23,第 944 页。

的诙谐"大加奖掖。① 当任叔永来信说其《答梅觐庄》一诗完全失败时，他也据理力争："此诗乃是西方所谓'Satire'者——乃是嬉笑怒骂的文章。"② 和谐之音调，审美之词句，一般来说是诗美之所在，但嬉笑怒骂的狂欢因素，未尝不构成另一种"审美"，在现代艺术中，与现实保持活泼张力的"讽刺"还是一种相当重要的风格。打油诗中的讽刺性，不仅是"博人一笑"而已，它也体现了写作与现实之间的强劲关联。本来，胡适就对风俗感世相很有兴趣，在留学日记中曾剪贴报章之上的欧战讽刺画，并"戏为作题词……亦殊有隽妙之语，颇自喜也"③。1916 年 10 月，他在日记中还抄录某华人的"英伦诗"，认为"其写英伦风物，殊可供史料，盖亦有心人也"。受此启发，先后戏作了五首"纽约诗"，其中一首为：

　　一阵香风过，谁家的女儿？裙翻鸵鸟腿，靴像野猪蹄。密密堆铅粉，人人嚼肯低（Candy，糖）。甘心充玩物，这病怪难医。（《藏晖室劄记》14 卷 43）

虽是游戏性的打油之作，但辛辣的讽刺，令人喷饭的比喻，还是传达了对社会现象的敏锐感知，后来刘半农在《初期白话诗稿》序中，就引用"裙翻鸵鸟腿"一句，可见其在友人中，还是相当有名的。④ 或许可以说，"打油诗"不只是游戏而已，游戏之中还包含了新诗发生的历史冲动，怪不得胡适自己"宁受'打油'之号，不欲居'返古'之名也"⑤。

---

① 胡适：《五十年来中国之文学》，《胡适文存二集》卷二，第 109 页，上海：亚东图书馆，1924 年。
② 胡适：《藏晖室劄记》14 卷 4，第 986 页。
③ 《藏晖室劄记》10 卷 11，第 700 页。
④ 刘半农：《〈初期白话诗稿〉序》，陈绍伟编：《中国新诗集序跋选》，第 248 页，长沙：湖南文艺出版社，1986 年。
⑤ 《藏晖室劄记》14 卷 10，第 998 页。

然而，被称为"一集打油诗百首"的《尝试集》一首"打油诗"未录，除现代文学观念的作用外，某种审美上的规约似乎也是一个重要的原因。对于第一首白话诗《答梅觐庄》，胡适曾滔滔不绝地进行捍卫，列出其中的"粗俗"之句，说："此诸句那一字不'审'？那一字不'美'？"①从所谓"审美"的标准出发，一个可以探讨的假设是，友人们对胡适白话诗尝试的最初反感，在很大程度上可能是出于对白话诗鄙俗、粗糙的打油之气的不适之感。1917年，吴虞在《与柳亚子论文学书》中就称胡适的白话诗，"不免如杨升庵所举的张打油"②。如果这个假设成立，可能的结论便是：胡适的反对者们，不单单反对"白话"，反对的还有有违"诗美"期待的打油之气，前者是对语言形式的问题，后者则涉及文学风格的评价，二者结合在一起，共同落实为对"白话诗"的否定，朱经农就称"盖白话诗即打油诗"，将二者混为一谈。

对"打油气"的反感，不能说没有对胡适发生作用，这直接关系到白话诗能否被众人接受。因此，在打油诗外，胡适也开始试写一批"雅正"的白话诗，如收入《尝试集》的《孔丘》《朋友》《他》《赠经农》等。诗风纯正了，态度严肃了，果然获得了友人的认可，在1916年9月15日日记中，胡适写道：实地实验之结果，虽无大效，"然《黄蝴蝶》《尝试》《他》《赠经农》四首，皆能使经农、叔永、杏佛称许，则反对之力渐消矣"③。朱经农还认为《孔丘》一诗"乃极古雅之作，非白话也"④。要为"白话诗"苦苦争取审美合法性的胡适，不能不顾及这种普遍的诗美规范，即使得"打油诗"保留了"新诗"的活力和包容力，《尝试集》不录"打油诗"，自然顺理成章了。

"打油诗"的价值高低，不是最主要的问题，关键在于，对"打油诗"的排斥，有助于"文言／白话"之间的"诗体大解放"叙事的成立。

---

① 胡适：《藏晖室劄记》14卷4，第986页。
② 吴虞：《与柳亚子论文学书》，《民国日报》1917年5月16—17日。
③ 《藏晖室劄记》14卷38，第1032—1033页。
④ 《藏晖室劄记》14卷10，第998页。

表面上看，这二者之间似乎没有明显的关联，但摒除了"打油气"，可能会使"白话诗"更符合一般的诗美规范，"诗体大解放"也就更易于被广泛接受。这其中的逻辑有些微妙，为了"白话"的接受，"打油诗"不得不被自觉或不自觉地排斥，为了"诗体大解放"的想象，新诗发生中特殊（也是非法）的活力，也不得不被抑制。这似乎是一个必要的代价。

无论是律诗的排斥，还是"打油气"的摈除，在《去国集》与《尝试集》"第一编"的编选过程中，某种自我"纯化"的机制被悄然启动，在"纯化"的过程中，"诗体大解放"的叙事或被正面呼应，或是得到了曲折的助益。

三　题名："尝试"的申说

"尝试"一词，被用来作为新诗史上第一本诗集（个人诗集）的题名，当然是大有深意的。1916年9月3日，胡适在《尝试歌》及自序中，首次对"尝试"进行了个人解说，这两个字出自陆游的诗句："尝试成功自古无"，含义与胡适信奉的"实验主义"正相反背，胡适在诗中反用其意："自古成功在尝试"[1]，且"因为不承认放翁这句话，故用'尝试'的两个字做我的白话诗集的名字"[2]。其后，胡适一有机会就会宣讲"尝试"的用意，1917年4月9日，他在写给陈独秀的信中，谈到自己的《尝试集》时，就说："尝试者，即吾所谓实地试验也"，并号召他人齐来尝试。[3]《尝试歌》一诗后被录入初版《尝试集》中，被排在第一编第一首的位置，开宗明义，显然为全书定下了基调，即：它体现了"实地实验的精神"，《尝试集》也可称为"实验集"。

---

[1] 胡适：《藏晖室劄记》14卷26，第1020页。
[2] 胡适：《〈尝试篇〉序》，《尝试集》，第2页，上海：亚东图书馆，1920年。
[3] 《新青年》3卷3号（1917年5月）。

"尝试"的解说,是胡适的个人发明,后来还有人撰文纠正,恢复放翁的本意。① 作为尝试的内容,"白话作诗"是从"文的形式"入手的一条具体途径,但如上文所述,"白话作诗"并不能覆盖"尝试"的全部:"白话"是具体的实践方案,"尝试"涉及的主要是一种态度,一种在定义、规范外保持对可能性的开放。1918年朱经农投书胡适,对胡的白话诗表示了认可,并提议"白话诗应该立几条规则"。胡适则断然反对,认为"规则"与"诗体解放"的宗旨不符之外,"还有一层,凡文的规则和诗的规则,都是那些做《古文笔法》《文章轨范》《诗学入门》《学诗初步》的人所定的。从没有一个文学家自己定下做诗做文的规则"②。不立"规则",不仅是"解放"的需要,还是一种开放的写作伦理的体现,表达的正是不预设普遍"定理"的"尝试"立场。后来,不讲规矩也成了胡适一大罪状,但"可能性"对他而言,比起"诗的规则"似乎更应成为新诗的规定。1931年,胡适读到了《诗刊》第一期,对其中"各位诗人的实验态度"大为赞赏,在12月9日给徐志摩信中说:

> 这正是我在十五年前妄想提倡的一点态度。只有不断的试验,才可以给中国的新诗开无数的新路,创无数的新形式,建立无数的新风格。若抛弃了这点试验的态度,稍有一得,便自命为"创作",那是自己画地为牢……③

由此可见,在胡适那里,除了用"白话"表达现代经验这一充满张力的内涵外,新诗还与一种态度相关:"新诗"之新不只表现在白话上,也表现在对新的写作向度的不断"试验"、开拓上,这也是《尝试集》

---

① 天放:《尝试二字的解释——为陆放翁呼冤》,《民国日报·觉悟》1923年10月14日。
② 胡适:《答朱经农书》,《胡适文存》卷一,第119页,上海:亚东图书馆,1921年。
③ 耿云志、欧阳哲生编:《胡适书信集》上册,第560页,北京:北京大学出版社,1996年。

留在新史上的投影之一。①

可以作为补充的是，作为"诗体大解放"化石的《去国集》，不仅参与了"诗体解放"的想象，对"尝试"态度的呈现似乎也更为全面。诗体的偏重以外，收入《去国集》的诗作，除少部分具有特殊意义的②，其他诸首在不同程度上，都可以说是胡适的革新之作，留下了他多方面探索、实验的痕迹。他在日记中给予过专门解说的就有八首，其中有"但写风俗，不着一字之褒贬"的《耶稣诞节歌》，有"不依人蹊径"大胆说理的《自杀篇》，有试用"三句转韵体"的《大雪放歌》，有"写景尚真"的《有影飞儿瀑泉山作》，有"凡用十一外国字"的"实地实验"之作《送梅觐庄往哈佛大学》，更有誓不"伤春悲秋"的《沁园春》。无论是长篇的描摹写实，智性的哲理论辩，还是"文之文字"的引入，都使胡适早年对诗歌的构想——尤其是"作诗如作文"的抱负，得到较全面的展示。与《尝试集》中的白话诗相比，《去国集》虽然只构成了一个发生的环节，但在某种意义上，它包含的可能性因素或许相当丰富。在这里，白话／文言的冲突还未发生，早年"作诗如作文"的构想以及实验的态度，却能更为舒展地呈现。在《新诗年选（一九一九年）》中，康白情点评胡适，称其诗作"意境大带美国风"时，所指就是《去国集》和《尝试集》第一编，而不是纯用白话诗体的第二编③，这种指向本身就值得重视。

---

① 陈子展的说法值得在这里提出："其实《尝试集》的真价值，不在建立新诗的轨范，不在与人以陶醉于其欣赏里的快感，而在与人以放胆创造的勇气。"（陈子展：《中国近代文学之变迁·最近三十年中国文学史》，第 293 页，上海：上海古籍出版社，2000 年。）

② 如《秋柳》一诗是胡适留美前的旧作，录入《去国集》是因为其以弱抗强的主题与"一战"的现实相合，"两年来余往往以是之故，念及此诗，有时亦为人诵之"。（胡适：《去国集》，《尝试集》，第 49 页，上海：亚东图书馆，1920 年。）

③ 愚庵（康白情）对胡适诗作的评语为："在《去国集》和《尝试集》第一编里……美国化色彩尤为明白。"（北社编：《新诗年选[一九一九年]》，第 31 页，上海：亚东图书馆，1922 年。）

结语 "新／旧逻辑"中的新诗

　　随着《尝试集》的广泛流布,不仅青年人纷纷"于《尝试集》中求诗歌律令",就连它的编选、题名方式,也随之被他人模仿。康白情的《草儿》中就学《尝试集》的方式,附上自己的旧诗;朱自清在1920年自编诗集时,也模仿"尝试"的题名,将诗集命名为"不可集"①。胡怀琛在编选"模范白话诗"《大江集》时,也采用《尝试集》"杂凑"的方式,当时就有读者批评:"全集共计一百零六页。附录汗漫无稽之论文占去六十四页,序与目录又占去十二页,所译短诗十一首及英法原文又占去二十页,创作品乃只占十页而已。即是创作品之篇幅不及全集篇幅十分之一。"②这样的说法与胡先骕对《尝试集》的描述十分相似。

　　对编选方式的模仿,只是《尝试集》影响力的一个方面,更为关键的是,《尝试集》体现的"新诗"形象深入人心。在由其序言、编次所完成的"历史呈现"中,"新诗"形象,主要是由文言／白话、新／旧的冲突来辨识的,这种"形象"确认呼应了"诗体大解放"的理论,以白话文运动为整体性背景,应当说这是一个相当清晰的呈现;相对于旧诗的解放,就成为新诗主要的合法性来源,后来的文学史叙述也多从这个角度展开,将胡适等人的早期新诗尝试的价值,定位于工具意义上的历史变革,即完成了从文言到白话,从古典格律诗体到现代自由诗体的过渡。连胡适新诗"实验室"里的同人周作人,在谈到胡适的主张时也说:"但那时的意见还很简单,只是想将文体改变一下,不用文言而用白话,别的再没有高深的道理。"③但事情恐怕并非如此"简单"。

---

① 萧离:《朱自清先生的治学与做人——俞平伯先生访问记》,《平明日报》1948年8月26日。
② 吴江散人:《评〈大江集〉》,胡怀琛编:《诗学讨论集》,第106页,上海:新文化书社,1934年。
③ 周作人:《中国新文学的源流》,第57页,杨扬校订,上海:华东师范大学出版社,1995年。

从上文的分析看来，新诗在自我叙述的层面，是相对于旧诗的解放，但它不仅是"解放"的，而且还是处于特殊历史张力之下的，某种现代性的历史冲动构成了其内在驱力，态度上的实验／规范、表意方式上的诗／文，与语言形式上的文言／白话，这三重冲突交织在新诗构想中，使它成为一种内部包含辩难的张力结构。由此看来，《尝试集》对新诗"形象"的呈现，或许包含着一种"清晰化"的过程，即：暗中抹去了上述张力，只将张力投影于白话诗体从旧诗规范中脱茧、解放的历史线索中。这是一种复杂的呈现技术，序言与编次中的历史讲述、成集过程中的"自我净化"，都悄然起到了"清晰化"的作用。

当然，"清晰化"不能完全消除形象的含混性，新诗的张力性结构还是在《尝试集》中留下了痕迹。比如"尝试"的实验态度所指向的就不仅是对旧诗的解放，"可能性"立场带来的，还有对"诗"原则本身的冲击。这种"定位"在后来的文学史叙述中，其实也引发了潜在的批评，一般的意见认为，早期新诗只关注形式的变革，而其对新诗的审美品质无多用心，甚至在一定程度上还构成了对所谓"诗"的偏离。其中，梁实秋的断言最为著名：当时大家注重的是"白话"，不是"诗"。① 后来也有学者以"非诗化"一语，来概括初期新诗的基本特征。② 这其实都进一步强化了这一清晰的历史"形象"，而最初三个层面间的复杂张力，却被有意无意忽略了。

值得补充的是，对胡适个人而言，虽然"白话文运动"戏台里的叫好，在某种意义上淹没了胡适对"诗"的小声嘀咕，但上述层面间的张力，还是贯穿在胡适后来的"新诗"论述里。1919年的《谈新诗》一文，可以说是白话诗运动初战告捷后，胡适腾出手来对"新

---

① 梁实秋：《新诗的格调及其他》，《诗刊》创刊号（1931年1月）。
② 龙泉明：《"五四"白话新诗的"非诗化"倾向与历史局限》，《文学评论》1995年第1期。

诗"的第一次完整命名（此前胡适一般使用"白话诗"这个称谓）。①在文中，他提出了这样的说法："中国近年的新诗运动可算得是一种'诗体的大解放'"，应和了"从文的形式"下手的方案，"诗体大解放"由是成了"新诗"的经典定义。但定义之后，他强调的却是"解放"带来的"细密的观察、曲折的理想"等美学可能性，在文章最后也坦白：诗体的解放"这话说得太笼统了"，转而提出"诗须用具体的做法"。"具体的做法"与"笼统"的诗体解放，由是显示了"新诗"内涵的多个层次，"新诗"之"新"不仅体现为音节、体式上的自由，同时还涉及一种写作风格、策略的自觉。后来，胡适提出"诗的经验主义"，接续了从"作诗如作文"到"具体的做法"的线索，更是这一意图更明确的传达。②

---

① 此文为《星期评论》"双十"纪念专号而作，编者戴季陶、沈玄庐在1919年9月21日写给胡适的信中称："请你无论如何，给我《星期评论》纪念号做一万字来……题目请你们自由选择。"可见，题目是由胡适自定的，在"双十节"这个特殊的时刻谈论"新诗"，本身就有历史象征的意味。(中国社会科学院近代史研究所中华民国史组编：《胡适来往书信选》上册，第71页，北京：中华书局，1979年。)

② 胡适：《〈梦与诗〉自跋》，《尝试集》(增订四版)，第92页，上海：亚东图书馆，1922年。

第六章 "新诗集"对"新诗"的呈现（二）

《尝试集》的出版，为"新诗"提供了第一个历史样本。胡适对新诗形象的构造，也成为一种支配性的框架，左右了有关新诗的历史想象。然而，单靠一本诗集是无法"发明"出历史的，其他"新诗集"的相继问世，也参与了"新诗"的形象塑造。不同的构想之间的辩难和对话，就发生于其中。善于"戏台里叫好"的胡适，不仅对自己的诗集勤于加工，对其他"戏台里"的（合法的）出产，也投以相当的热忱，这也为本章的讨论提供了一个起点。

第一节 胡适眼中的"新诗集"
——以《草儿》《冬夜》《蕙的风》为中心

当"新诗"的正统已经成立，作为开山之人的胡适，除了忙于自我定位，表彰他人也责无旁贷。像《谈新诗》一文，就拉拉杂杂列出周作人、康白情、俞平伯、沈尹默等人的作品，以显示新诗相对于旧诗的优势和实绩。到了20世纪20年代，胡适功德圆满，其主要精力已转向了其他方面，但对自己开创的新诗事业，仍喜好品头论足。查胡适日记,对20年代初新诗的动向,他都保持着密切的关注[①],尤其对亚东出品的新诗集系列《草儿》《冬夜》《蕙的风》,以及自己侄子胡思永的遗诗诗集,更是不遗余力地向读者推介。在一般新诗人中,康、俞二人最为胡适器重[②],1922年3月,《草儿》《冬夜》先后出版,胡适当月就在日记中记下了自己的观感[③],随后还在自己主编的《读书杂志》上,发表两篇书评,作具体的展开。汪静之的《蕙的风》,则直接由胡适联系出版,并亲自作序,隆重推出这位少年同乡。书评与序言,在师友、同乡的关系网络中,暗中搭筑出一个"自家的戏台"。然而,更为重要的是,胡适对"新诗"的评价尺度也由此显露,构成了这个戏台的"合法性"支撑。

一

在《尝试集》自我定位中,由旧到新的"诗体大解放"的程度,是胡适主要的论述角度,这种眼光,自然也延伸到其他"新诗集"的评价中。在《尝试集》再版自序中,胡适就不忘提及:"康白情和别位新诗人的诗体变的比我更快,他们的无韵'自由诗'已很能成立。"在《草儿》书评中,他更是称赞:"白情这四年的新诗界,创造最多,影响最大","他无意于创造而创造了,无心于解放然而他解放的成绩最大"。不仅如此,他还顺着诗集的编目,一路谈下去,先说康白情的旧诗如何不高明,再勾勒从"工具运用不自如"到"成绩确实可惊"的

---

① 20世纪20年代初,胡适日记中提到的新诗集有:谢楚桢《白话诗研究集》(1921年5月19日)、《女神》(1921年8月9日)、《冬夜》(1922年3月10日)、《草儿》(1922年3月15日)、《渡河》(1923年9月12日)。

② 在《尝试集》(增订四版)的删选过程中,胡适还请康、俞二人参与了"删诗"。

③ 在1922年3月10日的日记中,胡适写到:"白情的诗,富于创作力,富有新鲜味儿,很可爱的。《草儿》附有他的旧诗,几乎没有一首好的。这可见诗体解放的重要。"(中国社会科学院近代史研究所中华民国史研究室编:《胡适的日记》上册,第282页,北京:中华书局,1985年。)同月15日日记中,他又记下对《冬夜》的观感。

解放过程。① 与之相对，他对《冬夜》有些不满："平伯的诗不如白情的诗；但他得力于旧诗词的地方却不少。他的诗不好懂，也许是因为他太琢炼的原故。"② 胡适对两本诗集观感不同，依据的却是同一尺度，即：新诗与旧诗距离的远近，"诗体大解放"是前提性的框架。

如果说对《冬夜》《草儿》的评论，指向的是具体个人写作的评价，在《蕙的风》序言中，一种代际上的划分被提了出来：首先是五六年前，"我们的'新诗'实在还不曾做到'解放'两个字"，继而是少年诗人康白情、俞平伯，解放比较容易，"但旧诗词的鬼影"仍时时出现，直至最近一两年，更新的诗人解放得更为彻底了，"静之就是这些少年诗人中的最有希望的一个"③。这种代际划分在其他地方，胡适屡有重复，"缠足"与"天足"的比喻，更是为人熟知④，但如此清楚的区分，还当属这篇序言。

值得补充的是，"诗体大解放"不仅对"自家的戏台"有效，对于"戏台"之外的创制，同样是胡适观审的标准。譬如，反对"绮语""壮语"、推崇"具体性"的胡适，如何看待郭沫若的狂放又神秘的《女神》，就是一个有趣的问题。他曾在一次酒后说起要为《女神》做一篇评论，惹得郭沫若大喜过望，这个说法却一直未兑现。晚年，胡适也说过"郭沫若早期的新诗很不错"⑤，但给人的印象似乎是，胡适对郭沫若并不十分看好。1923年，在一场短暂的"笔墨官司"后，胡适与郭沫若还有过一段交游。⑥ 在此期间的日记中，胡适提及惠特

---

① 胡适：《评新诗集〈草儿〉》，《读书杂志》第1期（1922年9月3日）。
② 1922年3月15日胡适日记，中国社会科学院近代史研究所中华民国史研究室编：《胡适的日记》上册，第287页，北京：中华书局，1985年。
③ 胡适：《〈蕙的风〉序》，《胡适文存二集》卷四，第298页，上海：亚东图书馆，1924年。
④ 用"缠足"与"天足"的比较，来形容"少年诗人"的进步，这个说法出自胡适的《〈尝试集〉四版自序》。
⑤ 唐德刚：《胡适杂忆》，第81页，台北：传记文学出版社，1987年。
⑥ 胡适曾因翻译问题与创造社发生了一场冲突，1923年5月25日日记中，胡适写道："出门，访郭沫若、郁达夫、成仿吾，结束了一场小小的笔墨官司。"后来，他与创造社成员还有数次来往，10月13日日记中写道："沫若来谈。前夜我作的诗，有两句，我觉得不好，今天沫若也觉得不好。此可见我们三个人对于诗的主张虽不同，然自有同处。"（胡适：《胡适的日记》[手稿本] 第4册，台北：远流出版事业股份有限公司，1990年。）

曼的诗体大解放时,也顺带谈到了郭沫若:"沫若是朝着这个方向走的;但《女神》之后,他的诗渐呈'江郎才尽'的现状。"在诗体大解放的前提下,《女神》狂放的形式活力,某种程度上还是赢得了胡适的赞赏,他真正不看好的,其实是《女神》之后,郭沫若的那些更具形式感的作品。①

将新诗发生的历史,草草划分成三代,而代际的更替,正是新诗沿着"解放"之路的不断进化,几本新诗集拼凑出的似乎成了一部放大的《尝试集》。这种叙述与死文学/活文学的提法一样,都是某种粗率的"杀猪式"看法,早期新诗的图像要远为复杂,就连胡适自己的诗作,也与旧诗有着内在的联系。但应当看到的是,胡适的谈论,表达的其实是他对新诗"合法性"的一贯认识,似乎只有在新/旧、文言/白话的对峙中,新诗的历史形象才能清晰地显露。因而,"诗体大解放"的故事不仅描述了新诗的发生轨迹,从效果上看,它也是一种为了挣脱传统而采取的特定话语,在胡适等新诗人眼里,还是一种审视"新诗坛"的尺度,或者说一种"场域"边界的鉴别尺度。对康白情的赞扬,对俞平伯的批评,以及对胡怀琛、吴芳吉等人另外一种"新诗"的拒斥,都是这一尺度作用的结果,谁被接纳入"正统",谁被当作守旧者排斥在外,都取决于这一尺度。与此相关的是,代际关系("三代")的划定,也是一个"场"稳固的基础,稳固性(或言"正统")正是呈现于"前辈/新手""前提/展开""创始者/追随者"之间。换而言之,"新/旧"的冲突,不仅是观念的问题,而且也是新诗"场域空间"的划分逻辑,借此新诗的合法性才能浮出历史。

---

① 徐志摩 1923 年 10 月 11 日记:"适之翻示沫若新作小诗,陈义体格词采皆见谫蹶,岂'女神'之遂永逝。"(徐志摩:《西湖记》,《志摩的日记》,第 18 页,陆小曼编,北京:书目文献出版社,1992 年。)

二

　　这一论述策略产生了深远的影响，日后很多文学史描述，都照搬了这种解放的线索，在为新诗塑形的同时，胡适作为一个"工具"革新者的形象，也由此确立下来。然而，事情并非如此简单，具体分析的话，胡适的态度还是呈现出一定的双重性：一方面，与旧体诗词形式上的距离，是他主要的判断标准；但另一方面，"诗体大解放"后，对新诗特殊的美学可能性的考虑，也不时显露在他的表述中。

　　一般说来，含蓄朦胧，曲折隐晦，应当是诗歌美学的特征所在，但胡适抱定"做文学必须叫人懂"①的宗旨，认为"说得越具体越好，说得越抽象越不好"是文学美感的"一条极重要的规律"。②这种趣味有悖于公共的文学期待，对于现代诗的晦涩美学，他更是缺乏基本的同情。③但换个角度说，胡适的主张也表达了一种特殊的美学追求，苏雪林就曾为他辩护："要知道诗家的派别是非常之多的，你可以做象征派的诗，我也可以做非象征派的诗，你说诗以'不明白'为美，我也可以说诗以'明白'为美。"④在"新诗集"的评价中，胡适并不掩饰自己的趣味：对俞平伯略显艰深的诗风，他就批评"平伯的毛病在于深入而深出"，《冬夜》中的伤害"具体性"的抽象说理也让他大为不满。为《蕙的风》作序时，喜欢在事物中寻找演变轨迹的胡适，发现了汪静之的"进化"方向，只不过"进化"不是新/旧之间的诗体解放，而是朝向某种美学风格的趋近：从"浅入浅出"到"深入深出"，最后是"深

---

① 胡适：《四十自述》，第123页，上海：亚东图书馆，1933年。
② 胡适：《答张效敏并追答李濂堂》，《新青年》5卷2号（1918年11月）。
③ 比如，胡适在读到艾略特的诗作时，就因为费解而"不觉得是诗"（1931年3月5日日记，胡适：《胡适的日记》[手稿本]第4册，台北：远流出版事业股份有限公司，1990年）；对陈梦家的诗歌意义"不很明白"，他也进行过指摘（《复陈梦家》，《新月》3卷5、6期）；他与梁实秋一唱一和，对"看不懂"的新诗的抨击更是著名。
④ 苏雪林：《尝试集》，《苏雪林文集》第3卷，第102页，沈晖编，合肥：安徽文艺出版社，1996年。

入浅出"。① 当然,个人趣味无法与"诗体大解放"的宏大框架一样,成为普遍有效的标准。1923年,在为《胡思永的遗诗》作序时,胡适亲自将"胡适之派"的诗歌特征,归纳为"明白清楚""注重意境""能剪裁""有组织,有格式"这四项。② 后来,他不得不承认,那只是他"自己走的路"③。

个人趣味之外,其实胡适更为看中的,是"新诗集"中展现的活泼的可能性。《草儿》中,他最推崇的是《日光纪游》《庐山纪游》这样的长篇纪游诗,不仅欣赏语言的清新之美,还对诗人包容多种因素的能力表示赞赏:"这里面有行程的纪述,有景色的描写,有长篇的谈话;但全篇只是一大篇《庐山纪游》。"在早期新诗人中,康白情的写作以自由著称,而"自由"的一个主要表现,就是打破文类界限的对多种语体的运用,以及对大量日常经验的接纳。这种取向,呼应的正是新诗发生的历史冲动,即在与当下经验的广泛关联中,"实地试验"新的可能。这种无拘无束的尝试所带来的冲击力,也构成了后人对《草儿》毁誉的焦点。梁实秋就指责《草儿》中的诗作是小说、演说词、新的美学纪事文,不是诗④;废名却认为《尝试集》之后,《草儿》与《湖畔》最有历史意义,因为"他们真是无所为而为的做诗了","从旧小说中取得文字的活泼"恰恰是其活力所在。⑤ 对《草儿》,胡适青眼有加,联系他早年的散文化实验,可以揣测的是,在康白情身上,胡适或许看到了自己的某种投影。朱自清就曾说,当时与胡适"同调的却只有康白情一人",虽然他所说的"同调",指的是"乐观主义"的精神取向。⑥

---

① 这三种美学阶段的区分,胡适有过专门的论述,见1919年6月10日胡适致沈尹默信。(《胡适文存》卷一,上海:亚东图书馆,1921年。)
② 胡适:《序〈胡思永的遗诗〉》,《努力周报》1923年4月22日。
③ 胡适:《谈谈"胡适之体"的诗》,《自由评论》1936年第12期。
④ 梁实秋:《〈草儿〉评论》,康白情:《康白情新诗全编》,第256页,诸孝正、陈卓团编,广州:花城出版社,1990年。
⑤ 废名:《谈新诗·〈湖畔〉》,《论新诗及其他》,第96页,沈阳:辽宁教育出版社,1998年。
⑥ 朱自清:《中国新文学大系·诗集》导言,第2页,赵家璧主编,朱自清编:《中国新文学大系·诗集》,上海:良友图书出版印刷公司,1935年。

有趣的是,朱自清还说"静之底诗颇有些像康白情君"①。对康白情十分偏爱的胡适,自然也在汪静之的《蕙的风》中有所发现,这一点被他表述成"新鲜风味"。"新鲜"似乎是一个模糊的印象式说法,但胡适关注的,仍是在传统惯习之外的自由可能,他"盼望国内读诗的人不要让脑中的成见埋没了这本小册子"②。在序言最后,胡适呼唤一种"容忍"的态度,出于"社会的多方面发达起见",容忍文学、美术、生活的尝试者。在这里,对诗集本身的评价不是最重要的,胡适重申起"尝试"的立场,表达的实际上是一种对文化的现代理解。

1922年3月10日,胡适在日记中记下《草儿》的出版,就在同一天,他还为第四版《尝试集》写了序言:"现在新诗的讨论时期,渐渐地过去"③。在此之前,对胡适及《尝试集》大加攻击的《学衡》出版时,胡适也不愿理睬,只在日记里留下一首讥讽的打油诗。④当新旧之争的大局已定,为"白话"争取合法性的论战也已硝烟散尽。此时,胡适"新诗"构想中的其他层面,似乎能更自如地展现出来。相比于《尝试集》定位中单一的"解放"立场,他在几本新诗集中看到的,便不只是"白话"的应用和"旧诗词的鬼影"的消退,他还关注到清新美学可能性的浮现。在他的眼中,"新诗"不只是白话的,而且还要是"新鲜"的、"清晰具体"的,一种打破诗歌"成见"的开放性,成为他留给新诗的历史期待。

---

① 朱自清:《〈蕙的风〉序》,《朱自清全集》第4卷,第52页,朱乔森编,南京:江苏教育出版社,1996年。
② 胡适:《〈蕙的风〉序》,《胡适文存二集》卷四,第306页,上海:亚东图书馆,1924年。
③ 胡适:《〈尝试集〉四版自序》,同上书,第289页。
④ 1922年2月4日胡适日记,中国社会科学院近代史研究所中华民国史研究室编:《胡适的日记》上册,第260页,北京:中华书局,1985年。

第二节
"诗话语"的凸显:《冬夜》《草儿》序言的考察

在胡适眼中,"新诗集"的价值一方面定位于新旧之间的进化链条;另一方面,线性的评价之中也暗含了对诗歌可能性的更多期待。但这种期待不能替代其他新诗人的构想,《草儿》《冬夜》等对"新诗"的呈现,似乎偏离了胡适的单一尺度,带出了另外的评价视野。

在早期"新诗集"中,《冬夜》《草儿》可以说是一对孪生兄弟。俞平伯、康白情是北大的同学,又同是新潮社的骨干,在北大期间还常有诗艺上的切磋。① 1922年3月,两本诗集同时由亚东推出,《草儿》的序言也出自俞平伯之手。在早期新诗坛上,这两本诗集的影响力相当可观,梁实秋1922年就说:"即以我国新诗坛而论,几乎无一人心中无《草儿》《冬夜》者。"② 他和闻一多分别评论《草儿》《冬夜》,采用的就是"擒贼先擒王"的办法,恰好构成了对胡适的两篇《评〈新诗集〉》的回应。

一

《草儿》的筹划,从1920年就已经开始。这段时间,正是康白情创作的高峰期,收入《草儿》的117首新诗,几乎全部写于1919年到1920年间,康白情也是当时新诗版面上最常见的名字③。1920年年底,

---

① 在《〈草儿〉序》中,俞平伯回忆在北大时和康白情"谈论新诗底高兴:有时白情念着,我听着;有时我念着,他也听着。这样谈笑的生涯,自然地过去了"。(俞平伯:《俞平伯全集》第3卷,第526页,石家庄:花山文艺出版社,1997年。)
② 梁实秋:《〈草儿〉评论》,康白情:《康白情新诗全编》,第256页,诸孝正、陈卓团编,广州:花城出版社,1990年。
③ 据诸孝正、陈卓团统计,在《新潮》《少年中国》两刊上,康白情发表新诗的数量首屈一指。在1920年出版的《新诗集》中,康白情诗作入选数量排在第三位,而同年出版的《分类白话诗选》中,除了胡适,入选诗作最多的就是康白情。(诸孝正、陈卓团:《论康白情在新诗史上的地位》,同上书,第11—12页。)

康白情漂洋过海赴美留学,意气风发地预备"做一个少年中国底新诗人"①。然而,到美后他一度十分苦闷,"半年来思想激变"②,意外地放弃了新诗,转而写起了旧诗,他的新诗生涯也就此渐渐终止了。③对新诗热情的骤然冷却,也影响到了《草儿》的呈现。虽然,诗集的编次也是依照时间的先后,还模仿《尝试集》将旧诗作附录编入,似乎也在暗示诗体进化的轨迹(这正是胡适读后的观感)。但与其他冠以长序的诗集有所不同,《草儿》自序十分简短,说自己"随兴写声,不知所云",除了自谦地表白:"我不过剪裁时代的东西,表个人的冲动罢了",没有多少诗学阐发,更没有涉及新旧间的蜕变,态度相当低调。在短序中,康白情也提到曾有一篇长序,后因"思想激变,深不以付印为然",没有采用。

寥寥数语的短序,暗示了康白情对"新诗"态度的转移,但诗集前俞平伯的序文和诗后附录的一篇大文《新诗短论》,客观上还是为整部诗集提供了某种阅读的参照。俞平伯的《草儿》序,作于1920年12月15日④。开篇就交代了序言的目的:"一则把我近来的意见,质之于一年没见面底白情,二则略尽我介绍《草儿》到读者底一点责任。"此文也相应地分成了两个部分:在后面诗集"介绍"的部分中,俞平伯对具体诗作一字未提,但挑出一条"创造"精神尽力发挥,他与胡适一样,看重的是《草儿》打破陈规的自由活力。⑤而在序言的起始部分

---

① 康白情:《致少年中国学会同志信》,《少年中国》3卷2期(1921年9月)。
② 康白情:《〈草儿〉自序》,《康白情新诗全编》,第207页,诸孝正、陈卓园编,广州:花城出版社,1990年。
③ 康白情在美的旧诗写作,还在国内引起了一番讨论:在《文学旬刊》与南高"诗学研究专号"的论战中,旧诗的辩护者就抓住康白情的旧诗写作为口实,而在新诗的拥护者看来,"对于康君,我很觉得既经做了白话,接受了'说什么,写什么'的原则,而尚要做古文,是不可解的事。"(赤:《由"一条疯狗"而来的感想》,《文学旬刊》第21期[1921年12月1日])
④ 在1920年3月《草儿》初版中,该文写作时间误署为"1919年12月15日"。
⑤ 俞平伯在《草儿》序中说:"我最佩服的是他敢于用勇往的精神,一洗数千年来诗人底头巾气,脂粉气。他不怕人家说他 too mystic,也不怕人家骂他荒谬可怜,他依然兴高采烈地直直地去。"(俞平伯:《俞平伯全集》第3卷,第528页,石家庄:花山文艺出版社,1997年。)

中，一种新的谈论方式出现了。

"若要判断诗底好坏，第一要明白诗底性质"，俞平伯的序言开宗明义立下了谈论的标准，一下子绕开了新／旧、白话／文言的关系，将发言立场转移到所谓的"诗底性质"上。由此出发，胡适眼中的线性尺度被抛开了，俞平伯转而在"诗"的普遍意义上发表自己的见解，大谈发生学意义上的主客交融："好的文学好的诗，都是把作者底自我和一切物观界——自然和人生——同化而成的！"谈论角度的转换，同样显现在《草儿》后附录的《新诗短论》中。此文原名"新诗底我见"，洋洋万言，在《少年中国》1卷9期上发表后赢得好评[①]，收入《草儿》时订正为《新诗短论》，在时间上，恰与那篇未采用的长序的写作同步[②]。两篇文章在观点、角度上肯定有所重叠，《新诗短论》或许也可以当作那篇删掉的长序来看。与俞序相仿，《新诗短论》开宗明义就提出"诗究竟是什么呢"这个问题，随后从"诗"的系统定义出发，围绕"新诗"展开了多方面的知识建构。当胡适用进化的历史眼光打量"新诗"的时候，他所器重的新诗人们已改换了角度，对所谓"诗"的定义，成了他们论说的起点。

二

如果说在《草儿》序言、附录中，谈论方式的转换还停留在理论层面，在《冬夜》中，这种转换已影响到了作品的编次和评价。首先，

---

① "少中"成员李思纯在给宗白华的信中说："白情一篇，可算'美的白话文'，虽是议论批评体的 prose，其中却大有诗意，我是爱读得了不得。"（《少年中国》2卷3期 [1920年9月]）又在给康白情信中说："诗学研究号'新诗底我见'一篇，可算一种'有诗意的散文'。意义的曲达，体裁的优美，确是希见之作。"（《少年中国》2卷7期 [1921年1月]）

② 《草儿》自序作于1921年10月，其中提到："春天得平伯寄来的序，才不得不编出来，且作了篇很长的序。"《新诗短论》是1920年3月25日所作《新诗底我见》（发表于《少年中国》1卷9期 [1920年3月]）的订正版，订正时间是1921年4月5日，恰好是那年春天，与"长序"的撰写应在同一时期。

《冬夜》也按照时间的先后，分成了四辑，但其中的演变线索并不与胡适设定的"诗体大解放"吻合，而是代表着"善变"的俞平伯诗学立场的不断更替①，《诗的进化的还原论》一文中呼唤的具有普遍感染性的"平民风格"是演变的终点。虽然同样是"进化"，但不同于胡适眼中诗体解放的逻辑，俞平伯的"进化"是受制于某种伦理观念的，是一种有"目的"的进化，胡适在《冬夜》评论中对此也有批评②。普遍而真挚的平民风格，是俞平伯这一时期的文学理想，在诗集自序中，他先撇开诗集，大谈"真实""自由"的信念，随后对四辑之间的差异进行了专门解说。这篇序言写于 1922 年 1 月 25 日，此前的一年里，俞平伯正处于频繁的论争中，主张"创造民众化的诗"也最为坚决。③《冬夜》自序中的自我说明，似乎是为了进一步与他人论辩。

相对于俞平伯个人观念的表达，朱自清为《冬夜》所作序言，则较多地回到了诗集本身的评价，不仅新/旧的演进逻辑在文中被冷落，也没有过多涉入理论性的诗学讨论。他从细腻的文本分析出发，将俞平伯的诗风概括为：精练的词句和音律，多方面的风格，迫切的人的感情。他还为俞诗的艰深辩护，认为那是因为"他的艺术精练些，表现得经济些，有弹性些"。这种技艺上的称许，似乎针对了对早期新诗

---

① 在早期新诗人中，俞平伯的观点变化最为频繁，大致说来在短短两年里，发生过三次转变：首先，是在北大毕业后检讨前期写作"太偏于描写"，主张主客观的融合（《与新潮社诸兄谈诗》，《新潮》2 卷 4 号 [1920 年 5 月]；《做诗的一点经验》，《新青年》8 卷 4 号 [1920 年 12 月]）；其次，他从英国回国到南方任教后，受平民主义思潮和托尔斯泰的影响，1920 年年底开始关注诗歌的普遍性和平民性（《诗的自由与普遍》，《新潮》3 卷 1 号 [1921 年 10 月]）；在一系列论争后，1922 年又在《常识的文艺谈》中修正了前面的观点，承认文艺是"无鹄的"（《小说月报》14 卷 4 号 [1923 年 4 月]）。
② 胡适称："平伯主张'努力创造民众化的诗'。假如我们拿这个标准来读他的诗，那就不能不说他失败了。"（《评新诗集〈冬夜〉》，《读书杂志》第 2 期 [1922 年 10 月 1 日]）
③ 1921 年 6 月，俞平伯就新诗坛的评价问题，撰文与周作人辩论（《秋蝉的辩解》，《晨报》1921 年 6 月 12 日）；10 月，他写下《诗的进化的还原论》一文，引发与周作人、杨振声、梁实秋等人有关"贵族化"与"平民化"的争论（《诗》1 卷 1 号 [1922 年 1 月]）；年底，他又与朱自清等人讨论"民众文学"问题（见《与佩弦讨论"民众文学"》，《文学旬刊》第 19 期 [1921 年 1 月 2 日]；《民众文学的讨论》，《文学旬刊》第 26 期 [1922 年 1 月 21 日]）。

的批评：新诗虽有一时之盛，但"信手拈来，随笔涂出，潦草敷衍的，也真不少"。在胡适眼里，妨碍新诗解放的旧因素，如俞平伯诗中极多的"偶句"，在朱自清眼里，成了新诗的审美品质的标志，而胡适看重的"解放"，在朱的潜台词里，则可能是无度的泛滥。结论被翻转了，立论的前提也有所不同。在"民众化"问题上，朱自清与俞平伯的观点迥异，但在新诗的评价上，二人却很相似。在早期新诗人当中，俞平伯是最早关注新诗修辞性问题的一个，他的诗歌认识中也更多"文人"趣味，曾多次对早期新诗的"描摹"倾向提出批评。在《草儿》序中，他这样写道："笼统迷离的空气自然不妙；不过包含隐曲却未尝和这个有同一意义。一览无余的文字，在散文尚且不可，何况于诗。"这段话指向了早期新诗的浅白，但听起来，又像是俞平伯的自我辩白。

当然，《草儿》《冬夜》两本诗集中的作品，更为有效地显示了新诗的文本形象，但在这几篇序言中，康、俞、朱等新诗人对"新诗"的构想，也部分表达出来。相对于胡适诗体解放的线性标准，他们的谈论方式无疑更为复杂，在新／旧之间的演进之外，一种有关"诗"的讲述越来越清晰，新诗的合法性似乎要由"新"之外的东西——即所谓的"诗底性质"来提供。有关这一偏移，前人多有论述，一般认为是对早期白话诗的直白浅陋的一种纠正。可以讨论的是，"纠正"不只呈现于泛滥／节制、非诗／诗、工具／审美之间，在某种意义上，它还是有关"新诗合法性"构想间辩难的产物。为了揭示这一辩难，有必要考察一下有关新诗的种种构想，《冬夜》《草儿》对"新诗"的塑造就产生在这一背景中。

三

本书上一章已讨论到，在胡适对"新诗"的构想中，除了"诗体大解放"这个面向外，还包含了对一种崭新的经验能力的向往，具体表现为他对诗歌表意方式散文化的青睐。然而，诗人和读者之间固有的"诗美"期待,仍具有强大的规范作用。不仅有新诗的局外人强调"诗是一种技术,而且是一种美的技术"①,连新诗人自己对此也相当在乎。俞平伯在其第一篇诗论中就称:"但诗歌一种,确是发抒美感的文学,虽力主写实,亦必力求其遣词命篇之完密优美。"②这就形成了早期新诗理论中一种潜在的对话:一方面是对新锐可能性和宽广经验领域的向往;另一方面是普遍的诗美期待。虽说是"美的范围游移不定",但音节辞藻的精美,诗境的含蓄朦胧,却都是现成的标准,胡适对《冬夜》的批评以及朱自清的辩护,就发生于这种对话之中。

上述潜在的对话之外,更为重要的转换,或许发生在谈论问题的方式上。本书第三章中已述及,如果说胡适等新诗倡导者们主要是从一种特殊的历史意识出发,去论述"新诗"的合法性的,那么,随着现代纯文学观念的扩张,在后起的一代新诗人那里,对"诗"进行现代知识阐述的要求越来越突出了。当"诗"成为专门研究的对象,某种对"诗"的本质进行系统论述的诉求(而非新与旧的冲突)上升为中心,胡适自己也说:"后来做诗的人多了,有些有受了英美民族文学的影响比较多的,于是新诗的理论也就特别多了。"③翻看20世纪20年代的诗歌论文,会发现许多文章都"如植物学家或地理学家研究苹果或湖水似的去研究诗歌"④,引述温切斯特、韩德、莫尔顿等西方教授的文论,在"文学"定义的基础上建立"诗"的科学规定和知识边界。康白情的《新诗底我见》、宗白华的《新诗略谈》、俞平伯的《诗的自由与普遍》,发表在《学灯》上的郭沫若与宗白华的论诗通信、叶圣陶的《诗的源泉》、王统照的《对于诗坛批评者的我见》、郑振铎的

---

① 梁启超:《〈晚清两大家诗钞〉题辞》,《饮冰室合集·文集》第15册,第72页,上海:中华书局,1936年。
② 俞平伯:《白话诗的三大条件》,《新青年》6卷3号(1919年3月)。
③ 胡适:《中国新文学大系·建设理论集》导言,赵家璧主编,胡适编:《中国新文学大系·建设理论集》,第31页,上海:良友图书出版印刷公司,1935年。
④ 郑振铎:《何谓诗》,《文学》第84期(1923年8月20日)。

《论散文诗》《何谓诗》等,都是其中的代表。流风所及,就连许多诗歌论争也往往从争夺"诗"的定义开始。① 另外,在西洋文学理论的译介过程中,有关"诗"的专门著作也相继问世,仅以商务印书馆20世纪20年代就出品了六种诗学理论专著。②

应该说,"诗"话语的激增与新诗的发生,是有内在联系的。只有借助现代的诗歌观念,"无韵无体"的新诗才能获得知识上的依据,普遍"诗美"期待与新诗历史冲动之间的对话,也由此获得另一种形态:"新诗"的形象,不仅要靠与"旧诗"的区分来呈现,而且还要在现代的"诗"观念中找到知识上的依据。《草儿》附录的《新诗短论》、俞平伯的《冬夜》序言,都不同程度地体现了这种变化。《新诗短论》就是康白情"斟酌各家底说法",经过一番科学研究后的产物③,从诗的定义、新诗的定义到诗与文的区分、新诗的方法,再到诗人的修养,建立起有关"诗与新诗"的一整套"格式化"论述。

然而,在现代知识谱系中,确立一种"诗"的定义,这种努力似乎又与新诗的"可能性"追求形成暗中抵触。对于"定义"的规范作用,许多新诗人也持有怀疑态度,周作人就说:"文学固然可以成为科学的研究,但只是已往事实的综合分析,不能作为未来的无限发展的轨范。"④ 这种自觉,同样表现在康白情《新诗短论》中,在建立"格式化"定义的同时,一种反"格式化"的语调又贯穿全篇,其引言就进行了自我的消解:"即如这篇所要说的,都是些'什么是什么','为

---

① 郁达夫讥笑说:"近来科学发达到了高度,无论研究什么学问,都用了 scientific method 来研究的倾向,所以各种批评家,每为了一定义 What is art 之故,生出许多争论来。"(《艺文私见》,《创造季刊》1卷1期[1922年3月])
② 包括《诗之研究》(勃利司·潘莱著,傅东华、金兆梓译,1923年)、《西洋诗学浅说》(王希和著,1924年)、《诗学原理》(王希和编,1924年)、《诗的原理》(小说月报社编,1925年)、《新诗作法讲义》(孙俍工编,1925年)、《诗歌原理》(汪静之著,1927年)。
③ 在《新诗底我见》小引中,康白情自称"早就有个野心要系统的著一篇'诗底研究'",这篇"新诗底研究"是范围缩小后的产物,虽然写得很匆忙,"却是自以为都有科学的根据"。(《少年中国》1卷9期[1920年3月])
④ 周作人:《文艺上的宽容》,《自己的园地·雨天的书》,第9页,北京:人民文学出版社,1988年。

什么'或'怎么样',仅足以给我们一些抽象的观念,而不能直接助我们产生真正的作品。"在文中,康白情又将新诗的精神表述为"端在创造":"至于我们底作品究竟该属于那一格,留给后来的文学史家作分类底材料好了。"即使是在对"诗"十分较真的俞平伯那里,"格式化"与"反格式化"的张力,也似乎隐约存在。《冬夜》序言中,俞平伯诗论中的两个核心概念再次出现:"自由"与"真实",二者相互衔接于主体的表现中:"我只愿随随便便的,活活泼泼的,借当代的语言,去表现自我。""自由"的表达带来"真实"的自我,文体的"规范"显然不是重点:"至于是诗不是诗;这都和我底本意无关。""无意于诗"的态度,似乎接近于胡适"实地试验"的尝试立场,只不过其背后的诗学支撑,换作了对内在主体自由的信赖。

对"规范""格式"的有意冲撞,的确带来写作的过度自由,初期白话诗的粗糙,也一直受到后人的批评。然而,其中的张力性结构往往被忽视:一方面是借助知识化的定义,建立起"诗"的现代论述;另一方面,又在定义、规范外,保持探索、实验的兴趣。由此,"新诗"的形象复杂起来,除了"白话"这一外在的形式特征,它还凸显于现代知识规划与"反规范"写作活力的张力中,"新"和"诗"构成了它的两张面孔。

第三节　选本中的新诗想象:对"分类"的扬弃

有关早期新诗的选本情况,本书第四章已有简要的交代,并从阅读的角度,分析了《新诗年选(一九一九年)》的内在歧义。与这本由新诗人编选、评语按语兼备的"精选本"相比,较早出现的《新诗集》(1920年1月)、《分类白话诗选》(1920年8月)显得有些粗糙。编者在新文坛上默默无名①,在新诗的整体把握上,好像也有点力不从心②,再加上作品收集的庞杂,选家的目光似乎不够鲜明。朱自清后来就说,这两个选本"大约只是杂凑而成,说不上'选'字;难怪当时没人提及"③。由此看来,在早期新诗的史料存留之外,这两本选集似乏善可陈。但有一点值得注意,那就是它们有一个共同之处,都采用了写实、写景、写情、写意的分类法。

二

诗文分类,在中国有漫长的传统,推究起来十分繁琐,从题材角度着手的分类,与那些从功能、体式上的精密分类相比,无疑是一种宽泛的方式。采用这种方式编选新诗,对于编者来说,可能是因为操作上的简便。刘半农就认为西人诗歌倘以性质分类,无一定标准可言,"较之吾华以说理,言情,写景,记事分类者,其烦备蓰"④。《新诗集》编者也说:"用归纳方法,分类编列,翻阅起来,便利得多。"⑤

---

① 譬如,编选《新诗集》的"新诗社",大概就有名无实,只是一个方便出版的虚名。为了出版书刊,虚拟一个社团,是新文学史上常见的现象,譬如1922年出版的《诗》杂志,署名为"中国新诗社",但据俞平伯的回忆"其实并没有真正组织起来,不过这么写着罢了。"(《五四忆往——谈〈诗〉杂志》,孙玉蓉编:《俞平伯研究资料》,第113页,天津:天津人民出版社,1986年。)
② 《分类白话诗选》的编者许德邻说:"我前面虽做了这篇序文,自己觉得学识很浅",所以两集都附有当时一批时贤的诗论,惟恐自己说得不够周全。他的自序,就搬用胡适的套路,从文学史的角度讲述白话诗的历史合理性,而对新诗原则——"纯洁、真实、自然"——的阐发,就明显袭用了刘半农的说法。在自序之后,许德邻还截取刘半农《诗与小说精神之革新》中的一段,改名为"刘半农序",在文后附言:"我读了这一篇论诗的文,觉得有无限的感触。"除此之外,他还在"白话诗研究"题下收录胡适《尝试集》序(节选)、宗白华《新诗略谈》、朱执信《诗的音节》三文。另一本诗选《新诗集》后,也附录胡适的《我为什么要做白话诗》《谈新诗》,以及刘半农的《诗的精神上之革新》三篇文章。
③ 朱自清:《选诗杂记》,《朱自清全集》第4卷,第379页,朱乔森编,南京:江苏教育出版社,1996年。
④ 刘半农:《灵霞馆笔记》,《新青年》3卷2号(1917年4月)。
⑤ 《吾们为什么要印新诗集》,《新诗集》,上海:新诗社,1920年。

这样的分类一旦采用，也就成了现成的模式，许德邻在《分类白话诗选》自序中坦言："至于分门别类的编制，原不是我的初心，因为热心提倡新诗的诸君子，恰好有这一个模范。"① 写实、写景、写情、写意的分类，这样看来，只是机缘凑合的产物，但在新诗的发生期，这种分类方式貌似无心，其实还是暗合了某种新诗合法性的想象。

本书一再提到，在急遽变动的历史中把握时代经验，是内在于"新诗"的一种现代性冲动。在晚清诗界革命中，书写"古人未有之境"以及包容"新名物"的努力，就导致了诗歌写作中认知、叙述因素的强化，胡适"作诗如作文"的主张，也发生在这样的脉络中。另外，随着现代文学观念的确立，文类之间的等级关系又发生新的位移，当小说、戏剧上升为"文学"的正宗，诗歌的文体界限势必受到一定的挤压，尚真、写实的诉求也会渗透到新诗美学的建构过程中②，扩大诗歌表意的空间。无拘束地说理、写实、广泛地介入社会生活，由是成为早期新诗的突出特征。③ 即便如此，当时还有论者批评："一二年来的新诗，写景的多，叙事的少。实写社会事象，只见于贫富阶级的片面，而未尝措意于其他各方面的繁复事象。精密观察自然的作品还莫有，表现哲学的意境的诗也莫有。神秘的象征的作品，自然太少，便是罗曼的作品，也不多见。"④ 在这位论者看来，早期新诗的手脚还未放开，新诗的前途应该寄托于表意空间的不断拓展。在这个意义上，写实、写景、写情、写意的分类，虽然只是一时之便，却也吻合了早

---

① 许德邻:《〈分类白话诗选〉自序》,《分类白话诗选》,上海:崇文书局,1920年。
② 陈独秀从进化论的角度将"写实"颁布为"吾国文艺"的整体方向（《致胡适信》,《新青年》2卷2号［1916年10月］），胡适也称"而惟实写今日社会之情状,故能成为真文学"（《文学改良刍议》,《新青年》2卷5号［1917年1月］）；刘半农则在批评"文以载道"与"文章有饰美之意"两类文学观的基础上,标举"真实"为诗的精神上之革新的准则（《我之文学改良观》与《诗与小说精神上之革新》,《新青年》3卷2号与5号［1917年4月与7月］）。
③ 余冠英的《新诗的前后两期》（《文学月刊》2卷3期［1932年2月］）,就以说理写景/叙事抒情的对立,表示新诗前后两期的变化。
④ 李思纯:《诗体革新之形式及我的意见》,《少年中国》2卷6期（1920年12月）。

期新诗开放的文体想象。

有意味的是，倘若与胡适在《谈新诗》中提到的"丰富的材料，精密的观察，高深的理想，复杂的情感"相比照，写实、写景、写情、写意的分类，分别对应社会、自然、情感与理智，恰恰指向了现代语境下"经验"范畴的各个方面。值得注意的是，在两本诗选中，写实、写景两类都被编排在写情、写意之前，某种隐含的价值等级，似乎可以被揣摩到。在尚真、写实的美学压力下，早期新诗更多地呈现出一种外向性特征，罗家伦就说："又如新诗，以中国目前的社会，苟真有比较眼光的诗人，没有一种材料不可供给他做成沉痛哀惋，写实抒情的长诗的。"[①] 这就解释了为何"材料"问题——当时诗学探讨的重点——能否"消化"广泛的社会经验[②]，似乎是新诗当时面对的一大挑战。周作人《画家》一诗的定位，或许是一个佐证。此诗以一种近乎纯客观的手笔，描绘了几种现实图景（溪边的小儿，秋雨中耕作的农夫，胡同口的菜担，路边睡着的人），并在结尾写道：

> 这种种平凡的真实的印象，
> 永久鲜明的留在心上；
> 可惜我并非画家，
> 不能用这枝毛笔，
> 将他明白写出。

诗中流露的情绪，不乏平凡人生的关怀，但以视觉印象的呈现为主，

[①] 罗家伦：《近代中国文学思想的变迁》，《新潮》2卷5号（1920年6月）。
[②] 俞平伯在《社会上对于新诗的各种心理观》（《新潮》2卷1号[1919年10月]）中提出的增加"诗"的重量的方法，第一条就是"多取材料，少用材料"；在艺术方面，提出的见解也以"注重实地描写""使用材料调和"为首要。1920年在赴英途中，他在《与新潮社诸兄谈诗》（《新潮》2卷4号[1920年5月]）中表明了自己诗歌观念的转换，但还是说"这次旅行虽收集许多材料，但是太饱了些，有些运化不来"。

鲜明具体，甚至有"逼人的影像"之感。按理说，《画家》应是一首风景诗，但在上面两种选本中，都列入写实类。事实上，"写实"与"写景"具有内在的勾连性、外向的观察视角，都离不开一个内在自我的出现。用笔写出"种种平凡的真实的印象"，这似乎是早期新诗的共同追求，此诗在当时影响也很大，康白情就评价："这首诗可算首标准的好诗，其艺术在具体的描写。"① 这个判断体现了别样的趣味，早期新诗的一批名作，如康白情的《草儿》、胡适的《鸽子》等，在经验传达方式上与《画家》十分近似，都写出了鲜明、逼人的影像。

二

分类的编选方式及其中的先后顺序，暗合于早期新诗的外向性特征，某种程度上，也体现了一种新诗自我的构想。但这两种诗选均产生于"中心诗坛"之外，分类的方式，也多半出于方便。1922 年出版的《新诗年选（一九一九年）》，在编选上更为精当，还有一个很大的变化，就是放弃了分类，改以"诗人"为中心。当然，从"选诗"向"选人"的转变，与一批新诗人确立了文坛地位相关，有人就批评《新诗年选（一九一九年）》："所选的都是几位常在报章里看见的名字。"② 但更重要的是，分类的放弃出于一种观念的自觉："我们觉得诗是很不容易分类的。"③ "诗很不容易分类"，暗示了某种特殊的、完整的诗歌本体的存在，新诗构想方式的转换也就发生在其间。

上文已述及，新诗的发生与现代"诗"观念的扩张是两个既有缠绕又有区分的过程，后者对前者产生着潜在的影响，发生学意义上的情感与想象往往被论述为诗之为诗的根本所在。比如，在早期新诗人

---

① 北社编：《新诗年选（一九一九年）》，第 86 页，上海：亚东图书馆，1922 年。
② 猛济：《〈湖海诗传〉式底〈新诗年选〉》，《民国日报·觉悟》1922 年 9 月 18 日。
③ 《新诗年选·弁言》，《新诗年选（一九一九年）》。

中，俞平伯是对"新诗"所谓"诗"的一面给予过多关注的一位，但他对"诗"的考虑，最初集中于修辞的层面。1920年从北大毕业后，他的诗歌见解发生了转变，自悔过去太偏重于"纯粹客观描写"，开始强调诗应以"主观的情绪想象做骨子"①。后来，这种观念得到了更系统的阐述，即便是受了托尔斯泰艺术论的影响，俞平伯又一次改弦更张，抛出《诗的自由与普遍》《诗的进化的还原论》等文，强调诗歌的平民性，但他立论的前提，仍不脱发生学、心理学意义上情感的普遍性。②

如果说写实、写景、写情、写意的分类，主要涉及的是经验的范围，所谓"诗"的文体边界在分类中并不鲜明。当诗被定义为源于游戏冲动的主情的文学③，作为完整、自足的情感外射，它当然要排斥外在的区分。俞平伯就说："我们要知道文学上底分类，都只为学者研究底便利如此"，但无论怎样区分，"依然不失他们的共相，就是人们底情感和意志"。④ 代替含混的题材分类，一种更符合文学原理的分类方式，也亟待推广。对于介绍"文学常识"最为热心的郑振铎，就发表《文学的分类》《诗歌的分类》等文，介绍抒情诗、史诗、剧诗等西方文类体系⑤，不同类型之间的等级差别也同时被强调。因为"诗歌本是最丰富于情绪的"，"所以抒情诗在一切诗歌之中，虽然算是后起者，却是占着诗歌国里的正统星座，说不定抒情诗也许竟要成为诗国中惟一的居民呢！"⑥ 重要的不是具体诗歌写作中，抒情因素占多大的

---

① 俞平伯：《与新潮社诸兄谈诗》，《新潮》2卷4号（1920年5月）。
② 俞平伯对诗歌普遍"感染性"的强调，是基于以下这种心理学假设："诗不但是自感，并且还能感人：一方是把自己底心灵，独立自存的表现出来；一方又要传达我底心灵，到同时同地，以至于不同时不同地人类。这种同感（sympathy）的要求，在社会心理学上看来，是很明显而且重要的。"（《诗的自由与普遍》，《新潮》3卷1号 [1921年10月]）
③ 康白情：《新诗短论》，《康白情新诗全编》，第217页，诸孝正、陈卓团编，广州：花城出版社，1990年。
④ 俞平伯：《诗的进化的还原论》，《诗》1卷1号（1922年1月）。
⑤ 两文分别发表于《文学》82期（1923年8月6日）与《文学》85期（1923年8月27日）。
⑥ 郑振铎：《抒情诗》，《郑振铎全集》卷3，第479页，石家庄：花山文艺出版社，1998年。

比重，重要的是从观念的层面，将"抒情"当作诗歌的文类规范。到了朱自清编选《中国新文学大系·诗集》时，以"诗人"为中心的编选方式同样被采用，对分类的回避其实包含了对某一特定类型的强调："本集所收，以抒情诗为主，也选叙事诗"①。抒情、叙事的划分，较之写实、写景、写情、写意的提法，无疑更符合现代的文学原理。当"抒情"被确立为选诗的首要原则，"新诗"形象也随之在现代"诗"观念中得到了某种"纯化"。

第四节 《女神》成书与"新诗"的重塑

上面论及的几本新诗集，在某种意义上，大多属于胡适"自家戏台"里的出品，对新诗的呈现虽有一定差异，但胡适提出的一系列"金科玉律"，仍然有相当的支配性。真正打破早期新诗的总体性框架，尝试塑造另外一种形象的，是异军突起的《女神》。

一 从日本到上海：作为出路的"新诗"

在描述"五四"一代知识分子时，微拉·施瓦支所借用卡尔·曼海姆的说法，认为他们虽是同时代的人，但却是不同"时代位置"的产物，每个人都是被家庭环境、教育机会以及一系列历史事件所塑造，并由这些事件和同时代人相联系。②这一关照角度，对早期新诗

---

① 朱自清：《编选凡例》，赵家璧主编，朱自清编：《中国新文学大系·诗集》，上海：良友图书出版印刷公司，1935年。
② 微拉·施瓦支：《中国的启蒙运动——知识分子与五四遗产》，第29页，李国英等译，太原：山西人民出版社，1989年。

人同样适用,像郑伯奇在解释创造社成员的浪漫主义倾向时,就将"在外国住得久"列为首要原因①,其实,异域的生活经历不仅塑造了浪漫的情感趋向,还决定着另一种新文学的起点。

  1919年为许多现代知识分子提供了登上历史舞台的难得机遇。这一年,后来演出一段"文坛佳话"的宗白华、田汉与郭沫若三人,也以各自的方式展开了社会活动和文学实践,但个人境遇却不尽相同。1919年,宗白华22岁,田汉也只有21岁,虽如此年轻,但加入最具影响力的团体、主持新文化的核心副刊、大量地写作与发表文章,以及广泛参与社会活动,这使得宗、田二人在1919年已脱颖而出,在初立的"新文坛"上发出了自己的声音,有了一席之地②,同时也确认各自的"志业"取向③。与宗白华、田汉相比,1919年的郭沫若,却在日本的海滨为生活压力和精神苦闷而挣扎。后来,当他在《少年中国》上读到旧日同学的名字,曾感慨万千,写下这样的诗句:

---

① 郑伯奇:《中国新文学大系·小说三集》导言,赵家璧主编,郑伯奇编:《中国新文学大系·小说三集》,第12页,上海:良友图书出版印刷公司,1935年。
② 郭沫若在《创造十年》中的回忆,就不乏艳羡之情:"田寿昌和宗白华都是当时少年中国学会的会员,是五四运动后产生出的新人。"(郭沫若:《学生时代》,第59页,北京:人民文学出版社,1979年。)
③ 1920年,宗白华与其他几位友人建议少年中国学会进行会员"终身志业调查",并率先作出了表率。此项调查于1920年10月开始,至次年11月完成。在调查表上,"少中"的几位诗人是这样填写的:

	终身学术	终身事业	时间地点	终身谋生方法
宗白华	哲学,心理、生物学	教育	13年,上海、南京,北京	教育
康白情	社会制度	农工教育	1925年,四川安岳县或其他	教员或农人
田 汉	Art	Play, Write Poetry-expression, Painting	Now Here	Playwriter Poet, Painter

见《少年中国学会会员终身志业调查表》,张允侯等编:《五四时期的社团》第1卷,第421—435页,北京:生活·读书·新知三联书店,1979年。

> 我读《少年中国》的时候。
> 我看见我同学底少年们，
> 一个个如明星在天。
> 我独陷没在这 Stryx 的 amoeba，
> 只有些无意识的蠕动。①

从这样自怨自艾的诗句中，不难想象他当时的自我感受。在1919年6月组织"夏社"以前，除了参加过一次反日运动外（另一次则因有了日本老婆，被当作"汉奸"排斥在外）②，郭沫若基本上没有太多的社会活动。③对国内新文学的提倡，似乎也只是听闻而已："国内的新闻杂志少有机会看见，而且也可以说是不屑于看的。"④比如《新青年》，他虽然在1918年曾与张资平谈论过，但真正看到"是在民九回上海以后"⑤。可以说，相对枯寂的生活和信息的闭锁，使得1919年年底之前的郭沫若，在某种意义上，还是新文化运动的局外人。

正是1919年9月，郭沫若的生活发生了重大的转折，他的诗作投稿《学灯》成功，一段时间以来，"弃医从文"的念头有了一线可能。作为一种"志业"转向，"弃医从文"已经成为一个整体性的"寓言"，鲁迅在《呐喊》自序中奠定了它的内涵。然而，在郭沫若这里，"弃医从文"却很难从"民族国家"的高度予以解释，虽然后来他有过类似的说法，但"文学"对他而言，更多的是"专业"遭受挫折后的选择。郭

---

① 宗白华、田汉、郭沫若：《三叶集》，第11页，上海：亚东图书馆，1923年。
② 郭沫若：《创造十年》，《学生时代》，第32—33页，北京：人民文学出版社，1979年。
③ 虽然在1918年，他与张资平谈起了结社的计划，但基本上还是一个空洞的构想。当张邀他加入丙辰学社时，他又因过于谨慎而拒绝了。（张资平：《曙新期的创造社》，饶鸿兢等编：《创造社资料》，第711页，福州：福建人民出版社，1985年。）
④ 郭沫若：《创造十年》，《学生时代》，第37页。
⑤ 郭沫若：《我的作诗的经过》，王训昭编：《郭沫若研究资料》上册，第281页，北京：中国社会科学出版社，1986年。

沫若的时代，是个鄙弃虚文强调实学的时代，实业救国、科学救国是知识阶级的口头禅。①虽然在气质上倾向于文学，但郭沫若最初将个人的前途寄托在了医学上②，对自己的专业也表现出相当的执着。与沉浸于近代都市情调的田汉、在感官世界里放纵的郁达夫、混迹于咖啡厅的王独清等人不同，他与"专业"的破裂主要是由于身体上的疾患。由于患上耳疾，听力下降，影响到了学业，郭沫若陷入一场精神危机中，这方面的记载有很多，这里不再引述。重要的是，"耳聋"引发了"志业"的转向："因为我耳聋，我就拼命用眼睛，我把力量用到文学上去。"③这种说法似乎表明，"学业"的困境导致了"文学"兴趣的复苏。另外，在文学的热情背后，其实还隐藏着一种焦灼：这一年，来日六年的郭沫若已经28岁，相比国内的同代人，由于教育时间的拖长，已经延误了走向社会成就事业的时机（可以比较的是，宗白华、田汉比他小六七岁，而暴得大名的胡适也才29岁），再加上耳疾影响着学业，毕业遥遥无期④，对前途的忧虑是可想而知的。1918年在写给弟弟的信中，他坦言："且如兄之不肖，已入壮年，隔居异域，窅然索处，所志所业，尚未萌芽，日暮途遥，瞻前恐后。"⑤在这个意义上，

---

① 有关"志业"与"旨趣"间冲突的讲述，在早期留学生中屡见不鲜，在留日的创造社成员那里，显现得更为明显。田汉起初是随舅父易梅园来到日本的，在舅父的影响下，一度关注社会政治问题，但自易梅园回国后，他便将兴趣转向了文学。对于成仿吾、郭沫若、郁达夫等人来说，专业的选择（工科、医科）也都与其兄长有关。"兄"（前辈）对"弟"（后辈）的引领，以及后者对前者意愿的背离，似乎成了一个反复发生的故事，以至有了一种"文化原型"的味道。

② 1914年9月6日在致父母信中，郭沫若写道："男现立志学医，无复他顾，以医学一道，近日颇为重要。"同月，在写给少仪三哥的信中也说："弟现系学医，将来业成归来，只是手把刀来勉糊口腹耳。"（郭沫若：《樱花书简》，第33页，唐明中、黄高斌编注，成都：四川人民出版社，1981年。）

③ 1946年4月29日在重庆社会大学放学典礼上的发言，转引自陈辛：《郭老为什么弃医从文》，《新文学史料》1979年第5期。

④ 郭沫若在致父母的信中，曾做过一个估计：在日学医，要想大学毕业，至少十年以上。（《樱花书简》，第170页。）

⑤ 同上书，第152页。

"文学"已不仅是个人旨趣问题,它还关涉到出路、前途。①

其实,在日期间,郭沫若早已开始写作试练,并尝试投稿,但两篇小说《骷髅》《牧羊哀话》都先后失利,不仅文学才华得不到展现,"文学"的志业构想也似乎遭遇了挫折。到了1919年夏秋之际,在"夏社"订阅的《时事新报·学灯》上,他读到了康白情的《送慕韩往巴黎》一诗:"这就是中国的新诗吗?那吗我从前做过的一些诗也未尝不可发表了。"② 这是郭沫若与新诗的第一次接触。"新诗"的自由、平白,让他吃了一惊,但有趣的是第二个反应:"那吗我从前做过的一些诗也未尝不可发表了。"新诗引起他关注的原因,似乎主要不是因为它取代旧诗的历史价值,而是意味着一个新的"发表"机遇。果然,郭沫若一炮打响,《鹭鹚》《抱和儿浴博多湾》两首"新诗"刊载于1919年9月11日的《学灯》上,文学作为一种人生出路,终于显露出生机。武继平曾考察日本九州大学学生修业记录,1920年1月25日至4月25日,郭沫若提出了休学申请,休学在家,在时间上恰好与他诗歌写作的高潮期大致吻合。"休学"与"写诗"的同步,似乎戏剧性地说明了志业取向的变化。③ "新诗"的成功,让郭沫若的文学热情全面复苏,有关最早投寄的一批新诗《死的诱惑》《新月与白云》,他自己有两种说法:一说写于1918年(《创造十年》);一说写于1916年(《我的作诗的经过》)。围绕这个问题,后来还出现过一系列论辩或考证。相关研究显示:郭沫若最早的一批口语诗,存在"将从前的

---

① 有意味的是,创造社其他元老们的"文学"选择,在某种程度上,都与"专业"前途的黯淡相关。陶晶孙就说:"使得这一批同人结合,第一在他们的没出息。"(《创造三年》,饶鸿兢等编:《创造社资料》,第770页,福州:福建人民出版社,1985年。)"没出息"在陶晶孙那里,表现在"不务正业"上,虽然每个人的情况不同,但在荒废专业、耽搁"前途"方面,大家是一致的。穆木天的情况更与郭沫若类似,在日本他因眼睛不好,不能学习理工科,只好改行,"觉得干文学也是一条出路,虽非自己之所长,也就不得不转入这一途"(穆木天:《我的诗歌创作之回顾》,《现代》4卷4期[1934年2月])。
② 郭沫若:《创造十年》,《学生时代》,第56页,北京:人民文学出版社,1979年。
③ 武继平:《郭沫若留日十年》,第135页,重庆:重庆出版社,2001年。

旧体诗改写为口语诗发表的创作倾向"①。这暗示，在1919年9月，郭沫若很有可能为了发表，将从前的旧诗（"从前做过的一些诗"）改写为口语体，是"发表欲"推动了由"旧"到"新"的转化。

总而言之，在日八年的郭沫若，与北京教授们在新诗实验的起点上是极为不同的。远离"白话文运动""文学革命"的历史现场，那种新与旧、白话与文言间峻急的姿态在他这里是不存在的。对于新诗最初的"场域"规则，他并不一定真心认同，文白之间的相互排斥，在他看来"这都是见理不全各执一偏的现象。文白只是工具，工具求甚利便而已"②。对他而言，一方面，对于泰戈尔及德国文学的阅读使他的"新诗"有另外的资源，另一方面，在小说投稿失利后，"新诗"成为一条通向"文学"志业的新途径。起点的不同，也使郭沫若对"新诗"的构想与"胡适们"的呈现出差异，这一点在他此一时期的言论中已经表现出来。

这一年，初获成功的郭沫若开始正面发表自己的诗歌见解。在与宗白华、田汉通信的过程中，他就诗歌问题发表的长篇大论早已是人们耳熟能详的诗论经典。这些诗论大部分源自他对19世纪西方浪漫诗学的阅读，针对一种普遍的、本体意义上的诗歌存在，作为特殊历史形态的"新诗"并不是他关注的重点。虽然，他偶尔也对新旧问题发表见解，比如在信中对弟弟说：写诗"总之要新就新，要旧就旧，不要新旧杂糅"。"新"与"旧"的界限要划清，但其间并无高下之分，这种建议更像是一个成功者的经验之谈。在他列出的七条原则中，处处体现对创新精神和诗歌美学品质的重视，比如第七条为"要有余韵，

---

① 海英通过对郭沫若在日创作的19首旧诗的分析，得出过这样的结论："我们可以说，1919—1920年《女神》爆发期中的好些白话诗，简直就是1914—1918年文言诗的翻译吧。"（《郭沫若留学日本初期的诗》，《中国现代文艺资料丛刊》三辑［1963年］）最近，还有学者从考察诗中呈现的日本风物的角度入手，得出相似的论断，包括《死的诱惑》在内的几首新诗不可能是1916年之作，但与这一时期的旧体诗却有着一定的瓜葛。（武继平：《郭沫若留日十年》，第170—174页。）

② 郭沫若：《伟大的精神生活者王阳明》（附论二），《文艺论集》（汇校本），第68页，长沙：湖南人民出版社，1984年。

有含蓄"①,这似乎更多地传达了古典诗歌的一般性趣味。与此同时,他对国内的"新诗"已开始不满了,在给陈建雷的信中就抱怨:"我对于诗,近来很起了一种反抗的意趣。我想中国现在最多的人物,怕就是蛮都军的手兵和假新诗名士了!"②话锋所指,耐人寻味。

二 《女神》编次中的自我定位

由于郭沫若的"商品价值还不坏"③,1921年春与成仿吾一同回国的郭沫若,只身留在了上海泰东图书局,亲自编定了"戏剧诗歌集"《女神》。在回忆录《创造十年》中,郭沫若花费大量笔墨描述了老板赵南公对他的剥削,但对《女神》的编定过程,却匆匆略过。事实上,如果细查一下《女神》的编选体例,会发现郭沫若还是费了一番苦心。

首先,《女神》无序,只有序诗,这一点在早期新诗集中相当特殊。最早出版的几部个人新诗集,均由亚东图书馆出版,诗作者与作序者之间存在显而易见的人事关联,一个以胡适及北大为中心、向外发散的诗人群落由此浮现。处身在这一"诗坛"之外,与名流也"无师友关系",《女神》无序与此或许有关。但郭沫若对自己的诗歌抱有充足的自信,无须阐释自己的革命价值,更无须在新与旧之间定位,序诗中称:

> 《女神》呦!/你去,去寻找与我的振动数相同的人,/你去,去寻找那与我燃烧点相等的人,/你去,去在我可爱的青年的兄弟姊妹胸中,/把他们的心弦拨动,/把他们的智光点燃吧!

---

① 1921年12月15日致父母信,郭沫若:《樱花书简》,第165—166页,唐明中、黄高斌编注,成都:四川人民出版社,1981年。
② 郭沫若致陈建雷信,《新的小说》2卷2期(1920年10月1日)。
③ 郭沫若:《创造十年》,《学生时代》,第83页,北京:人民文学出版社,1979年。

与其他诗集序言中大段的自我阐述不同,这段序诗流露了一种鲜明的读者意识,似乎表明"诗集"无须外在的历史定位,它召唤着读者的直接参与。此诗在《女神》出版之前,曾在报纸上发表。① 周而复回忆说,当年他在报上读到此诗,就留下了深刻难忘的印象,甚至可以背诵②,其影响力可想而知。值得注意的是,在"正统诗坛"之外,挣脱"诗体大解放"的自我定位,相信诗歌本身就可赢得读者,这何尝不是另一种"定位"。

在编次方式上,《女神》也很有特色。56首诗作按照风格、体式被分为三辑:第一辑取材于古代传说或历史,采用诗剧形式;第二辑收录的是诗情爆发时期的激昂扬厉之作,它们后来被认为是"女神"体的代表;第三辑则是小诗的汇集,有的"冲淡、朴素",有的"飘渺迷离"。这种编次依照的不是写作的时间顺序,而是美学风格的分类。对于诗集的编次,俞平伯有过这样的评论:"诗集编次之方,随好尚而殊,或编年,或分类,或以篇轶之巨细而分先后,三者未尽适用。"③ 三种编次,虽各有弊端,但这种挑剔也说明了"编次之方"的特殊功能。早期出版的几部新诗集,一般都是采用编年方式,按时间来编次,并非只是图一时方便,背后隐含的往往是"诗体大解放"的框架,诗辑排序所显露的正是新诗从旧诗中一步一步脱茧的过程。胡适的《尝试集》确立了这样的范例,《草儿》等集也紧随其后,俞平伯对此就表示怀疑:"非今日之我画然于去岁昨日之我。"与"编年体"相比,《女神》从诗体、风格角度进行的分类编次,目的在于淋漓尽致地展现诗风的多个面向,是否从传统中解放出来,并不是重点。

《女神》确立了郭沫若诗风的基本特征,其中二、三两辑,奠定后来人们对郭诗"雄奇""秀丽"两种风格的认识。事实上,这种风格

---

① 该诗曾发表于《学灯》1921年8月26日。
② 周而复:《缅怀郭老》,《新文学史料》1980年第2期。
③ 俞平伯:《〈西还〉书后》,《俞平伯全集》第2卷,第295页,石家庄:花山文艺出版社,1997年。

造型不仅是分类编次的结果,实际上也与某种自我的筛选相关。众所周知,郭沫若喜欢自我删改,《女神》版本的流变就是文学史上一个著名的案例,而在《女神》成书之时,筛选就已然发生。《女神》收诗56首,未收录的诗作其实还有很多,郭沫若自己选诗的标准,也值得在这里稍作讨论。一般说来,郭沫若的新诗写作从一开始就与国内的白话诗风格迥异,全以抒情为本,书写神秘的自然体验或广阔的世界想象,诗境醇美、豪放,没有散文化、叙事性因素的渗入。这种印象也不断为他自己的言论强化:"我的见解是:诗歌的形式当用以抒情,至于刻描现实宜用散文的形式",而"讽刺的表现",更是"宜用散文,用诗难于讨好"。①然而,如果考察未编入《女神》的部分诗作,会发现诗人的风格未见得那么统一。

从1919年9月到1920年1月,郭沫若发表在《学灯》上的诗作中,共有十首未收入《女神》,有些显然是因艺术上的粗糙,但《两对儿女》《某礼拜日》《呜咽》《晚饭过后》等诗②,则显示了另外一种样态。这几首诗多描述具体生活的场景,以日常感受为中心,在风格上纳入许多散文化的因素,比如《某礼拜日》中这样的诗句:"我同仿吾,我的好朋友,一路儿往郊外去……"在诗中掺入现实的人名与事件,是初期白话诗散文化风格的表征之一,胡适、刘半农等人诗中多有出现,也招致过一些责难③,但在郭沫若激昂又高蹈的诗中却十分罕见。再如《呜咽》中的一段:"我的白话诗/把我的愤怒儿也渐渐平

---

① 蒲风记:《郭沫若诗作谈》,《文学丛报》第4期(1936年7月);引自王训昭编:《郭沫若研究资料》上册,第208页,北京:中国社会科学出版社,1986年。
② 这四首诗分别发表于1919年10月18日、20日与1920年1月8日、9日的《时事新报·学灯》。
③ 1917年6月24日,任鸿隽在致胡适信中提到,胡适4月25日夜诗与他的一首诗同意,"唯吾月诗中无王充、仲长统……等耳"。(中国社会科学院近代史研究所中华民国史组编:《胡适来往书信选》上册,第13页,北京:中华书局,1979年。)赵景深在评刘半农《丁巳除夕》一诗时,认为这是一首好诗,但"可惜其中'在绍兴县馆里'和'主人周氏兄弟'等过于'散文的'字句,倘把此等另作一小序,当更生色"。(刘半农:《扬鞭集》[上卷],《半农诗歌集评》,第6—7页,赵景深原评,杨扬辑补,北京:书目文献出版社,1984年。)

了……/ 白话诗！白话诗！/ 你如今当做个光明的凯旋歌！""白话诗"三个字的出现，起到了写作上的"间离效果"，某种自我解嘲的意趣，似乎与诗人一任抒情的立场不太协调。

《学灯》上郭沫若新诗的发表，是从1919年9月开始的。在"新诗"栏还未被他包揽之前，《学灯》其他露面较多的"新诗"作者，还有黄仲苏、王志瑞、沈炳魁等，他们的诗作在风格上分享了白话诗初起时的散文化、日常化趋向，有些作品还有模仿胡适的明显痕迹。①在这样的发表环境中，郭沫若的风格似乎也不太稳定，是否有意尝试一下"非诗化"的新鲜，迎合"新文艺"栏的整体取向，现在不得而知。但这至少说明，他早期的诗风并不是同质的，与国内的"白话诗"风尚也并非毫无瓜葛。从这个角度看，编选《女神》，删除其中"非诗"因素，本身就是一个自我纯化的过程，无论"明丽"还是"雄壮"，以抒情为本的诗歌面貌得到了更完整的呈现。

简言之，不同的写作起点，不仅决定郭沫若对"新诗"的构想与"胡适们"迥然不同，在诗集的编选方式上，《女神》已扭转了《尝试集》所设定的新诗塑形框架，新/旧之间的"诗体大解放"逻辑，以及对"新"的可能性的向往，似乎不再是支配性因素，以"诗"的本体话语为前提的美学风格，被推向了前台。无形之中，《女神》似乎成了"新诗"另外一个起点，新诗发生空间的"场域"格局也有了内在转换。对郭沫若佩服得"五体投地"的闻一多，在筹备处女作《红烛》时，就将已经出版的新诗集作为参照的范本②，《女神》更是主要的模仿对象，他自己就说："纸张字体我想都照《女神》样子。"③《红烛》1923年9月

---

① 10月26日《时事新报·学灯》发表王志瑞的《偏是》，其中诗句："我原不想见着 / 偏是梦里见着 / 既然梦里见着 / 偏是夜鸟叫着"，从结构到押韵的方式，都见出胡适的影子。
② 闻一多曾拜托家人，"到亚东就问《草儿》《冬夜》《蕙的风》是什么办法；到泰东就问《女神》是什么办法"。（闻一多：《致父母亲》，《闻一多全集·书信》，第120页，孙党伯、袁謇正主编，武汉：湖北人民出版社，1993年。）
③ 闻一多：《致吴景超、梁实秋》，同上书，第110页。

由泰东图书局出版，收录了1920年至1923年间的103首诗作，是一本分量很重的诗集。除装帧方面的借鉴外，还分为四个小集：《雨夜之什》《宇宙之什》《孤雁之什》《李白之死》，编次方式以及各集的标题都与《女神》十分近似。另外，由于"找不到一位有身价的人物替我们讲几句话"，原来拟请好友梁实秋作序。① 最终，《红烛》还是无序，只是以《红烛》一诗为序诗，从编次、标题到序诗，整本诗集似乎就是《女神》的一个翻版。从某个角度看，这不只是编选体例方面的模仿，更关键的是，闻一多的《红烛》在亚东新诗集系列之外，似乎有意靠近了新诗的另外一个起点。《女神》编次体例的影响一直延续到后来，邵洵美的诗集《诗二十五首》分为两辑，也模仿《女神》取名为"天堂之什""五月之什"。"名不副实"的生硬模仿，还招来了批评家的嘲讽。②

---

① 闻一多：《致梁实秋》，《闻一多全集·书信》，第129页。
② 依赵景深的说法，"什"的意思是"诗之《雅》《颂》，以十篇为一卷，故曰什"。"天堂之什"却有14首，"五月之什"有19首，这惹来赵景深的一顿奚落。(赵景深：《糟糕的〈天堂与五月〉》，原载《一般》3卷3期[1927年11月5日]；引自张伟编：《花一般的罪恶——狮吼社作品、评论资料选》，第279页，上海：华东师范大学出版社，2002年。)

第七章 论争中的"新诗集":新诗合法性的辩难

在"新诗集"的编撰和定位中,"新诗"的历史形象得到了一定的呈现。这一形象并不是完全单一、同质性的,其中包含了分歧,处于不断地确立与重设之中。从新/旧的对话,到现代"诗"话语的凸显,形象的流变与修正,显示了新诗历史合法性的追寻线索,同时也暗示新诗发生空间内的"场域"规则也在悄然转化。在"新诗集"的呈现中,如果说分野或转化还是隐含发生的话,那么在"新诗集"的接受和评价中,合法性的辩难却激烈地展开了。

众所周知,在新文学的接受过程中,"足以引起反对派底张目与口实的实在要以诗歌为最"[1],但"反对派"的情况是各不相同的,俞平伯对此有过细致的分类:"有根本反对的,有半反对的,也有不反对诗的改造而骂我们个人的。"[2] 在反对派中,林纾、黄侃、严复、章士钊、章太炎等人对新诗的抵拒,往往与他们对新文学的整体怀疑态度联系在一起,当时"提倡白话已是非圣无法,罪大恶极,何况提倡白话诗"[3]。在一般读者看来,无韵无体的"分行白话"更是有违传统的文

---

[1] 孙俍工:《最近的中国诗歌》,文学研究会编:《星海》,第129页,上海:商务印书馆,1924年。
[2] 三种态度对应三类读者:一类包括一班"遗老""遗少"和"国粹派";一类是有外国文学知识背景的"中外合璧的古董家";一类"不攻击新诗,是攻击做新诗的人"。(俞平伯:《社会上对于新诗的各种心理观》,《新潮》2卷1号[1919年10月])
[3] 刘半农:《〈初期白话诗稿〉序》,陈绍伟编:《中国新诗集序跋选》,第248页,长沙:湖南文艺出版社,1986年。

体规范和阅读程式，对"新诗"的反感也集中于诗体形式的层面。新/旧、白话/文言的冲突，构成了新诗合法性辩难的重要部分。然而，除此之外，"新诗"的接受还受到另一重制约，即：从既有审美习惯出发的，对新诗发生期的特殊风格取向的反感，简单说来，新诗的"美丑"问题，成了形式、语言以外，又一个纷争的焦点。

诚如本书反复论及的，在新诗的发生过程中，对固有文类界限、规范的逾越，是一批新诗人共同的体认，无论是引"文之文字"入诗，还是对说理、写实、白描的偏重①，都在一定程度上打破诗意、诗美的阅读期待，这势必引起"诗体"层面之外的反感。早在胡适鼓吹"诗国革命"的时期，他的某些"尝试"就因处理的特定经验、题材而遭受指责；后来，"白话诗"之所以能得到任鸿隽等人的部分认同，也是因为"白话"对"诗美"的顺应。当钱玄同称赞胡适在"诗体大解放"的途中更进一步："今日你给我看的最新的白话诗，非常之好。我以为比'尝试集'里边有几篇近文的旧作，自然好多了。"任鸿隽的称赞却是："近作白话诗佳在有诗情。"两种称赞，一重"白话"，一重"诗情"，出发点显然十分不同。②

这样的接受歧义，在新诗的展开时期表现得更为鲜明：一方面，新诗人新锐的诗艺追求，也会逐步落实为一种新的阅读成规，影响到诗人和读者的接受，"散文化""具体性"都成为当时常见的评价标准③；另一方面，从诗美期待出发的质疑和拣选，也构成了新诗接受的另一个前提。那些能够与传统诗境相沟通的写作，往往更容易受到欢

---

① 对早期白话诗的这种美学特征，余冠英、茅盾、朱自清、苏雪林等人都有所论述和阐发。
② 钱玄同 1917 年 10 月 31 日致胡适信，耿云志主编：《胡适遗稿及秘藏书信》第 40 卷，第 252 页，合肥：黄山书社，1994 年；1916 年 8 月 1 日任鸿隽致胡适信，中国社会科学院近代史研究所中华民国史组编：《胡适来往书信选》上册，第 3 页，北京：中华书局，1979 年。
③ 比如，左学训曾致信康白情，说自己做了一首《愿意》，康复信说："至于诗呢？大体总是好的；因为他是具体的写法。"（《会员通信》，《少年中国》1 卷 6 期 [1919 年 12 月]）对于田汉女友易漱瑜的《雪的三部曲》，康白情的意见则是："但我总想他音节能够更谐和，体裁能够更散文，风格能够更自然，意思能够更深刻。"（《少年中国》1 卷 9 期 [1920 年 3 月]）

迎①，而更多体现新诗历史冲动的写作尝试，也会遇到更多的阅读障碍。周作人的《小河》曾被胡适誉为新诗成立的第一首杰作，但在当时有的读者看来，"这作为一篇散文的寓言，还显得有些啰嗦，怎么能说是诗的'杰作'"②。

当然，新诗在审美层面激起的反对，与最初创作成绩的低劣有关③，诗写得过滥，当然怪不了读者。但更重要的是，当新诗人尝试新的风格和诗艺，读者却要求普遍的诗美满足，二者之间的矛盾，构成了新诗发生时期的潜在困境。即使对初期白话诗颇多辩护的苏雪林，也不得不称，白话诗初起，"排斥旧辞藻，不遗余力。又因胡适说过，真正好诗在乎白描，于是连'渲染'的工夫多不敢讲究了。……但诗及美文之一种。安慰心灵的功用以外，官能的刺激，特别视觉，听觉的刺激，更不可少"④。不仅如此，普遍的诗美诉求，不仅越来越多地介入到阅读和批评当中，而且逐渐与现代的文学观念相结合，在后者的襄助下，高涨为新诗史上一种强势的话语，对新诗形象的建构以及新诗坛的分化，都产生了深远的影响。在新诗写作与阅读、批评的对话、冲突中，大大小小的论争此起彼伏，而"新诗集"又往往是论争的焦点。

---

① 曹聚仁当年就爱读刘大白的《邮吻》《秋晚的江上》等诗，因为"有此情，有此境，言有尽而意有余，才是第一等好诗"。（曹聚仁：《白屋诗人刘大白》，《我与我的世界》上册，第167页，太原：北岳文艺出版社，2001年。）
② 冯至：《读〈中国新诗库〉第三辑》，《诗刊》1992年第9期。
③ 茅盾就曾将《雪朝》《小说月报》《诗》《弥洒》等书刊上的新诗交与一位反对白话诗的朋友看，他的反应是："坏的比好的多，便是新诗前途的危险，也就是启人误会，启人蔑视的根本原因。"（《自动文艺刊物的需要》，《文学旬刊》第72期[1923年5月2日]）
④ 苏雪林：《徐志摩的诗》，《苏雪林文集》第2卷，第130页，沈晖编，合肥：安徽文艺出版社，1996年。

第一节 《评〈尝试集〉》:"学衡派"的反动

站在"文化守成主义"立场上,"学衡派"对新文化运动的批评随着学术思潮的转移,目前已获得广泛的同情,其在思想、文化上的意义也得到了细致阐发。《学衡》诸君多能为诗,吴宓、吴芳吉、胡先骕等都有诗集行世,在"学衡派"对"新文学"的批评中,对"新诗"的反动似乎也是最为主要的部分。梅光迪、吴宓、吴芳吉、李思纯、邵祖平等,都曾对新诗提出过尖锐的批评。然而,作为"学贯中西"的古典派,与一般的守旧派不同,《学衡》诸君与其说是站在"新文化"的对立面,毋宁说他们是对新文化另有设计。① 与这种立场相关的是,"学衡派"中吴宓、吴芳吉等人对诗的构想,也是以某种峻急的"历史意识"为发端的,与新诗发生分享了某种共同的历史冲动,这一点本书第五章已有所论述。因而,不能将他们的言论完全视为与新诗发生无关的批评,某种意义上,"学衡"的声音,恰恰构成了新诗合法性辩难的重要一环。作为发难之作,胡先骕的《评〈尝试集〉》一文,洋洋万言,被认作"是文学革命自林纾而外所遇之又一劲敌"②,自然是本节讨论的起点。

---

① 吴宓就言及这种立场:"故今有不赞成该运动之所主张者,其人非必反对新学也,非必不欢迎欧美之文化也。"(《论新文化运动》,《学衡》第4期[1922年4月])吴芳吉也称:"以根本论,我对于今之新文化运动,是极端赞成的。不过,出于今日一般人的叫嚣,至此以为投机事业,则绝不相干。"(吴芳吉:《答上海民国日报记者邵力子》,《吴芳吉集》,第657页,贺远明编,成都:巴蜀书社,1994年。)
② 陈子展:《最近中国三十年之文学》,《中国近代文学之变迁·最近三十年中国文学史》,第293页,上海:上海古籍出版社,2000年。

一

其实,《学衡》对"新诗"的反对,在"学衡派"聚集之前,早已介入到新诗的发生史中,梅光迪与胡适的论争,就是"白话诗"方案提出的直接策动。《学衡》诸君与新文学间的冲突,大多在他们留学美国期间已经开始。比如,吴宓在美时对国内情况十分关注,在日记中曾写下这样的忧虑:"目前,沧海横流,豺狼当道。胡适、陈独秀之伦,盘踞京都,势焰熏天。专以推锄异己为事。宓将来至京,未知能否容身。"① 胡先骕的《评〈尝试集〉》同样产生于这一背景中,而挑起争端的并不是胡先骕,正是胡适本人。

胡适与胡先骕在美已经相识②,在《文学改良刍议》一文中,胡适在谈到"八事"中"务去烂调套语"一项时,就说"今试举吾友胡先骕先生一词以证之",认为胡先骕的词"骤观之,觉字字句句皆词也,其实仅一大堆陈套语耳"③。言辞犀利,点名批评身为南社成员的胡先骕,将他设定为新的诗歌构想的"假想敌"之一,这无疑为后来的论辩埋下了伏笔。对此,胡先骕当然不满,反击文章《中国文学改良论》就是针对《文学改良刍议》而作,指斥白话诗不是诗,并对刘半农、沈尹默的诗作大加嘲讽。④《尝试集》出版后,更是"不惜穷两旬之日力",倾尽全力进行批评。此文曾多方投寄,但在新的传播空间中,受到了一定的排斥,当时的报刊都不敢刊用。⑤ 直至《学衡》出版,这

---

① 1920 年 5 月 1 日吴宓日记,吴宓:《吴宓日记》第 2 册,第 161 页,吴学昭整理注释,北京:生活·读书·新知三联书店,1998 年。吴宓的《论新文化运动》在《学衡》上发表之前,已在 1920 年 8 卷 1 号的《留美学生季报》上发表,并有"邱君昌渭者……附从新文化者也",与吴进行辩驳。(同上书,第 224 页。)

② 胡适留美时间为 1910 年至 1917 年,胡先骕为 1913 年至 1916 年;1914 年,他们发起组织"科学社",胡先骕任《科学》编辑,与胡适熟识。

③ 胡适:《文学改良刍议》,《新青年》2 卷 5 号(1917 年 1 月)。

④ 此文原载《东南高师日刊》,1919 年《东方杂志》16 卷 3 号予以转载,罗家伦撰写了《驳胡先骕君的中国文学改良论》(《新潮》1 卷 5 号 [1919 年 12 月])进行反驳。

⑤ 吴宓:《吴宓自编年谱》,第 229 页,吴学昭整理,北京:生活·读书·新知三联书店,1995 年。

篇长文才得以连载于《学衡》第1、2期上,可以说是"学衡派"投向新文坛的一颗重磅炸弹。

《评〈尝试集〉》批评的虽然是一本诗集,但指向"新诗"的全面批判:"评胡君之诗,即可评胡君论诗之学说,与现实一般新诗之短长,古今中外名家论诗之学说,以及真正改良中国诗之方法。"这种总体性的视角,支配了论述的展开,与《尝试集》的另一个批评者胡怀琛明显区分开来,后者拘泥于字句,斤斤计较于音节的好坏。全文共分八个部分,从"《尝试集》之性质"到"声调格律"、"文言白话用典"与"诗"之关系,再到"诗之模仿与创作""古学派与浪漫派之比较",均从宏观处着笔,理论的辨析与文学史的检讨占据了大部分篇幅。相比之下,对《尝试集》中具体作品则一笔带过,只是贴上"枯燥无味之教训主义""肤浅之象征主义""肉体之印象主义"等标签匆匆打发。这就形成了一种内在的不平衡现象,如有的论者指出:"理论上体大精深、铿锵有力与论据的稀少形成了鲜明的对比",有"空洞的立论"之感。① 具体的观点如何,暂且不论,这种不重作品批评,而着力于"原理"演绎的展开方式,确是"学衡派"论文的共同特征,也是他们立论的特殊之处。

"学衡派"虽然力主"昌明国粹",但旧学根底并不如想象中的深厚②,他们时常矜夸的还是西洋的知识背景。在批驳白话文学时,胡先骕自称:"某不佞。亦曾留学外国。寝馈于英国文学。略知世界文学之源流。"③ 吴宓也说:"盖自新文化运动之起,国内人士竞谈'新文学',而真能确实讲述《西洋文学》内容与实质者则绝少",认为自己与梅光迪等在"此三数年间,谈说西洋文学,乃甚合时机者也"。④

---

① 李怡:《论"学衡派"与五四新文学运动》,《中国社会科学》1998年第6期。
② 鲁迅《估〈学衡〉》一文就抓住这一点,尽情奚落,说"学衡"诸公"可惜的是于旧学并无门径,并主张也还不配"。(鲁迅:《鲁迅全集》第1卷,第379页,北京:人民文学出版社,1981年。)
③ 胡先骕:《中国文学改良论》,《东方杂志》16卷3号。
④ 吴宓:《吴宓自编年谱》,第222页,吴学昭整理,北京:生活·读书·新知三联书店,1995年。

在文章中，大量引述西方名家的学说言论，也是"学衡"诸人与其他反对派的区别所在。① 当他们依据这种知识背景谈论中国文学，一种跨文化的比较文学与一种"文化整体主义"的视角，往往构成其基本的发言姿态，即：反对"仅取一偏，失其大体"，力求超越地域、时代之上，寻求人类理性共通性和生活法则的统一性、普遍性。如吴宓所言："则今欲造成中国之新文化，自当兼取中西文明之精华，而熔铸之，贯通之。"② 中西比较的眼光与"整体主义"的态度，共同决定着"学衡"文论、诗论的形态。换言之，他们关注的并非具体的写作实践，而是作为一种知识的、超越文化语言之上的普遍的"诗学原理"。

《评〈尝试集〉》一文所遵循的，正是这样一种论说逻辑，评"尝试集之短长"目的在于"讨论诗之原理"，时刻在中西诗歌的相互参照中提取标准的"诗"定义。如评《尝试集》第三部分为"声调格律音韵与诗之关系"，在论述"诗之所以异于文者，亦以声调格律音韵故"时，就称："可知在欧美各邦，古今来大诗人大批评家，除少数自谓为新诗人者外，靡不以整齐之句法为诗所不能阙之性质。"其他对于诗歌语言、用典诸项的辩驳，也都是从所谓"诗"的角度着眼。吴宓的《诗学总论》《文学研究法》、胡先骕的《文学的标准》等文，无不在综观中西文学特征的基础上，将普遍的"文学经验"当作文学的本质。胡先骕便称："文学艺术之标准。诚不能精密如度量衡，然经数百年来现实之名著、与抽象之论文学艺术之著作、之示范与研几。可谓虽不中不远矣。"③

---

① 郑振铎称："胡梅辈站在'古典派'的立场来说话了。他们引致了好些西洋的文艺理论来做护身符。声势当然和林琴南、张厚载们有些不同。"(郑振铎：《中国新文学大系·文学论争集》导言，赵家璧主编，郑振铎编：《中国新文学大系·文学论争集》，第13页，上海：良友图书出版印刷公司，1935年。）
② 吴宓：《论新文化运动》，《学衡》第4期（1922年4月）。
③ 胡先骕：《文学之标准》，《学衡》第31期（1924年7月）。

二

与普遍性的原理诉求相伴随的,是"学衡派"新诗批评的另外两个特征:其一,是对所谓"诗"的文类界限的维护;其二,是对"新诗"背后的历史主义倾向的抗拒。

首先,有关诗文界限的划分,似乎是"学衡论诗"的另一主旨。吴宓曾言:"今欲论诗,应先确定诗之义。惟诗与文既相对而言。故诗之定义须尔其有别于文之处。"① 具体说来,音律的有无,表现方式的差别,经验领域的不同等等因素,都可以论述为划分的标准,但重要的是,对新诗的反动,由此有了一个新的起点:不再是旧诗的威权,而是某种普遍的"诗学原理"约束下的文类规范。《评〈尝试集〉》中,胡先骕指责集中作品仅为白话而非白话诗,理由就是:

> 其中虽不无稍有情意之处,然亦平常日用语言之情意,而非诗之情意。夫诗之异于文者,文之意义,重在表现(denote),诗之意义,重在含蓄(counate)与暗示(suggest),文之职责,多在合于理性,诗之职责,则在能动感情。

这段话在早期新诗论争中,是颇有代表性的。后来,吴芳吉在批评新诗时,也将"诗体辨识"列为"今之首务",并以此对"上海某大书馆之中学国语一书"上的十首诗作进行评判:胡适的《威权》,被认为"此非诗也",理由是其材料"不可以为诗者为之";沈尹默的《月夜》也是"非真诗",因为前四章似剧中唱词,而"诗则不得似剧";刘半农的《水手》"非诗",不过"新小说之有韵耳";傅斯年的《深秋永定门城上晚景》亦"非诗",不过"一堆浓堆密抹之新派图画耳"。很显

---

① 吴宓:《诗学总论》,《学衡》第 9 期(1922 年 9 月)。

然，某种"诗体辨识"的眼光，是吴芳吉的主要评判标准。①

在上述批评中，虽然"旧诗"仍是参照的诗歌典范，但"诗"与"文"（非诗）区分，已代替"文言"与"白话"的冲突，成为"学衡"批评策略的核心。如果稍稍拓宽一下讨论的空间，可以看到这一点也反映在晚清诗歌的评价上。梁启超、胡适都曾对晚清诗人郑珍、金和有过激赏之词。在胡先骕看来，二人的作品却有"不啻霄壤之别"：郑珍"最足令人注意之处"在于"善于驱使俗语俗事以入诗也"。②在评《尝试集》时，胡先骕还举出郑的若干诗句，与胡适的诗作比较，以证明使用白话"要必以能入诗者为限"；对金和之诗，他却认为"不中法度。且骨骼凡猥。口吻轻薄"③。尤其对胡适认为其诗"很像是得力于儒林外史"的说法表示不满，"夫以温柔敦厚为教之诗。乃得力于儒林外史。其品格之卑下可想矣"。④评价的反差，不是表现于白话与文言之间，对"诗"文类边界的维护是问题的关键。对"文体界限"的维护，也表现在其他方面，胡先骕就认为象征戏剧不重言行，心理小说仅知心理分析，不以言行表现人格，"此皆违背其艺术根本之原则者也。而最甚者莫如所谓自由诗者"⑤。由此看来，不仅是新诗，其他"型类混杂"的文体尝试，在"学衡派"这里也很难得到认可，与"学衡派"观念相近的梁实秋，后来更是将此点破，认为"型类的混杂"是新文学的一大罪状。⑥

其次，作为白璧德的私淑弟子，学衡诸人对晚近的诸多文艺新潮一般颇多反感，白璧德站在"新人文主义"立场对现代文化的批评，被他的中国传人们直接挪用，来评判新诗。从梅光迪开始，对新诗的

---

① 吴芳吉：《四论吾人眼中之新旧文学观》，《学衡》第42期（1925年6月）。
② 胡先骕：《读郑子尹巢经巢诗集》，《学衡》第7期（1922年7月）。
③ 胡先骕：《评金亚匏秋蟪吟馆诗》，《学衡》第8期（1922年8月）。
④ 胡先骕：《评胡适五十年来中国之文学》，《学衡》第18期（1923年6月）。
⑤ 胡先骕：《文学的标准》，《学衡》第31期（1924年7月）。
⑥ 梁实秋：《现代中国文学之浪漫的趋势》，《梁实秋批评文集》，第41页，徐静波编，珠海：珠海出版社，1998年。

批评就与对现代新潮的指斥联系在一起："所谓白话诗者，纯拾自由诗 Verslibre 及美国近年来形象主义 Imagism 之唾余，而自由诗与形象主义，亦堕落派之两支。"① 这种说法在其他"学衡派"成员那里也多有重复，成为他们批评新诗的另一焦点。② 胡先骕在评《尝试集》时称："吾人可知胡君之诗所代表与胡君论诗之学说所主张者，为绝对自由主义，而所反对者为制裁主义、规律主义，以世界文学潮流观之，则浪漫主义、卢骚主义之流亚。"在《学衡》诸人眼中，"新"非但不是"新诗"的优势所在，反而"利用青年厌故喜新，畏难趋易，好奇力异，道听途说之弱点"。③

新诗的发生，是受特殊的历史意识支配的，即要在"现时"的历史，而非抽象的文学准则中汲取美学的活力。对新异可能性的向往，是其内在的冲动，而"历史的文学观念"正是这一冲动的理论支撑。这种以变化为核心的历史主义态度，自然要触犯《学衡》的新古典主义立场，对"新潮"的反感背后，暗含的正是"普遍原理"与"历史变化"间的矛盾。易峻曾说："胡君之倡文学革命论，其根本理论，即渊源于其所谓'文学的历史进化观念'"，"一代新文学事业，殆即全由此错误观念出发焉"。④ 这一断语，可以说抓住了问题的核心。吴芳吉也称："历史的文学观念既生，于是新派之陷溺以始"⑤，并标举"文心"一语，与之抗衡。读到《学衡》上吴宓的文章，他极为兴奋，写信说："吾兄文心文律之说，切中实弊，极惬下怀。"⑥ 所谓"文心"，或

---

① 梅光迪：《评提倡新文化者》，《学衡》第 1 期（1922 年 1 月）。
② 吴宓在美反对白话文运动，曾将"白话文运动"与英美文学史上的新潮流并列，列出十家。（1919 年 12 月 14 日吴宓日记，吴宓：《吴宓日记》第 2 册，第 105 页，吴学昭整理注释，北京：生活·读书·新知三联书店，1998 年。）邵祖平在《论新旧道德与文艺》中也称"白话诗"暗中模仿美国之自由诗 Free Verse，及 Prosaic Poetry。（《学衡》第 7 期 [1922 年 7 月]）
③ 胡先骕：《论批评家之责任》，《学衡》第 3 期（1922 年 3 月）。
④ 易峻：《评文学革命与文学专制》，《学衡》第 79 期（1933 年 7 月）。
⑤ 吴芳吉：《三论吾人眼中之新旧文学观》，《学衡》第 31 期（1924 年 7 月）。
⑥ 吴芳吉：《与吴雨僧》，《吴芳吉集》，第 674 页，贺远明编，成都：巴蜀书社，1994 年。

许可以看成是超越时间之上永恒的文学本体，其作用"如轮有轴，轮行则轴与俱远。然轴之所在，终不易也"。对"不易"之文学本体的向往，使得《学衡》诸人无法认同新诗背后跃动的历史创造冲动。与"新"这个字眼一样，"时代精神""现代"与新诗发生密切相关的词汇，在胡先骕那里，也都颇成问题。①

三

所谓"诗"的普遍原理，从新诗发生之日起，一直是基本的制约力量，早在梅光迪与胡适争论过程中，"诗"的文类标准就是梅光迪立论的根据。② 在胡先骕及其他学衡诸人的批评中，这种制约力量不过是得到了现代的知识表达。从文学现代性的角度看，新诗的激进主张，是在变动的"情境的逻辑"中获得激励的，依照卡林内斯库的说法："我们在此要讨论的是一个重要的文化转变，即从一种由来已久的永恒性美学转变到一种瞬时性与内在性美学，前者是基于对不变的、超验的美的理想的信念，后者的核心价值观念是变化和新奇。"③ 从这个角度看，"学衡派"的发言包含了一种对此"现代"的抵拒，更多朝向普遍的文学本体，或者说基于"不变的、超验的美的理想的信念"，知识的推论和演绎，正是这种"信念"的现代表达。

上述差异的形成，除基本观念的冲突外，与《学衡》诸人的身份

---

① 胡先骕在《文学之标准》中劝说："勿鹜于'时代精神'Zeitgeist 之名词"，"况合乎现代与否，殊无关轻重"。(《学衡》第 31 期 [1924 年 7 月])
② 梅光迪反对胡适"作诗如作文"的主张，就以"诗"为发言的根据："一言以蔽之，吾国求诗界革命，当于诗中求之，与文无涉也。"（致胡适信三十一函，梅光迪：《梅光迪文录》，第 160 页，罗岗、陈春艳编，沈阳：辽宁教育出版社，2001 年。）关于"诗之文字"问题，他不愿多辩："盖此种问题人持一说，在西洋虽已有定论，在吾辈则其说方在萌芽。"（致胡适信三十三函，同上书，第 162 页。）
③ 马泰·卡林内斯库：《现代性的五副面孔》，第 9 页，顾爱彬、李瑞华译，北京：商务印书馆，2002 年。

是有一定关系的,虽然他们多数人都有写作的经验,但对于"新诗"的展开却缺少基本的同情,更多的是站在一种学院式的立场上,以一个文学知识的习得者,而非具体的创作者身份来发表观点的。梅光迪很早就自言:"自今以后,大约以文学当一种学问,不敢当一种美术;当自家是一个文学界学生,不是一个文学界作者。"① 这使得他们的主张在理论上往往显得平正公允,能够自圆其说,比起新诗人激进的言论更有学理上的说服力,这也是后来引来不断的"叫好"的原因所在。但由于缺少对"新诗"基本冲动的体认,他们的言论缺乏对具体历史变化的认同。这一点在他们的美国导师那里,也有所表现,韦勒克就称:白璧德领导的新人文主义在美国一度引人注目,但"这个运动之所以未能征服各个大学的原因看来很明显……他们所主张的严谨的道德主义违背文学是一种艺术的本性,他们对当代艺术所抱的敌视态度使他们脱离了作为一种活生生力量的文学"②。拘泥于原理与细节,普遍的"诗歌原理"往往会变为一套约束性知识,限制批评的有效性。

除发言身份的区分以外,新诗倡导者与"学衡派"间的冲突,还是新诗发生的基本张力的一种显现。作为一项新的文学创制,新诗力图表达现代人的现代情感、思想和经验,这种追求又时时要面对"诗歌"文类规范的约束,诗歌本体的普遍性与写作实践的特殊性间的矛盾,交织在新诗展开的内部。③ 值得参照的是,认为"新体白话

---

① 梅光迪致胡适三十三函,梅光迪:《梅光迪文录》,第163页,罗岗、陈春艳编,沈阳:辽宁教育出版社,2001年。
② 韦勒克:《美国的文学研究》,《批评的概念》,第287页,张今言译,杭州:中国美术学院出版社,1999年。
③ 普遍性与特殊性间的矛盾,即使在认为"文学之根本道理,以及法术规律,中西均同"(《论新文化运动》,《学衡》第4期[1922年4月])的吴宓那里也存在。比如,谈到诗界限时,吴宓一方面认为中国"有韵为诗,无韵为文"的说法片面,因为西洋诗歌不一定有韵,可改用"音律"的有无作为标准,但在按语中,还是说"吾国文字之本性,与以上截然不同,即适于用韵行之数千年而已,然经验可以证明,故今仍存之,决不可强学希腊拉丁古诗或藉口英诗之 blank verse,而倡废韵也"。(《诗学总论》,《学衡》第9期[1922年9月])

之自由诗，其实并非诗，决不可作"①的吴宓，日后的态度也有所改变。1931年后徐志摩遇难后，吴宓在所主持的《大公报》上发表《挽徐志摩君》，强调自己写诗与志摩体裁有别，但"依新依旧共诗神"，任何派别、体式，只要致力于表现的技术，则"均属正道，均为美事"。②不同写作向度上的差别，被他论述为柏拉图"一多之对待"关系："盖多者，常主自然，而训斥人为；主一者，并主规律，而力求统贯。"③在这里，普遍原理与具体写作间的关系呈现为相反相成的开放状态。这样的逻辑，改写了新与旧之间的对抗、排斥关系，似乎要弥合新、旧两个诗坛间的距离。但在新诗的发生期，二者间的冲突要多于对话。

《学衡》的反动，在新诗人看来，似乎不堪一击。胡适就说："现在新诗讨论的时期，渐渐的过去了——现在还有人引了阿狄生，强生，格雷，辜勒律己的话来攻击新诗的运动，但这种'子曰诗云'的逻辑，便是反对论破产的。"④这种傲慢的说法，显示了某种胜利者的姿态，即便拉来"阿狄生，强生，格雷，辜勒律己"助阵，新诗的"正统"也再难挑战。然而，从整体上看，"学衡派"的声音，并非简单是新诗的历史反动，某种意义上，这一声音恰恰是新诗发生的内在张力的显现。因而"学衡派"或许可以轻易驳倒，但"子曰诗云"的逻辑——"诗"的普遍立场，并没有消失，反而更为深刻地介入到新诗的合法性辩难中，并在随后的批评话语中，成为重新拣选"正统"、重设场域规则的"武器"之一。

---

① 吴宓：《论今日文学创作之正法》，《学衡》第15期(1923年3月)。
② 吴宓：《论诗之创作》，《吴宓诗及其诗话》，第272页，吕效祖编，西安：陕西人民出版社，1992年。
③ 吴宓：《诗韵问题之我见》(节录)，同上书，第269页。
④ 胡适：《〈尝试集〉四版自序》，《胡适文存二集》卷四，第289页，上海：亚东图书馆，1924年。

第二节 《蕙的风》的论争：对一桩旧案的重审

在新诗史上，有关《蕙的风》的论争是一桩著名的旧案，作为新旧文化冲突的标志，在文学史叙述中被反复提及，以说明"新道德"对"旧道德"的胜利。挑起争端的胡梦华，也随之被"标本化"，不仅当时就成为"众矢之的"，后来还被鲁迅戏称为"古衣冠的小丈夫"①，在历史上留下了一个滑稽可笑的形象。《蕙的风》却因此而暴得大名，所引起的骚动，"是较之陈独秀对政治上的论文还大"②。然而，在新旧文化、道德间的冲突之外，有关《蕙的风》的论争中其实包含了其他层面，在考察新诗发生期的内在辩难时，对它还有重新讨论的必要。

一

作为论争的发难者，胡梦华当时是《学衡》大本营——东南大学的一名学生，身份多少有些特殊。首先，胡梦华与汪静之、章衣萍等新人一样，都是胡适安徽绩溪的同乡，还自称是胡适的远亲，与胡适的侄子胡思永、胡适的恋人曹佩声都有来往。有点反讽的是，胡梦华同时又是胡适的对手梅光迪、吴宓的学生，他投考东南大学的介绍人却是胡适。1923 年他结婚时，邀请的证婚人是胡适、介绍人是梅光迪，这恰好说明了他身处的位置。③ 既与胡适沾亲带故，又和《学衡》诸公有所关联，这样的暧昧身份对他的发言立场，无疑也会有潜在的影响。

---

① 鲁迅：《故事新编·序言》，《鲁迅全集》第 2 卷，第 341 页，北京：人民文学出版社，1981 年。
② 沈从文：《论汪静之的〈蕙的风〉》，《文艺月报》1 卷 4 号（1930 年 12 月）。
③ 上述描述参考了沈卫威：《回眸"学衡派"——文化保守主义的现代命运》，第 25—27 页，北京：人民文学出版社，1999 年。

首先，作为一个热心新文学的"新青年"，胡梦华不是新诗的反对派，对这个学生，吴宓有如下印象："胡昭佐最活动。安徽省绩溪县人，自称为胡适之足侄，崇拜、宣扬新文学。"①对于汪静之这位同乡诗人，胡梦华还是很关注的，很早就留心他的作品。从胡思永那里，读到汪抄寄北京的诗作《醒后的悲哀》后，还曾经大为动情。②《读了〈蕙的风〉以后》一文，发表于《蕙的风》出版后的两个月，的确如后来文学史所描述的那样，其笔锋指向了"轻薄、堕落"的道德层面。但细读此文，会发现道德的斥责，其实是与诗艺上的挑剔结合在一起的。

　　一方面，胡梦华不能容忍汪静之诗中所谓的"兽性之冲动"，这是后来被人屡屡提及的一点；另一方面，《蕙的风》直白自由、无所拘束的表达，也让力主"委婉曲折，不是一吐无余"的胡梦华大为不满："故虽为自我的表现，而非活动的表现。虽为性情的流露，乃为呆滞的流露。"道德与艺术，这两个层面的批评在胡梦华那里，是合二为一的。在他看来，因为"咏爱情之处，却流于轻薄，赞美自然之处，却流于纤巧"，所以"不免有不道德的嫌疑"。两种评价尺度（道德的与诗艺的）始终缠夹在一起，最后导致了一个含混的结论：《蕙的风》是"不道德的"，它的失败则由于"未有良好的训练与模仿"。技巧的欠缺，导致了道德的败坏，这其中的逻辑多少有些不通。在众多反击者中，似乎只有周作人抓住了其逻辑上的问题："倘若是因为欠含蓄，那么这是技术上的问题，决不能牵扯到道德上去。"③

　　虽然逻辑上有点缠夹不清，但胡梦华的批评其实不是孤立的，汪静之的写作，在当时一批新诗人眼里，未必没有缺陷。为其作序的朱自清就认为他"难成盘根错节之才"，批评之意隐含其中。即便是汪

---

① 吴宓：《吴宓自编年谱》，第223页，吴学昭整理，北京：生活·读书·新知三联书店，1995年。
② 胡梦华：《读了〈蕙的风〉以后》，《时事新报·学灯》1922年10月24日。
③ 周作人：《什么是不道德的文学》，《晨报·副刊》1922年11月1日。

的好友应修人，也曾私下对周作人说，他的有些诗"未免太情了（至于俗了），似乎以删去为宜"①。远在美国的闻一多的反应，与胡梦华几乎完全一致，在信中说"便是我也要骂他诲淫，……但我并不是骂他诲淫，我骂他只诲淫而无作诗，……没有诗只有淫，自然是批评家所不许的"，在另一封信中，又写道："这本诗不是诗。描写恋爱是合法的，只看艺术手腕如何。"②道德和诗艺上的双重不满，看来不是胡梦华个人的判断。

对于胡梦华的攻击，第一个回应的，是另一个安徽绩溪青年章衣萍，他和同样参与论战为《蕙的风》辩护的章铁民，与汪静之的关系非同一般，"拔刀相助"自然出于朋友之情。③但这篇回应文字，撇开诗艺的问题不谈，集中辩护"不道德"的问题，这一发言角度，也被后来的参与者延续，在周作人的《什么是不道德的文学》、鲁迅的《反对"含泪"的批评家》中表现得更为突出。胡适以外，周氏兄弟也是汪静之的恩师，《蕙的风》由周作人题签，原稿曾经鲁迅审阅、修改，他们出手当然使争论的"档次"得到极大提升，"道德"批评的色彩更为加重了。④在如此攻势下，胡梦华的自辩也明确了方向，连续几篇文章都以"道德"问题为中心，态度决绝地说：他批评的最大动机，"确

---

① 1922年9月21日致周作人信，应修人：《修人集》，第267页，楼适夷编，杭州：浙江人民出版社，1982年。
② 闻一多：《致梁实秋》《致闻家驷》，《闻一多全集·书信》，第127、162页，孙党伯、袁謇正主编，武汉：湖北人民出版社，1993年。
③ 章衣萍、章铁民以及胡适的侄儿胡思永，都与汪静之关系密切。章铁民、章洪熙等是看了汪静之发表的新诗和他通信成为朋友的，而且组织过一个空有其名的"明天社"。(汪静之：《应修人致漢华、雪峰、静之书简注释》，《修人集》，第249页。)对这场争论，周作人曾说其中有同乡同业的关系，因接触太近，容易发生私愿。私愿不知有没有，但私人的关系，对这场争论的确有一定影响。(周作人：《什么是不道德的文学》)
④ 周作人参与论战，也不乏个人原因，胡梦华此前曾有《译诗短论与中国译诗评》一文发在1922年8月的《学灯》上，其中批评周作人所译勃莱克的诗不好。周作人的《什么是不道德的文学》与胡梦华的《〈读了《蕙的风》以后〉之辩护》(一)(《时事新报·学灯》1922年11月18日)中都提到了这一点。

是因为他'有不道德的嫌疑'"①。虽然,其他一些发言者也从诗艺的角度立论②,胡梦华也有相应的答复,在大谈道德准则的同时,也腾出手来强调"模仿"的重要③。但无论从篇幅还是态度的激烈程度,显然不及前一方面。他言论的焦点清晰了,使论争的方向进一步明确,但态度也随之被简化。原来道德与诗艺的双重指摘,聚焦成单一的道德批判。这也使得胡梦华的批评丧失了原有的"弹性",显得越来越僵硬。比如,让鲁迅反感的,并不是那篇逻辑不清的《读了〈蕙的风〉以后》,鲁迅"非常不以为然"的是胡梦华后来的答辩。④

二

胡梦华与章衣萍、周氏兄弟集中"性道德"问题的论战,后来被引述得很多,形成了基本的文学史印象,"新旧道德的冲突"也被当作这场论争的关键所在。汪静之的写作也被定性为"以健康的爱情诗为题材,在当时就含有反封建的意义"⑤。但细查《蕙的风》一书,全书收160余首,其中以爱情为题的只约占四分之一,从统计的角度看,"爱情"并不是诗集的全部,"反封建"也并不是诗人的自觉意图,汪静之晚年也曾透露"但我写诗时根本没有想到反封建问题"⑥。这表明,由

---

① 胡梦华:《〈读了《蕙的风》以后〉之辩护》(一)。
② 譬如,于赓虞对胡梦华的反驳,与章衣萍几乎是同时的,但针对的确是诗艺层面的"模仿"问题,他认为诗歌是真情的表露,与模仿无关,还指出胡梦华审美尺度上的教条,伸张"一吐无余"的诗学合理性,而这也是另一位发言者曦洁的角度。(见于赓虞《与胡梦华讨论新诗》,《时事新报·学灯》1922年11月3日;曦洁《诗的"模仿"的问题》,《时事新报·学灯》1922年11月8日。)
③ 胡梦华连续写过三篇《读了〈蕙的风〉以后》之辩护,连载于11月18、19、20日的《时事新报·学灯》上,但只在第三篇中,谈及"模仿"问题。
④ 《反对"含泪"的批评家》,原载《晨报·副刊》1922年11月17日,署名风声。
⑤ 王瑶:《中国新文学史稿》上册,第66页,上海:新文艺出版社,1953年。
⑥ 汪静之:《回忆湖畔诗社》,王训昭编:《湖畔诗社评论资料选》,第287页,上海:华东师范大学出版社,1986年。

于论争的作用，汪静之的写作和《蕙的风》，都得到了某种文学史的"加工"，一本诗集的思想意义被放大了，有关诗学问题的争执，却无形中被忽略了。

在胡适等人眼中，《蕙的风》体现了"诗体大解放"后所展现的"新鲜"的表意活力。汪静之当年的学长曹聚仁就说："知堂从性道德这一方面立论，胡适从诗的艺术方面抱腰。"① 汪静之等人也自觉遵守新诗的金科玉律，在随兴的书写中追求着清新、陌生的可能性。这就导致了对固有"诗歌"程式的某种反动。另一位湖畔诗人应修人就对友人说："我们也正要弄些不像诗的（散文的）句子来。"诗与文界限的打破，旨在维护表现力的开放："在半路上先立标准，决要绊住脚的。美文和诗底分野，恐怕不是言语文字所能表明的吧。"② 这样的姿态，也被汪静之分享。依靠某种"粗野"的尝试，冒犯一般的审美规范，在一代新诗人那里，是他们彰显自身"新异"形象的策略之一，这也是新诗发生的历史冲动所在。

胡梦华的批评，指向的正是自由书写对既有"诗歌规范"的冒犯，他的言论其实呈现于一种持续高涨的呼声中，即：新诗的可能性似乎必须要在某种普遍的"诗美"规范中获得合法性。在这一点上，胡梦华与其老师"学衡派"诸公们，在发言角度上倒十分相近，并采用了相似的论述方式。虽然以新诗支持者面目出现，但行文中也是采用"子曰诗云"的普遍性逻辑，除不断提及西洋名家的作品和言论外，他还曾大段引述梁启超有关"诗"的谈论，作为自己判断的依据。对此，于守璋敏锐地指出：梁启超的论述诚然不错，"若是拿着当'艺术论'看，我倒非常赞成，若是以之为创作文学的'天经地义'，恕我不敢赞一词了！"③ 言下之意，普遍的原理虽然没错，但能否规范具体的

---

① 《诗人汪静之》，《湖畔诗社评论资料选》，第 183 页。
② 上述两段文字出自 1922 年 4 月 15 日、20 日修人致潢华信，应修人：《修人集》，第 206、209 页，楼适夷编，杭州：浙江人民出版社，1982 年。
③ 于守璋：《答胡梦华君——关于〈蕙的风〉的批评》，《时事新报·学灯》1922 年 11 月 29 日。

写作，则是另外一个问题。

由此可见，在道德问题之外，围绕《蕙的风》展开的争论，还涉及解放的"新诗"与"艺术论"式的诗美期待之间的关系问题。更有意味的是，二者之间的张力，不仅引发不同派别间的论战，它在具体个人的写作中也有显现，对汪静之及其他"湖畔"诗人就产生了微妙的"扭转"作用。本来，应修人就对自己的"散文化"尝试抱有怀疑，曾在给周作人的信中多次流露。①《蕙的风》出版后，汪静之回忆，他和修人两人"同时很明白地发现新诗如散文，如说话，太粗糙，太琐碎，太分散，太杂乱，太不修饰，太没有艺术性。我和修人两人明确认定新诗的缺点必须改革，必须稍加修饰"②。与此相关，汪静之还在给胡适的信中，忏悔自己拿"未成熟的诗集出版"，并写道："胡梦华君的批评（虽然他不能了解我的人格）我并不在意，我只感谢他。"③在这段话中，批评者的位置发生了有趣的转换，胡梦华不仅是《蕙的风》的批评者，他还提早说出了诗人的心里话。

因而，在《湖畔》《蕙的风》之后，"湖畔"诗人的自由尝试都有收敛之势，只不过这种收敛，表现为朝向格律的回归。④这似乎是一种"艺术规律"的作用，但普遍的审美规范在提升所谓的"美学价值"之外，是否也有可能钳制，甚至消缩新诗内在动力，这也是一个需要

---

① 在1922年7月31日致周作人信中，应修人说自己写诗"这样繁冗，这样明露，竟是文里的一段"，"自己疑惑这可以称诗吗"。（应修人：《修人集》，第261页，楼适夷编，杭州：浙江人民出版社，1982年。）同一信中，他还对"旧体诗里铿锵的美"表示认可，谈论新诗要不要"顾到听的愉悦"的问题（第262页）。在8月1日信里，他认为自己的《百叶窗》，"只可充小说的资料"（第265页）。
② 汪静之1993年6月16日致贺圣谟信，引自贺圣谟：《论湖畔诗社》，第89页，杭州：杭州大学出版社，1998年。
③ 耿云志主编：《胡适遗稿及秘藏书信》第27卷，第648页，合肥：黄山书社，1994年。
④ 对这一转变的分析，见范亦豪：《论"湖畔"派的诗体探索》，《中国现代文学研究丛刊》1983年第1期。

讨论的问题。惭愧"《蕙的风》之浅薄与恶劣"①之后，汪静之的第二部诗集《寂寞的国》就有了"一种求形美的倾向"。但读者似乎并不认同这样的转向，赵景深就认为《寂寞的国》"总觉得不及《蕙的风》有兴趣，尽管作者自己说《蕙的风》是要不得的，而《寂寞的国》较为成熟老练"②。言下之意，自由的活力反而在"精进"中消弭。1957年，汪静之对《蕙的风》作了大幅度的删改，重新出版，当年遭胡梦华攻击的篇、段、句，在新版中或被淘汰，或被砍伐。对此，有论者感慨道："汪静之的这一修改，从整个社会历史的发展进程来看，不能不说是对当年争论的一个莫大的讽刺；就诗人本人来说则是一个莫大的悲哀。"③ "讽刺"或"悲哀"，都可能是言重了，"修改"实际上是承认了当年攻击的合理性。

第三节 《湖畔》与"经验范围"的争议

无论是学衡的反动，还是胡梦华的发难，对"新诗集"的攻击，从某个角度看，都是来自新诗坛之外，但新诗合法性的辩难，也逐渐演化成新诗坛内部的分歧。《蕙的风》的争论热闹一时，后来也备受关注，在它出版之前，其姊妹集《湖畔》的遭遇，却是一个没有被太多谈论的个案。

---

① 1923年4月23日汪静之致胡适信，中国社会科学院近代史研究所中华民国史组编：《胡适来往书信选》上册，第198页，北京：中华书局，1979年。
② 赵景深：《〈现代诗选〉序》，引自王训昭编：《湖畔诗社评论资料选》，第166页，上海：华东师范大学出版社，1986年。
③ 雁雁：《〈蕙的风〉及其引起的争论》，引自汪静之：《六美缘——诗因缘与爱因缘》，第289页，北京：十月文艺出版社，1996年。

一

与《蕙的风》一样,"自然"和"新鲜"是读者对《湖畔》的最初印象。周作人就称:"许多事物映在他们的眼里,往往结成新鲜的印象。"① 这一评价指向的,是他们表意方式的新异和独特,对经验范围特殊性的强调也包含其中,用朱自清的话来说,因为"不曾和现实相肉搏",所以"就题材而论,《湖畔》里的诗大部分是咏自然的"。② 由此,"赞颂自然,咏歌恋爱"成了后人对"湖畔诗人"的一般性想象,"爱与美"是湖畔诗人所处理的主要经验。然而,也正是这种特征,招致了新诗坛内部的非议。

《湖畔》1922年5月出版,在当月15日致周作人信中,应修人说:"最近一期《文学旬刊》上有C. P先生评我们诗不是诗,更明白提出静底'花呀……'小诗,寻不出一星点的诗情。"③ 此前,在给漠华信中,应修人也提到了该文,述说了心中怨气。④ 这篇让应修人不快的文章,是《文学旬刊》第37期(1922年5月11日)发表的C. P《对于新诗的诤言》一文。此文虽然没有点出《湖畔》之名,只是对新诗中"流连风景,无病而呻之诗"及"为作诗而做的诗"提出批评,却将《湖畔》中汪静之的诗作当成标靶⑤,讥讽其"不过堆了几个花字,风字,雨字罢了"。有意味的是,同一期上还发表了王任叔的《对于一个散文诗作者表一些敬意》,对刚刚在诗坛上露面的徐玉诺大加称赞,文后还附有西

---

① 周作人:《介绍小诗集〈湖畔〉》,《晨报·副刊》1922年5月18日。
② 朱自清:《读〈湖畔〉诗集》,《朱自清全集》第4卷,第57—58页,朱乔森编,南京:江苏教育出版社,1996年。
③ 1922年5月15日应修人致周作人,应修人:《修人集》,第255页,楼适夷编,杭州:浙江人民出版社,1982年。
④ 1922年5月致漠华信中,应修人写道:"可惜他无力把《湖畔》喊明","现实太枯燥而烦闷……这类江南式的清闲幽雅,自难合他们的脾胃。所以《草儿》也应为他们不满"。(同上书,第215页。)
⑤ 受到抨击的是汪静之的《小诗》(六),登载在刚刚出版的《湖畔》上。(潘漠华等:《湖畔·春的歌集》,第71页,北京:人民文学出版社,1983年。)

谛的补白，为之推波助澜："只有玉诺是现代的有真性情的诗人。"同一版面上反差鲜明的评价，指向的其实是同一个问题：作为体现崭新历史可能性的"新诗"，该处理什么样的"经验"。与汪静之等人以自然、青春为主题的写作相比，徐玉诺对社会现实的介入，更得到一部分论者的认可。这样的反差刺激了应修人，他不仅抱怨 C.P 的批评，在同一天写给漠华、雪峰、静之的三封信中，同样表达了对徐玉诺诗歌的不满①，理由是"倘看了令人烦闷，暴躁的是好诗，玉诺该受尊敬了"。与 C.P 的批评一样，应修人对徐玉诺的反感，也集中在诗歌处理的题材、经验上，两人的观感虽然对立，但角度却是一致的。

《文学旬刊》上的批评不是偶然的。一年以前，郑振铎等人就开始提倡"血与泪"的文学，反对"满堆上云，月，树影，山光，等字"，"吟风啸月"的文字。②徐玉诺的诗歌写作，广泛介入社会的动乱现实，可说是新诗中"血与泪"文学的代表③；湖畔诗人的诗作"多是由山光水色酝酿出来的"④，在经验上恰恰以吟咏自然风月为多，两种向度在《文学旬刊》上引起的反应自然不同。C.P 的批评发表在《文学旬刊》第 37 期，而第 38 期上，西谛发表了一首名为"读了一种小诗集以后"的诗作，其中有这样的句子："喋喋的语声，/漠然的笑，/无谓而虚伪的呻吟，/寂了吧：/心之灯油要停储些。"对于所谓的"小诗集"，诗中没有点明，但敏感的读者还是指出，这"似乎是说《湖畔》的"⑤。随后的

---

① 应修人：《修人集》，第 215、216、217 页，楼适夷编，杭州：浙江人民出版社，1982 年。
② 西谛：《血与泪的文学》，《文学旬刊》第 6 期（1921 年 6 月 30 日）。
③ 徐玉诺是文研会诗人中最受推崇的一个，在《雪朝》八人中，选入徐玉诺诗歌最多（48 首），远远多于他人（周作人 27 首，郑振铎 34 首，朱自清、叶圣陶、俞平伯、郭绍虞、刘延陵都不足 20 首），《将来的花园》也是"文学研究会丛书"中的第一部个人诗集。
④ 汪静之：《出了中学校》，《六美缘——诗因缘与爱因缘》，第 258 页，北京：十月文艺出版社，1996 年。
⑤ 何炳奇：《读〈湖畔〉》，《觉悟》1922 年 6 月 11 日；对于这首小诗，应修人也十分不满，认为在报上发表，会对读者产生暗示作用。（《修人集》，第 228 页。）

《旬刊》第39期上，又登出叶圣陶长达万言的评论《玉诺的诗》，集中推介徐玉诺。在接连三期的篇幅中，对《湖畔》的暗中批评与对徐玉诺的大力称道，形成鲜明对照，应修人反应的强烈不是没有理由的，他对玉诺的抨击本身，其实就包含了为《湖畔》的辩护。

对于湖畔诗人，后来的接受大多强调其共性，但如有学者指出的："赞美自然，咏歌恋爱"，是一个笼统的说法，并不是对每一个诗人都合适。① 四诗人中，潘漠华作为一个"饱尝人情世态的辛苦人"②，其诗作在经验领域上就十分不同，依照朱自清的说法，表现"人间的悲与爱"是他写作的重心。这种倾向也反映在他的接受趣味上，当应修人、汪静之对徐玉诺诗中对社会暴力、阴暗现象的书写表示拒斥的时候，他却觉得玉诺的诗很好，很感人。③ 为此，他与应修人之间，还发生过一场辩论：查1922年5月间，应修人与漠华的书信，除了讨论《湖畔》出版发行的问题，最主要的话题，都是围绕徐玉诺的诗歌评价展开的，争论的焦点仍是诗歌经验的合法性问题。

在潘漠华看来，"一首诗可以引起无论何种风色的人底感兴，这就有永久的价值了"④，这意味着新诗的可能性，并不能由既定的诗意经验范围所限定，徐玉诺对纷乱现实的描摹，也可以构成另一种"感兴"。修人则强调诗歌经验的特殊性，某一类经验是不宜入诗的，"我们要看丑恶何处找不到，要巴巴地到文学上寻觅，似乎太为两支脚胜利了"⑤。玉诺诗中的内容，"只能引起我杂乱干枯而厌恶的感兴来"⑥。一心要做"纯粹的诗人"的他，力主以"美"为写作的旨归，虽然后

---

① 贺圣谟：《论湖畔诗社》，第123页，杭州：杭州大学出版社，1998年。
② 潘漠华的个人遭遇非常不幸，相关情况见冯雪峰：《秋夜怀若迦》，王训昭编：《湖畔诗社评论资料选》，第217—220页，上海：华东师范大学出版社，1986年。
③ 汪静之：《应修人致漠华、雪峰、静之书简注释》，应修人：《修人集》，第242页，楼适夷编，杭州：浙江人民出版社，1982年。
④ 修人致漠华信，同上书，第220页。
⑤ 修人致周作人信，同上书，第226页。
⑥ 修人致漠华信，同上书，第222页。

来做出让步,认可玉诺的部分写作,但"终不愿意诗的领土里长受男督军底盘踞"①。在应修人的观念中,使现实美化的"与人以低徊的讽咏",更应该是诗歌的本质。有意味的是,他还将诗学趣味上的差异,扩展成某种诗集间的关联:"凡爱好《草儿》和《女神》的朋友,我悬想必有大多数满意《湖畔》。"②对同时出版的具有"为人生"的总体倾向的《雪朝》,他大加讥讽:"《雪朝》真不要看,我共总看不中十首。周、刘的好些。朱、俞雕琢,徐、郑粗笨,郭、叶浅薄;然而我俱犯之。平、振最坏,确的。"③换言之,在应修人眼里,单从"经验"上看,当时的"新诗集"似乎可以划分出不同的序列。新诗坛的某种分野,也恰恰显现于诗集之间的对峙中。

二

应修人与潘漠华态度的差异,暗含的是新诗经验合法性的争议。从新诗发展的多元性角度,"血与泪"的提倡,的确造成了一种"主义"对"写作"的干涉,这也招致了包括周作人在内的很多人的反对。④ 但如果从新诗发生历史冲动的角度看,它还是呈现于从胡适、新潮社诗人开始的特殊思路中,即要在诗歌与历史现实的关联中,去构想新诗的合法性。"血与泪"表面上是对特定文学经验的强调,在功能上却能打破固有的诗美空间,扩大诗歌的经验范围。叶圣陶等人对作为诗歌泉源的"充实的生活"的重视,其实就是将新诗的前途,寄托在对广阔人生经验的容纳中。⑤ 在这样的追求中,传统以"自然"为

---

① 修人致漠华信,应修人:《修人集》,第222页,楼适夷编,杭州:浙江人民出版社,1982年。
② 同上书,第228页。
③ 1922年9月7日修人致漠华信,同上书,236页。
④ 1922年8月1日修人致周作人信中说:"《小说月报》《文学旬刊》乱闹血的泪的文学,闹得我胆子小了许多。"(同上书,第264页。)
⑤ 叶圣陶:《诗的泉源》,《诗》1卷1期(1922年1月)。

中心的审美经验,势必受到了某种挤压,这也影响到湖畔诗人中具体的个人评价:在湖畔四人中,应修人年龄最大,经验最丰富;汪静之名气最大,诗歌产量最高;潘漠华的诗歌受到的好评似乎最多。应修人就说:"这里读《湖畔》的也有十分之九强说漠华的最好。于是雪峰晦气了。"① 其实,晦气的可能不只雪峰,应修人也会有不快的反应,朱自清在《湖畔》评论中,就认为"漠华君最是稳练、缜密",对修人的评价似乎最低,"有时不免纤巧与浮浅"。在修人为《湖畔》辩护中,也不难听到他自辩的声音。

然而,虽有"血与泪"的历史挤压,写景叙情,吟风弄月,仍是新诗的一个主要经验领域,批评与辩护交替起伏。② 当《湖畔》受到责难的时候,远在美国的闻一多也读到了。眼光十分挑剔的他,对《湖畔》倒有几分赞赏,认为修人、雪峰、漠华皆有佳作,并说"湖畔诗人,犹之冰心,有平庸之作,而无恶劣之品"。所谓"恶劣"之品,在闻一多那里,指的是《冬夜》《草儿》中的过多的日常现实因素:"《冬夜》底《八毛钱一筐》,《草儿》底《如厕是早起后第一件大事》皆不可见于《湖畔》。"③ 对"诗"而言,《湖畔》中的"湖光山色"和"性灵吟咏"是符合诗美的"正当"经验,而"如厕"等日常琐事的引入,则是非法的表现。

表面上看,上述争议发生在个人之间,没有演成公开的争论,但

---

① 5月14日修人致漠华信,应修人:《修人集》,第218页,楼适夷编,杭州:浙江人民出版社,1982年。
② 针对罗家伦《新潮》上对"写景"的质疑,有人就提出反论:"写风景的诗,在诗里自有彼自身底价值!至于'写实'这二个字,在现在已不是'天经地义'的了。"(月如:《罗家伦底〈近代中国文学思想的变迁〉底批评》,《觉语》1921年4月27日)流连风景之作,在新诗中也数量可观,后来邓中夏在《贡献于新诗人之前》中呼吁新诗人"不专门做'欣赏自然''讴歌恋爱''赞颂虚无'这一类没志气的勾当"。(《中国青年》1923年12月22日)
③ 对于冯雪峰的《三只狗》这样一首"非诗"题材的作品,闻一多倒很宽容,说或许有人会批评,但它不过有点未来主义的味道,"还不失为诗"。(闻一多致梁实秋、吴景超信,闻一多:《闻一多全集·书信》,第81页,孙党伯、袁謇正主编,武汉:湖北人民出版社,1993年。)

基本的分歧还是显示出来,对湖畔诗人的写作也产生了潜在的影响。在《湖畔》之后,应修人、汪静之等都有过诗歌"精进"的阶段,贺圣谟曾对应修人中期(《春的歌集》)与初期(《湖畔》)的诗歌题材选择作过比较,结论饶有意味:初期以社会问题和思想、理念为题的诗作占总量的44%,描写自然风光和歌颂青春、爱情的占56%;中期前一类诗作减至2%(只有一首),后一类则上升至98%,结论是:"艺术上的自觉追求以题材范围的有意收缩为条件",这反映了其诗中思想与艺术的不平衡。[①] 争论是否"强化"了某种倾向,这里不得而知,但值得追问的是,艺术上的追求与题材的收缩,有无必然关联?换言之,诗歌题材、经验的窄化,与其说是思想与艺术的冲突,毋宁说是某种"诗"观念作用的结果。

三

《湖畔》出版三个月后,他的姊妹集《蕙的风》也问世了。与没有序言、自费出版的《湖畔》不同,由亚东出品的《蕙的风》有胡适、朱自清、刘延陵三人作序,这种盛大的推出,自然使之拥有更多"象征资本"的保障。如前所述,胡适的序言一如既往地构建"诗体大解放"的神话,相比之下,朱自清、刘延陵的序言,则更有现实针对性。比起其他湖畔诗人,生活优裕的汪静之,更是偏离人生现实,两位老师都应知晓《湖畔》的遭遇,所以都摆出了一副辩护的姿态。朱自清说:"我们现在需要最切的,自然是血与泪底文学",在承认这一"先务之急"的前提下,他还认为并非"只此一家",为"静之以爱与美为中心的诗,向现在的文坛稍稍辩解了"。[②] 刘延陵说得更直接:"中国几千

[①] 贺圣谟:《论湖畔诗社》,第136—137页,杭州:杭州大学出版社,1998年。
[②] 朱自清:《〈蕙的风〉序》,《朱自清全集》第4卷,第53页,朱乔森编,南京:江苏教育出版社,1996年。

年来的文学是太不人生的,而最近三四年来则有趋于'太人生的'之倾向",对于静之的"赞美自然歌咏爱情",批评者、读者也不应持太多偏见。① 在这里,序言更类似于提前写下的辩护。

出于对新诗写作自由向度的维护,朱、刘的序言似乎要在"血与泪"的呼声中,为"爱与美"争夺一种权力,但这在多大程度上代表他们自己的主张,是一个值得考虑的问题。在新诗的历史冲动与普遍的审美期待的对话中,朱自清等一批新诗人,总希望能找到一种平衡,因而他们的声音也显得尤为含混、暧昧。譬如,在所谓的"散文化"与"诗化"间,朱自清的态度就十分游移,曾对俞平伯说:"兄作散文诗,说是终于失败,倘不是客气话,那必是因兄作太诗而不散文,我的作恐也失败,但失败的方向正与兄反。"② 在诗歌经验范围问题上,在诗中探索现代复杂体验也是朱自清诗艺的重点,他的长诗《毁灭》就接续周作人的《小河》开创的散体长诗体式,传达了现代人繁复曲折的自我认识,对一批诗人"只将他们小范围的特殊生活反复的写个不休"的倾向还提出过批评。③ 因而,对汪静之的青春吟咏,朱自清内心里并不一定看好,在序言写成后一个月,在给俞平伯信中说:"静之近来似颇浮动,即以文字论,恐亦难成盘根错节之才。我颇为他可惜。"④ 这样的评价,与他在《蕙的风》序中的辩护,构成有趣的反差。

---

① 刘延陵:《〈蕙的风〉序》,王训昭编:《湖畔诗社评论资料选》,第104页,上海:华东师范大学出版社,1986年。
② 1922年4月13日致俞平伯信,朱自清:《朱自清全集》第11卷,第122页,朱乔森编,南京:江苏教育出版社,2000年。
③ 朱自清:《水上》,《朱自清全集》第4卷,第135页。
④ 1922年3月26日致俞平伯信,《朱自清全集》第11卷,第120页。

第四节　对"新诗集"的整体批判

"学衡派"与胡梦华对"新诗集"的批评，在新文学史上是作为某种逆流被提及的；《湖畔》引起的争议，似乎也被掩饰在新文坛假想的同一性中。但上述辩难，并没有因"正统"的稳固而渐渐消除，在一代新诗人那里，辩难以更激烈的方式展开，并构成了他们闯入"新诗坛"的起点。从1922年开始，由新的一代诗人发起的，针对早期新诗的"批判"便此起彼伏地展开了，刚刚确立的"正统"似有被倾覆之势，有读者惊呼"近来批评新诗的文学，却也连篇累牍，到处飞舞"[①]。闻一多、梁实秋的《〈冬夜〉〈草儿〉评论》、成仿吾的《诗之防御战》，以及《京报·文学周刊》上"星星文学社"的发言，就是其中代表性的事件。这些"批判"虽然与"学衡派"的观点有所牵连，也是从"诗"的角度出发，对早期新诗进行严苛的评判，但却被后来的文学史欣然接纳，被认为是一种有效的"纠正"，构成了新诗合法性辩难的重要环节。

一

在进入具体讨论之前，有两个问题值得在这里提及。首先，上述批判都不约而同地选取早期"新诗集"作为主攻的对象。闻一多、梁实秋的"新诗集"评论，虽然只是以《冬夜》《草儿》两本为批评对象，但最初闻一多的设想是做一本《新诗丛论》，"下半本批评《尝试集》《女神》《冬夜》《草儿》"及其他诗人的作品[②]，"将当代诗坛中已出集

---

① 素数：《"新诗坛上一颗炸弹"》，《时事新报·学灯》1923年7月9日。
② 闻一多致闻家驷信，闻一多：《闻一多全集·书信》，第33页，孙党伯、袁謇正主编，武汉：湖北人民出版社，1993年。

的诸作家都加以精慎的批评"就是他的最初方案。① 文坛"黑旋风"成仿吾的"板斧"劈砍到的,则有《尝试集》《草儿》《冬夜》《雪朝》《将来之花园》等五部新诗集,也大有将新诗集一笔扫尽之势。《京报》所附《文学周刊》一问世,就选择新诗作为主攻的对象,第二期上发表的张友鸾的《新诗坛上一颗炸弹》一文列出12本诗集——《尝试集》《女神》《草儿》《冬夜》《雪朝》《湖畔》《将来的花园》《繁星》《春水》《浪花》(张近芬)、《新诗年选(一九一九年)》,进行狂轰滥炸。随后的15、16、17三期上,又连续刊出周灵均的《删诗》一文,洋洋洒洒对早期白话诗集进行了一场大删选,包括《尝试集》《女神》《草儿》《冬夜》《将来之公园》《雪朝》《蕙的风》《渡河》八本,鲁迅称作者手执一支"屠城的笔"②,可以说不算过分。由此可见,早期出版的"新诗集",似乎成为所有批判指向的标靶。

其次,与"学衡派"反对者的身份不同,这场批判主要是出自新文坛内部,与新文坛"场域关系"的分化和重设有着直接的关联。在俞平伯对新诗"反对派"的分类中,他们属于最后一类:主要反对"我们改造中国诗",理由是"你们这班人都没有诗人的天才"。③ 在某种意义上,闻一多、梁实秋、成仿吾、张友鸾、周灵均等人,在姿态上有类似之处,作为初登文坛的新人,他们针对的不是"新诗"④,而是早已垄断诗坛的那些正统"新诗人"们。在新文坛的初建过程中,一代新文学家借助社团、出版的力量,形成所谓的文坛势力,已经是

---

① 闻一多:《〈冬夜〉评论》,《闻一多全集》第2卷,第62页,孙党伯、袁謇正主编,武汉:湖北人民出版社,1993年。
② 鲁迅:《说不出》,《鲁迅全集》第7卷,第39页,北京:人民文学出版社,1981年。
③ 俞平伯:《社会上对于新诗的各种心理观》,《新潮》2卷1号(1919年10月)。
④ 张友鸾的《炸弹》发表后,一位名为凌寒的读者来信:"尊文论新诗之应当排除,尤当!"因为新诗"论诗则无音无韵,空有其名"。显然是将张友鸾混同一般的新诗反对派的,张的复函中就说凌寒"完全误解",他并不反对新诗,而是担心新诗的前途,"因为大家都迷信了'成功在尝试'而忘了'尝试'之后应有的努力了"。(《诗坛炸弹诉讼案》,《京报·文学周刊》4号[1923年6月30日])

一个受到学界关注的文学史现象。① 在文学"场域"逻辑的驱动下,当文坛或诗坛的基本格局已经形成,新的一代为了要争夺自己的位置,另起炉灶式的整体批判,往往是其基本的策略。这验证了如下论断:"文学(等)场是一个依据进入者在场中占据的位置(举极端一点的例子,也就是成功剧作家的位置和先锋诗人的位置)以不同的方式对他们发生作用的场,同时也是一个充满竞争的战斗的场,战斗是为了保存或改变这场的力量。"②《冬夜》《草儿》评论的问世,就与要"在文坛上只求打出一条道来","径直要领袖一种文学之潮流或派别"的冲动相关。③ 猛烈暴击"当时筑在闸北的中国所谓诗坛"④的《诗之防御战》,无疑也附属于创造社"异军苍头突起"的整体战略。从效果上看,闻、梁与成仿吾的"批判",虽然当时都是孤军奋战,但后来都占据了文学史上的一席之地。与他们相比,星星文学社的同人,就没有那么成功,对于他们的攻击,似乎也知者寥寥。

"星星文学社"——主要成员有张友鸾、周灵均、黄近春三人,都是当时在校读书的学生。1923年6月,他们在《京报》上辟出了一份《文学周刊》(1923年6月16日),正式以团体形象登上文坛。作为文坛新人,刚一露面就选择新诗为攻击对象,意图无非要在文坛发出自己的声音。从发难文章的标题"新诗坛上的一颗炸弹",就可看出其强烈的攻击性质,不知是否模仿了成仿吾的"防御战",他们也采用一种战争想象——"炸弹"来设定发言方式,目的要"将一群魔怪,全赶个干干净净"⑤。文章发表后,徐志摩致信编者,建议"不当为'投炸

---

① 王晓明:《一份杂志和一个"社团"——重评五四传统》,《刺丛里的求索》,上海:远东出版社,1995年;刘纳:《创造社与泰东图书局》,南宁:广西教育出版社,1999年。
② 皮埃尔·布迪厄:《艺术的法则——文学场的生成和结构》,第279—281页,刘晖译,北京:中央编译出版社,2001年。
③ 闻一多:《闻一多全集·书信》,第157页、80页,孙党伯、袁謇正主编,武汉:湖北人民出版社,1993年。
④ 郭沫若:《创造十年》,《学生时代》,第153页,北京:人民文学出版社,1979年。
⑤ 《京报·文学周刊》2号(1923年6月16日)。

弹'而投炸弹"。胡梦余则批评张友鸾仅仅骂人,"至于人家的诗怎样坏,自己主张一种什么好的诗,一概不提;笼笼统统",还将此文与成仿吾的《诗之防御战》并举:"除了骂以外,没说一句什么。"①

作为一种文坛攻略,"骂"自然是一种恶劣的手段,后来的新诗史上,这种情况也多有延续,如鲁迅所言:"凡是要独树一帜的,总打着憎恶'庸俗'的幌子。"②但"骂"在执行"场域"划分,建立新的文学史起点方面的功能,却是不容忽视的。如果比照胡适等第一代新诗人对待旧诗不加分析,统统骂倒的态度,这一点就更容易体察。有趣的是,这种被"骂"命运,很快也落到了胡适等人自己头上,有所不同的是,胡适等人是依靠"新/旧"的对立来追寻一种"正统",建立一个新诗坛的;在新一代那里,"诗/非诗"的逻辑,开始成为重整诗坛格局、重新确立"正统"的新的区分工具。

二

从时间上看,闻一多、梁实秋的发难最早,《冬夜》《草儿》评论,1922年由清华文学社出版。但在此之前,他们与当时新诗坛的摩擦已经开始。

20世纪20年代初,在清华读书的闻一多、梁实秋应该是新诗最早的追随者。闻一多的新诗写作从1919年开始,还曾大力标举"若要真做诗,只有新诗这条道走"③,对胡适等人的理论也多有留心。④ 然而,这并不等于说他完全服膺早期新诗的向度,据梁实秋回忆,闻一

---

① 《诗坛炸弹诉讼案》,《京报·文学周刊》4号(1923年6月30日)。
② 鲁迅:《中国新文学大系·小说二集》导言,第5页,赵家璧主编,鲁迅遍:《中国新文学大系·小说二集》,上海:良友图书出版印刷公司,1935年。
③ 闻一多:《敬告落伍的诗家》,《清华周刊》第211期(1921年3月11日)。
④ 在上文中,闻一多就列出胡适、康白情等人的诗论,请人参考。在1921年12月2日为清华文学社作的《诗歌节奏的研究》报告中,列出的23种参考书中,中文部分为胡适的《尝试集》《谈新诗》。

多当时"不能赞同的是胡适之先生以及俞平伯那一套诗的理论。据他看,白话诗必须先是'诗',至于白话不白话倒是次要的问题"①。这意味着,年轻的闻一多与郭沫若等人一样,是在一个不同的起点上思考"新诗"问题的。"幻象"与"情感"的标准,已经成为其论诗的宗旨。②然而,与郭沫若的异军突起不同,虽然有了较为成熟的诗学见解,但闻一多的声音除了在清华园内散播外,还未"与国内文坛交换意见"。1922年,闻一多赴美留学,暂时远离了"国内文坛","交换意见"的任务则由梁实秋率先完成了,一场有关"丑的字句"的争论,拉开了《冬夜》《草儿》评论的序幕。

1922年年初,俞平伯在刚刚创刊的《诗》杂志上,发表了著名的《诗的进化的还原论》一文,引发了一场新诗"贵族化"与"平民化"的大论战。年轻的梁实秋也加入其中,1922年5月在《晨报》副刊上,连续三天发表长文《读〈诗的进化的还原论〉》,借批评俞平伯来系统阐发所谓"为艺术而艺术"的诗学主张。在文中的一段,梁实秋针对诗的内容问题大发议论:

> 现在努力作诗的人,大半对于诗的内容问题,太不注意了!他们从没想过何者是美。何者是丑。西湖边上的洋楼,洞庭湖里的小火轮,恐怕不久都要被诗人吟咏了。

依照这一思路,梁实秋指摘《女神》《草儿》这两部新诗集中,"革命""电报""基督教青年会""北京电灯公司"等现代词汇的出现。③这段文字露面后,似乎扭转了"贵族化"与"平民化"之争的方向,

---

① 梁实秋:《谈闻一多》,第9页,台北:传记文学出版社,1987年。
② 在《评本学年〈周刊〉里的新诗》中,闻一多写道:"诗底真价值在内的原素,不在外的原素……下面的批语首重幻象,情感,次及声与色底原素。"(《清华周刊》第7次增刊[1921年6月])
③ 梁实秋:《读〈诗的进化的还原论〉》(二),《晨报·副刊》1922年5月28日。

周作人随即发表《丑的字句》一文，反驳梁实秋对诗中所谓"丑的字句"的排斥，梁实秋再度撰文答辩。一场围绕"丑的字句"——"如厕""小便"等——是否可以入诗的讨论，在《晨报·副刊》《文学旬刊》《觉悟》《努力周报》等报刊上沸沸扬扬地展开了。① 本来，在"贵族化"与"平民化"之争中，大多数论者都对俞平伯的极端平民化主张持反对或保留的态度，但"戴贵族的面具的批评家"梁实秋的发言，似乎触怒了整个新诗坛，梁实秋一下子成了众矢之的，四面八方都传来反对之声。

应当说，是"贵族"与"平民"的论争引发了"丑的字句"的讨论。在一般的认识中，上述论争体现的是功利与艺术、"唯善"与"唯美"间的冲突。有学者就认为，从俞平伯引发的论争开始，中国现代诗歌分化为两个方向："或沿着善的功利主义方向而走向唯善的偏执，或追着美的鹄的而趋于唯美的偏至。"② 但梁实秋与他人的分歧，似乎不是"为人生"与"为艺术"的二项对立可以完全说明，其中所涉及的其实还有对"诗美"的不同理解，"分歧"不仅存在于"善"与"美"之间，也存在于两种不同的诗歌观念间的冲突。在梁实秋那里，诗歌用字问题与这样一种认识相关："诗境即是'仙人境界'，因为都是超脱现实世界以外的——想象的。所以学诗无异于求仙。离开现实世界愈远愈好。"③ 这种"诗境"是建立在某种经验、修辞特殊性的基础上的，"美"应该显现为辞藻的诗化和文体的纯粹。由此出发，现代生活

---

① 周作人《丑的字句》一文发表于1922年6月2日《晨报·副刊》，梁实秋的答辩《读仲密先生的〈丑的字句〉》发表于6月25日的《晨报·副刊》上。《晨报·副刊》上随后出现的文章有：柏生《关于丑的字句的杂感》（6月27日）、东苍《让我来掺说几句》（6月29日）、梁实秋《让我来补充几句》（7月5日）、虚生《诗中丑的字句的讨论》（7月12日）、景超《一封论丑的字句的信》（7月15日）；《文学旬刊》上的反应有C.P《杂谭》（40期[1922年6月11日]）、俞平伯《评〈读诗的进化的还原论〉》（41期[1922年6月21日]），以及化鲁、西谛的多条《杂谭》（42期[1922年7月1日]）；其他可参见的还有《觉悟》1922年7月7日发表的拙园的《美丑》、《努力周报》第16期（1922年8月20日）上的编辑余谈《诗中丑的字句》等。
② 解志熙：《美的偏至》，第263页，上海：上海文艺出版社，1997年。
③ 梁实秋：《让我来补充几句》，《晨报·副刊》1922年7月5日。

异质性的非诗经验才应当排除在外,当"洋楼电报接连不断的触动我的眼帘,我忍不住的时候,还是要说那是'丑不堪言'的"①。在梁实秋众多的反对者那里,"美"首先是一个不确定的概念,并没有本质的规定。俞平伯在《评〈读诗的进化的还原论〉》就称:"美底概念底游移……梁君始终没有说出美是什么,只是交付给那些治美学者作为遁词……梁君要知道,美学还是很幼稚的科学,要给我们一个满意,美底定义,想怕一时还谈不到。"②在俞平伯看来,"美"是可以被不断改写的,从"非诗的经验"中依然可以提取。另一位发言者从心理学的角度,论说有些字不美,"我们也很可以承认他。但是这种不美,不属于本质,不过受感觉的影响。现在如果有几个有天才的人,大胆拿来应用,岁月既久,联感已成,一定又可以成美的资料"③。周作人则将这个问题与现代经验的表现联系起来:"现在倘有人坐着小火轮忽然有感,做成一诗,如不准他用小火轮这个字,那么叫他用什么字去写:夷舶,方舟,瓜皮小艇么?"④在周作人看来,重要的不是所谓"美"的满足,"美"存在于某种经验的真实和有效上,这一点对现代写作而言,似乎尤为重要。

其实,从现代诗歌的发生看,"丑"的字句入诗,是一个必然的现象。本雅明在评论波德莱尔时,专门谈及他诗歌语言的混杂性——"《恶之花》是第一本不但在诗里使用日常生活词汇而且还使用城市词汇的书。波德莱尔从不回避惯用语,它们不受诗的氛围的约束,以其独创的光彩震慑了人们。他常常使用 quinquet(油灯),wagon(马车),omnibus(公共车),bilan(借债单),reverbere(反光镜),和

---

① 梁实秋:《读仲密先生的〈丑的字句〉》,《晨报·副刊》1922 年 6 月 25 日。
② 俞平伯:《评〈读诗的进化的还原论〉》,《文学旬刊》第 41 期(1922 年 6 月 21 日)。
③ 虚生:《诗中丑的字句的讨论》,《晨报·副刊》1922 年 7 月 12 日;另外,《努力周报》第 16 期(1922 年 8 月 20 日)的编辑余谈《诗中丑的字句》也称:"近来有人主张诗中不可用丑的字句……其实美本无定评,在我们眼里,最丑的莫如从前人认为冠冕典雅的馆阁应制诗;而粪堆灰篓里却往往有真美存在。"
④ 周作人:《丑的字句》,《晨报·副刊》1922 年 6 月 2 日。

voirie（道路网）这类词也不退缩"，以至克洛代尔说他"把拉辛的风格同一个第二帝国的新闻记者的风格融为一体了"①。在现代生活经验中，提取震惊之美，这种写作观念，到了30年代现代派诗人们那里，已变成自觉的主张："《现代》中的诗是诗，而且是纯然现代的诗。它们是现代人在现代生活中所感受的现代情绪，用现代的词藻排列成的现代的诗形。"②

梁实秋对"丑的字句"的反动，与当时整体的诗学倾向显然不符，加之立论的偏激，自然遭到众人反对，即便其清华好友吴景超也认为他的观点欠斟酌③。然而，梁的立场并不孤立，在某种意义上可以看成是梅光迪等区分"诗之文字"与"文之文字"观念的延续。20年代初，与新诗分庭抗礼的吴芳吉，因抨击"写实主义"诗文有违"文学"的真美，与《民国日报》的邵力子有过冲突。④ 胡先骕也将"不问事物之美恶，尽以入诗"，当作新潮流的一个罪证。⑤ 梁实秋的主张也不乏同情之人，并投影到后来诗集的编选中，据朱自清称，徐玉诺的《将来之花园》出版时，商务印书馆主人便非将"小便"一词删去不可。⑥ 从这个角度看，"丑的字句"之争，与其说是显现了"唯美"与"唯善"、功利与艺术、写实与浪漫的矛盾，毋宁说是在美学构想层面，新诗的基本历史张力的又一次显现，它发生于普遍的"诗美"期待与"尽量从丑恶的人生提取美丽的诗意"⑦的特殊冲动之间。

---

① 本雅明：《发达资本主义时代的抒情诗人》，第120—121页，张旭东译，北京：生活·读书·新知三联书店，1989年。
② 施蛰存：《又关于本刊的诗》，《现代》4卷1期（1933年11月）。
③ 景超：《一封论丑的字句的信》，《晨报·副刊》1922年7月15日。
④ 吴芳吉：《再论"诗的自然文学"并解释"春官的文化运动"》，《新人》1卷5期（1920年8月28日）。
⑤ 胡先骕：《评〈尝试集〉》（续），《学衡》第2期（1922年2月）。
⑥ 朱自清：《中国新文学大系·诗集》导言，第3页，赵家璧主编，朱自清编：《中国新文学大系·诗集》，上海：良友图书出版印刷公司，1935年。
⑦ 此语为李健吾对早期新诗一种基本倾向的概括，见李健吾：《新诗的演变》，《李健吾批评文集》，第24页，郭宏安编，珠海：珠海出版社，1998年。

三

1922年6、7月间,当梁实秋受到"国内文坛"猛烈攻击时,正漂洋过海、赴美留学的闻一多并没有参与。然而,他庞大的"新诗集"批评构想中的《冬夜》评论一章,已经在赴美前完成。① 这篇涉及新诗批判的文章,开始的命运与胡先骕的《评〈尝试集〉》十分相似,并没有被新文坛接纳。据梁实秋回忆,《冬夜》评论底稿曾交由吴景超抄写,寄给孙伏园主编的《晨报》副刊,不料石沉大海。② 闻一多也自知——"我之《评冬夜》因与一般之意见多所出入,遂感依归无所之苦。《小说月报》与《诗》必不欢迎也",《创造》与他的眼光也终有分别。③ 在"无所依归"之时,刚刚与"新诗坛"交手的梁实秋,索性写下《〈草儿〉评论》,二稿合一,自费出版。④ 《〈冬夜〉〈草儿〉评论》的出版,只是闻一多原初计划的一部分,但恰好与胡适的《评〈新诗集〉》(评《冬夜》与《草儿》)构成鲜明对照,依照梁实秋所称的"擒贼先擒王"的逻辑,目标指向了新诗整体的"重新估定"。⑤

从文章本身看,《〈冬夜〉〈草儿〉评论》的确是精心构撰之作,不仅有清晰的评价尺度,还有具体的作品分析,与"学衡派"的放言高论完全不同,对于早期新诗的批评也切中要害。闻一多认为:"现今诗人,除了极少数的——郭沫若君同几位'豹隐'的诗人梁实秋君

---

① 1922年5月7日致闻家驷信中,闻一多言:"《冬夜》底批评现在已作完。但这只一章,全书共有十章。"(闻一多:《闻一多全集·书信》,第33页,孙党伯、袁謇正主编,武汉:湖北人民出版社,1993年。)
② 梁实秋:《谈闻一多》,第9页,台北:传记文学出版社,1987年。
③ 闻一多致梁实秋、吴景超信,《闻一多全集·书信》,第81页。
④ 梁实秋《〈草儿〉评论》完成于1922年8月31日,由梁私人出资,交北京琉璃厂公记印书局排印,列为"清华文学社丛书第一种",于11月1日出版。
⑤ 在《〈草儿〉评论》的开篇,梁实秋就称"以我国诗坛而论,几无一人心目中无《草儿》《冬夜》者",评论两本诗集,"实在又是擒贼先擒王的最经济的方法了"。(康白情:《康白情新诗全编》,第256页,诸孝正、陈卓团编,广州:花城出版社,1990年。)

等——以外,都有一种极沈痼的通病,那就是弱于或者竟完全缺乏幻想力,因此他们诗中很少浓丽繁密而且具体的意象。"① 表面上看,闻一多、梁实秋批评的是新诗艺术品质的低劣,显示的是一般"诗美"期待对新诗发展的规约,但值得注意的,还有新一代诗人态度的转变。由于诗学起点的不同,也因在新诗坛所处位置的差异,打破诗歌规范、尝试可能性的冲动,在他们这里并不很明显,新/旧的冲突,已让位于诗/非诗的区分,成了他们主要的观审视角。比如,让闻一多最为不满的是《冬夜》自序中"是诗不是诗,这都和我的本意无关"的表述;梁实秋也认为《草儿》的失败,恰恰是因为被别人反复称许的"创造的精神",它造成了"创作的太滥"。

立论角度的不同,使得闻、梁的发言,似乎包含了对胡适等人新诗合法性论述的反动,这种反动渗透在具体的作品评价中,表现为一整套以区分、排斥为主要功能的诗学话语。闻一多将"情感"与"幻象"作为诗的界说尺度,并引述奈尔孙(William Allen Nelson)有关"情感"与"情操"的区分:后者是"第二等的情感","用于较和柔的情感,同思想相连属的,由观念而发生的情感之上,以与热情比较为直接地依赖于感觉的情感相对待",而《冬夜》里的"大部分的情感是用理智底方法强造的,所以是第二流底情感"②。梁实秋在《草儿》批判中,更是引出一连串的结论:"我们不能承认演说词是诗","我们不能承认小说是诗","总之:我们不能承认记事文是诗"。如果说闻一多、梁实秋的不满,一定程度上代表了当时读者对早期新诗的普遍观感,那么排斥性、区分性话语的采用,则属于一种新创,暗示出纯粹的、具有严格边界的"诗"本体的出场,它要求诗歌经验的特殊(没有理智介入的纯粹情感)和表达方式的特殊(排除说理、叙事,一任

---

① 闻一多:《〈冬夜〉评论》,《闻一多全集》第2卷,第69页,孙党伯、袁謇正主编,武汉:湖北人民出版社,1993年。
② 同上书,第89—89页。

抒情)。其实，在"丑的字句"论争中，梁实秋对纯粹"诗体"的要求已经显露①，在《〈冬夜〉〈草儿〉评论》中，这种要求得到了更为全面的知识化表达。在随后发表的书评中，吴景超也指出："《〈冬夜〉〈草儿〉评论》的功用就在于能指示给大众什么是诗，什么不是诗。"②

在讨论文类的界限时，韦勒克认为文学类型的编组，建立在两个根据之上："一个是外在形式（如特殊的格律或结构等），一个是内在形式（如态度、情调、目的等以及较为粗糙的题材和读者观众范围等）。"③从这个角度看，为了给新诗提供知识上的依据，以内在情感、想象替换外在的格律，正是以后一个"根据"挑战前一个"根据"，由此产生的规约力量，在新诗史上同样不容忽视。

四

设置一种纯粹的"诗"本体，在捍卫"诗／非诗"（诗／文）界限的前提下，重新估价新诗的方向，类似的说法在20年代的诗坛上屡见不鲜，而且也和新／旧的冲突尺度一样，很快被运用于新诗空间的划分与排斥，成为诗坛论战中最有效的武器。在1923年成仿吾的《诗之防御战》、张友鸾的《新诗坛上一颗炸弹》、周灵均的《删诗》等文中，这一方式得到了某种"过度"的使用。

《诗之防御战》一文以"文学是直诉于我们的感情，而不是刺激我们的理智的创造"为标准，在五本新诗集中挑拣出一些段落，不加分析，就当即宣判"《尝试集》里本来没有一首是诗"；《草儿》中的作

---

① 在《读仲密先生的〈丑的字句〉》（《晨报·副刊》1922年6月25日）一文中，梁实秋说"小火轮"一类现代日常经验不能入诗，是因为"纪事诗（Epic）算不得诗的正宗"，上述经验只能写在游记里，诗中并不欢迎。吴景超在致实秋的信中，就纠正说："我们平常对于诗的概念不限于抒情的诗，史诗和剧诗，也是诗的一种。"
② 吴景超：《读〈冬夜〉〈草儿〉评论》，《清华周刊》264期所附《文艺增刊》第2期。
③ 韦勒克、沃伦：《文学理论》，第263页，刘象愚等译，北京：生活·读书·新知三联书店，1984年。

品"实是一篇演说词,康君把他分成'行子'便算是诗了";周作人的《所见》"这不说是诗,只能说是所见"等等,"不是诗"为主要的判词。考虑到《〈冬夜〉〈草儿〉评论》出版后,曾得到了创造社诸君的认同,此文从语气到具体实例都有借鉴后者的痕迹①,只不过行文更为简捷、明快,更具杀伤力罢了。

成仿吾的"暴击"发生不久,"星星文学社"的攻击便开始展开,两次"战役"间的关联,当时就被有的读者指出。②二者在战法上自然十分相似:张友鸾的《炸弹》一文谈及胡适,便说:"旁人硬加上诗人两字到他身上,倒反冤曲了他;他所作原算不了诗呀!"《冬夜》《草儿》也算不了诗,"只是一堆野草"。周灵均以"永久性作品"为口号的"删诗",也只是无理的漫骂,但还是贯穿了基本的尺度,与旧诗距离的远近之外③,最多的评语仍是"不是诗""非诗":像《孔丘》的"以哲理入诗,我以为这诗可以不作,作者可以在《读书杂志》内,记下这一段的议论";"草儿里的写景诗,是游记,不是诗",《安静的绵羊》的"这是小说,不是诗",《醉人的荷风》的"我承认这是一篇散文,不是诗";对《冬夜》及其他诗集的批评也与此相似,如评周作人的《两个扫雪的人》:"这不是诗,可以做日记的材料。我们虽说宇宙的事事物物,都是诗料,但是不能随便取用,当然要有个选择。"④

在闻一多、梁实秋,乃至成仿吾之后,上述评断即使火力全开,也已失去了最初的冲击力,"诗"与"不是诗"的区分也在"过度"使用中,成了某种特有的攻击话语,成了一种重构诗坛秩序的工具。有意味的是,在上述新诗的整体批判中,《女神》的位置耐人寻味。一方

---

① 谈到康白情的《西湖杂诗》时,成仿吾便称:"这确如梁实秋所说是一个点名录。"(《诗之防御战》,《创造周报》第1号 [1923年5月13日])

② 《诗坛炸弹诉讼案》中胡梦余的来信,《京报·文学周刊》第4期(1923年6月30日)。

③ 如评胡适《十二月五日夜月》:"也是五言绝句,不能算是新诗";《草儿》中"忆游杂记""仿佛小词,不似新诗"。(周灵均:《删诗》,《京报·文学周刊》15、16号 [1923年11月24日、12月1日])

④ 周灵均:《删诗》。

面,《女神》不在攻击的范围之内,另一方面,它又隐隐构成了一种评断的参照。对《女神》十分佩服的闻一多、梁实秋,在《〈冬夜〉〈草儿〉评论》中就不时引述《女神》的诗句,以衬托俞平伯、康白情的浅露,闻一多随后又撰写了《〈女神〉之时代精神》《〈女神〉之地方色彩》两篇雄文,确立了《女神》的文学史形象。成仿吾作为创造社元老,火力自然不会伤及社友,即便对《女神》有所挑剔的张友鸾,也不得不说"郭诗可勉强算诗"。这表明,在新一代诗人的笔下,整体的批判同时也是"新诗坛"历史坐标系的一次重设。如果说胡适眼中沿着"诗体大解放"线索生成的"三代划分",标志着"正统"的稳固的话,那么,当"取决于一部分生产者的颠覆欲望和一部分(内部和外部的)公众的期待之间的契合"的"场域"结构变化成为可能时①,前辈/新手、正统/异端、衰老/年轻等诗坛位置间的差异,就转化成一种对抗性的、颠覆性的对立,并在"诗/非诗"的知识话语中(取代新/旧)得到全面表达。

第五节 "新诗"与"诗":合法性辩难的展开

从"学衡"的反动到一代新诗人的整体批判,20年代初围绕"新诗集"展开的一系列争论,具体发生的情况、语境各有不同,但其间还是存在某种一致性,凸显了不同新诗构想间的冲突和诗坛的分化。比如,在文学史上,闻一多、梁实秋的新诗人身份与"学衡派"的守成主义形象有很大的差异,可他们对新诗的指摘,立场上却颇为相近,都是依据"诗"的普遍尺度,来检讨"新诗"的自由向度。在"丑

---

① 皮埃尔·布迪厄:《艺术的法则》,第281页,刘晖译,北京:中央编译出版社,2001年。

的字句"论争中,梁实秋就说,"我很晓得我所说的话是犯着'学衡派'的嫌疑"①,说明他很清楚自己的观点与"学衡派"的联系。后来,梁实秋还曾到东南大学访学(由胡梦华介绍),结识了吴宓及《学衡》诸人。回清华后,他在《清华周刊》上发表文章,赞扬《学衡》,回忆中也称自己当时对他们的主张"也有一点同情"②。

另外,《〈冬夜〉〈草儿〉评论》发表后,新诗坛的反应也可以注意。与"丑的字句"论争一样,对于初出茅庐者的批评,"正统"新诗坛是不以为然的。《努力周报》发表署名"哈"的编辑余谈,讽刺梁实秋对"想象力"的强调,违背了"譬喻"的原理。③《文学旬刊》上也有西谛的短评,反驳"诗的境界即是仙人世界"的说法。④当然,《〈冬夜〉〈草儿〉评论》也不乏同情者,郭沫若读后致函梁实秋,称"如在沉黑的夜里得看见两颗明星,如在蒸热的炎天得饮两杯清水",这让闻、梁大为振奋。有意思的是,另一个来信表示同情的,正是在《蕙的风》论争中只身挑战新文坛的"学衡"弟子胡梦华。⑤从"学衡派"、胡梦华,再到异军突起的创造社诗人,某种潜在的"联合战线"似乎形成,在"诗"话语的不断高涨中,对"新诗"的批评已由外部的反对转化为不同合法性构想之间的对话,"新诗坛"的内部分化也更为明显。

---

① 梁实秋:《读仲密先生的〈丑的字句〉》,《晨报·副刊》1922年6月25日。
② 梁实秋:《清华八年》,《秋室杂忆》,第41页,台北:传记文学出版社,1985年。
③ 《努力周报》第28期(1922年11月12日)的编辑余谈,针对梁实秋举闻一多《春之末章》中"碎坍了一座琉璃宝塔"一句,以衬出《草儿》想象力的贫弱,"哈"讽刺说:"凡用譬喻,须要晓得譬喻的原理是'以其所知,谕其所不知,而使之知之'……现在试问四万万人中,可有一个人听见过'碎坍了一座琉璃宝塔'?拿一件大家不知道的事来比喻人人都知道的笑,这又是'以其所不知谕其所知了'。""哈"大概就是编者胡适。
④ 西谛:《杂谭》,《文学旬刊》第55期(1922年11月11日)。
⑤ 1922年12月27日闻一多致父母亲信,闻一多:《闻一多全集·书信》,第131页,孙党伯、袁謇正主编,武汉:湖北人民出版社,1993年。

一

如果说在"胡适们"那里,新诗发生张力性结构中主要的部分——新／旧、文言／白话的对峙,成为新诗合法性建构以及诗坛划分的中心逻辑,但当新／旧、文言／白话的冲突获得了某种象征性的解决,一个自主的新诗坛也得以成立,原来隐含的诗／文、诗／非诗的冲突,随之凸显为新的焦点。用个简单的说法,即"新诗"不仅是"新"的,它还必须是"诗"的。20世纪30年代,新诗作为新文学的急先锋,开始进入大学讲堂,废名在北大讲授新诗时提出:"如果要做新诗,一定要这个诗是诗的内容,而写这个诗的文字要用散文的文字。"① 这个著名论断除了表达废名的诗学理解,也包含了类似逻辑:相对于旧诗成立的"新诗",其合法性不仅体现在语言形式("散文的文字")层面,必须还在普遍的美学标准——"诗"那里获得确认,新诗"场域"规则也就这样悄然转换了。

本书在前面的章节多次述及,在现代性冲动的支配下,对新的表意可能性的向往决定了早期新诗在形式与经验方面的开放,胡适的"作诗如作文"的主张也多有回响:康白情的《新诗底我见》就称"诗和散文,本没有形式的分别",冰心的诗作则打通了《晨报》上的"诗栏"与"文栏",在周无那里,这种状态被比喻为"各种体裁似乎是挤在一条路上"②。在一般的印象中,因为忽略了"诗"本身的经营,这似乎构成了早期新诗的历史误区。但如果考虑到新诗发生的整体性冲动——在急遽变动的现代经验中,追求新的表意可能性,就会理解"诗／文"界限的打破其实包含着对"诗"的重新构想。③ 诚然,对

---

① 废名:《新诗应该是自由诗》,《论新诗及其他》,第22页,沈阳:辽宁教育出版社,1998年。
② 周无:《诗的将来》,《少年中国》1卷8期(1920年2月)。
③ 在现代文化中,有关"创造性自我"的想象居于核心的地位,这带来了一种"新事物的传统",如丹尼尔·贝尔所言:"它允许艺术自由发展,破除一切类型限制,去探索各式各样的经验和感知方式。"由此,"艺术类型变成了陈旧的概念,它们各自不同的形式在变动的经验中受到了忽视或否认"。(丹尼尔·贝尔:《资本主义文化矛盾》,第80、95页,赵一凡等译,北京:生活·读书·新知三联书店,1989年。)

"诗"的打破，或许会带来审美感受的流失，早期新诗文本的粗劣也与此有关，但新的诗歌构想并不能因此被抹杀。从文学现代性的角度看，这似乎是激发艺术新的活力时难以避免的代价。如欧·豪在描述现代主义文学的特征时所表述的那样："现代主义文学的新的审美标准——表现力，取代了传统的审美标准——统一性；或者说得更准确些，它甚至为了粗糙的、片段的表现力而降低统一性的审美价值。"①这里不仅有诗体上"格律"向"自由"的转化，还有经验范畴的扩张（"丑的字句"的引入），以及诗歌表意方式的开放。在情感/理智、叙事/抒情等区分性话语不断高涨的同时，对这种界限的拆除努力也持续不绝。②叶圣陶在谈论周作人的《小河》时，就说一些新诗人："当他提笔写诗的时候，仿佛听到一个声音，你在写'诗'啊！这就受了暗示，于是想，总要写得像诗的东西才行呢。"③与此相对照，另一些诗人则以对"诗"的冒犯为荣，《晨报·副刊》就曾发表过子珑的一首诗作，标题却是"不是诗"：

　　上帝撒播的面粉/一般污浊的世人不能拿他充饥……
　　门外的乞丐/一天三顿订不着一顿饭吃……忽然来了一个声浪/将万籁俱寂的黑夜打破，"圆宵"/一个人在街上卖圆宵。

后面有记者附识："作者虽是目谦，以为不是诗，但在我看来，这也

---

① 欧·豪《现代主义的概念》，袁可嘉主编：《现代主义文学研究》，第189页，北京：中国社会科学出版社，1989年。
② 针对反对议论哲理入诗的看法，刘大白说："不过我以为议论文体并非绝对不宜于作诗，如果能使议论抒情化，至于诗中禁谈哲理，也未必然。"（《〈旧梦〉付印自序》，萧斌如编：《刘大白研究资料》，第110页，天津：天津人民出版社，1986年。）俞平伯也强调："诗应当说理叙事与否是一事，现在的说理叙事是否足以代表这种体裁又是一件事"（《读〈毁灭〉》，《小说月报》14卷8号[1923年8月]）这样两种说法，都意在为新诗的"越轨"辩护。
③ 叶圣陶：《新诗零话》，《叶圣陶集》第9卷，第108页，叶至善等编，南京：江苏教育出版社，1990年。

颇有一二分诗意，比那些真正不是诗而作者却自诩为诗者已好的多多了。"① 从诗歌的标题，到记者的评语，无非在强调：正是在对"诗"界限的冒犯中，新的"诗"向度才能被激活。

二

从"学衡派"到闻一多、梁实秋，再到后来的穆木天，在所谓"诗"的话语的不断规范下，早期新诗扬弃诗/文界限的尝试似乎是被整体否定的，新诗的"正统"划分的标准也被重新改写。围绕"新诗集"展开的争论，正是"新诗"与"诗"话语之间摩擦、碰撞的历史显现。从新文学运动的整体趋势看，它其实包含着两个基本的面向：一方面，是白话文的提倡、语言工具的变革过程；另一方面，它还是在艺术、道德、知识各自独立的分工前提下，现代"纯文学"观念的建立过程。② 从一种历史的角度看，"文学"并非一个抽象的、本质化的概念，它生成于现代知识分化进程中，如乔纳森·卡勒所言："如今我们称之为 literature（著述）的是二十五个世纪以来人们撰写的著作。而 literature 的现代含义：文学，才不过二百年。"③ 即便在这并不漫长的时期内，"文学"的定义也千差万别，以至有人抱怨"事实上，就像要把各种运动都有的独特的、互相区分的特征统一起来一样，这是不可能的。根本不存在什么文学的'本质'。任何一篇作品都可以'非实用地'阅读——如果那就是把原文读作文学的意思——这就像任何作品都可以'以诗的方式'来阅读一样"④。在中国的近现代语境中，"文学"观念的建立，呈现为一种"跨语际"的移植过程，其中丰

---

① 《晨报·副刊》1922年12月25日。
② 旷新年：《现代文学观的发生与形成》，《文学评论》2000年第4期。
③ 乔纳森·卡勒：《当代学术入门：文学理论》，第21页，李平译，沈阳：辽宁教育出版社，1998年。
④ 特里·伊格尔顿：《当代西方文学理论》，第24—25页，王逢振译，北京：中国社会科学出版社，1988年。

富的变异自不待言,与"文学"观念移入相伴生的还有"文学"学科的建立、"文学史"著述体例的产生等诸多方面。从话语实践的角度,对现代"文学"建制的反思,在现代文学研究界已逐渐展开,"文学"观念体制化过程对"文学"可能性本身的抑制也得到了部分检讨。① 在这个意义上,无论是郭沫若等对"诗"的解说,还是闻一多、梁实秋等人对新诗的整体批判,他们所依据的"诗"立场,都并非可以孤悬于历史之外,它的凸显一方面是普遍审美期待的表现,另一方面也是现代"纯文学"观念扩张的结果。然而,对于新诗而言,它的发生受到了特殊历史冲动的支配,这种冲动与现代"文学"观念的规约并不总是完全一致。在此,有必要进一步讨论胡适的新诗主张。

由农学转学哲学的胡适,通常被认为是个在文学方面素养不高的人,他自己就称 1916 年以后"哲学史成了我的职业,文学做了我的娱乐"②。这种定位实际上是一种自觉的志业取向,而在他人眼里,却可能成为攻击的口实。郭沫若讥笑胡适的言论"根本是不懂文学的外行话"③。更有甚者,还对胡适在"文学革命"中的地位提出质疑:"这次文学革命分子中,顾到文学本身的意义,时代思潮的固有,但胡适却在例外。"④ 其实,对于标榜审美独立的"纯文学"观念,胡适绝非一无所知。早在 1915 年,他就在日记里写道:"然文学之优劣,果在其能'济用'与否乎?""是故,文学大别有二:一、有所为而为之者;二、无所为而为之者"。后者"其所为,文也,美感也",自悔少年时"不作无关世道之文字"的志愿。⑤ 这样的表述在胡适的著述、文章中较为少见,但他的诸多立论,还是以"文学"的独立性为大前提的,"济用"与否并不是他的核心标准。相反地,无论是"作诗如作文",

---

① 罗岗:《作为"话语实践"的文学——一个需要不断反思的起点》,《现代中国》第 2 辑(2002 年)。
② 胡适:《我的歧路》,《胡适文存二集》卷三,第 95—96 页,上海:亚东图书馆,1924 年。
③ 郭沫若:《文学革命之回顾》,王训昭编:《郭沫若研究资料》上册,第 257 页,北京:中国社会科学出版社,1986 年。
④ 谭天:《胡适与郭沫若》,上海:书报评衡社,1933 年。
⑤ 胡适:《藏晖室劄记》,第 737—738 页,上海:亚东图书馆,1939 年。

还是"言之有物"等改良八事,就其本身而言,主要针对的还是文学的表现问题,更多属于审美的范畴。

与一般纯文学论者不同的是,胡适对"文学"以及"文学性"有他特殊的理解。1920年,胡适曾致信钱玄同,专门谈论自己的"文学观":"我尝说:语言文字都是人类达意表情的工具;达意达得好,表情表得妙,便是文学。"① 这里,他引用的是自己在《建设的革命文学论》中有关"文学"的定义。② 在界说上,他又搬出"明白清楚","有力能动人","美"的三条标准经解说后只剩下了两条:"明白清楚"与"明白清楚之至"(实际只剩下一条:逼人的影像)。这是一个有趣的阐述,在标准上如此狭隘,在定义上却相当宽泛,文学的本质就是所谓文字的表意能力。前者,与胡适的个人趣味以及对"陈言套语"的自觉反动相关;后者,则暗含了对"纯文学"观念的背离。③ 他自己就坦言:"我不承认什么'纯文'与'杂文'"④,他对文学的理解,似乎更多延续了清代汉学家们的观点。譬如,对章太炎的"文者,包络一切著于竹帛者为言"的观念,胡适极为推崇,并且在思路上极为相仿,都认为"文"只是代言的工具。与此参照的是,胡适对那些与"纯文学"观念相近的思想资源,似乎没有过多的关注,《五十年来中国之文学》就只字未提王国维。将文学的本质,寄托于文字的表意能力上,这种"泛文学"立场,构成了胡适诗歌旨趣的基础。

胡适的"泛文学"立场,在新文学的发生期,并不是孤立的。在《新青年》读者群中,虽然不难听到"严判文史之界"⑤的呼声,陈独

---

① 胡适:《什么是文学——答钱玄同》,《胡适文存》卷一,279页,上海:亚东图书馆,1921年。
② 在《建设的文学革命论》中,胡适有同样的表述:"一切语言文字的作用在于达意表情;达意达得妙,表情表得好,便是文学。"(《新青年》4卷4号 [1918年4月])
③ 胡适曾三解"白话",后来有人就批评这种定义:"其最大缺点,即将语言学上之标准与一派文学评价之标准混乱为一。"(张荫麟:《评胡适白话文学史 [上卷]》,《大公报·文学副刊》1928年12月2日)
④ 胡适:《什么是文学——答钱玄同》,《胡适文存》卷一,第301页。
⑤ 常乃惠:《通信》,《新青年》2卷4号(1916年12月)。

秀、刘半农等也强调"文学之文"与"应用之文"、"文学"与"文字"区分的必要性，周氏兄弟对"文学"更有精深的体认。但是，"纯文学"观念在《新青年》同仁那里，并不是一个完全自明的概念，像申明"文学美术自身独立价值"，反对"文以载道"观念的陈独秀，在谈到文学本义时，与胡适的认识几乎完全相同，"窃以为为以代语而已，达意状物，为其本义"①。作为章太炎弟子，钱玄同更是抱怨"纯文学""杂文学"的划分"给他们诸公吵得有些令人头痛"②，并在致胡适信中表达了自己的迷惑：

> 不过我对于"文学"的悬义，徘徊彷徨者两年于前。自从去年逖先发表"纯文学"与"杂文学"的话以来，我更觉迷惑。照他所说，"左传，史记中许多诗文不能称文学，而遗老遗少和南社诗人的歪诗反可称文学吗？"。我又看了罗志希的《什么是文学》，也有引起莫名其妙。……我想"新文学""文学革命"之声浪虽然闹了四五年，毕竟"什么是文学"这个问题，像我这样徘徊彷徨的人一定很多。③

"纯文学"观念的发生及展开，呈现于西方特定的历史背景和知识脉络中的，有其具体、特殊的针对性。同样，在"跨语际"的移植过程中，新的"文学"观念要在特殊的文化、历史语境中得到新的塑形。对于胡适一辈人，现代的自律性文学观念并不是一个难以接受的事物，关键在于新旧文化的冲突更是他们关注的焦点，如茅盾所说："《新青年》社的主要人物也大多是文化批判者，或以文化批判者的立场发表他们对于文学的议论。"④ 另外，建立在"表现人生与批评人生"前提下

---

① 陈独秀:《答曾毅》,《新青年》3卷2号(1917年4月)。
② 1923年7月17日钱玄同致周作人信,《中国现代文艺资料丛刊》第5辑。
③ 耿云志主编:《胡适遗稿及秘藏书信选》第40卷,第26—28页,合肥:黄山书社,1994年。
④ 茅盾:《〈中国新文学大系·小说一集〉导言,第2页,赵家璧主编,茅盾编:《中国新文学大系·小说一集》,上海:良友图书印刷公司,1935年。

的启蒙主义立场,与纯文学的审美要求还是有一定距离的。① 即使在对"文学"有了更多现代自觉的新潮社成员那里,讨论"文学"的重点也放在广泛的文化关联性上,它与"政治社会风俗学术等同探本于一源,则文学必与政治社会风俗学术等交互之间相联之关系","不容独自保守"。② 在这样的前提之下,他们自然在关注文学自身价值的同时,并没有强化一整套排斥性的知识规划,对于新诗的构想也随之保持了某种开放。

三

从上面的分析可以看出,新诗发生背后的历史冲动与现代的纯文学观念,在相互推动的同时,在本质上是有一定距离的。随着纯文学观念的扩张,对"诗"的本体性诉求也不断强化,并固化为文学史叙述中的相关结论,比如,胡适等人"能作白话不能作诗",就逐渐成为后人的一种常识性的印象。当然,也不断有人为胡适辩护:苏雪林称胡适的"白描主义",是一剂诗歌的"消肿药"③;茅盾从"力求解放而不作怪炫奇""音节的和谐""写实精神"这三方面,论述过以胡适为代表的初期白话诗的价值④。这些言论揭示了早期新诗的独特美学,但大都指向风格、修辞的层面,与此相较,朱自清的说法则更具洞察力。

在《论"以文为诗"》一文中,朱自清表达了这样一种认识:宋代严羽的"诗文界说",尤其是诗的观念,与"输入的西洋种种诗文观念"即使不甚相合,也是相近的。初期自由诗被讥为分行的散文,"还

---

① 顾诚吾曾致信傅斯年,认为傅与罗家伦都倾向于文学:"我有些失望。因为我们目的是'改造思想',文学是改造思想的形式。"傅斯年回信说:"思想不是凭空可以改造的,文学就是改造他的利器。"(《答诚吾》,《新潮》1 卷 4 号 [1919 年 4 月])
② 傅斯年:《文学革新申议》,《新青年》4 卷 1 号 (1918 年 1 月)。
③ 苏雪林:《尝试集》,《苏雪林文集》第 3 卷,第 103 页,沈晖编,合肥:安徽文艺出版社,1996 年。
④ 茅盾:《论初期白话诗》,《文学》8 卷 1 号 (1937 年 1 月)。

带着宋代以来诗的传统的影响"。① 在这里，他明确将对"散文化"的排斥与现代文学观念的建立联系起来，虽然在他看来传统的影响可能更大。其实，从20世纪30年代开始，朱自清就对"纯文学""杂文学"的说法表示怀疑②，对于"纯文学"观念下的"诗文界说"说也颇不认同。他曾从形式、题材、美等方面论证过"诗"与"文"划分的不可能性③，得出这样的结论："我看，比较保险的分法就是诗的表情比文更强烈一点。"④ 这实际上又回到了胡适当年的"泛文学"立场。早在1925年的《文学的一个界说》中，朱自清就曾说：有关"什么是文学的问题"，"据我的愚见，最切实用的是胡适之先生的"。⑤

在对"纯文学"或者"诗文界说"怀疑的背后，暗含的是朱自清对诗歌"散文化"的一贯强调，这里有诗歌审美的理由，"而后来的格律诗、象征诗走上纯粹的抒情，便是宋人理想的实现，但路越走越窄"。1941年，在《抗战与诗》一文中，朱自清对于新诗史的展开线索有这样的描述："抗战以前新诗的发展可以说是从散文化逐渐走向纯诗化的路"，抗战以来新诗的趋势，则显现为"散文化"的复归。这个说法并不简单是客观的文学史概括，包含了某种内在的历史反思：

> 从格律诗以后，诗以抒情为主，回到了它的老家。从象征诗以后，诗只是抒情，纯粹的抒情，可以说钻进了它的老家。可是这个时代是个散文的时代。中国如此，世界也如此。诗钻进了老家，访问的就少了。抗战以来的诗又走到了散文化的路上，也是自然的。⑥

---

① 朱自清：《论"以文为诗"》，《朱自清全集》第8卷，第309页，朱乔森编，南京：江苏教育出版社，1993年。
② 朱自清：《评郭绍虞〈中国文学批评史〉》，同上书，第197页。
③ 朱自清：《诗的语言》，同上书，第338—340页。
④ 朱自清：《文学与语言》，同上书，第355页。
⑤ 朱自清：《文学的一个界说》，《朱自清全集》第4卷，第166页，朱乔森编，南京：江苏教育出版社，1996年。
⑥ 朱自清：《抗战与诗》，《新诗杂话》，第37—38页，北京：生活·读书·新知三联书店，1984年。

这是个"散文的时代",中国如此,世界亦然。这段话传递的不只有朱自清对战时诗歌的期待,还有他对新诗现代性要求的理解,这与新诗发生的基本历史冲动直接相关,即:它必须忠实于现代经验,"散文的时代"会给新诗带来新的活力。胡适当年的构想,在朱自清这里找到了回应,也说明有关"新诗"合法性的争执,不是可以轻易化解的,在文学观念的现代化和具体的写作冲动的双重挤压下,从一种张力性、辩难性结构的角度去理解新诗的本质,似乎更为恰当。

第八章 "新诗集"与新诗历史起点的驳议

在"新诗集"引起的重重争论中,新诗历史合法性的辩难展开了。诗学的交锋,批评的分歧,在影响新诗发展的同时,也渗透到有关"新诗"发生的历史想象中,支配了一般文学史图像的形成。从历史叙述生成的角度看,要在纷繁的现象之间找到内在线索,讲出一个"故事",离不开一些基本的修辞因素,诸如起点、分期、转折等。① 在新诗发生的历史图像中,一本本"新诗集"也像一个个坐标,标记出新诗的开端、展开和曲折的演变。比如,要描述新诗的不同发展阶段,特定的"新诗集"往往被当作分期的标志。孙作云曾将《死水》当作"新诗演变中最大枢纽。若无《死水》则新诗也许早就死亡"②。朱自清在讲授新诗时,认为陆志韦《渡河》出版这一年,是新诗前后期的分界点。③ "分期"的想象,要由不同的"诗集"来标记,有关新诗"起点"的确定,更是一个聚讼纷纭的话题。

作为第一部出版问世的新诗集,胡适的《尝试集》自然是新诗合

---

① 西方新历史主义的代表人物海登·怀特,在描述"历史著作"的形成时,就认为由历史记录向"叙述"的转化是:"首先历史范畴内的成分按时间发生时序,组织成编年体;接着编年体被组织成故事,其方式是进一步将事件编次为可感可知的起、中、结的场面或发生过程。"(海登·怀特:《〈后设历史〉引论:历史诗学》,林凌瀚译,陈平原、陈国球主编:《文学史》第3辑,第355页,北京:北京大学出版社,1996年。)
② 孙作云:《论"现代派"诗》,《清华周刊》43卷1期(1935年5月)。
③ 余冠英:《新诗的前后两期》,《文学月刊》2卷3期(1932年2月)。

法的历史起点。但在这种判定之外,另外一种说法也时时出现,隐隐构成了对胡适及《尝试集》的挑战。1922年,《女神》出版一周年之际,郁达夫以不容质疑的口吻说:"完全脱离旧诗的羁绊自《女神》始",这一点"我想谁也该承认的"。① 同年,闻一多在他著名的《女神》评论中,也有类似评价:"若讲新诗,郭沫若君的诗才配称新呢!"② 其后钱杏邨、穆木天、焦孚尹、周扬都先后重申了这一观点。上述两种说法在文学史上同时并存,此抑彼扬,形成一种潜在的对峙。

毋庸赘言,政治风云的变动、时代语境的转换,胡适、郭沫若二人政治身份的差异,直接影响了后人的态度和他们在文学史上的座次。然而,除了外部历史与意识形态的影响外,两部诗集的升沉,还是连缀了对新诗历史的整体评价。其实,除《尝试集》和《女神》以外,周作人的《小河》、沈尹默的《月夜》、朱自清的《毁灭》等作品,都曾被当成过新诗成立的标志③,与不同的起点设定相关的,是对新诗历史合法性的不同构想。当晚出的《女神》被设定为新诗的真正起点,某种价值上的优劣相对于时间次序的优先权也建立起来。④ 这意味着新诗不仅是一个历史形态,完成的只是由文言到白话的工具变革,它包含着特定的美学诉求和文化内涵。换言之,在《女神》《尝试集》升沉的背后,展开的是一种奠基性的话语机制,是对"新诗是如何成立"的这一问题的解答。

因而,检讨这两本诗集历史定位过程中,读者的阅读、批评的生产以及文学史叙述的作用,梳理这一"起点神话"的建构过程,便成

---

① 郁达夫:《女神之生日》,《时事新报·学灯》1922年8月2日。
② 闻一多:《〈女神〉之时代精神》,《创造周报》第4号(1923年6月3日)。
③ 参见胡适《谈新诗》、俞平伯《读〈毁灭〉》、北社《一九一九诗坛略记》等文。
④ 在上述有关"孰是第一"的争论中,很多论者都依据郭沫若在《我的作诗的经过》《五十年简谱》中他作新诗开始于1916年的说法,讨论他与胡适谁作新诗更早的问题。有论者摆脱了这种争执,表现出对时间逻辑的扬弃:"仅从出版时间先后一点进行比较,是既不能比出诗的新和旧,更不能比出诗的历史地位的。"(吴奔星:《〈女神〉与〈尝试集〉的比较观》,四川人民出版社编:《郭沫若研究论集》[第二集],成都:四川人民出版社,1984年。)

了一项饶有意味的工作。考虑到《尝试集》的接受，前文已多有涉及，作为必要的参照，《女神》出版前后的接受与阐释，便成为本章首先要讨论的重点。

第一节　作为新诗合法性起点的《女神》

在早期新诗坛上，《女神》的位置是相当特殊的，从出版之日起，就与胡适的"亚东系列"呈分庭抗礼之势，对新诗形象的呈现，以及新诗合法性辩难中的位置，也和其他诗集迥然不同，似乎代表了新诗发生的另外一极。这当然与《女神》突出的艺术成就相关，但不能忽略的是，在《女神》的阅读与阐释中，新诗历史合法性的诉求，得到了更全面的满足，而这恰恰是《女神》被当作新诗发生另一起点的深层原因。

一　最初的接受："诗美"的满足

在早期新文学的接受中，《女神》"热读"已成为一个重要的文学史现象，其激昂扬厉的诗歌风格与某种"时代心理""文化氛围"的关联，已经得到了深入的阐述。本书第二章也从"代际经验"的角度，对此做出了补充。一个有趣的现象，那些被后人不断引述的回忆，虽出于不同的个人，但大都从诗歌主题、意识的方面，突出郭沫若诗歌的反抗、叛逆精神的影响。这些回忆如此相近，甚至与一般文学史叙述并无太大差异，以至于让人怀疑是否经过了某种文学史的"过滤"。比如，茅盾回忆说，最早引起他注意的"是他（郭）在一九一九年底发表的长诗《匪徒颂》……这首诗的叛逆精神是那样突出，的确深深地打动了我"①。《匪徒颂》一诗发表于 1920 年 1 月 23 日的《学灯》,茅盾不大可能在 1919 年年底读到它。这里,差错只是出在时间上,但也在一定程度上说明,当时读者后来的回忆不一定准确。较之大同小异的"事后追溯",另外一些读者的反应,值得仔细分析。

《学灯》的编者宗白华,可以说是《女神》的最初读者。一方面,"自然 Nature 的清芬""哲理的骨子"是他的兴趣所在;另一方面,拥有美学家雅致口味的宗白华②,对郭沫若豪放的"越轨"之作并非完全认同。在读了《天狗》一诗后,他委婉地批评道:"你的诗又嫌简单固定了点,还欠点流动曲折",在称赞"凤歌"一类大诗"雄放直率"以外,也指出"但你的小诗意境也都不坏,只是构造方面还要曲折优美一点"。③ 不难看出,宗白华对郭诗的接受是有所侧重的,在"诗境"上关注郭诗中的自然玄思,在"诗形"上则偏爱那些曲折优美的精致之作。④

这种"偏好",在郭诗的早期接受中,还是有一定代表性的。郭沫若在《学灯》上露面不久,茅盾的弟弟沈泽民就致信宗白华:"沫若的诗《夜》《死》真好极了。我希望你多向他要几首诗。"《夜》与《死》,是两首风格隽永的小诗,属于清丽、悠远的类型,宗白华复信也说:"沫若的诗,意境最好。"⑤ 对于郑伯奇来说,最初进入他视野的郭诗是翻译成日文的《死的诱惑》,他读着很有兴味,但读到《凤

---

① 茅盾:《一九二二年的文学论战》,《我走过的道路》上册,第 195 页,北京:人民文学出版社,1981 年。
② 1919 年在读了田汉引文繁多、艰涩冗长的大文后,宗白华就曾有如下忠告:"寿昌兄文如沧海泛澜,波涛雄健,但窃以为转折之处,微觉有破裂之痕,尚须养气以补之。"(《会员通讯》,《少年中国》1 卷 2 期 [1919 年 8 月])
③ 宗白华、田汉、郭沫若:《三叶集》,第 26—27 页,上海:亚东图书馆,1923 年。
④ 在晚年的回忆中,他却提供了另一种说法:"沫若的诗大胆、奔放,充满火山爆发式的激情,深深地打动了我。"前后的差异显现了一部作品在阅读中意义的流动和重塑。(宗白华:《秋日谈往》,《宗白华全集》第 1 卷,第 15 页,林同华主编,合肥:安徽教育出版社,1994 年。)
⑤ 《时事新报·学灯》1920 年 1 月 19 日。

凰涅槃》后，却说："以后我的兴会，断断不在作者了，因为诗形成了我当时的唯一问题，而作者的诗形太非我所想的，所以便再没有多读了。"① 郑伯奇关注的"诗形"具体怎样，现在不得而知，但《死的诱惑》与《凤凰涅槃》两者在他眼中的高下，不言自明。

《女神》的出版，无疑让郭沫若拥有了更多的读者，其激昂扬厉的诗风自然最引人注目，但还是有一些读者的反应与宗白华等人类似。闻一多就是《女神》的崇拜者之一，他的《女神》评论也是经常被提及的接受范例。但事实上，他对《女神》的推崇并不是毫无保留的，自认为"极端唯美论者"的他曾私下表示："郭沫若与吾人之眼光终有分别"，"盖《女神》虽现天才，然其 technique 之粗籧篨以加矣"。② 他论及的郭沫若的诗作，也大都是结构复杂、意涵深远的短诗，而非夸张豪放的一类。对于冯至来说，阅读《女神》让他得到了"诗"的启蒙，他印象最深的，却不是《天狗》等代表性作品，而是《霁月》一诗：

> 淡淡地，幽光
> 浸洗着海上的森林。
> 森林中寥寂深深，
> 还滴着黄昏时分的新雨。
> 云母面就了般的白杨行道
> 坦坦地在我面前导引，
> 引我向沉默的海边徐行。
> 一阵阵的暗香和我亲吻。
> 我身上觉着轻寒，
> 你偏那样地云衣重裹，

---

① 郑伯奇：《批评郭沫若的处女诗集〈女神〉》，《时事新报·学灯》1921 年 8 月 21、22、23 日。
② 闻一多致梁实秋、吴景超，闻一多：《闻一多全集·书信》，第 81 页，孙党伯、袁謇正主编，武汉：湖北人民出版社，1993 年。

> 你团栾无缺的明月哟,
> 请借件缟素的衣裳给我。
> 我眼中莫有睡眠,
> 你偏那样地雾帷深锁。
> 你渊默无声的银海哟,
> 请提起你幽渺的波音和我。

冯至认为,这首诗"无论在意境上,或是语言上都是别开生面的,既不同于古代的自然诗,也不同于一般的新诗。现在看来,这样的诗并不能和《女神》里其他强烈的革命的诗篇放在同等的地位上,但在当时,的确给我以一种新鲜的感觉"①。《雾月》收在《女神》第三辑中,属于"冲淡""秀丽"类型,意象精美,诗风含蓄。冯至的回忆夹杂着日后的"反省",但与"强烈的革命的诗篇"的反差,反而暴露了他当年的口味。

从今天的角度看,《女神》无论从主题到风格,都恰好是读者心目中浪漫诗歌的典范,有学者给出过这样的论断:震撼"五四"时期的中国的,不是《女神》里的那些平和、缥缈、清幽的小诗,而是第二辑里的激情涌溢的诗篇。②然而,宗白华、郑伯奇、冯至等人的反应,却可能构成了一种补充:《女神》中含蓄悠远、诗境复杂的一类,较之于"单色的想象""激情的喷涌",似乎更受当时某一部分"专业读者"的欢迎。对于郭沫若的狂放和肆意,这些具有一定诗歌素养的读者,并不像普通的青年读者那样能顺畅接受,言语之中往往还蕴含批评之意。

作为"五四"时代自由诗的代表,《女神》中"惠特曼"体的狂放书写,无疑最为强烈地冲击了传统"诗形"。但还应看到的是,《女

---

① 冯至:《我读〈女神〉的时候》,《诗刊》1959 年第 4 期。
② 刘纳:《论〈女神〉的艺术风格》,《中国现代文学研究丛刊》1982 年第 4 期。

神》同时也是一部高度"非散文化",甚至是"雕琢粉饰"的作品,在音节、用词及结构方面,都是相当考究的。① 辞藻的华美,大体均齐的格式和韵脚,以及诗歌经验的"骛远性""非日常性"②,都是其显著的特征,迥异于当时流行的散文化诗风。苏雪林在20世纪30年代就说:白话诗初起,排斥旧辞藻,力主白描,"但诗乃美文之一种","官能的刺激,特别视觉、听觉的刺激,更不可少",郭沫若的诗篇中充满了"心弦""洗礼""力泉""音雨""生命的光波""永远的爱"等夸张的欧化辞藻,恰好满足了这种期待。③ 形式上突出的"诗美"特征,也为当时的批评者所注意。谢康在《女神》评论中,在批评其诗风单调的同时,又称"其余的都很精美;音节和谐"④。像《死》《夜》《死的诱惑》这样体制短小,充满象征色彩的小诗,微妙地沟通了传统的诗境。《新诗年选(一九一九年)》中,编者愚庵(康白情)对郭沫若的评价是:"笔力雄劲,不拘于艺术上的雕虫小技,实在是大方之家","而我更喜欢读他的短东西,直当读屈原的警句一样"。⑤ 笔力雄劲令人惊叹,但小巧警策之作更惹人喜爱,即便是康白情这样的新诗人,在阅读中也表现出浓郁的传统趣味。

新诗的发生,是以特殊的历史冲动为起点的,最初散文化的新诗创制往往也会冒犯读者对所谓"诗美"的期待。对于《女神》的接受来说,无论是对小诗意境的偏爱,还是对"诗形"粗率的挑剔,其实都呈

---

① 郭沫若虽自言,诗要"写"不要"做",但据友人回忆:他在修改诗稿时,"总要一面改,一面念,一再推敲,力求字句妥帖,音节和谐"。(郑伯奇:《忆创造社》,饶鸿兢等编:《创造社资料》,第849、850页,福州:福建人民出版社,1985年。)
② 后来朱湘就称,郭沫若在题材的搜寻上,不仅"有时能取材于现代文明",还"从超经验界中寻求题材"。(朱湘:《郭君沫若的诗》,《中书集》,第196—198页,北京:中国文联出版公司[据生活书店1934年初版排印],1993年。)
③ 苏雪林:《徐志摩的诗》,《苏雪林文集》第3卷,第130页,沈晖编,合肥:安徽文艺出版社,1996年。
④ 谢康:《读了〈女神〉以后》,《创造季刊》1卷2期(1924年2月28日)。
⑤ 北社编:《新诗年选(一九一九年)》,第165页,上海:亚东图书馆,1922年。

现于这种期待之中。一方面，打破了传统诗体的形式束缚；另一方面，又在用词、音节、诗境上"缝合"了读者"诗美"期待的断裂，《女神》的位置变得有些暧昧了。更重要的是，在"阅读期待"的部分满足中，《女神》开始成为一个坐标，在"诗"的意义上与其他早期白话诗集区分开来。《女神》出版第二天，《学灯》上就发表了郑伯奇的书评，此文开宗明义就点出：诗集以前也出过两三部，数量很少，"说句不客气的话，艺术味也不大丰富"①。新与旧的基本矛盾，在这里已隐没，代之以"艺术味"的有无。后来，焦尹孚干脆说，郭沫若的诗歌"仍不失外形与内美，音节之协和，词语之审择"，应是"新诗的 Standard"。②换言之，在这些批评家的眼里，《女神》满足了一般的"诗美"期待，在与流行的散文化风格的比照中，它成了新诗中"诗"的样本。

二 "激情"的解释：抒情本体的确立

在一部分读者那里，《女神》的诗化特征，缝合了新诗发生期一般"诗美"期待的断裂，但对于更多读者而言，《女神》的冲击力，首先是来自其直抒胸臆的情感强度。这种情感的强度，可以从时代心理的层面解释，也体现了浪漫主义、表现主义的诗风，但从新诗合法性追寻的角度看，它又与现代知识谱系中"诗"观念的凸显有着密切的关联。在这个意义上，对《女神》之"激情"的阐释，恰好吻合了20世纪20年代初对"诗本体"的知识诉求。

本书第四章已讨论了《三叶集》及相关批评为《女神》构造的"阅读导引"：《女神》的阅读必须从某种"主体性"话语开始。还应注意的是，"阅读程式"的建立过程，同时也是一个意义的赋予过程，当阅

---

① 郑伯奇：《批评郭沫若的处女诗集〈女神〉》，《时事新报·学灯》1921年8月21、22、23日。
② 焦尹孚：《读〈星空〉后片段的回想》，黄人影编：《郭沫若论》，第145页，上海：光华书局，1931年。

读的兴趣焦点由形式、审美移向诗歌背后的主体人格，一整套建构于"主体性"原则上的诗学话语也随之浮现。具体而言，《三叶集》中，"人格公开"的主调决定着阅读的方向，郭沫若"颁布"的"诗的本职专在抒情"的说法，又形成了观念的支撑，二者相互激荡，也延伸到《女神》的批评中。当张友鸾批评郭诗"脱不了词调儿"时，素数反驳他"没有完全的真的新诗底观念"，"近来诗坛上是有这般趋向，想从形式方面来完成新诗。须知形式内容是一致的，不知从自己的心灵上求丰富……"① 另一篇对《女神》和《草儿》进行参照评论的评论，指出郭沫若的诗中"字句行间，尽流露着他鲜红的心血，哀楚的眼泪"，这一点正是诗的本质：诗虽无严格规定，"总要有深沉的情绪为诗底核心"。② 这些围绕《女神》展开的论述，都似乎指向了同一个命题："抒情"是诗的本质所在。

上文已经多次提及，对"诗"的本质主义论述，是20年代现代文学观念知识扩张的产物。当"诗"在现代知识的"包装"下，成了系统定义的对象，一种特殊的论述方式也形成了，对普遍的诗歌本质的强调，成为诗人及作品评价的前提。从"本质"中引申出的，是一套更为常见的区分性、排斥性话语，郭沫若就明确提出："科学的方法告诉我们：我们要研究一种对象，总要先把那夹杂不纯的附加物除掉，然后才能得到它的真确的，或者近于真确的，本来的性质。"一整套"科学"的知识，也由此被建立起来：诗是文学的本质，即节奏的情绪的世界，小说戏剧则是"本质"的分化。③ 这种"区分性"话语，在《女神》的批评阐释中时常显露出来。

本来在《三叶集》中，宗白华的"泛神论"解说与田汉的"人格公开"已形成微妙的"双声"现象，"双声"背后隐含的正是"情感"与"理智"的对立，而随着田汉声音的高涨，某种"情感"对"理智"

---

① 素数：《新诗坛上一颗炸弹》，《时事新报·学灯》1923年7月9日。
② 蕙声、玫声、沙华：《读〈女神〉与〈草儿〉》，《时事新报·学灯》1922年3月15日。
③ 郭沫若：《文学的本质》，《学艺》7卷1号（1925年8月）。

的优势也确立下来。后期创造社成员洪为法,在一首写给《女神》的献诗中便唱到:"女神呀!／我心弦早被你拨动,／智慧之灯怎还没点燃?"① 拨动的"心弦",象征着情感的冲击力,点燃"智慧之灯"则似乎不是诗人的责任。郑伯奇在他的《女神》书评中,也有类似观点:"理智往往使我们自己怀疑,再不然也要求一个统一的概念。作者的情感可以打倒理智,所以这样原始的,新鲜的情绪可以保持,可以统一。"②《女神》以抒发感情为主,不重刻画描写,这也形成了基本的文学史印象。后来,当被问及自己的写作取向时,郭沫若明确表示:"诗歌的形式当以抒情,至于刻描现实宜用散文的形式",对于"讽刺",他更是大力排斥,"因为它根本是理智的产品,在纯正的诗的立场上,讽刺诗是不受欢迎的"。③

情感/理智、抒情/写实、直觉/理性之间的对立,在20年代初是一套司空见惯的论述。它与浪漫主义文学思潮的影响相关,但往往被忽略的是,在纯文学观念扩张的背景中,对诗歌之抒情本质的构想,也是一种现代知识分化、各类知识"场域"追求内在自足性的结果。诚如艾恺所言,这一系列的二分概念,作为一种完形,代表了一种特殊的价值姿态,"正如现代化一样,这也是一个空前的现代现象"④。应当省察的是,在诗歌定义的过程中,"特殊性"或"自发性"往往会借助"知识"的权威,固化为某种制度化的"文类"想象,对诗歌的历史可能性产生强大的规范作用。从20年代开始,站在所谓"诗"排斥立场上,指斥早期新诗过多说理、写实就成为一种相当常见的说法。早期"新诗集"几乎无一幸免,都不同程度曾被攻击的火力

---

① 洪为法:《读〈女神〉》,《创造季刊》1卷2期(1922年9月)。
② 郑伯奇:《批评郭沫若的处女诗集〈女神〉》,《时事新报·学灯》1921年8月21、22、23日。
③ 《郭沫若诗作谈》,蒲风记,《文学丛报》第4期(1936年7月1日),引自王训昭编:《郭沫若研究资料》上册,第269页,北京:中国社会科学出版社,1986年。
④ 艾恺:《世界范围内的反现代化思潮——论文化守成主义》,第86—90页、15页,贵阳:贵州人民出版社,1991年。

锁定，只有《女神》置身"火力网"之外。有趣的是，它又常常以"不在场"的方式，被引入讨论。

1922年，成仿吾在《诗之防御战》中，以"中了理智的毒"为标准，对早期白话诗进行全面抨击，唯一的例外就是《女神》，而当初关注郭诗"哲学意境"的宗白华，他自己的哲理小诗也遭到了成仿吾的批评。《女神》的幸免与宗白华的"入选"，不是具体的个人评价问题，它显示了诗本体话语的"排斥性"作用。这种定位也出现在梁实秋、闻一多那里。在有关"丑的字句"的争论中，当梁实秋认为诗中的"情感"必须经过一翻删裁和洗刷时，《女神》又是一个参照样本："即以现在所谓诗人的诗而论，除一本《女神》以外，所表现大半是些情操（Sentiment），不是情感。"① "情感"与"情操"的区分，也见于闻一多的诗论，它出自奈尔孙（William Allen Nelson），具体含义为："情操""用于较和柔的情感，同思想相联属的，由观念而发生的情感之上，以与热情比较为直接地倚赖于感觉的情感相对待。"② "情操"与"情感"的区分，不过以更复杂的方式，重申情感／理智、感觉／观念间的价值等级，在这一等级的建立中，"专职在抒情"的《女神》成了新诗批评中排斥性话语的一个重要来源。

三　诗人形象：特殊人格的追寻

在《女神》的接受和评价中，对"激情"的知识阐释，与"人格公开"的阅读程式，二者在内部是相互勾连的。当"诗"的本体性诉求在《女神》"专职在抒情"的风格特征中得到满足，一个诗人的形象也随之浮现："诗人是情感的宠儿，哲学家是理智底干家子。"③ 在这样的主

---

① 梁实秋：《让我来补充几句》，《晨报·副刊》1922年7月5日。
② 闻一多：《〈冬夜〉评论》，《闻一多全集》第2卷，第89页，孙党伯、袁謇正主编，武汉：湖北人民出版社，1993年。
③ 宗白华、田汉、郭沫若：《三叶集》，第16页，上海：亚东图书馆，1923年。

体造型中，绝对的主观性是诗人的本质，郭沫若也自言："我是一个偏于主观的人……我自己觉得我的想象力实在比我的观察力强。"① 在情感/理智、抒情/刻画的区分中，内在的丰富感性（情感）成为这一主体的根本所在："自从《女神》以后，我已经不再是'诗人'了"，原因是那"火山爆发式的内发情感是没有了"。② 由此，《女神》的文学史价值也在于呈现出一个标准的诗人形象，甚至到了 20 世纪 80 年代，围绕"主观性"是否为郭沫若的根本艺术个性的问题，还发生了一场学术争论。③ 这意味着，在《女神》的文学史接受中，诗学观念的引申之外，另一重"意义生产"表现为对一个具体内在特殊感性（主观性）的诗人形象的塑造。对新诗合法性的确立而言，这一点同样至关紧要。

以改造"国民性"为核心的"新人"构想，是"五四"前后许多新文化人士共同关注的课题，梁启超、蔡元培、陈独秀、胡适、鲁迅等人，都从不同的角度切入过这一命题。康白情、宗白华、田汉同属的"少年中国学会"，更是以此为宗旨：通过创造一种新型的现代人格，来做建设"少年中国"的基础。④ 某种意义上，《三叶集》及相关评论为《女神》塑造的"诗人形象"，正是发生在上述情境中。与郭沫若进行"人格公开"讨论的田汉，从 1919 年年底开始，就先后抛出一系列论文，全面论述了 19 世纪及 20 世纪西方文艺思潮，有关"人格造型"

---

① 郭沫若：《论国内的评坛及我对于创作上的态度》，《文艺论集》（汇校本），第 175 页，长沙：湖南人民出版社，1984 年。

② 郭沫若：《〈凤凰〉序》，王训昭编：《郭沫若研究资料》上册，第 360 页，北京：中国社会科学出版社，1986 年。

③ 论争是由对郭沫若创作得失的评价而引发的：一种观点认为郭后期创作的失败，是由于他放弃了自己的艺术个性（主观性）所致，另一种观点则认为郭沫若的气质不是专一的，强调其艺术个性的多元。对此问题的讨论参见黄侯兴：《郭沫若文学研究管窥》（天津：天津教育出版社，1987 年）第三章"诗人艺术个性探索"。

④ 少年中国学会发起人王光祁曾言："我们要改造中国便应该先从中国少年下手，有了新少年，然后'少年中国'的运动，才能够成功。"（《"少年中国"之创造》，《少年中国》1 卷 2 期[1919 年 8 月]）

的关怀始终若隐若现,并围绕"灵肉调和论"这一话题展开。①"灵肉调和"多次出现在田汉的文章中,理论来源是厨川白村的《文艺思潮论》,指向了"新人"的塑造与社会的改造:"我们'老年的中国'因为灵肉不调和的缘故已经亡了,我们'少年中国'的少年,一方面要从灵中救肉,一方要从肉中救灵。"②"灵肉调和"——克服理智与情感、现实与艺术、Good 与 Evil 的对立,在社会规范下重塑内在的感性,可以说是一项现代心理调节术。在这样的思路中,"我"主要不是从社会/个人、自由/责任的框架中去理解,也不是鲁迅笔下的卡莱尔式的"诗人英雄",而是确立于具有内在心理深度的主观性中。可以说,田汉的"灵肉调和论"延续了由蔡元培提出的从审美角度进行现代人格建构的总体性方案。③对《女神》中"抒情"自我的塑造,无疑也呈现于这一方案中,感性丰沛的诗人形象正是"灵肉调和"的现代人格的典范。然而,可以进一步讨论的是,特殊"人格"构想,不只是思潮介绍和观念推演的产物,它的发生或许还与某种新的社会身份相关。

众所周知,科举制度的废除与现代新式教育的普及,使一代新型知识分子登上历史舞台,他们"不再是'士',或所谓'读书人',而变成了'知识分子'","可以选择多元的职业"。④"多元的职业"并不意味着抽象的"择业自由",而是说,他们必须在新的社会分工结构中寻找自己的位置。当大批"知识青年"从校园或海外涌入社会,社会如何"消化"这一特殊群体,就成为重要的问题。⑤政治、文化、教

---

① 黄仲苏曾致信田汉:"你那'灵肉调和,物心一如'论,确是至理名言,我极以为然。"(《会员通讯》,《少年中国》1 卷 9 期 [1920 年 3 月])

② 田汉:《平民诗人惠忒曼的百年祭》,《少年中国》1 卷 1 期(1919 年 7 月)。

③ 在《平民诗人惠特曼的百年祭》中,田汉就将自己的"灵肉调和"论与蔡元培的主张联系起来:"蔡孑民先生主张美育代宗教就是希腊肉帝国精神之一部,因希腊精神是灵肉调和。"

④ 朱自清:《气节》(1946 年),《朱自清全集》第 3 卷,第 153—154 页,朱乔森编,南京:江苏教育出版社,1988 年。

⑤ 蔡元培就回忆:老北大的学生"对于学问上并没有什么兴会",只为了得一张文凭,"他们的目的,不但在毕业,而尤注重在毕业以后的出路"。(《我在北京大学的经历》,中国社会科学院近代史所编:《五四运动回忆录》,第 174—175 页,北京:中国社会科学出版社,1979 年。)

育、传媒、出版等领域都是可能的选择，但其间的比重，似乎并不是均等的。有人曾对1916年北京1655名归国留学生的就业情况进行过如下统计：政界1024人，学界132人，报界16人，青年会3人，医界23人，军界56人，赋闲399人。[①] 统计结果显示，进入"政界"的人占了大多数，"读书"与"做官"之间的距离并不很遥远。对此，"五四"一代"觉悟"的新青年是持反感态度的。当年的茅盾进入商务印书馆，由表叔卢学溥推荐，他母亲事先就写信给"卢表叔"："请他不要为我在官场或银行找职业。"[②] 相对于官场、商界，文化界、教育界更是一代流动文人的首选。[③] 但值得注意的是，早期新文学参与者，鲜有纯粹以"文学"为业的，这一点在新诗人中最为明显。比如最早的《新青年》诗人群，就以北大的教授为主，他们写诗多少有点"敲边鼓"的味道。胡适早就认定自己的主业为"哲学"，文学只是爱好，郭沫若还曾抱怨除鲁迅之外，《新青年》里没有一个作家。[④] 他们的学生《新潮》诗人，后来大部分也从事学术、教育工作，曾一度立志要做"少年中国"新诗人的康白情，很快也改弦更张，投身于政治。南方的《星期评论》诗人群（沈玄庐、刘大白、戴季陶等），更是由一批活跃的政治文人组成。某杂志上曾登载刘大白的一则广告，说他"是革命者，是音韵学者，是文艺批评家，是诗人"[⑤]。名头的杂多，恰恰说明早期"新诗人"身份的特殊，与其说他们不是纯粹的"诗人"，毋

---

① 《青年会与留学生之关系》，《东方杂志》14卷9号。
② 茅盾：《商务印书馆编译所》，《我走过的道路》上册，第102页，北京：人民文学出版社，1981年。
③ 从1922年到1924年，北京的大学从12座增至29座，中学校自32座增至57座，而其他类型学校（专门学校、职业学校等）都有所减少，小学竟自239所减至121所。统计者就为这种"好高骛远"提供了一种解释："中学林立，大学也不少，这都由于当时失业的文人过多，大家都想在教育界混饭，随便开办学校。"（《统计数字下的北平》，《社会科学杂志》2卷3期）
④ 郭沫若：《文学革命之回顾》，王训昭编：《郭沫若研究资料》上册，第257页，北京：中国社会科学出版社，1986年。
⑤ 陈时和：《新录鬼簿——现代文坛逸话之一》，原载《万象》1944年8月；引自萧斌如编：《刘大白研究资料》，天津：天津人民出版社，1986年。

宁说他们与社会生活有广泛的联系。无论担任编辑、记者，还是置身学院、政坛，在新的社会分工中，他们是拥有自己位置的，"写诗"并不是"志业"的全部。换言之，他们是处于"社会结构"之中，并非与社会"脱序"后纯粹的"流动文人"。

20年代初，对于刚刚在"新文坛"上打开局面的郭沫若等创造社成员来说，他们除了在文学观念上，与当时一般国内文人有所差异外，其"流动文人"的身份，也有别于在大书局操持一份稳定职业的郑振铎、沈雁冰等人。本来，虽然依靠"新诗"初获名声，但在郭沫若这里，"文学"仍是一件风雨飘摇的事业。① 起初，他设想回国当一名教员，但在上海"寄食"泰东的经历，却让他成了一个身份暧昧的文人，做着编辑工作，却无工资和名分，他与朋友们在上海的困窘经历，都验证"文学"并非一个理想的职业选项。诚如许多论者指出的，随着报刊、出版等现代传媒的出现，以及稿费制度的确立，现代职业文人的新形象也随之诞生。上海是一个主要的发生场景，"卖文在上海"，也是郭沫若等人后来受人指摘的一个原因。② 从某个角度看，"上海"指的或许不是具体的城市，而是一种特殊的身份：寄身书局、报馆，以"写作"为谋生手段，过着动荡无序的文人生活，后来，创造社一行人，被鲁迅归入了"海派"的谱系，更是说明了这一点。③

---

① 回国之前，郭沫若表达过对以文学为业的"隐隐的恐怖"：1920年9月，他在致陈建雷的信中说："我学医的缘故自己也不深知。我这人是个无目标放场马的人，走到什么地方做到什么地方……不过我对于自己的文学上的资质还在怀疑，我觉得我好像无甚伟大的天禀。"（《新的小说》2卷1期［1920年9月］）郑伯奇也说过："他曾几次决心要休学或者转学，但考虑到家累和职业等问题，又下不了决心。"（郑伯奇：《忆创造社》，饶鸿兢等编：《创造社资料》，第840页，福州：福建人民出版社，1985年。）

② 郭沫若在京都张凤举处见到沈尹默时，说起在上海办纯文艺杂志事，沈的第一个反应是："上海滩上是谈不上甚么文艺的。"（郭沫若：《创造十年》，《学生时代》，第96页，北京：人民文学出版社，1979年。）

③ 鲁迅：《上海文艺一瞥》，《鲁迅全集》第4卷，第295—296页，北京：人民文学出版社，1981年。

然而，创造社成员对这种"身份"想象也并不一定认同。① 虽然常以"纯文艺家"的口吻指斥别人是文学的"门外汉"，他们也时刻表示对"文人""文学"的疏远。郭沫若就说："我自己虽然在做做诗，写写小说之类的东西，然而对于所谓'文学'实在是个外行。我并不曾把文章来当做学问研究过（我学的本是医学）。"② 成仿吾也说："我们创造社的同人，最厌恶一般文人社会的种种劣迹，所以我们都怀有不靠文字吃饭的意志（因为一靠文字吃饭，就难免不堕落）。虽说是偶然的现象，我们同人中差不多各有各的专门科学。"③ 创造社成员们苦苦挣扎，而一有机会就要回归自己的原来专业：郁达夫北上执经济学教鞭，郭沫若返回日本完成学业，张资平也在矿山当起了工程师。这当然与对"文人"的传统轻视相关，"卖文为生"总像是一种羞耻，坦然接受还要经过一番意识革命。④ 但作为一种人生出路，"文学"确实不是理想的营生⑤，它仍在某种社会整体结构之外，这就形成了一种奇特的"身份"构造：在专业与"文学"间，在个人抱负和谋生现实间，"文学"对于郭沫若等人来说，虽有极大的"作为空间"，但在现实中无法在社会结构中成为一个合理的"职业"。

有关创造社的浪漫倾向，曾有多种解释，文学思潮的影响外，对"自我""主观"的强调，与他们的社会位置、身份不无关联。如果在总体的历史框架下观察，浪漫主义，其实是一代"自由知识分子"对

---

① 刘半农曾讥笑郭沫若："上海滩上的诗人，自比歌德。"郭对此大发牢骚："在'上海'下只消加得一个'滩'字，便深得了《春秋》笔法。"（郭沫若：《创造十年续篇》，《学生时代》，第197—198页，北京：人民文学出版社，1979年。）

② 郭沫若：《创造十年续篇》，同上书，第174页。

③ 成仿吾：《创造社与文学研究会》，《创造季刊》1卷4期（1923年2月）。

④ 郭沫若自言："我自己是充分地受过封建式教育的人，把文章来卖钱，在旧时是视为江湖派，是文人中的最下流……由卖文为辱转为卖文为荣，这是一个社会革命。"（郭沫若：《创造十年续篇》，《学生时代》，第197页。）

⑤ 曹聚仁曾说：创造社朋友在泰东出《创造》，"他们的生活境况并不如我，我呢，也有轻薄文人而不屑做之慨。到了大革命前夕，我便以'史人'自许了"。（《我与我的世界》，《新文学史料》1981年第2期）

自己"历史处境"的反应①,这一逻辑对于"五四"后的"浪漫一代"同样有效。作为新型知识分子,他们脱离了"士"的身份,与传统的权力精英阶层失去了联系,在新的社会结构中,又无法找到安身立命之地,一种"疏离感"便产生了,瞿秋白对一代"薄海民"的解说②,就是这种状态经典的描述。"疏离"之感,也投射出新的身份想象:"诗人"或"文人",在"郭沫若们"那里显然并不是一种职业(相反地,他们厌恶职业化的文人,包括旧式文人,也包括学院、书局里的新式文人),更多落实在一种特殊的人格或主体造型上。如李欧梵所言,在浪漫性的反应中,他们"所用'逻辑'非常微妙:一个'文人'比世上其他人'敏感'"③。

应当说,现代"文人"身份的确立,离不开职业化的保障,但与此相比,特殊的身份想象,对一代文学青年而言,无疑具有更大的吸引力。文学研究会成员王以仁就"对郭沫若的诗非常崇拜",会大段背诵,但在谈到郑振铎、沈雁冰时,却没有这样的亲切感情:"我们的名字挂在文学研究会,我们的作品也发表在文学研究会的刊物上,而我们的精神却是同创造社有联系的。"④ 在这样的"诗人"或"文人"的身份想象中,敏感又内在的自我,似乎只有在与社会、秩序和理性的对峙中才能得到辨认,这又在暗中吻合与现代知识分化中的"文学"理解。伊藤虎丸在分析"创造社"与日本"大正"时代文学关系时,就指出从创造社的感性自我中引申出来,"也就是文学与科学以及政治的对立",在这样的对立中,一种"消费型"形象也随之出现:艺术家或诗人,他们是超越于日常逻辑的天才,置身于客观的工作性"生

---

① 伍晓明:《浪漫主义的影响与流变》,乐黛云、王宁编:《西方文艺思潮与二十世纪中国文学》,北京:中国社会科学出版社,1990年。
② 瞿秋白:《〈鲁迅杂感选集〉序言》,何凝编:《鲁迅杂感选集》,上海:青光书局,1933年。
③ 李欧梵:《五四文人的浪漫精神》,王跃、高力克编:《五四:文化的阐释与评价——西方学者论五四》,第185页,太原:山西人民出版社,1989年。
④ 王以仁:《坎坷道路上的足迹》(三),《新文学史料》1983年第3期。

产"之外。① 可以参照的是，从事教育、出版工作的文学研究会诗人，更多置身于某种社会结构、组织中，他们的身份想象，更倾向于个人的意志（不只是感性）与社会责任、秩序的沟通，更接近于与"消费型"相对照的"生产型"。(伊藤虎丸语)对于特殊的"诗人形象"，他们不怎么看重，反而时而有意消解，叶绍君就说："'诗人'这个名目和'农人''工人'有别，不配成立而用以指示一种特异的人。"② 当与创造社交好的梁实秋鼓吹"诗人"的高蹈遗世，茅盾等更是奋力反击，强调诗人并无特殊规定，也是"人间的产物"③。对"诗人"特殊身份的否认，不过是另一种身份认定，这与文学研究会同仁的具体社会角色，有某种对应性的关联。④

在上述背景中，"诗人"形象的凸显似乎成了《女神》及郭沫若在新诗史上的另一种定位，从而与那些身份不纯的"非诗人"拉开了距离。在很多人看来，诗人身份的不纯，是早期新诗成就不高的原因所在，郑振铎就认为"五四"时代"作家多为旧日书生，本非专攻文学的人，如胡适是学农学哲学的"⑤。后来，谭天在《胡适与郭沫若》中，一边讽刺胡适不懂文学，一边又称"但郭沫若到底是富于文艺情绪的人"⑥，将不同的个性、气质，当成了文学评价的尺度。李长之在勾勒

---

① 伊藤虎丸：《创造社与日本文学》，《鲁迅、创造社与日本文学》，第 205 页、210 页，孙猛等译，北京：北京大学出版社，1995 年。
② 《诗的源泉》，《诗》1 卷 1 号（1922 年 1 月）。
③ 《文学旬刊》第 55 期（1922 年 11 月 11 日）登载傅东华译的潘莱的《诗人与非诗人之区别》一文，此文从观察力、敏锐性、感受力等方面论证了"区别"的不可靠，认为"诗人与非诗人的区别"，与其求之特殊的人格品质，不如求之特殊的写作、组织能力。配合这篇译文，《文学旬刊》第 56 期（1922 年 11 月 21 日）又载 M. T.《诗与诗人》一文，主张诗与诗人"始终是人间的产物"。
④ 有学者曾从年龄、学业、就职及家庭等多方面，分析了创造社同仁与当时国内文人的身份差异，以及由此导致的文学倾向的不同。(魏建：《"创造社现象"的青年学分析》，《郭沫若研究》第 12 辑，北京：文化艺术出版社，1998 年。)
⑤ 郑振铎：《新文坛的昨日今日与明日》，《郑振铎选集》第 2 卷，第 423 页，陆荣椿编，福州：福建人民出版社，1984 年。
⑥ 谭天：《胡适与郭沫若》，上海：书报论衡社，1933 年。

新诗历史时认为：中国的新诗运动只有胡适、郭沫若、徐志摩三人，胡适的意义是在文学工具上的，"然而他没有诗人的性格"，徐志摩的价值在于"专门写诗"，郭沫若是"诗人的性格"的代表。① 在这里，"诗人的性格"的有无，又成了诗歌史划分的依据。

四　从"近代情调"到"时代精神"

读者"诗美"期待的满足、"抒情"本体的确立，以及诗人形象的塑造，在上述几方面有关《女神》的评价和阐释中，新诗的合法性期待似乎找到了一个理想的投射对象。另外，《女神》"激昂扬厉"的诗风，反映了"五四"时代"个性解放"的精神，这也是后人对《女神》的经典认识之一，由于涉及"五四"思潮的整体考察，不是这里要讨论的重点。但《女神》与"时代精神"的关联，不仅是一个外部的问题，它也牵扯着"新诗"合法性的追寻和塑造，这一点同样是由阅读、批评完成的"意义生产"来实现的。

在新文学发生期，随着进化论文学史观的深入人心，以及泰纳式"种族、时代、环境"三要素说的传播，文学与时代的某种对应性关系，已成为新文学成立的重要根据。② 具体到《女神》这里，延续闻一多1923年的阐述，其与"时代精神"的关系成为后人谈论的重点，但它的早期阅读，却很少从这一角度展开，二者间关联的建立还是有一个过程的。有意味的是，最早从某种时代性出发的阅读，不是来自国内，却是来自一海之隔的日本。1919 年 9 月之后，郭沫若的第一批新诗发表在《学灯》上，引来国内读者目光的同时，也被日本的一些报刊注意到了，下面的几种说法可以为证。

---

① 李长之：《现代中国新诗坛的厄运》，《晨报·文艺》1937 年 2 月 8 日。
② 傅斯年就提出过以"群类精神"（近似于时代精神）作为文学表达的规定。（《文学革新申义》，《新青年》4 卷 1 号 [1918 年 1 月]）

1920年2月29日,田汉在致郭沫若的信中写道:"我在《日华公论》上看见日本人译了你那首《抱儿浴博多湾》和一首《鹭》,我尤爱前者。"① 郑伯奇回忆:"我读沫若君的新诗,最初是那首《死的诱惑》,记得去年(应为1920年)春天某晚,大阪每日新闻的文刊上,标题'支那','新体诗',先有一段小序,说明最近中国新文学发生的历史,后面便登《死的诱惑》的译文。"② 由此可见,《死的诱惑》等作品是作为新文学的标本被译介到日本的。它们不仅被田汉、郑伯奇等友人读到,读者中还包括日本的文艺理论家厨川白村。后来,郭沫若从创造社成员张凤举那里得知了这个消息:"凤举又说到厨川白村(京大的文学教授)称赞过我那首《死的诱惑》——因为大阪的一家日报翻译过——说是中国的诗已经表现出了那种近代的情调,很是难得。"③

与普通中国读者关注字句、音节的阅读不同,深谙近现代文艺思潮的日本文艺家,一下子就发现了郭诗中所谓的"近代情调",言语之间,还将它看成是中国新诗中令人惊喜的新质。同时读到《死的诱惑》的郑伯奇,正是厨川白村的崇拜者,其"系统"的文学知识多来自厨川。④ 他的反应似乎与自己的"导师"颇为相近,也疑问:"刚才萌芽的本国的新诗已经进步到这样程度了吗?"《死的诱惑》后来被收入《女神》第三辑中,风格上属于清丽、素朴一类,与郭沫若留学生涯中的精神危机相关,以一种奇异的意象构造,传达出对"死亡"的向往:

---

① 宗白华、田汉、郭沫若:《三叶集》,第79页,上海:亚东图书馆,1923年。
② 郑伯奇:《批评郭沫若的处女诗集〈女神〉》,《时事新报·学灯》1921年8月21、22、23日。这种说法,后来他又有重复:《死的诱惑》"被大阪《朝日新闻》(也许是《每日新闻》吧)当作新诗的标本而首先介绍过去了"。(郑伯奇:《二十年代的一面——郭沫若先生与前期创造社》,饶鸿兢等编:《创造社研究资料》,第750页,福州:福建人民出版社,1985年。)
③ 郭沫若:《创造十年》,《学生时代》,第97页,北京:人民文学出版社,1979年。
④ 郑伯奇曾连续多日阅读厨川白村的《文艺思潮论》与《近代文学十讲》,每天都在日记里写下"神经颇兴奋"(郑伯奇日记选载:1921年6月1日—6月30日,见《新文学史料》1995年第3期);他还在《我的文学经历》中称,1918年到日本留学后,"才读到有系统地介绍文学的书籍,如厨川白村的《文艺思潮论》《近代文学十讲》等书"。(同上述材料)

一

我有一把小刀
倚在窗边向我笑。
她向我笑道:
沫若,你别用心焦!
你快来亲我的嘴儿,
我好替你除却许多烦恼。

二

窗外的青青海水
不住声的向我叫号。
她向我叫道:
沫若,你别用心焦!
你快来入我的怀儿,
我好替你除却许多烦恼。

后来,郭沫若自评《死的诱惑》"只能算是一种过渡时代用畸形的东西"①。"过渡"指的是与传统诗词体例未完全脱榫,"畸形"意味了颓废的近代情调。今天看来,"畸形"或"颓废",正是20世纪中国文学审美"现代性"的标志,对于当年的厨川白村、郑伯奇来说,或许也曾如是观。根据伊藤虎丸的研究,创造社成员的文学活动与日本"大正"时代的文艺思潮有密切的关联:一方面是咖啡店、留声机、电影等摩登事物构成的"都会化"场景,一方面是以一代感性的、"消费型"文学青年的出现,这些都构成了"近代情调"发生的背景。②

---

① 郭沫若:《鬼进文艺的新潮》,《新文学史料》第3辑(1979年5月)。
② 伊藤虎丸:《创造社与日本文学》,《鲁迅、创造社与日本文学》,孙猛等译,北京大学出版社,1995年。

《死的诱惑》，后来被选入《新诗年选（一九一九）》中，在康白情等人眼里，它算是郭沫若的代表性作品。这种选择，可能更多出于审美的偏爱，那种立足于"现代感性"的接受视野是缺乏的，一位读者表达过这样的期待："我们现在很盼望，很需要这些作品，来医活我们底颓丧，并且注射些光和热底活力给我们，使我们大家都可以做个新时代底斗将。"他列举的符合这种要求的诗人，就是郭沫若。① 在"五四"之后的社会氛围中，真正受到关注的是《女神》中夸张的激情，而非颓废的"近代情调"②。第一个从"时代精神"的高度，为这种激情提供了一种现代阐释的，是闻一多著名的文章《〈女神〉之时代精神》③。或许并非巧合的是，不十分起眼的《死的诱惑》也出现在这篇大文中。

为了撰写《〈女神〉之时代精神》，闻一多颇费了一番苦心，从收集材料到最后付邮，写写停停，历时两个月之久。④ 文章一开始就高屋建瓴，将《女神》定位为新诗的真正起点："若讲新诗，郭沫若君的诗才配称新呢！不独艺术上他的作品与旧诗词相去最远，最要紧的是他的精神完全是时代的精神。"在闻一多这里，此前《女神》拥趸们的判断更明确地变为一种文学史表达，更关键的是，他也提供了一种新的谈论方式："新诗"的合法性基础被放置在一种"现代性"的精神气质上（时代精神），它产生于总体性的现代进程中，并体现在五个方面：20 世纪"动"的本能、反抗的精神、科学的成分、世界意识、绝望与消极中的精神挣扎，都应对于"现代性"的宏大表征。往往被人忽略的，是其中第五个方面，闻一多还将"时代精神"与特殊的内心

---

① 《我理想底今后的诗风》（续），《晨报·副刊》1921 年 11 月 14 日。
② 20 世纪 30 年代，钱杏邨曾将郭沫若当成当时"青年心理""上进一派"的代表（"颓废一派"的代表是郁达夫）。(钱杏邨：《郭沫若及其创作》，黄人影编：《郭沫若论》，第 18—19 页，上海：光华书局，1931 年。)
③ 此文发表于《创造周报》第 4 号（1923 年 6 月 3 日）。
④ 闻一多：《闻一多全集·书信》，第 81、107、123 页，孙党伯、袁謇正主编，武汉：湖北人民出版社，1993 年。

状态相连——"绝望与消极",它发生于以矛盾为情感内核的"经验共同体"之中:"现代的青年是血与泪的青年,忏悔与兴奋的青年。"在闻一多这里,"绝望与消极"引发的不是颓废的"近代情调",它是作为一种消极状态被否定、克服的,取而代之的,是一种挣扎的、求生的意志。他还引用《三叶集》中田汉的话"你的泪,你的自序传,你的忏悔录"为佐证。从《三叶集》到闻一多,围绕《女神》阅读所塑造的现代"感性主体"的形象愈加清晰,但"他"不是沉溺于颓废的"死的向往",而是在绝望与兴奋中焕发出生的意志。这种"意义生产"也导致了具体作品评价的扭转,闻一多在文中就对北社的《新诗年选(一九一九年)》收入《死的诱惑》一诗表示不解,认为编者"非但不懂诗,并且不会观人"。

  从厨川白村到闻一多,具体诗作的评价即使有异,但有一点是共同的,那就是在用"现代"的眼光去审视新诗,新诗的合法性必须由某种现代性("近代情调"或"时代精神")来提供,这是新诗之"新"的关键所在。在这里,"白话"与"文言"、雕琢与自然、有韵与无韵等"形式"的纷争退入后台,"新"的逻辑要由另外的价值来提供,即新诗的"主题深度和想象力向度"将被设定在"它与中国历史的现代性的张力关系上,新诗的自我肯定也源于对这一张力关系的自觉或不自觉的体认"。① 其实,在语言形式之外,谋求新诗合法性的努力,即使在胡适那里也同样存在。30 年代在给徐志摩的信中,胡适写道:"我当时希望——我至今还继续希望的是用现代中国语言来表现现代中国人的生活,思想,情感的诗。这是我理想中的'新诗'的意义。"② "新诗"的意义,不是来自白话,也不是来自某种静态的审美品质,"现代经验"成为它合法性的来源,这与闻一多眼中的"时代精

---

① 臧棣:《现代性与新诗的评价》,现代汉诗百年演变课题组编:《现代汉诗:反思与求索》,北京:作家出版社,1998 年。
② 天津《大公报·文学副刊》第 205 期(1931 年 12 月 14 日)。

神"在内涵上当然有较大差异,但立论的出发点,仍有可沟通之处。后来,宗白华在谈论郭沫若时,更明确表达了这种认识:"白话诗运动不只是代表一个文学技术上的改变,实是象征着一个新世界观,新生命情调,新生活意识,寻找它的新的表现方式。"①

作为一种历史抽象,"时代精神"更多的是一种假定性存在②,其本身也是处于被诠释、删选的过程中。在此过程中,某些非法的因素("畸形的颓废")被剔除,某些因素("动的""反抗的精神")被合理地张扬。闻一多的文章对后续的《女神》接受产生了深远的影响,在朱自清、穆木天、钱杏邨、蒲风那里都可找到回声,几乎所有的文章中都会见到"动的""反抗的精神"等字样。然而,这不等于说闻一多提供了"终审"判断。在闻一多那里,"时代精神"还是一个相当复杂的概念,对20世纪物质力量、科学精神的正面歌颂,与深度的心理挣扎、冲突是交织在一起的。在后来的不断引述中,一个可注意的现象是,"时代精神"越来越被单一化(《女神》背后的那个深度的心理学自我,在后来的阐述中已渐渐隐去),并包装上阶级的、意识形态的语义,升华到有关"五四"及新文化的整体性历史想象中。

通过上述四个方面的分析,可以看出《女神》的接受和阐释其实包含了新诗合法性不断追求与塑造的线索。在与其他"新诗集"的参照中,《女神》被构想成新诗的另一个起点。40年代,借助为郭沫若祝寿,重庆文化界一时沸沸扬扬,《女神》又经历了一次大规模的命

---

① 宗白华:《欢欣的回忆和祝贺——贺郭沫若先生五十生辰》,曾健戎编:《郭沫若在重庆》,第20页,西宁:青海人民出版社,1982年。
② 郑伯奇在评价创造社时,有如下著名的说法:"在五四运动以后,浪漫主义的风潮的确有点风靡全国青年的形式,'狂风暴雨'差不多成了一般青年常引的口号。"(郑伯奇:《中国新文学大系·小说三集》导言,赵家璧主编,郑伯奇编:《中国新文学大系·小说三集》,第3页,上海:良友图书出版印刷公司,1935年。)但在茅盾看来,创造社的"现代情调"有的是"当时的普遍的'彷徨苦闷'的心情","只是个人的极狭小的环境,官能的刺激,浮动的感情"。(《读〈倪焕之〉》,《文学周报》8卷12号[1929年5月12日])两人态度的差异,至少说明"时代精神"不是单数的存在。

名。其中,周扬提供了一个最为经典的概括:"他的诗比谁都出色地表现了'五四'精神,那常用'暴躁凌厉之气'来概括'五四'战斗的精神。在内容上,表现自我,张扬个性,完成所谓'人的自觉',在形式上,摆脱旧时格律的镣铐而趋向自由诗,这就是当时所要求于新诗的。"① 从形式解放到个性自我,再到"时代精神",早期"新诗"的合法性得到了一次相当完整的重申,有关《女神》及新诗合法性历史评价的基本框架也这样确定了下来。②

第二节 新诗史上的《尝试集》和《女神》

在众多读者和批评者的簇拥下,新诗的合法性诉求在《女神》那里似乎得到了全面的满足,在与其他"新诗集"的比照中,它也被想象成新诗成立的"标志",隐隐构成了对第一本"新诗集"——《尝试集》文学史地位的替代。对峙的关系不仅重构了新诗发生的图景,还渗透到有关新诗发生的历史叙述中,从这个角度看,《尝试集》和《女神》的关系,甚至可以看作是关照新诗历史的一个有趣框架。

一 从"共时"的对峙到"历时"的进化

在新诗的发生期,《女神》与《尝试集》其实分享了某种共同的历史命运。作为影响最大的两本诗集,它们都拥有众多的追随者,是当

---

① 周扬:《郭沫若和他的〈女神〉》,《解放日报》1941年11月16日。
② 新时期以来,《女神》的研究者也称:"强烈的时代精神,鲜明的民族特色,突出的独特风格,以及诗体上达到了当时的最高成就——这些,就是《女神》开一代诗风,成为'五四'新诗奠基作品的原因。"(陈永志:《试论〈女神〉》,第123页,上海:上海文艺出版社,1979年。)

时新诗写作两个最主要的模仿范本①，在对新诗不甚理解的读者眼里，它们又都是某种"陌生化"的出品。面对《女神》曾感到困惑的聂绀弩就称："要不是曾看过一本《尝试集》，我想我这时候会发疯的。"② 在他这里，《尝试集》仿佛是《女神》的阅读先导，在"诗体大解放"的进程中，二者的关系是连续性的，差异只是"解放"或"陌生化"的程度不同而已。与此相关，诗集的两位作者郭沫若与胡适，也常作为"五四"新文化的代言人被同时论及，30 年代有人曾编著一册《胡适与郭沫若》，尝试比较式的评传。③

虽然有上述一致性，但在读者的接受中，《女神》和《尝试集》的反差，从一开始就明显表露出来，一种文学史意义上的区分性话语，也由此被引申。冯至回忆：当时"胡适的《尝试集》，康白情《草儿》，俞平伯《冬夜》，我都买来读，自己也没有判断好坏的能力，认为新诗就是这个样子。后来郭沫若的《女神》《星空》和他翻译的《少年维特之烦恼》相继出版，才打开我的眼界，渐渐懂得文艺是什么，诗是什么东西"④。在冯至这里，"好"与"坏"，"诗"与"非诗"的区分，显现于《女神》与"亚东"的新诗集系列之间。施蛰存曾用一个暑假反复研读《尝试集》，结果是对于胡适的新诗起了反对；《女神》出版后，他又读了三遍："承认新诗的发展是应当从《女神》出发的。"⑤ 戈壁舟的态度比前面两位更为直接："我读了胡适的《尝试集》，才知道用白话写新诗；我读了郭沫若的《女神》，《凤凰涅槃》，才知道新诗中有

---

① 叶圣陶就曾将《女神》与《尝试集》并提，讽刺后者的影响在于"大概是引譬设喻，以见作意，激昂慷慨，以警世众"，而前者的影响在于"大概是赞美宇宙，倡言大爱，叠章重篇，好为豪放"。（叶圣陶：《对鹦鹉的箴言》，《叶圣陶集》第 9 卷，第 86—87 页，叶至善等编，南京：江苏教育出版社，1990 年。）
② 聂绀弩：《〈女神〉的邂逅》，《文艺生活》1 卷 3 期（1941 年 10 月）。
③ 谭天：《胡适与郭沫若》，上海：书报论衡社，1933 年。
④ 冯至：《自传》，《冯至全集》第 12 卷，第 606 页，冯姚平编，石家庄：河北教育出版社，1999 年。
⑤ 施蛰存：《我的创作生活之历程》，《十年创作集》（小说卷），第 800 页，上海：华东师范大学出版社，1996 年。

好诗。"① 在上述反应中，对《尝试集》的贬抑与对《女神》的推崇，是交织在一起的，构成了一个判断的正反两面，它指向的是新诗的历史起点的确认：在所谓"诗"的前提下，《女神》是新诗合法的起点，而《尝试集》所代表的，仍是新诗处于历史遮蔽下的某种未完成状态。

在读者的阅读中，《女神》与《尝试集》的对峙，已表明新诗历史"坐标系"的转换。当然，随着新诗的历史展开，《女神》和《尝试集》都被渐渐推向时间深处，不再是关注的焦点，甚至受到后来者的冷落。30年代的现代诗人邵洵美就坦言："我们要谈新诗，最好先把胡适之来冷淡。（他自身的成就是另外一件事情）"，理由是"当新诗的技巧已经进步到有建设的意义的现在，他在艺术上的地位显然是不重要的了"。②尽管如此，对起点的不断回溯，仍是文学史的基本逻辑，两本诗集的投影也在新诗讨论中时隐时现。作为开山之作，《尝试集》的影响无疑十分深远，在某种意义上，它奠定了新诗的基本向度③，这种影响的一个突出表现，就是许多新诗人在确立自己诗歌起点时，似乎都要向前回溯，以咒骂《尝试集》为开端，这恰恰从反面验证了"起点神话"的重要。成仿吾说："《尝试集》里本来没有一首诗。"④朱湘认为《尝试集》中"没有一首不是平庸的"⑤。穆木天干脆将胡适宣判为中国新诗运动中"最大的罪人"⑥。这些发言后来被广泛引用，共同塑造了《尝试集》的基本形象，它们依据的标准虽各有不同，但都是从所谓"诗"的角度，废

---

① 戈壁舟：《戈壁舟文学自传》，《新文学史料》1987年第1期。
② 邵洵美：《〈诗二十五首〉自序》，《诗二十五首》，第4页，上海：上海书店出版社（据上海时代图书公司1936年版影印），1988年。
③ 曹聚仁就说："我们无论从《尝试集》的角度看新诗，或是从新诗的角度来看《尝试集》，新诗的风格还是朝着胡适所开的路子走的。"（曹聚仁：《尝试集》，《文坛五十年》，第142页，上海：东方出版中心，1997年。）
④ 成仿吾：《诗之防御战》，《创造周报》第1号（1923年5月13日）。
⑤ 朱湘：《尝试集》，《中书集》，第192页，北京：中国文联出版公司（据生活书店1934年初版排印），1993年。
⑥ 穆木天：《谭诗》，《创造月刊》1卷1期（1926年3月）。

黜《尝试集》作为起点的合法性，从而重设新诗的方向。

与《尝试集》备受责难的命运相比，《女神》则声誉愈隆，将其看作是新诗另一起点的观念，后来也多有回响。除上文引述的郁达夫、闻一多20年代初的说法，对《尝试集》毫不留情的朱湘，看重郭沫若对"诗"的特殊拓展，认为"他的这种贡献不仅限于新诗，就是旧诗与西诗里面也向来没有看见过这种东西的"①。在《中国新文学大系·史料》卷中，阿英对《女神》的评语是："是中国新诗有最大影响的诗集。"②而《中国新文学大系·诗集》最初的编者人选，并不是朱自清，而是诗坛上"人气最旺"的郭沫若，因为"他是五四时代的第一个最有贡献的诗人"③。虽然，批评《女神》的也不乏其人，《女神》和《尝试集》一样，在某些新诗史著述中，都被当作是应当超越的存在④，但总体上看，在后人眼中，《女神》的地位是高于《尝试集》的。即使胡适的友人陈源，在《新文学运动以来十部著作》中，也将《女神》《志摩的诗》作为白话诗的代表，胡适却仅举其"文存"，《尝试集》却榜上无名。⑤上述种种印象、观看及判断，在创造社的后期盟友钱杏邨那里，凝定为一个夸张的结论："《女神》是中国诗坛上仅有的一部诗集，也是中国新诗坛上最先的一部诗集。"⑥在这里，不仅《尝试集》"第一"的位置被取代，其他"新诗集"的地位也被一笔勾销。

上述言论出自不同的立场，与发言者所处的文坛位置、所属的文学阵营也有直接的关联，但它们却潜移默化影响着文学史图像的形

---

① 朱湘：《郭君沫若的诗》，《中书集》，第193页。
② 阿英：《创作编目·〈女神〉》（编者按语），赵家璧主编，阿英编：《中国新文学大系·史料》，第302页，上海：良友图书出版印刷公司，1935年。
③ 赵家璧：《话说〈中国新文学大系〉》，《编辑忆旧》，北京：生活·读书·新知三联书店，1984年。
④ 在草川未雨所著的第一本新诗史《中国新诗坛的昨日今日和明日》（上海：上海书店出版社［据北京海音书局1929年版影印］，1985年）中，《尝试集》的成绩被认为只限于"尝试"，《女神》也因艺术的不经济而遭到尖刻的批判。
⑤ 陈源：《新文学运动以来的十部著作》，《西滢闲话》，第259页，石家庄：河北教育出版社，1995年。
⑥ 钱杏邨：《郭沫若及其创作》，黄人影编：《郭沫若论》，第28页，上海：光华书局，1931年。

成。①《尝试集》与《女神》的对峙，也曲折地投射于新诗史线索的勾勒中。作为新诗的第一本出品，《尝试集》的开端地位似乎不可动摇，大多数文学史叙述在论及新诗时，都要从《尝试集》起笔。朱自清在《中国新文学大系·诗集》导言中，就称《尝试集》是"我们第一部新诗集"，直至王瑶《中国新文学史稿》，该说法也未改变②。相比之下，有关《女神》的历史定位却莫衷一是。相关的评论中，《女神》多次被推为新诗合法的起点，但价值的判定却无法替代与历史的实证。围绕郭沫若和胡适谁是白话新诗"第一人"的问题，虽然有过不少的讨论③，《女神》晚出的事实，却决定在一般的文学史描述中，将《女神》作为新诗起点的说法并不多见。常见的描述仍是将《女神》放置于新诗发展的历史脉络中定位，具体说来，大致有以下三类：

第一类描述，只是将《女神》当作新诗发生期的一部重要作品，其文学史地位没有被特别突出，如在谭正璧的《新编中国文学史》中，郭沫若只被当作"无韵诗"作者中的一员，名字与汪静之、康白情、

---

① 对新诗集的评价，往往会影响到后来的文学史叙述，如朱自清的《新文学研究纲要》就杂采各家评论而成：在论及《尝试集》时，引用胡先骕、朱湘的评论；论《女神》时，则引用闻一多、朱湘的评论。据吴组缃回忆，朱自清30年代讲授新文学："他讲的大多援引别人的意见，或是详细的叙述一个新作家的思想与风格。他极少说他自己的意见。"（吴组缃：《敬悼佩弦先生》，朱金顺编：《朱自清研究资料》，第274页，北京：北京师范大学出版社，1981年。）

② 王瑶：《中国新文学史稿》，第59页，上海：新文艺出版社，1953年。

③ 据郭沫若《五十年简谱》记载，他开始口语新诗写作是在1916年，包括《死的疑惑》《新月》《白云》、Venus、《〈辛夷集〉小引》。关于其中的前四首，郭沫若还有另外两种说法：《创造十年》中说它们写于1913年，《我的作诗的经过》却说是1916年为安娜而作。如果后一种说法成立，那胡适作为新诗第一人的地位势必受到挑战。后来很多论者也依据这种说法，认定"郭沫若是我国最早试作新诗的诗人之一"。对此，也有研究者进行专门考证，海英通过分析郭沫若在日创作的19首旧体诗，认为："我们可以说，1919—1920年《女神》爆发期中的好些白话诗，简直就是1914—1918年文言诗的翻译吧。"（海英：《郭沫若留学日本初期的诗》，《中国现代文艺资料丛刊》三辑[1963年]）最近，还有学者从考察诗中呈现的日本风物的角度入手，得出相似的论断，包括《死的诱惑》在内的几首新诗不可能是1916年之作，但与这一时期的旧体诗有一定的瓜葛。（武继平：《郭沫若留日十年》，第170—174页，重庆：重庆出版社，2001年。）

俞平伯同时出现。① 与此相关的是，在很多论者眼里，与《女神》相对峙的不是胡适的《尝试集》，而是康白情的《草儿》。② 此类文学史描述，并未将《女神》鼓吹为新诗"另起炉灶"的起点，甚至被忽略到新诗发展的主要线索之外。③ 第二类描述，虽然强调《女神》的独特地位，但它往往是作为某种新诗的"异军"被引入讨论的。朱自清在《中国新文学大系·诗集》导言中的说法最具代表性，他沿着新诗发展的时间线索，从胡适到康白情、"湖畔派"，再到冰心和白采，一路说下去，最后才补充写道："和小诗运动差不多同时，一支异军突起于日本留学界中，这便是郭沫若氏。"④ 言外之意，"以抒情为本"的《女神》，好像是新诗主线中旁逸出的一条分支。沈从文的看法相似，他认为新诗"尝试期"的代表是《尝试集》《刘大白的诗》《扬鞭集》，"创作期"的代表是《草莽集》《死水》《志摩的诗》，《女神》则独立于这一序列，因为郭沫若"不受此新诗标准所拘束，另有发展"。⑤ 无论是"异军的突起"，还是"不受新诗标准所拘束"，在这类描述中，《女神》的形象寄托于对一般新诗逻辑的挣脱上。值得考虑的是，随着评价标准的变迁，"异军"往往能翻身一变，成为新的"正统"。

与前两类描述相比，最为常见、也最重要的是第三类描述：将

---

① 谭正璧：《新编中国文学史》，第433页，上海：光明书局，1936年。
② 宗白华就将郭沫若与康白情对比："你诗形式的美同康白情的正相反，他有些诗，形式构造方面嫌过复杂……你的诗又嫌简单固定了点。"（宗白华、田汉、郭沫若：《三叶集》，第26页，上海：亚东图书馆，1923年。）蕙声、玫声、沙华《读〈女神〉与〈草儿〉》一文，也对两本诗集进行了比较论述。（《时事新报·学灯》1922年3月15日）在朱湘那里，《女神》是和《草儿》相提并论的，二者相同之处在于"反抗的精神与单调的字句"。（朱湘：《草儿》，《中书集》，第201页，北京：中国文联出版公司 [据生活书店1934年初版排印]，1993年。）
③ 臧克家在《论新诗》中说新诗第一期的代表"我们可以举《尝试集》。第二期给了新诗另一途径的是徐志摩"。（《文学》3卷1号 [1934年7月1日]）
④ 朱自清：《中国新文学大系·诗集》导言，第5页，赵家璧主编，阿英编：《中国新文学大系·诗集》，上海：良友图书出版印刷公司，1935年。
⑤ 沈从文：《我们怎么样去读新诗》，杨匡汉、刘福春编：《中国现代诗论》（上编），第136页，广州：花城出版社，1985年。

《女神》看成是新诗发展某一阶段的代表或开端。这里有从诗体形式的角度立论的,《尝试集》到《女神》的过程,就是"诗体大解放"实现的过程,两本"新诗集"首尾衔接成新诗的进化。① 另一种论述,则从20年代的诗歌标准出发,把《女神》当作新诗"格律化"阶段的起点:余冠英区分新诗为前、后两期,后期对西洋诗体的模仿,是"《女神》等集启其绪"②。赵景深、陈子展等也有类似的区分与论断③,杨振声则跨越时间界限,将郭沫若与徐志摩并列为新诗第二期的代表,特点也是用"西洋诗体"④。在这样的分期论述中,《女神》被纳入到新诗的主流线索中,标志的是对早期自由风格的克服和诗歌"形式"规范的复归。如果说在这种定位中,"另一起点"的文学史位置已被暗示,那么最后一种描述,直接将《女神》宣布为新诗合法成立的标志。蒲风在著名的《五四到现在的中国诗坛鸟瞰》中,将早期新诗(1919—1925年)进一步分为"尝试期"和"形成期",郭沫若被推为"形成期"的代表诗人:在前一期,新诗只有发生的价值,在后一期,新诗才正式成立。⑤ 同样,穆木天也宣称:"'五四'诗歌,由胡适开始,由郭沫若完成;这是我在过去论沫若诗歌时的结论;这个结论,我始终认为不错。"⑥

---

① 孙俍工以《尝试集》出版前后,为新诗的第一期,特点"是一种由旧诗底强调变来的白话诗";《女神》出版前后则为第二期,是"极端的解放的诗歌最盛的时代"。(《最近的中国诗歌》,文学研究会编:《星海》,第171—172页,上海:商务印书馆,1924年。)
② 余冠英:《新诗的前后两期》,《文学月刊》2卷3期(1932年2月)。
③ 赵景深将早期新诗分为四期:未脱旧诗词气息的阶段(《尝试集》),无韵诗的阶段(《草儿》《冬夜》),小诗的阶段,西洋诗体阶段("郭沫若《女神》已略开端绪")。(赵景深:《中国文学小史》,第209页,上海:光华书局,1928年。)陈子展在《最近三十年中国文学史》中,也基本重复了这一说法。
④ 杨振声:《新文学将来》,《杨振声选集》,第273页,孙昌熙、张华编,北京:人民文学出版社,1987年。
⑤ 蒲风:《五四到现在的中国诗坛鸟瞰》,原载《诗歌季刊》1卷1—2期(1934年12月15日—1935年3月25日);选入杨匡汉、刘福春编:《中国现代诗论》(上编),广州:花城出版社,1985年。
⑥ 穆木天:《在风暴中微笑里》,《诗创造》第6期(1941年12月15日)。

表面上看，最后一种描述代表了一些批评者的个人判断，可以注意的是，这里包含了一种微妙的文学史构造策略，即将本来几乎是"共时"发生的写作（《尝试集》与《女神》几乎同时出版，先后只差一年），拉伸成"历时性"的分期。蒲风对此就有说明：郭沫若的写作，虽在"尝试期"已有惊人成就，"不过正因为他有过惊人的成就……所以我把他位置在这里，当做这形成期的代表人之一"。这种策略似乎有意混淆了时间顺序和价值等级，其功能则表现为，对上文提及的价值逻辑与历史逻辑之间矛盾的解决，将新诗的发生的两个起点扭转成"开端"和"成立"的线性接替。在蒲风等人的描述中，"扭转"之力是将《女神》推后为"形成期"的代表，这种"扭转力"有时也会作用于《尝试集》上，将其挤到新诗"史前"的位置，比如在孙作云的区分中，胡适被推为新诗的启蒙者，而新诗第一期的代表就成了郭沫若。① 在这样的"扭转力"作用下，一种基本的文学史叙述也得以建立：新诗的发生以及成立，呈现于《尝试集》与《女神》之间，一为开端，一为完成。借助两本几乎同时出版的诗集，一种"进化"或"回归"的时间差被想象出来，如郑振铎所说的"诗则从《尝试集》到《女神》，确是进步得多了"②。这一文学史叙述似乎被广为接受，并延续到了当代。

众所周知，20世纪50年代以后，随着对胡适本人的批判，《尝试集》的名字一度被排斥在文学史以外，《女神》却堂皇地成为新诗的合法起点，如80年代一位学者所说："《女神》是中国诗坛上最先的一部诗集"的观点，"在一九五四年批判胡适资产阶级唯心主义思想以后，就广泛流行开来"。他还举出复旦大学中文系1978年《中国现代文学史》中的说法为例："《尝试集》是一本内容反动无聊，形式上非驴非马的东西。这个集子五花八门，像垃圾堆一样，名堂甚

---

① 孙作云：《论"现代派"诗》，《清华周刊》43卷1期（1935年5月）。
② 郑振铎：《新文坛的昨日今日与明日》，《郑振铎选集》第2卷，第425页，陆荣椿编，福州：福建人民出版社，1984年。

多,但没有一首是真正的诗,更没有一首是新诗!"把《尝试集》作为中国第一本新诗集"也是完全错误的"。① 然而,新时期以来,现代文学研究历史品质的复归,无疑又将《尝试集》带回研究者的视野,一时间重评《尝试集》的文章也蔚然成风,围绕《尝试集》与《女神》谁是第一本新诗集的问题,还引发了一场不大不小的争论。② 具体争论的内容,这里不再引述,但最后达成的结论,不过又回到了原来的构图:《尝试集》因为是"第一部"新诗集,被重新确认为新诗的开端,《女神》则由于其在思想、艺术上的多重成就而被奉为新诗成立的"丰碑"。③

二 张力结构的消解:新诗发生历史线索的形成

在《尝试集》和《女神》之间,一种文学史的进化想象被建立起来,梳理这一过程的目的,主要不在满足"学科史"的需要,而是要关注在这一过程中新诗的合法性辩难得到了怎样的化解。本书前几章的讨论,已提出这样一种理论构想,即"新诗"并不是一个不言自明、内涵清晰的概念,反之,它的内部从一开始就包含了辩难:文

---

① 朱光灿:《应当正确评价〈女神〉》,《齐鲁学刊》1981年第2期。
② 有关这场争论,代表性论文有朱光灿:《应当正确评价〈女神〉》《再谈〈女神〉评价的几个问题》(《末若研究》第1辑,曲阜师范学院"齐鲁学刊丛书");刘元树:《论〈女神〉的历史地位——并同朱光灿同志商榷》(《沫若研究》第1辑);钱光培:《论郭沫若对新诗发展的独特贡献》(四川人民出版社编:《郭沫若研究论集》[第二集],成都:四川人民出版社,1984年);吴奔星:《〈女神〉与〈尝试集〉的比较观》(同上);林植汉:《〈尝试集〉不是第一部新诗集》《黄石师范学院学报》1983年第2期);文万荃:《中国现代文学史上第一部新诗集辩白》(《四川师范学院学报》1984年第1期);刑铁华:《中国新诗其始驳议》(《中州学刊》1986年第2期)。上述资料的整理,参考了沈卫威:《新时期胡适文学研究述评》(《文学评论》1991年第1期)以及黄侯兴:《郭沫若文学研究管窥》,第54—56页,天津:天津教育出版社,1987年。
③ 阎焕东:《新诗的基石与丰碑——〈尝试集〉与〈女神〉比较研究》,《北京社会科学》1987年第2期。

言/白话、格律/自由的冲突只是其中的一个方面；另一方面的冲突，则显现在新诗的现代性冲动和普遍的"诗歌"规范之间。当"白话"成功取代了"文言"，"诗体大解放"成为新诗合法的展开路径，"新诗"与"诗"之间的摩擦，就形成了合法性辩驳的焦点。从现代性的历史冲动出发，还是要维护纯文学观念支配下的"诗文"界限，两种构想间的对话和碰撞，一直交织在新诗发生的过程中。这意味着，作为一种新的写作方案，新诗的内涵在一种张力结构中把握。《尝试集》与《女神》在接受和阐释中形成的对峙，某种意义上，正是这一张力结构的体现。

从一种悖论、张力的结构中去把握"新诗"，这或许是一种特殊的理解方式，但正因为忽视了这样的结构，才有可能将某种内在张力消解于文学史的线性叙述中。这种"消解"正发生在《尝试集》与《女神》之间的进化想象中，不仅是"共时"的对峙被拉伸、铺展成历时的"进化"，更为重要的是，上述张力结构也在无形中被掩饰了，新诗发生的线索被简化为：首先是白话工具的采用，继而是某种"诗"品质的达成，两个阶段的衔接，构成一种符合艺术"规律"的目的论叙事。早期新诗散文化追求中对"诗"的重新构想，自然会被排除在这种叙事之外。

具体说来，消解、简化的过程，正是发生在《尝试集》与《女神》的定位中：当"非散文化"的《女神》被当作新诗的合法起点，《尝试集》就被挤压为"史前"的开端。一方面认可"最早做白话诗的，要推胡适"，一方面又说"胡适在新诗的创作上并不算是成功"。[①] 它的价值似乎只局限在诗体的新旧过渡上，胡适有关"诗体脱胎"的自我定位，正是这种文学史判断的基础。有意味的是，谭正璧在《新编中国文学史》讨论早期新诗，说"如白话诗提倡者胡适的《尝试集》，及胡怀琛的《大江集》，以及刘大白、刘复……等所作，都未脱旧诗词的

---

① 王哲甫：《中国新文学运动史》，第96页、100页，北平：景山书社，1933年。

气息"①。当年胡适等人将"新旧杂糅"的胡怀琛排斥在正统诗坛外,在后人的文学史中,《尝试集》和《大江集》却归入了一类,这似乎是一个讽刺。

上述文学史线索的形成,涉及的不仅是两本诗集的命运,它与早期新诗的整体评价,以及新诗合法性的制度化想象都密不可分。当《尝试集》与《女神》之间的"共时"差异被拉伸成"历时"进化,新诗发生期诸多可能性纷呈的局面也随之被条理化了,张力结构中的"对话"关系,变成了两个阶段的更替。郭沫若自己就说:"前一期的陈、胡、刘、钱、周,主要在向旧文学的进攻;这一期的郭、郁、成、张却都主要在向新文学的建设。"② 分期的想象与新文学的整体进程显然颇为一致,其历史客观性因而有了更大的保证。③ 在这一"分期表"中,早期新诗与《尝试集》分享了同样的命运:这一时期的意义只体现在语言工具的变革上,而在现代性冲动支配下对"诗"可能性的拓展,却没有得到相应的重视。李健吾曾将早期新诗概括为两种倾向:"第一,废除整齐的韵律,尽量采用语言自然的节奏";"第二,扩大材料选择的范围;尽量从丑恶的人生提取美丽的诗意"。在两种倾向中,他认为"最引后人注意的,就是音律的破坏。也正是这一点,在他们是功绩,后来者有一部分(最有势力的一部分)却视为遗憾"④。李健吾道出了一个接受上的事实,早期新诗的两种向度("诗体自由"与"经验拓展")中,"最引后人注意"的是诗体形式、语言工具的变革,后人的毁誉,都集中于这一方面,而后者——对诗歌经验范围

---

① 谭正璧:《新编中国文学史》,第433页,上海:光明书局,1936年。
② 郭沫若:《文学革命的回顾》,王训昭编:《郭沫若研究资料》中册,第260页,北京:中国社会科学出版社,1986年。
③ 郑振铎在《中国新文学大系·文学论争集》导言中,也将文学革命分为两期:第一个时期是新文化运动,第二个时期是新文学的建设的时代,也就是文学研究会和创造社的时代。
④ 李健吾:《新诗的演变》,原载1935年7月20日《大公报》"小公园",引自李健吾:《李健吾批评文集》,第24页,郭宏安编,珠海:珠海出版社,1998年。

的拓展,以及诗/文界限打破后的美学活力,却很少得到重视和认同。梁实秋的话"新诗运动最早的几年,大家注重的是'白话',不是'诗'"①似乎最为著名,代表了早期新诗的基本文学史形象。如果说在《尝试集》对"新诗"形象的呈现过程中,某种"清晰化"的作用已发生,那么在新诗史线索的构造中,消解内在张力的"清晰化"想象,已几乎成为一个文学史的结论。

从新诗合法性辩难的角度看,从《尝试集》到《女神》"进化"线索的形成,是一个新诗想象"制度化"的过程,新诗的发生被描述为一种朝向某种目的的运动,比如"从白话诗到新诗"。这一过程有趣地呈现于《尝试集》与《女神》之间,后者完成了中国诗歌的脱胎换骨,"'自我'成了'新诗'区别于'旧诗'的旗帜","纯真底自我表现"也为"自由诗"提供了一元论的理论依据。②这种"制度化"想象,不仅关系到文学史的定位,它对新诗的发展也产生了一定的影响。随着一代新诗人的兴起,早期新诗似乎经历了一个从"散文化"到"纯诗化"的转变过程③。1926年,周作人在《〈扬鞭集〉序》中提出了一个著名论断:"新诗的手法我不很佩服白描,也不喜欢唠叨的叙事,不必说唠叨的说理,我只认抒情是诗的本分。"④果然如他所教训的,"抒情"也成了新诗后来的主流,依照朱自清的说法,回到"抒情"也就是"回到了它的老家"。某种意义上,这又是一个回归的过程,从最初对"诗"的冒犯,到"诗"品质的重获。在"进化"与"循环"的交织中,新诗的发展似乎是依据艺术内在规律、向某种"诗"本体趋近的过程。

---

① 梁实秋:《新诗的格调及其他》,《诗刊》创刊号(1931年1月)。
② 王光明:《现代汉诗:"新诗"的再体认》,现代汉诗百年演变课题组编:《现代汉诗:反思与求索》,北京:作家出版社,1998年。
③ 这个说法出自朱自清:《抗战与诗》,《新诗杂话》,第37页,北京:生活·读书·新知三联书店,1984年。
④ 周作人:《〈扬鞭集〉序》,陈绍伟编:《中国新诗集序跋选》,第174页,长沙:湖南文艺出版社,1986年。

这里，可以追问的是，对所谓规律、线索的强调，有可能建立在对新诗发展多种可能性"条理化"（简化）的前提下，导致的结果是早期新诗的特殊抱负——通过逾越"诗"的规范，来恢复写作与现代经验间的关联——也很少被正面讨论。当然，这不等于说新诗内在的张力结构真的被消解，没有留下痕迹。反之，对"诗"边界的维护与边界的打破，两种力量一直纠葛在新诗发展的内部。

朱自清在《中国新文学大系·诗集》导言中曾称："若要强立名目"，第一个十年的新诗"不妨分为三派：自由诗派，格律诗派，象征诗派"。一位朋友对其"按而不断"的做法不以为然，认为"三派一派比一派强"，这位友人显然是以某种"进化"的眼光来理解"三派"之分的。朱自清对此表示认同，但原因不在于"一派比一派强"，"进步"并非"进化"，而是表现在新诗空间的不断拓展中。在"进化"线索的回避中，就包含了对早期新诗社会人生取向的辩护："现在似乎有些人不承认这类诗是诗，以为必得表现微妙的情境的才是的……这种争论原是多少年解不开的旧连环……何不将诗的定义放宽些，将两类兼容并包，放弃了正统观念，省了些无效果的争执呢？"① 如果联系到朱自清对"诗文界限"的怀疑，他的辩护与其一贯的包容性立场是相互关联的。事实上，朱自清他本人早期的诗歌写作，也承续了新诗发生期的散文化风格，着力于"诗"对现代经验的开放。他的好友俞平伯曾将20年代新诗分为两个向度：其一，"用平常的口语，反复地说着，风格近于散文"；其二，"夹着一些文言，生硬地凑着韵"，"句法较为整齐，用韵较为繁多"。《女神》开了第二种向度的先河；朱自清的《毁灭》代表的是第一种向度，"我承认这是正当的"。② 与后来常见的合法性判定不同，在俞平伯的逻辑中，《毁灭》比起《女神》来，更应成为新诗的方向。持类似观点的还有冯至，他40年代

---

① 佩弦：《新诗的进步》，《文学》8卷1号（1937年1月）。
② 俞平伯：《读〈毁灭〉》，《小说月报》14卷8号（1923年8月）。

回忆朱自清时,也称当时《雪朝》"里面的诗有一个共同的趋势:散文化,朴实,好像有很重的人道主义的色彩……假如《雪朝》里的诗能够在当时成为一种风气,发展下去,中国的新诗也许会省却许多迂途"[①]。无论是俞平伯还是冯至,在他们眼里,新诗发展的图像复杂起来,早期新诗尝试的散文化探索、对现代日常经验的包容等方案,非但不是工具意义上的过渡,反而似乎是另一条被埋没的线索。

---

① 冯至:《忆朱自清先生》,《冯至全集》第4卷,第134页,张恬编,石家庄:河北教育出版社,1999年。

结　语

通过以上两编的叙述，新诗的发生过程中"新诗集"多方面的功能得到了一个大致的梳理，其中既包括社会传播、读者接受、诗坛划分、阅读程式等外部经验性环节，也与"新诗"的历史呈现及合法性辩难有复杂的关联。可以说，外部的社会文化考察与内部诗学构想的辨析，不仅构成了本书方法论上的二重性，也使具体的讨论有了两个焦点，上下两编的区分，就是其在论文结构上的表现。然而，从新诗发生的整体性角度看，上述两个方面并不是相互分离的，二者之间的关系也不只是由"对象的同一"（"新诗集"）来提供的，某种共同的关注其实贯穿在论述的不同层面中。

一

诚如本书在导言中所强调的，不同于一般的文学史描述，本书将"新诗的发生"当作一个具体的历史进程来看待，这一进程涉及的问题相当复杂，远非一本专著所能穷尽，但其中一个核心的问题是：作为一种历史创制的新诗，它的成立离不开一个自足的"另一个空间"的生成。"空间"自足性的生成，发生在变动的社会结构中，首先要落实为传播的扩张、读者的接受以及诗人群落的聚集。其次，新诗形象的塑造及其历史合法性的确认同样是决定性的因素。进一步说，社会性的空间形成与内部的诗学尝试其实是同一个历史进程的两个方面。如果将"新诗"的发生理解为一种自足性的追寻，那么"自足性"的获得既来自社会、读者的接受，也来自"新诗"对自身的想象和说明。"新诗集"的传播和接受，恰好为讨论这一过程提供了可能的线索，这正是本书所尝试的第一方面工作。

然而，"自足性"的追寻也只是新诗发生的一个环节，新诗"空间"的出现与其内部的分化，也是同步发生的。对这种分化的描述及阐发，是本书试图完成的第二方面的工作。在这里，文学社会学层面的"场域"构成，与诗学层面上的不同构想，有一种相互纠缠的关系。具体而言，如果说"新/旧""诗/非诗"的对话，共同支配了新诗最初的历史想象，那么"新诗集"对新诗的不同呈现，以及围绕"新诗集"发生的论争，都体现了对话的深入、持久。同时要指出的是，这种"对话"关系也在一定程度上构成了新诗"场域"划分的原则：当一代新诗人们借"新/旧"之别，建立起与传统的差异以及自身的形象，在新诗坛的内部，"诗/非诗"的争执，又成为不同群落、不同代际间论争的武器。换言之，新诗形象的呈现、新诗合法性的辩难，与新诗"场域"的分化，这三个方面是交织在一起的。

二

在上述两方面工作外，本书也试图通过历史的还原，对一般新诗史叙述的前提性标准，即所谓"诗"的话语，做一点辨析。如在"新诗集"的自我呈现与接受评价中显现的"新/旧""诗/非诗"的对话，构成了新诗合法性辩难的内在张力。在总体性的历史进程中看，这种辩难一方面是文学语言、工具现代变革的产物，一方面也是现代性的写作冲动与现代纯文学观念扩张之间摩擦的显现。在这个意义上，作为一种实验性的文学方案，新诗的发生，应当从一种辩难的、张力性结构中去理解。"新诗集"对"新诗"的不同呈现，以及围绕"新诗集"

评价展开的争议，都发生在这种张力性结构中，并延伸为后来文学史定位的歧义。

然而，在新诗合法性的辩驳过程中，也存在某种"清晰化"的机制，即：暗中将上述张力擦抹，只将新诗的形象寄托于从文言到白话、从格律到自由的线性"解放"逻辑中，而对新诗背后的历史冲动（打破诗／文界限，以求包容现代经验），却缺乏相应的同情。"清晰化"的机制也投射到文学史叙述中，一个突出的表现就是，在《尝试集》与《女神》这两本新诗发生的代表作之间，一种"进化"的发生线索被建立起来：一为"起点"，一为"完成"，新诗发生内部的张力由此被巧妙化解，被扭转成两个阶段的衔接，有关新诗历史的"制度化"想象也就这样建立了起来。

梳理上述张力的形成及化解，表面上是为了还原新诗发生的历史图像。然而，在"发生张力"的消除中，某种普遍的"诗"话语（基于一般的审美期待，也基于现代纯文学的约束）成为审视、评价新诗史的主要标准，这也是80年代以来新诗研究的一个基本前提。这一"制度化"的审美前提，是否会遮蔽早期新诗的多种可能性，这正是本书通过讨论"新诗集"的接受与历史评价，最后试图质询的问题。

附 录

新诗的发生及活力的展开
——新诗第一个十年概貌

一 新诗之"新"

讨论新诗的起点，一般要从1917年2月说起。在该月出版的《新青年》2卷6号上，发表了胡适的八首白话诗，它们虽未脱五七言的旧格式，但引入了平白的口语，已和一般的旧诗有所差异。随后，1918年1月的《新青年》4卷1号又刊出白话诗九首，作者为胡适、刘半农、沈尹默三人。这组诗的面貌焕然一新：不仅完全采用白话，而且分行排列，采用标点，旧诗的形式规范被基本打破。由此开始，新诗面向了公共的接受，正式登上历史的舞台。

当然，新诗的发生不是一蹴而就的，而是经过了一个相当长的过程。众所周知，作为一种高度"成规"化的文学，中国古典诗歌在形式、技巧、情调等方面，拥有一套稳定的模式。虽然内部也有丰富的变化，但万变不离其宗，在漫长的历史演变中，其表现力可以说发展到了极致。晚清以降，中国社会进入一个急遽变化的时代，人的思想、意识、语言都处在动荡之中，许多异质的"新名物"与"新经验"不断涌现出来。当传统的诗歌形式不足以充分容纳这一切，一些诗人开始思考如何使诗歌焕发出新的活力，书写出"古人未有之物，未辟之境"，黄遵宪、梁启超等人倡导的"诗界革命"就代表了这种努力。

但"以旧风格含新意境"的做法并未打破古典诗歌的基本规范,"诗界革命"的终点构成了新诗发生的起点,这已经成为学界的一般看法。①

胡适对新的诗歌方式的摸索,最初也是呈现于晚清诗歌改良的脉络之中。1915年9月,在美留学的他提出的"诗国革命何自始?要须作诗如作文"②,就大体未离"诗界革命"的轨范。然而,这一主张却遭到了力主"诗文两途"的梅光迪等人的激烈反对,在与友人的一系列论争中,他的思想后来"起了一个根本的新觉悟",即:"一部中国文学史只是一部文字形式(工具)新陈代谢的历史。"③在此之后,他才将思路集中在语言工具的层面,提出了"白话作诗"的具体方案,为"文学革命"找到了最终的突破口。1917年,胡适从美国回到国内,随着空间的转移,美国友人的激烈反对被《新青年》诸公的鼎力支持替代,他的诗歌构想也变得更加明确、自信,"决心把一切枝叶的主张全抛开,只认定这一中心的文学工具革命论是我们作战的'四十二生的大炮'"④。在理论探讨的同时,胡适还在写作中不断尝试:最初写下的一批白话诗,只不过是洗刷过的旧诗;后来虽打破五七言的体式,改用长短不齐的句子,如《鸽子》《一念》等,但还明显残留着词曲的气味和声调。回国以后,在钱玄同等人的激励下,胡适进一步在语汇、句法、音节等方面彻底摆脱束缚,终于实现了"诗体的大解放"。1919年2月的译诗《关不住了》(作者是美国女诗人Sara Teasdale),完全采用自由的散文语式,灵活地传达出内心迫切的情感,被胡适称为"我的'新诗'成立的纪元"⑤。

---

① 朱自清就称:"这场'革命'虽然失败了,但对于民七的新诗运动,在观念上,不是在方法上,却给予很大的影响。"(朱自清:《中国新文学大系·诗集》导言,第1页,赵家璧主编,朱自清编:《中国新文学大系·诗集》,上海:良友图书出版印刷公司,1935年。)
② 胡适:《藏晖室劄记》11卷34,第790页,上海:亚东图书馆,1939年。
③ 胡适:《逼上梁山》,赵家璧主编,胡适编:《中国新文学大系·建设理论集》,第9页,上海:良友图书出版印刷公司,1935年。
④ 胡适:《中国新文学大系·建设理论集》导言,同上书,第22页。
⑤ 胡适:《〈尝试集〉再版自序》,《胡适文存》卷一,第284页,上海:亚东图书馆,1921年。

值得注意的是，在胡适和他人的表述中，最初的新诗只是笼统地被称为"白话诗"，到了1919年10月，胡适在《谈新诗——八年来一件大事》中，才正式提出了"新诗"的概念："中国近年的新诗运动可算得上是一种'诗体的大解放'。因为有了这一层诗体的解放，所以丰富的材料，精密的观察，高深的理想，复杂的感情，方才能跑到诗里去。"①由此看来，"白话诗"与"新诗"是一对不应混淆的称谓，对应着不同的"尝试"阶段：如果说前者，指称的是过渡的类型，"白话"入诗只是传统诗歌的内部调整；那么，后者则属于一种全新的类型。换言之，"白话"构成了新诗的语言特征，但新诗的内涵并不是"白话"所能说明。当隐喻性的诗意语言被散文化的日常语言所替代，当意象性的结构方式被分析性的现代语法所消解，改变不仅发生在工具的层面，整个诗意生成的前提也从根本上被刷新，诚如有学者指出的："它的突出特征不再是将主体融入物象世界，而是把主观意念与感受投射到事物上面，与事物建立主客分明的关系并强调和突出主体的意志与信念。"②在这个意义上，所谓新诗之"新"，不仅对应于一种新的语言、新的形式，更是对应于一种新的经验方式和新的世界观。在"不拘格律，不拘平仄，不拘长短"的诗体解放背后，一个自由表达、自我反思的现代主体，也随之浮现。

后人称胡适为新诗的"老祖宗"，但应该看到，新诗不是由胡适等一班人凭空创造出来的，它的发生以及"正统以立"与诸多语言的、文学的、历史的、社会的因素相关。比如，在文学资源的层面，中国传统文学内部的差异性直接为胡适的新诗构想提供了历史依据，来自异域的文学新潮（如美国的"意象派"）也构成了他的理论参照。再比如，当文学运动与"国语运动"合流，在胡适等人对"白话"的鼓吹中，最终引申出来的是对现代民族国家语言的总体构想，"白话诗"

---

① 胡适：《谈新诗》，《星期评论》"双十"纪念专号（1919年10月10日）。
② 王光明：《现代汉诗的百年演变》，第97页，石家庄：河北人民出版社，2003年。

以及"白话文学"的历史价值由此得到了空前的提升。同样不能忽略的是,在中国社会现代转型的背景中,新诗的出现并非是孤立的,在某种意义上,它也是一系列社会制度、生活方式、文化结构变迁的产物。陈独秀在分析新文学的成功时,曾有这样的看法:"中国近来产业发达,人口集中,白话文完全是应这个需要而发生存在的。"对于以一个"最后之因"解释历史的方式,胡适曾提出异议,指出促成白话文学成立的因素还有很多,至少包括:一千多年白话文学作品的存在,"官话"在全国各地的推行,海禁的开放与外国文化的涌入,以及科举的废除、清王朝的颠覆等。[①]胡适的立论,虽然直接针对着陈独秀,但两人无疑都着眼于宏观的进程,新文学(包括新诗)产生的现代性背景也被勾勒出来。在这样的背景中,所谓"新诗"之"新",因而也有了更多的含义。它与古典诗歌的区别,不仅是文学内部成规的改变,诗的文化功能、角色及与读者的关系,乃至阅读的方式,都发生着潜在的变化。

在中国传统社会,"诗"作为最重要的文明方式,并非现代意义上的纯粹文学,所谓"兴于诗,立于礼,成于乐",其功用显现于个人的道德修养以及社会生活的诸多层面。近代以来,科举的废除、现代知识分工体系的移植,以及新式教育的兴起,改变了传统文化得以存在的条件;报刊媒体的发展,也塑造出新的阅读、传播和评价机制。虽然,诗歌与"政教"的关联并没有断绝,在特定的年代甚至还会强化,但从总体上看,"诗歌也不可避免地被视为一有别于其他现代领域的专门、狭窄、私人性质的活动"[②],有关诗人形象、诗歌接受等问题的诸多争议也由此产生。在这个意义上,将《新青年》上的公

[①] 胡适:《中国新文学大系·建设理论集》导言,赵家璧主编,胡适编:《中国新文学大系·建设理论集》,第15—16页,上海:良友图书出版印刷公司,1935年。
[②] 对于这个问题,美国学者奚密在《诗的新向度:从传统到现代的转化》中有深入的分析,此文为奚密《从边缘出发:现代汉诗的另类传统》(广州:广东人民出版社,2000年)的第二章,引文见该书第65页。

开"发表"看作是新诗的起点,似乎具有了某种象征性的意义,这表明了"新诗"作为一种"发表"的文学,它的命运将和传统诗歌迥异,从一开始就卷入了"别样"的文化空间中。

二 从《尝试集》到《女神》

自《新青年》刊载白话诗后,"白话诗的实验室里的实验家渐渐多起来了"①,初立的新诗脱离"吾党二、三子"的私人讨论阶段,进入了扩张的时期,发表刊物也逐渐增多。《新青年》以外,《新潮》《每周评论》《少年中国》《星期评论》《时事新报·学灯》《民国日报·觉悟》等,相继成为传播新诗的阵地,一批新诗人也随之涌现出来。早期代表性的诗人有:胡适、沈尹默、刘半农、周作人、鲁迅、陈衡哲、康白情、俞平伯、刘大白、沈玄庐、傅斯年、罗家伦等。事实上,在1919年前后,参与新诗写作的人数十分众多,作者身份也十分驳杂,在学者、教授、学生之外,也不乏名流、政客、军人,流风所及,甚至一些旧派文人也积极响应,写一两首白话新诗,以示新潮,在当时已成为一种普遍的社会风尚。②

这种广泛的参与性,在新诗的历史上是相当特殊的,它意味着一个独立的诗歌"场域",尚未从文化、政治等诸多"场域"的混杂中分离出来。与此相关的是,这一时期不少诗人的写作,虽然在体式、音调和趣味上还保留了"缠过脚后来又放脚"的痕迹,但他们似乎并不刻意去写"诗",更多的是开放自己的视角,自由地在诗中"说理""写实",无论是社会生活、自然风景,还是流行的"主义"和观念,都被无拘无束地纳入写作中,胡适所强调的"诗须用具体的做法",也得到广泛的响应,那些清新自然又鲜明逼人的作品,被推崇

---

① 胡适:《尝试集》自序,第42页,《尝试集》,上海:亚东图书馆,1920年。
② 朱自清在《新诗》一文(《一般》2卷2期)中曾言,在当时报刊上大约总有新诗,"以资点缀,大有饭店里的'应时小吃'之概"。

为新的典范。① 从所谓"诗美"的角度看，这样的作风可能有违一般读者的阅读期待，也在一定程度上导致了写作的单调和肤浅。因而，从20世纪20年代初开始，就有不少批评家提出批评，认为由于过度追求形式的自由，忽略了诗歌"本体"的经营，早期新诗的价值只体现在工具变革的层面，其中梁实秋的断言最为著名：当时大家注重的是"白话"，不是"诗"。② 类似的看法，后来不断被延续，已沉积成了某种文学史的"成见"。

说这是一种"成见"，就暗示它有修正的必要。如果暂时搁置一般"诗美"的标准，回到新诗发生的现场做更多历史的同情，对早期新诗的认识，可能会有另外的向度。梁实秋曾提出这样的质疑："偌大的一个新诗运动，诗是什么的问题竟没有多少人讨论。"③ 在梁实秋看来，对诗之"本体"问题的冷落，似乎成了新诗运动先天的不足，早期新诗的诸多问题，或许都与此相关。然而换个角度看，正是这种不重"原理"只重"尝试"的态度，恰恰是早期新诗的独特性所在。当某种诗之"体制"尚未生成，对语言可能性以及广泛社会关联的追求，相对于满足"本体"性的约束，更能激起新诗人写作的热情。比如，在胡适那里，最初"作诗如作文"的提法，以及后来对"诗的经验主义"的强调，的确模糊了"诗"与"非诗"的界限，胡适也因此被指斥为新诗最大的"罪人"。④ 但这不是一个简单的风格问题，胡适的目的是将诗歌的表意能力从封闭的符号世界中解放出来（对"陈言套语"的反动），以便包容、处理急遽变动的现代经验，用他自己的话来讲："我的第一条件便是'言之有物'。……故不问所用的文字是诗的文字

---

① 周作人的《画家》一诗，勾绘出几种鲜明的生活图景。此诗在收入《新诗年选》时，愚庵（康白情）所做评语为："这首诗可算首标准的好诗，其艺术在具体的描写。"（北社编：《新诗年选（一九一九年）》，第86页，上海：亚东图书馆，1922年。）
② 梁实秋：《新诗的格调及其他》，1931年1月《诗刊》创刊号。
③ 同上。
④ 这个说法出自穆木天的《谭诗》，《创造月刊》1卷1期（1926年3月）。

还是文的文字。"① 这种潜在的冲动，一直支配了从晚清到"五四"的诗歌构想，这意味着含蓄优美的情境不一定就是新诗写作的理想，不断刷新主体与外部世界的关联，从而开掘出新鲜的诗意，或许才是它的活力及有效性的源泉。如果说对某种诗歌"本体"的追求，构成了新诗历史的内在要求的话，那么这种不立原则、不断向世界敞开的可能性立场，同样是一股强劲的动力，推动着它的展开。上述两种力量交织在一起，相冲突又对话，形成了新诗内在的基本张力。

在历史的"同一性"之外，不同的诗人之间也存在着丰富的差异。胡适无疑是此一时期最重要的诗人，他于1920年3月出版的《尝试集》作为新诗最早的实绩，像一片化石，展现了从"旧诗"到"白话诗"，再到"新诗"的脱茧轨迹。胡适的诗歌平实晓畅，虽然有些过于直白，也不乏酬唱之作，但他的《湖上》《鸽子》《三溪路上大雪里一个红叶》《一颗星儿》等作品，的确实现了他对"具体性"的追求，有一种逼真的意象之美。胡适之后，《新青年》诸公中曾为新诗"敲边鼓"的还有很多，如沈尹默、刘半农、陈独秀、李大钊、沈兼士、陈衡哲、周氏兄弟等。其中沈尹默与刘半农被周作人看作是"具有诗人的天分"的两个。② 沈尹默的旧诗功底深厚，文字驾驭能力很强，他的《月夜》《三弦》等作品，在意境、音节方面也屡为后人称道。在诗体的尝试方面，刘半农最为"活泼""勇敢"，在无韵诗、散文诗，以及用方言拟作的民歌之间，不断花样翻新。他擅长用平凡的口语，细致入微地写出现实场景的情境和生趣，对所谓下层社会生活的描摹，也不同于一般的人道主义旁观，而是能呈现出朴素的诗意。周氏兄弟的文学成就，主要体现在其他方面，但在新诗史上的地位也不容忽视，与其他《新青年》诗人相比，他们的句法更为"欧化"，"完全摆脱旧诗的镣铐"，含义也更为曲折、隐晦。周作人的《小河》被称为新诗的

---

① 胡适:《尝试集》自序,《尝试集》,第25页,上海:亚东图书馆,1920年。
② 周作人:《〈扬鞭集〉序》,《语丝》第82期(1926年6月)。

"第一首杰作",以寓言的方式传达一种古老的隐忧,在立意与形式上都相当独特。周作人的主要新诗作品后来收入《过去的生命》中,这些诗读来清淡朴讷,远离热动的气息,往往隐含了诗人内心复杂的不安,在新诗中似乎也能另立一派。废名就认为他的新诗"有一个'奠定诗坛'的功劳",其重要性甚至可与胡适并举。①

在《新青年》"元老们"之外,"新潮社"一批新诗人也几乎同时出现,康白情、俞平伯是其中最重要的两个。他们于1922年分别出版的诗集《草儿》《冬夜》影响很大,呈现了新诗最初的历史形象。当闻一多、梁实秋计划对早期新诗进行整体批判时,他们选定的对象就是这两本诗集,因为当时诗坛,"几无一人心目中无《草儿》《冬夜》者",这样做"实左又是擒贼先擒王的最经济的方法了"。②康白情的写作,最充分地体现了新诗的自由,在题材和语体上不拘一格,洒脱随性,不断逾越"诗"的文体界限,他的诗作由此也被指摘为是小说、演说词、新的美学纪事文,而不是"诗"。③相形之下,俞平伯更接近于传统意义上的诗人,他较早地关注诗歌在修辞层面的美感④,在诗歌的音律、情绪、意境上多沿用旧诗的长处,文字更雕琢,诗意也更曲折。这种特点为他引来了不同的评价,新诗人内部的一些微妙分歧,也由此显现。⑤

---

① 废名在《〈小河〉及其他》一讲中说道:"较为早些日子做新诗的人如果不是受了《尝试集》的影响就是受了周作人先生的启发。"他还认为,"如果不是随着有周作人先生的新诗做一个先锋",新诗革命也会如晚清的诗界革命一样,"革不了旧诗的命了"。(废名:《论新诗及其他》,第71页,沈阳:辽宁教育出版社,1998年。)

② 梁实秋:《〈草儿〉评论》,闻一多、梁实秋:《〈冬夜〉〈草儿〉评论》,第1页,北京:清华文学社,1922年。

③ 同上。

④ 俞平伯在其发表的第一篇诗论中就称:"但诗歌一种,确是发抒美感的文学,虽力主写实,亦必求其遣词命篇之完密优美。"(俞平伯:《白话诗的三大条件》,《新青年》6卷3号[1919年3月])

⑤ 胡适在《俞平伯的〈冬夜〉》(《读书杂志》第2期[1922年10月1日])一文中,就指出俞平伯诗歌"深入深出"的毛病。但朱自清在《〈冬夜〉序》(俞平伯:《冬夜》,上海:亚东图书馆,1922年)中,则为俞诗的艰深进行了辩护。

上面几位诗人，都是北京大学的师生，在新诗的"戏台"上占据了好位置，自然在文学史上有更大的影响。然而，诚如上文所述，在"五四"前后参与新诗写作的诗人数量众多，在空间上也呈现从北向南扩张之势。刘大白、沈玄庐就是当时南方最有号召力的新诗人，作品多发表在上海的《星期评论》《民国日报·觉悟》上。由于特定的党派背景，他们的诗具有一定的政治性，侧重书写劳动阶层的痛苦，在形式上沿袭了乐府、歌谣的传统，更多地将新诗当作一种传播便利的"韵文"。刘大白的《卖布谣》、沈玄庐的《十五娘》等，都因体现了这方面的努力，而经常被后人提及。但两位诗人的风格都并不单一，沈玄庐的诗在关注社会现实的同时，时而也能结合"超现实"的因素，采用上天入地的幻想，境界扩大奇异；刘大白诗中也不乏传统气味，叙情写景，拥有多副笔墨。

大体上说，上述诗人主要活跃于 1919 年前后的诗坛，虽然风格迥异，但的确分享了胡适在《谈新诗》中提出的某些"金科玉律"，也形成了新诗坛上的特定空气。1921 年郭沫若诗集《女神》的出版，则在一定程度上打破了这种空气，改变了新诗的历史坐标系。郭沫若的新诗写作，大致开始于 1919 年，那时他正在日本留学，远离新文学的发生现场，"国内的新闻杂志少有机会看见，而且也可以说是不屑于看的"①。这种"边缘"的位置，在某种意义上，造成了他新诗起点的独特性。换句话说，新与旧、文言与白话的冲突，并不是他考虑的问题，诗歌强烈的抒情品质、对自我的真纯表现，以及超越性的哲学境界，更是他关注的重点。他的作品最早发表于《时事新报·学灯》上，在编者宗白华的激励下，很快进入了创作的"爆发期"，他的《凤凰涅槃》《天狗》《地球，我的母亲》《立在地球边上放号》《梅花树下醉歌》等作品，以激昂扬厉的风格、天马行空的想象震撼了当时的读者，呈现出一个大写的、无拘无束的抒情自我；另外一些诗作，如《夜步

---

① 郭沫若：《创造十年》，《学生时代》，第 37 页，北京：人民文学出版社，1979 年。

十里松原》《蜜桑索罗普之夜歌》《新月与白云》等,则辞藻精美,意象奇警,甚至充满了唯美的"近代情调",与一般早期新诗风格的素朴,也形成了强烈反差。

《女神》出版后,赢得了广泛的赞誉。在诗集问世一周年之际,郁达夫曾以不容置疑的口吻说:"完全脱离旧诗的羁绊自《女神》始",这一点"我想谁也应该承认的"。① 类似看法在闻一多那里也得到了重申。在《〈女神〉之时代精神》一文中,他开宗明义地写道:"若讲新诗,郭沫若君的诗才配称新呢,不独艺术上他的作品与旧诗词相去最远,最要紧的是他的精神完全是时代的精神——二十世纪底时代的精神。"② 闻一多的判断显示出高度的概括性,他也确立了一种谈论方式,即:将新诗成立的根据与某种独特的精神气质联系起来("时代精神"),它产生于现代历史的总体进程中,并表现在五个方面:动的本能,反抗的精神,科学的成分,世界大同的意识,以及绝望与消极、悲哀与兴奋的情绪。这样的论述指向的是《女神》,但同时也可看作是新诗现代性内涵的一次自觉的、全面的阐发。有意味的是,在闻一多等人的判断中,某种文学史的建构机制也包含其中:作为第一本新诗集,《尝试集》的开端性价值不能抹杀,但它只是开端而已,而晚出的《女神》由于在情感强度、语言形式、精神气质等诸多方面满足了读者的期待,因而应被看作是新诗真正的起点。这不只关涉到两本诗集地位的升沉,一整套有关新诗合法性的想象也发生在其间。如果说《尝试集》代表了可能性的开创,那么围绕《女神》展开的批评,则代表一种新的诗歌体制的建立,"诗专职在抒情"等现代观念逐渐成为制约新诗历史的常识性尺度。《女神》之后,郭沫若还有《星空》《前茅》等出品,在形式上后来的作品或许更为精致、考究,但那种巨大的震撼力已不可能再有。

---

① 郁达夫:《女神之生日》,《时事新报·学灯》1922年8月2日。
② 闻一多:《〈女神〉之时代精神》,《创造周报》第4号(1923年6月3日)。

三　代际、社团与新诗坛的繁盛

　　1922年，胡适在为诗人汪静之《蕙的风》所作序言中，曾有这样一段著名的论述："当我们在五六年前提倡做新诗时，我们的'新诗'实在还不曾做到'解放'两个字。"不久后，有许多少年的"生力军"起来了，如康白情、俞平伯等，解放比较容易，"但旧诗词的鬼影"仍时时出现。"直到最近一两年，又有一班少年诗人出来；他们受的旧诗词的影响更薄弱了，故他们的解放也更彻底"①，在这段话中，胡适依旧是从诗体的层面，重申了新诗不断解放的历史。这种描述或许过于流畅，充满了"进化"的专断，但也大致勾勒出他视野里早期新诗人的代际谱系：《新青年》诗人、《新潮》诗人，以及以汪静之为代表的更新锐的诗人。

　　在新诗的发生期，前两"代"诗人无疑是新诗坛上的主角，但随着新诗"正统以立"，除了周作人、刘半农、俞平伯等还在持续写作外，新诗的"元老们"纷纷搁笔，主要精力逐渐转向其他领域。② 然而，新诗坛并没有因此冷落下去，随着20年代初文学研究会、创造社、湖畔社、浅草社、沉钟社、弥洒社、绿波社等众多文学社团的涌现，新诗也进入了特殊的历史繁荣期，吸引了大批属于"解放的一代"的文学青年，以至有论者指出："新文化运动以后，青年们什么都不学，只学做新诗。"③ 与上两代诗人相比，这批少年诗人很多是在"五四"之后走上文坛的，对他们而言，新诗的合法性无须更多的辩护，"正统以立"的新诗已是一个确定的实体。比起前辈诗人，他们的写作更单纯，没有那种新旧驳杂的现象，对现代的"纯文艺"观念，他们似乎也有更多的体认。由于新诗作者的数量很大，要想完整把握

---

① 胡适：《〈蕙的风〉序》，《胡适文存二集》卷四，第298页，上海：亚东图书馆，1924年。
② 周作人在1921年有感于新诗坛的荒芜，呼吁老诗人们不要以为大功告成，便即可隐退。(周作人：《新诗》，《晨报副刊》1921年6月9日)
③ 中夏：《新诗人的棒喝》，《中国青年》第7期(1923年12月1日)。

20年代初的诗坛状况，殊非易事。下面仅选择若干重要的诗歌群体或诗人，做简要的评述。

在20年代初，文学研究会无疑是最具影响力的社团，会员之中的新诗人也很多，而且也形成了一个较为清晰的诗歌群落。1922年1月，由刘延陵、叶圣陶编辑的《诗》杂志诞生，作为"文学研究会定期刊物之一"，它先后发表了近80位诗人的400余首作品，实现了"新诗提倡已经五六年了，论理至少应该有一个会，或有一种杂志，专门研究这个问题"①的呼吁。1922年6月，诗合集《雪朝》由商务印书馆出版，内收八位文学研究会诗人的创作，包括朱自清、周作人、俞平伯、徐玉诺、郭绍虞、叶绍钧、刘延陵、郑振铎。除此之外，由文学研究会主持的《小说月报》《文学旬刊》等刊物，也成为最重要的新诗发表机关。从诗人的构成上看，文学研究会诗人群与"五四"时期的新诗阵营有颇多延续性，周作人、俞平伯的诗名很早确立，朱自清、叶绍钧等也是新潮社的成员。与此相关的是，早期新诗的一些特点也在他们的写作中得到了延续。在宽泛的"为人生"的宗旨之下，一种质朴、稳健、自由的诗风，为这批诗人大致分享。②

徐玉诺是其中最受瞩目的一位。③他经历过许多人生的磨难和残酷的场景，经验构成与写作风格都迥异于当时一般的文学青年。谈起他的诗歌，评论者大多会提及他家乡的惨祸带来记忆"酸苦"④，这决定了他诗歌的色调趋于压抑、凝重，乡村惨烈、破败的生存现实，得

---

① 周作人：《新诗》，《晨报·副刊》1921年6月9日。
② 冯至后来回忆他40年代在回忆朱自清时，也称当时《雪朝》"里面的诗有一个共同的趋势：散文化，朴实，ifare很重的人道主义的色彩……假如《雪朝》里的诗能够在当时成为一种风气，发展下去，中国的新诗也许会省却许多迂途"。（冯至：《忆朱自清先生》，《冯至全集》第4卷，第134页，张恬编，石家庄：河北教育出版社，1999年。）
③ 徐玉诺是"文研会"诗人中最受推崇的一个，在《雪朝》八人中，选入徐玉诺诗歌最多（48首），远远多于他人（周作人27首；郑振铎34首；朱自清、叶圣陶、俞平伯、郭绍虞、刘延陵都不足20首）；《将来的花园》也是"文研会丛书"中的第一部个人诗集。
④ 叶圣陶：《玉诺的诗》，《文学旬刊》第39期（1922年6月1日）。

到了浓墨重彩地呈现。然而，他的诗不只是社会乱象的反映，而是扩展为对个体生存处境的拷问。他擅长使用散文化的长句，将自我放置于某种戏剧性的绝境中去审视，结合奇异的想象，在"黑暗""死亡""鬼"等主题的交替浮现中，日常的事物因而也都成为命运的象征。从某个角度说，这种充满修辞强度的写作在20年代非常独特，但似乎并没有得到充分、深入的讨论。朱自清也是文学研究会重要的诗人，他的写作大体遵循了新诗最初的理念，没有过于夸张的修辞和想象，风格绵密深长。在他的笔下，自然与人生总能得到细致刻画，《小舱中的现代》一诗就历来为人称道，他在诗中将各种杂沓的人声、纷乱的动作穿插组织，以电影的手法，透视出"现代"的生存处境。《雪朝》之中的其他几位诗人也各有成就：叶绍钧准确生动的儿童写真、郑振铎笔下隽永的小诗都是值得称道的佳作；刘延陵的《水手》更是新诗史上的名篇，在短短的数行之中，大海、明月以及遥远的故乡交错迭现，诗人梁宗岱在30年代读到后这样感慨："那么单纯、那么鲜气扑人。"① 在《雪朝》的八位诗人之外，加入文学研究会的诗人还有很多，在这里值得一提的还有两位：出版诗集《童心》的王统照，他的诗兼备写实与写景，《津浦道中》《烦热》等作品均能烘托出特定的氛围、情境；后来成为象征主义诗论家的梁宗岱，在20年代也出版有诗集《晚祷》，在他的诗中多出现暮色中一个虔敬祈祷的自我形象，充满浓郁的宗教情怀，他后来对象征主义的超验理解，其实已塑形于这些早年的诗中。

　　文学研究会的诗人以编辑、教员、学者为主，虽然在20年代初的新诗坛上有颇多作为，但为新诗带来一股新鲜风味的，还是胡适所言及的最新的"一班少年诗人"。1922年，应修人、汪静之、冯雪峰、潘漠华四人，组成了湖畔诗社，先后出版合集《湖畔》《春的歌集》以及汪静之个人诗集《蕙的风》《寂寞的国》等。湖畔诗人属于真正"解

---

① 梁宗岱：《论诗》，《诗刊》1931年4月。

放的一代",汪静之、冯雪峰、潘漠华当时还只是中学生,因为没有太多的羁绊,"许多事物映在他们的眼里,往往结成新鲜的印象"①。他们初登诗坛,就受到广泛的关注,胡适、周作人、鲁迅、朱自清、刘延陵、叶圣陶等一批文坛前辈,也都热心支持、奖掖。其中,汪静之的《蕙的风》,由于大胆的情爱书写而引起了一场笔墨官司②,在当时颇为轰动,所引起的骚动"是较之陈独秀对政治上的论文还大"③。从题材的角度看,如果说徐玉诺的诗歌代表了20年代"血与泪"的文学,那么湖畔诗人的写作在一定程度上则体现出"爱与美"的追求④,"赞颂自然,咏歌恋爱"成了后人对"湖畔诗人"的一般性想象。但如有学者指出的,这只是一个笼统的印象,并不是对每一个诗人都合适。⑤ 比如潘漠华作为一个"饱尝人情世态的辛苦人"⑥,其诗作在经验领域上就十分不同,更偏重于"人间的悲与爱"。具体到四位诗人的写作,在共享清新活力的同时,风格也不尽相同。汪静之的情诗大胆、直白,甚至有过于浅露的问题;应修人的诗有田园情调,《麦陇上》等作品类似于生动的剪影;潘漠华也多写乡村、自然风光,不过寄予了更多的悲哀惆怅;冯雪峰的诗则有民歌的风味,如《伊在》《老三的病》等,将曲折的情爱结合于复沓的叙事中。从作品实绩上看,或许不能过高评价湖畔诗人的诗歌成就,但他们的确是20年代众多"少年

---

① 周作人:《介绍小诗集〈湖畔〉》,《晨报·副刊》1922年5月18日。
② 胡梦华:《读了〈蕙的风〉以后》,《时事新报·学灯》1922年10月24日。
③ 沈从文:《论汪静之的〈蕙的风〉》,《文艺月报》1卷4号(1930年12月)。
④ 朱自清说:"我们现在需要最切的,自然是血与泪底文学",在承认这一"先务之急"的前提下,他还认为并非"只此一家",从而为"静之以爱与美为中心的诗,向现在的文坛稍稍辩解了"。(朱自清:《〈蕙的风〉序》,汪静之:《蕙的风》,第2—3页,上海:亚东图书馆,1922年。)刘延陵说得更直接:"中国几千年来的文学是太不人生的,而最近三四年来则有趋于'太人生的'之倾向",对于静之的"赞美自然歌咏爱情",批评者、读者也不应持太多偏见。(刘延陵:《〈蕙的风〉序》,《蕙的风》,第1页。)
⑤ 贺圣谟:《论湖畔诗社》,第123页,杭州:杭州大学出版社,1998年。
⑥ 潘漠华的个人遭遇非常不幸,相关情况见冯雪峰:《秋夜怀若迦》,王训昭编:《湖畔诗社评论资料选》,第217—220页,上海:华东师范大学出版社,1986年。

诗人"的代表，因而在新诗史上一直备受关注。

　　在上述两个诗人群体之外，其他的社团中也涌现出很多新诗人，比如"少年中国学会"的田汉、宗白华、周无、黄仲苏、郑伯奇、黄日葵、沈泽民，创造社中的成仿吾、邓均吾、柯仲平，沉钟社的冯至，狂飙社的高长虹，未名社的韦丛芜，绿波社的赵景深等等。值得一提的是被鲁迅誉为"中国最为杰出的抒情诗人"[①]的冯至，他也是受"五四"熏陶的一位"少年诗人"，早期作品收入诗集《昨日之歌》。从最初的写作开始，冯至就显示出成为一位优秀诗人的潜质，他的第一首诗《绿衣人》聚焦于一名平凡的邮差，在舒缓平白的叙述中传达一种命运的忧患意识，"在日常的境界里体味出精微的哲理"[②]也成为冯至一贯的诗艺特征。他早期一些其他的作品，如《瞽者的暗示》《蛇》《我是一条小河》等，或意象奇警，或从容抒情，预示了他后来诗歌道路的不断拓展。

四　小诗、长诗及其他

　　小诗，是"五四"之后最为风行的一种诗体，小诗作者的数量也极多，除了众所周知的冰心以外，还有宗白华、何植三、俞平伯、郑振铎、朱自清，以及湖畔诗人们。依照周作人的说法，它的来源有二：印度和日本。它们在思想上也迥然不同：一为冥想，一为享乐。[③]前者是指泰戈尔的《飞鸟集》，其特点在于哲理的抒发；后者指的是周作人译介的日本俳句、短歌，更偏重"现世"的感兴。外来的影响固然重要，但小诗的盛行也与诗体解放后一种主体表达的需要相关，诚如周作人所指出的：在我们日常生活中充满了忽起忽灭

---

① 鲁迅:《中国新文学大系·小说二集》导言，赵家璧主编，鲁迅编:《中国新文学大系·小说二集》，第5页，上海：良友图书出版印刷公司，1935年。
② 朱自清:《诗与哲理》,《新诗杂话》，第24页，北京：生活·读书·新知三联书店，1984年。
③ 周作人:《论小诗》,《民国日报·觉悟》1922年6月29日。

的情感,足以代表内心生活的变迁,"这样小诗颇适于抒写刹那的印象,正是现代人的一种需要"①。在众多小诗的作者中,冰心无疑是最重要的诗人,她的《繁星》与《春水》在《晨报·副刊》上连载后又结集出版,产生广泛的影响。她的小诗类似于"零碎的思想"的集合②,体现出小诗写一地的景色、一时的情调的特色,多表现童心、母爱、自然,不仅文字清丽雅洁,也能传达瞬间的颖悟,具有隽永的哲学意味。但由于同类小诗的数量过多,也可能给人肤泛、雷同之感,其中过于抽象化、观念化的问题也被当时的批评家指出③,这都在一定程度上限制了"冰心体"在新诗史上成长的可能。与冰心同调的,还有少年中国学会的诗人宗白华④,《流云》一集也是当时小诗的精品。作为一个研习哲学的诗人,他的趣味更倾向于超验的泛神论境界,所谓"黄昏的微步,星夜的默坐,在大庭广众中的孤寂"成为他基本的经验模式,而"微渺的心"与"遥远的自然""茫茫的广大的人类"之间的神秘关联,也为他着力刻写。如果说冰心、宗白华的写作代表了小诗中冥想的一派,那么周作人所引入日本小诗,影响虽然很大,"到处作者甚众,但只剩了短小的形式;不能把捉那刹那的感觉,也不讲字句的经济,只图容易,失了那曲包的馀味"⑤。在为数不多的模仿者中,何植三算是较出色的一个,他的小诗以农家生活为主,后来结成《农家的草紫》一集,风格素朴、清新,从句式到语态,都颇多周作人所译出的"日本风"。

在20年代初,小诗的"泛滥"构成了一种特殊的文学现象,质

---

① 周作人:《日本的小诗》,连载于《晨报副刊》1923年4月3—5日。
② 冰心:《繁星·自序》,《繁星》,上海:商务印书馆,1923年。
③ 梁实秋在《〈繁星〉与〈春水〉》(《创造周报》第12号[1923年7月29日])中对冰心诗中"表现力强而想象力弱""理智富而情感分子薄"等问题,提出了批评。
④ 1922年6月5日,宗白华在《时事新报·学灯》发表《流云(读冰心女士〈繁星〉诗)》,在诗前写道:"读冰心女士《繁星》诗,拨动了久已沉默的心弦,成小诗数首,聊寄共鸣。"
⑤ 朱自清:《中国新文学大系·诗集》导言,赵家璧主编,朱自清编:《中国新文学大系·诗集》,第4页,上海:良友图书出版印刷公司,1935年。

量的粗糙也引来了众多的批评。有意味的是，伴随着对小诗"单调与滥作"的反思，对"长诗"的期待也被提出。依照朱自清的讲法，"长诗底好处在能表现情感底发展以及多方面的情感，正和短诗相对待"，与小诗（短诗）表现刹那的感兴不同，长诗能够表现那种"磅礴郁积""盘旋回荡"的深厚情感，诗坛上长诗的稀少反映出的是"一般作家底情感底不丰富与不发达！这样下去，加以现在那种短诗底盛行，情感将有萎缩、干涸底危险！"① 朱自清的担忧不无道理，但在早期新诗的历史中，也并非没有曲折顿挫的长篇作品。"五四"时期周作人的《小河》、刘半农的《敲冰》，在篇幅和体式上都类似于某种"长诗"，将特定的思想情绪放置于寓言或叙事性的框架中展开。在 20 世纪 20 年代，最值得关注的长诗作品则有两部：一为朱自清的《毁灭》，一为白采的《羸疾者的爱》。朱自清的长诗写作应和了他自己的理论提倡，1922 年的《毁灭》一诗层次繁复，在错综丰富的人生感受中结合严肃的自我剖析。诗中所传达的"刹那主义"，则是动荡历史中现代知识分子典型心态的表现。白采是位早夭的诗人，他的《羸疾者的爱》长达 700 余行，采用戏剧化的构架，在不同的场景及人物对话中，塑造出一个尼采式的羸疾者形象，具有很强的心理和象征的深度。这两首作品充满了思辨的紧张，体现出新诗在处理曲折经验方面的可能。

还有一类篇幅较长的作品，需要分别对待，那就是叙事诗。最初，长篇叙事诗的出现与新诗整体的写实倾向有关，代表性作品是沈玄庐的《十五娘》，此诗叙述一对农民夫妇的悲剧，在语言风格上则带有乐府、民歌的色彩，与中国诗歌的叙事传统并不遥远。在 20 年代，叙事诗写作的动力后来也有所转变，比如"叙事诗堪称独步"的冯至②，相继写下《吹箫人的故事》《帷幔》《蚕马》等叙事长诗，所述

---

① 朱自清：《短诗与长诗》，《诗》1 卷 4 号（1922 年 4 月）。
② 朱自清：《中国新文学大系·诗集·诗话》，赵家璧主编，朱自清编：《中国新文学大系·诗集》，第 28 页。

的故事或出自幻想，或取自典籍，经诗人流丽的抒情文字演绎，传达浪漫的热情与悲哀。朱湘是另一位在叙事诗方面颇为自觉的诗人，曾自称："要用叙事诗（现在改成史事诗一名字）的体裁来称述华族民性的各相"①，代表作有近千行的《王娇》以及《猫诰》《还乡》等，在化用古代故事之外，也能展开夸张诙谐的幻想，反讽地处理现实，显示了叙事诗向度的拓展。除了上述两类，还有一些体制庞大的诗歌，如诗剧（郭沫若的《凤凰涅槃》）、组诗（韦丛芜的《君山》）等，这里暂不讨论了。

新诗以"诗体大解放"为前提，推崇"自然的音节"，但对新诗音节、形式的探索并没有因此被完全放弃。事实上，即便在胡适那里，如何在保持白话自由的同时，协调声音的和谐也是他关注的重点，其他一些早期新诗人，尤其是郭沫若、田汉等，都十分重视形式的经营。②陆志韦，应该说是较早在理论和实践上进行格律化尝试的诗人，他的诗集《渡河》出版于1923年，虽然当时"在读者不甚发生影响"③，但后来得到越来越多的重视。在诗学理念上，他高标诗歌相对于主义、道德的独立性，强调语言节奏的重要性；通过考察中西各国语言的特点，他还提出"舍平仄而采抑扬"的方案，努力在长短参差的诗行中实现节奏之美。他的写作在一定程度上也遵循了理论构想。但陆志韦新诗的价值，也不只表现在格律的实践上，他的诗具有清新的写实性和画面感，个人的内省和思辨又能巧妙融入其间，一种活泼的主体意识处处显现。另外，他驾驭不同语言质料的能力也令人赞叹，除了一般的叙事和抒情，对话、寓言、讽刺、戏拟，乃至艰深的哲学思辨，都被应用于诗中。能将"白话"应用到如此自如的程度，

---

① 朱湘给罗皑岚的书信，朱湘：《朱湘书信集》，第16页，罗念生编，天津：人生与文学社，1936年。
② 郭沫若虽自言，诗要"写"不要"做"，但据友人回忆：他在修改诗稿时，"总要一面改，一面念，一再推敲，力求字句妥帖，音节和谐"。（郑伯奇：《忆创造社》，饶鸿竞等编：《创造社资料》，第849、850页，福州：福建人民出版社，1985年。）
③ 沈从文：《我们怎么样去读新诗》，《现代学生》创刊号（1930年10月）。

传达出如此丰富的意识状态,陆志韦的诗歌成就似乎远远在一般的新诗人之上。

重视音节、诗体建设的诗人还有刘半农,他很早就主张要"破坏旧韵,重造新韵"和"增多诗体"①,也在写作中进行了多方面的实验。他使用江阴方言以及"四句头山歌"的声调写出的《瓦缶集》,就是新诗歌谣化的代表性尝试。本来,对民间歌谣的兴趣在那一代知识分子当中非常普遍。1920年北京大学还成立了歌谣研究会,开展相关的收集与研究工作,以谋求为新诗的发展提供历史借鉴。② 关于"歌谣"能否为新诗提供历史方向的问题,自然引发了很多争议③,但无论是方言的采纳,还是歌谣体式的引入,无疑都带来了新鲜的可能,并在新诗史上不断获得回应。

五 《诗镌》与新诗的"纠正"

新诗,自发生之日起,就不断遭遇来自各方面的质疑。④ 如果说最初的反对者,如梅光迪、胡先骕等,更多是站在旁观的立场,从整体上否认新诗的历史可能,那么随着新诗"正统"的确立,来自新诗坛内部的批评则愈发强劲:一方面,诗体解放之后随随便便、自由书写的态度,在一定程度上,的确导致了写作的普遍粗糙、肤泛;另一方面,由于力主"写实""白描",早期新诗的散文化风格,也疏远了

---

① 刘半农:《我之文学改良观》,《新青年》3卷3号(1917年5月)。
② 《歌谣》周刊发刊词中就称:"这种工作不仅是在表彰现在隐藏著的光辉;还在引起当来的民族的诗发展。"(《歌谣》第1号[1922年12月17日])
③ 参见陈泳超在《再论"学术的"与"文艺的"——朱自清与歌谣研究》中的论述,陈泳超:《中国民间文学研究的现代轨辙》,第144—150页,北京:北京大学出版社,2005年。
④ 俞平伯对此曾有细致的分析:"有根本反对的,有半反对的,也有不反对诗的改造而骂我们个人的。"三种态度对应三类读者:一类包括一班"遗老""遗少"和"国粹派";一类是有外国文学知识背景的"中外合璧的古董家";一类"不攻击新诗,是攻击做新诗的人"。(俞平伯:《社会上对于新诗的各种心理观》,《新潮》2卷1号[1919年10月])

一般的诗美期待。① 从 20 年代初开始,越来越多的批评家开始指摘早期新诗的诸多问题,表达了某种重建新诗本体的要求,就连周作人这样的新诗"元老"也称:"我们已经有了新的自由,正当需要新的节制。"② 在众多批评者、反思者当中,就包括闻一多、梁实秋等新一代诗人。

20 年代初,在清华读书的闻一多、梁实秋都是新诗最早的追随者,但他们对新诗的道路有另外的看法,据梁实秋回忆,闻一多当时"不能赞同的是胡适之先生以及俞平伯那一套诗的理论。据他看,白话诗必须先是'诗',至于白话不白话倒是次要的问题"③。为了伸张自己的诗学理念,也为了要"在文坛上只求打出一条道来","径直要领袖一种之文学潮流或派别"④,他们在具体的写作之外,也进行了一系列的批评实践,《〈冬夜〉评论》《〈草儿〉评论》《〈女神〉之时代精神》《〈女神〉之地方色彩》等文章,可以看成是投向当时新诗坛的重磅炸弹。表面看,闻一多、梁实秋批评的是新诗艺术品质的低劣,如"很少浓丽繁密而且具体的意象"⑤,但他们的不满也显示了新诗评价机制的转化:当"新与旧"的冲突不再是重点,从现代的纯文学观念出发,为新诗的发展建立一种本体性规范的要求,取代对表意活力的向往,支配了 20 世纪 20 年代新诗的展开。

1925 年,闻一多自美国留学归来,在北京与一批年轻诗人汇合,

---

① 即使对初期白话诗颇多辩护的苏雪林,也不得不称:白话诗初起,"排斥旧辞藻,不遗余力。又因胡适说过,真正好诗在乎白描,于是连'渲染'的工夫多不敢讲究了。……但诗及美文之一种。安慰心灵的功用以外,官能的刺激,特别视觉,听觉的刺激,更不可少。"(苏雪林:《徐志摩的诗》,《苏雪林文集》第 2 卷,第 130 页,沈晖编,合肥:安徽文艺出版社,1996 年。)
② 周作人:《〈农家的草紫〉序》,何植三:《农家的草紫》,上海:亚东图书馆,1929 年。
③ 梁实秋:《谈闻一多》,第 9 页,台北:传记文学出版社,1987 年。
④ 闻一多:《闻一多全集·书信》,第 157、80 页,孙党伯、袁謇正主编,武汉:湖北人民出版社,1993 年。
⑤ 闻一多:《〈冬夜〉评论》,闻一多、梁实秋:《〈冬夜〉〈草儿〉评论》,第 12—13 页,北京:清华文学社,1922 年。

包括饶孟侃、朱湘、孙大雨、杨世恩、刘梦苇、蹇先艾、朱大楠、于赓虞等。他们经常在一起切磋诗艺、讨论学理，在刘梦苇的提议下，还决定创办一个专门的诗歌刊物，并且得到了当时《晨报·副刊》编辑徐志摩的支持。由此，在文学研究会主办的《诗》杂志之后，新诗史上第二个诗专刊《诗镌》于1926年4月1日问世了。《诗镌》存在的时间不长，至1926年6月10日终刊，只出版了11期，前后不过两个月，但在新诗史上却占有极其重要的位置，集中了当时一批专注于诗艺的作者，不仅有具体的写作实践，也非常重视理论的建设，按照梁实秋的说法："第一次一伙人聚集起来诚心诚意地试验作新诗。"① 因而，在后来的新诗史叙述中，《诗镌》的创办往往被看作是新诗历史的分界点。②

　　对于新诗形式的关注，或许是《诗镌》群体最重要的诗学取向，主编徐志摩在创刊号上就声称："我们的大话是：要把创格的新诗当一件认真的事情做"，而具体的途径就是"搏造适当的躯壳"，即"诗文与各种美术的新格式与新音节的发见"。③围绕新诗的"音节""格律"问题，闻一多、刘梦苇、饶孟侃、孙大雨等先后撰写了多篇文章进行理论阐述，在考察现代汉语特点的基础上，尝试"音尺""音组"等具体的节奏构成方案。其中，闻一多在《诗的格律》一文提出的"三美"理论最为著名。所谓"三美"，包括"乐音的美"（音节）、"绘画的美"（词藻）、"建筑的美"（节的匀称和句的均齐），从听觉和视觉两个方面，奠定了现代格律诗的基础。④有意味的是，《诗镌》群体对音节、格律的苦心经营，无疑在暗中针对了胡适"诗体大解放"的

---

① 梁实秋《新诗的格调及其他》，1931年1月《诗刊》创刊号。
② 余冠英检讨前人的分期，"不过我想如以《晨报》附刊的《诗镌》的出版（民国十五年四月）做一个关键，将这十几年的新诗史分为前后两期，则段落最为显明，因为前期的新诗大都受胡适之的影响，后期则受《诗镌》的影响。"（《新诗的前后两期》，《文学月刊》2卷3期[1932年2月]）
③ 徐志摩:《诗刊弁言》，《晨报·诗镌》第1号（1926年4月1日）。
④ 闻一多:《诗的格律》，《晨报·诗镌》第7号（1926年5月13日）。

金科玉律，但"从形式入手"的思路却与胡适并无二致。由于过多地将"诗"之根据寄托于外在诗形上，对"诗"之内质的忽视，或许构成了他们理论的盲点，其负面的影响后来也不断得到反省。①

然而应当看到，《诗镌》的价值不只体现在"格律"的重建上，重视"格律"或许只是手段，目的则在于从形式本体的角度，为新诗的展开建立一种约束和规范。其实，在音节、格律、诗形之外，他们还尝试了多方面的探索。比如，为了纠正"自我表现"带来的感伤化倾向，对"具体的境遇"的强调，就是部分诗人的诗学旨趣所在。邓以蛰在《诗与历史》中所提出的观点就颇有代表性："如果只是在感情的旋涡里沉浮着，旋转着，而没有一个具体的境遇以作知觉依皈的根籍"，这样的诗，"结果不是无病呻吟，便是言之无物了"。② 基于这样的认识，从一个现实场景出发，采用戏剧独白的方式，呈现生活与历史的切片，成为闻一多等人惯常采用的手法，因此他们的诗歌也更为沉实、厚重，回避了肤泛、感伤的情绪表达。在语言方面，对干净、洗练的现代口语的运用，乃至引"土白"入诗，也是这批诗人尝试的重点。这些实践扩大了表现的可能，对新诗的主题范围、语言意识，以及结构方式，都产生了深远持续的影响。

闻一多，无疑是该群体中领袖性的诗人。他的作品以"苦吟"著称，在用词、句法、情境等方面都精于锤炼，力避烂熟的表达，总是独出心裁地寻求语言的有力、奇警，如"黄昏里织满了蝙蝠的翅膀"（《口供》）、"老头儿和胆子摔一交／满地是白杏儿红樱桃"（《罪过》）等。他第一本诗集《红烛》，风格唯美、高蹈，自由体居多，充满了东方藻饰和浓烈的情感，《忆菊》《秋之末日》等篇章，色彩绚烂，显露了一位画家诗人的独到匠心。他的第二本诗集《死水》，可以看成是自我修正的产物，语言更为洗练，诗形也趋于严谨，完整地实现了他的

---

① 《诗镌》1926年6月10日终刊时，徐志摩在《诗刊放假》中就指出：诗的原则"并不在外形上制定某式不是诗某式才是诗，谁要是拘拘的在行数字句间求字句的整齐，我说他是错了"。
② 邓以蛰：《诗与历史》，《晨报·诗镌》第2号（1926年4月8日）。

格律化主张，《死水》一诗通过"二字尺"与"三字尺"的组合，做到了"节的匀称和句的均齐"，一直以来被看作现代格律诗的典范。其他作品，如《飞毛腿》《天安门》《闻一多先生的书桌》，在新诗戏剧化方面都颇具开创性。

　　对于新诗格律用力颇深的诗人，还有刘梦苇、朱湘、饶孟侃、孙大雨等。刘梦苇被朱湘称为"新诗形式运动的总先锋"①，他不仅是《诗镌》的发起人，也较早开始了诗形与音节的探索，并启发了闻一多和朱湘等人的写作。②他传世的作品不多，《铁道行》一诗将爱情比喻为两条不能相交的铁轨，不乏现代诗歌的"玄学"意味。作为《诗镌》的"大将兼先行"，朱湘的诗歌成就似乎仅在闻一多之下，他在20年代出版了《夏天》《草莽集》。他的诗"工稳美丽"，偏向"古典与奢华"，"于外形的完整与音调的柔和上，达到一个为一般诗人所不及的高点"。③诗人颇为自得的《采莲曲》一诗，采用民歌的形式，长短错落的诗行，配合悦耳的音调，有效地模拟出小舟在水中摇摆的动态。饶孟侃是闻一多之外《诗镌》中"最卖力气"的诗人，他撰写过多篇文章，讨论音节及"土白入诗"的问题，他的作品偏重于使用硬朗的口语，与朱湘笔下"歌吟"的调子不同，实现了一种"说话"的节奏。孙大雨在此一时期还未写出代表作《自己的写照》《决绝》，但已开始实验"音组"的方案，其盘根错节、腾挪变化的组织能力，在《夏云》等诗中也有所显现。被称为"魔鬼诗人"的于赓虞，原本也是《诗镌》的一员。他喜欢使用繁复的长句，堆砌各种意象和辞藻，以表达孤苦、落寞的情绪，过度感伤的倾向也造成了他与《诗镌》的分离。

　　在《诗镌》群体中，徐志摩的位置相当特殊。作为《晨报·副刊》的主编，他自然扮演了中心的角色。闻一多等人的诗学理念，对他原

---

① 朱湘：《刘梦苇与新诗形式运动》，《文学周报》第7卷(1929年1月)。
② 同上。
③ 沈从文：《论朱湘的诗》，《文艺月刊》2卷1号(1931年1月30日)。

本"野性"的写作产生过不小的规约作用。① 然而，他的诗歌却更为多样，有泥沙俱下的复杂性和冲击力，不能简单地化约。在后世人的眼里，徐志摩似乎只是一个浪漫的布尔乔亚诗人，用轻盈、柔美的语言书写爱情和理想、用陈梦家的话来说："他的诗，永远是愉快的空气，曾不有一些儿伤感或颓废的调子。"② 这样的判断在《雪花的快乐》《偶然》《沙扬娜拉》等作品中，的确会得到印证，但徐志摩的诗还有多种类型。依照朱湘的分类，他的第一本诗集《志摩的诗》中就有"散文诗""平民风格的诗""哲理诗""情诗""杂诗"五种类型。③ 他的诗歌有的粗野、暴烈（《灰色的人生》《毒药》），有的充满虔敬宗教体验（《常州天宁寺礼忏》），有的大胆使用方言（《一条金色的光痕》）。阅读这些风格差异很大的作品，有助于把握他更完整的诗歌形象。在诗体的借鉴与创制上，徐志摩也有相当多的作为，曾实验过"散文诗，自由诗，无韵体诗，骈句韵体诗，奇偶韵体诗，章韵体诗"等杂多的形式。④《默境》一诗，模仿西洋无韵的素体诗，使用跨行的手法，严格限定每行字数，"在吞吐、跌宕的节奏上深得'素体诗'的神味"⑤。

在上述诗人之外，《诗镌》上的作者还有很多，值得提出的还有杨世恩、蹇先艾、朱大楠等，连以小说闻名的沈从文，也曾是其中活跃的一员。《诗镌》结束之后，这个群体的探索没有终结，20 世纪 20 年代后期随着《新月》《诗刊》等杂志的创办，他们又再度聚集，被称为"新月诗派"。

---

① 徐志摩曾言："我的笔本来是最不受羁勒的一匹野马，看到了一多的谨严的作品我方才憬悟到我自己的野性。"他的第二本诗集《翡冷翠的一夜》曾送给闻一多看，闻的回复是："这比'志摩的诗'确乎是进步了——一个绝大的进步。"(《〈猛虎集〉序》，徐志摩：《猛虎集》，第 8—9 页，上海：新月书店，1931 年。)
② 陈梦家：《〈新月诗选〉序言》，陈梦家编：《新月诗选》，上海：新月书店，1931 年。
③ 朱湘：《评徐君〈志摩的诗〉》，《小说月报》17 卷 1 号（1926 年 1 月）。
④ 西滢：《闲话》，《现代评论》3 卷 72 期（1926 年 4 月 24 日）。
⑤ 卞之琳：《〈徐志摩选集〉序》，《新文学史料》1982 年第 4 期。

六 "别开生面"的象征诗风

朱自清在《中国新文学大系·诗集》导言的结尾,曾对第一个十年的新诗做出这样的概括:"若要强立名目,这十年来的诗坛就不妨分为三派:自由诗派,格律诗派,象征诗派。"① 从某个角度看,这个结论确实有些"勉强",甚至包含了对历史复杂性的"简化"。比如,所谓"象征诗派"指的是李金发和后期创造社的穆木天、王独清、冯乃超等人,但当时李金发与穆木天等并不相识,彼此之间的诗歌趣味也有很大的差异②,并没有像《诗镌》群体那样,构成一个严格意义上的"流派"。然而,在20年代中期,某种"象征"诗风的确为一批年轻诗人所分享,在诗坛上也引起足够的反响,并为新诗的展开增添了新质。在这个意义上,所谓"象征诗派"的命名,虽然出自一种事后的归纳,但仍具有相当的说服力。

有"诗怪"之称的李金发,是初期象征诗派的领军人物。20年代初,他在法国留学,"受鲍特莱与魏尔伦的影响而作诗",在不长的时间内写下《微雨》《食客与凶年》《为幸福而歌》三本诗集。这些作品寄回国内后,受到周作人的好评,并相继由北新书局和商务印书馆出版,震动了当时的新诗坛,被认为"这种诗是国内所无,别开生面的作品"③。在风格、语言、意象、情调等诸方面,李金发的写作的确独树一帜,迥异于当时国内抒情、写实的诗风。他的诗中遍布了尸体、坟墓、枯骨、衰草、落叶、孤月、琴声、魔鬼等颓败意象,"触目尽是阴森恐怖的气氛",充分体现了波德莱尔以降现代诗歌"审丑"的特点。他使用的语言,也多夹杂偏僻的字词和文言虚词,形成一种生涩

---

① 朱自清:《中国新文学大系·诗集》导言,赵家璧主编,朱自清编:《中国新文学大系·诗集》,第8页,上海:良友图书出版印刷公司,1935年。
② 穆木天在《无聊人的无聊话》(1926年5月19日《A·11》)中曾批评李金发的诗"读不懂"。
③ 这是周作人在给李金发的复信中对其诗的评价,参见李金发:《文艺生活的回忆》,《飘零闲笔》,台北:侨联出版社,1964年。

拗口的陌生化效果，再加上诗行的展开极具跳跃性，意象的衔接十分随意，给人以支离破碎之感，甚至造成了一定的阅读障碍，相关的争议也由此产生。朱自清曾用一个比喻来描述他的写法："仿佛大大小小红红绿绿一串珠子，他却藏起那串儿，你得自己穿着瞧。这是法国象征诗人的手法。"①朱自清无疑是在为现代诗歌的特定手法及晦涩品质辩护，同时也在呼唤一种新的阅读机制。但不容否认的是，李金发的诗歌在修辞上存在的一些问题，如语言雷同、结构松散等，也不能被技艺的新异性所掩盖。当然，他的诗集中也不乏佳作，如《里昂车中》在光线的明暗变化中，捕捉瞬间的内心感触，并扩展出广大的世界幻象；《有感》则模拟魏尔伦《秋歌》中"跨行"的写法，将完整的句子打断成几行，短促的节奏带来一种警句的力度。

如果说李金发撷取的只是法国象征主义诗歌的一些皮毛，生涩的语风也与他所追摹的魏尔伦大相径庭，那么后期创造社三诗人，似乎更得法国象征派的真谛，在理论上也呈现更多觉悟。穆木天、王独清与创造社友人围绕诗歌问题进行的通信，就是中国象征主义诗学的经典文本。他们主张"诗与散文的纯粹的分界"，要求"诗是要有大的暗示能"②，也在具体的写作中进行了相应的探索。穆木天着重于语言音乐性的挖掘，他多用叠字、叠句与叠韵，力图传达出那些"可感与不可感"的潜在情绪。在《苍白的钟声》中，他甚至取消标点，利用词语的音响和铺排方式，在听觉和视觉两方面，模拟出钟声的回荡、消散。王独清的诗最初充满浪漫色彩，喜爱吊古与咏怀，后来摹习象征派的诗艺，比如《我从café中出来》采用跨行的断句手法，"用不齐的韵脚来表作者醉后断续的，起伏的思想"；《玫瑰花》一诗，则写出所谓"色的听觉"，带来"音""色"交错的美感。③与上述二人相比，冯

---

① 朱自清：《中国新文学大系·诗集》导言。
② 穆木天：《谭诗》，《创造月刊》1卷1期（1926年3月）。
③ 对上述两诗的解说，见王独清：《再谭诗》，《创造月刊》1卷1期（1926年3月）。

乃超似乎更注重意象完整性，《现在》《红纱灯》《古瓶咏》等诗，在营造空灵、缥缈诗境的同时，也都使某个唯美的意象成为刻绘的中心。

在新诗的发生及发展中，外国诗歌及文艺思潮的影响有目共睹，梁实秋甚至得出过这样的结论："新诗，实际就是中文写的外国诗。"[①] 李金发等人别开生面的写作自然也与以象征主义为代表的西方现代文艺潮流密切相关，但值得注意的是，"象征主义"在他们那里，更多是作为一种情调、一种风格或一种技巧发生着作用，其特定的文学观念、写作哲学乃至思想背景不一定为这些年轻的中国诗人所把握，在"象征"的外衣下，或许还是浪漫的情绪表达。朱自清在评价王独清的诗时就称："还是拜伦式的雨果式的为多；就是他自认为仿象征派的诗，也似乎豪胜于幽，显胜于晦。"[②] 在外来的影响之外，20年代文坛普遍的感伤趋向，也导致了象征诗风的流行，众多飘荡的文学青年分享着"世纪末的果汁"，自然会在颓废、忧郁的表现中找到认同。[③] 后来，被归入初期象征诗派的诗人还有一些，如蓬子、石民、胡也频等，他们的诗中也遍布了各种秋天、枯骨、坟墓、噩梦等衰败的意象，这种风格或许受到了李金发的影响，但也可看成是当时普遍的诗歌风尚的产物。虽然，这些初期的象征派诗人，尚未如戴望舒、卞之琳那样，更为自如地运用现代诗歌的技巧，写出真正成熟的作品，但他们写作体现出的新质（如"远取譬"，"音色的交错"等）、传达出的诗歌本体意识（如"纯诗"的理念），乃至遭遇到的诘难（如"看不懂"的抱怨），都融入了新诗发展的进程当中，甚至构成了新诗"传统"的一部分。

---

① 梁实秋：《新诗的格调及其他》，《诗刊》创刊号（1931年1月）。
② 朱自清：《中国新文学大系·诗集》导言。
③ 沈从文在《我们怎么样去读新诗》中讨论新诗"第二时期"状况时，曾将徐志摩、闻一多等与于赓虞、李金发等分别为两段："第一段几个作者，在作品中所显示的情绪的健康，与技巧的完美，第二段几个作者是完全缺少的。而那种诗人的忧郁气分，颓废气息，却也正是于赓虞李金发等揉和在诗中有巧妙处置而又各不相同的特点！"

七 结语

从早期新诗的"自由散漫",到 20 年代中期的"格律化"运动和象征诗派的出现,新诗第一个十年的历史,似乎包含了特定的展开逻辑:先是"诗体的大解放"带来了充分的可能,继而是从形式层面建立一种美学规范,其后是来自异域的"象征"诗风,又从语言质地、表达方式、意象组织等方面更新了内在的感性。因而,在一些批评家眼里,在所谓"自由诗派""格律诗派""象征诗派"之间,应该存在某种"演进"的线索。这样一来,从写实到抒情再到象征,从诗体解放到"诗形"的建构,再到"诗质"的经营,新诗不断的"进步"轨迹也清晰可见。朱自清在《中国新文学大系·诗集》导言中区分了"三派",但并未突出其间的逻辑关联。对于这种"按而不断"的做法,有一位朋友不以为然,"他说这三派一派比一派强,是在进步着的,《导言》里该指出来"[①]。这位朋友似乎比朱自清更具文学史意识,他的说法的确与历史的实际相吻合,也传达出对新诗"演进"动力的理解。然而,当这样的论断固化为文学史的结论,成为一种不言自明的"常识",却可能带来某种封闭性,妨碍对历史复杂性、多样性的认识。换言之,"自由""格律""象征"三派的区分,或许只是一种文学史的抽象,更多的错杂、缠绕与变异,并不能完全由此说明。当一种目的论的叙述取得了支配地位,新诗内部交织的多重张力是否会随之消解,对于新诗可能性的思考是否也会受到限制,这都是需要考虑的问题。

实际上,对于新诗的历史线索,朱自清并非没有自己的看法。1941 年,他在《抗战与诗》中,也曾有过一个经典的概括:"抗战以前新诗的发展可以说是从散文化逐渐走向纯诗化的路。"自由诗派的散文成分很多,"从格律诗以后,诗以抒情为主,回到了它的老家。从象征诗以后,诗只是抒情,纯粹的抒情,可以说钻进了它的老家"。

[①] 朱自清:《新诗的进步》,《新诗杂话》,第 7 页,北京:生活·读书·新知三联书店,1984 年。

表面上看，这段文字是对他以往论断的一种引申，在"自由""格律""象征"三派之间，他也明确地建立起了一种"线索"。然而，朱自清并不只是陈说这一"线索"，在他的话里同时包含了历史的检讨，"诗钻进了老家，访问的就少了"①。当散文化的新诗变成了"纯诗"，这是一种"进步"吗？抑或是一种"封闭"？或许在朱自清看来，在"散文化"的时代语境中，新诗的前途不是回到所谓的"老家"，而是能够敞开自身，获得处理历史的能力。在这个意义上，自由、格律、象征三派的"交替"，不能仅仅看作是一种"进步"，它同时也可看作是新诗内在活力与张力释放的过程。他当年进行了划分但"按而不断"的做法，比起简单地凸显"进步"、强调"演化"，更能体现一种审慎而开放的文学史态度。

---

① 朱自清：《抗战与诗》，《新诗杂话》，第 37—38 页。

早期新诗的政治与美学：
以"《星期评论》之群"为讨论个案

在白话新诗的草创阶段，有一份刊物曾起到重要作用，但后来一直没有得到充分的关注，这就是上海的《星期评论》。作为"五四"时期国民党人的发言阵地，这份周刊创办于1919年6月8日，于1920年6月6日停刊，前后共出版55期，由戴季陶、沈玄庐、孙棣三主编，代表了上海及江浙地区一批政治、文化精英对新文化运动的参与，并从一开始就与北方的所谓"兄弟"刊物——《新青年》《新潮》《每周评论》等，形成呼应之势，在思想界、言论界具有相当的号召力。①除了政治、思想、时事方面的文章，《星期评论》还发表了不少南方文人的新诗创作，如沈定一（玄庐）、刘大白、戴季陶、朱执信、徐蔚南等，而北方胡适、康白情、罗家伦的诗作也不时出现。在梳理早期新诗流派时，很早就有论者认为这个群体不容忽视，将其命名为"《星期评论》之群"。②

---

① 1919年10月，傅斯年就称："就现在的出版物中……以多年研究所得的文艺思想人道主义，精切勇狂地发表出来，只有一个《新青年》，此外，以《星期评论》《少年中国》《解放与改造》和短命的《每周评论》《湘江评论》算最有价值。"参见傅斯年：《〈新潮〉之回顾与前瞻》，《新潮》2卷1号（1919年10月）。

② 向远、钱光培：《现代诗人及流派琐谈》，第89页，北京：人民文学出版社，1982年。

与北方的"兄弟"刊物相比,《星期评论》具有鲜明的党派色彩,在办刊的宗旨上,也秉承特定的政治主张。它刚一问世,胡适就在《每周评论》上发表祝贺文章,指出南北两份《评论》的差异:"《每周评论》虽然是有主张的报,但是我们的主张是个人的主张,是几个教书先生忙里杂凑起来的主张";《星期评论》的特色则表现在"(一)有一贯的团体主张,(二)这种主张是几年研究的结果,(三)所主张的都是'脚踏实地'的具体政策,并不是抽象的空谈"。① 与此相关,"《星期评论》之群"的新诗写作,在分享白话诗活力的同时,在诗歌形式、理念、主题等方面,也呈现出某种特殊性,不能简单地与北方新诗人的写作混为一谈。有意味的是,在一般的文学史叙述中,沈玄庐、刘大白的名字虽然屡被提及,作为一个整体的"《星期评论》之群"却往往被忽略,空间及立场差异带来的特殊性很少得到正面论述。②

　　当然,任何历史叙述都伴随了一定程度的删削、简化,在新诗史上没有得到足够关注的群体其实还有很多。但接续上文提出的问题,对"《星期评论》之群"有意无意的忽略,可能暗含了某种同一化的文学史机制,即:新诗发生的历史,主要被想象成是一种新与旧、文言与白话冲突的历史,为了凸显这一总体性命题,不同群体参与方式的差异自然会被暗中消抹,制约着新诗历史的社会、政治因素往往会随之落在研究的视野之外。从某个角度看,由于更多地卷入了具体的政治生活,这个具有"团体主张"的诗歌群体相较于北方的新诗人们,反而能将早期白话新诗的历史独特性更为集中地体现出来。

---

① 胡适:《欢迎我们的兄弟——〈星期评论〉》,《每周评论》第28号(1919年6月29日)。
② 例如,在陆耀东的《中国新诗史:1916—1949》第1卷(武汉:长江文艺出版社,2005年)中,刘大白、沈玄庐被划入以刘半农为代表的"民歌体诗派";在具体的诗人论部分,刘大白被归入"文学研究会诗人群",沈玄庐则作为"其他诗人群"中的一员被提及。这种"化整为零"、消解群体特殊性的讨论方式,在相关的新诗史著作中,具有相当的代表性。

一 "劳动问题"与新诗写作

谈及新诗发生及成立的历史,《新诗年选（一九一九年）》编者的一段话经常被后人引用:"至胡适登高一呼,四远响应,而新诗在文学上的正统以立。"① 在这简单的一句话中,不难读出从"中心"到"四远"的位置想象,胡适与北大师生的理论探讨及写作实践,也通常被论述为新诗创生的历史主体。事实上,新诗乃至整个新文化运动的发生不是某个单一舞台上的戏剧,不同的空间之内,不同的群体出于不同的动机如何介入这出戏剧,似乎是一个尚未充分展开的话题。在1919年6月8日《星期评论》的创刊号上,主编戴季陶在《潮流发动地点的变动》一文中,就发出了这样的感叹:

> 以前的风潮都是由南向北,由地方向中央,并且屡次潮流的力量都只能卷到长江一带,便渐渐退潮了,这次却是完全不同。……偏偏在六百四十年来被皇帝、贵族、官僚的思想笼罩遍了的北京。……这是"科学"战胜"迷信"的表现,这是"科学万能"的证据。②

表面上看,戴季陶表达的是对发起自北京的新文化运动的认同,但在字里行间,也多少流露出文化主导权转移的焦虑。如果说"登高一呼"的形象暗示了新文化运动的发生"源点",那么所谓"四远响应",则代表了一种广泛的社会参与。在"新潮"泛滥之际,不仅众多个体、群体趋时、趋新,像研究系、国民党这样的重要政治派别,也都有所作为,努力把握机遇,以扩张自己的文化号召力。③ 当时影响较大的

---

① 《一九一九年诗坛略记》,北社编:《新诗年选（一九一九年）》,第2页,上海:亚东书局,1922年。
② 戴季陶:《潮流发动地点的变动》,《星期评论》第1号(1919年6月8日)。
③ 胡适在后来的口述自传中,曾专门谈到这一点:"一九一九年以后,国、共两党的领袖们,乃至梁启超所领导的原自进步党所分裂出来的研究系,都认识到吸收青年学生为新政治力量的可能性而寄以希望。'五四'以后事实上所有中国政党所发行的报刊——尤其是(转下页)

报纸、刊物，除《新青年》《每周评论》《新潮》外，其他的几种均有不同的政治背景：如《晨报》《国民公报》《时事新报·学灯》《解放与改造》掌握在研究系的手中，而《星期评论》《建设》《民国日报·觉悟》等则是国民党人的发言阵地。

有关国民党与研究系对"五四"新文化运动的参与，已有相关的研究著作，这里不再展开。①需要注意的是，无论是民国政客还是革命党人，不同群体对新文化的参与肯定包含了理念上的认同，而党派自身的政治诉求，也起到了关键的推动作用。在文化立场上相对保守的孙中山，对于"五四"知识分子的激进理念，骨子里就不一定赞同，但"五四"运动中学生群体的崛起，让他痛感国民党组织涣散无力，不仅撰写文章表示支持，在上海接见学生代表，还推动党内一批骨干创办杂志进行回应，目的显然是为了吸纳新生的力量，以"攻心"的方式，谋求"革命成功"之助益。在著名的《致海外国民党同志书》中，孙中山就这样评价"五四"新文化运动：

> 此种文化运动，在我国今日，诚思想界空前之大变动，推原其始，不过由于出版界之一二觉悟者从事提倡，遂至舆论放大异彩，学潮弥漫全国，人皆激发天良，誓死为爱国之运动；倘能继长增高，其将来收效之伟大且久远者，可无疑也。吾党欲收革命之成功，必有赖于思想之变化，兵法"攻心"，语曰"革心"，皆此之故。故此种新文化运动，实为最有价值之事。②

（接上页）国民党和研究系在上海和北京等地所发行的报刊——都增加了白话文学的副刊。……其结果便弄得［知识界里］人人对政治都发生了兴趣。因此使我一直作超政治构想的文化运动和文学改良运动［的影响］也就被大大地削减了。"参见《胡适口述自传》，《胡适全集》第18卷，第349页，合肥：安徽教育出版社，2003年。

① 吕芳上：《革命之再起——中国国民党改组前对新思潮的回应》，台北："中研院"近代史研究所，1989年；彭鹏：《研究系与五四时期新文化运动》，广州：中山大学出版社，2003年。

② 孙中山：《关于五四运动》（"致海外国民党同志书"节录），《孙中山选集》上卷，第429页，北京：人民出版社，1956年。

孙中山的策略显示了出一定实效，相对于"进退失据"的梁启超等，国民党人在青年学生中赢得了更多的支持。①《星期评论》也就创办在这一背景中，它本身就"是中山先生嘱戴季陶、沈玄庐、孙棣三主编，用白话刊行"②。

在短短一年内，《星期评论》的确实现了国民党人文化参与的目的，发行量甚至达3万册以上③，俨然成为上海乃至全国新文化运动的一个中心："那时有不少外地学生到上海找《星期评论》的领导人，多半由戴季陶和沈玄庐接见"，全国各地的学生和工人中，也常有很多人投稿。④杂志终刊之时，《星期评论》编者也这样自夸："去年五四运动以后发刊的新出版品，比较在思想界有信用，读者最多的，要算本志。"⑤按照杨之华的说法，《星期评论》社的成员有陈望道、李汉俊、沈玄庐、戴季陶、邵力子、刘大白、沈仲九、俞秀松、丁宝林（女）、施存统等人。⑥这份名单中，除了有国民党一批得力干将，另一部分成员，就是鼎鼎大名的浙江一师的师生们，中国共产党的前身"共产主义小组"也萌芽于这个群体之中⑦。可以想见的是，当这批热衷政治的南方文人投身白话新潮的鼓吹，他们的起点、姿态，肯定与北京偏

---

① 据张国焘的回忆，1919年年底他与罗家伦等以北京学生联合会代表名义前往上海，曾在《时事新报》总编张东荪的安排下与欧游归来的梁启超晤谈，之后大家议论，"认为任公的谈话象征着研究系在政治上进退失据的消极性"；相比之下，"我们与国民党人的接触较密切，而又是多方面的"。参见张国焘：《我的回忆》，第66—67页，北京：东方出版社，2004年。
② 吴相湘：《星期评论应运而生》，《民国人和事》，第28页，台北：三民书局，1977年。
③ 有关《星期评论》发行及接受情况的描述，参见吕芳上：《革命之再起——中国国民党改组前对新思潮的回应》，第59页，台北："中研院"近代史研究所，1989年。
④ 杨之华：《杨之华的回忆》，中国社会科学院现代史研究室编：《"一大"前后》（二），第26页，北京：人民出版社，1980年。
⑤ 《星期评论刊行中上的宣言》，《星期评论》第53号（1920年6月6日）。
⑥ 杨之华：《杨之华的回忆》，《"一大"前后》（二），第25页。
⑦ 据邵力子的分析，共产党前身共产主义小组的构成主要也是两部分人：浙江一师的学生和教员，包括施存统、陈望道、夏丏尊、刘大白、李次九；另外一部分是国民党员戴季陶、沈玄庐等，廖仲恺、朱执信等人也很热心于马克思主义。参见邵力子：《党成立前后的一些情况》，同上书，第61页。

重文化路线的知识分子有所不同。

那么，胡适所谓《星期评论》群体"一贯的团体主张"和"'脚踏实地'的具体政策"具体表现在哪个方面呢？1919年6月，孙中山曾与戴季陶进行过一次特别的谈话，专门谈及了《星期评论》的内容：

> 先生说道："星期评论里面，我觉得有一篇《国际同盟和劳动》，是不是你的？你也留心这个问题么？"
> 我说是"不错，这劳动问题，中国人差不多想来没有注意到这个地方。……但就这次的现象看来，工人直接参加政治社会运动的事，已经开了幕。如果有智识有学问的人，不来研究这个问题，就思想上知识上来领导他们，将来渐渐的趋向到不合理不合时的一方面去，实在是很危险的。"

在这段对话中，戴季陶所谓"这次的现象"，指的是1919年6月上海爆发的工人大罢工，正是这场罢工使得"五四"运动进入新的层面。面对这一崭新的"现象"，戴季陶的应对姿态得到了孙中山的赞同：不是"想要直接去指导他们"，而是"站在研究的批评的地位做社会思想上的指导功夫"，因为依照三民主义的精神，"不但在政治上要谋民权的平等，而且在社会上要谋经济的平等。这样做去，方才可以免除种种阶级冲突阶级竞争的苦恼"。① 研究"劳动问题"的目的，不是为了直接行动，恰恰是为了防患于未然，以"生活改良"免除"阶级斗争"爆发的危险。② 孙中山、戴季陶的想法显然与后来的共产党人的思路迥异，但在"五四"时期社会主义思潮的介绍、传播中，包括戴季陶在内的一批国民党人，确实起到过相当重要的作用，有关"劳动问

---

① 戴季陶：《访孙先生的谈话》，《星期评论》第3号（1919年6月22日）。
② 戴季陶在《关于劳动问题的杂感》（《星期评论》"劳动纪念号"）一文中明确指出：倘若要为劳动运动尽力，就应该暂时不要用什么"政治的罢工"来运动工人，最要紧的就是"生活的改良"。

题"的文章,在《星期评论》上所占的篇幅也最多,地位也最重要。①
1920年6月终刊之时,"本社同人"甚至还发表宣言称:

> 宣传社会主义的刊行品,在中国本来很少。有几个出版品,趋时风随便讲讲的,主义既不坚固,态度也不鲜明。本志中止刊行以后,在若干时期内,社会主义论坛,一定是暂时陷于销[消]沉的情况。②

在这样的言论空间中,文学乃至文化方面的讨论与实践,其实从来没有独立过,而是始终附属于"劳动问题"或社会主义宣传的展开。在《文化运动与劳动运动》一文中,戴季陶就坦然宣称"文化"运动只具有一种从属的价值,并将其等同于一种平民化、普遍分配的运动。与陈独秀等人关于"文化运动"与"社会运动"之间关系的复杂认识相比,戴季陶对"文化运动"的简化,与其说出于视野的"狭隘",毋宁说出于政治意图的明确。③ 在诗歌方面颇有实绩的沈玄庐,对于文艺有较多的重视,他的长文《诗与劳动》应该说是《星期评论》上最为系统的文艺论述。此文详尽讨论了从《击壤歌》到《诗经》的古老传统,征引多篇作品,目的也只在强调劳动是社会与文学发生的源泉和动力——"贵族中人没有诗","不是劳动者没有诗"。④

具体到新诗写作,北京与上海的新诗人似乎并无太大分野,《新青年》与《星期评论》的新诗版面彼此开放⑤,两地诗人也一直唱和不断,并分享了一些共同的诗歌体式与经验类型。但相比之下,"歌谣化""乐府化"似乎是"《星期评论》之群"共同的偏好,下层生活、社

---

① 中共中央马克思、恩格斯、列宁、斯大林著作编译局研究室编:《五四时期的期刊介绍》第一集上册,第175页,北京:生活·读书·新知三联书店,1978年。
② 本社同人:《星期评论刊行中止的宣言》,《星期评论》第53号(1920年6月6日)。
③ 戴季陶:《文化运动与劳动运动》,《星期评论》"劳动纪念号"。
④ 玄庐:《诗与劳动》,同上刊。
⑤ 玄庐的《秋夜》《失眠》二诗,曾发表于《新青年》8卷4号。

会苦难、阶级差异等主题，也是他们关注的重点。沈玄庐的《十五娘》、刘大白的《卖布谣》、戴季陶的《阿们》等，都是此类主题的代表之作。有一点需要指出，这些作品并非传统"悯农"文学的延续，也不只是抽象表达知识分子的人道同情，其中有相当部分直接聚焦于现代社会内部新的矛盾和现象，诸如上海租界繁华之下不同阶层的生存差异，新兴产业对乡村社会的剥夺、损害，乃至基督教会对劳动者心灵的麻痹等。① 换言之，这些新诗的写作直接配合了"《星期评论》之群"在"五四"之后的上海——这一特定时空情境中对"劳动问题"的关注。由此，"《星期评论》之群"的特殊性倒可以得到说明，即：写实主义与社会关怀虽然是早期白话诗的共同取向，但北方新诗人尝试的类型要更为多元，他们在诗歌美学上也有更多考虑②，周作人、沈尹默、刘半农、康白情等都写出了不少相对纯粹、"现代"的诗作。相对而言，上海党人的写作在类型与主题上则更为统一（单一）③，并直接为他们的政治关注所左右。萧邦奇在讨论沈玄庐1919年至1920年的思想转变时，就指出在1919年夏，沈的诗文之中，以民族主义和反军阀主义为主旨的较多；但从1920年开始，阶级主题成为重点，这与当时政治风暴的变化保持了某种同步。④

另外，这批南方党派文人不只偏爱劳动与阶级的主题，他们对新

---

① 参见沈玄庐：《夜游上海所见》(《星期评论》第25号[1919年11月23日])；刘大白《卖布谣》(《星期评论》第53号[1920年6月6日])；戴季陶《阿们》(《星期评论》第36号[1920年2月8日])。

② 1919年4月16日，鲁迅在《对于〈新潮〉一部分的意见》中就指出："《新潮》里的诗写景叙事的多，抒情的少，所以有点单调。"(鲁迅：《鲁迅全集》第7卷，第225页，北京：人民文学出版社，1981年。)

③ 1920年8月，由许德邻编辑的《分类白话诗选》由上海崇文书局出版。这本新诗选呈现了早期新诗的创作面貌，它采用写实、写景、写情、写意的分类方法。胡适、刘半农等北方诗人的作品，散见于各类之中；而刘大白、沈玄庐、戴季陶等人的诗作，都被集中编入了"写实"一类中。

④ 萧邦奇：《血路：革命中国中的沈定一(玄庐)传奇》，第52—53页，周武彪译，南京：江苏人民出版社，1999年。

诗的理念以及新/旧文学的差别，似乎也缺乏内在的体认。新、旧文学的区别在他们那里是不甚了了的，"白话"可能只是在"俗白"的意义上去理解，白话文学更多是被当作一种有效的传播工具而已。① 南社成员朱凤蔚的《我对于新体诗的意见》一文，就十分典型地传达了这种认识。在文中，他自称是一个门外汉，不仅赞成白话诗，也赞成"用浅近文言带着白话性质的新体诗"，因为"新体诗当以能唱能听为第一，词意浅而质味醇为第二"。他最佩服的新体诗人不是别人，正是沈玄庐。因"其格调完全是由中国古歌中化出来的，而其色彩却完全是'社会'主义"。② 在朱凤蔚看来，用浅近的歌谣传达"社会"的思想，就是新体诗的正宗，这显然与胡适有关"新诗"的理解——通过诗体的大解放，以容纳"丰富的材料，精密的观察，高深的理想，复杂的感情"——相去甚远。作为一个典型的诗例，沈玄庐的《春晓》值得在这里稍作分析：

登高一望平原。
　　一片鹅黄的油菜花、衬着碧绿的菜叶、铺到天边。
深蓝的天。擎起一朵红云、一轮红日、现出春景新鲜。
软软的风、吹得人好爽快也、不费半文钱。
远远的几个农夫、锄头起、秧种落；耝麦地，做秧田。
春光呀！朝气呀！他也不管我偷闲——我那里舍得偷闲。③

在早期白话新诗中，"写景"是一个重要的类型，如何在自由的书写中准确地捕捉到外在经验，获得一种鲜明、逼人的诗意效果，是不少诗

---

① 曾是南社成员的国民党人叶楚伧，此一时期也跟着凑趣，写过一些白话新诗，但在他眼里：文学上的"新旧之分"完全是人们的臆造。参见楚伧：《非新旧文体说》，《民国日报·觉悟》1919年11月7日。在《新旧文学一大战场》（《星期评论》第24号[1919年11月16日]）中，沈玄庐竟然提出"许多匾额条幅语联"等比诗文的影响更大，更应该是新文学抢夺的战场。
② 朱凤蔚：《我对于新体诗的意见》，《民国日报·觉悟》1920年1月27日。
③ 玄庐：《春晓》，《星期评论》第40号（1920年3月7日）。

人自觉努力的方向。"登高""远眺"一类作品,在当时相当多见,如傅斯年的《深秋永定门城上晚景》、罗家伦的《天安门前的冬夜》等。上面这首《春晓》似乎也追随了这种潮流,以登高远眺的视角,铺陈出一幅由"鹅黄的油菜花""红云""软风"构成的自然图景。在诗的后半段,一个忙碌的"农夫"和他的抱怨突然消解了"登高"的经典姿态,"风景"的世界原来还是一个"劳动"的世界、"忙碌"的世界。然而,这首诗可以讨论的地方还不在"劳动"这一主题,"风景"背后的主体模式,其实更耐人寻味。

在早期"写景"一类新诗中,周作人的《画家》影响很大,康白情就评价:"这首诗可算首标准的好诗,其艺术在具体的描写。"[①]此诗以一种近乎纯客观的手笔,描绘了几种现实图景(溪边的小儿,秋雨中耕作的农夫,胡同口的菜担,路边睡着的人)。诗中虽然流露些许平凡的人生关怀,但以视觉印象的呈现为主,吻合于当时新诗的"金科玉律"——"凡是好诗,都能使我们脑子里发生一种——或许多种——明显逼人的影像"[②]。同时,它也显现了一种自由把握经验的可能,即:日常生活的各个方面,无论多么琐屑、平凡,只要有一双发现的眼睛,都可能成为新的风景。废名就称道说:"周先生这首诗给当时新诗坛的影响很大,一时做新诗的人大家都觉得有新的诗可写了,因为随处都有新诗的材料。"[③]除了上述特征,这首诗的结尾也十分关键:

>这种种平凡的真实的印象,
>永久鲜明的留在心上;
>可惜我并非画家,
>不能用这枝毛笔,
>将他明白写出。

---

① 北社编:《新诗年选(一九一九年)》,第86页,上海:亚东图书馆,1922年。
② 胡适:《谈新诗》,《星期评论》"双十"纪念专号(1919年10月10日)。
③ 废名:《谈新诗》,《论新诗及其他》,第87页,沈阳:辽宁教育出版社,1998年。

在扫描种种"平凡的真实的印象"之后,一个观察者"我"出现了:面对平凡的生活风景,"我"却感觉无能为力,不能"将他明白写出"。诗中有"我",但这个"我"却从"风景"中疏远了出来;无法"明白写出"的困惑,也暗示以往的书写模式纷纷失效,"我"和"世界"仿佛第一次的相遇。套用柄谷行人的说法,在人与"风景"的疏远中,作为现代文学的基本"装置",一个反思性的"内面"浮现了出来。①回头来看《春晓》,"风景"虽然被远眺,也被诗人调动了各种色块去着力刻写,但"我"实际并没有与之疏远。远处的秧田不仅是一个劳动的、忙碌的世界,字里行间流露的乐府、诗词腔调,人与"风景"的关联,仍发生在某种熟稔的格套之中:"风景"被眺望,但没有被"发现",一个反思性的自我或"内面"似乎也尚未登场。

对于《春晓》这一类新体诗,周作人曾明确表示反感。②1922年10月,在《新诗的评价》一文中,他还特别提及沈玄庐、刘大白的写作,还将二人与上海的"诗文大家"胡怀琛(寄尘)归为了一类:"从南边来的朋友说,那里的中学生(中了他们的复辟派的国文教员的余毒)很欢迎胡寄尘金(刘)大白沈玄庐的(新)诗,以为与古诗相近所以有趣。"③在当时的新诗坛上,胡怀琛曾一度相当活跃,不仅主动为胡适的《尝试集》"改诗",掀起一场笔墨官司,出版过一册《大江集》,自命"模范新派诗",有意与胡适争夺新诗的发明权。④他所谓的"新派诗"实则半新不旧,使用白话的同时又保持五七言体式。沈、刘二位诗人都以"歌谣化""乐府化"的写作著称,周作人将他们认作

---

① 参见柄谷行人:《日本现代文学的起源》,第1—34页(第一部分"风景之发现"),赵京华译,北京:生活·读书·新知三联书店,2003年。

② 在《古文学》(《晨报·副刊》1922年3月5日)一文中,周作人曾谈到:"至于有大才力能做有韵的新诗的人,当然是可以自由去做,但以不要像'白话唐诗'以至小调为条件。"周作人对"古诗相近"一类的"白话唐诗以及小调"的反感,可见一斑。

③ 式芬:《新诗的评价》,《晨报·副刊》1922年10月16日。

④ 有关胡怀琛为胡适"改诗"事件的讨论,参见笔者论文:《"为胡适改诗":新诗发生的内在张力》,《北京大学学报》2003年第6期。

"与古诗相近"的同类,并非没有一定的道理,在他的语气中,对南方诗人的整体轻慢,显然也表露无余。① "与古诗相近"说的只是风格的表面,为南方"新派诗"所缺乏的,其实还有"风景"与"自我"相互疏远的"装置"。或许在沈玄庐等新诗人看来,"风景"很少是反思的、抒情的对象,它仍然封闭于"与古诗相近"的调子中,仍然会被人的身影填满,从属于一个忙碌的、实践的社会"场域"。

二 "政治场"中的"文学场"

自晚清至民国初年,以诗文、小说来鼓动革命,"开民智""振民气",某种与政治生活融为一体的文学态度并不鲜见,"《星期评论》之群"的新诗写作,当然也不外在于这一脉络。依据一般的文学史评价,这种态度显然偏离了"诗"的本体,但在一个"诗"之独立"场域"尚未浮现的语境里②,对于"诗"的偏离,只能说是一个后设的命题。诚然,在后来的新诗史上,作为一种鼓动或批判的手段,诗人的写作也往往会介入社会政治运动之中,但"场"的分离,往往是"介入"的前提,时代与个体、社会与审美、工具论与独立性之间的紧张也始终伴随。但在新诗发生的初期,这样一种紧张实际不甚明显,特别是在《星期评论》这样的党派刊物中,"文学场"不仅混杂于"政治场"中,二者甚至可以说是同一的。"诗"与"非诗"的区分,对于激进的革命文人来说,也许根本就不是一个问题。不仅如此,与后来一拨又一拨涌入诗坛的感伤青年不同,他们作为诗人的身份,也相当地不纯粹,更多作为政论家、活动家、宣传家,乃至军事家,活跃于社

---

① 有趣的是,胡怀琛《大江集》序言中,曾不无讽刺地写道:"倘然没有自己的感情,硬学胡适之,沈玄庐,等于学杜少陵,学黄山谷。"(胡怀琛:《〈大江集〉序言》,《大江集》,第17页,上海:国家图书馆,1921年。) 在这里,胡怀琛将与自己"同类"的沈玄庐,归入胡适一路。
② 到了1921年,周作人还抱怨说:"新诗提倡已经五六年了,论理至少应该有一个会,或有一种杂志,专门研究这个问题。"参见周作人:《新诗》,《晨报·副刊》1921年6月9日。

会生活的各种"场域"。对新文化运动多有批评的吴芳吉,曾专门列出"缺乏当诗人能力"的十种人,其中就包括"染了'政客化''资本化''势利化''风头化'的"一种。从他的角度看,"《星期评论》之群"显然要被归入此一类"非诗人"当中。①

不管"非诗化",还是"非诗人化",类似批评不能说不吻合于历史的实际,但仅仅重申此类批评,对于理解这个时期新诗的历史独特性并没有太大的推进意义。倒是有一些问题值得进一步探讨,比如普遍的业余身份会在文学内部塑造何种政治性的人格?在诗歌与社会的广泛联动中,特定的写作、阅读和交流模式又如何呈现?仔细翻看《星期评论》,会发现其中相当一部分诗作,可以看成是某种"时事诗",或应对于具体的事件,或在酬唱应和中表达特定的观点。甚至可以说,沈定一、戴季陶等人的新诗写作,不仅表现了他们的政治关注,同时也是他们政治生活的一种延伸。1919年7月,沈玄庐在《星期评论》上就发表了这样一首诗,题名《入狱》:

> 怎么样是不自由?入监狱。
> 　因为自由,入监狱。
> 这样一位先生,入监狱。
> 　岂但是先生,入监狱。
> 先生不入狱?谁入狱?
> 　先生既入狱,谁也入狱。
> 本来是狱,何待入狱?
> 　既然入狱,何时出狱?
> 既都是狱,何处非狱?
> 　一人一狱,何从出狱?
> 果然关得住,何必狱?

---

① 吴芳吉:《谈诗人》,《新人》1卷4期(1920年8月18日)。

> 若使关不住，何用狱？
> 狱在哪里？在方寸地。
> 如何出狱？"爱世努力的改造主义。"①

此诗在"入狱"与"出狱"之间，把玩了复杂的辩证关系，"狱"也被抽象、泛化为人生无处不在的束缚与羁绊。至于那缠绕的、自我否定的句式，或许会让人联想到同时代的一些白话诗作，如胡适的《病中得冬秀书》："岂不爱自由？此意无人晓：/情愿不自由，也是自由了。"但这不只是一首宣扬"爱世"与"改造"的说理诗，其中"入狱"的"先生"有着明确的所指。1919 年 6 月 11 日，陈独秀因在北京"新世界"散发传单《北京市民宣言》被捕入狱，直至 9 月才被释放。此事引来广泛关注，南北一片哗然，也激发了新诗写作的热情。1919 年 11 月的《新青年》6 卷 6 号上，专门推出过一个新诗专辑，发表胡适、刘半农、李大钊及陈独秀本人的诗作，祝贺陈独秀出狱的同时，顺便将各自的社会理念尽情演绎。② 沈玄庐的《入狱》，也向当时刚刚入狱的陈独秀传递了一份慰问。

此后不久，《湘江评论》《每周评论》接连被封，戴季陶、沈玄庐相继写下《可怜的"他"》《哀湘江》《光》等诗文，以表关切。③ 作为答谢，胡适则特地为《星期评论》寄来《乐观》一诗。④ 此类南北诗文唱和的例子还有很多，在"时事"与"文学"的重叠中，某种南北之间的"联合战线"，在白话诗中也能达成。再如，发表在《星期评论》第 26 号上的朱执信的《悼黎仲实》，好像只是一首普通的悼亡诗，称颂了友人黎仲实品性高洁，因他不肯将自己出卖：

---

① 《星期评论》第 8 号 (1919 年 7 月 27 日)。
② 胡适《威权》、刘半农《D——诗》、李大钊《欢迎独秀出狱》都发表于《新青年》6 卷 6 号 (1919 年 11 月 1 日)。
③ 三篇作品均发表于《星期评论》第 13 号 (1919 年 8 月 31 日)。
④ 《星期评论》第 17 号 (1919 年 9 月 28 日)。

> 你抛弃了将来，
> 来保护你的从前。
> 到了今天；
> 　我眼里享自由的仲实早已死了，
> 　心里闹革命的仲实从此再无变更！
> 还有那活着便卖了从前的，
> 　比你更可怜！

在诗的结尾，作者无意岔开，讥讽那些"活着便卖了从前"的人。这一讥讽类似蛇足，似乎没有特别的指向，但据沈玄庐的说明：这个结尾其实有所影射，是对当时正在进行的孙中山"联段"（段祺瑞派代表到上海与孙中山联络）一事的表态。①

本来，从现代的"纯文学"观点来看，酬唱、应和等交际性写作是应该主动戒除的传统积习。在著名的《〈冬夜〉评论》中，闻一多就激烈地指斥："近来新诗里寄怀赠别一类的作品太多。这确是旧文学遗传下来的恶习。"②但事实上，在新诗的发生期，交际性、功能性的写作还是占据了相当的比重，尤其是胡适最初的"尝试"之作，有不少都是朋友之间的"打油诗""游戏诗"。这些应酬性的文字，不仅像"化石"一样，记录了新诗从旧诗中"脱茧"而出的痕迹，作为特定的"时事诗"，也往往能超出私人生活的领域，介入公共世界中。与其将上述诗文唱和看成文人、政客之间的无聊游戏，不如将它们看成一种特定的公共参与方式，新的文体活力也可能被激发出来。"五四"时期最为活跃的新诗人康白情，就无拘无束地将演讲、纪游、赠别等方式引入新诗的写作，形成一种独特的"白情的美学""交际的美学"。在一代新

---

① 1919年12月沈定一给胡适的信，参见中国社会科学院近代史研究所中华民国史组编：《胡适来往书信选》上册，第77—78页，北京：中华书局，1979年。
② 闻一多：《〈冬夜〉评论》，《闻一多全集》第2卷，第87页，孙党伯、袁謇正主编，武汉：湖北人民出版社，1993年。

青年聚合的背景中,这种美学赋予了早期新诗一种"群"的功能。①

应酬、交际的写作与特定的公共政治相关,此类诗歌的阅读和接受同样不是纯然发生于抽象的作者与匿名的读者之间。在《星期评论》上,有个现象颇有意味:虽然专门的"新诗"批评文字少得可怜,但不少文章都会提及具体的作品,但不是作为审美品读的对象,而是作为思想和社会问题讨论的材料。戴季陶《十月二十六日的感想》一文,记录了他 1919 年 10 月 26 日参加上海各路商界总联合会成立大会的见闻。临到上海实业巨子穆藕初发表演讲,他对"平等"与"责任心"相联系的界说,让戴季陶颇受震动:"我登时觉得毛骨悚然的、想起康白情君《女工之歌》的诗,'我没穿的,／工资可以买穿。／我没吃的,／工资可以买饭……'。"康白情的《女工之歌》十几天前发表在《星期评论》上,当劳工运动成为一个紧迫的社会问题,戴季陶的联想代表了一种特定的接受模式。②

在文章中嵌入具体诗作进行讨论的做法,有时还会越过一般的"诗栏"或"创作栏",成为一种特殊的诗歌发表途径。1919 年 11 月,戴季陶在《星期评论》上发表短评《忏悔的人格》,谈及一个"为人道尽过几多贡献"后又"走到人格堕落的路上去"的朋友,来信表达自己幡然悔悟、要竭力改造社会的决心。戴对此"忏悔的人格"十分敬重,还抄录了这位朋友一首"很深刻,很沉痛"的诗,附在短评之后:

> 黑沉沉的房屋,
> 四维上下不见一星儿光。
> 我似睡非睡似醒非醒的,
> 眼前不知道是什么境界,
> 只觉得孤寂,沉闷,恐怖,凄凉。

---

① 参见袁一丹:《诗可以群:康白情与"少年中国"的离合》,《新诗评论》2011 年第 2 辑。
② 戴季陶:《十月二十六日的感想》,《星期评论》第 22 号(1919 年 11 月 2 日);康白情:《女工之歌》,《星期评论》第 20 号(1919 年 10 月 19 日)。

> 我待要翻身；
> 好像有个毛茸茸的怪物在身上压着。
> 拼尽力量，与他抵抗，
> ……

这首诗没有标题，也未署名，纯用白话，采用了当时流行的光明与黑暗对峙的象征模式，呈现出一种自我争斗的内心"风景"，后来曾被误认为戴季陶本人的作品，收进相关的诗歌选本中。① 戴季陶的这位朋友、这位忏悔的作者名叫孙少侯，是民国时期一个名声不佳的政客。年轻时代，他曾投身辛亥革命，担任过安徽都督；后来到北京，"由都督而议员"，效力袁世凯的左右，生活也开始放纵，吸食鸦片，买卖书画古玩，弄得债台高筑，身心全面破产。在短评提到的书信和诗之外，孙少侯还寄给戴季陶一封长信《我对于人类的供状》，"大胆的把他自己一切罪史，公然吐露出来，给社会上的人一个良心上的刺激"。从一个革命者到一个拥护帝制的无良政客，再到一个声称献身社会改造的悔悟者，这样一个特殊人物的转变，让戴季陶十分感慨，随即全文刊发了这封"字字都有血，句句都有泪，字字句句都带着无限的光明"的长信，并深入分析了其人格背后复杂的思想因素。② "五四"之后，在报刊上进行大胆的自我坦露、人格公开，把"家庭、学校、团体……一切制度底衣服，尽情地剥去"，似乎也是"新青年"中的一种风尚。③ 孙少侯的忏悔，则代表了"五四"时期相当一批"党人政客军人官僚"的转变，这样的转变究竟有何价值，是否真的可以信任，《星期评论》作者也纷纷撰文检讨。④ 甚至远在日本

---

① 许德邻编：《分类白话诗选》，上海：崇文书局，1920年。
② 孙少侯：《我对于一切人类的供状》（附季陶的按语），《星期评论》第29号（1919年12月21日）。
③ 丏尊：《读存统底〈回头看二十二年来的我〉》，《民国日报·觉悟》1920年10月27日。
④ 执信：《我所见的孙少侯忏悔》，《星期评论》第30号（1919年12月28日）；仲九：《读孙少侯的忏悔文》，《星期评论》"新年号"（1920年1月1日）。

的田汉，也读到了这份"供状"，在与郭沫若讨论"忏悔人格"的书信中还专门提及，称"供状"及戴季陶的短评"使我也觉得 confession 一字对于人生的益处，他硬可以转换一个人的全生活"①。无论怎样，"忏悔人格"的表达与讨论，离不开书信和白话诗这两种与个体真挚、自由相关的媒介，对于孙少侯而言，这一文体尝试的本身就代表了一种文化身份的选择。

当然，诗文的酬赠、唱和，本是传统文人的交往方式，早期新诗未脱此种惯习，可以视为新旧交替的一种过渡现象；但换个角度，这种文字生产与传播的交际性，以及其背后"文学场"与"政治场"的混杂，也可看作一种制约早期新诗发生及接受的"装置"。在这种"装置"中，一个与世界疏远的"内面"很难出现，思考与感受都发生于忙碌的社会舞台。如果脱离了这种"装置"，不仅相关作品得不到准确把握，也很难理解作为一种文化、政治参与方式，早期新诗写作如何深刻而广泛地内在于社会、伦理改造的整体运动之中。当然，随着"五四"之后"固本培元"的"分工"方案的提出，不同社会"场域"之间的分化也成为必然。②当更新一代诗人登上诗坛，书写所谓纯正的"新诗"，那种新旧交替、错杂于时事与政治之间的文学"装置"，似乎也将随之报废。1921年8月，郭沫若的《女神》由上海泰东图书局出版，在《序诗》中，郭沫若这样写道：

《女神》哟！
你去，去寻找与我的振动数相同的人，

---

① 1920年2月18日田汉致郭沫若书信，宗白华、田汉、郭沫若：《三叶集》，第59页，上海：亚东图书馆，1923年。
② 《星期评论》及《建设》杂志停刊后，一位署名"树声"的作者就发表评论，认为去年的文化运动与时下的劳动运动，都不免空泛，"一种普遍的智识和专门的研究"已相当必要。在这个前提下，作者对于这批党派文人长期浸身于政治，也委婉地提出了规劝，并分别对戴季陶、胡汉民、沈玄庐提出了期待：有人适合埋首于专门的研究，有人则更适合投身实际的工作。参见树声：《对于〈星期评论〉〈建设〉停刊的感想和希望》，《民国日报·觉悟》1920年6月7日。

> 你去，去寻找那与我燃烧点相等的人，
> 你去，去在我可爱的青年的兄弟姊妹胸中，
> 把他们的心弦拨动，
> 把他们的智光点燃吧！

这段序诗显然提出了另外一种诗歌写作、阅读、接受模式。"你去"，寻找那"振动数""燃烧点"相同的读者，意味着作为一种艺术创制，诗歌应该摆脱作者的一己之私，超越具体的背景和时事，在情感与想象的维度上，直接与读者建立联系。所谓"心弦拨动""智光点燃"，就代表了这种全新的现代"装置"。

有意味的是，这种"装置"的形成，在一定程度上也伴随了空间、场景的疏离，郭沫若自己就说：创造社成员"对于《新青年》时代的文学革命运动都不曾直接参加，和那时代的一批启蒙家如陈、胡、刘、钱、周，都没有师生或朋友的关系"①。在1920年1月30日致郭沫若的书信中，宗白华也不无艳羡地写道：

> 你住在东岛海滨，常同大宇宙的自然呼吸接近，你又在解剖室中，常同小宇宙的微虫生命接近，宇宙意志底真相都被你窥着了。你诗神的前途有无限的希望啊！②

无论"海滨"还是"解剖室"，都远离"五四"时期实际的社会政治"场域"。在这样的空间中，不仅大小宇宙的"风景"能被窥探，现代诗歌的"装置"与"前途"也有了无限展开的可能。可以比照的是，1919年6月8日，陈独秀在"入狱"之前刚好发表了一则随感录，声称：

---

① 郭沫若：《文学革命之回顾》，王训昭编：《郭沫若研究资料》上册，第260页，北京：中国社会科学出版社，1986年。
② 宗白华、田汉、郭沫若：《三叶集》，第13页，上海：亚东图书馆，1923年。

> 世界文明发源地有二：一是科学研究室，一是监狱。我们青年要立志出了研究室就入监狱，出了监狱就入研究室，这才是人生最高尚优美的生活。从这两处发生的文明，才是真文明，才是有生命有价值的文明。①

在宗白华的想象中，一个理想的诗人应该是"出了解剖室就到海滨，离了海滨又入解剖室"，俯仰于宏观与微观的宇宙之间；在陈独秀这里，"研究室"与"监狱"连接恰好说明了"五四"时期社会与文化"场域"的混杂，"这两处"不仅是文明发生的现场，同样构成了另一种新诗发生的特别现场。

三 "超现实"的说理空间

上面两部分，探讨了"《星期评论》之群"新诗写作内在的政治性及其与社会情境的联动，这种探讨似乎包含了一种假定：这些诗歌的社会功能固然重要，它们的美学价值却不必太认真对待。其实，这一假定本身就值得怀疑。虽然，早期白话诗人大多保持了"非专业"的写作态度，但这并不等于说他们没有严肃对待自己的写作，没有在有限的诗歌作品中施展才华和想象。阅读那些看似粗朴的白话诗作，会发现在某些时候，恰恰因为没有进入"诗"的正途，没有进入现代的抒情"装置"，一些特殊的美学活力反倒无拘无束地显现，早期白话诗并不如想象中那般简单。在沈玄庐的诗作中，这一点表现得或许最为突出，对社会性、政治性主题的关注，往往会形成开放的视角，破除单一抒情自我的限制，带动想象力的飞腾。② 萧邦奇在《血路》一书

---

① 只眼（陈独秀）：《研究室与监狱》，《每周评论》第 25 号（1919 年 6 月 8 日）。
② "《星期评论》之群"中，沈玄庐无疑是创作最多，也是最重要的诗人。《星期评论》前后共登载新诗作品 55 首，其中沈玄庐的有 26 首，数量将近一半。参见吕芳上：《革命之再起——中国国民党改组前对新思潮的回应》，第 56—57 页，台北："中研院"近代史研究所，1989 年。

中，曾引用沈玄庐写于1920年的《生与死》（它被陈望道誉为"玄庐迄今最好的作品"），并认为这一混合了自我反省和客观叙事的作品，采用了"超现实的手法"：

> 我那天从霞飞路走到民国路，
> 在南洋路矿学校面前电流铁柱上看见——
> "肉（肉松），进坛子；
> 进去了，一瞬间的事。"
> 这几行字，好像是哪个人
> 替"时间"拍了一张照相，
> 特地挂在大路边，
> 要过路的人来承认的。
> 或者哪一个特地替我写的，
> 或者就是我写的。
>
> 我走过"杀牛公司"，
> 看见一群一群的黄牛、水牛，
> 肥的、瘦的、大的、小的，牵了进去。
> 等我慢慢地踱到白尔路，
> 就看见一辆小车上捆着
> 几张折叠好的新鲜牛皮，
> 毛色很滋润很红火，
> 上面捆着剥了皮的牛头两个，
> 牛头上撑着两只雄武的角，
> 车子推着，牛皮抖着，
> 牛血滴着，牛眼睛张着；
> 彼似乎张着两颗很大的眼睛，
> 告诉我说——

"我，进去了，
剥掉了，一瞬间的事。"

迎面又有一群牛牵过
一只黄的、小的、肥的，
一只也是黄的、瘦的、大的；
又有几只白雪雪的大肥牛。
那个牛头上张大的眼睛也看着这群牛，
也似乎说过了，
彼要说的"一瞬间的事"。
但是这群牛却没理会，
大摇大摆地走了过去。

这长长的一段文字，戏剧化地写出了"杀牛"的暴力和荒诞：一群群黄牛、水牛，无论胖瘦大小，被盲目地集体牵入"杀牛公司"，在"一瞬间"变成血淋淋的牛皮、牛头。冷静的叙述的确带来某种令人震惊的"超现实"效果，这种"超现实"又是以一种非常具体、迫切的现实性为基础的。它所描绘的场景——"杀牛公司"，位于法租界住宅区中央，离华人区以西半公里，在作为上海"五四"游行主要出发点的公共娱乐场西北稍外一点，这也是诗人从1916年6月到1920年夏末这段时间内工作和生活的地方。在这一"现场"中，沈玄庐捕捉到许多"一瞬间"的惊人细节，萧邦奇进一步认为："从中可以透视那场震惊上海的五四运动过去一年以后他对上海青年文化的看法。"①

在"五四"运动及上海租界的特定时空中，这样的解读非常有启发性，但萧邦奇引用的只是《生与死》这篇叙事小品的后半部分，它

---

① 萧邦奇：《血路：革命中国中的沈定一（玄庐）传奇》，第40—41页，周武彪译，南京：江苏人民出版社，1999年。

的前半部分具有更强的"超现实"的色彩,"我记得我从前像在没有梦的睡境中过我不觉得过日子的日子"。在《生与死》的开篇,"我"仿佛置身于黑暗的梦中,被一束光所唤醒,感觉周围压迫的东西,"把我身子钻得七洞八穿,我觉我身体上都是窟窿,鼻和口,耳是窟窿中顶大的,由那压迫的东西,跑进跑出,成了一条熟路"。"我"与钻进体内的"彼等"鏖战、抗争,结果总是失败,这样"纠缠了二十年","我"进而设想最终"彼等若遗弃了我,也只是一瞬间的事。这一瞬间之后的我怎么样呢?"上海马路上震惊的一幕随即展开。① 有关生死"一瞬间"的遐想,构成了这篇小品前后两部分的衔接,从奇异的心理幻象到客观的现实摄影,这一衔接多少有些突兀,关于身体内部"彼等"与"自我"的冲突,理解起来似乎也有相当的难度。总之,《生与死》与其说是表达了作者对上海青年文化的看法,不如说是围绕着自我与外部他者、与时间关系的思辨来展开。在"生与死"之外,它还有一个副标题:"冥想"。

在沈玄庐的诗文中,有关"自我""时间"的冥想,是"劳动问题"之外另一个重要的主题,他与刘大白的一系列唱和,就围绕"镜中我"与"镜外我"、"一个我"与"纷纷我"、"有我"与"无我"的关系展开,颇具佛教的辩证色彩。② 但他的"冥想"并不停留于抽象的玄学或心理层面,更多发生于社会改造、自我改造的观念框架中,与一个忙碌的、劳动的、纷争的世界相关。沈玄庐的另一则小品《一念》,

---

① 《生与死(冥想)》发表于 1920 年 10 月 14 日《民国日报·觉悟》上,或许由于排版缘故,萧邦奇的著作将其作为一首诗来引用,但实际上,它是以散文或小说形式发表的,文后还有陈望道的一则附记:"玄庐先生作成这篇小说给我看,我看了觉得这篇作品,传染性比他从前的更强,技术也更纯熟,在他作品中可说是第一次大成功,就是就中国全文坛说,也是一篇成功的作品。反之文家,以为如何?"
② 1920 年 7 月 30 日、8 月 1 日《觉悟》上分别刊载刘大白《对镜》《一颗月》两诗,沈玄庐的《读大白的〈对镜〉》《读大白的〈一颗月〉》两首发表于 1920 年 9 月 20 日的《觉悟》上,刘大白又在 9 月 24 日的《觉悟》上以《答玄庐底〈读大白的《对镜》〉》《答玄庐底〈读大白的《一颗月》〉》作答。

写自己洗澡换衣之后，在一面大镜子前的感受："怎么样镜里也会有一个玄庐？因为世界上有了玄庐。"从镜中的映像开始，作者一路检讨"玄庐"的由来，从父母到提供吃穿的产业，再到创造产业的做工的人，进而看到这样的幻象："举目一看，不问是那一件东西，都满含着劳工血汗的色彩在那里笑。"① 在《生与死》中，"我"同样不是封闭的存在，被诸多社会性压力贯穿，处于流变与抗争之中，这似乎暗示文化变革时期自我觉醒后的纷扰与焦虑。"一瞬间"可以由"生"到"死"，但"一瞬间"带来的改变力量又或许对应了某种进化的、创造的人生理念。在1921年年初的一次演讲中，沈玄庐就这样讲道：

> 因为玄庐自己知道从一岁到今三十七岁，绝不是一天长成到这样大，一定是一秒一秒地逐渐长大的；所以一秒前的玄庐，还不是现在的玄庐，可知没有一秒可说玄庐没有长大的，因为真的玄庐是动的，决不是静的。又如一只钟，一分一秒的过去，但过去早已过去，未来还是未来，而从来没有一秒是静的，我们因此可知真实一定是动的，静的绝不会真实。②

一秒一秒的时间流动，本身就是一种"动"的力量，改变着个体和社会的构成。"动"的为真，"静"的为非真，《生与死》中"一瞬间"的惊人改变，大致可以从这一"创造进化"的角度来把握。③

---

① 《星期评论》第2号（1919年6月15日）。
② 沈玄庐：《人生问题》，《玄庐文存》，第78页，吴子垣编，上海：民智书局，1930年。
③ 在《生与死》发表的20多天前，施存统在《觉悟》上连载长文《回头看二十二年来的我》（1920年9月20—24日），他的"人格公开"回溯了自己二十二年的经历，恰好和《生与死》中"彼等"与我二十年的纠缠，可以相互参看。在长文中，施存统也提到"彼等"与"我"的关系："我们一个人，谁也免不了多少罪恶，但这罪恶究竟不是我们从娘胎里带来的，还是社会给我们受的。社会给我们受许多罪恶，所以我们于感激涕零之余，还要从事改造社会。"最后，他以诗的形式写出改造的决心："破坏'过去'，/ 建设'将来'，/ 这是我们的工程！/ 我们要做这工人呵，/ 应得先把自己改造一程！"

在概括早期白话诗的风貌时，朱自清曾说："'说理'是这时期诗的一大特色，照周启明氏看法，这是古典主义的影响，却太晶莹透彻了，缺少一种余香与回味。"① 在一定程度上，沈玄庐的"冥想"也可以作为"说理"看待。缺少所谓"余香与回味"，固然构成了早期白话诗的一大问题，即便一些作者采用了"具体"手法，但用"具象"来演绎抽象，也容易泛滥成一种浅白的流行套路。② 然而，"说理"的活力也不能因此而完全被抹杀，包括沈玄庐的"冥想"在内，一些相对复杂、篇幅较长的"说理"之作，仍然表现出"抒情""象征"之外纵横自如的展开能力。像刘半农为祝贺陈独秀出狱所作《D——！》，就以"我"和"D"（独秀）的长篇对话形式展开，其间穿插友人"Y"的话语，仿佛一场拉杂的思想讨论，"我"与"D"两人雄辩的声音此起彼伏，涉及监狱内外共同的压迫，涉及反抗威权的觉醒，涉及奋斗人格的养成，对于当下社会政治生活的关注也包含其中：

> D——！
> 我那一天看不见你？
> 那一天不看见那"优待室"中，闷闷的坐着你？
> 你向我说：
> 　　"威权已瞎了我的眼，聋了我的耳。
> 　　我现在昏昏沉沉，不知道世间有了些什么事体，世界
> 　　　还成了个什么东西？
> 　　但是我没有听见北京城里放大炮，料来还没有什么人，
> 　　　捧了谁家的孩子做皇帝！

---

① 朱自清：《中国文学大系·诗集》导言，赵家璧主编，朱自清编：《中国文学大系·诗集》，第2页，上海：良友图书印刷公司，1935年。
② 比如上文提及的孙少侯的诗作，其中"毛茸茸的怪物"颇有几分"超现实"的冲击力，但太阳会升起，驱散黑暗的境界，光明与黑暗的交战以及最终的战胜，无疑袭用了当时白话诗中最常见的象征模式。

> 我有知道我和这'优待室',还依然存在,料来哈雷彗星,还没有奋出威权,毁灭这不堪的大地!"①

暂时被威权囚禁的"D"陷入一片昏沉中,但他内在的感知并不因此而封闭,仍与外部状况保持着紧张的感应,对于"复辟"的忧虑、对于"彗星撞地球"的想象,相当自然地穿插叠现。作为回应,陈独秀的《答半农的D——诗》也是一首磅礴的说理诗,它从一系列追问开始("不知什么是我?不知什么是你?/到底谁是半农?忘记了谁是D?"),把玩了生与死、囚禁与自由、地狱与优待室、健康与残疾、八十天与八十年等一系列相对的二元关系,力图泯除所有的差异,将一切人当作"在永续不断的时间中,永续常住的空间中,一点一点画上创造的痕迹"②。刘半农、陈独秀二人的写作,围绕了"监狱"这一特定空间展开,而这样一类句子长短伸缩,融议论、对话、叙述、抒情、自我反省为一体的说理诗在早期白话诗中并不鲜见,再如傅斯年一生所作的最后一首新诗《自然》,就"表现了他对'理论'和'直觉'、'人生'与'自然'之间的两难思绪"③。在这首长长的、盘旋着内心疑问的诗作之前,还有他给友人俞平伯、顾颉刚的书信作为序言:

> 你见到我这首没有技术的歪诗,或者惊讶和平日的论调不同,所以不得不说个明白。
>
> 我向来胸中的问题多,答案少,这是你知道的。近二三年来,更蕴积和激出了许多问题,最近四五个月中,胸中的问题更大大加多,同时以前的一切囫囵吞枣答案一齐推翻。……我现在自然在一个极危险麻乱的境地,仿佛像一个

---

① 刘半农:《D——!》,《新青年》6卷6号(1919年11月1日)。
② 陈独秀:《答半农的D——诗》,《新青年》7卷2号(1920年1月1日)。
③ 王汎森:《傅斯年:中国近代历史与政治中的个体生命》,第57—58页,北京:生活·读书·新知三联书店,2012年。

草枝飘在大海上,又像一个动物在千万重的迷阵里。①

　　或许对于"黎明"时期的新诗人来说,将"解放""改造""心理""直觉""自我""自然"一类抽象概念,嵌入到长长的诗句中,并不觉得有任何勉强。在整体的社会改造与个体改造氛围中,有关自我价值、存在方式、人生道路的内心鏖战,似乎挣脱了有形与无形的限制,获得了一个广阔的空间。因而,在早期新诗人的视野中,"余香与回味"或许并不是他们的关心所在,他们追求的是一种包容和展开的诗歌能力,其演讲与辩论的风格,也对应高度开放的泛政治人格,对应于知识分子群体内部热烈讨论的思想激情。当梁实秋依据"诗的主要的职务是在抒情,而不在说理"这一原则,指斥康白情的《草儿》掺入了"演说词"的成分②,他倒是从反面揭示:早期白话诗特定的"群"的美学,直接奠基于"五四"时期公众演说、思想讨论、书信来往等活泼的青年言论形式。

　　回到沈玄庐这里,他的"说理"激情不以独白、对话的方式释放,他似乎更倾向于在"冥想"中发展出"超现实"的视野。在《爱》一诗中,诗人虚拟自己是一介"自由身",在天际之间"去来无碍"。在一处名为"将来的世界"的所在,"我"看到"工场""学校"的大字高挂,其中学生、工人、男女老少欢聚为一堂;我不禁又"回头望,只见来时的门外,烟尘里,哭声中,隐隐如山的骷髅堆"。"五四"时期的沈玄庐,深受"互助""大同"之类乌托邦理念的影响,认为"凡在天下的'你''我''他'都可以当作一个人,团成一个'爱'"。这样的认识看似空空洞洞,但对于沈玄庐一类的实干家而言,却并非没有实践的可能。在《星期评论》上,他就提出过一个完整的"新村"建设

---

① 傅斯年:《自然》,《新潮》2卷3号(1920年4月)。
② 梁实秋:《〈草儿〉评论》,闻一多,梁实秋:《〈冬夜〉〈草儿〉评论》,第2—4页,北京:清华文学社,1922年。

方案，以自己的田产和房子为基础，召集同道，分阶段"共同工作，逐渐平均增高共同生活"①。《爱》中缥缈于天际的未来幻象，正是奠基于这一现实的构想。

简言之，在沈玄庐的笔下，现实的风景和人物往往被纳入超自然的视角中，这种视角不单纯是美学性的，而是由人类大同、社会互助等乌托邦理念所支配，一种特殊的幻想性和寓言性从而被发展出来。这种手法在一定程度上也为其他诗人所分享，如仲苏的《见火星随感》，就采纳了天文学的想象：

> 远远望天空，一星一轨道。
> 看那近地球的火星，也有些日光返照。
> 彼中人窃窃含笑；
> 笑地面的人，为什么？各举各的旗号。

这短短的几行中，诗人的视角发生了一次突变：开始，是以地球人的视角，仰望天空；继而，"仰望"突然变成了"俯瞰"，一个"火星人"也在窥望地球，窥望地球上人类相互纷争、各举旗号的闹剧。②在视角的突变中，对现实政治的反讽性关照也染上了一种科学幻想的色彩。举出上述几首诗例，并不是要证明沈玄庐等人的写作有多高的美学价值，只是说在社会改造与自我改造的总体构架中，他们的确发展出种种雄辩的、冥思的、幻想的、讽喻的诗歌类型。这些类型夸张、大胆，缺乏含蓄之美，但在驾驭现实经验方面、在检讨内心冲突及奇异幻境的展开上，别有一种活泼和强劲。

在谈及新诗成立的代表之作《小河》时，周作人在 20 世纪 40 年

---

① 玄庐：《他就是你你就是我》，《星期评论》第 25 号（1919 年 11 月 23 日）。
② 《爱》《海边游泳》《见火星随感》三首诗，均发表于《星期评论》"双十"纪念专号（1919 年 10 月 10 日）。

代有一个表述很值得玩味,他说自己所要表达的不过是很旧的东西,"简直可以说这是新诗人所大抵不屑为的,一句话就是古老的忧惧"①。"古老的忧惧"究竟何指,也许会另作文专门讨论,而"新诗人所大抵不屑为的"一句,表面是自谦,周作人实则有意要与一般新诗人拉开距离。同样,在"场"的混杂的前提下,以"《星期评论》之群"为代表,早期白话诗人无拘束地说理、写实,也在"应酬"、交际、讨论中,使新诗写作保持了某种"自在"的开放,在"风景"与"内面"的"装置"之外,广泛介入一个"忙碌"的政治世界,其中有相当的部分,显然也是后来的"新诗人大抵不屑为的"。如何在整体的历史视野中评价它们?或许,只有从"后设"视角的限制中挣脱出来,回到特定的现场,回到"研究室"与"监狱"重叠的场域中,回到特定的写作、阅读机制之中,上述"不屑为"的部分,方能得到有效显影。

---

① 周作人:《苦茶庵打油诗》后记,《周作人文类编·夜读的境界》,第631页,钟叔河编,长沙:湖南文艺出版社,1998年。

《天狗》：狂躁又科学的"身体"想象

1919年9月，在日本学医的郭沫若，在《时事新报》副刊《学灯》上，第一次读到分行写成的白话诗——康白情的《送慕韩往巴黎》，不觉暗暗地惊异，并产生了投稿的念头。随后，他的新诗投至《学灯》，得到编辑宗白华的认可和鼓励，结果一发不可收，作品源源不断地发表，以激昂扬厉的风格震撼了当时的新诗坛。1921年8月，郭沫若的诗集《女神》由泰东图书局出版，作为胡适《尝试集》之后第二部重要的新诗出品，其成就在当时不少读者看来已远超后者，甚至被看成是新诗成立的真正起点。1923年，闻一多写过一篇很有见地的评论《〈女神〉之时代精神》，文章开宗明义就写道："若讲新诗，郭沫若君底诗才配称新呢，不独艺术上他的作品与旧诗词相去最远，最要紧的是他的精神完全是时代的精神——二十世纪底时代精神。"所谓"二十世纪底时代精神"是什么呢？闻一多进而从"动的精神""反抗的精神""科学地成分""世界之大同的色彩""挣扎抖擞底动作"几个方面分别进行了阐述。① 与一般论者不同，在闻一多看来，"新诗"之所以为"新"，并不在于白话的语言和自由的形式，而是在于内涵的"时代精神"。换言之，新诗成立的依据，从"诗体大解放"转向某种感受、经验的现代性层面，他的说法代表了论述新诗合法性的一种崭新逻辑。

《女神》中有很多脍炙人口的名作，像《凤凰涅槃》《炉中煤》《笔

---

① 闻一多：《〈女神〉之时代精神》，《创造周报》第4号（1923年6月3日）。

立山头展望》《地球，我的母亲》《夜步十里松原》等，写于 1920 年 1 月的《天狗》是其中极为重要、极有特点的一首：

> 我是一条天狗呀！我把月来吞了，
> 我把日来吞了，
> 我把一切的星球来吞了，
> 我把全宇宙来吞了。
> 我便是我了！
>
> 我是月底光，我是日底光，
> 我是一切星球底光，
> 我是 X 光线底光，
> 我是全宇宙底 Energy 能量底总量！
>
> 我飞奔，我狂叫，我燃烧。
> 我如烈火一样地燃烧！
> 我如大海一样地狂叫！
> 我如电气一样地飞跑！
> 我飞跑，我飞跑，我飞跑，
> 我剥我的皮，我食我的肉，
> 我嚼我的血，我啮我的心肝，
> 我在我神经上飞跑，我在我脊髓上飞跑，
> 我在我脑筋上飞跑。
>
> 我便是我呀！
> 我便是我呀！
> 我便是我呀！
> 我的我要爆了！

早期新诗的发生，面对古典诗歌轨范的强大压力，分行书写的白话是否应该押韵、是否应该具有传统的诗美，是否应该传递一种典雅含蓄的诗意，在当时引发了重重争议。这首《天狗》却完全不顾及任何既定的诗歌规范，以同一个句式的反复重叠贯穿全篇，充分体现了"诗体大解放"之后无拘无束的活力。从今天的角度看，这首诗过于粗放、简单，简直是写"飞"了，"我的我要爆了"一类自我想象，似乎也过于夸张。但要理解这首新诗史上的名作，有必要搁置先在的判断，进入历史情境之中，先做一点"同情的了解"，因为郭沫若诗歌的影响力与"五四"时期特定的阅读心理息息相关。温儒敏教授曾以《天狗》为例，提出可采用"三步阅读法"来读这首诗。

所谓"三步阅读法"，包括"直观感受""设身处地""名理分析"。文学史的专业读法往往偏重"名理分析"，非专业的阅读则多停留于"直观感受"，一般都不大注意还原具体的历史氛围，对于《天狗》这样具有强烈时代色彩的作品来说，"专业"或"非专业"的阅读，都可能会有所隔膜。那么，依照"三步阅读法"，我们该怎样读《天狗》呢？

第一步是"直观感受"。读这首，第一印象可能是狂躁、焦灼，拥有"全宇宙 Energy 的总量"的"我"飞跑、狂叫，乃至自我爆裂。反复旋转、连续不断的句式让人喘不过气来，形成一种异乎寻常的冲击力。对于阅读而言，这第一印象非常珍贵，但毕竟还是感性的、直观的，如果对"五四"时代的历史氛围完全不了解，得到的印象也只是狂乱烦躁而已。所以，下面可以转入第二步"设身处地"，尽可能将"第一印象"与你想象和理解的"历史现场"结合起来。我们知道，"五四"是一个"个人发现"的时代，是一个思想解放的时代。假设你自己就是当时的一个"新青年"，觉得面前有无穷的可能性，似乎整个世界可以按照自己的意志加以改造，但又不知如何入手，找不到发挥自我潜能的机会，在茫然无措、焦灼暴躁中，自然会与诗中峻急的节奏、情绪产生共鸣。因而，与其说《天狗》是一种高级的文学，毋宁说类似于一种情绪的通道，用个不准确的类比，"五四"时代的读者与这首诗的遭遇，就有点像今天的年轻人突然听到震耳欲聋的摇滚乐一般。这样，阅读的"第一印象"就落实在特定的历史场景中，接下来可以进行第三步"名理分析"了，思考直接的阅读感受与这首诗的形象、节奏、情绪有什么关系，进而分析《天狗》中火山爆发一样的情感强度如何代表了"五四青年"的普遍心态。

当然，"三步阅读法"不必机械遵循，在实际阅读中可以贯通进行，只是为了在读者与作品的互动中形成一种具有历史代入感的"阅读场"，以摆脱那种寻章摘句式的主题归纳和形式分析的套路。① 这里可以提出的一个问题是，依照"三步阅读法"，特别是其中第二步"设身处地"，面对这首诗，你还会有什么其他感受，还会有另外的解读线索吗？"五四"时期，对于大多数读者来说，初立的新诗是非常新鲜、陌生的，即如这首《天狗》，抛开肆无忌惮的狂放形式、"大写"的自我解放主题，当时的读者不仅感觉强烈冲击，而且也可能不大能够读懂，特别是诗中羼杂了不少科学词汇、英文词汇，如"X 光""Energy""电气"，至于"我在我的神经上奔跑""脊椎上奔跑""脑筋上奔跑"，如果缺乏一定的现代科学知识，甚至是解剖学的知识，当时的读者肯定会感觉莫名其妙。

作为一个评论者，闻一多目光如炬，在讨论《女神》之"时代精神"时，就特别提出了郭沫若诗中"科学"的成分和想象，这也是他不同于早期白话诗人的一个重要特征：

你去，去寻那与我的振动数相同的人；
你去，去寻那与我的燃烧点相等的人。

——《女神·序诗》

---

① 关于"三步阅读法"的阐述，引自温儒敏：《关于郭沫若的两极阅读现象》，温儒敏、赵祖谟编，《中国现当代文学专题研究》，第 27—30 页，北京：北京大学出版社，2002 年。

否，否。不然！是地球在自转，公转。

——《金字塔》

一枝枝的烟筒都开着了朵黑色的牡丹呀！
哦哦，二十世纪底名花！
近代文明底严母呀！

——《笔立山头展望》

哦哦，摩托车前的明灯！
二十世纪底亚坡罗！
你也改乘了摩托车么？
我想做个你的运转手，你肯雇我么？

——《日出》

上面引述的几个诗节中，热力学、天文学的词汇，以及现代工业、交通的比喻，带来了一种特殊的"摩登"与幻想色彩，为读者打开了一个崭新的经验世界，而下面的句子更具冲击性：

他们一枝枝的手儿在空中战栗，
我的一枝枝的神经纤维在身中战栗。

——《夜步十里松原》

破！破！破！
我要把我的声带唱破！

——《梅花树下醉歌》

战栗的神经、破裂的声带、裸露的脊椎、飞迸的脑筋，这些令人惊骇的身体意象，也不断出现，怪不得闻一多会点出《女神》的作者"本是一位医学专家",那些"散见于集中地许多人体的名词如脑筋、脊髓、血液、呼吸,……更完完全全的是一个西洋的 doctor 底口吻了"。①事实也的确如此。

1918年秋冬季,在日本九州帝国大学求学的郭沫若,迎来了两个学期的解剖课。这门课"一个礼拜有三次,都是在下半天。八个人解剖一架尸体","第一学期解剖筋肉系统,第二学期解剖神经系统,在约略四个月的期间要把这全身的两项系统解剖完"。在自传《创造十年》中,郭沫若曾非常细致地描述了当时上课的场景,包括尸体腐化后钻出蛆蛹的状态:

> 这样叙述着好像很恶心,但在解剖着的人看来,实在好像在抱着自己的爱人一样。特别是在头盖骨中清理出一根纤细的神经出来的时候,那时的快乐真是难以形容的。……在这样奇怪的氛围气中,我最初的创作欲活动了起来。②

这段话颇值得玩味,不仅传达了分解肢体、神经时某种"变态"的快感,更可关注的是,他也将自己文学的起点——"最初的创作欲",直接与解剖室内的奇异氛围相关。这一"创作欲"发动的结果,便是一篇幻想性小说《骷髅》,在投给《东方杂志》被退回之后,郭沫若将其付之一炬。

最初的创作《骷髅》被"火葬了",但解剖室内的奇异氛围,却似乎长久地支配了郭沫若的写作。1920年,郭沫若专门写过《解剖室中》一诗,以呼啸的、重叠的句式,铺陈出一个"尸骸布满了"的震惊现场:

---

① 闻一多:《女神之时代精神》,《创造周报》第4号(1923年6月3日)。
② 郭沫若:《创造十年》,《学生时代》,第49页,北京:人民文学出版社,1979年。

  快把那陈腐了的皮毛分开！
  快把那没中用的筋骨离解！
  快把那污秽了的血液驱除！
  快把那死了的心肝打坏！
  快把那没感觉的神筋宰离！
  快把那腐败了的脑筋粉碎！
  分开！离解！驱除！打坏！宰离！粉碎！
  快！快！快！
  快唱着新生命底欢迎歌！①

这首诗语速很快，同样表达自我更生、解放的愿望，但可能过于"暴力"了，后来没有收入《女神》中，但解剖室内的经验或许过于强烈了，诗中写道的各种被分解的肢体、器官，遍布在《天狗》《炉中煤》《浴海》《火葬场》《夜步十里松原》《梅树下的赞歌》等其他作品中，这使得郭沫若的早期诗歌包含一种强烈的、"血肉横飞"式的官能刺激。一般常会提到的"泛神论"或"力本论"式的自我想象，也正是奠基于一个与万物连通、又时刻自我爆裂的身体之上。郭沫若早期的读者和批评者，当然也都注意到了这一点，除了闻一多，郭沫若诗歌最早的编者宗白华，在1920年1月30日致郭沫若的书信中，也不无艳羡地写道：

  你住在东岛海滨，常同大宇宙的自然呼吸接近，你又在解剖室中，常同小宇宙的微虫生命接近，宇宙意志底真相都被你窥着了。你诗神的前途有无限的希望啊！②

此一时期的宗白华，非常关注某种理想人格的养成问题，写出《凤凰

---

① 此诗发表于《时事新报·学灯》1920年1月22日，并未收入《女神》中。
② 宗白华、田汉、郭沫若：《三叶集》，第13页，上海：亚东图书馆，1923年。

涅槃》、进入创作爆发期的郭沫若，在他心目中，是作为一位"东方未来的诗人"来期待的。而且，这位诗人非常幸运地与两种理想的人格养成空间接近——"大宇宙的自然"与"解剖室"。"自然"的伟力暂且不论，"解剖室"这一特定空间及相关的经验、知识、话语，在"诗人人格"养成中，究竟发生了怎样的影响，起到了怎样内在的塑造作用，则是一个特别需要琢磨的话题。这不仅关涉具体作品的解读、诗人形象的阐释，在某种扩展性的历史视野中，"五四"浪漫诗学潜在的文化及政治内涵，或许也能在这一话题的延伸线上来把握。

简言之，作为"五四"时期的读者，面对《天狗》这样的作品，不仅会读到诗体与自我的大解放，也会读到一个高度紧张、痉挛，甚至不断处于分解、爆裂状态的身体。具体的作品之外，在后来的自述中，郭沫若也常将创作的发动与特殊的身体状态相连，说自己"每每有诗的发作袭来就好像生了热病一样，使我作寒作冷，使我提起笔来战颤着有时候写不成字"①。写作《凤凰涅槃》时，他在晚间伏在枕头上火速地写，"全身都有点作寒作冷，脸牙关都在打战"；其中那"诗语的定型反复"的形式，也被他论断为："由精神病理学的立场看来，那明白地是表现着一种神经性的发作"。②留日期间，郭沫若曾患耳疾，也曾得过"剧度的神经衰弱"，他的一些描述或许反映了真实的生理实感，并不完全出自一种浪漫的自我戏剧化。重要的是，随着他的作品及相关表述的广为流布，一种病理学意义上的亢奋身体，一种在痉挛、分裂中释放出无穷能量的身体，也成为郭沫若诗人形象的一个重要面向。

在近现代中国，"身体"的改造与规训，是一个相当宏大的历史工程，在国族建构以及社会现代化组织的前提下，一系列的国民塑造

---

① 郭沫若：《创造十年》，《学生时代》，第59页，北京：人民文学出版社，1979年。
② 郭沫若：《我的作诗的经过》，王训昭编：《郭沫若研究资料》上册，第283页，北京：中国社会科学出版社，1986年。

方案，包括"新民"设计、军国民运动、新文化运动、新生活运动等，都在不同程度上将"身体"作为注目的焦点。① 在"五四"前后一代"新青年"的人格修养实践中，为了打造一种强健有力、积极进取的实践性人格，对"身体"的管理与磨炼，也是相当重要的环节。1917 年 4 月，年轻的毛泽东在《新青年》上以"二十八画生"为笔名发表《体育之研究》一文，在崇力、尚武的时代氛围中，不只强调了"体育"的外在功能，更是将"身体"看作是一个开放性的人格实践领域，认为"体者，知识之载而谓道德之寓者也"②。在实际生活中，青年毛泽东对一系列严苛的野外体育活动的热衷，也是广为人知的故事。"五四"时期另一位著名新诗人康白情，与郭沫若的朋友宗白华、田汉等都是当时最具号召力的青年团体"少年中国学会"的成员，这个群体特别关注自身道德、能力的塑造，围绕自我修养的方法，学会成员也有相当深入的讨论。康白情就曾提倡所谓"动的修养、活的修养"，对"身体"的关注是其中不可或缺的环节："（一）积极的锻炼身体，并于不堕落的范围以内实施美育，以谋完全的健康。（二）消极的力循卫生的原则，以防疾病的侵袭。（三）调和心身，让他们一致，务使行为完全受意志的支配。"③

如果说在毛泽东、康白情等"新青年"那里，一个强健的、调和的、高度自律的身体，是理想"人格修养"的题中应有之义；那么在郭沫若这里，"身体"恰恰是失序的、分解的，在"病"中抽搐、痉挛。这样的身体一方面扰乱了生活的秩序（郭沫若自己饱受神经衰弱之苦），另一方面却构成了惊人的创造力的源泉，代表了一种自我解放、自我更生的可能。因而，创造性的"身体"不是被控制、规训的对象，而恰恰应被看作是一个主体自发性显现的领域，这种想象不只偏离了

---

① 有关近代中国"身体"改造工程的讨论，参见黄金麟:《历史、身体、国家：近代中国身体的形成（1895—1937）》，北京：新星出版社，2006 年。
② 毛泽东:《体育之研究》，《毛泽东早期文稿》，第 67 页，长沙：湖南出版社，1990 年。
③ 1919 年 10 月 21 日康白情致魏嗣銮信，《少年中国》1 卷 5 期。

"五四"时期创造性人格生成的"主轴",甚至还在一定程度上颠倒了它的逻辑。

依照浪漫主义的想象,疾病与文艺的创造性本来就有一定的关联,病的传染性及带来的身体热动与文学的感染力和刺激性,似乎存在某种深层的同构。苏珊·桑塔格的名著《疾病的隐喻》非常细致地梳理了这方面的问题;柄谷行人的《日本现代文学的起源》则更进一步将"病"的发现作为理解文学现代性生成的前提之一。事实上,中国现代文学的发生,也离不开"病"的隐喻,尤其是在鲁迅的笔下,"疾病"以及"疗救"的关系已被上升到民族国家寓言的高度,对启蒙者身份的设定也包含在其中。但郭沫若不只是在一种修辞的、比喻的意义上来谈论这个问题,对他来说,不安的、痉挛的身体也是作为一个知识对象来被认识的。在创作的自述中,他不仅描述自己写作时特殊的身心状态,同时从"精神病理学的立场"给予了科学化的解释。从自然科学、生理学的角度,建立新文学的理论基础,也是他在20世纪20年代一个主动的追求:

> 我那时对于文学,已经起了一种野心,很想独自树立一个文艺论的基础。我的方法是利用我的关于近代医学,尤其是生理学的知识,先从文艺的胎元形态,原始人或未开化人及儿童之文艺上的表现,追求出文艺的细胞成分,就如生理学总论是细胞生理学一样,文艺论的总论也当以"文艺细胞"之探讨为对象。①

他在这一时期写的若干文艺论文,的确体现了上述特征,以生理学的视角解剖文艺之细胞。比如,他的《文学的本质》一文就首先参照化学的、生物学的方法,寻求对象的纯粹元素,将字句反复形成的

---

① 郭沫若:《创造十年》续编,《学生时代》,第202—203页,北京:人民文学出版社,1979年。

节奏认定为"文学的原始细胞",还用数学坐标系的方式,勾画出不同情绪波动的曲线;《论节奏》似乎是上文的延续,该文细致地区分了有关"节奏"的四种假说:宇宙论的假说、僧侣的假说、生理学的假说、二元论的假说。虽然郭沫若最为认同第四种假说,将节奏的起源移植到感情层面,但也认为生理学的假说(节奏起源于心脏、肝肺的搏动)也"狠能鞭擗进里"。即便从"感情"立论,外界刺激袭来时感情之紧张与弛缓交替形成的节奏仍传达了某种病理学意义上的痉挛发作之感,亢奋身体与文艺行为之间的一致性,在这种科学的分析中获得了更完满的说明。①

科学话语在现代中国思想、知识体系形成过程中的奠基作用,已被讨论得十分详尽,在不同的提倡者那里,其功能和位置也不尽相同。在"五四"新文化运动中,"科学"曾作为一个核心价值被鼓吹,对于陈独秀、鲁迅来说,科学是一种传统批评和文明重建的武器,他们更多的是从一种文化政治的角度来看待科学的意义,更强调保持科学话语的批判性,这也造成了他们与所谓"学生一代"之间的某些隔阂。② 相形之下,郭沫若属于更新的一代——"术业"更有专攻的一代。③ 在"文学"与"医学"之间,郭沫若虽然曾摇摆不定,但无论怎样,他都是以一种"专业"的眼光看待。1924年4月重回福冈后,在文学生涯中感受挫折的郭沫若,一度想跟从九州大学的生物学教授石原博士研究生理学,但同时对社会科学也早有了兴趣,觉得历史唯物论和生物学有甚深的因缘,因而想一方面研究生理学,同时学习社会

---

① 郭沫若:《文学的本质》,《学艺》7卷1号(1925年8月);《论节奏》,《创造月刊》1卷1期(1926年3月)。
② 鲁迅在给《新潮》杂志提出的意见就是纯粹的科学文"不要太多,而且最好是无论如何总要对于中国的老病刺他几针"。(鲁迅:《鲁迅全集》第7卷,第225页,北京:人民文学出版社,1981年。)
③ 宗白华就因指摘"一班著名的新杂志"缺乏必要的学理,"只能轰动一班浅学少年的兴趣",激怒了"新杂志"的代言人陈独秀,引发二人的一场笔仗。(宗白华:《致〈少年中国〉编辑诸君书》,《少年中国》1卷3期[1919年9月]。)

科学。他对河上肇的翻译就在此时进行，这位学者让他见识了革命背后的严密的科学理性。① 文学、生理学，乃至社会科学，构成了他个人的"歧路"，但只是分属不同的"专业"而已，在相互交错的同时，依托的话语秩序也并无根本的不同。

在《临床医学的诞生》中，福柯讨论了依照"解剖—临床医学"组织起来的现代医学，如何整合成为"第一个关于个人的科学话语"，他也提到了现代医学经验，与从荷尔德林到里尔克的抒情经验极其接近，以致"乍看很奇怪的是，维系十九世纪抒情风格的那种运动居然与使人获得关于自己的实证知识的那种运动是同一运动"②。在福柯看来，对人之有限性的认识的侵入，决定了主观性与客观性内在的同一，而郭沫若的逻辑有所不同：发病的身体，虽然属于一个激情、直觉、自发性的领域，区别于现代理性、制度操控下的正常身体，但这样的"身体"同时呈现于现代科学话语的脉络之中，经过了生理学、病理学、心理学的阐释和"包装"，因而具有了某种知识上的正当性、权威性。由此而来的结果有些吊诡：诗人的"身体"一方面狂躁不安、高度痉挛；另一方面，又是作为一种稳妥的，被知识化、"实体化"的身体来接受的。这种表面乖张、放纵，实则吻合"原理"的主体造型，在 20 世纪中国的浪漫传统中并不鲜见。

如果进一步分析，狂乱又科学的身体不仅与文艺的创造力、个人的发现有关，同时也包含了特定的政治潜能，按照浪漫主义的理解，独立的诗人、艺术家由于特异的敏感，往往会成为社会革命的先声，这也是浪漫主义诗学常常强调的一点。在郭沫若神经、血管、脊髓横飞的诗中，分裂、爆炸的身体也成为解放的、流动的、不断逾越界限的身体，体现了内在意志的扩张，以及与外部自然的自如联通。当这种联通转向个人痛楚与社会疾病之间，在一种隐喻的意

---

① 郭沫若：《创造十年》续编，《学生时代》，第 182 页，北京：人民文学出版社，1979 年。
② 福柯：《临床医学的诞生》，第 221 页，刘北成译，南京：译林出版社，2001 年。

上，特殊的政治潜能也随之生成，用郭沫若自己的话来说："个人的苦闷、社会的苦闷、全人类的苦闷，都是血泪的源泉，三者可以说是一个直线的三个分段。"①需要指出的是，在上述"三段"合"一线"的想象中，感性人格的社会生产性不是通过具体的社会实践来达成的，无须方法和中介，依靠诗人身体与社会身体的同一性想象就可以"自发"地达成，而生理学、病理学的科学话语，同样支撑了这种想象：文学家的身体气质多属神经质型，感受敏锐，情绪动摇也强烈而持久，能更早地感受压迫阶级的凌虐，进而能唤起胆汁型、多血质型、粘液型等其他气质的人群。②延续这一思路，为治疗精神压抑疾患的"Chimney-washing"法（清扫精神烟囱里的烟煤），同样也适用于患病的民族或社会，革命的爆发也不过是一种自然治疗性"烟囱扫除"，个人的吐泻也就是社会整体健全的途径。这一系列在个人身体与社会身体之间的病理学、精神分析学阐释与转换，在郭沫若眼中，"此乃文艺的社会使命"③。

孤立地看，这或许只是诗人、艺术家对自身社会角色一厢情愿的遐想，但从社会病理学出发，以某种身体性的冲动、欲求或愤懑为前提的社会革命，在"五四"之后的群体运动兴起的社会情境中，的确构成了一种特定的自发性政治理念，一种在20世纪中国十分常见的"文学化的政治"。北大"评论之评论社"的费觉天，在1921年年底就与友人郑振铎、周长宪、瞿菊农等，就"文学"与"革命"的关系问题进行了一次颇为详尽的讨论，他的长文《从文学革命与社会革命上所见底革命的文学》颇为极端地将情感刺激置于科学理论之上、置于革命的核心：

---

① 郭沫若：《论国内的评坛及我对于创作上的态度》，《文艺论集》（汇校本），145页，长沙：湖南人民出版社，1984年。
② 郭沫若：《革命与文学》，《创造月刊》1卷3期（1926年5月）。
③ 郭沫若：《创造十年》续编，《学生时代》，第171页，北京：人民文学出版社，1979年。

> 革命所持的是盲目的信仰，感情的冲动，而非理智。那么今日一般从事于革命者可以觉悟了，你们若要想用剩余价值说，唯物史观，等等道理说服众人，以成其革命，那就是舌敝唇焦，也不行。①

参与讨论的周长宪也认为：当时青年在社会面前之所以不能勇猛奋斗，根源在于主体的匮乏——"缺乏感情的生活之故"，而"革命的文学"与具体的革命现实无关，只是一种主体性发扬与激励的精神乃至身体状态：

> 革命的文学云者，能将现代之黑暗及人间之苦痛曲曲表现出来，以激刺人之脑筋，膨胀人之血管，使其怒发冲冠，发狂大叫，而握拳抵掌，向奋斗之方面进行，视死如归，不顾一切之血的泪的悲壮的文学之谓也。②

对脑筋、血管、肢体的夸张描述，与郭沫若对诗人身体的病理学呈现十分相似。换言之，那只声嘶力竭、渴望自我爆裂的"天狗"，也可再向前一跃，成为一只反抗的、革命的"天狗"。

在近现代中国，将"心之力"——某种主体内在的能动性，看作是"冲决网罗"，推动社会历史乃至自然宇宙变革的动力，是一种相当有势力的传统，所谓"文学化的政治"与这种传统不无关联。问题在于，"五四"之后的社会语境不断激变，随着所谓"科学"的马克思主义不断介入，以及列宁式的先锋政党和职业革命家的出现，上述"文学化的政治"势必遭到另一种政治的挑战和诘难，这种政治以"主义"的体系性、组织的严密性、行动的自律性为特征，为了便于叙述，不

---

① 费觉天：《从文学革命与社会革命上所见底革命的文学》，《评论之评论》1卷4号（1921年12月）。

② 周长宪：《感情的生活与革命的文学》，同上刊。

妨将之称为一种"科学化的政治",它以科学的"主义"为框架,更多以组织、纪律的方式,体现出身体的"禁欲"特征。① 那么当"文学化的政治"碰到"科学化的政治",当有病的、分裂的身体碰到"禁欲"的、组织化的身体,会发生什么样的碰撞呢?这个问题可能超出了本书论述的范围,但可资参照的是,郭沫若自己后来从一个"东方未来诗人"到"挎上指挥刀的革命家"的转向,似乎就发生于两种"政治"、两种"身体"的衔接之间。早在1921年,郭沫若就在《女神》序诗中声称:

> 我是个无产阶级者:
> 因为我除个赤条条的我外,
> 什么私有财产也没有。

"赤条条"的身体,不仅是艺术创造力的源泉,同时天然具有革命的阶级属性。具有内在感性深度的、激动不安的自我,一方面与纪律、制度、知识构成对立,随时可以爆裂、痉挛;另一方面,又是随时可以在"科学"的名义下,被组织、调动、重新被知识化,导向一种新的政治身份。在这个意义上说,《女神》不仅是新诗的真正起点,狂放又科学的"身体"想象也包含了理解"五四"之后浪漫的文化政治之发生及演变的线索。

---

① 丸山真男在《近代日本的思想与文学》中,围绕"政治—科学—文学"的三角关系,梳理了从昭和初年到太平洋战争期间日本思想的变迁。从这一视角出发,伊藤虎丸在《显现于鲁迅论中的"政治与文学"——围绕"幻灯事件"的解释》检讨了日本鲁迅研究界对"幻灯片事件"的不同解释及与特定时代思想状况的关系。本文关于"文学化的政治"与"科学化的政治"之区分,在一定程度上借用了伊藤虎丸的描述,譬如,他认为丸山升的《鲁迅》引起的争议将先前围绕"文学(等于个性)"对"政治(等于组织,等于否定个人)"的对立图式,转移到"政治(等于科学,等于禁欲)"对"政治(等于文学,等于不合理的冲动)"上来。(伊藤虎丸:《鲁迅与终末论:近代现实主义的成立》,第258页,李冬木译,北京:生活·读书·新知三联书店,2008年。)

20世纪30年代的大学课堂与新诗的历史讲述

一 从"看不懂的新文艺"说起

1937年6月13日,在胡适主编的《独立评论》第238号上,梁实秋化名"絮如",以一个中学教师的口气,发表了一封题为"看不懂的新文艺"的来信,指责"现在竟有一部分作家,走入了魔道,故意做出那种只有极少数人,也许竟会没有人能懂的诗与小品文"。在编者的后记中,胡适也对"絮如"的观点表示了支持。胡、梁二人的搭配出演,在当时的北平文坛引起了一场不大不小的波澜,不仅有周作人、沈从文撰文为"看不懂的新文艺"辩护,就连"像老衲似的废名,激于义愤,亲找胡适,当面提出了强烈质问"。这场争论涉及的诸多问题,如现代诗学观念的演进、新诗阅读的困境、两代诗人的差异,乃至具体的文坛纠纷,后人已多有阐发。然而,在论争背后,似乎还有另一条线索较少被论及,那就是梁实秋对"中学教员"身份的冒用。从这一虚拟的身份出发,梁实秋向读者传达了这样的信息:所谓"看不懂的文艺",已不仅是新文学内部的问题,它的恶劣影响已波及下一代人(中学生)正当文学趣味的养成。正是因为"教育"层面的忧虑,他的责难也有了更充分的根据。

在新文学的发生与确立过程中,"教育"因素的介入无疑是至关重要的。无论是教育部规定国文教材改用国语,还是国文课本里选入了新文学作品,都不仅在传播的层面扩张了新文学的影响,还以一种制度的方式,确立了它的历史合法性。如果说"看不懂"的责难,无非是新诗批评中常弹的"老调",那么梁实秋的发难方式——暗中调动"教育"的潜在权威,倒是颇具独创性。"新文艺"的辩护者们,如周作人、沈从文,也都注意到了这一点,并做出了各自的回应。尤其是沈从文,他不仅激烈地反驳梁实秋的观点,还将中学教员与新文学的隔膜,归咎于培养"中学教员"的大学在课程设置方面的疏忽,最后呼吁大学打破惯例,开放课程,接纳"至少有两个小时对于现代中国文学的研究"①。在文章中,沈从文还提到新文学的发展过快,致使一些老前辈已"渐渐疏忽隔膜"了,矛头所指耐人寻味。身为"老前辈"的胡适或许受了一点刺激,在编辑后记中也不忘反讽一下,"现代文学不须顾虑大学校不注意,只须顾虑本身有无做大学研究对象的价值"②。

沈从文的呼吁与胡适的反诘,在某种程度上,已偏离了争论的主线,勾连出了另一重背景。在 20 世纪 30 年代,"新文学"作为一种"研究对象",已进入了大学的课堂,与此相关,为了满足现代教育"知识生产"的需要,新文学史的写作也成为当时的一个"热潮"。③ 在这个背景下,"只须顾虑本身有无做大学研究对象的价值"一句,当然也是有所指向的:20 年代末,沈从文正是因为胡适的推荐,才进入中国公学讲授新文学方面的课程,而他讲授的重点也是研究"价值"始终处于争议之中的新诗④;在这一场争论中,曾经找胡适当面理论的废

---

① 沈从文:《关于看不懂》,《独立评论》第 241 号(1937 年 7 月 4 日)。
② 适之:《编辑后记》,同上刊。
③ 参见温儒敏:《30 年代前期的文学史写作热》,温儒敏等:《中国现当代文学学科概要》,第二章第一节,北京:北京大学出版社,2005 年。
④ 沈从文 1930 年在中国公学曾讲授以新诗发展为内容的"新文学课程",该课程讲义后以"新文学研究"为名由武汉大学印行,后收入《沈从文全集》第 16 卷,太原:北岳文艺出版社,2002 年。

名,此前也刚刚在北大的课堂上进行了他对新诗的著名讲授①。对这些背景性因素的追溯,其实已使本文的中心话题浮现了出来:那就是在20世纪30年代的大学课堂上,新诗作为"新文艺"的代表是如何进入,又是如何被讲述的。

二 "要讲现代文艺,应该先讲新诗"

从知识社会学的角度看,在现代社会中,"大学"不仅是一个知识传播与再生产的空间,同时也是一个知识的分类、筛选,以及等级化的空间,大学的课程设置中就包含了特定的权力关系。因而,"新文学"在30年代被"大学课堂"接纳为研究对象,似乎也象征着新文学的历史价值最终得到了某种认可,成为"高级"知识的一部分。对于这种"接纳"的程度,后人也难免会做乐观的估计。事实上,在30年代"创造我们这个时代的中国新文学"即使已成为大学国文系里一句颇为时兴的口号,新文学在课程设置中的实际位置并不十分理想。以清华大学国文系为例,新文学方面的课程开设,始于杨振声担任系主任的时期(1928—1930),不仅有朱自清自己主讲新文学研究,系主任杨振声也曾于1928年在清华大学"终南社"演讲《新文学的将来》,并于次年客座燕京大学讲授"现代文学"。②然而,到了1933年,国文系的办学宗旨和教学目标发生了显著改变。新文学方面的课程虽仍保留在课表里,但国文系的重心已转向古典文学研究,朱自清的"新文学研究"一课,也是终止于这一年。以至几年以后,喜好新文艺的

---

① 废名在北大讲新诗,大概是在1937年上半年,见《十年诗草》中的叙述:"我的新诗讲义讲到郭沫若,学年便完了,那时是民国二十六年。接着七七事变我离开了北京大学,再也没有写这个讲义的机会了,到现在这还是一个未完的工作。"(废名:《论新诗及其他》,第153页,沈阳:辽宁教育出版社,1998年。)

② 《新文学的将来》发表于1928年12月12日清华大学校刊增刊之一《文学》第1期。关于杨振声到燕京大学讲授"现代文学"的情况,见萧乾:《我的启蒙老师杨振声》(代序),杨振声:《杨振声选集》,第1—2页,孙昌熙、张华编选,北京:人民文学出版社,1987年。

学生王瑶就抱怨：大学一览里所列的七八十门课程中，虽然只有"新文学研究"和"习作"两门涉及"近代文学"，但也只是空留其名，"也有好几年没开班了"。①关于这一"变化"，相关的研究也只是交代了事实，而对于具体的过程则语焉不详。②

"新文学研究"在清华被打入冷宫，但毕竟开创了先河。与清华相比，北大国文系对"新文学"的接纳就晚了很多。虽然在20世纪30年代初，北大中国文学系制定的课表里已出现"新文艺试作"一课③，但它的性质仍属于"习作"练习，而非专门"研究"④。在北大国文系的课程结构中，其位置也相当边缘。30年代，北大国文系的课程构架大致确立于1925年的《国文系学科组织大纲》，全部课程分为共同必修科目、分组必修与选修科目、共同选修科目三类。三类课程内容有别、功能不同，在知识等级上自然也有所区分。"新文艺试作"就属于各专业可以自由选修的第三类，只有一个学分，位于学科等级的最末端（在课表中一般被排在最后）。可以参照的是，有关外国文学、外国文学史方面的课程，却列为第二类分组（文学）选修课，地位明显

---

① 王瑶：《从一个角落来看中国文学系》，原载《清华暑期周刊》第11卷第7、8合期（1936年9月6日），署名李钦；引自《王瑶文集》第7卷，第416页，太原：北岳文艺出版社，1995年。

② 后来，王瑶在谈到朱自清为何停止"新文学研究"时，也只轻描淡写的一句："他无疑受到了压力。"（王瑶：《先驱者的足迹——读朱自清先生遗稿〈中国新文学研究纲要〉》，《文艺论丛》第14辑，上海：上海文艺出版社，1982年。）

③ 在1930年9月制订的《国立北京大学中国文学系课程指导书》中，已列出"新文艺试作"一课，但具体的学分未定，只说"由周作人胡适诸教授担任组织，俟有规定后，再行发表"，大概只是一个构想（北京大学档案，全宗号：11，案卷号：BD 1930014）；在1932年制订的《国立北京大学中国文学系课程指导书》中，对"新文艺试作"的学分、选课数量、考核方式都进行了规定，并列出具体的教员，此课应该正式开设。（北京大学档案，全宗号：9，案卷号：BD 1932012）

④ 这一点可以从课程的说明中见出："凡有意于文艺创作者，每若无练习之机会及指导之专家。本系此科之设，拟请新文艺作家负责指导。凡从事于试作者，庶能引起练习之兴趣，并得有所匡正。"见1930年9月制订的《国立北京大学中国文学系课程指导书》，第11页，北京大学档案，全宗号：11，案卷号：BD 1930014。

高于"新文艺"。①

1932年,废名由周作人推荐,担任北大国文系讲师,他所讲授的就是"新文艺试作"这门课。虽然在1935年至1936年,废名在这门课之外,又开出"散文选读"课②,但多年来只承担一门"习作",他作为教员在国文系中的影响力必然有限③。到了1936年下半年,情况似乎有所改变,在1936—1937年度国文系的课表上,赫然出现了"现代文艺"一科,其课程的纲要如下:

> 中国自有新文学运动以来,诗歌、散文、小说、戏剧,俱有创作,本课程目的在赏鉴各方面的创作并加以批评。有些作家更特别提出研究。其作品偶见而殊有新文艺之价值不为世人所注意者,亦提出共同欣赏。于创作之外更注意翻译。在新文学运动之前,如林纾的翻译梁启超的"新小说",亦在本课程范围以内。④

从课程的内容、范围到方法,这一规划可以说比较完整。在作品"鉴赏"之外,还有"批评"和"研究",这一点与"新文艺试作"的习作性质判然有别。与此相关,此课被列入文学组选修课的行列,从第三类进入第二类,"新文学"在学科等级中的位置,显然有所上升。

上面谈及的虽然只是清华、北大两个学校的故事,但反映的可能

---

① 以上叙述参考1930—1935年间《国立北京大学中国文学系课程指导书》及《国立北京大学文学院课程一览》,北京大学档案。
② 《国立北京大学文学院课程一览》(民国二十四年至二十五年度),北京大学档案,全宗号:4,案卷号:BD 1935008。
③ 当年在北大读书的张中行,在回忆废名时就说:"其时我正对故纸有兴趣,没有听他的课,好象连人也没见过。"(张中行:《废名》,《负暄琐话》,第68页,哈尔滨:黑龙江人民出版社,1986年。)
④ 《国立北京大学文学院课程一览》(民国二十五年至二十六年度),北京大学档案,全宗号:8,案卷号:BD 1936015。

是"新文学"在大学里普遍的边缘化境遇。站在"新文学"的立场去评价,这种状况当然要归咎于大学国文系"守旧的空气"。但换一个角度看,这也与大学中文系特定的学科定位及其文化政治内涵相关。从"四部之学"到"七科之学",在中国现代学科体制的建构中,"文学"作为大学的一个专科,它之所以能够凸现,起初就与维系文化传统的诉求相关联。① 大学之中的"文学"研究与"文学"教育,都脱不了这一文化政治的制约。正如朱光潜在《文学院》一文中所阐述的:"大学教育对于文化学术有两重任务:其一为对于已有传统加以流传广布,以维持历史的赓续性;其一则为从已有传统出发,根据新经验与新需求,孜孜研究,以求发展与新创。"② 作为经典,古典文学体现的是民族传统,对该传统的承袭与不断阐释,正是"文学"一科的价值与目的所在。因此,从目的上说,"民国以来的东西"本来就不在大学"文学"一科的范围之内,"不讲"显示了一种对学科边界的维护。

在这个意义上,胡适所谓"只须顾虑本身有无做大学研究对象的价值",也可有两种理解:他表达的不仅是对"新文学"实际成就的怀疑,或许还有对其文化角色的看法。"新文学"在社会上已站稳了脚跟,甚至对一般青年读者产生巨大影响,但作为前卫的、激进的社会文化的一支,似乎尚不能凝聚民族精神,成为文化传承的经典。当它被引入大学,也只有被安排在一个相对"安全"(边缘)的位置上,才不至于破坏原有的知识秩序。后来,新文学能够成为显学,除自身实力的壮大、影响力的扩张之外,特殊意识形态条件下文学教育功能的变化,才是更重要的原因。

---

① 陈国球在讨论《京师大学堂章程》与"文学"立科之关联时,就谈到"文学"的现代学科地位确立,并不是由思想前卫的梁启超来推动,反而是思想保守的张之洞成了"文学"的护法,因为"文学"与文化传统密切相关,抱着"存古"思想的张之洞,反而可以在西潮主导下的现代学制中留下传统的薪火。(陈国球:《文学立科——〈京师大学堂章程〉与"文学"》,《文学史书写形态与文化政治》,北京:北京大学出版社,2004年。)

② 朱光潜:《文学院》,原载《教育通讯》第3卷第27、28期合刊(1940年7月);引自《朱光潜全集》第9卷,第28页,合肥:安徽教育出版社,1993年。

或许正是因为面临"文学"学科内在的排斥,"新文学"课程的开设本身,就必须包含了自我辩护、说明的性质,以谋求学院知识等级中的一席之地。一个现象颇值得关注,那就是在20世纪30年代的大学课堂上,"新诗"往往是新文学讲授的重点。朱自清的《中国新文学研究纲要》中,"新诗"一章就是内容最为丰富、最为精彩的部分。这与朱自清新诗人身分自然有关,谈及这个问题时,王瑶还指出:"新诗在五四文学革命中是首先结有创作果实的部分,争论最多,受到的压力也最大。"① 要为新文学的整体合法性辩护,在新诗方面一定要费更多的口舌与笔墨。在他之前,杨振声也在清华发表过新文学的演讲,开场白之后就有如下判断:在新文学的四种文体中,"最易成功,也最有成功的,为散文;次之为短篇小说,戏曲更次之,成功最难而也最少的为诗"②。这一"判断"本身无甚稀奇,但有意思的是,杨振声的演讲却从"成功最难而也最少"的诗开始,次序完全颠倒,最后甚至因时间有限,最能体现新文学"实绩"的散文和小说,竟然只字未讲。同样,沈从文1929年在中国公学起讲新文学,作为小说家的他也做了类似的选择,他在1930年给友人的信中这样写道:"去年到此就讲诗,别的不说。"③ 后来,废名在他的《谈新诗》开篇,就开宗明义地道破了这一点:"要讲现代文艺,应该先讲新诗。"④ 他本来受命讲授"现代文艺"的全体,结果还是只讲了诗,后面的内容因为战争爆发只能中断。

或许这只是一些偶然的、个别的现象,不足以代表全部状态,但在偶然、个别现象的背后,也暗含了某种特定的文化逻辑。在学院的评价机制中,当新文学是否值得成为"研究对象"还是个疑问,开讲

---

① 王瑶:《先驱者的足迹——读朱自清先生遗稿〈中国新文学研究纲要〉》,《文艺论丛》第14辑,上海:上海文艺出版社,1982年。
② 杨振声:《新文学的将来》,《杨振声选集》,第272页,孙昌熙、张华编选,北京:人民文学出版社,1987年。
③ 沈从文:《复王际真——在中国公学》(1930年1月3日),《沈从文全集》第18卷,第33页,太原:北岳文艺出版社,2002年。
④ 废名:《尝试集》,《论新诗及其他》,第1页,沈阳:辽宁教育出版社,1998年。

新文学首要的任务，自然就是解决新文学中合法性最成问题的一部分。新诗作为整个新文学的急先锋，在美学形式及文化姿态上的反叛最为激烈，内含的现代性紧张也最为鲜明，这或许正是"要讲现代文艺，应该先讲新诗"的逻辑所在。虽然在读者接受、社会影响的层面，新诗不及小说和散文，但在上述逻辑的支配下，备受争议的"新诗"却成为学院研究、教授的重点，这种特殊的张力，就贯穿在20世纪30年代讲授"新诗"的大学课堂上。

三 系统讲授与"分期"的想象

在大学课堂上，新诗作为新文学的代表，勉强站住了脚跟。但是要解决新文学作为"研究对象"的合法性问题，除了要为其文学价值、社会价值辩护外，还有一点也相当关键，那就是在大学课堂上，一种"有价值的知识"是必须能够被"系统"讲授的。正在发生的、变动中的新诗以及新文学，能否被这种现代大学的知识方式容纳，也是一个不容忽视的问题。一个可能的情况是，大学里最初出现的"新文学"课程，给人一种鉴赏性、漫谈性的印象。然而，在大学课堂上，如果只是介绍、鉴赏、阅读，并不能真正提高"新文学"的知识等级，要进入学科的正统，它必须还要成为专门的、系统的研究对象。在这方面，朱自清的《中国新文学研究纲要》严密详尽、体制完备，可以说十分完整地体现了将新文学研究化、学术化的诉求。也许因为他的影响，在当时"许（慎）郑（玄）之学仍然是学生入门的先导，文字、声韵、训诂之类课程充斥其间"的气氛中，他的学生余冠英的毕业论文，竟然是以新诗为题[①]。

[①] 朱自清在《中国新文学大系·诗集》导言中，还引用了余冠英《论新诗》（清华大学毕业论文）的观点，见《中国新文学大系·诗集》导言，注释13，赵家璧主编，朱自清编：《中国新文学大系·诗集》，第3页，上海：良友图书印刷出版公司，1935年。

然而，一个问题也随之而来，"新文学"在大学里地位虽然不高，但要讲好、讲成一门"学问"，却并非没有难度，甚至可能难度还极大。30年代苏雪林在武汉大学任教，学校让她接手新文学研究一课，她起初并不情愿，因为深知这门课的难度。困难表现在三个方面：其一，新文学运动发生不过十几年，史料缺乏，不成系统；其二，所有作家都在世，创作还在发展，说不上什么"盖棺定论"；其三，时代变动剧烈，作家思想、写作都流变不居，捕捉他们的面影如"摄取飓风中翻滚的黄叶"极不容易。后来，她被迫接手，果然"苦"字临头，为了编选讲义所费的"光阴与劳力"，比她同时进行的"中国文学史"多出一倍。[①] 对于她的前任——没有受过系统教育、阴差阳错登上大学讲坛的沈从文来说，压力的巨大也是可想而知的。

1929年沈从文由胡适举荐，进入中国公学任教。对于自己在学院中可能的位置，他一开始就有自知之明，就职之前在给胡适的信中曾这样写道："可教的大致为改卷子与新兴文学各方面之考察，及个人对各作家之感想……"[②] 此时的中公中文系，也正将"创造新的中国文学"列为办学的目标之一，拟订开出"现代中国文学"与"新文艺试作"两门课[③]，教学的需求与教员的能力，可以说一拍即合。依照一般的想象，一个新文学的作家讲他熟悉的新文学，应该随意挥洒，不受学院教法的羁绊。但事实上，在教学准备方面，沈从文是十分认真的。据当时一位学生的回忆，沈从文虽然不会讲课，只在黑板上不断

---

① 苏雪林：《我的教书生活》，《苏雪林文集》第2卷，第88—89页，沈晖编，合肥：安徽文艺出版社，1996年。即便是身为新文学的圈内之人的朱自清，也会在课堂中遭遇尴尬的场面。在1932年10月31日的日记中，他写下这一条："学生问对高长虹诗意见如何，因未读过，无以对。"（朱自清：《朱自清全集》第9卷，第170页，朱乔森编，南京：江苏教育出版社，1998年。）

② 见1929年6月沈从文致胡适信，沈从文：《沈从文全集》第18卷，第16页，太原：北岳文艺出版社，2002年。

③ 陆侃如：《□国文学系课程说明书》，《中国文学季刊》（创刊号），中国公学大学部办，1929年夏出版。

写字却说不出话来,"但他在上课之前的准备是相当充分的,我看见学校图书馆里文学方面的书,差不多每本后面的借书卡片上都签了他的名字"①。对自己辛苦编出的新诗讲义,沈也颇为得意,认为自己讲得清楚,比他人公平,还多次向远在美国的好友王际真推荐。② 现在看来,他编写的《新文学研究》讲义的确也体现出系统"研究"的特色。讲义正文分两个部分,前半部是依照新诗发展的不同阶段编选的分类引例,作为学生的阅读参考,后半部是六篇论文,分述六位代表性诗人。在学院体制无形的规训之下,像沈从文这样一位体制外的作家,也必得费心劳神以满足教学的需要,这原本也是情理之中的事。

　　作为课堂讲义,废名、沈从文等关于新诗的论述,自然不同于一般的批评,总会多少保留一些现场的风格。阅读沈从文的《新文学研究》讲义,读者也很容易注意到他独特的行文风格,譬如在文章的开头,常常就以一种定义的方式确定某个诗人的位置,"以……的,是某某"的句式已成他个人文风的标记。这种"开门见山就作风格评定"的写法,正如研究者指出的,与课堂教学的需要相关,往往能够简明扼要地说明一个作家的历史位置。③ 然而,在特定的文风之外,课堂教学更为重要的影响,还表现在他讲授的方式和内容上,有关新诗历史"分期"的讨论,就是沈从文的一个核心话题。

　　1930年10月,沈从文在《现代学生》创刊号上发表了一篇题为"我们怎么样去读新诗"的文章。在某种意义上,这篇文章可以说是他在大学讲授新诗的一个副产品。此文开头劈空而出的一句:"要明白它,先应当略略知道新诗的来源及其变化。"随后,文章就将短短十几

---

① 缪天华:《吴淞江畔的追忆》,董鼐编:《私立中国公学》,第279页,台北:南京出版有限公司,1982年。
② 沈从文:《复王际真——在中国公学》(1930年1月3日),《沈从文全集》第18卷,第36页;《复王际真——在武汉大学》(1930年11月5日),《沈从文全集》第18卷,第114页,太原:北岳文艺出版社,2002年。
③ 温儒敏:《中国现代文学批评史》,第273—274页,北京:北京大学出版社,1993年。

年的新诗历史划分为尝试、创作、成熟三个时期,每个时期又细分为两段,对每一期、每一段的特点及代表诗人也进行了细致、清晰的描述。虽然此文的目的只是"常识"的普及,但与一般的观念阐释、诗人介绍不同,为了塑造更为高级的"阅读"能力("要明白它"),一种"系统"的历史研究的意图("略知新诗的来源及其变化")也表露无疑:"对于这三个时期的新诗,从作品、时代、作者各方面加以检察、综合比较的有所论述,在中国此时还无一个人着手。"[①] 由此可见,对于自己的工作,沈从文是有相当的期待的。对于具体的研究方法,他似乎也有着充分的觉悟。《新文学研究》的讲义,虽然没有采用"分期"的框架,但三个时期的划分,仍潜在支配了沈从文的叙述:前半部的分类引例,每一组作品都对应新诗的某一期、某一段,而在后半部分的诗人论中,谈到一个诗人,也要在相应的"分期表"以及与其他诗人的比较中确定其位置,一幅完整的早期新诗的历史图景,被清晰地呈现出来。出于大学教学的知识需要,沈从文的讲义明显多了系统性和研究性,从而与同一时期其他新诗论述区别开来。[②]

　　沈从文自认是对新诗进行"分期"系统研究的第一人,但对"新诗"尝试分期论述的,当时并非仅有他一个。早在1927年,饶孟侃应光华大学文艺团体新光社邀请,演讲《中国新文学》时,就将新诗历史分成尝试、过渡、入轨三期,分别以冰心、郭沫若、闻一多、徐志摩为代表;[③] 在20世纪30年代,新诗的"分期"问题似乎已成为相关讨论的热点,余冠英在《新诗的前后两期》一文中,甚至依照一般的论文惯例,首先做了一番"综述":梳理了杨振声、朱自清、草川未

---

① 沈从文:《我们怎么样去读新诗》,《现代学生》第1卷1期(1930年10月);收入《沈从文全集》第16卷,第457—463页,太原:北岳文艺出版社,2002年。
② 譬如,朱湘在30年代也写下了一系列新诗方面的评论,每谈一个诗人或一部诗集,一般都聚焦具体作品的评价、解说,并不太多顾及发展线索和历史定位,这些文章收入《中书集》(初版由上海生活书店于1934年出版)。
③ 关于此次演讲的报道,见《时事新报》1927年11月4日;可参见饶孟侃:《〈饶孟侃〉简谱》,《饶孟侃诗文集》,第426页,王锦厚、陈丽莉编,成都:四川大学出版社,1997年。

雨、沈从文等人有关新诗的"分期"论述，在此基础上才提出自己的观点。① 轮到废名开讲新诗，从《尝试集》、沈尹默、刘半农、周氏兄弟一路讲下来，讲到冰心的时候，开篇就挑明：前面所讲的是初期新诗，现在要讲第二期了。② 虽然在立意上他独辟蹊径，但在讲法上也不能完全免俗，"分期"的想象仍然发生潜在的作用。

当然，历史"分期"是一般文学史著述都要涉及的问题，上述关于"分期"的讨论，也都发生于公共演讲、文学史写作、课堂讲授中。然而，对于新诗而言，"分期"问题似乎尤为关键。在发生之后的十余年内，新诗的历史虽然很短，但充满了争议，只有被安排到某种具有内在线索的"叙述"当中，这段历史才能从不确定的、实验的氛围中凸显出来，获得稳定的意义和不断展开的前景。这似乎暗示了"分期"问题与新诗合法性确立之间的内在关联。另外，在这短短的十数年内，相关的论争十分频繁，不同的流派、诗风也交错、杂陈，给人以眼花缭乱之感，如30年代孙作云所言："十年来新诗的演变，甚至比旧诗在几百年内的变化更为庞杂。到现在，象我们二十岁左右的青年，欲知当时的'兴替之迹'，已经恍若隔世，有些茫然起来。"③ 如此纷繁复杂的历史展开，让二十几岁青年感到茫然，但同时也为系统研究提供了一种知识可能。因为，寻找历史线索，把握文体流变的规律，恰恰是"文学"作为一门学科，与传统的文章流别与印象批评的区别之处。这或许是"要讲现代文艺，应该先讲新诗"的另一个原因：新诗的价值虽然备受质疑，但它的展开却包含了丰富的"情节"，这种历史决定它非常适合成为大学课堂上的"研究对象"。

伴随着"新诗"成为一个研究对象（无论是在大学课堂上，还是

---

① 余冠英：《新诗的前后两期》，原载《文学月刊》2卷3期（1932年2月）；收入杨匡汉、刘福春编：《中国现代诗论》（上编），第155—160页，广州：花城出版社，1985年。
② 废名：《冰心诗集》，《论新诗及其他》，第113页，沈阳：辽宁教育出版社，1998年。
③ 孙作云：《论"现代派"诗》，原载《清华周刊》43卷1期（1935年5月）；收入《中国现代诗论》（上编），第224页。

在文学史叙述中),"分期"也成为日后新诗讨论的一个基本模式。然而,"分期"并非是现象的简单归纳,在分期的内部,往往包含了一种历史的眼光,一种"进步"的想象,对新诗内在演进动力的构想,也包含其中。诸如"草创""萌芽""入轨""进步"等命名,也无不暗示出一条"进化"的线索。有意味的是,朱自清在《中国新文学大系·诗集》导言中将"十年来的诗坛"分为自由、格律、象征三派时,还曾有一位朋友对他"按而不断"的做法不以为然:"他说这三派一派比一派强,是在进步着的。"① 如何在不同的诗歌群体、写作方式之中构造出一条内在演变的、进化的历史线索,如何在错综的、偶然的现象中找到一种线性的必然,使之更明快、更具概括性,至今似乎仍是新诗研究的一个重点。

四 "历史的兴趣"与诗坛的重建

出于系统研究的要求,关于新诗历史分期的讨论,在 20 世纪 30 年代似乎成了一个公共话题,但在大学课堂上,对新诗历史的呈现也并非趋近一元,由于立场、眼光的差异,不同的讲授者自然会在公共的话题中"偷运"独特的个人色彩,"知识"与"价值"之间的张力仍深刻地制约着这些早期讲述的展开。在本文论及的几种课堂讲义中,朱自清的《中国新文学研究纲要》出现最早。虽然如有论者指出的那样,这部讲义仍带有"当代评论"的性质,没有与当时的文坛完全拉开距离②,但一种力求客观的历史整理态度,仍是它最突出的特色。虽然在文章的最后,将十年来的新诗强分为自由、格律、象征三个流派,但"按而不断"的做法,暗示作为一个研究者,"历史的兴趣"比

---

① 朱自清:《新诗的进步》,《新诗杂话》,第 7 页,北京:生活·读书·新知三联书店,1984 年。
② 温儒敏:《当代评论与文学史研究的张力》,温儒敏等:《中国现当代文学学科概要》,北京:北京大学出版社,2005 年。

树立"榜样"要更为重要:"我们现在编选第一期的诗,大半由于历史的兴趣:我们要看看我们启蒙时期诗人努力的痕迹。他们怎样从旧镣铐里解放出来,怎样学习新语言,怎样寻找新世界。"① "历史的兴趣"带来了特定的讲授风格,也使得历史的存留成为可能:在"新诗"这一章中,过于明快的历史分期并没有被采用(依余冠英的说法,只大致分为初期与后期)。新诗内在的演进线索也没有着重强调(对三个流派"按而不断"),朱自清对早期新诗杂陈交错的多种陈述(诸如"丑的字句"的论争、胡先骕对《尝试集》的批评),以及不同的诗歌方式(诸如白采等人的长诗、陈勺水的"有律现代诗")的记录,反而较之以后脉络清晰的新诗史叙述,保留了更为多样的历史原貌。

对于系统的研究而言,"历史的兴趣"自然至关重要,但大学课堂并非孤立于历史的现场之外。学院之中的系统研究,也会以某种方式介入当下的文学创作,包含了特定的价值冲突,在沈从文、废名那里,学院与诗坛之间的张力更多地表现出来。先谈沈从文的讲义。上文已提及,《新文学研究》讲义也暗中设定了历史分期,但从总体上看,其对早期新诗图景的勾勒并不完整。沈从文讲授的重点还是在诗人身上,而他所选择的六位诗人,似乎也不那么具有代表性:开头不讲胡适的《尝试集》,而是以汪静之的《蕙的风》作为第一期的代表,就出乎一般人的意料;随后讲徐志摩、闻一多,尚在情理之中,而焦菊隐的《夜哭》为何要重点讲授,白话诗的元老刘半农为何排在了第五位,都多少有些令人困惑。事实上,如果细致地研读这部讲义,会发现这样的选择并非随兴所致或出于个人的偏好,某种内在线索还是贯穿其中。

一般的新诗史叙述,在把握新诗内在演进的线索时,往往着眼于诗体、形式层面的变化,如新诗如何从旧诗中解放,又如何寻找新的

---

① 朱自清:《选诗杂记》,赵家璧主编,朱自清编:《中国新文学大系·诗集》,第17页,上海:良友图书出版印刷公司,1935年。

形式规范等，这样才有从"破坏"到"建设"，从"尝试"到"成熟"，从"自由"到"格律"等线性的历史想象。直至今天，新诗史研究的重点，仍是如何从诗体形式的内部揭示变化的线索，这似乎构成了新诗史较其他文体历史的独特性、完整性所在。对于形式的"线索"，沈从文的讲义也保持一定关注，但他的着眼点一开始就落在了别处："五四运动的勃兴，问题的核心在'思想解放'。"① 这是新诗讲义的第一句，暗示新诗所体现的社会意识是他关注的重点。不选胡适而以汪静之为第一期代表，恰恰与此相关，因为《蕙的风》中对"情欲"的自由书写，在"男女关系重新估价"上所惹出的骚扰，"由年青人看来，是较之陈独秀对政治上的论文还大的"。在后面的几篇诗人论中，新诗对年轻读者情感的动摇、新诗所代表的灵魂不安定状态，构成了他潜在的"问题意识"。谈到徐志摩时，他做出如下判断："一种奢侈的想象，挖掘出心的深处的苦闷，一种恣纵的，热情的，力的奔驰，作者的诗，最先与读者的友谊，是成立于这样篇章中的。"② 焦菊隐的《夜哭》之所以入选他的讲义，不只因为有"三年中有四版"的畅销事实，更为重要的是，这本雕琢堆砌的诗集"是一本表现青年人欲望最好的诗"，代表了中国诗歌发展的情形。③ 从读者接受的角度，关注新诗与年轻人不安定的、骚动的心理状态的关系，可以看作是沈从文新诗讲义的一条内在线索。

1927 年后，沈从文从北京移居上海，生存环境、写作场景的变化，使他对文学的商业化、消费化有了更深的感受。日后对"海派"文学的批判，在 30 年代初也已埋下了伏笔。在"新诗"以及"新文学"对灵魂或官能之烦恼的表现中，他已发现了一种迎合年轻读者趣

---

① 沈从文：《论汪静之的〈蕙的风〉》，《沈从文全集》第 16 卷，第 84 页，太原：北岳文艺出版社，2002 年。
② 沈从文：《论徐志摩的诗》，同上书，第 99 页。
③ 沈从文：《论焦菊隐的〈夜哭〉》，同上书，第 117 页。

味的可能。① 历史的描述与判断，在这里实际上已服务于一种个人观念的表达。沈从文新诗讲义的内在线索因而从单纯的"历史的兴趣"中剥离出来，卷入了当下文学生活的复杂网络中。

在20世纪30年代，在大学里讲授新诗以及新文艺，废名应该是较晚的一个。在开讲之前，他人的论述其实已构成了某种参照。据说，他曾向胡适请教如何讲好这门课，胡告诉他照《中国新文学大系》讲就好，而废名"大有不以为然的意味"②。在新文学历史叙述的形成中，《中国新文学大系》无疑起到了奠基性的作用。"五四"新文学的"创世"神话，在这部大书中得到了全面的总结，在朱自清所谓的"历史的兴趣"中，其实也包含着对这一"神话"的前提性认同。废名拒绝《中国新文学大系》的讲法，在某种意义上，已表明他讲授的起点并不在"历史的兴趣"上，借历史讲授来重构新诗的想象才是他的目的所在。1936年11月在为林庚诗集《冬眠曲及其他》所作的序言中，这一点已被废名道破："不了解诗而闹新诗，无异作了新诗的障碍。私心尝觉得这件事可恨，故常想一脚踢翻那个诗坛，踢翻那个无非是要建设这个，即是说要把新诗的真面目揭发出来。"③ 随着新一代前线诗人的崛起，重建一个诗坛的愿望在30年代中期并非废名一人独有，新老两代诗人之间的冲突也势成必然。在这种情形下，大学课堂也可以看作是新诗坛的另一种延伸。

所谓新诗的"真面目"，也即是《谈新诗》中废名提出的著名论断："如果要做新诗，一定要这个诗是诗的内容，而写这个诗的文字要用散文的文字。"事实上，在开讲新文艺之前，这一观点业已公开发表，并为周遭的朋友所知。有关这一论断的具体内涵，以及废名对晚

---

① 沈从文曾说："由作品显示一个人的灵魂的苦闷与纠纷，是中国十年来文学其所以为青年热烈欢迎的理由。只要作者所表现的是自己那一面，总可以得到若干青年读者最衷心的接受。"（沈从文：《论朱湘的诗》，《沈从文全集》第16卷，第140页。）
② 鹤西：《怀废名》，《新文学史料》1987年第3期。
③ 废名：《〈冬眠曲及其他〉序》，见姜德明：《废名佚文小辑》，《新文学史料》2001年第1期。

唐资源的援引，乃至由此形成的与胡适文学史观的对话关系。相关的研究已有很多，这里不再缕述。值得进一步讨论的，是他具体的讲授方式。与其他几部讲义相比，废名在《谈新诗》中随讲随编、随编随讲，似乎没有预想的整体框架。譬如，胡适的《尝试集》他一共讲了四次，在展开的方式上也纵横开阖、思路跳荡。然而，这种"上天下地，东跳西跳"的讲述，并非没有内在的章法。在某种意义上，这前面的四讲类似于总论，主要是为了解答开篇提出的问题："怎么样才算是新诗？这个标准在我心里依然是假定着。"① 确立了标准，方可剪裁新诗的图谱，废名的逻辑实际上十分清晰。

至于新诗的"标准"为何物，"诗的内容，散文的文字"一语仍过于笼统，但细读废名的具体讲述，还是有迹可循的：一种瞬间情感统一、完整的当下表现，或许就是他对于"诗的内容"的理想期待。② 确立"标准"之后，有意味的还有废名的讲法：在"总论"之后，每谈一部诗集，必选出合乎"标准"的作品，完整抄录，他与其是在"讲"诗，毋宁说是在"选"诗。所选诗作的多寡，因人而异，关键是"总论"之后，废名的讲授近乎于完全的作品举隅。有时，他还进行相关的分析和评点；有时，他干脆不着一字，只是一首接一首地抄录。③ 通过作品的展现，让学生获取对新诗的直接感受，这或许是废名的授课风格。④ 但换一个角度，《谈新诗》也就不单是一部讲义而已，某种

---

① 废名：《尝试集》，《论新诗及其他》，第1页，沈阳：辽宁教育出版社，1998年。
② 参见废名的以下几种表述："旧诗五七言绝句也多半是因一事一物的触发而引起的情感，这个情感当下便成为完全的诗"（废名：《尝试集》，同上书，第5页）；"这里确有一个严厉的界限，新诗要写得好，一定要有当下完全的诗"（废名：《冰心诗集》，同上书，第117页）；"诗人的感情与所接触的东西好像恰好应该碰作一首诗，于是这一首诗的普遍性与个性具有了。"（废名：《沫若诗集》，同上书，第139页。）
③ 譬如，废名讲周作人的《过去的生命》，抄出其中的十首诗，没有另外的文字，最后坦言："我抄写这十首诗，每篇都禁不住要写一点我自己的读后感，拿了另外的纸写，写了又团掉了。我觉得写得不好，写的反而是空虚的话。"（废名：《〈小河〉及其他》，同上书，第79页。）
④ 废名的侄子冯健男回忆，叔父为他讲新诗时，也只是一首首地诵出或写出，并不多加讲解。（冯健男：《我的叔父废名》，第139—141页，南宁：接力出版社，1995年。）

意义上，它还可被看作是一部特殊的新诗选本。

在新诗的历史展开中，通过"选诗"来确立一种标准、一种"经典"的秩序，对于新诗合法性的确立以及"正统"的维系，都是极其重要的手段。善于"戏台里叫好"的胡适，当年为了反驳守旧的批评家，就亲自站出来，在《〈尝试集〉再版序》中"老着面孔"，指点出十四首"真正的白话新诗"；后来，他邀请一批友人为《尝试集》"删诗"，也无非是要打造一部真正的"经典"（《尝试集》第四版）。而从最早的《新诗集》（1920年）、《分类白话诗选》（1920年）、《新诗年选（一九一九年）》（1922年），一直到后来的《初期白话诗稿》《中国新文学大系·诗集》，不同的"选本"也一直参与着新诗的历史叙述。废名工作的特殊性在于，为了树立一个新的"标准"，"踢翻"并重建一个诗坛，在理论阐述之外，他也无形中提供了另一个"经典"的序列。

这一"经典"的序列，当然不同于胡适确立的"正统"。譬如，《尝试集》第四版里被删去的《四月二十五夜》，废名认为写得很好，推崇为《尝试集》里新诗的范本；胡适自己颇为得意的《应该》一诗，在废名看来却是失败之作。同时，"历史的兴趣"也不在他的视野之内，最突出的表现是对徐志摩的冷落。出于新诗自由化的理念，将徐志摩等人的"格律化"实践当成"一条岔路"，在废名那里并不奇怪，但不讲新月派，新诗的历史线索显然不会完整。有趣的是，废名并不回避这个问题，他有自己的解释："我知道我遗漏了一些好诗，因为我记得我还读过许多好诗，但我的工作可以无遗憾了，我所遗漏的诗也正是说明我的工作。"[①]"我所遗漏的诗也正是说明我的工作"，自信的表白恰好说明废名"讲诗"（或"选诗"）的内在完整性。"历史的兴趣"本不是他的出发点，通过历史的检讨来呈现一种价值、一种标准，才是他的目的所在。

为了重建诗坛，新老两代诗人的冲突已涉及"经典"秩序的流变

---

① 废名：《十年诗草》，《论新诗及其他》，第153页，沈阳：辽宁教育出版社，1998年。

问题。1937年更为年轻的诗人吴兴华就发表文章,指摘当时"选本"上出现的都是从胡适到新月派的老面孔,没有呈现《现代》之后更新的一代诗人。① 在"看不懂"的争论中,为卞之琳等打抱不平的废名,似乎也卷入了这场冲突。他的讲授却没有特意为年轻的诗人们张目,而是完全出自一片公心。在他的论述中,那种代际之间的"进化"链条并没有被暗中设定;在他的标准之前,新诗的历史实际上被"共时"化了。

20世纪30年代,新诗进入了大学课堂,在重重争议中成为"研究的对象",在新诗"经典化"的道路上,这似乎又是重要的一步。诚如上文所指出的,"经典化"同时也是一种知识化,即将正在发生的、流变的历史,安排在某种线性的叙述里。废名的讲述,在发明出"个人经典"的同时,也发明了另一种谈论新诗的方式,即在历史的描述之外确立一个标准,以此将历时的演进拉成一个"共时"的平面,去拣选他所谓"标准的新诗"。作为一种个人"深湛的偏见"的表达,价值的诉求虽然超越于"历史的兴趣",但一般"系统"研究中以"知识"名义出现的"开端""完成""入轨"等线性叙述,以及由此带来的对新诗历史想象的"固化",也随之以另一种方式被有效地闪避了。

五 结语

不论是满足"历史兴趣",还是旨在"诗坛的重建",朱自清、沈从文、废名等人的课堂讲述,都以各自的方式参与了新诗历史想象的生成,对后来的新诗史写作也产生了或隐或显的影响。如果说20世纪30年代的课堂讲授,可以看作是新诗进入学院研究的起点,那么20世纪80年代,伴随着整个现代文学研究的学科复兴,有关新诗历史的梳理与检讨,在学院研究中以更大的规模重新展开。在历史的挖

---

① 吴兴华:《谈诗选》,《新诗》2卷1期。

掘之外，从审美、形式的角度，勾勒新诗内在的演进线索，展开"分期"的历史想象，仍然是新诗史讨论的重点。其实，不仅是新诗研究如此，即便对整个现代文学研究而言，对"线索""规律""演进"的关注，也被看成是现代文学学科获得学科品质的标志。① 在这一要求的背后，除了有对学科自主性的期待，学院知识生产方式的潜在规约也是不容忽视的因素。

然而经过近二十多年的学术积累，新诗乃至新文学的历史图景在获得完整勾勒，逐步被系统化、常识化的同时，也日趋封闭、固化。如何打破"系统研究"内在的限制，回到历史发生的现场、开放问题的空间，已引起了很多研究者的注意。在这个意义上，谈论20世纪30年代大学课堂上新诗历史的早期讲述，不仅具有学科史回顾的性质，对文学史研究可能性的思考也就包含在起点的追溯中。一方面，比起确立标准、设定范式，"历史的兴趣"或许会溢出一般的线性叙述，但更有助于扩张对繁复、多样之"过程"的理解；另一方面，在将活泼的文学实践知识化、对象化的同时，如何在与现实境遇的紧张中提炼出独特的"问题意识"与价值立场，从而摆脱学院知识生产的成规，获取一种具有穿透性的眼光，仍然是释放新的研究视野、激活新的历史想象的前提。

---

① 王瑶先生在《关于现代文学研究工作的随想》一文中，就强调"文学史既是文艺科学，也是一门历史科学"，"作为历史科学的文学史，就要讲文学的历史发展过程，讲重要文学现象的上下左右的联系，讲文学发展的规律"。（王瑶：《中国现代文学史论集》，第276页，北京：北京大学出版社，1998年。）

主要参考文献

【报刊】

《晨报·副刊》

《创造季刊》

《创造周报》

《读书杂志》

《洪水》

《京报·文学周刊》

《民国日报·觉悟》

《努力周报》

《少年世界》

《少年中国》

《社会科学杂志》

《申报》

《神州日报》

《诗》

《诗刊》

《时事新报·文学旬刊》

《时事新报·学灯》

《泰东月刊》

《文学》

《文学杂志》

《现代》

《小说月报》

《新潮》

《新的小说》

《新青年》

《新人》

《新诗》

《新月》

《星期评论》

《学衡》

【书籍】

《申报五十周年纪念》,上海:《申报》馆,1922年。

《新诗集》(第一编),上海:新诗社,1920年。

阿英:《晚清文艺报刊述略》,上海:古典文学出版社,1958年。

阿英:《晚清小说史》,北京:作家出版社,1955年。

艾恺:《世界范围内的反现代化思潮——论文化守成主义》,贵阳:贵州人民出版社,1991年。

安敏成:《现实主义的限制——革命时代的中国小说》,姜涛译,南京:江苏教育出版社,2001年。

奥·帕斯:《批评的激情》,赵振江译,昆明:云南人民出版社,1995年。

班纳迪克·安德森:《想象的共同体——民族主义的起源与散布》,吴叡人译,台北:时报文化出版企业股份有限公司,1999年。

包天笑:《钏影楼回忆录》,香港:大华出版社,1971年。

包天笑:《钏影楼回忆录》(续篇),香港:大华出版社,1973年。

鲍晶编:《刘半农研究资料》,天津:天津人民出版社,1985年。

北京图书馆编:《民国时期总书目》(文学理论、世界文学、中国文学),北京:书目文献出版社,1992年。

北京图书馆编:《民国时期总书目》(语言文学),北京:书目文献出版社,1986年。

北社编:《新诗年选(一九一九年)》,上海:亚东图书馆,1922年。

彼埃尔·V. 齐马:《社会学批评概论》,吴岳添译,桂林:广西师范大学出版社,1993年。

彼德·比格尔:《先锋派理论》,高建平译,北京:商务印书馆,2002年。

卞之琳:《卞之琳》,张曼仪编,北京:人民文学出版社,1995年。

卞之琳:《卞之琳文集》,江弱水、青乔编,合肥:安徽教育出版社,2002年。

冰心:《冰心选集》,李俍初、李嘉言选编,石家庄:河北教育出版社,1992年。

柄谷行人:《日本现代文学的起源》,赵京华译,北京:生活·读书·新知三联书店,2003年。

波德莱尔:《波德莱尔美学论文选》,郭宏安译,北京:人民文学出版社,1987年。

勃利司·潘莱:《诗之研究》,傅东华、金兆梓译,上海:商务印书馆,1923年。

曹聚仁:《文坛五十年》,上海:东方出版中心,1997年。

曹聚仁:《我与我的世界》,太原:北岳文艺出版社,2001年。

草川未雨:《中国新诗坛的昨日今日和明日》,上海:上海书店出版社(据北京海音书局1929年版影印),1985年。

陈独秀:《陈独秀著作选》,上海:上海人民出版社,1993年。

陈福康编:《郑振铎年谱》,北京:书目文献出版社,1988年。

陈国球:《文学史书写形态与文化政治》,北京:北京大学出版社,2004年。

陈金淦编:《胡适研究资料》,北京:北京十月文艺出版社,1989年。

陈明远:《忘年交——我与郭沫若、田汉的交往》,上海:学林出版社,1999年。

陈平原、王德威、商伟编:《晚明与晚清:历史传承与文化创新》,武汉:湖北教育出版社,2002年。

陈绍伟编:《中国新诗集序跋选》,长沙:湖南文艺出版社,1986年。

陈漱渝编:《郭沫若日记》,太原:山西教育出版社,1997年。

陈万雄:《五四新文化的源流》,北京:生活·读书·新知三联书店,1997年。
陈星:《白马湖作家群》,杭州:浙江文艺出版社,1988年。
陈永志:《试论〈女神〉》,上海:上海文艺出版社,1979年。
陈源:《西滢闲话》,石家庄:河北教育出版社,1995年。
陈子展:《中国近代文学之变迁·最近三十年中国文学史》,上海古籍出版社,2000年。
成仿吾:《成仿吾文集》,济南:山东大学出版社,1985年。
大卫·理斯曼:《孤独的人群》,王崑、朱虹译,南京:南京大学出版社,2002年。
戴燕:《文学史的权力》,北京:北京大学出版社,2002年。
丹尼尔·贝尔:《资本主义文化矛盾》,赵一凡等译,北京:生活·读书·新知三联书店,1989年。
丁守和编:《辛亥革命时期期刊介绍》,北京:人民出版社,1982—1987年。
丁文江、赵丰田编:《梁启超年谱长编》,上海:上海人民出版社,1983年。
方汉奇:《中国近代报刊史》,太原:山西人民出版社,1981年。
废名:《论新诗及其他》,沈阳:辽宁教育出版社,1998年。
冯并:《中国文艺副刊史》,北京:华文出版社,2001年。
冯至:《冯至全集》,韩耀成等编,石家庄:河北教育出版社,1999年。
冯至:《冯至选集》,成都:四川文艺出版社,1985年。
佛克马、蚁布思:《文学研究与文化参与》,俞国强译,北京:北京大学出版社,1996年。
福柯:《临床医学的诞生》,刘北成译,南京:译林出版社,2001年。
傅斯年:《傅斯年全集》,台北:联经出版事业股份有限公司,1980年。
傅正乾:《郭沫若与中外作家比较论》,西安:陕西师范大学出版社,1990年。
格里德:《胡适与中国的文艺复兴》,鲁奇译,南京:江苏人民出版社,1989年。
耿云志、欧阳哲生编:《胡适书信集》,北京:北京大学出版社,1996年。
耿云志、闻黎明编:《现代学术史上的胡适》,北京:生活·读书·新知三联书店,1993年。
耿云志:《胡适新论》,长沙:湖南出版社,1996年。

耿云志：《胡适研究论稿》，成都：四川人民出版社，1985年。

耿云志编：《胡适研究丛刊》第一辑，北京：北京大学出版社，1995年。

耿云志主编：《胡适遗稿及秘藏书信》，合肥：黄山书社，1994年。

龚济民、方仁念编：《郭沫若年谱》，天津：天津人民出版社，1982—1983年。

郭沫若：《郭沫若全集》，郭沫若著作编辑委员会编，北京：人民文学出版社，1982—1992年。

郭沫若：《郭沫若书信集》，黄淳浩编，北京：中国社会科学出版社，1992年。

郭沫若：《郭沫若佚文集：1906—1949》，王锦厚编，成都：四川大学出版社，1988年。

郭沫若：《女神》（汇校本），桑逢康校，长沙：湖南人民出版社，1983年。

郭沫若：《女神》，上海：泰东图书局，1921年。

郭沫若：《文艺论集》（汇校本），长沙：湖南人民出版社，1984年。

郭沫若：《学生时代》，北京：人民文学出版社，1979年。

郭沫若：《樱花书简》，唐明中、黄高斌编注，成都：四川人民出版社，1981年。

哈贝马斯：《公共领域的结构转型》，曹卫东等译，上海：学林出版社，1999年。

何凝编：《鲁迅杂感选集》，上海：青光书局，1933年。

何其芳：《何其芳文集》，北京：人民文学出版社，1982—1984年。

贺圣谟：《论湖畔诗社》，杭州：杭州大学出版社，1998年。

洪子诚：《问题与方法——中国当代文学史研究讲稿》，北京：生活·读书·新知三联书店，2002年。

胡怀琛：《大江集》，上海：国家图书馆，1921年。

胡怀琛编：《〈尝试集〉批评与讨论》，上海：泰东图书局，1922年。

胡怀琛编：《诗学讨论集》，上海：新文化书社，1934年。

胡适：《藏晖室剳记》，上海：亚东图书馆，1939年。

胡适：《尝试集》，上海：亚东图书馆，1920年。

胡适：《尝试集》（增订四版），上海：亚东图书馆，1922年。

胡适：《胡适的日记》（手稿本），台北：远流出版事业股份有限公司，1990年。

胡适：《胡适口述自传》，唐德刚译注，上海：华东师范大学出版社，1993年。

胡适：《胡适诗话》，吴奔星、李兴华选编，成都：四川文艺出版社，1991年。

胡适:《胡适文存》,上海:亚东图书馆,1921年。
胡适:《胡适文存二集》,上海:亚东图书馆,1924年。
胡适:《胡适文存三集》,上海:亚东图书馆,1930年。
胡适:《胡适文集》,欧阳哲生编,北京:北京大学出版社,1998年。
胡适:《胡适学术文集·新文学运动》,姜义华主编,沈寂编,北京:中华书局,1993年。
胡适:《论学谈诗二十年——胡适杨联升往来书札》,胡适纪念馆编,合肥:安徽教育出版社,2001年。
胡适:《四十自述》,上海:亚东图书馆,1933年。
胡颂平编著:《胡适之先生年谱长编初稿》,台北:联经出版事业股份有限公司,1984年。
胡先骕:《胡先骕文存》,张大为等编,南昌:江西高校出版社,1995—1996年。
华东师范大学图书馆编:《胡适著译系年目录与分类索引》,上海:上海人民出版社,1984年。
华勒斯坦等:《开放的社会科学》,刘锋译,北京:生活·读书·新知三联书店,1997年。
华勒斯坦等:《学科·知识·权力》,刘健芝等编译,北京:生活·读书·新知三联书店,1999年。
黄艾仁:《胡适与著名作家》,合肥:安徽大学出版社,1998年。
黄淳浩:《创造社:别求新声于异邦》,北京:社会科学文献出版社,1995年。
黄侯兴:《郭沫若文学研究管窥》,天津:天津教育出版社,1987年。
黄金麟:《历史、身体、国家:近代中国身体的形成(1895—1937)》,北京:新星出版社,2006年。
黄人影编:《郭沫若论》,上海:光华书局,1931年。
黄修己:《中国新文学史编纂史》,北京:北京大学出版社,1995年。
吉少甫主编:《中国出版简史》,上海:学林出版社,1991年。
季维龙:《胡适著译系年目录》,合肥:安徽教育出版社,1995年。
贾植芳、俞元桂主编:《现代文学总书目》,福州:福建教育出版社,1993年。
贾植芳编:《文学研究会资料》,郑州:河南人民出版社,1985年。

姜建、吴为公编：《朱自清年谱》，合肥：安徽教育出版社，1996年。

金耀基：《从传统到现代》，台北：时报文化出版企业股份有限公司，1990年。

卡尔·曼海姆：《意识形态与乌托邦》，黎鸣、李书崇译，北京：商务印书馆，2000年。

康白情：《康白情新诗全编》，诸孝正、陈卓团编，广州：花城出版社，1990年。

黎锦熙：《国语运动史纲》，上海：商务印书馆，1934年。

李敖：《胡适评传》，北京：中国友谊出版公司，2000年。

李保均：《郭沫若青年时代评传》，重庆：重庆出版社，1984年。

李健吾：《李健吾批评文集》，郭宏安编，珠海：珠海出版社，1998年。

李俍工编：《新文艺评论》，上海：民智书局，1923年。

李欧梵：《上海摩登——一种都市文化在中国》，毛尖译，北京：北京大学出版社，2001年。

李欧梵：《现代性的追求》，北京：生活·读书·新知三联书店，2000年。

李孝悌：《清末的下层社会启蒙运动：1901—1911》，石家庄：河北教育出版社，2001年。

李又宁编：《回忆胡适之先生文集》，纽约：天外出版社，1997年。

梁启超：《清代学术概论》，上海：商务印书馆，1924年。

梁启超：《饮冰室合集·文集》，上海：中华书局，1936年。

梁实秋：《梁实秋批评文集》，徐静波编，珠海：珠海出版社，1998年。

梁实秋：《秋室杂忆》，台北：传记文学出版社，1985年。

梁实秋：《谈闻一多》，台北：传记文学出版社，1987年。

刘柏青等主编：《日本学者中国文学研究译丛》，长春：吉林教育出版社，1986—1993年。

刘半农：《半农诗歌集评》，赵景深原评，杨扬辑补，北京：书目文献出版社，1984年。

刘纳：《创造社与泰东图书局》，南宁：广西教育出版社，1999年。

刘纳：《嬗变——辛亥革命时期至五四时期的中国文学》，北京：中国社会科学出版社，1998年。

刘平、小谷一郎编：《田汉在日本》，伊藤虎丸监修，北京：人民文学出版社，

1997年。

刘易斯·科塞：《理念人——一项社会学的考察》，郭芳等译，北京：中央编译出版社，2001年。

柳亚子：《柳亚子选集》，王晶垚等编，北京：人民出版社，1989年。

鲁迅：《鲁迅全集》，北京：人民文学出版社，1981年。

陆耀东：《二十年代中国各流派诗人论》，北京：中国社会科学出版社，1985年。

陆耀东：《中国新诗史：1916—1949》第1卷，武汉：长江文艺出版社，2005年。

罗贝尔·埃斯卡皮：《文学社会学》，于沛选编，杭州：浙江人民出版社，1987年。

罗钢、刘象愚编：《文化研究读本》，北京：中国社会科学出版社，2000年。

罗钢：《历史汇流中的抉择》，北京：中国社会科学出版社，1993年。

罗家伦：《罗家伦先生文存》，台北：国史馆中国国民党中央委员会党史委员会，1989年。

吕芳上：《革命之再起——中国国民党改组前对新思潮的回应》，台北："中研院"近代史研究所，1989年。

马尔科姆·布雷德伯里、詹姆斯·麦克法兰编：《现代主义》，胡家峦等译，上海：上海外语教育出版社，1992年。

马克·昂热诺等：《问题与观点——20世纪文学理论综论》，史忠义、田庆生译，天津：百花文艺出版社，2000年。

马泰·卡林内斯库：《现代性的五副面孔》，顾爱彬、李瑞华译，北京：商务印书馆，2002年。

玛利安·高利克：《现代文学批评发生史》，陈圣生等译，北京：社会科学文献出版社，1997年。

毛泽东：《毛泽东早期文稿》，长沙：湖南出版社，1990年。

茅盾：《茅盾全集》，《茅盾全集》编辑委员会编，北京：人民文学出版社，1984年。

茅盾：《我走过的道路》，北京：人民文学出版社，1981年。

梅光迪：《梅光迪文录》，罗岗、陈春艳编，沈阳：辽宁教育出版社，2001年。

穆木天：《穆木天诗文集》，蔡清福、穆立立编，长春：时代文艺出版社，1985年。

欧阳哲生编：《追忆胡适》，北京：社会科学文献出版社，2000年。
欧阳哲生选编：《解析胡适》，北京：社会科学文献出版社，2000年。
潘漠华：《漠华集》，应人编，杭州：浙江文艺出版社，1984年。
潘漠华等：《湖畔·春的歌集》，北京：人民文学出版社，1983年。
潘颂德：《中国现代诗论40家》，重庆：重庆出版社，1991年。
彭鹏：《研究系与五四时期新文化运动》，广州：中山大学出版社，2003年。
皮埃尔·布迪厄、华康德：《实践与反思：反思社会学导引》，李猛、李康译，北京：中央编译出版社，1998年。
皮埃尔·布迪厄：《艺术的法则——文学场的生成和结构》，刘晖译，北京：中央编译出版社，2001年。
齐美尔：《社会是如何可能的——齐美尔社会学文选》，林荣远编译，桂林：广西师范大学出版社，2002年。
钱光培、向远：《现代诗人及流派琐谈》，北京：人民文学出版社，1982年。
钱基博：《中国现代文学史》，上海：世界书局，1933年。
钱仲联：《梦苕盦论集》，北京：中华书局，1993年。
乔纳森·卡勒：《当代学术入门：文学理论》，李平译，沈阳：辽宁教育出版社，1998年。
乔纳森·卡勒：《结构主义诗学》，盛宁译，北京：中国社会科学出版社，1991年。
瞿秋白：《瞿秋白文集》（文学编），北京：人民文学出版社，1986年。
饶鸿竞等编：《创造社资料》，福州：福建人民出版社，1985年。
饶孟侃：《饶孟侃诗文集》，王锦厚、陈丽莉编，成都：四川大学出版社，1997年。
芮和师编：《鸳鸯蝴蝶派文学资料》，福州：福建人民出版社，1984年。
桑兵：《晚清学堂学生与社会变迁》，上海：学林出版社，1995年。
商金林：《叶圣陶传论》，合肥：安徽教育出版社，1995年。
商金林编：《叶圣陶年谱》，南京：江苏教育出版社，1986年。
上海社会科学院、上海图书馆主编：《郭沫若在上海——纪念郭沫若诞辰一百周年》，上海：上海社会科学院，1994年。

邵洵美：《诗二十五首》，上海：上海书店出版社（据上海时代图书公司1936年版影印），1988年。

沈从文：《沈从文全集》，太原：北岳文艺出版社，2002年。

沈卫威：《回眸"学衡派"——文化保守主义的现代命运》，北京：人民文学出版社，1999年。

施幼贻：《吴芳吉评传》，重庆：重庆出版社，1988年。

施蛰存：《十年创作集》（小说卷），上海：华东师范大学出版社，1996年。

石原皋：《闲话胡适》，合肥：安徽人民出版社，1985年。

史若平编：《成仿吾研究资料》，长沙：湖南文艺出版社，1988年。

舒新城：《近代中国教育史稿选存》，上海：中华书局，1936年。

舒新城编：《近代中国教育史料》，上海：中华书局，1928年。

舒新城编：《近代中国留学史》，上海：中华书局，1927年。

舒新城编：《中国近代教育史资料》，北京：人民教育出版社，1981年。

斯蒂文·托托西：《文学研究的合法化》，马瑞奇译，北京：北京大学出版社，1997年。

四川人民出版社编：《郭沫若研究论集》（第二集），成都：四川人民出版社，1984年。

宋原放主编：《中国出版史料》（现代部分），济南：山东教育出版社，2001年。

苏雪林：《苏雪林文集》，沈晖编，合肥：安徽文艺出版社，1996年。

孙尚扬、郭兰芳编：《国故新知论——学衡派文化论著辑要》，北京：中国广播电视出版社，1995年。

孙玉蓉编：《俞平伯研究资料》，天津：天津人民出版社，1986年。

孙中山：《孙中山选集》，北京：人民出版社，1956年。

谭正璧：《新编中国文学史》，上海：光明书局，1936年。

唐德刚：《胡适杂忆》，台北：传记文学出版社，1987年。

特里·伊格尔顿：《当代西方文学理论》，王逢振译，北京：中国社会科学出版社，1988年。

特里·伊格尔顿：《马克思主义与文学批评》，文宝译，北京：人民文学出版社，1980年。

田汉：《田汉文集》，北京：中国戏剧出版社，1983年。

汪晖、陈燕谷编：《文化与公共性》，北京：生活·读书·新知三联书店，1998年。

汪家熔：《商务印书馆史及其他——汪家熔出版史研究文集》，北京：中国书籍出版社，1998年。

汪静之：《六美缘——诗因缘与爱因缘》，北京：十月文艺出版社，1996年。

汪原放：《回忆亚东图书馆》，上海：学林出版社，1983年。

王汎森：《傅斯年：中国近代历史与政治中的个体生命》，北京：生活·读书·新知三联书店，2012年。

王统照：《王统照文集》，济南：山东人民出版社，1980—1984年。

王卫平：《接受美学与中国现代文学》，长春：吉林教育出版社，1994年。

王希和：《西洋诗学浅说》，上海：商务印书馆，1924年。

王晓明：《刺丛里的求索》，上海：上海远东出版社，1995年。

王晓明编：《文学研究会评论资料选》，上海：华东师范大学出版社，1986—1992年。

王晓明主编：《批评空间的开创》，上海：东方出版中心，1998年。

王训昭编：《郭沫若研究资料》，北京：中国社会科学出版社，1986年。

王训昭编选：《湖畔诗社评论资料选》，上海：华东师范大学出版社，1986年。

王瑶：《王瑶文集》，太原：北岳文艺出版社，1995年。

王瑶：《中古文学史论》，北京：北京大学出版社，1986年。

王瑶：《中国现代文学史论集》，北京：北京大学出版社，1998年。

王瑶：《中国新文学史稿》，上海：新文艺出版社，1953年。

王跃、高力克编：《五四：文化的阐释与评价——西方学者论五四》，太原：山西人民出版社，1989年。

王运熙主编，邬国平、黄霖编：《中国文论选·近代卷》，南京：江苏文艺出版社，1996年。

王哲甫：《中国新文学运动史》，北平：景山书社，1933年。

王自立、陈子善编：《郁达夫研究资料》，天津：天津人民出版社，1982年。

微拉·施瓦支：《中国的启蒙运动——知识分子与五四遗产》，李国英等译，太原：山西人民出版社，1989年。

韦勒克、沃伦：《文学理论》，刘象愚等译，北京：生活·读书·新知三联书店，1984年。

韦勒克：《近代文学批评史》，杨自伍译，上海：上海译文出版社，1987年。

韦勒克：《批评的概念》，张今言译，杭州：中国美术学院出版社，1999年。

温儒敏、赵祖谟编：《中国现当代文学专题研究》，北京：北京大学出版社，2002年。

温儒敏：《中国现代文学批评史》，北京：北京大学出版社，1993年。

温儒敏等：《中国现当代文学学科概要》，北京：北京大学出版社，2005年。

文学研究会编：《星海》《文学》百期纪念），上海：商务印书馆，1924年。

闻黎明、侯菊坤编：《闻一多年谱全编》，武汉：湖北人民出版社，1994年。

闻一多：《闻一多全集》，孙党伯、袁謇正主编，武汉：湖北人民出版社，1993年。

吴芳吉：《吴芳吉集》，贺远明编，成都：巴蜀书社，1994年。

吴建雍等：《北京城市生活史》，北京：开明出版社，1997年。

吴宓：《吴宓日记》，吴学昭整理注释，北京：生活·读书·新知三联书店，1998—1999年。

吴宓：《吴宓诗及其诗话》，吕效祖编，西安：陕西人民出版社，1992年。

吴宓：《吴宓自编年谱》，吴学昭整理，北京：生活·读书·新知三联书店，1995年。

武继平：《郭沫若留日十年》，重庆：重庆出版社，2001年。

夏衍：《懒寻旧梦录》（增补本），北京：生活·读书·新知三联书店，2000年。

现代汉诗百年演变课题组编：《现代汉诗：反思与求索》，北京：作家出版社，1998年。

肖斌如等编：《中国当代文学研究资料：郭沫若专集》，成都：四川人民出版社，1984年。

肖东发：《中国编辑出版史》，沈阳：辽宁教育出版社，1996年。

肖同庆：《世纪末思潮与中国现代文学》，合肥：安徽教育出版社，2000年。

萧邦奇：《血路：革命中国中的沈定一（玄庐）传奇》，周武彪译，南京：江苏人民出版社，1999年。

萧斌如编：《刘大白研究资料》，天津：天津人民出版社，1986年。

萧南编：《我的朋友胡适之》，成都：四川文艺出版社，1995年。

解志熙：《美的偏至》，上海：上海文艺出版社，1997年。

徐雪筠等译编：《上海近代社会经济发展概况（1882—1931）——〈海关十年报告〉译编》，上海：上海社会科学出版社，1985年。

徐载平、徐瑞芳：《清末四十年申报史料》，北京：新华出版社，1988年。

徐志摩：《徐志摩全集》，香港：商务印书馆，1983年。

徐志摩：《志摩的日记》，陆小曼编，北京：书目文献出版社，1992年。

许德邻编：《分类白话诗选》，上海：崇文书局，1920年。

许毓峰等编：《闻一多研究资料》，太原：北岳文艺出版社，1986年。

颜振武编：《胡适研究丛录》，北京：生活·读书·新知三联书店，1989年。

杨匡汉、刘福春编：《中国现代诗论》（上编），广州：花城出版社，1985年。

杨天石、王学庄编著：《南社史长编》，北京：中国人民大学出版社，1995年。

杨振声：《杨振声选集》，孙昌熙、张华编选，北京：人民文学出版社，1987年。

叶公超：《叶公超批评文集》，陈子善编，珠海：珠海出版社，1998年。

叶圣陶：《叶圣陶集》，叶至善等编，南京：江苏教育出版社，1987—1994年。

伊恩·瓦特：《小说的兴起》，高原、董红钧译，北京：生活·读书·新知三联书店，1992年。

伊夫·瓦岱：《文学与现代性》，田庆生译，北京：北京大学出版社，2001年。

伊藤虎丸：《鲁迅、创造社与日本文学》，孙猛等译，北京：北京大学出版社，1995年。

伊藤虎丸：《鲁迅与终末论：近代现实主义的成立》，李冬木译，北京：生活·读书·新知三联书店，2008年。

易明美编：《何其芳研究专集》，成都：四川文艺出版社，1986年。

应修人：《修人集》，楼适夷编，杭州：浙江人民出版社，1982年。

于天乐等编：《郭沫若研究资料索引：1919—1990》，成都：四川大学出版社，1993年。

余英时：《中国知识分子论》，郑州：河南人民出版社，1997年。

俞平伯：《俞平伯全集》，石家庄：花山文艺出版社，1997年。
郁达夫：《郁达夫全集》，杭州：浙江文艺出版社，1992年。
郁达夫：《郁达夫诗词抄》，周艾文、于听编，杭州：浙江人民出版社，1981年。
袁进：《近代文学的突围》，上海：上海人民出版社，2001年。
袁可嘉主编：《现代主义文学研究》，北京：中国社会科学出版社，1989年。
乐黛云、王宁编：《西方文艺思潮与二十世纪中国文学》，北京：中国社会科学出版社，1990年。
曾健戎编：《郭沫若在重庆》，西宁：青海人民出版社，1982年。
张国焘：《我的回忆》，北京：东方出版社，2004年。
张静庐：《在出版界二十年》，上海：上海杂志公司，1938年。
张静庐：《中国的新闻纸》，上海：光华书局，1928年。
张静庐辑注：《中国出版史料》补编，北京：中华书局，1957年。
张静庐辑注：《中国近代出版史料》初编，北京：中华书局，1957年。
张静庐辑注：《中国近代出版史料》二编，上海：群联出版社，1954年。
张静庐辑注：《中国现代出版史料》丙编，北京：中华书局，1956年。
张静庐辑注：《中国现代出版史料》丁编，北京：中华书局，1959年。
张静庐辑注：《中国现代出版史料》甲编，北京：中华书局，1954年。
张静庐辑注：《中国现代出版史料》乙编，北京：中华书局，1955年。
张菊香、张铁荣编：《周作人年谱》，天津：天津人民出版社，2000年。
张堂锜：《从黄遵宪到白马湖——近代文学散论》，台北：正中书局，1994年。
张伟编：《花一般的罪恶——狮吼社作品、评论资料选》，上海：华东师范大学出版社，2002年。
张允侯等编：《五四时期的社团》，北京：生活·读书·新知三联书店，1979年。
张中行：《负暄琐话》，哈尔滨：黑龙江人民出版社，1986年。
张资平：《资平自传》，台北：龙文出版社，1989年。
章开沅、罗福惠主编：《比较中的审视：中国早期现代化研究》，杭州：浙江人民出版社，1993年。
章克标：《风凉话和登龙术》，许道明、冯金牛选编，上海：汉语大词典出版社，1995年。

赵家璧主编：《中国新文学大系》，上海：良友图书出版印刷公司，1935年。

赵景深：《中国文学小史》，上海：光华书局，1928年。

郑国民：《从文言文教学到白话文教学——我国近现代语文教育的变革历程》，北京：北京师范大学出版社，2000年。

郑师渠：《学衡派文化思想研究》，北京：北京师范大学出版社，2001年。

郑逸梅：《书报话旧》，上海：学林出版社，1983年。

郑振铎、傅东华编：《文学百题》，上海：生活书店，1935年。

郑振铎、傅东华编：《我与文学》，上海：生活书店，1934年。

郑振铎：《郑振铎全集》，石家庄：花山文艺出版社，1998年。

郑振铎：《郑振铎选集》，陆荣椿编，福州：福建人民出版社，1984年。

中共中央马、恩、列、斯著作编译局研究室编：《五四时期期刊介绍》，北京：生活·读书·新知三联书店，1978年。

中国人民大学新闻系新闻事业史教研室编印：《中国近代报刊史参考资料》，1980年。

中国人民政协全国委员会文史资料研究委员会编：《辛亥革命回忆录》，北京：中华书局，1961—1982年。

中国社会科学院近代史所编：《五四运动回忆录》，北京：中国社会科学出版社，1979年。

中国社会科学院近代史研究所中华民国史组编：《胡适来往书信选》，北京：中华书局，1979年。

中国社会科学院近代史研究所中华民国史研究室编：《胡适的日记》，北京：中华书局，1985年。

中国社会科学院外国文学研究所《世界文论》编辑委员会编：《重新解读伟大传统》，北京：社会科学文献出版社，1993年。

中国社会科学院现代史研究室编：《"一大"前后》，北京：人民出版社，1980年。

周策纵：《五四运动史》，周子平译，南京：江苏人民出版社，1996年。

周质平：《胡适丛论》，台北：三民书局股份有限公司，1992年。

周质平：《胡适与韦莲司》，北京：北京大学出版社，1998年。

周作人：《知堂回想录》，北京：群众出版社，1999年。

周作人：《周作人日记》，鲁迅博物馆藏，郑州：大象出版社，1996年。
周作人：《自己的园地·雨天的书》，北京：人民文学出版社，1988年。
朱光潜：《朱光潜全集》，合肥：安徽教育出版社，1987—1993年。
朱金顺编：《朱自清研究资料》，北京：北京师范大学出版社，1981年。
朱联保编撰：《近现代上海出版业印象记》，上海：学林出版社，1993年。
朱谦之：《自传两种》，台北：龙文出版社，1993年。
朱寿桐：《情绪：创造社的诗学宇宙》，上海：上海文艺出版社，1991年。
朱文华：《鲁迅、胡适、郭沫若连环比较评传》，上海：上海文艺出版社，1991年。
朱湘：《中书集》，北京：中国文联出版公司（据生活书店1934年初版排印），1993年。
朱自清：《新诗杂话》，北京：生活·读书·新知三联书店，1984年。
朱自清：《朱自清全集》，朱乔森编，南京：江苏教育出版社，1996年。
祝宽：《五四新诗史》，西安：陕西师范大学出版社，1987年。
庄俞编：《最近三十五年之中国教育》，上海：商务印书馆，1931年。
宗白华、田汉、郭沫若：《三叶集》，上海：亚东图书馆，1923年。
宗白华：《宗白华全集》，林同华编，合肥：安徽教育出版社，1994年。

【论文】

陈福康：《创造社元老与泰东图书局——关于赵南公1921年日记的研究报告》，《中华文学史料》1991年第1辑。
陈平原：《经典是怎样形成的——周氏兄弟等为胡适删诗考》，《鲁迅研究月刊》2001年第4期、第5期。
贺麦晓：《布狄厄的文学社会学思想》，《读书》1996年第11期。
贺麦晓：《二十年代中国的"文学场"》，《学人》第13期。
康林：《〈尝试集〉的艺术史价值》，《文学评论》1990年第4期。
旷新年：《现代文学观的发生与形成》，《文学评论》2000年第4期。
李怡：《论"学衡派"与五四新文学运动》，《中国社会科学》1998年第6期。
龙泉明：《"五四"白话新诗的"非诗化"倾向与历史局限》，《文学评论》1995

年第 1 期。

孙玉石：《十五年来新诗研究的回顾与瞻望》，《中国现代文学研究丛刊》1995年第 1 期。

藤井省三：《鲁迅〈故乡〉的阅读史与中华民国公共圈的成熟》，《中国现代文学研究丛刊》2000 年第 1 期。

王风：《文学革命与国语运动之关系》，《中国现代文学研究丛刊》2001 年第 3 期。

王中忱：《五四新文化运动时期的商务印书馆》，《中国现代文学研究丛刊》1999 年第 3 期。

奚密：《诗的新向度：从传统到现代的转化》，唐晓渡译；收入贺照田主编：《学术思想评论》第 10 辑《在历史的缠绕中解读知识与思想》，长春：吉林人民出版社，2003 年。